UN PRISONNIER MODÈLE

Paul Cleave est né à Christchurch, Nouvelle-Zélande, en 1974. Après *Un employé modèle*, *Un père idéal*, *Nécrologie* et *La Collection*, *Un prisonnier modèle* est son cinquième roman publié en France.

Paru au Livre de Poche :

LA COLLECTION

NÉCROLOGIE

UN EMPLOYÉ MODÈLE

UN PÈRE IDÉAL

PAUL CLEAVE

Un prisonnier modèle

TRADUIT DE L'ANGLAIS (NOUVELLE-ZÉLANDE)
PAR FABRICE POINTEAU

SONATINE ÉDITIONS

Titre original :
JOE VICTIM
Paru chez Penguin Group (NZ).

ISBN : 978-2-253-08649-9 – 1re publication LGF

Pour Stephanie (BB) Glencross et Leo (BBB) Glencross.
On aura toujours la Turquie...

PROLOGUE

Dimanche matin

Bon, on en apprend tous les jours.

Je prends une profonde inspiration, je ferme les yeux, et j'appuie à fond sur la détente.

Le monde explose.

C'est une explosion de lumière, de sons, de douleur, et c'est bizarre, parce qu'il devrait être plongé dans l'obscurité. Un voile noir devrait m'envelopper, m'emmener loin de tout ça. J'ai les choses en main – Joe-le-Lent est un gagneur –, preuve en est que ma vie se met à défiler devant mes yeux. L'obscurité va très bientôt survenir, mais je dois d'abord revoir des images de ma mère, de mon père, de mon enfance, du temps passé avec ma tante. Des heures et des heures de ma vie sont fractionnées en images brèves puis condensées en films de deux secondes, les scènes s'enchaînant brutalement comme si elles étaient diffusées sur un vieux projecteur. Les images s'accélèrent. Elles clignotent dans ma tête.

Mais ce n'est pas tout.

Sally surgit dans mon esprit. Non, pas dans mon esprit, dans mon champ de vision. Elle est juste devant moi, contre moi, son corps massif lourdement plaqué contre le mien, comme elle l'a toujours désiré. J'entends une douzaine de voix.

Je heurte le sol et mon bras est projeté sur le côté. Sally tombe auprès de moi, elle roule sur mes membres, tentant de m'engloutir comme un divan moelleux. Je ne suis pas encore mort, mais je suis déjà en enfer. J'appuie sur la détente au hasard, mais sans succès car le pistolet n'est plus dans ma main. J'étouffe sous le poids de Sally, et je ne sais toujours pas vraiment ce qui se passe. Le monde est sens dessus dessous, il y a un sachet de nourriture pour chat contre mon épaule. Mon visage est brûlant et trempé de sang. Un hurlement strident résonne dans mon oreille, un sifflement monocorde qui n'en finit pas. On écarte Sally de moi, elle disparaît et est remplacée par l'inspecteur Schroder, et je n'ai jamais été aussi soulagé de ma vie. Schroder va me sauver, Schroder va emmener Sally, et avec un peu de chance il l'enfermera dans le genre d'endroit où les gros tas comme Sally devraient être enfermés.

« Je suis… » dis-je, mais le sifflement dans mes oreilles recouvre ma voix.

Je ne comprends pas ce qui se passe. Je suis complètement confus. Le monde dévie de son axe.

« Ferme-la ! hurle Schroder, mais je l'entends à peine. Tu m'entends ? Ferme-la avant que je te colle une putain de balle dans la tête ! »

Je n'ai jamais entendu Schroder parler comme ça, et je suppose que, pour qu'il s'adresse ainsi à Sally, il doit être vraiment, vraiment furax qu'elle m'ait sauté dessus. Je me sens soudain plus proche de lui que je ne l'ai jamais été. Mais je ressens une telle douleur, et je suis tellement horrifié que la grosse Sally m'ait enveloppé de sa chair, que je voudrais recevoir à sa place cette balle qu'il lui a promise. Je veux cette douce, douce obscurité et le silence qui l'accompagnera. Mais je reste calme. Dans la mesure du possible.

« C'est moi, Joe ! » Je crie au cas où ils entendraient tous également le sifflement. « Joe-le-Lent ! »

Quelqu'un me frappe. Je ne sais pas qui, et je ne sais pas si c'est un coup de poing ou un coup de pied, mais il jaillit de nulle part, et ma tête est violemment projetée sur le côté. Schroder disparaît momentanément et le flanc de mon immeuble apparaît. Je vois le dernier étage et les gouttières. Je vois les fenêtres sales, les vitres fêlées. Mon appartement se trouve quelque part là-haut, et tout ce que je voudrais, c'est m'y rendre, m'allonger, et tenter de comprendre ce qui se passe. Tout devient flou et semble couler dans le sol, comme les couleurs d'une aquarelle dégoulinante, et il ne reste que du rouge, jusqu'à ce qu'on me hisse sur mes pieds. Mes vêtements sont trempés parce que le trottoir l'est, vu qu'il a plu toute la nuit.

« J'ai oublié ma mallette », dis-je.

C'est la vérité. D'ailleurs, je ne sais pas où elle est.

« Ferme. Ta. Gueule. Joe », prononce quelqu'un.

Joe ? Je ne comprends pas – c'est après moi que ces gens en ont, pas après Sally ?

Je ne sens plus mes mains. Elles sont attachées dans mon dos, si fermement que je ne peux pas les bouger. Mes poignets me font souffrir. On m'entraîne, je trébuche, j'essaie de me concentrer sur le sol, de comprendre ce qui se passe, mais je ne parviens ni à l'un ni à l'autre, jusqu'au moment où je regarde en direction de Sally et des hommes en train de la maîtriser. Des larmes coulent sur son visage, et soudain les dernières soixante secondes me reviennent. Je rentrais chez moi. J'étais heureux. Je venais de passer le week-end avec Melissa. Puis Sally a débarqué dans ma rue et m'a accusé de lui avoir menti, accusé d'être le Boucher de Christchurch, puis ce sont les flics qui se sont pointés et j'ai… j'ai essayé de me tirer une balle.

Et j'ai raté mon coup, parce que Sally m'a sauté dessus.

Le sifflement dans mes oreilles diminue un peu, mais tout reste rouge. Il y a devant moi une voiture de police qui n'était pas là il y a quelques minutes, quand Sally est arrivée. L'un des hommes vêtus de noir ouvre la portière arrière. Il y a de nombreux hommes en noir, tous armés. Quelqu'un mentionne une ambulance, un autre répond « pas question », et un troisième déclare « y a qu'à le descendre ».

« Bon Dieu, il fout du sang plein la banquette », observe l'un des hommes.

Je baisse les yeux, et, en effet, il y a assez de mon sang sur la banquette et par terre pour qu'un agent d'entretien comme moi fasse la gueule pendant quelques heures. Une traînée rouge court jusqu'à mon pistolet. Sally se tient là-bas, désormais libre de ses mouvements. Son visage et ses vêtements sont éclaboussés de sang. Mon sang. Elle a cette expression larmoyante qui me dégoûte étrangement. Elle me regarde fixement, cherchant probablement un moyen de grimper sur la banquette arrière de la bagnole pour se vautrer une fois de plus sur moi. Ses cheveux blonds qui étaient noués en queue-de-cheval il y a quelques minutes sont désormais détachés. Elle en saisit quelques mèches dont elle se met à mâchouiller les extrémités – un tic nerveux, je suppose, ou un geste sexy à l'intention des deux agents qui se tiennent près d'elle et qui, s'ils la voient faire ça, risquent d'essayer de se brûler la cervelle comme j'ai essayé de le faire.

Je cligne des yeux pour en ôter le rouge, mais quelques secondes plus tard, il emplit de nouveau mon champ de vision.

Deux types montent à l'avant de la voiture. L'un d'eux est Schroder. Il s'assied au volant. Il ne se retourne même pas pour me regarder. Le second est en noir. Noir comme la mort. Comme tous les autres. Il porte une arme qui semble capable de causer un paquet de dégâts, et le type me lance le genre de regard qui laisse entendre qu'il aimerait savoir exactement combien de dégâts il pourrait causer. Schroder met le contact et allume la sirène. Elle semble plus bruyante que toutes celles que j'ai entendues, comme si elle cherchait à dire quelque chose. On ne me fait pas attacher ma ceinture. Schroder s'éloigne du trottoir, démarrant si vite que je m'envole presque de la banquette. Je me contorsionne et vois une autre voiture démarrer derrière nous, suivie d'une camionnette noire. Je regarde mon immeuble devenir de plus en plus petit et me demande dans quel état sera mon appartement quand je rentrerai chez moi ce soir.

« Je suis innocent », dis-je, mais c'est comme si je parlais tout seul.

Du sang pénètre dans ma bouche quand je parle, il a bon goût, et je sais que si on devait faire demi-tour, on trouverait Sally en train de se lécher les doigts et d'en apprécier également la saveur. La pauvre Sally. Elle a amené ces hommes jusqu'à moi dans son immense confusion, et ce qui allait devenir le plus beau week-end de ma vie semble en passe d'en devenir le pire. Combien de temps faudra-t-il pour expliquer mes actes, pour les convaincre de mon innocence ? Combien de temps avant que je puisse retrouver Melissa ?

Je recrache le sang.

« Putain, fais pas ça ! » s'écrie l'homme à l'avant.

Je ferme les yeux, mais la paupière gauche ne descend pas correctement. Elle est brûlante, mais pas douloureuse. Du moins, pas encore. Je me redresse et m'examine dans le rétroviseur. Mon visage et mon cou sont couverts de sang. Ma paupière pendouille. Je secoue la tête, et elle glisse sur mon œil comme une feuille. Elle n'est plus retenue par grand-chose. J'essaie de cligner des yeux pour la remettre en place, mais ça ne fonctionne pas. Bon sang, j'ai connu pire. Bien pire. Et une fois encore, je pense à Melissa.

« Pourquoi tu souris ? demande l'homme en noir.

— Pardon ?

— J'ai dit, pourquoi tu…

— Tais-toi, Jack, intervient Schroder. Ne lui parle pas.

— Cet enfoiré est…

— Il est beaucoup de choses, coupe Schroder. Ne lui parle pas.

— Je continue de croire qu'on ferait mieux de s'arrêter et de faire comme s'il avait essayé de s'enfuir. Allez, Carl, tout le monde s'en foutrait.

— Mon nom est Joe, dis-je. Joe est un type bien.

— Vos gueules ! lance Schroder. Tous les deux. Fermez-la ! »

Mon quartier défile derrière la vitre. Les gyrophares des voitures de police clignotent, et je suppose qu'ils sont pressés que je leur prouve ce qu'ils savent déjà de moi – à savoir, que je suis Joe-le-Lent, leur pote, leur attardé gentil et chaleureux, un pousseur de chariot qui cherche seulement à faire plaisir. Les conducteurs des autres voitures se rangent pour laisser passer le cortège, et les piétons se retournent pour nous observer. C'est comme une parade. J'ai envie de les saluer de la main. Le Boucher de Christchurch est menotté, mais personne ne sait que c'est lui. Impossible. Comment le pourraient-ils ?

Nous atteignons le centre-ville. Nous passons devant le commissariat central sans ralentir. Dix étages figés dans l'ennui. Je serai sorti demain pour commencer ma nouvelle vie avec Melissa. Nous continuons de rouler. Personne ne parle. Personne ne fredonne. Je commence à avoir l'impression que Schroder a changé d'avis et qu'ils vont faire croire que j'ai essayé de m'enfuir, seulement ils le feront hors des limites de la ville, où personne ne les verra me descendre. Mes vêtements sont trempés de sang, et personne ne semble s'en soucier. Je ne suis pas sûr qu'ils pourront être nettoyés. Nous nous arrêtons à un feu rouge. Jack regarde dans le rétro comme s'il essayait de résoudre une énigme. Je lui retourne son regard pendant un moment avant de baisser les yeux. Mes jambes sont couvertes de gouttes et de traînées rouges. Ma paupière me fait désormais souffrir. Comme si on avait frotté des orties dessus.

Nous nous arrêtons devant l'hôpital. Une poignée de voitures de patrouille forme un demi-cercle autour de nous. Il commence à pleuvoir. Nous sommes à un mois de l'hiver, et j'ai la sale impression que je ne vais pas le voir. Jack fait son gentleman et m'ouvre la portière. Les autres hommes en noir sont moins gentlemen et pointent leur arme sur moi. Médecins, patients et visiteurs nous observent depuis l'entrée principale. Ils sont tous immobiles. Je suppose qu'on offre un sacré spectacle. On m'aide à descendre de voiture. Je crois que tout va bien, sauf que non. Tout allait bien quand j'étais assis, mais pas maintenant que je suis debout. Debout, le monde est plein de menottes, de pistolets, et de sang qui coule. Je chancelle. Je tombe à genoux. Du sang goutte de mon visage et heurte le sol. Au début, Jack semble sur le point de me retenir de tomber encore plus bas, mais il se ravise. Je bascule en avant. Je ne peux pas amortir ma chute avec mes mains, et le mieux que je puisse faire, c'est tourner la tête de sorte que ma paupière abîmée soit orientée vers le ciel, mais pour une raison ou pour une autre, je m'emmêle les pédales – probablement parce que j'ai passé les dernières minutes à regarder dans le rétroviseur –, si bien qu'au bout du compte c'est le mauvais côté de mon visage qui est tourné vers le sol. Je vois un paquet de bottes et la partie inférieure des voitures. Je vois deux chiens policiers à l'air affamé tirant sur leur laisse. Quelqu'un place une main sur moi et me fait rouler. Ma paupière reste collée sur la chaussée humide du parking, entourée de sang. On dirait une limace assassinée, une scène de crime où bientôt d'autres petites bestioles invertébrées et visqueuses essaieront de comprendre ce qui s'est passé.

Seulement, ce bout de chair visqueux m'appartient.

« C'est à moi », dis-je tandis que la brûlure de la blessure se répand lentement à travers le reste de mon corps.

J'ai l'œil qui pleure, et pas moyen de cligner. Je fais ce que je peux, un bout de chair irrégulier pendouille devant mon œil comme un rideau beaucoup trop court.

« Ça ? demande Jack, et il marche dessus d'un air dégoûté comme s'il écrasait un mégot de cigarette. C'était à toi ? »

Avant que je puisse me plaindre, ils me soulèvent et je suis de nouveau en mouvement. Bien que le ciel soit couvert, c'est une journée lumineuse, et je ne peux pas cligner des yeux pour l'assombrir, du moins pas du côté gauche. Je ne peux pas non plus cligner pour me débarrasser de la sueur, ou du sang, ou de la douleur. Une équipe d'hommes m'entoure, et je les entends discuter entre eux. Ils détestent la loi qui les oblige à m'amener ici quand leur éthique personnelle leur suggère une autre solution. Ils pensent que je suis un sale type, mais ils ont tout faux.

Un médecin approche. Il a l'air effrayé. Moi aussi j'aurais l'air effrayé si je voyais une douzaine d'hommes armés venir vers moi. Ce qui m'est d'ailleurs arrivé pour la première fois il y a dix minutes. Quant aux personnes qui se tiennent près de l'entrée principale, soit elles ont la main sur la bouche, soit elles ont un téléphone portable à la main et filment ce qui se passe. Les réseaux d'information de tout le pays vont diffuser certaines de ces vidéos aujourd'hui. J'essaie d'imaginer l'effet que ça produira sur ma mère, mais je n'ai pas le temps d'y parvenir car je suis distrait par le médecin.

« Qu'est-ce qui se passe ici ? » demande-t-il.

C'est une bonne question, sauf qu'elle vient d'un type âgé d'une cinquantaine d'années et affublé d'un nœud papillon, ce qui fait de lui quelqu'un dont il vaut mieux rester à l'écart.

« Ce… commence Schroder, et il semble peiner à trouver le mot suivant. Cet homme, crache-t-il finalement, a besoin de soins. Il en a besoin tout de suite.

— Qu'est-ce qui s'est passé ?

— Il a heurté une porte, lance quelqu'un, et un groupe d'hommes éclate de rire.

— Ouais, il est maladroit ! » s'écrie un autre, et les rires redoublent.

Ils font copains-copains. Ils se servent de l'humour pour faire retomber leur excitation. Une excitation que je leur ai procurée. Sauf Schroder, Jack et le toubib. Eux ont l'air super sérieux.

« Qu'est-ce qui s'est passé ? répète le médecin.

— Il s'est infligé une blessure par balle, répond Schroder. L'égratignure est profonde.

— Ç'a l'air plus sérieux qu'une simple égratignure, déclare le médecin. Vous avez vraiment besoin de tous ces hommes autour de vous ? »

Schroder se retourne et paraît compter dans sa tête. Il semble sur le point d'acquiescer et de déclarer que quelques renforts supplémentaires seraient les bienvenus, mais à la place il fait un signe à environ la moitié des hommes et leur dit d'attendre là. On me fait prendre place dans un fauteuil roulant, on me détache les mains puis on me les menotte de nouveau, cette fois-ci aux accoudoirs. On me pousse dans un couloir, et tout un tas de gens me regardent comme si je venais de gagner un concours de popularité, sauf qu'en vérité, personne ne sait qui je suis. Ils ne l'ont jamais su. Nous passons devant de jolies infirmières que n'importe quel autre jour j'essaierais de suivre jusque chez elles. On m'installe dans un lit et on m'attache au cadre. On sangle mes jambes, si bien que je ne peux pas bouger. Mes poignets et mes jambes sont si fermement attachés que j'ai l'impression d'être pris dans du béton. Ils doivent croire que j'ai la force d'un loup-garou.

« Inspecteur Schroder, dis-je, je ne comprends pas ce qui se passe. »

Schroder ne répond pas. Le médecin revient.

« Ça va être un peu douloureux », prévient-il, et il a à moitié raison – il se trompe sur le *un peu*, mais pas sur le *douloureux*.

Il tripote la blessure, l'examine, l'éclaire avec une lampe torche, ce qui, quand on ne peut pas cligner des yeux, est semblable à regarder fixement le soleil.

« Ça va prendre un paquet d'heures, déclare-t-il comme s'il se parlait à lui-même, mais suffisamment fort pour que les autres entendent. Il va falloir être sacrément minutieux pour lui restaurer un semblant de fonctionnalité, et également réduire la cicatrice. »

Il semble sur le point de nous donner une estimation du prix d'une pièce de rechange. J'espère simplement qu'il en a en stock, car la mienne est toujours sur le parking.

« On s'en fout qu'il y ait une cicatrice, déclare Schroder.

— Pas moi, dis-je.

— Et moi non plus, déclare le médecin. Bon sang, la paupière est complètement partie.

— Pas complètement, dis-je.

— Comment ça ?
— Elle est à côté de la voiture. Par terre. »

Le médecin se tourne vers Schroder.

« Sa paupière est là-bas ?

— Ce qu'il en reste, dis-je, répondant à la place de Schroder, qui se contente de hausser les épaules.

— Si vous voulez que ce type sorte au plus vite, on va avoir besoin de cette paupière, explique le médecin.

— On va aller la chercher, répond Schroder.

— Alors, allez-y, dit le médecin. Sinon, il faudra greffer autre chose. Et ça prendra plus longtemps. Il ne peut pas rester sans cligner des yeux.

— Je m'en fous qu'il puisse pas cligner des yeux, réplique Schroder. Cautérisez la foutue plaie et collez-lui un patch sur la tronche. »

Au lieu de discuter et de remettre Schroder à sa place, le médecin semble finalement se rendre compte que s'il y a tant de flics, tant de tension, tant de colère, c'est qu'il doit se passer quelque chose de spécial. Je vois que cette idée lui vient à l'esprit tandis que je le regarde avec mon œil valide et mon œil ensanglanté. Il fronce les sourcils, puis secoue lentement la tête avec une expression curieuse. Je sais que la question arrive.

« Qui est cet homme, au juste ?

— Le Boucher de Christchurch, répond Schroder.

— Non, fait le toubib. Lui ? »

Je ne sais pas ce que c'est censé vouloir dire.

« Je suis innocent, dis-je. Mon nom est Joe. »

Mais le médecin m'enfonce une aiguille dans le côté du visage, le monde dévie encore un peu plus de son axe, et tout se brouille.

1

Douze mois plus tard

Melissa se gare dans l'allée. Elle s'enfonce dans son siège. Essaie de se détendre.

Il fait dix degrés maximum. Pluie de Christchurch. Froid de Christchurch. Hier, il faisait doux. Aujourd'hui, il flotte. Météo schizophrène. Elle frissonne. Elle se penche en avant et coupe le contact, saisit sa mallette, et descend de voiture. La pluie trempe ses cheveux. Elle atteint la porte et crochète la serrure.

Elle marche tranquillement jusqu'à la cuisine. Derek est à l'étage. Elle entend la douche couler, et elle l'entend chanter. Elle le dérangera plus tard. Pour le moment, elle a besoin de boire quelque chose. Le réfrigérateur est couvert de magnets venant d'endroits à la con aux quatre coins du pays, des endroits avec des taux de grossesse élevés, des taux d'alcoolisme élevés, des taux de suicide élevés. Des endroits comme Christchurch. Elle ouvre la porte, trouve une demi-douzaine de bouteilles de bière et pose la main sur l'une d'elles, puis elle marque une pause et opte pour le jus d'orange à la place. Elle ouvre la bouteille et boit au goulot. Derek ne s'en formalisera pas. Ses pieds la font souffrir, son dos aussi, alors elle s'assied une minute à la table, écoutant le bruit de la douche tout en sirotant le jus tandis que ses muscles se détendent lentement. Ç'a été une longue journée dans ce qui commence à être une très longue semaine. Elle n'est pas très fan du jus d'orange – elle préfère les jus de fruits exotiques, mais l'orange était sa seule option. Bizarrement, les fabricants de boissons croient que leurs clients veulent des jus pleins de pulpe qui colle aux dents et procure une sensation semblable à une huître pissant sur votre langue, et, bizarrement, c'est ce que Derek veut.

Elle remet le bouchon sur la bouteille et la replace dans le réfrigérateur, puis elle lorgne les tranches de pizza à l'intérieur mais décide de ne pas en prendre. Il y a des barres chocolatées dans un compartiment sur le côté. Elle en ouvre une et mord dedans, puis elle enfonce les autres – quatre barres en tout – dans sa poche. Merci, Derek. Elle termine celle qui est ouverte tout en portant la mallette à l'étage. La chaîne dans la chambre passe à fond une chanson qu'elle reconnaît. Elle avait l'album quand elle était différente, une personne plus insouciante qui écoutait des CD. Les Rolling Stones. Une compilation de leurs plus grands tubes, elle le devine à la manière dont les chansons s'enchaînent. Pour le moment, Mick braille qu'il voudrait masquer le soleil. Il voudrait que le monde devienne noir. Elle aussi, c'est ce qu'elle voudrait. On dirait que sa chanson parle du petit matin au cœur de l'hiver en Nouvelle-Zélande. Elle fredonne en chœur. Derek est toujours en train de chanter, couvrant le bruit qu'elle fait.

Elle s'assied sur le lit. Il y a un radiateur à pétrole allumé et la pièce est bien chauffée. Les meubles vont parfaitement avec la maison, et c'est le genre de maison à laquelle il faudrait foutre le feu. Le lit est moelleux, elle est tentée de mettre les pieds dessus, de placer un oreiller derrière sa tête et de faire une sieste, mais ce serait inciter les bactéries de la taie d'oreiller à se lier d'amitié avec elle. Elle ouvre la mallette, en sort un journal, et lit la une en attendant. C'est un article sur un type qui a terrorisé la ville. Meurtres de femmes. Torture. Viols. Homicides. Le Boucher de Christchurch. Joe Middleton. Douze mois qu'il a été arrêté. Le procès débute lundi. Elle aussi est mentionnée dans l'article. Melissa X. Bien que l'article l'appelle par son vrai nom, Natalie Flowers, elle se considère uniquement comme Melissa, ces temps-ci. Deux ans que ça dure. Deux minutes s'écoulent, et elle est toujours assise sur le lit quand Derek sort de la salle de bains entouré d'une vapeur blanche et d'une odeur d'après-rasage. Il a une serviette autour de la taille. Un tatouage représentant un serpent remonte en ondoyant depuis la serviette le long de son flanc puis par-dessus son épaule, sa langue tirée traversant sa gorge. Une portion du serpent est minutieusement détaillée, mais d'autres parties sont simplement des contours esquissés qui attendent d'être achevés. Un type de ce genre ne va pas sans diverses cicatrices, sans aucun doute un mélange de bons et de mauvais moments – bons pour lui, mauvais pour les autres.

Elle baisse le journal et sourit.

« Qu'est-ce que vous foutez ici ? » demande-t-il.

Melissa tourne la mallette vers lui, tend la main et met la musique en pause. La mallette appartient en fait à Joe Middleton. Il la lui a laissée la dernière fois qu'il l'a vue.

« J'apporte la deuxième moitié de votre paiement, répond-elle.

— Vous savez où j'habite ? »

C'est une question idiote. Melissa ne le lui fait pas remarquer.

« J'aime savoir avec qui je fais affaire. »

Il déroule la serviette à sa taille, sans jamais quitter des yeux l'argent dans la mallette. Son sexe balance de droite à gauche tandis qu'il s'essuie les cheveux.

« Tout est là ? demande-t-il, son visage momentanément dissimulé par la serviette, et sa voix étouffée.

— Au dollar près. Où est le matériel ?

— Ici », dit-il.

Elle sait qu'il est ici. Elle le suit depuis leur première rencontre il y a deux jours, au cours de laquelle elle lui a donné la première moitié du paiement. Elle sait qu'il a récupéré le matériel il y a seulement une heure. Et il est revenu ici sans s'arrêter nulle part avec un sac rempli d'articles qui ne feraient pas trop plaisir à son agent de probation.

« Où ? » demande-t-elle.

Il se passe de nouveau la serviette autour de la taille. Elle songe qu'elle aurait tout aussi bien pu débarquer ici, le descendre et fouiller la maison, mais elle a besoin de lui. Le matériel ne serait probablement pas difficile à trouver. Elle suppose qu'un type qui demande : *Vous savez où j'habite ?* à quelqu'un qui se trouve dans sa chambre est du genre à planquer les choses dans le faux plafond ou sous le plancher.

« Montrez-moi », dit-elle, désignant l'argent de la tête.

Elle fait glisser la mallette vers lui sur le lit. Il s'avance. Les vingt mille dollars sont constitués de billets de cinquante et de vingt. Les liasses entourées d'un élastique sont soigneusement empilées. Depuis quelques années, l'essentiel des revenus de Melissa provient de chantages et de cambriolages, parfois aux dépens d'hommes qu'elle a tués, mais il y a quelques mois elle a touché un beau pactole. Quarante mille dollars, pour être précis. Il feuillette quelques liasses et décide que tout doit être là.

Il marche jusqu'à la penderie, en tire une boîte remplie de vêtements, puis soulève une partie de la moquette et enfonce un tournevis à l'extrémité du sol. Melissa roule les yeux et songe que les types comme Derek ont de la veine de ne pas pouvoir être condamnés pour leur stupidité en plus de leurs autres crimes. Il soulève les planches du parquet et en sort un étui en aluminium long comme son bras. Melissa se lève pour qu'il puisse le poser sur le lit. Il soulève le couvercle. À l'intérieur se trouve un fusil en pièces détachées, chacune logée dans un compartiment en mousse.

« AR-15, déclare-t-il. Léger, utilise des balles de petit calibre à haute vélocité, extrêmement précis. Et aussi une lunette, comme demandé. »

Elle acquiesce. Elle est impressionnée. Derek est peut-être idiot, mais ce n'est pas parce qu'on est idiot qu'on ne peut pas être utile.

« Ça, c'est seulement la moitié », dit-elle.

Il retourne à la trappe, enfonce la main dedans et en tire un petit sac à dos. Il est principalement noir avec tout un tas de décorations rouges. Il le pose sur le lit et l'ouvre.

« C-4, dit-il. Deux pains, deux détonateurs, deux amorces, deux récepteurs. Suffisamment pour faire sauter une maison. Mais pas grand-chose de plus. Vous savez vous en servir ?

— Montrez-moi. »

Il soulève l'un des pains. Il est de la taille d'un savon.

« C'est parfaitement sûr, dit-il. Vous pouvez tirer dessus. Le laisser tomber. Le brûler. Bon sang, vous pouvez même le foutre au micro-ondes. Vous pouvez faire ceci, dit-il, et il se met à appuyer dessus. Vous pouvez lui donner la forme que vous voulez. Vous prenez ceci (il saisit ce qui ressemble à un crayon métallique au bout duquel sortent des fils électriques) et vous le plantez dedans. Vous attachez l'autre extrémité aux récepteurs, et vous n'avez plus qu'à actionner le détonateur. Vous avez une portée de trois cents mètres, plus si vous êtes dans la ligne de mire.

— Combien de temps dure la pile dans le récepteur ?

— Une semaine. Maxi.

— Autre chose que j'ai besoin de savoir ?

— Oui. Ne les mélangez pas. »

Il soulève l'une des télécommandes.

« Vous voyez ce morceau de scotch jaune que j'ai mis dessus ? Il va avec le morceau de scotch que j'ai mis sur l'amorce. Donc, ceci va avec ceci, dit-il en montrant le détonateur et l'amorce ensemble.

— D'accord.

— C'est tout, ajoute-t-il, et il les replace dans le sac.

— J'ai besoin de votre aide pour autre chose. »

Il continue de ranger les explosifs.

« Quel genre de chose ?

— Je veux que vous abattiez quelqu'un. »

Il lève les yeux vers elle et secoue la tête, mais la question ne le décontenance pas et il continue de mettre le matériel dans le sac.

« C'est pas mon truc.

— Vous êtes sûr ? »

Elle lève le journal et lui montre une photo de Joe Middleton, le Boucher de Christchurch.

« Lui, dit-elle. Vous le tuez, et je vous paierai ce que vous voulez.

— Hum, fait-il, et il secoue de nouveau la tête. Il est en prison. Impossible.

— Son procès débute la semaine prochaine. Ça signifie qu'il sera transféré tous les jours, deux fois par jour, entre la prison et le tribunal. Cinq jours par semaine. Ça fait cinq fois par semaine où il descendra d'une voiture de police pour gagner le tribunal, et cinq fois où il en sortira pour regagner une voiture de police. J'ai déjà un endroit d'où il peut être abattu, et un plan de fuite. »

Derek secoue de nouveau la tête.

« Ce genre de chose ne se passe pas toujours comme on le croit.

— Comment ça ?

— Vous croyez qu'ils vont lui faire prendre le même chemin chaque jour et le déposer devant la porte principale ? C'est sur elle que donne votre planque, pas vrai ? »

Elle n'avait pas pensé à ça.

« Alors, quoi ?

— Ils vont brouiller les pistes. Ils vont essayer de l'amener discrètement. Ils pourraient le transporter dans une voiture banalisée. Ou dans une camionnette.

— Vous croyez ?

— Un procès de cette importance ? Oui. Je serais prêt à le parier. Alors quel que soit votre plan, il ne fonctionnera pas. Trop de variables. Vous croyez que vous pouvez vous planquer dans un bâtiment et tirer ? Quel bâtiment ? De quelle direction arrivera-t-il ?

— Le tribunal ne bouge pas, réplique-t-elle. Ça, ce n'est pas une variable.

— Hum, hum. Et quelle entrée utilisera-t-il ? Là aussi, ils vont brouiller les pistes. C'est pour ça que l'endroit d'où vous pensez pouvoir le descendre ne sera probablement pas le bon.

— Et si je me procure l'itinéraire ? Et l'accès au tribunal qu'il empruntera ?

— Comment vous allez faire ça ?

— J'ai mes sources. »

Il secoue la tête. Elle commence à en avoir sa claque de son attitude négative.

« Peu importe, dit-il, c'est un boulot trop compliqué. Si vous descendez quelqu'un comme Joe, vous n'avez aucune chance de vous en sortir.

— Qui peut m'aider ? »

Il porte une main à son visage et se caresse le bas du menton. Il réfléchit sérieusement. Puis il a une réponse :

« Je ne connais personne.

— Je vous paierais en tant qu'intermédiaire », insiste-t-elle.

Elle tente de ne pas paraître trop désespérée, mais elle l'est. Elle avait déjà un tireur pour cette mission, mais c'est tombé à l'eau. Maintenant, elle est à court de temps.

« Il n'y a personne, dit-il. Fournir des armes est une chose, mais c'est pas comme si j'avais un carnet d'adresses rempli de tueurs à gages. C'est le genre de truc que vous allez devoir faire seule.

— S'il vous plaît », dit-elle.

Il soupire, comme si l'idée de faire faux bond à une jolie fille était trop douloureuse pour lui.

« Écoutez, y a peut-être quelqu'un que je peux appeler, OK ? Mais ça prendra un moment.

— Il me faut un nom dans les jours qui viennent. »

Il éclate de rire, ouvrant si grand la bouche qu'elle voit quelques dents manquantes vers le fond. Elle déteste voir ce genre de chose. Elle déteste les gens avec des dents en moins presque autant qu'elle déteste qu'on se foute d'elle.

« Ma petite, commence Derek (elle déteste aussi qu'on l'appelle *ma petite* – c'est impressionnant, Derek vient d'avoir trois sur trois), ça ne fonctionnera pas. Même si mon type pouvait le faire, il n'accepterait jamais d'agir si vite. Tuer quelqu'un est une question de préparation. Une question d'argent aussi, mais là il est trop tard.

— Alors, vous n'allez pas l'appeler ?

— Ça ne servirait à rien. Je suis désolé.

— OK, fait-elle. Alors, montrez-moi comment assembler ce fusil.

— C'est simple », dit-il.

Il soulève les pièces en lui indiquant leur nom et les fixe les unes aux autres, le métal s'insérant dans le métal, chaque élément produisant un clic agréable. Ça lui prend moins d'une minute.

« Encore une fois, dit-elle, mais plus lentement. Faites comme si je n'avais jamais utilisé une arme de ma vie. »

Mais évidemment, elle a déjà utilisé une arme, et elle recommencera bientôt. Très bientôt. Dès qu'il aura achevé sa démonstration.

Il démonte le fusil. L'assemble de nouveau. Cette fois, il met trois minutes. Il lui montre comment le charger. Puis il le démonte, le replace dans l'étui, baisse le couvercle et actionne les fermoirs.

« Autre chose ?

— Munitions », répond-elle.

Il ouvre une fermeture éclair à l'avant du sac à dos qui renferme le C-4. Il enfonce la main dedans et sort une boîte de munitions.

« Il y en a deux autres pareilles dans le sac, dit-il. Remington 223. Balles perforantes.

— Merci », dit-elle.

Elle lui tire deux balles en pleine poitrine à travers le journal, le silencieux permettant aux voisins de poursuivre leurs activités de voisins sans éprouver le besoin d'appeler la police. Elle sait que descendre le type qui vous a fourni une arme est un peu cliché, mais il y a une raison à ça. Elle suppose que les trafiquants d'armes, tout comme les chauffeurs de taxi et les pilotes d'hélicoptère, savent toujours qu'ils n'atteindront pas l'âge de la retraite. Il tombe sur place. Elle a déjà vu l'expression qu'il a sur le visage, une incrédulité teintée de colère et d'angoisse. Elle replace le pistolet dans la mallette avec le journal. Elle marche jusqu'à la trappe, enfonce la main dedans, et trouve un autre sac. Il contient une bonne partie du premier versement qu'elle lui a fait. Ce qui signifie qu'il a dû utiliser le reste pour acheter le fusil et les explosifs. Ça, c'était son bénéfice.

« Je te crois », dit-elle en baissant les yeux vers lui. Et il la remercierait d'être d'accord avec lui, mais tout ce qu'il parvient à faire c'est ouvrir et refermer lentement la bouche, une bulle de salive et de sang gonflant puis disparaissant. « Si je ne trouve personne pour descendre Joe contre de l'argent, peut-être que je trouverai quelqu'un qui le fera pour une autre raison. Merci pour tout, dit-elle. Je garde aussi ce sac, ajoute-t-elle en le soulevant. J'aime bien sa couleur. »

Elle suppose qu'il lui reste une minute à vivre, deux au plus. Elle sort une des barres chocolatées de sa poche et commence à la manger. Elle apprécie la montée de sucre presque autant qu'elle apprécie de voir Derek mourir. À savoir, beaucoup. Elle remet la musique tandis qu'il pousse son dernier souffle, et le monde pour Derek, comme l'ont prévenu les Stones un peu plus tôt, devient aussi noir que la nuit.

2

« Vous avez réussi le test », dit-il.

C'est le genre de conneries que j'entends depuis douze mois et, pour être honnête, que j'ai cessé d'écouter. On dirait que les gens se sont forgé leur opinion. Pour une raison ou pour une autre, ce monde tordu a décidé de me condamner sans même apprendre à me connaître.

Je lève les yeux de la table pour les poser sur le type qui parle. Il a plus de barbe que de cheveux sur la tête, et je me demande si ça prendrait feu, en commençant par son crâne à moitié dégarni. Il semble attendre une réponse, mais je ne sais pas vraiment de quoi il parle. Depuis que je suis en prison, ma mémoire à court terme s'est fait la malle – mais mes objectifs à long terme demeurent les mêmes.

« Quel test ? » Je demande ça non par curiosité, mais pour atténuer mon ennui. Ne serait-ce que pour un instant. « Joe pas se souvenir de test », dis-je, juste pour rigoler, mais ces paroles semblent un peu exagérées, même à moi, et je les regrette aussitôt.

Le nom du type – Benson Barlow – sonne prétentieux, et au cas où vous ne seriez pas sûr, il a même des pièces en cuir sur les coudes de sa veste pour vous ôter le moindre doute. Il a un petit sourire désagréable. En d'autres circonstances, de meilleures circonstances, je lui découperais ce sourire et lui montrerais à quoi il ressemble tout sanguinolent entre ses doigts. Malheureusement, ce ne sont pas de bonnes circonstances. Ce sont les pires.

« Le test », répète-t-il.

Il est plein de suffisance. Il a cette expression irritante qu'ont les gens qui savent quelque chose que vous ignorez et qui crèvent d'envie de vous expliquer, mais qui font le plus possible durer le plaisir car ils aiment être les seuls à savoir. Je déteste les personnes de ce genre presque autant que celles qui disent *tourner sept fois sa langue dans sa bouche*. Mais, pour être honnête, je déteste les autres aussi. Je suis pour l'égalité des droits.

« Le test que vous avez passé. Il y a une demi-heure.

— Joe a passé un test ? » dis-je.

Mais, évidemment, je m'en souviens. C'était, comme il l'a dit, il y a seulement une demi-heure. Ma mémoire à court terme n'est peut-être pas géniale ces temps-ci, où chaque jour ressemble au précédent, mais je ne suis pas idiot.

Le psychiatre se penche en avant et croise les doigts. Il a dû voir d'autres psychiatres faire ça à la télé, ou peut-être que c'est ce qu'ils enseignent en première année de psychiatrie, juste avant de leur montrer comment coudre les pièces aux coudes. Où qu'il ait appris ce geste, il n'a pas l'air aussi intelligent qu'il le croit. Cette histoire, c'est du sérieux pour lui. C'est du sérieux pour tout le monde. Il interroge le Boucher de Christchurch pour les gens qui veulent m'enfermer, il essaie de découvrir à quel point je suis cinglé, et il est en train d'apprendre que je suis un véritable débile.

« Vous avez passé un test, reprend-il. Il y a trente minutes de ça. Dans cette pièce. »

Cette pièce est une salle d'interview. Tout le monde la trouverait moche, surtout Benson Barlow, je suppose, et pourtant elle est plus agréable que la cellule dans laquelle je vis. Elle a des murs en parpaings, un sol et un plafond en béton. Elle ressemble à un abri antiaérien, sauf qu'elle s'écroulerait sur vous si une bombe l'atteignait, ce qui, pour être honnête, serait un soulagement. Elle abrite une table, trois chaises, et rien d'autre. En ce moment, l'une des chaises est vide. La mienne est fixée au sol, et une de mes mains y est menottée. Je ne sais pas pourquoi. Ils croient que je représente une menace, mais c'est faux. Je suis un brave type. Je n'arrête pas de le dire à tout le monde. Mais personne ne me croit.

« Ici ? dis-je en regardant le béton autour de moi. Je ne m'en souviens pas. »

Son sourire s'élargit. Il essaie de me faire comprendre qu'il s'attendait à cette réponse, et je suppose qu'il s'y attendait en effet.

« Vous voyez, Joe, le problème est le suivant. Vous voulez que le monde vous croie mentalement attardé, mais vous ne l'êtes pas. Vous êtes un pervers tordu, personne n'en doute, mais ce test (il soulève le questionnaire de cinq pages que j'ai rempli plus tôt) prouve que vous n'êtes pas fou. »

Je ne réponds rien. J'ai la sale impression qu'il veut en arriver quelque part, et son sourire narquois me dit que ce n'est pas là où je veux aller.

« Cette question », reprend-il en élevant la voix comme s'il m'interrogeait. Il en désigne une à laquelle il était assez facile de répondre. Certaines étaient à choix multiples, d'autres devaient être remplies.

« Elle dit "De quelle couleur est ce chien?" Et qu'avez-vous coché? Vous avez coché "jaune". Le chien est rouge, Joe, mais vous avez coché "jaune".

— Il est un peu jaune.

— Et celle-ci : "Si Bob est plus grand que Greg et Greg est plus grand qu'Alice, lequel est le plus grand?" Vous avez écrit "Steve", puis vous avez ajouté "Steve est un pédé". »

La manière qu'il a de dire ça me donne envie de rigoler, mais comme je suis un peu inquiet, ça s'équilibre, et je le regarde impassiblement.

« Steve est assez grand, dis-je.

— Il n'y a pas de Steve, réplique-t-il.

— Qu'est-ce que vous avez contre Steve?

— Ce test comporte soixante questions. Vous avez mal répondu à chacune. Ça demande un véritable effort, Joe. Quarante sont des choix multiples. Statistiquement, vous auriez dû répondre correctement à un quart d'entre elles. Ou au moins à deux ou trois. Mais vous avez eu tout faux. Et pour en arriver à ça, il fallait que vous connaissiez les bonnes réponses et choisissiez les mauvaises. »

Je ne réponds rien.

« Ça prouve que vous n'êtes pas du tout idiot, Joe », poursuit-il. Il commence à vraiment s'échauffer, il a trouvé son rythme. Il décroise même les doigts. « En fait, ça prouve le contraire. C'est ça, le but de ce test. C'est pour ça qu'il est truffé de questions idiotes. » Son expression narquoise se transforme en un grand sourire. « Vous êtes intelligent, Joe, pas génial, mais suffisamment intelligent pour être jugé. »

Il ouvre sa mallette et y range le questionnaire. Je me demande ce qu'il y a d'autre à l'intérieur. Elle est plus jolie que celle que je possédais.

« Joe est intelligent », dis-je en affichant mon grand sourire niais, tout en dents et radieux.

Seulement, ces temps-ci, il n'est pas si radieux que ça. La cicatrice qui court le long de mon visage le crispe, et mon œil s'affaisse un peu.

« Vous pouvez arrêter votre baratin, Joe. Le test prouve que vous n'êtes pas aussi malin que vous le croyez. »

Mon sourire s'estompe.

« Pardon ? »

Celui du psy s'élargit, sans doute parce qu'il croit que je ne le suis pas, et il a raison, parce qu'il ne dit pas où il veut en venir.

« C'était un test chronométré. Il permet d'éliminer les types pas assez malins pour faire croire qu'ils sont idiots. »

Je secoue la tête.

« Je ne comprends pas.

— C'est la seule chose sincère que vous m'ayez dite », observe-t-il.

Il se lève et marche jusqu'à la porte.

Je me retourne sur ma chaise mais ne me lève pas, à cause des menottes.

Il s'apprête à cogner à la porte mais se ravise. À la place, il se tourne vers moi. Je dois avoir l'air plutôt confus car il m'explique :

« C'était un test chronométré, Joe. Soixante questions. Il vous a pris quinze minutes. Ça fait quatre questions par minute. Et vous vous êtes trompé à chacune.

— Je ne vous suis toujours pas », dis-je.

C'est sûrement une bonne chose que je puisse être aussi idiot si rapidement.

« Vous êtes allé trop vite, Joe. Si vous étiez aussi idiot que vous voulez nous le faire croire, vous seriez encore en train de répondre au test. Vous baveriez dessus ou vous lécheriez les pages. Vous vous creuseriez réellement la tête pour trouver les réponses. Mais vous n'avez pas du tout cherché. Vous avez simplement répondu à chaque question à toute vitesse, et elle est là, votre erreur. Vous n'êtes pas idiot, Joe, mais vous avez été trop bête pour comprendre ce qui se passait. On se reverra au tribunal.

— Allez vous faire foutre. »

Il sourit de nouveau. Son sourire à mille dollars qu'il s'entraînera à faire avant d'être appelé à témoigner devant le jury, le sourire à mille dollars qui ne vaudra plus un clou quand j'aurai appris où il habite et que je lui aurai piqué sa jolie mallette.

« Le voilà le Joe que tout le monde verra », dit-il, puis il frappe à la porte et est escorté hors de la pièce.

3

Ça fait presque un an que j'ai été arrêté. Ç'a semblé plus long. Chaque jour pendant environ un mois j'ai fait les gros titres. Il y avait des photos de moi en une de tous les journaux du pays. J'ai même fait quelques unes à l'étranger. Certains clichés étaient des photos d'identité du travail ; d'autres étaient des photos de moi jeune, fournies par les écoles auxquelles je suis allé ; de nombreux me représentaient au moment de mon arrestation, et encore plus à ma sortie d'hôpital. Les photos de mon arrestation ont été prises avec des téléphones portables. Celles de l'hôpital, par des reporters qui sont arrivés pendant qu'on m'opérait. Bien sûr, on m'a aussi beaucoup vu à la télé. Des vidéos de ces deux mêmes événements.

Il y a eu des demandes d'interview que je n'ai pas eu la possibilité d'accepter ou de refuser. Une semaine après l'opération, je me suis retrouvé au tribunal et ai plaidé non coupable. On a refusé de m'accorder une caution et informé qu'une date serait fixée pour le procès. Il y a eu de nouvelles photos et de nouvelles vidéos. Mon visage était rouge et bouffi, ma paupière était pourpre, j'avais des points de suture et de la pommade, et je me reconnaissais à peine.

Après quoi, on n'a plus parlé de moi qu'une fois par semaine. D'autres tueurs arrivaient puis disparaissaient, faisant les gros titres à mesure que plus de sang était versé en ville. Puis j'ai commencé à être de l'histoire ancienne, mon nom n'étant plus mentionné qu'une fois par mois – et encore.

Maintenant, le procès est dans moins d'une semaine, et je fais de nouveau les gros titres.

Mon arrestation a déclenché une série d'événements. À vrai dire, ces événements ont commencé deux jours avant mon arrestation, quand la police a compris qui elle recherchait. Bien sûr, on pourrait dire que cette série d'événements a débuté le soir où j'ai rencontré Melissa. C'était dans un bar. On s'entendait bien. Je l'ai raccompagnée à pied jusqu'à chez elle en songeant que ce serait chouette de la voir nue, avec peut-être quelques membres tordus et assurément un peu de sang aussi, seulement de son côté elle songeait à me ligoter et à m'arracher un testicule avec des pinces. C'est elle qui a vu son désir exaucé, car elle a compris dans le bar qui j'étais. Elle m'a attaché à un arbre dans un parc, et pendant qu'elle plaçait les tenailles autour de mon testicule et serrait, je ne pouvais souhaiter que la mort. D'abord la sienne, puis la mienne.

Mais ça ne s'est pas déroulé comme ça. À la place, elle a essayé de me faire chanter contre de l'argent, puis je l'ai filmée en train d'assassiner l'inspecteur Calhoun, et après on est tombés amoureux. Les contraires s'attirent – et les gens qui aiment faire souffrir les autres aussi.

Je suis rentré chez moi, et pendant cette semaine Melissa n'arrêtait pas de débarquer dans mon appartement pour m'aider. Du moins, je croyais que c'était elle. J'étais constamment dans les vapes, délirant. La moitié du temps ma tête était pleine de mauvais rêves, et le reste du temps c'étaient des rêves encore pires. Mais il s'avère que je me trompais quant à l'identité de la personne qui m'aidait. C'était Sally qui venait chez moi, pas Melissa. La Grosse Sally. La Simplette Sally. Et tout en m'aidant, la Simplement Grosse Sally, ou, comme je l'appelle désormais, La Sally, a vu des choses qu'elle n'aurait pas dû voir. La Sally a touché un ticket de parking que j'avais caché, ticket de parking que je comptais utiliser pour faire accuser l'inspecteur Calhoun de meurtre. Et comme elle a laissé ses empreintes dessus, la police lui a rendu visite, et la suite, comme on dit, est une putain d'histoire à la con.

C'est ainsi que la série d'événements a débuté. Les flics sont venus chez moi un vendredi soir, seulement je n'étais pas là. J'étais avec Melissa. Ils ont fouillé mon appartement et trouvé tout un tas de trucs qui ne plaidaient pas vraiment en ma faveur. Puis ils m'ont attendu, et comme je ne venais pas, ils ont songé que j'avais dû m'enfuir. Mais c'était faux. Je suis rentré un dimanche matin, et il y avait une unité de police qui m'attendait. Les flics ont lancé un appel radio, et une ou deux minutes plus tard ils étaient une douzaine. J'ai sorti mon flingue. J'ai essayé de me tirer une balle. Mais La Sally m'en a empêché en me sautant dessus et en me prenant mon arme.

De là, j'ai été emmené à l'hôpital. On s'est mis à parler de moi aux infos. Puis j'ai commencé à faire l'expérience de la perte. J'ai perdu ma liberté. J'ai perdu mon boulot. J'ai perdu mon chat. C'était un chat que j'avais trouvé quelques semaines plus tôt après qu'il avait été percuté par une voiture. Quand je suis apparu aux infos, le véto qui l'avait soigné m'a reconnu, et on est venu me le reprendre. J'ai perdu mon appartement. Ma mère a commencé à recevoir des demandes d'interview et à raconter tout un tas de trucs bizarres. La vie continue pour tout le monde à l'extérieur, mais entre ces murs, c'est comme si elle s'était figée. Si jamais vous voulez savoir comment douze mois peuvent sembler durer douze ans, vous n'avez qu'à vous faire arrêter pour meurtre.

Ma cellule fait ressembler mon appartement à un hôtel. La maison de ma mère à un palace. La salle d'interrogatoire à une salle d'interrogatoire. Tous ces endroits me manquent. Elle est à peu près deux fois plus large que le lit, et guère plus longue, et le lit n'est déjà pas très grand. Un agent immobilier dirait qu'elle est cosy. Un entrepreneur de pompes funèbres dirait qu'elle est spacieuse. Quatre murs de parpaings, dont un doté d'une porte métallique. Pas de véritable vue à proprement parler, juste une petite fente dans la porte qui donne sur plus de béton, plus de métal, et d'autres portes de cellules, si vous trouvez le bon angle. C'est un endroit assez animé, vu qu'il y a des gens dans les cellules à droite et à gauche de la mienne, des gens qui ne la ferment jamais, des gens qui sont ici depuis beaucoup plus longtemps que moi et qui y resteront encore après que j'aurai été reconnu non coupable.

D'un côté se trouve Kenny Jefferies. Kenny Jefferies a eu trois vies. Dans la première, il était guitariste dans un groupe de heavy metal nommé Tampon of Lamb. Ils ont sorti deux albums, se sont trouvé un public parmi les personnes qui aiment la musique crue et sanguinolente, et ils sont partis en tournée. Puis ils ont sorti une compilation de leurs plus gros tubes, et les gens ont alors découvert la deuxième vie de Jefferies. Du coup, c'en a été fini des tournées et des albums. Et c'est sa deuxième vie qui l'a rendu célèbre, quand les médias ont commencé à l'appeler « Kenny-le-Père-Noël », puisque c'était un violeur d'enfants qui se déguisait en Père Noël pour éloigner ses victimes de leurs parents. Comme l'a observé l'un des gardiens de la prison il y a quelque temps, seuls les gamins peuvent savoir à quelle activité Jefferies était le meilleur. Il a résumé ça en disant, *J'espère vraiment qu'il était meilleur violeur que chanteur, parce que comme chanteur il était vraiment à chier*.

La troisième vie de Jefferies, c'est la prison. Parfois, il chante ou fredonne des chansons que je ne comprends pas. Parfois, il joue d'une guitare imaginaire, grattant l'air et chantant des histoires de torture et de douleur qui doivent lui faire mal à la gorge. Quand je pense au heavy metal, je me dis que l'évolution de l'humanité a atteint son apogée et qu'on est sur la pente descendante, en passe de redevenir des singes.

De l'autre côté se trouve Roger Harwick – plus communément appelé « Petite-Bite ». Et ce n'est pas comme quand les gens qualifient ironiquement un type balèze de nain. Harwick avait un mal de chien avec ses victimes. Non pas qu'il n'ait pas eu le désir de passer à l'acte, mais il n'avait simplement pas le matériel. Je suppose qu'il était attaché aux gamins parce qu'il se disait qu'ils seraient plus à sa taille. Seulement, il se trompait. Il est devenu célèbre parce que ses tentatives ratées le couvraient de ridicule. Il était le violeur d'enfants comique – pour autant qu'un violeur puisse être comique –, et comparé à certains autres ici, il était hilarant. Je me retrouve donc entouré de pédophiles célèbres – et c'est l'endroit le plus sûr. C'est pour ça que je suis ici. À l'écart de la population carcérale générale, loin des mille détenus qui seraient disposés à me briser la nuque. Toute mon aile est remplie de types comme Jefferies et Harwick. Le matin nous sommes tous cantonnés dans nos cellules, mais quand arrive midi on nous autorise à aller dans la zone commune – trente détenus en tout, un groupe suffisamment peu nombreux pour être facile à contrôler. Il y a ceux qui ne cherchent pas à s'insérer, ceux qui tentent d'insérer dans les autres des brosses à dents taillées en pointe, ceux qui tentent d'insérer dans les autres des parties de leur corps. Nous partageons une kitchenette et une salle de bains, et nous pouvons sortir dans une espèce de cage assez grande pour y pendre un chiot mort, mais trop petite pour y pendre une pute morte par les chevilles. Si « petit » se dit « cosy » en langage immobilier, alors un agent pourrait décrire cette aile comme super archi cosy.

Je ne peux pas faire grand-chose dans ma cellule, mais j'ai tout de même quelques options. Je peux m'asseoir au bord de mon lit et regarder le mur, ou je peux regarder les toilettes, ou je peux m'asseoir sur les toilettes et regarder le lit. Ces douze mois ont été pénibles. Il y a l'entretien occasionnel avec le psychiatre, mais après le numéro de ce matin je crois qu'il n'y en aura peut-être plus. Ma mère vient me voir deux fois par semaine. Le lundi et le jeudi. Mais à part ça, il semblerait que la prison soit synonyme d'ennui. Si j'étais parmi la population générale, je m'emmerderais moins, mais je serais également mort. Tout ce que j'ai, c'est deux livres par terre dans un coin, et des types dans les cellules attenantes qui ne peuvent pas rester trois heures sans se masturber bruyamment. À côté, Kenny-le-Père-Noël fredonne *Coup de poing dans la chatte de la reine*. C'est la chanson-titre de leur premier album, celle qui les a rendus célèbres. Il tape du pied par terre. Je ramasse l'un des romans de poche à l'eau de rose et l'ouvre, mais les mots se fondent les uns dans les autres pour n'en former qu'un seul et ne retiennent pas mon attention. Je n'arrête pas de me dire que je devrais écrire un livre. Enseigner à certaines personnes la vérité sur l'amour. Mais c'est une idée à la con. Personne ne le lirait. Ou alors peut-être qu'ils liraient n'importe quoi écrit par le Boucher de Christchurch. Peut-être que je devrais écrire un livre sur les crimes dont on m'accuse, si je me rappelais les avoir commis. Bien sûr, si c'était vrai, si je ne me souvenais de rien, ça ferait juste un livre de pages blanches. Mais je me souviens de chaque détail, chaque femme, chaque mot prononcé. J'y pense beaucoup. Ce sont les souvenirs qui vous retiennent de vous nouer un drap autour de la gorge et de vous pendre au bout du lit.

Je balance le roman à l'eau de rose dans le coin de la cellule. Ça n'a aucun sens que je sois encore ici. Je vaux mieux que ça. Je suis trop intelligent. Ça n'a aucun sens que je n'aie pas pu m'échapper quand Schroder et ses hommes de main sont venus me chercher. Je ne peux pas m'imaginer passant vingt ans ici. À ce rythme-là, je serai aussi dingue dans quelques semaines que ce que je fais semblant d'être depuis plusieurs années.

Mais surtout, je n'arrête pas de penser à ce test débile. Ç'aurait dû être évident. Je suis complètement passé à côté. Est-il possible que Barlow ait raison et que je ne sois pas si intelligent que ça ?

Kenny-le-Père-Noël devient silencieux, et je suis à peu près certain de savoir ce qu'il est en train de faire. Petite-Bite – ou Minuscule-B, comme on l'appelle ici – a entamé une conversation avec le type dans la cellule à côté de la sienne. C'est une conversation à la con puisqu'ils parlent de la météo et qu'ils n'ont aucune idée du temps qu'il fait étant donné qu'ils ne voient pas dehors. Mais ils parlent beaucoup de la météo, ces deux-là. J'aurais cru qu'ils discuteraient plus des choses qu'ils ont en commun – les raisons qui les ont amenés ici –, mais il s'avère qu'ils n'en parlent pas souvent. C'est comme si les souvenirs étaient trop excitants pour eux. De l'adrénaline pure. Comme s'ils craignaient de devenir dingues s'ils évoquaient leurs expériences.

Le bruit d'une porte qui s'ouvre plus loin dans le couloir fait taire tout le monde. Des bruits de pas et des voix résonnent, puis les pas s'arrêtent à quelques cellules de la mienne. Je jette un coup d'œil à travers la fente dans ma porte, certain que les autres font la même chose. Trois personnes se tiennent là. J'en reconnais deux.

« Mesdames et messieurs, lance l'un des gardiens, un certain Adam. Applaudissons chaleureusement le retour de l'un de vos codétenus préférés. Il nous revient après quinze ans de prison, six semaines dehors, et les trois dernières sous surveillance antisuicide. Vous le connaissez, vous l'aimez, le seul, l'unique, monsieur Caleb Cole ! »

Personne n'applaudit. Personne ne fait un bruit. Aucun d'entre nous ne le connaît personnellement. Tout le monde s'en fout. Caleb Cole n'était pas dans notre aile. Nous l'avons vu aux infos, mais vraiment, qu'est-ce qu'on en a à battre ?

« Allez, les filles, c'est pas une façon de traiter un ami. Caleb va rejoindre votre groupe parce qu'il a plus sa place dans la population générale. Il a... c'est quoi le mot qu'on entend tout le temps ? C'est ça – il a des *problèmes*. Alors, t'en dis quoi, Caleb, fais pas ton timide, dis un mot à tes nouveaux codétenus. Tu veux pas partager certains de tes *problèmes* avec eux ? »

Si Caleb a un mot à nous dire, il le garde pour lui. Je me rappelle avoir eu droit au même traitement il y a douze mois. Deux gardiens m'ont escorté jusqu'ici et m'ont présenté à ce qu'ils appelaient ma nouvelle famille. Je me rappelle ma terreur absolue tandis que quelques détenus applaudissaient et que d'autres sifflaient. Mais, Dieu merci, ça n'a pas été plus loin, et quand on m'a demandé de dire un mot, j'ai eu la même réaction que Caleb. J'ai assisté à ça plusieurs fois depuis, et personne ne dit jamais rien. Quand on m'a amené ici, je ne savais pas comment je survivrais à cette première nuit, et encore moins aux mois qui me séparaient de mon procès. Je me suis mentalement suicidé environ cent fois, laissant mon esprit s'égarer dans cette direction et visualisant le résultat, puis m'apercevant à chaque fois que personne n'en aurait rien à foutre. À part peut-être Melissa.

Décidant qu'ils se sont suffisamment payé la tête de Caleb, les gardiens ouvrent une porte de cellule plus loin dans le couloir, hors de mon champ de vision. Trente secondes plus tard, elle est refermée, cette fois-ci à coup sûr avec Caleb à l'intérieur. Caleb Cole est un assassin. Il était en prison pour meurtre, a été relâché, puis il a tué de nouveau. Certaines personnes ont ça dans le sang. On dit que les tueurs en série ne changent jamais.

Les gardiens qui ont escorté Caleb jusqu'à sa cellule s'approchent désormais de la mienne. La porte s'ouvre. Ça signifie qu'ils vont m'emmener quelque part, et je suppose que ce sera forcément beaucoup plus intéressant qu'ici. Ils pénètrent dans ma cellule.

Adam a l'air d'un de ces types qui passent deux heures par jour à la salle de sport, et deux chaque soir devant un miroir à admirer le résultat de leurs durs efforts. L'autre gardien, Glen, est probablement là avec Adam tout du long. Je parie qu'ils se retrouvent une ou deux fois par semaine pour baiser comme des bêtes et rabâcher à quel point ils détestent les homos. Adam se tient devant moi, ses muscles gonflant son uniforme, le genre de muscles sur lesquels un tournevis émoussé rebondirait. Certains types ici ont trouvé Dieu depuis qu'ils ont atterri derrière les barreaux. Ils disent que Jésus pourvoira à tous nos besoins. Je regarde autour de moi, mais Jésus ne m'a pas pourvu d'un tournevis aiguisé. Tout ce qu'Il me donne, ce sont ces deux connards qui se servent des muscles dont Il les a pourvus pour me bousculer presque chaque jour depuis que je suis ici. Dans des murs. Par terre. Dans des portes.

« Allons-y, dit Adam.

— Où ça ? »

Il secoue la tête. Il a l'air en colère. Peut-être que ses haltères sont cassés.

« C'est dingue, dit-il, mais tu rentres chez toi, Joe. »

Mon cœur saute deux battements et mon champ visuel se rétrécit, les murs disparaissent et tout ce que je vois, c'est Adam qui me parle. Mais je vois aussi autre chose – moi franchissant la porte de mon appartement et m'allongeant sur mon lit. Je vois les femmes à venir. Et je vois aussi d'autres cadavres – comme Adam, comme Barlow, comme Glen. Je suis incapable de parler. J'ai la bouche entrouverte et les yeux tout écarquillés, et je sens poindre un sourire niais. Mais. Impossible. De. Parler.

« Les accusations ont toutes été abandonnées, explique Glen avec une mine renfrognée comme s'il venait de sucer un morceau de viande pourrie – ou un bon morceau de viande d'Adam.

— Un vice de procédure à la con », ajoute ce dernier.

Je suis toujours incapable de parler. Tout ce que j'arrive à faire, c'est sourire.

« Allons-y », dit Adam, crachant presque les mots dans ma direction.

Et juste comme ça, mon séjour en prison s'achève.

4

Les jours sont de plus en plus courts. De plus en plus froids. Presque chaque jour, de la neige est annoncée pour le lendemain, et pourtant elle n'est jamais là, et Schroder ne sait pas qui est fautif, le présentateur météo ou Dame Nature. L'année dernière, l'été a semblé interminable, avec des journées chaudes jusqu'au mois de mai. Cette année, ça a été la même chose jusqu'à il y a quelques semaines, une vague de chaleur a écrasé la ville et fait quelques victimes. Mais avec le temps qu'il fait désormais, difficile de s'en souvenir. La bonne chose avec le froid, c'est que les cinglés restent chez eux parce qu'il fait trop moche pour sortir emmerder le monde. La criminalité diminue toujours en hiver. Les gens qui vont travailler laissent derrière eux des maisons aussi glaciales que des réfrigérateurs, et personne n'a vraiment envie de les cambrioler. C'est donc une bonne période de l'année pour être flic. Sauf que Carl Schroder n'est plus flic. Ça fait des semaines qu'il ne l'est plus, depuis le soir où il a tué cette femme et où on lui a repris son arme, sa plaque, et tous les avantages à la con qui allaient avec, y compris le salaire de merde.

Mais il a beau avoir perdu son boulot, il se sent encore flic. C'est ennuyeux. Chaque matin pendant les deux premières semaines, il se levait et voulait mettre sa plaque, et il finissait par enfiler un survêtement et traîner à la maison, aidant sa femme et s'occupant de ses gosses. Chaque soir en allant se coucher, il voyait la femme qu'il avait abattue et détestait le fait qu'il avait dû prendre cette décision, tout en sachant que si c'était à refaire, il le referait. La troisième semaine, il s'est trouvé un nouvel emploi qui n'implique de tirer sur personne.

C'est désormais sa deuxième semaine dans ce boulot. Le trajet jusqu'à la prison est misérable. Il pleuvait quand il s'est réveillé, il pleuvait quand il a pris son petit déjeuner, il pleuvait quand il a reçu le coup de fil lui demandant de venir, et même si les prévisions annoncent un temps agréable pour demain, il est certain qu'il flottera encore. Les essuie-glaces nettoient le pare-brise, mais bientôt la pluie rend de nouveau tout flou. Dans les champs, les vaches sont plantées dans la gadoue, les moutons portent des pulls en laine saturés d'eau, et pourtant les fermiers sont là à entretenir le cycle de la vie, produisant de la nourriture, produisant du lait, produisant des bénéfices, conduisant des tracteurs tandis que la pluie n'arrête pas de tomber. L'herbe des bas-côtés est inondée. De petits arbustes sont sous l'eau. Des oiseaux pataugent dedans. Les essuie-glaces peinent à tenir le rythme. Régulièrement, des affiches préviennent des dangers qu'il y a à conduire fatigué, ou trop vite, ou ivre. L'une d'elles dit : *Plus vous roulez vite, plus il y aura de dégâts*. Superman ne serait pas d'accord. Plus il allait vite, et plus il sauvait de gens. Un jour, il est allé tellement vite qu'il a remonté le temps et réglé tout un tas de problèmes avant même qu'ils se produisent. Christchurch a besoin de quelqu'un comme lui.

Un camion qui arrive dans la direction opposée traverse une portion de route inondée, projetant tellement d'eau sur le pare-brise de Schroder que les essuie-glaces ne parviennent pas à l'évacuer immédiatement, et pendant deux secondes il ne voit rien, deux secondes effrayantes à rouler à l'aveugle sur une grande route. Il pose le pied sur la pédale de frein et appuie lentement jusqu'à ce que le pare-brise soit dégagé. Mais même alors la vue ne change pas. Toujours plus de pluie, plus de ciel gris.

La radio est allumée. Il écoute une station de débats nationale. Des auditeurs appellent et l'animateur fait la conversation. Ils parlent d'actualités, et l'actualité dont les gens veulent parler, c'est la peine capitale. Ça fait un mois que ça dure. C'est le débat national. Certains sont pour. D'autres sont contre. L'émotion est à son comble. Ceux qui sont pour détestent ceux qui sont contre. Même chose dans l'autre camp. Il n'y a pas de terrain d'entente. Pas de compromis. Personne n'arrive à comprendre le point de vue opposé. Ce débat divise le pays, il divise les voisins, les familles, les amis. De son côté, Schroder est pour. Il ne voit pas le mal qu'il y a à rendre un peu de la douleur que les assassins ont infligée à cette ville. Une moitié des personnes qui appellent la station partage son opinion. L'autre moitié, non. Mais dans un cas comme dans l'autre, ils veulent être entendus.

« Il ne s'agit pas de justice », déclare un auditeur. C'est un certain Steward qui appelle d'Auckland, où, d'après lui, la pluie atteint des proportions bibliques.

« Il s'agit de châtiment », ajoute-t-il, ce qui, quand on y réfléchit, est également assez biblique.

Le trajet de vingt minutes jusqu'à la prison en prend trente-cinq par ce temps. Il entend une douzaine d'opinions différentes. L'animateur tente d'être impartial. Schroder pourrait changer de radio et entendre le même débat sur six autres stations. La bonne nouvelle, c'est qu'il va y avoir un référendum. Un suffrage va être organisé. D'aussi longtemps que Schroder se souvienne, c'est la première fois que le gouvernement écoutera le peuple. C'est du moins ce qu'il prétend – après tout, il y a une élection cette année. La principale question adressée au Premier ministre et à ceux qui se présenteront contre lui est : le prochain gouvernement suivra-t-il la volonté du peuple ? Et la réponse est oui. Ce qui signifie, en théorie, qu'à la fin de l'année la peine de mort pourrait être réinstaurée, si c'est ce que veut le peuple. Il se demande où ça entraînera le pays. Retour à l'âge des ténèbres ? Ou en direction d'un avenir où les gens s'entretueront un peu moins ?

Difficile à dire.

Mais en fonction du résultat du vote, il le saura peut-être.

Schroder éteint la radio. La semaine prochaine, avec le début du procès de Joe Middleton, sera un cauchemar. Il a entendu dire que l'accusation demandera la peine de mort si la loi est votée. Il y aura du monde devant le tribunal. Ils brandiront des pancartes. Pro-peine de mort. Anti-peine de mort. Droits des victimes. Droits de l'homme.

La prison apparaît sur la gauche. Il ralentit pour prendre la bifurcation. Une camionnette qui roule à vive allure manque de l'emboutir. Une minute plus tard, il atteint un poste de garde. Il montre sa pièce d'identité à un agent aussi rigolo qu'un gardien de prison. Devant lui se trouve l'entrée, et derrière il y a des ouvriers en train de construire une nouvelle aile. Ils travaillent même sous la pluie, impatients d'achever leur boulot et de créer plus d'espace pour enfermer de nouveaux criminels. Celui qui a dit que le crime ne payait pas aurait dû ajouter que c'est une industrie qui pèse des milliards de dollars avec tout ce à quoi elle touche – nouvelles prisons, avocats, enterrements, assurances. C'est le seul secteur en plein essor. Une autre voiture s'engage derrière lui sur le parking. Il se gare et reste quelques instants immobile, regrettant de ne pas avoir de parapluie tout en sachant qu'il ne l'utiliserait probablement pas s'il en avait un. Il regarde en direction de la voiture d'à côté. Une femme, seule. Elle coupe le moteur, et il n'y voit pas assez clair pour savoir ce qu'elle fait, mais il a suffisamment fréquenté les femmes pour deviner qu'elle est probablement en train de ranger quelque chose dans son sac à main ou d'en sortir quelque chose – une tâche aussi simple que celle-ci peut prendre cinq minutes à sa femme, vu que son sac est comme une capsule temporelle qui remonterait à avant leur rencontre. La femme ouvre la portière. Elle est enceinte. Et vu comme elle peine à s'extirper de son véhicule, ça doit faire à peu près un an qu'elle l'est.

« Vous avez besoin d'un coup de main ? » demande-t-il en descendant de voiture.

Il est presque obligé de crier pour se faire entendre par-dessus la pluie. Il n'a pas achevé sa phrase qu'il est déjà trempé, et elle aussi, mais juste son visage et son ventre à ce stade.

« Merci », répond-elle, et elle saisit sa main.

Mais au lieu que ce soit lui qui la hisse sur ses pieds, c'est presque elle qui l'entraîne dans la voiture, et il est tenté de se laisser faire car c'est plus sec à l'intérieur. Il raffermit son dos, bande ce qui lui reste de muscles abdominaux, et il tire. Elle bascule brusquement en avant, s'agrippe à lui pour se retenir, et il tombe presque à la renverse, se retenant à la portière pour garder l'équilibre.

« Oh, mon Dieu, je suis désolée, fait-elle en s'écartant de lui.

— Vous avez choisi une sacrée journée pour venir voir quelqu'un », dit-il.

Elle lâche un petit éclat de rire très doux que son mari ou petit ami doit adorer entendre.

« Vous croyez que ce sera mieux demain ?

— Il est censé faire beau, répond-il, mais peut-être que la neige qu'ils nous annoncent depuis une semaine va finir par arriver. »

Il aimerait savoir qui elle vient voir. Peut-être que son petit ami ou son mari est enfermé ici. Il ne pose pas la question.

« Est-ce que vous pourriez… ça m'ennuie de vous demander ça, mais est-ce que vous pourriez attraper mon sac à main ?

— Bien sûr », dit-il. Elle s'écarte, il se penche dans la voiture et attrape son sac à main sur le siège passager. « Pas de parapluie ? »

Elle secoue la tête.

« Ce n'est jamais que de la pluie.

— Une pluie torrentielle », observe-t-il en refermant la portière. Plus la peine de se presser, il est déjà trempé jusqu'aux os.

Elle sourit.

« J'aime bien ça. La pluie, c'est… je ne sais pas, romantique, je suppose. » Elle prend une profonde inspiration. « Et cette odeur. J'adore cette odeur. »

Schroder inspire à son tour profondément. Tout ce qu'il sent, c'est l'herbe humide.

Ils marchent ensemble jusqu'à la porte principale. La femme a la main posée sur son ventre, et il songe qu'elle ferait mieux de la placer beaucoup plus bas, pour rattraper ce qui risque de tomber d'elle d'une seconde à l'autre. Il lui ouvre la porte.

« J'ai l'impression de vous avoir déjà vue », dit-il, mais il n'arrive pas à la resituer. C'est comme si elle ressemblait à quelqu'un qu'il avait connu. Il regarde ses cheveux roux abondants et ondulés qui lui descendent jusqu'aux épaules, et il s'imagine qu'elle doit passer beaucoup de temps à les entretenir. Elle porte un fard à paupières d'une nuance brun clair, et du rouge à lèvres.

« Est-ce que je vous ai déjà croisée ?

— Ha… on me pose souvent cette question », répond-elle.

Ils sont désormais à l'intérieur, à l'abri de la pluie.

« J'étais actrice, avant que ceci n'arrive, ajoute-t-elle en se tapotant le ventre.

— Oh, vraiment ? Je viens moi-même de faire mes premiers pas dans l'industrie télévisuelle.

— Vous êtes acteur ? »

Il secoue la tête.

« Consultant. Dans quoi ai-je pu vous voir ?

— Eh bien, c'est un peu embarrassant, répond-elle, mais dans rien de bien intéressant. Principalement des pubs pour des shampooings. Et quelques-unes pour des hôtels. Vous me verrez souvent assise derrière un guichet, ou assise au bord d'une piscine, ou sous la douche. Ma carrière est vraiment en train de décoller, dit-elle avec un grand sourire. Mais avec le bébé vous ne me verrez pas pendant quelques années, ou alors dans une pub pour des couches. Bon, je déteste être grossière, mais je dois répondre à l'appel de la nature. »

Elle marque une pause près d'un petit couloir doté d'une pancarte indiquant des toilettes un peu plus loin.

« Vous avez des enfants ? demande-t-elle.

— Deux », répond-il.

L'eau est en train de former une flaque à ses pieds.

« C'est mon premier, dit-elle. Je crois que ce sera un vrai farceur. En ce moment, ça l'amuse de me faire courir jusqu'aux toilettes toutes les dix minutes. Merci pour… pour le coup de main, dit-elle en souriant.

— Je vous en prie. »

Il marche jusqu'au guichet, derrière lequel se trouve une très grosse femme. Une plaque de plexiglas les sépare. C'est comme être dans une banque. La dernière fois qu'il est venu à la prison, c'était en été, quand Theodore Tate a été libéré, et tout ce qu'il a fait alors, c'est attendre sur le parking. Tate était un de ses copains, un ancien flic devenu criminel. Puis il est devenu détective privé. Puis de nouveau criminel. Puis flic. Puis victime. Tate a été beaucoup de choses, et Schroder songe qu'il devrait aller le voir. Ça fait quelques jours qu'il ne l'a pas fait.

« Je suis ici pour Joe Middleton », annonce-t-il, et il tend sa pièce d'identité.

Le visage de la femme se crispe un peu à la mention de ce nom, et celui de Schroder aussi. Pendant des années, ce faux derche a travaillé parmi eux, nettoyant le sol et vidant les poubelles, et utilisant constamment les ressources de la police pour garder une longueur d'avance sur l'enquête. Joe Middleton. C'est Schroder qui l'a arrêté, mais ils ont merdé sur toute la ligne. Ils auraient dû le pincer plus tôt. Trop de personnes sont mortes. Il s'est senti responsable. De nombreux flics se sont sentis responsables. Et à juste titre – ils ont laissé un tueur se balader parmi eux.

« Il sera là dans cinq minutes », réplique la femme, et Schroder sait que quoi qu'elle dise, c'est comme ça. Ça n'a pas l'air d'être le genre de personne avec qui vous voulez jouer au con. On dirait qu'elle pourrait gérer toute la prison à elle seule. « Asseyez-vous », ajoute-t-elle en pointant le doigt derrière lui.

Il connaît la musique. Il a déjà attendu ici – mais jamais en tant que civil. C'est différent. Il n'aime pas ne plus avoir de plaque.

Il se dirige vers les chaises. Il est seul. La femme enceinte n'est toujours pas revenue, et il se rappelle comment c'était avec sa femme – à la fin, elle refusait d'être à plus de trente secondes de toilettes.

Il s'assied, ses vêtements trempés adhérant à son corps. La chaise est constituée d'un unique morceau de plastique monté sur des pieds en métal. Il y a une table couverte de magazines. Ajoutez quelques personnes en train de tousser et un bébé en train de brailler, et ce serait exactement comme chez le médecin. Il entend des gouttes d'eau tomber de ses vêtements et heurter le sol. Le gardien regarde dans sa direction, et il se sent un peu gêné. Il s'attend à ce que la femme autoritaire lui jette du papier absorbant, ou une serpillière, ou alors qu'elle le foute à la porte.

Cinq minutes. Et alors il devra faire face à l'homme qu'il a arrêté il y a un an.

Le Boucher de Christchurch.

L'homme qui les a tous ridiculisés.

5

Ça doit être comme ça quand on gagne au loto. Ou quand on gagne au loto sans même avoir acheté de ticket. Les deux matons ont l'air dégoûtés. On dirait qu'Adam a envie de me frapper. Et Glen a l'air d'avoir besoin qu'on le prenne dans ses bras. La nouvelle commence à produire son effet, et je sens mon expression neutre de Joe-le-Lent qui commence à apparaître. Le monde qui a dévié de son axe il y a douze mois est en train de se redresser. Ce qui était de traviole ne l'est plus. La nature reprend le dessus. Les lois de la physique reprennent le dessus. Mon sourire de débile me procure une sensation géniale et semble bien plus approprié que tout à l'heure, quand j'étais avec Barlow. C'est le grand sourire qui montre toutes mes dents, et si je n'arrive pas à le contrôler, il va me déchirer la bouche. Ma cicatrice me fait mal tandis qu'elle est bousculée par mon sourire et cherche en vain une position confortable, mais je me fous de la douleur. Du moins pour le moment. Je vais rentrer chez moi. Je vais pouvoir reprendre mes activités préférées. M'acheter un nouveau poisson rouge. Et quelques jolis couteaux bien aiguisés. Et aussi une mallette bien cool.

Adam regarde Glen, et il éclate de rire, les muscles de sa nuque saillent sous sa chemise, et alors Glen s'esclaffe à son tour. Ils se regardent pendant deux secondes, puis se tournent tous les deux vers moi.

« Putain, c'était génial », dit Adam. Il me regarde, mais c'est à son petit copain qu'il parle. « T'as vu sa tronche ?

— Je croyais pas que ça prendrait, répond Glen. Vraiment pas. Oh, bon Dieu, tu l'as bien baisé.

— Je te l'avais dit. Je t'avais dit qu'il était encore plus con que ce que les gens croient.

— De quoi ? » dis-je.

Mais évidemment, j'ai compris. C'est une farce. Dans un monde idéal, je poignarderais ces deux types pour s'être foutus de moi. Mais ce n'est pas un monde idéal – mon environnement et l'absence de couteau en sont la preuve. J'entre dans leur jeu – parce que faire autre chose reviendrait à leur montrer qui je suis vraiment.

« Il a toujours pas pigé », déclare Glen en élevant la voix, tentant de se retenir de rire. Il semble impatient, excité à l'idée d'expliquer. Quoi qu'il y ait à expliquer. « Tu crois vraiment qu'ils te laisseront sortir d'ici un jour ? me demande-t-il. Allez, connard, y a quelqu'un qui veut te voir. »

Je fais un pas vers eux.

« Est-ce que… est-ce que je dois prendre mes livres ? »

Je demande ça naïvement, et je joue bien la comédie. Très, très bien.

« Oh, bon Dieu, fait Adam, et il se remet à rire. Bon sang, il pige toujours pas.

— Arrête d'être aussi abruti. Avance », dit Glen, et il m'attrape par le bras.

Sa voix a une tonalité sombre, l'impatience et l'excitation ont disparu. Il est à cran. On dirait qu'il est prêt à ce que je tente quelque chose, ou, plus probablement, qu'il attend que je tente quelque chose qui l'autorisera à vérifier si un crâne humain peut être broyé entre un avant-bras et un biceps.

« Je… je ne rentre pas chez moi ?

— Tu me fais marrer », répond Adam, et Glen acquiesce.

Ils me mènent à une pièce identique à celle dans laquelle j'étais plus tôt avec le psy. Je m'assieds derrière le bureau et ils ne me menottent pas, ce qui signifie que je vais parler à quelqu'un qui est capable de me coller une branlée. Les gardiens quittent la pièce. Je me lève et commence à tourner en rond. Je suis confronté à un dilemme fondamental en prison : rester assis sans rien faire, ou tourner en rond dans la pièce dans laquelle je me trouve. J'examine les murs en béton. Superbe architecture. Vraiment intemporelle. Je tends la main et les touche. Partout à travers le monde, les prisons construites depuis le siècle dernier jusqu'au siècle prochain auront les mêmes murs. Et dans mille ans, je doute qu'ils en aient amélioré l'esthétique. La porte s'ouvre. Carl Schroder entre. Il est trempé jusqu'aux os. Je mettrai les experts de la météo à jour quand je regagnerai ma cellule.

« Assieds-toi, Joe », dit-il.

Je m'assieds. Il ôte sa veste et la suspend au dossier de la chaise. L'avant de sa chemise est mouillé, de même que son col, mais les manches ont l'air à peu près sèches. Il les retrousse. Il se passe une main dans les cheveux et la secoue pour en ôter l'eau. Ses cheveux sont plus longs que la dernière fois où je l'ai vu, sa frange a poussé et est plaquée sur son front. Il essuie une goutte d'eau sur son nez. Son portefeuille, ses clés et son téléphone sont probablement dans une corbeille quelque part. Il me dévisage et je le dévisage, puis je lui fais mon grand sourire de Joe-le-Lent, celui tout en dents.

« J'ai entendu dire que t'en bavais », dit-il.

Mon sourire disparaît. Il y a des gens sur qui il n'a aucun effet.

« J'ai entendu dire que c'était vous qui en baviez, dis-je. Joe a entendu dire que vous aviez été viré. »

Il paraît qu'il a été viré parce qu'il s'est pointé soûl sur une scène de crime. Je me demande si c'est à cause de gens comme moi que des gens comme lui se mettent à picoler. Le problème, c'est que quand on est flic, arriver au boulot bourré n'est pas un motif de renvoi. Ça peut vous valoir une suspension, voire une rétrogradation, mais un renvoi ? Non, pas quand les forces de police ont du mal à recruter suffisamment de personnel. Schroder s'est donc fait virer pour une autre raison, mais je ne l'imagine pas soupirant, se penchant en arrière et me disant, *Eh bien, Joe, je vais te dire ce qui s'est vraiment passé.*

« Joe doit entendre beaucoup de choses, reprend-il. Et Joe doit savoir qu'un avenir vraiment merdique l'attend. Tu vas pas t'en tirer comme ça, alors arrête ton putain de cinéma.

— Joe aime les acteurs. Joe aime les films à la télé. »

Il roule à demi les yeux, puis se pince l'arête du nez.

« Écoute, Joe, arrête ton pipeau, OK ? Je sais que tu as beaucoup de temps libre en ce moment, mais je ne suis pas ici pour perdre le mien. Je suis ici pour te faire une proposition. Ton procès débute dans quatre jours. Tu…

— Vous n'êtes plus flic. Qu'est-ce que vous faites ici ? Combien de fois êtes-vous venu me voir depuis un an pour me questionner sur Melissa ? Je n'arrête pas de vous dire…

— Ce n'est pas la raison de ma venue », coupe Schroder en tendant la main en avant.

Depuis mon arrestation, ils ont cherché à m'inciter à parler, tout en me répétant que je ne reverrais jamais la lumière du jour.

« Alors, pourquoi êtes-vous ici ?

— Je veux savoir où est enterré l'inspecteur Calhoun. »

Avant mon arrestation, l'une des victimes qui m'ont été attribuées était une certaine Daniela Walker. Seulement, ce n'est pas moi qui l'avais tuée. La personne qui avait fait le coup avait maquillé la scène de sorte à ce qu'elle passe pour une autre victime du Boucher de Christchurch. Ça m'a agacé. De fait, ça m'a tellement agacé que j'ai enquêté sur sa mort et découvert qu'elle avait été assassinée par l'inspecteur Robert Calhoun. Il était allé la voir chez elle pour essayer de la convaincre de porter plainte contre son mari qui la frappait, et pour une raison ou pour une autre, Calhoun avait lui aussi fini par la frapper. Mon plan était de lui coller tous mes meurtres sur le dos. Ça n'a pas fonctionné comme prévu. Ce n'est cependant pas moi qui ai tué Calhoun. Je l'ai enlevé. Je l'ai ligoté. Mais c'est Melissa qui lui a planté le couteau dans le corps.

Je hausse les épaules.

« C'est un acteur ?

— C'est un policier. L'homme que tu as filmé pendant qu'on le tuait.

— Donc, c'est un acteur. »

Ses poings se serrent, mais à peine.

« Je ne sais pas comment ç'a été pour toi, mais de mon côté, le temps a filé à toute allure. C'est comme si les criminels de Christchurch avaient fait une pause. Les gens continuent de faire la fête dans la rue. Depuis ton arrestation, le taux de criminalité a dégringolé. Je ne suis plus flic, mais la ville n'a plus besoin d'autant de flics.

— C'est du baratin », que je lui dis.

Je regarde les infos. Il se passe encore des saloperies. C'est juste que je ne suis plus impliqué.

« Qu'est-ce que vous voulez ?

— Sincèrement ? Je voudrais soulever cette chaise et te défoncer le crâne avec. Mais je suis ici parce qu'on a besoin de s'entraider.

— S'entraider ? Vous plaisantez.

— Je ne suis pas venu pour plaisanter, Joe.

— Pourquoi est-ce que mon avocat n'est pas là ?

— Parce que les avocats sont des obstacles, Joe. Et l'aide dont j'ai besoin de ta part ne nécessite pas d'avocat.

— Je suis innocent. Quand le procès débutera, les gens apprendront que j'étais malade. Je suis une victime dans cette affaire. Ce qu'ils disent que j'ai fait… ce n'était pas moi. Pas le vrai moi. Les tribunaux ne punissent pas les victimes. »

Schroder éclate de rire. Depuis tout le temps que je le connais, c'est la première fois que je vois ça. Il se penche en arrière sur sa chaise, et soudain il se met à souffler comme un bœuf. Il semble pris dans un cycle où plus il rit, plus la situation est drôle. Il commence même à pleurer. Son visage devient rouge, et quand il lève les yeux vers moi, il repart à rire de plus belle. J'ai le sentiment que si je riais avec lui il me coincerait par terre avec son genou dans mon dos et me tordrait les bras jusqu'à me les casser. Son rire s'atténue, puis cesse. Il s'essuie le visage avec la paume de ses mains. Je n'arrive pas à distinguer ses larmes de l'eau de pluie.

« Oh, bon Dieu, Joe, c'était bon. C'était vraiment bon. Et c'était pile ce dont j'avais besoin, parce que je viens de passer quelques semaines de merde. » Il prend quelques profondes inspirations et expulse l'air rapidement en secouant lentement la tête. « *Je suis innocent* », répète-t-il. Son sourire réapparaît, et pendant un moment j'ai peur qu'il se remette à rire, mais il parvient à se contrôler.

« J'en reviens pas que t'aies dit ça avec une telle… (il semble chercher le mot) conviction. S'il te plaît, faudra que tu dises ça quand tu seras à la barre. Sur le même ton. Ça amusera beaucoup de gens.

— Pourquoi êtes-vous ici, Carl ?

— Tiens, tiens, quelle surprise. C'est marrant, mais tu as toujours fait semblant d'oublier mon prénom pendant toutes ces années. Je dois te reconnaître ça, tu étais très convaincant.

— Si je n'avais pas été convaincant, c'est que vous auriez été un abruti, dis-je, désormais furieux après lui, de la même manière que je commence à être furieux après tout le monde. Dites-moi juste ce que vous voulez. »

Son sourire disparaît et il se penche en avant. Il pose les coudes sur la table et croise les bras.

« Tu te crois malin, hein ?

— Si je suis l'homme pour lequel vous me prenez, alors j'ai déjà prouvé que j'étais plus malin que vous. Mais je ne suis pas cet homme. Ce qui prouve que je ne peux pas être si malin que ça.

— Ouais, bon, t'as été trop malin ce matin pour ce test psychologique. Ton zéro pour cent. Tu sais ce que c'était, non ? C'était ton *ego*. C'était toi en train de prouver au reste du monde à quel point tu étais intelligent, mais le résultat est là, Joe, et ton *ego* t'a foutu dedans.

— Ben voyons. »

Je suis agacé qu'il soit au courant pour le test. Je suppose que les bruits courent, même quand vous vous êtes fait virer de la police.

« La vérité, c'est que j'aimais plutôt bien comment tu parlais quand tu faisais semblant d'être mentalement retardé. Ça allait bien avec ton apparence. C'est pour ça que ton numéro a si bien marché. Enfin quoi, évidemment que tu nous as bernés, Joe, parce que tu as joué l'idiot parfait.

— Ouais, ouais, je saisis, OK, Carl ? Vous essayez de vous foutre de moi, de me rabaisser. Qu'est-ce que vous voulez qui n'exige pas la présence de mon avocat ? »

Il se penche en arrière. Il ne croise pas les doigts comme le psychiatre. Peut-être qu'il en est arrivé aux mêmes conclusions que moi sur les psychiatres.

« Vous avez dit que vous aviez besoin de mon aide, dis-je, insistant, et son visage se tord un peu comme si mes mots lui faisaient l'effet d'un coup de couteau. Bon Dieu, Carl, vous êtes tout pâle. Vous vous sentez bien ?

— Vingt mille dollars », dit-il.

J'ai dû louper une partie de la conversation.

« Quoi ?

— C'est ce que je suis venu te proposer. »

J'éclate de rire aussi fort que lui tout à l'heure, seulement mon rire est forcé, absolument pas naturel, et ça ne prend pas. Je finis par tousser, et quelques fils humides de je-ne-sais-quoi tombent de mon nez et atterrissent sur le bureau. Ma paupière se coince, et je dois la refermer manuellement pour qu'elle se remette à fonctionner. Schroder reste assis en silence pendant tout ce temps, se contentant de m'observer, gigotant de temps à autre pour rajuster ses vêtements humides.

« Nous avons ton ADN, dit-il. Tu as bu et mangé chez tes victimes. Tu as été retrouvé avec le pistolet de l'inspecteur Calhoun. Nous avons des bandes audio que tu as enregistrées dans notre salle de conférences qui prouvent que tu savais où en était notre enquête. Nous avons un ticket de stationnement qui a été en ta possession et qui nous a menés à un cadavre au dernier étage d'un parking.

— Nous ? Vous vous croyez de nouveau flic ?

— Nous avons ton ADN partout, Joe. Nous avons tellement de choses sur toi que…

— Vous continuez de dire nous, lui fais-je remarquer.

— … que tu te rends ridicule en plaidant la folie, poursuit-il. On ne peut pas tuer autant de gens que toi et s'en tirer impunément pendant tout ce temps sans se contrôler parfaitement.

— À moins que les forces de l'ordre soient constituées de singes et de crétins, dis-je. Alors, cet entretien est fini, Carl, ou vous allez me dire ce que vous voulez qui vaut vingt mille dollars ?

— Comme tu le sais, je ne travaille plus pour la police, me dit-il. À quelque titre que ce soit.

— Sans déconner. Je suis surpris que vous ayez retrouvé du boulot. J'ai vu les images de vous débarquant soûl sur une scène de crime. Ça rendait bien à la télé. Vous méritiez de vous faire virer.

— Je travaille désormais pour une émission de télé.

— Pardon ?

— C'est une émission sur les médiums. »

Je secoue lentement la tête dans l'espoir d'y déloger quelque chose qui m'aiderait à comprendre ce qu'il raconte, mais je n'y arrive pas. Un médium ? De l'argent ? Qu'est-ce que c'est que ces conneries ?

« Qu'est-ce que vous racontez, Carl ?

— C'est une émission sur des médiums qui aident à élucider des affaires.

— Qu'est-ce que ça a à voir avec moi ?

— Ils veulent examiner ton affaire.

— Mon affaire ? Je n'ai pas d'affaire, Carl. Je n'ai fait de mal à personne. »

Schroder acquiesce. Nul doute qu'il s'attendait à cette réponse.

« OK, laisse-moi parler de façon hypothétique, dit-il. Disons que tu sais où se trouve l'inspecteur Calhoun.

— Je ne le sais pas. Tout ce que je sais, c'est qu'il est mort.

— Mais nous parlons de façon hypothétique, Joe.

— Je ne sais pas ce que ça veut dire. Hyper quoi ? Hyper pathétique ? Je ne suis pas doué pour les mots longs. »

Il ferme les yeux et se pince de nouveau l'arête du nez pendant quelques instants.

« Écoute, Joe, cette émission, dit-il en parlant dans sa main, ils sont disposés à te payer vingt mille dollars au cas où tu saurais où se trouve le cadavre. » Il écarte la main de son nez et croise les doigts. « Une indication de l'endroit ne serait en aucun cas un signe de culpabilité. D'ailleurs, aussi bien toi que les gens de l'émission signeriez un contrat stipulant que tu n'as pu donner cette information à personne. Et, toujours de façon hypothétique, si nous retrouvions le cadavre, crois-tu qu'il y aurait quoi que ce soit qui aiderait la police à retrouver Melissa ? »

Je réfléchis. J'ai foutu le feu au cadavre de l'inspecteur Calhoun et je l'ai enterré. Les flics ne trouveront rien à part des cendres, des os, de la terre, et peut-être quelques fragments de vêtements.

« Écoute, Joe, nous savons que c'est Melissa qui l'a tué. Mais nous savons que c'est toi qui as caché le corps. Tu n'as rien à perdre en nous disant où il est, et beaucoup à gagner.

— Pourquoi l'émission a-t-elle besoin du corps ? » dis-je, mais les mots n'ont pas le temps de franchir mes lèvres que je connais la réponse.

Ils veulent filmer sa découverte. Ils veulent organiser une mise en scène avec le cadavre de l'inspecteur Calhoun. Un médium entouré de bougies entrera dans une espèce de transe à la mords-moi-le-nœud et les mènera aux restes. Le public adorera. L'émission gagnera de l'audimat, elle retiendra l'attention, le médium s'attirera des fans pour d'autres émissions, il écrira peut-être même un livre.

« Attendez, dis-je. J'ai compris. Le médium veut le manger.

— Oui, Joe, c'est ça.

— Qu'est-ce que je vais faire avec vingt mille dollars ?

— Tu pourras t'en servir pour vivre plus à ton aise, répond-il. L'argent est aussi utile ici qu'ailleurs. Tiens, tu pourras t'offrir un meilleur avocat.

— Tout d'abord, non, Carl, l'argent est beaucoup plus utile dehors qu'ici. Deuxièmement, je ne sais pas où est le cadavre. »

Avant que Schroder ait le temps de réagir, je lève la main pour l'interrompre.

« Mais peut-être que je vais y réfléchir pendant la nuit. Ceci dit, vingt mille dollars ne vont pas m'aider à réfléchir. D'ailleurs, moi aussi je suis médium, et je suis en train d'avoir une vision. Je sens… je sens que s'il s'agissait de cinquante mille dollars, je pourrais vous être plus utile.

— Impossible, dit Schroder.

— Si, possible. D'après ce que je sais, Carl, Sally a reçu cinquante mille dollars après mon arrestation, exact ? »

C'est la vérité. L'année dernière, il y avait cinquante mille dollars de récompense pour ma capture, et La Sally – la bigote obèse qui travaillait en tant qu'agent d'entretien au commissariat – a touché cette récompense. Suite à une série de bourdes de ma part, La Sally a compris ce que les flics ne pigeaient pas, et elle les a menés à ma porte. « Donc, si vous distribuez de l'argent comme des bonbons, je veux ma part. »

Il ne dit rien.

« Hyper pathétiquement, vous devriez aller chercher ces contrats dont vous parlez. Hyper pathétiquement, pour cinquante mille dollars, je pourrais essayer de deviner où se trouve l'inspecteur Calhoun.

— Donc, tu vas le faire. »

Je hausse les épaules. Je pourrais, hypothétiquement.

« Le temps presse, Joe. Tu as jusqu'à demain pour te décider.

— Je vais y réfléchir, dis-je. Revenez demain et apportez le contrat. »

Schroder se relève. Il attrape sa veste humide mais ne l'enfile pas, se contentant de l'enrouler autour de son bras sec. Il marche jusqu'à la porte et cogne dessus. On lui ouvre et nous ne nous étreignons pas, il sort sans même un au revoir. J'attends dans la pièce qu'on m'escorte de nouveau jusqu'à ma cellule – je passe ma vie à attendre, mais maintenant j'ai un nouveau sujet de réflexion pour m'occuper pendant que je le fais, à savoir, quel genre de pouvoir cinquante mille dollars pourraient-ils procurer dans un endroit comme celui-ci ?

6

Le fait est qu'elle avait un plan. Un bon plan. Un plan qui impliquait deux personnes. Il y avait elle, et il y avait lui, un certain Sam Winston. Mais Sam l'a laissée tomber. Peut-être que c'est ce que font les hommes qui portent un nom de fille. Sam était un ancien militaire. Elle l'avait rencontré pendant l'été quand il avait tenté de s'introduire chez elle.

Elle avait failli le tuer, mais elle avait perçu quelque chose en Sam, la même chose que ce que les autres perçoivent chez les chatons malades ou les chiens à trois pattes, quelque chose qui donne envie de les aider. Et il ne cherchait pas à s'introduire dans sa maison, pas vraiment – il s'avérait qu'il avait vécu là quelques années auparavant, avant que la drogue ne lui prenne tout son argent et une partie de sa mémoire et ne pousse sa femme à faire ses valises. Il était soûl, et furieusement réticent à accepter que sa clé n'entre pas dans la serrure.

C'était le problème à Christchurch – c'était un petit monde, un monde plein de coïncidences, et on tombait chaque jour sur quelqu'un de ce genre.

Sam avait été libéré de l'armée cinq ans plus tôt. Il n'avait pas vu le feu, sauf le jour où il était tellement défoncé qu'il avait planté un camion d'essence dans le mess et blessé une demi-douzaine d'officiers – *mais personne n'est mort*, comme il le lui a fièrement expliqué. Sam était en colère après le monde, en colère après la vie, mais il ne lui a jamais dit exactement pourquoi. Il était content de la suivre et faisait tout ce qu'elle lui demandait. Il était vraiment comme un chien à trois pattes. Un véritable animal de compagnie. Jusqu'au moment où il a commencé à comprendre qui elle était. Ça faisait deux bons mois qu'ils concevaient un plan pour descendre Joe. Mais il a commencé à devenir cupide. Elle s'en est aperçue. Les infos passaient à la télé, et la police avait découvert sa véritable identité. Il y avait des photos d'elle à l'écran, et il n'arrêtait pas de les regarder, puis de la regarder elle, en écarquillant de larges yeux comme si une caisse enregistreuse faisait ding, ding dans sa tête.

Du coup, ça n'a plus fonctionné avec Sam. C'était il y a une semaine. Elle a dû le quitter et passer à autre chose. Et, comme tout bon propriétaire d'animal de compagnie, elle l'a euthanasié en douceur.

Le procès débute lundi. Aujourd'hui, on est jeudi. Elle ne veut pas que Joe décide de tout déballer sur elle sous prétexte que l'accusation lui aura fait une proposition qu'il ne pourra pas refuser. Elle ne veut pas le descendre mardi, ni mercredi, ni un mois après le début du procès. Le plan original était pour lundi, et même s'il est tombé à l'eau, le nouveau plan peut lui aussi être mis en œuvre lundi.

En ce moment, quand les gens la regardent, ils ne voient pas Melissa. Ils voient une femme enceinte au bord de l'explosion, une future maman. Ils ne prennent pas le temps de bien l'observer en se demandant si elle pourrait être une tueuse. Les gens sont naïfs, et ça fait des années qu'elle les berne. Elle a appris que les perruques, la teinture, les faux cils et une grossesse de neuf mois pouvaient vous faire passer pour qui vous vouliez. Même Schroder, ce bon vieil ex-inspecteur Schroder, ne l'a pas reconnue. Elle voyait qu'il essayait de la resituer, mais il n'avait aucune chance. Les gens voient une grosse nana enceinte et ils ne voient rien au-delà de ça. Il a totalement gobé son histoire d'actrice parce qu'elle ne lui a donné aucune raison de douter d'elle. Elle peut être une personne différente de celle qu'elle était hier, et en être encore une autre demain. C'est ainsi qu'elle a été libre de faire ce qu'elle voulait pendant toutes ces années. C'est ainsi qu'elle survit.

Pour le moment, tout ce qu'elle veut, c'est être sèche. Ses vêtements sont trempés par la pluie. Elle frissonne. Elle a attendu cinq minutes au cas où Schroder aurait remarqué que ses clés avaient disparu, mais s'il n'est plus flic, c'est peut-être précisément parce qu'il ne remarque rien. La voiture de Schroder est aussi bordélique que ce à quoi elle s'attendait. Des emballages de fast-food recouvrent la banquette arrière, des vêtements d'enfants, un siège bébé. Personne ne l'observe. Il fait un bien trop sale temps pour que quiconque songe à grand-chose à part se rendre d'un point A à un point B sans se noyer. Elle a dit plus tôt à Schroder qu'elle aimait la pluie, mais, en vérité, elle déteste ça. D'ailleurs, ça l'étonne qu'elle vive encore dans cette ville. Elle est née ici. A grandi ici. A été violée ici. Sa sœur est née ici. A grandi ici. A été violée ici. Et assassinée ici. Elle a beaucoup de souvenirs à Christchurch, mais pas beaucoup de bons. Il y a d'autres voitures dans le parking, mais elle n'a pas peur que quelqu'un sorte au mauvais moment et la repère. Et puis, elle a presque fini. Si Schroder apparaissait maintenant et la surprenait, eh bien, elle n'aurait qu'à le poignarder et mettre les bouts avec son cadavre sur la banquette arrière. Mais ce serait dommage, car depuis quelques minutes elle a élaboré un plan bien spécifique pour Schroder.

Schroder est toujours bien informé pour un type qui n'est plus flic. C'est ce sur quoi elle compte depuis que Derek *Je-ne-veux-tuer-personne* lui a fait remarquer que l'itinéraire de Joe jusqu'au tribunal ne serait peut-être pas celui qu'elle imaginait. Elle doit obtenir cette information quelque part, et elle suppose que Schroder l'aura – après tout, c'était lui l'enquêteur principal dans l'affaire du Boucher. Le suivre a été un jeu d'enfant. Elle sait où il habite et où il travaille. Elle ne sait pas pourquoi il a été viré. Une histoire d'alcool au boulot, à en croire la version officielle – toute une bande de flics qui ont débarqué ivres sur une scène de crime il y a un mois –, mais elle pense qu'il y a autre chose. Elle ne sait pas exactement quoi, et à vrai dire elle s'en fout un peu. La seule chose qui l'intéresse, c'est Joe, et ce qui l'intéresse ici, c'est le fait que Schroder sache des choses sur Joe et qu'il connaisse le trajet qu'il empruntera pour aller au tribunal.

Il y a sur la banquette arrière un carton qui contient des documents relatifs au dossier de Joe : des copies de rapports de scènes de crime, beaucoup de photos, des indices très détaillés. Il y a une photo d'elle, à l'époque où elle était une autre personne. Elle la saisit et passe son pouce sur son bord lisse. Elle a été prise quelques semaines avant son entrée à l'université. Bon sang, c'était il y a une éternité. Elle n'était pas simplement différente alors, elle était quelqu'un d'autre. Autre apparence, autre personnalité – regarder cette photo, c'est comme regarder une inconnue. La fille qui lui retourne son regard avait des espoirs et des rêves. Elle allait être quelqu'un. Elle ne se doutait de rien – elle était innocente, n'avait aucune idée de son potentiel. Et malgré tout, elle sourit en se rappelant le moment où la photo a été prise. C'était une journée tellement différente d'aujourd'hui. Grand soleil. Ciel bleu. Le bon temps. C'est sa meilleure amie, Cindy, qui a pris la photo. Elle est appuyée contre une voiture, arbore un grand sourire, et affiche une nature facile à vivre. Cindy et elle allaient à la plage. Cindy a fini par coucher avec deux types en même temps dans les dunes, puis par chialer durant tout le trajet du retour, dégoûtée d'avoir fait ça. Elle n'a pas revu Cindy depuis qu'elle a quitté l'université, et elle se demande ce qu'elle est devenue, mais pas suffisamment pour chercher à avoir des nouvelles.

Elle glisse la photo dans la poche de sa veste.

Elle trouve ce qu'elle cherche après avoir feuilleté quelques pages dans le carton. L'itinéraire que la police empruntera pour aller au tribunal. Elle l'examine. Elle voit que Derek avait raison. Elle mémorise ce qu'elle voit, puis prend une photo avec son téléphone portable. Elle replace l'itinéraire dans le carton, puis continue de chercher. Il y a une deuxième chose qu'elle veut. Le numéro de téléphone portable et l'adresse de l'homme qui va l'aider. C'est une autre idée que Derek lui a donnée. De toute évidence, Derek avait beaucoup d'idées. Elle trouve ce qu'elle cherche et le prend aussi en photo.

Elle est contente d'être venue. Elle a failli faire demi-tour et laisser partir Schroder quand elle a compris où ils allaient, mais faire demi-tour n'est pas dans sa nature. Et puis, qui savait quand elle aurait une autre occasion de pénétrer dans sa voiture ? Le temps est compté. Et, naturellement, Schroder fait désormais partie de son plan de fuite. Elle saisit le C-4. Elle passe la main sous le volant jusqu'à atteindre l'arrière de l'autoradio. Le bloc d'explosif se déforme légèrement lorsqu'elle le coince là-dessous. Puis elle plante le détonateur dans le pain de plastic qui n'est plus si parfaitement carré, avec le récepteur attaché à son extrémité.

Elle retourne à sa voiture. Elle bâille copieusement pendant quelques secondes – elle est restée éveillée la moitié de la nuit, et ce qu'elle voudrait plus que tout maintenant, c'est faire un somme, mais elle ne peut pas. Elle passe devant le gardien dans sa guérite, qui lui demande d'ouvrir son coffre pour vérifier que personne n'est planqué dedans. Quand elle atteint la route principale, elle s'arrête sur le bas-côté et ôte son faux ventre. Soudain, elle n'est plus enceinte de neuf mois, plus obèse, elle n'a plus besoin d'aller aux toilettes tous les quarts d'heure. Elle balance le ventre factice sur la banquette arrière, ainsi que sa perruque rousse.

Elle entre la nouvelle adresse dans la fonction GPS de son téléphone portable. Comme toujours, il faut quelques minutes pour qu'elle et son programme GPS arrivent à se comprendre, mais ils y parviennent finalement, et elle sait alors comment se rendre chez l'homme qui l'aidera à descendre Joe Middleton. Mais d'abord, elle doit aller en ville. Elle doit trouver un nouvel endroit depuis lequel Joe pourra être abattu. Et elle sait déjà assez précisément quel sera cet endroit.

7

Le gardien de prison a les yeux injectés de sang, comme si chaque nuit durant son sommeil ses épais sourcils s'étiraient vers le bas et les grattaient. Il tend le bac qui contient les affaires de Schroder. Clés de voiture, portefeuille, téléphone, menue monnaie – non, en fait, les clés de voiture sont manquantes. Il regarde dans le bac vide, puis palpe ses poches.

« Mes clés ne sont pas là », dit-il.

Le gardien ne se démonte pas. On dirait qu'il vient d'être accusé de quelque chose.

« Vous ne m'avez pas laissé de clés.

— Si, j'ai dû le faire.

— Alors elles seraient là, réplique le gardien, ses sourcils qui se rejoignent formant un épais V.

— C'est bien ce que je dis. Je vous les ai données et elles devraient être là.

— Et moi, ce que je dis, c'est que si vous me les aviez données, je vous les aurais rendues. Vous les avez peut-être laissées tomber. Elles sont peut-être encore dans la serrure de la portière. Ou alors dans le contact. Ou peut-être que vous les avez laissées chez vous et que vous êtes venu à pied. »

Schroder secoue la tête.

« Peu probable, répond-il. Pour chacune de ces propositions.

— Non. Ce qui est peu probable, c'est que je vous les cacherais, ou que je les aurais volées. Ce qui est peu probable, c'est que je les aurais données à un de nos pensionnaires en lui disant d'aller faire un tour en bagnole. Je vais vous dire, allez jeter un coup d'œil dehors. Si elles ne sont pas là-bas, alors revenez et on regardera la vidéo de surveillance, dit-il en désignant une caméra au-dessus du guichet. Je peux vous parier tout de suite cent dollars que vous ne m'avez pas laissé de clés. »

Schroder lève les yeux vers la caméra, puis palpe une fois de plus ses poches. A-t-il verrouillé sa voiture ? Bien sûr que oui. Il le fait toujours. Seulement cette fois, il a été distrait par la femme enceinte. Assez distrait pour les laisser dans le contact ? Peut-être. Certainement assez distrait pour ne pas s'apercevoir qu'il ne les a pas placées dans le bac quand il a vidé ses poches. Mais qu'y a-t-il d'étonnant à ça ? Quand il vient ici, c'est comme s'il passait la sécurité dans un aéroport – il ne fait pas vraiment attention à ce qu'il sort de ses poches, tout ce qui l'intéresse, c'est qu'elles soient vides.

« OK, dit-il. Je vais vérifier dehors.

— Bonne idée. »

Schroder longe le couloir par lequel il est arrivé, passe devant la salle d'attente, devant les couloirs qui mènent aux toilettes, devant les flaques d'eau laissées par d'autres visiteurs. Il se tient à la porte, enfile sa veste et s'engouffre sous la pluie. Il y a autant de voitures que tout à l'heure sur le parking – certaines sont parties, d'autres sont arrivées. La voiture de la femme enceinte a disparu. Elle n'a probablement pas pu voir longtemps la personne à qui elle rendait visite, son futur bébé, appuyant sur sa vessie, ayant dû écourter l'entretien. Il resserre son col.

Sa voiture est verrouillée. Ses clés sont par terre, à côté de l'endroit où se trouvait la voiture de la femme enceinte. Il a dû les laisser tomber quand il l'a attrapée. Il se sent idiot. Il songe brièvement à retourner à l'intérieur pour s'excuser auprès du gardien, mais se ravise. Le type était un trop gros connard pour qu'il s'abaisse à ça.

Il monte en voiture, ôte sa veste trempée et la jette à l'arrière à côté du carton rempli des documents relatifs au dossier du Boucher. L'une des manches atterrit dessus, alors il se penche en arrière et la repousse sur le côté pour que l'eau qui imprègne sa veste ne dégouline pas sur les dossiers – des dossiers qu'il ne devrait pas avoir. L'affaire du Boucher l'accompagne depuis quelques années – il la ramène chez lui, elle envahit la pièce de sa maison qu'il a convertie en bureau, bureau dans lequel il a fait promettre à sa femme de ne jamais entrer car ce qu'il abrite lui donnerait des cauchemars. Dans un sens, l'affaire a aussi envahi son mariage. Il travaillait au boulot et il travaillait à la maison durant son temps libre, qui était rare à cause des gamins. Puis tout a changé quand il a perdu son travail et qu'il a dû rendre tous les documents et les photos qu'il avait emportés chez lui. Seulement, il en avait fait des copies, et ce sont certaines de ces copies qui se trouvent dans le carton dans sa voiture. Ce n'est plus son affaire, mais avec le procès qui approche, il veut être préparé à toute éventualité.

Cependant, ce qu'il voudrait plus que tout, c'est une occasion d'étrangler Joe. Bon sang, il a imaginé mille fois ses mains autour de sa gorge. Il s'est imaginé le descendant, le poignardant. Il s'est imaginé lui foutant le feu. Il s'est imaginé de nombreuses situations, qui toutes se terminaient très mal pour Joe Middleton. Et il est certain que de nombreuses personnes en ville se sont imaginé exactement les mêmes choses.

Comme il est censé être honnête et tout, pas un jour ne s'est écoulé sans que Schroder se déteste également. Un tueur en série se trouvait parmi eux. Ils le voyaient cinq jours par semaine. Ce salaud lui faisait même du café. Schroder ne mérite pas d'être flic. Aucun d'eux ne le mérite. Combien d'heures ça fait, en tout ? Pendant combien de minutes Joe s'est-il payé leur tronche ?

Le trajet du retour n'est pas différent de l'aller. Mêmes paysages. Mêmes animaux. Mêmes types en tracteur qui gagnent plus d'argent qu'il n'en gagnera jamais, mais qui se lèvent bien plus tôt chaque matin qu'il ne voudrait le faire. La pluie est toujours insistante. Elle martèle la voiture, et il n'est pas sûr de tenir le coup pendant tout l'hiver. Si ça ne se passe pas bien dans son nouveau boulot, peut-être qu'il sera temps de quitter la ville. Il pourrait entasser la famille dans la voiture et monter à Nelson, la capitale du soleil de la Nouvelle-Zélande. Il a une sœur qui vit là-haut. Nelson est le genre d'endroit où tout le monde a un parent, parce que c'est tellement agréable d'y vivre. Il pourrait bosser dans les vignes. Cueillir du raisin et faire du vin. Ou devenir chauffeur de bus touristique – emmener des gens faire des dégustations et les regarder se soûler la gueule.

Joe. Putain de Joe. Les images de Nelson disparaissent, et, comme toujours, Joe les remplace. Quand le procès sera fini, peut-être qu'il pourra tourner la page.

Il n'y a pas trop de voitures sur la route, mais la circulation est fortement ralentie par la pluie, ce qui donne l'impression d'un léger embouteillage. Ça empire à l'approche de la ville. Il doit déjeuner avec l'inspecteur Wilson Hutton, et il va être en retard à son rendez-vous. Il s'arrête au bord de la route et sort son téléphone portable pour appeler son ancien collègue afin qu'il lui accorde quinze minutes de plus, mais avant qu'il ait le temps de le faire, son téléphone se met à sonner. C'est Hutton.

« J'étais sur le point de t'appeler, dit-il.

— Écoute, Carl, désolé, mais je vais devoir annuler le déjeuner, répond Hutton.

— Laisse-moi deviner, un nouveau meurtre ? »

C'est censé être une blague, et Hutton est censé dire non, mais dès qu'il prononce ces mots, Schroder sait que ça ne ressemble pas à une blague – c'est juste sa mauvaise humeur qui ressort, et en plus, la mort des gens n'a rien de drôle. Il regrette déjà d'avoir dit ça.

« Oui, un cadavre a été découvert ce matin, répond Hutton.

— Ah, merde.

— Bon, au moins cette fois la victime était un sale type, Carl, alors ne t'en fais pas trop. »

Dans ce cas, Schroder ne s'en fait pas du tout. Le monde débarrassé d'un sale type ? Pourquoi est-ce qu'il s'en ferait ?

« Des détails ? » demande Schroder.

Il regarde par la vitre une affiche qui surplombe le croisement. C'est une affiche de campagne pour le Premier ministre, qui espère faire ce que Schroder n'a pas été fichu de faire cette année : conserver son boulot. Un vote pour lui, c'est un vote pour l'avenir de la Nouvelle-Zélande à en croire l'affiche, mais elle ne précise pas si c'est un avenir meilleur ou pire. Le Premier ministre semble confiant, même si les sondages suggèrent qu'il ne devrait pas l'être. L'élection doit avoir lieu dans quelques mois. Schroder ne sait pas trop pour qui il va voter – probablement pour le candidat qui collera le moins d'affiches pour distraire les conducteurs aux carrefours.

« Désolé, Carl, tu sais que je ne peux pas faire ça.

— Allez, Hutton…

— Tout ce que je peux te dire, c'est que c'est moche.

— Comment ça, moche ?

— Pas ce que tu imagines. Écoute, je te dirai quand je pourrai.

— Un verre, ce soir ? demande Schroder.

— Pourquoi ? Pour que tu puisses me soutirer des informations pour ton émission de télé ?

— C'est pas toi qui as dit croire aux médiums ?

— Je te passerai un coup de fil si je suis disponible, dit Hutton. À plus tard, Carl », ajoute-t-il, et il raccroche.

Schroder balance son téléphone portable sur le siège passager à côté de la chemise sur laquelle sont inscrits les mots *À la Recherche des morts*. Il se demande ce que veut dire Hutton, et à quel point ça peut être moche dans une ville où les trucs moches sont monnaie courante.

Maintenant que le déjeuner est annulé, il va direct à la chaîne de télé. Il ravale sa fierté tout en conservant l'impression qu'il est en train de vendre son âme, puis il sort sous la pluie et entre dans le bâtiment pour discuter avec Jonas Jones.

8

Je me retrouve assis seul dans la salle d'interview pendant quelques minutes, jusqu'au retour d'Adam et de Glen.

« Tu choisis, annonce Adam. Ton avocat doit bientôt arriver. Soit t'attends une demi-heure ici, soit on te ramène en cellule. »

Pour moi, c'est du pareil au même. Enfin, presque. La différence, c'est qu'ici, c'est un peu plus grand, et je ne suis pas obligé d'écouter les autres prisonniers.

« Je vais attendre ici. »

Adam secoue la tête.

« Tu piges pas, hein ? dit-il.

— Piger quoi ?

— C'est pas toi qui choisis. J'ai entendu dire que t'avais merdé un test aujourd'hui, et là, tu viens d'en merder un autre. Allez, on y va. »

Ils me reconduisent à ma cellule. Nous franchissons des portes et passons devant des gardiens, nous longeons des murs de béton et marchons sur des sols en béton, pas de lumière du soleil, pas de possibilité d'évasion, pas d'avenir. Ils se paient ma tête en chemin, mais tout ça est plutôt innocent comparé à ce que je leur réserve une fois que mon avocat m'aura fait sortir d'ici. Quand j'ai été injustement arrêté, j'ai croulé sous les propositions d'avocats qui voulaient devenir mes meilleurs amis. Ils voulaient me défendre, et ils voulaient la gloire et les contrats qui viendraient avec. Mon procès sera le plus considérable que le pays ait jamais connu, et celui qui me défendra deviendra célèbre. Je n'avais pas les moyens de m'offrir les services d'un avocat, mais ça n'avait aucune importance. Le premier que j'ai eu s'appelait Gabriel Gabel, c'était un associé de quarante-six ans du cabinet Gabel, Wiley et Dench. Outre le fait qu'il avait un nom assez fâcheux, Gabel a été mon avocat pendant six jours, avant que des menaces de mort à son encontre soient rendues publiques. Il a été mon avocat six jours de plus avant de disparaître de la surface de la terre.

Après ça, un deuxième avocat a sauté sur l'opportunité de me défendre, mon affaire étant devenue encore plus célèbre depuis la disparition de Gabel. Une fois encore, six jours se sont écoulés avant que les menaces de mort commencent à affluer, et cette fois mon avocat n'a pas simplement disparu, il a été retrouvé sur un parking avec la tête défoncée à coups de marteau. Je ne suis pas sûr que la police ait vraiment recherché son assassin. Je n'imagine pas une unité spéciale réunie dans la salle de conférence du commissariat et se creusant la tête. Je n'imagine pas qu'ils aient mis les bouchées doubles. Je doute que ça ait empêché le moindre flic de dormir.

Plus aucun avocat n'a voulu être mon meilleur ami. Alors on m'en a attribué un d'office, et les menaces de mort ont cessé. Mon avocat ne voulait pas me défendre, mais il n'avait pas le choix, et on l'a clairement fait savoir au public. Si les gens continuaient d'assassiner mes avocats, il n'y aurait pas de procès, et au bout du compte les gens préféraient un procès à un nouvel avocat mort.

Depuis, j'ai vu mon avocat moins d'une demi-douzaine de fois. Il ne m'aime pas. Je crois qu'il a simplement besoin de mieux me connaître. Le procès débute dans quelques jours. J'ai déjà passé douze mois en prison, et les roues de la justice ont semblé s'arrêter de tourner, seulement maintenant elles recommencent lentement. Ou les roues de l'injustice, pour être exact.

Je pense à la proposition de Schroder, et je me demande si mon sort est scellé, si cette cellule, cette partie de la prison sont ce que je peux espérer de mieux. Je me demande si cinquante mille dollars peuvent rendre ma vie meilleure, et je décide qu'ils ne pourront pas la rendre pire. Les deux matons me font franchir une dernière porte jusqu'à mon bloc de cellules, puis ils me laissent. Les portes des cellules sont ouvertes, et les trente détenus que nous sommes à partager ce bloc sont libres de déambuler dans la mesure où l'espace le permet, à savoir, pas bien loin. Nous pouvons discuter, nous pouvons traîner dans la salle commune et jouer aux cartes ou nous raconter des anecdotes, ou nous pouvons nous glisser furtivement dans la cellule des autres pour tirer un coup ou nous battre. Je vais m'asseoir dans ma cellule, je fixe le plafond du regard, et soudain, je ne suis plus seul.

« Qu'est-ce qui te rend si populaire ? » me demande Kenny-le-Père-Noël. Il se tient dans l'entrebâillement de la porte, appuyé contre le mur. Je n'ai à aucun autre moment été d'humeur à faire la conversation, et aujourd'hui ne diffère en rien. J'ignore la question, et quelques instants plus tard il remet ça : « Qu'est-ce qu'ils veulent ? Ils essaient encore de te faire paraître coupable ? »

Je soulève l'un des romans à l'eau de rose. Je les ai tous lus deux fois, mais il n'y a pas grand-chose d'autre à faire. Celui-là, je le lis à l'envers, histoire de tuer le temps, goûtant le dénouement heureux avant que celui-ci ne soit gâché à mesure que l'homme aux abdos et à la mâchoire finement ciselée et la femme à la chevelure magnifique et aux fantastiques nibards s'éloignent vers une époque où ils ne se sont jamais rencontrés.

« Ils pigent rien, déclare Kenny-le-Père-Noël. Ils nous voient, la ville est complètement parano, et ils veulent nous faire porter le chapeau. Ils arrivent pas à trouver les vrais coupables, mais ils nous détestent parce qu'il faut toujours que quelqu'un paie. »

Je repose le livre et lève les yeux vers lui.

« C'est dingue les trucs qui nous font paraître coupables, lui dis-je. Merde, le fait que tu te sois fait prendre dans une bagnole volée en costume de Père Noël avec un gamin enfermé dans le coffre, ça veut rien dire.

— Exactement, convient Kenny.

— Et le fait que c'était en avril n'a pas aidé. Ça t'a fait sortir du lot.

— Exactement. Alors quoi, c'est un crime maintenant de porter un costume de Père Noël à Pâques ?

— Ça devrait pas l'être. Tu crois que c'est un crime d'être déguisé en lapin de Pâques à Noël ?

— Et comment je pouvais savoir que ce gosse était dans le coffre ?

— Tu pouvais pas.

— Et je volais pas la bagnole, je croyais que c'était la mienne. Elle ressemblait à la mienne. Et il faisait noir. L'erreur est humaine.

— Les choses paraissent différentes dans le noir, dis-je.

— C'est ce que je veux dire. Ce gamin, il croit que c'est moi qui l'ai enlevé, mais comment il pourrait le savoir vu que je lui avais bandé les yeux ?

— Très juste. »

Nous avons déjà eu cette conversation, à plusieurs reprises, à vrai dire. Je suppose que je pourrais utiliser une partie des cinquante mille dollars pour payer quelqu'un qui le ferait taire une bonne fois pour toutes.

« Tu veux jouer aux cartes ? demande-t-il.

— Peut-être tout à l'heure. »

Il hausse les épaules, comme si *tout à l'heure* était une insulte, pour lui.

« Le déjeuner est dans vingt minutes », qu'il dit, et il disparaît.

Je ramasse le roman à l'eau de rose. Je fixe les pages et relis encore et encore les mêmes mots. Si un jour j'écris un livre dans lequel des hommes et des femmes tombent amoureux, ce sera réel, comme ce que j'ai vécu avec Melissa. Elle me manque. Beaucoup.

Les deux gardiens reviennent me chercher. Ils ont vraiment l'air de m'avoir à la bonne aujourd'hui.

« Bonne nouvelle, annonce Adam.

— Je rentre chez moi ?

— Tu vois ? Parfois, tu piges rapidement », répond-il.

Ils m'escortent de nouveau hors du bloc de cellules. Bizarrement, je suis reconnaissant pour cette distraction. Les jours suivants vont être ainsi à cause du procès. Le mois dernier et le mois d'avant et les autres encore avant ont tous été les mêmes. Je me levais. Je fixais des trucs du regard. Je mangeais. Je fixais d'autres trucs du regard. Puis c'était l'extinction des feux. La semaine prochaine, je vais passer devant un jury, et impossible qu'il me condamne. Je suis Joe. Et les gens aiment Joe.

On me ramène à la même salle d'interview. Mon avocat m'y attend déjà. Il pose sa serviette sur la table, et pendant un moment je me demande si elle est remplie de couteaux. Il a la cinquantaine bien sonnée. Il fait juste pas assez jeune pour paraître arrogant, et juste pas assez vieux pour que toute l'expérience et la sagesse qu'il a accumulées finissent avec lui dans un cercueil avant Noël. Son nom est Kevin, et Kevin porte un joli costume que je ne porterai jamais, de l'eau de Cologne qui me donne mal au cœur, et il a une femme obèse à laquelle je ne toucherai jamais. La photo d'elle épinglée à l'intérieur du rabat de sa serviette doit peser aussi lourd que la serviette elle-même.

Les gardiens me menottent à ma chaise. Puis ils repartent.

« J'ai des nouvelles pour vous, annonce Kevin.

— De bonnes nouvelles, je suppose ? »

Il secoue la tête et fait la moue.

« Mauvaises.

— Je vais d'abord entendre la bonne.

— Heu… vous m'avez mal compris, Joe, dit-il. Ce sont de mauvaises nouvelles, et une nouvelle encore pire.

— Alors, d'abord les mauvaises.

— L'accusation vous fait une proposition.

— C'est une bonne nouvelle, dis-je. Ils me laissent partir ?

— Non, Joe. Mais afin d'accélérer les choses, d'économiser l'argent du contribuable, et d'éviter que toute cette histoire se transforme en cirque, ils vous proposent une sentence à perpétuité sans possibilité de libération conditionnelle. Ils essaient d'éviter que les rues soient envahies de manifestants pro ou anti-peine de mort.

— Peine de mort ? Je ne saisis pas. »

Mais en fait, je crains de comprendre.

« C'est ça, la pire nouvelle, et je vais y venir dans une seconde.

— Non, non, venez-y tout de suite », dis-je.

Je voudrais agiter les mains en l'air, mais je ne peux pas.

« De quoi parlez-vous ?

— J'ai dit que j'allais y venir, Joe. Tout d'abord, il y a une autre mauvaise nouvelle. Il y a un problème avec la thèse de la folie.

— Quel genre de problème ?

— Benson Barlow.

— Qui est-ce ?

— C'est le psychiatre que l'accusation a envoyé pour vous parler. Il n'a pas encore rendu son rapport officiel, mais on m'en a donné un avant-goût, et il est tout à fait accablant pour vous. Pour faire court, il s'apprête à dire que vous simulez.

— Ce sera sa parole contre la mienne.

— Eh bien, Joe, on peut en discuter durant le procès, mais je n'ai guère d'espoir. Barlow est un psychiatre extrêmement respecté, alors que vous êtes un tueur en série extrêmement honni. D'après vous, la parole duquel aura le plus de poids ?

— La mienne, dis-je. Personne n'aime les psychiatres. Personne.

— Je sais que le plan est de plaider la folie, dit-il, mais il y a un souci, Joe, et c'est ce que je vous dis depuis que je suis votre avocat – ce n'est pas la meilleure défense. Vous avez tué ces femmes sans vous faire prendre pendant si longtemps que vous deviez être sain d'esprit pour y parvenir. »

Schroder a dit quelque chose de similaire.

« Alors comment se fait-il que je ne me souvienne de rien ? » dis-je, alors que je me souviens de chaque femme, de l'horreur sur leur visage, du sang, du sexe. C'est surtout du sexe dont je me souviens. De bons moments. « Vous parlez comme si vous me croyiez coupable. Et je veux mon procès. Maintenant, qu'est-ce que c'est que cette histoire de peine de mort ? »

Il ajuste sa cravate, me faisant songer que de toutes les manières de tuer quelqu'un, je n'ai jamais étranglé personne avec une cravate. Je mettrai ça sur ma liste de choses à faire.

« Je vous explique, Joe. Depuis que vous êtes enfermé ici, les choses ont changé dehors. Dans un sens, c'est vous qui avez provoqué ça. Les gens n'aiment pas la voie qu'a prise Christchurch, et vous êtes devenu, eh bien, vous en êtes devenu le symbole. Les gens commencent à comprendre comment tout a débuté, et c'est vous qu'ils désignent. Un référendum va avoir lieu. Le gouvernement dépense neuf millions de dollars pour savoir si les contribuables veulent ou non rétablir la peine de mort. »

J'exhale bruyamment, presque moqueur. J'ai vu ça aux infos, mais ça ne donnera rien. Ce sont des conneries.

« Des bulletins de vote sont envoyés à toutes les personnes inscrites sur les listes électorales. Le pays veut être entendu, Joe, et toutes les personnes de plus de dix-huit ans pourront dire ce qu'elles pensent. Je dois être honnête avec vous. À en juger par le climat ambiant, ce n'est pas une bonne nouvelle pour vous. Du coup, l'accusation vous propose un marché. Plaidez coupable, acceptez que vous ne sortirez jamais de prison…

— Mais je suis innocent !

— … ou ils demanderont la peine de mort.

— Mais le référendum…

— Vous avez lu la Bible, Joe ?

— Juste pour les recettes au dos.

— Œil pour œil, dit-il, ignorant ma réponse. Voilà à quoi se résume ce référendum. Et la loi passera. Faites-moi confiance. Et si elle passe, vous finirez au bout d'une corde.

— Au bout d'une corde ?

— C'est comme ça qu'on procédait ici, Joe. On pendait les gens. Ce n'est plus arrivé depuis 1957, mais si vous n'acceptez pas ce marché, non seulement vous resterez dans l'histoire en tant que Boucher de Christchurch, mais vous y resterez aussi comme étant l'homme par qui la peine de mort a été rétablie.

— Mais…

— Écoutez-moi, Joe », dit-il.

Il a le même ton condescendant que les gens qui s'adressaient à moi quand j'étais gamin, et ça ne me plaît pas plus maintenant qu'à l'époque.

« Écoutez-moi. Ils veulent recommencer à pendre des gens. D'accord ? Ils croient que c'est le seul moyen de revenir à la civilisation. C'est une année électorale. Et les politiciens vont écouter les électeurs. On leur demande s'ils voteront la loi si le public se prononce pour, et ils disent qu'ils le feront parce qu'ils veulent être réélus. C'est un champ de mines. Vous devez accepter ce marché. Vous devez m'écouter quand je vous dis que c'est la seule manière de sauver votre peau.

— Vous pouvez sauver ma peau en me faisant sortir d'ici. Je ne peux rien à ce que j'ai fait. Ce n'était pas ma faute. Avec des médicaments et de l'aide, je peux… »

Il se met à tambouriner sur la table, commençant avec son auriculaire puis déroulant jusqu'à son pouce, encore et encore.

« Je vous dis de m'écouter, mais vous ne m'écoutez pas.

— Quoi ?

— Laissez-moi exprimer ça plus simplement, Joe. Vous. » Il cesse de pianoter sur la table pour pointer un doigt vers moi histoire que je sache exactement à qui il parle. « Êtes. Complètement. Foutu, dit-il, pointant sèchement du doigt à chaque mot. Alors acceptez le marché et dites à la police ce qu'elle a besoin de savoir sur Melissa, sur l'endroit où l'inspecteur Calhoun est enterré. Faites en sorte que la ville évite un procès déplaisant. Il y aura des masses de manifestants. Une moitié voudra vous tuer, l'autre voudra vous voir finir vos jours en prison – mais tous vous détestent. Ce sera moche. Vous n'avez aucun soutien, Joe. Personne dans le jury ne sera de votre côté.

— Je ne peux pas rester ici toute ma vie. Je ne peux pas y rester vingt ans. »

Je commence à m'imaginer l'avenir. Je me vois âgé d'une cinquantaine d'années, me dégarnissant comme mon père. Je m'imagine essayant de voler une voiture. Je m'imagine avec les hanches douloureuses et peut-être un peu d'arthrite, balançant dans le coffre une personne avec qui je ne m'entendrais pas. J'essaie de m'imaginer gravissant l'escalier de quelqu'un avec un couteau dans la main et un dos en compote, obligé de m'appuyer sur une canne. Le monde produit chaque année de nouvelles femmes de vingt-cinq ans à qui j'aimerais rendre visite, et je m'imagine passant du bon temps avec l'une d'elles dans sa salle de bains, puis laissant mes poils dans son lavabo. J'ai l'habitude que ces femmes me regardent avec de la peur dans les yeux. Qu'auront-elles dans les yeux quand elles me regarderont dans vingt ans ? De la dérision ?

« Pas de marché, dis-je. Je veux un procès. Au moins, ça me laisse une chance. Il n'y a pas de différence entre vingt ans et la peine de mort. Et si je meurs en prison dans dix-huit ans ? Tout ça n'aurait servi à rien. Je veux une autre option. »

Kevin ne cesse de secouer la tête tout en se la grattant. Des petites pellicules atterrissent sur son impeccable veste de costume.

« Non, Joe, vous ne comprenez pas. Dans ce cas, perpétuité signifie perpétuité. Pas vingt ans. Pas trente ans. Perpétuité signifie que vous ne sortirez plus jamais de ces murs. Acceptez le marché, ou dans un an on vous passera la corde autour du cou.

— Si la loi passe, dis-je.

— En théorie, ça peut aller dans un sens comme dans l'autre. Mais pas cette fois. Elle passera. À vous de choisir. Vous avez vingt-quatre heures pour vous décider.

— Comment peut-on faire ça à un innocent ? »

Mon avocat soupire et se penche en arrière avec une expression clairement incrédule. Il a l'air frustré, comme s'il essayait de régler sa télé sur une chaîne qu'il n'arriverait pas tout à fait à capter.

« Je n'ai pas besoin de vingt-quatre heures, dis-je. Je suis innocent. Le jury le verra.

— Joe…

— On ne peut pas condamner un homme parce qu'il est malade, et c'est ce que j'étais. Ce n'est pas juste. Il doit y avoir une loi contre ça. Nous devons avoir une autre option.

— Vous n'avez plus d'options, Joe. Vous les avez toutes épuisées quand on vous a attrapé avec ce pistolet, ou avec cette vidéo dans votre chambre. Le procès n'est qu'un spectacle, Joe. Le jury n'a pas encore été sélectionné, mais il a déjà pris sa décision. Le monde entier l'a prise. Et si vous laissez échapper ce marché, vous pourriez vous retrouver au bout d'une corde dans un an.

— Plutôt ça que passer ma vie ici. Envoyez-moi vos psys. Qu'ils m'évaluent. Ils pourront aller à la barre et contredire tout ce que Benson Barlow dira à mon sujet.

— Écoutez, Joe, pour la dernière fois, je vous dis que ça ne fonctionnera pas.

— Je n'accepte pas le marché.

— Très bien, dit-il.

— Autre chose ?

— Comme quoi ?

— Je ne sais pas. Quelque chose d'encourageant, peut-être. On dirait que vous ne m'apportez jamais rien que des mauvaises nouvelles. On dirait que vous essayez de me saper le moral.

— J'informerai l'accusation que vous rejetez le marché », dit-il.

Il jette un coup d'œil à sa montre.

« Vous voyez notre psychiatre à neuf heures demain matin, ajoute-t-il, comme si j'avais oublié l'heure. Ne merdez pas.

— Aucun risque.

— C'est ce qu'on verra. »

Il se lève, frappe à la porte, et sort.

9

Melissa se gare devant la maison et observe la porte d'entrée pendant deux minutes tout en remettant de l'ordre dans ses pensées. C'est une maison typique dans une rue typique d'un quartier de la classe moyenne. Construite il y a vingt ou trente ans. Briques. Jardin légèrement envahi par l'herbe comparé à ceux des voisins. Ordonnée, chaleureuse, vivable, barbante. Elle a coupé les essuie-glaces, si bien que la vue se distord à mesure que la pluie s'accumule sur le pare-brise. Elle a prévu ce qu'elle va dire, il s'agit désormais simplement de voir si ça fonctionnera.

Elle regarde le ventre factice en se demandant si ça vaut le coup de le mettre, et elle décide que oui. Mais à la place de la perruque rousse, elle opte pour une blonde. Elle descend de voiture et court vers la porte en tenant un journal au-dessus de sa tête. Elle ne sait pas s'il va répondre, s'il y aura quelqu'un à la maison – après tout, il n'est qu'une heure de l'après-midi. Après vingt secondes, elle frappe de nouveau, et alors elle entend des bruits de pas et le tintement métallique de la chaîne de sécurité.

La porte s'ouvre. Un homme approchant de la quarantaine apparaît. Il a des cheveux bruns qui se dégarnissent lentement. Sa barbe de trois jours est noire sur les joues, mais grise sur le menton. Elle sent une odeur de café. Sa peau est d'un blanc pâle – comme s'il avait passé l'été dernier et celui d'avant entre quatre murs. Il porte une chemise rouge par-dessus un jean, et des chaussures bon marché. Elle déteste que les gens portent des chaussures bon marché. C'est vulgaire. Elle commence déjà à se dire que c'est une mauvaise idée.

« Je peux vous aider ? demande l'homme.

— Monsieur Walker », dit-elle.

Ce n'est pas une question, car elle a vu sa photo dans le dossier de Schroder.

« Vous êtes journaliste ? Parce que si c'est le cas, vous pouvez aller vous faire foutre.

— Est-ce que je sens comme si je venais de fouiller dans vos poubelles à la recherche d'informations ?

— Non…

— Donc, je ne suis pas journaliste, dit-elle.

— Alors, qui êtes-vous ?

— Je suis une femme qui a une proposition à vous faire. »

Il semble confus, comme on pourrait s'y attendre.

« Quel genre de proposition ?

— Je peux entrer ? demande-t-elle. S'il vous plaît, c'est important, ça ne prendra que quelques minutes, j'en ai assez d'être sous la pluie et j'ai mal aux pieds. »

Il la scrute de haut en bas et semble enfin remarquer qu'elle est enceinte.

« Vous avez quelque chose à vendre ?

— Je vous vends l'opportunité de dormir comme un bébé, répond-elle.

— Hum. Vous devez vendre une pilule miracle, observe-t-il.

— Presque.

— Une pilule miracle déguisée en proposition ?

— S'il vous plaît, juste quelques minutes de votre temps, et après vous comprendrez tout. »

Walker soupire, puis fait un pas de côté.

« D'accord.

— Les enfants sont à l'école ?

— Oui. »

Elle pose le journal humide près de la porte.

« Alors, montrez-moi le chemin », dit-elle.

Il l'entraîne dans un couloir orné de photos de ses enfants, de sa défunte femme. Il y a même une photo de la maison dans laquelle il vivait. Melissa connaît cette maison. Il y a un an, c'est là qu'elle a tué l'inspecteur Calhoun. Joe était là. Il s'avère qu'une caméra était également là. Joe pouvait vraiment être un petit enfoiré sournois quand il s'y mettait.

« Asseyez-vous, dit-il en désignant un canapé sous la fenêtre du salon. Et faites vite. Je ne veux pas que vous accouchiez ici et que vous salopiez la moquette. »

Elle ne sait pas trop s'il plaisante, puis décide que non. Le ventre factice est creusé sur le côté, et à l'intérieur de ce creux il y a un pistolet. Elle se masse le ventre comme le font les femmes enceintes, sentant l'extrémité du silencieux contre sa main. Walker s'assied sur le canapé d'en face. Le mobilier est neuf. Dans sa totalité. Les canapés, la table basse, la télé – rien n'a plus d'un an. Walker se recrée une nouvelle vie. Seulement cette vie est quelque peu désorganisée. Elle distingue le couloir par lequel ils sont arrivés et voit que le calendrier affiche le mois précédent. La moquette a besoin d'un coup d'aspirateur – il y a des miettes de chips dans l'espace entre les coussins du canapé. Il y a des tasses de café vides sur la table, et à peu près cinquante fois autant de marques rondes, comme si les tasses n'étaient jamais posées deux fois au même endroit. Tout a peut-être l'air neuf, mais tout a aussi l'air fatigué. De la même manière que Walker lui-même a l'air fatigué.

« Alors, dit-il. Qu'est-ce que c'est que cette proposition ?

— Votre femme a été assassinée, dit-elle.

— Écoutez…

— Par Joe Middleton », poursuit-elle.

Il commence à se lever.

« Si vous êtes ici pour…

— Il a tué ma sœur », dit-elle.

Il se fige à mi-chemin entre la position assise et la position debout. On dirait qu'il est sur le point de s'agripper le dos avant de tomber par terre et d'y rester allongé pendant trois jours. Elle se demande s'il va continuer de se lever ou non. Il se rassied alors lentement.

« Je… je suis désolé, dit-il.

— Ma sœur n'avait jamais fait de mal à personne. Elle était en fauteuil roulant.

— J'ai lu un article sur elle, dit-il. C'était… enfin, toute cette histoire était horrible, mais ce qu'il lui a fait était, eh bien, c'était… vraiment dégueulasse, dit-il d'une voix compatissante.

— En effet », répond-elle.

Elle aussi a lu un article sur la femme en fauteuil roulant. Elle ne l'a jamais rencontrée, mais comme sa propre sœur a été assassinée, elle peut comprendre. Pour le moment, elle a réussi à le toucher. Tout se passe bien.

« Écoutez, je sais que vous souffrez, dit Walker, mais je ne suis pas disposé à assister aux réunions de votre groupe de soutien. Je vous l'ai déjà dit. J'apprécie la proposition, tout comme je l'ai appréciée la dernière fois, mais…

— Je vais le tuer », interrompt-elle.

Il la dévisage sans rien dire. Le canapé est inconfortable. Il y a des jouets un peu partout dans la pièce, ajoutant au désordre ambiant, et c'est pour ça qu'elle n'a jamais voulu d'enfants. Ils prennent de l'espace et du temps. Ils sont peut-être utiles pour attraper la menue monnaie qui a roulé sous le canapé, mais à part ça, tout ce qu'ils font, c'est foutre le bazar. Elle réprime un bâillement et se masse le ventre.

« Vous ne venez pas de la part du groupe ? demande-t-il.

— J'ai besoin de votre aide.

— Mon aide ?

— Je veux que vous l'abattiez. »

Il incline légèrement la tête.

« Pourquoi vous ne le faites pas vous-même ?

— Parce que je ne suis pas en état d'abattre qui que ce soit. Regardez-moi, dit-elle. Et parce que mon plan est conçu pour deux personnes. »

Il la regarde.

« Et comment exactement comptez-vous le descendre ? En vous rendant à la prison et en demandant à le voir dans sa cellule ?

— Non.

— Alors comment ? Vous allez l'abattre au tribunal la semaine prochaine ?

— Ce n'est pas ça non plus. C'est plus simple. J'ai déjà une arme.

— Écoutez…

— Attendez, l'interrompt-elle en levant la main. Vous voulez qu'il meure pour ce qu'il a fait, non ? »

La réponse de Walker ne se fait pas attendre :

« Évidemment.

— Et vous ne voulez pas être celui par qui ça arrivera ?

— Si.

— Alors je peux vous en donner la possibilité. Je peux vous aider à le faire souffrir, dit-elle, et je peux vous donner ça. »

Elle ouvre sa serviette et la tourne vers lui.

« Combien il y a, là-dedans ? demande-t-il.

— Dix mille dollars.

— C'est tout ce que ça vaut ? Pour tuer quelqu'un ?

— Ça, c'est juste de l'argent, dit-elle. La vraie récompense, c'est la satisfaction. Il a assassiné votre femme. Il est entré chez vous par effraction et il lui a arraché ses vêtements et il…

— Arrêtez, dit-il, et il lève la main. Arrêtez. Je sais ce qu'il a fait.

— Ne ressentez-vous rien ? demande-t-elle. C'est comme une chaleur qui court dans votre corps – une chaleur, un besoin, un désir de vengeance. Ça vous brûle intérieurement. Ça vous empêche de dormir la nuit, ça vous gâche la vie, et ça ne s'apaise jamais.

— Si, je le sens, répond-il. Évidemment que je le sens.

— Je me réveille la nuit en sueur et tremblante, et je ne pense qu'à une chose, le tuer. Et nous pouvons le faire, dit-elle. Ensemble, nous pouvons le faire, et personne ne saura que c'était nous. »

Il secoue la tête.

« Je le hais, je le hais vraiment, mais je ne veux pas foutre ma vie en l'air à cause de lui. Si quelque chose va de travers, nous finirons tous les deux en prison.

— Rien n'ira de travers », objecte-t-elle.

Mais c'est déjà trop tard – elle fait trop d'efforts pour le convaincre alors qu'elle ne voulait pas en faire. Elle voulait que ça vienne de lui. Elle voulait arriver et dire : *Je veux descendre Joe Middleton*, et elle voulait qu'il réponde : *Je suis partant – montrez-moi comment faire – quel que soit le plan, j'en suis.* Peut-être que son idée originale était la meilleure : payer un tueur. Elle croyait qu'il y aurait un avantage à trouver quelqu'un qui souffrait pour faire le boulot. De la sorte, elle pouvait fournir l'arme, le plan, et également décider de l'issue. Elle commence à craindre de devoir se rabattre sur un plan pour une seule personne – seulement elle n'a pas de plan pour une seule personne.

« Vous ne voulez pas vous venger ? demande-t-elle.

— Bien sûr que si. Mais pas au point de risquer d'aller en prison. Désolé. J'ai encore une famille.

— Donc, vous ne m'aiderez pas. »

Il secoue la tête.

Elle referme sa serviette, se lève et se masse le ventre.

« Avant que je parte, dites-moi, vous avez parlé d'un groupe de soutien.

— Vous croyez que vous pourrez y trouver quelqu'un qui vous aidera ?

— Ça vaut le coup d'essayer.

— Il se réunit tous les jeudis soir.

— Jeudi ?

— Oui. Aujourd'hui. Ce sont des parents et des amis de victimes de meurtres. Je n'y suis pas allé, mais d'après ce que j'ai entendu dire, il y a de nombreuses personnes qui ont souffert à cause du Boucher. Vous aurez l'embarras du choix. Vous aurez tellement de volontaires que vous serez obligée de refuser des gens.

— Où et quand ?

— Dix-neuf heures trente, répond-il. Ils se réunissent dans une salle communale.

— Laquelle ?

— Je ne sais pas. Quelque part en ville.

— Vous allez aller voir la police ?

— Certainement pas. Je vous souhaite de réussir. Je ne désire rien plus que voir quelqu'un descendre ce tordu. Ça ne peut simplement pas être moi. Désolé. »

Elle regagne la porte d'entrée. Il la suit. Elle songe à ce que Joe lui a dit sur ce type, sur le fait qu'il battait sa femme. C'est l'inspecteur Calhoun qui a le premier compris que Tristan Walker était toujours dans les parages quand sa femme et la porte entraient en collision.

Il n'y a rien de pire qu'un type qui bat sa femme.

« Vous êtes sûr que vous n'allez pas m'aider ? demande-t-elle en ramassant le journal humide.

— Tout ce que je veux, c'est qu'on me laisse tranquille », répond-il.

Elle s'éloigne dans la rue en se massant le ventre, laissant Tristan Walker tranquille, comme il l'a demandé.

10

La climatisation du bâtiment de la chaîne de télé a une saison de retard, c'est du moins ce qu'on lui a dit, et Schroder veut bien le croire car elle continue de souffler de l'air froid. Nul doute qu'elle se mettra à pulser de l'air chaud quand le printemps deviendra l'été. La chaîne appartient à l'un des principaux réseaux. Elle a vu le jour à peu près au moment où Joe Middleton a commencé à faire les gros titres. Jusqu'alors, il n'y avait qu'une seule chaîne locale en ville, les principales étant basées à Auckland. Mais soudain, Christchurch était devenue la capitale du crime, c'était devenu la ville où les journalistes voulaient être. C'était aussi devenu l'endroit où les producteurs voulaient tourner des émissions criminelles. Il avait un jour entendu un type affirmer que les vols à destination de Christchurch étaient de plus en plus longs à mesure que la ville s'enfonçait en enfer – même si la température actuelle permettait d'en douter.

Il pénètre dans l'ascenseur, à l'intérieur duquel passe de la musique d'ascenseur, le genre de truc classique qu'il ne peut concevoir que quiconque puisse aimer. Surtout pas lui. Ou peut-être qu'il ne l'aime pas simplement parce qu'il n'aime pas être là. Une autre personne vient se poster à côté de lui dans l'ascenseur, et chacun regarde droit devant soi, faisant un gros effort pour ne pas parler à l'autre. Son ventre qui gargouille lui rappelle qu'il a sauté le petit déjeuner et qu'il pourrait bien finir par sauter également le déjeuner. Au quatrième étage, il s'engage dans un couloir et passe devant une salle de maquillage, une cafétéria, des bureaux, pour arriver à celui de Jonas Jones. Le studio où ils enregistrent l'émission est situé à l'étage en dessous, et Schroder se demande si Jones éprouve une certaine satisfaction à se trouver au-dessus.

Il ne frappe pas à la porte. Il se dit que c'est inutile quand on va voir un médium. Il ouvre la porte et entre. Jones est assis derrière un bureau, il a ôté ses chaussures et est en train de les cirer.

« Ah, je suis content de vous revoir », dit Jonas.

Schroder, lui, ne l'est pas. Il a perdu son boulot de flic pour plusieurs raisons, et Jones est l'une d'elles. Schroder n'avait jamais tué personne avant cette année, et les cauchemars qu'il a depuis ne seraient probablement pas pires s'il devait coller deux balles à Jones.

« Je lui ai parlé », annonce Schroder en s'asseyant de l'autre côté du bureau, tenté de mettre les pieds dessus.

Les murs sont recouverts de photos encadrées représentant Jonas avec diverses célébrités – une poignée d'acteurs, quelques écrivains, des notables du coin. Il y a des photos de lui lors de séances de dédicaces. L'une d'elles le représente même en train de signer un livre pour le Premier ministre, ce qui aide Schroder à décider pour qui il votera.

« Et ? demande Jonas. Ou est-ce que vous allez me tenir en haleine ?

— Et il réfléchit.

— Il réfléchit ? Allons, Carl, je suis sûr que vous auriez pu faire mieux. Vous lui avez proposé les vingt mille dollars ?

— Bien sûr.

— Combien il veut ?

— Cinquante mille.

— C'est faisable. »

Schroder pense à ce que Joe lui a dit plus tôt, sur le fait que Sally a reçu la récompense de cinquante mille dollars. C'est le travail de la police qui a permis d'arrêter Joe l'année dernière, et Sally les a aidés. Les a-t-elle suffisamment aidés pour mériter la récompense ? Non. Il ne pense pas. Mais l'argent ne sortait pas de sa poche, et il était heureux qu'il lui revienne. À ce stade, c'était plus un coup de pub qu'autre chose. Il y aura d'autres récompenses à l'avenir, et si la population voit que de telles sommes sont versées, elle sera plus disposée à donner le nom des criminels. Ça fait partie de leur nouvelle campagne : *Le crime ne paie pas, mais aider la police, si*.

« Oui, cinquante mille, c'est faisable », dit Schroder.

Jones le dévisage pendant quelques secondes, puis il retourne à ses chaussures.

« On avait un budget de cent mille, dit-il en les astiquant alors qu'elles semblent déjà propres. Vous imaginez la scène ? demande-t-il. Vous imaginez comment ce sera quand on retrouvera l'inspecteur Robert Calhoun ? »

Schroder se l'est imaginé, et ça le rend malade.

« Je ne comprends simplement pas pourquoi vous n'utilisez pas vos soi-disant pouvoirs de médium », réplique-t-il.

Il a déjà dit ça, et il le redira, et Jonas lui a déjà expliqué pourquoi. C'est sa manière de rappeler chaque jour au médium qu'il sait que c'est un baratineur de première.

Jonas retourne la chaussure dans sa main et l'examine, ou peut-être examine-t-il son reflet sur le cuir brillant.

« Ça ne se passe pas comme ça, dit-il. Si ça se passait comme ça, tous les médiums du monde gagneraient au loto. Ça va et ça vient, et ça ne fonctionne pas avec tout le monde. J'ai essayé avec Calhoun, mais ça n'a rien donné. C'est avec un autre royaume que nous essayons d'entrer en relation – il n'y a pas de règle absolue, il faut avancer à tâtons…

— Je comprends », dit Schroder en levant la main.

Il se demande si la haine qu'il s'inspire à lui-même va atteindre un point culminant puis retomber, ou si elle va continuer de suivre son cours actuel jusqu'au moment où il devra se mettre à boire et casser tous les miroirs chez lui.

« Non, vous ne comprenez pas, rétorque Jones, et vous ne comprendrez jamais. Certains esprits ne veulent pas qu'on leur parle, Carl. Vous ne comprenez pas parce que vous ne voulez pas comprendre.

— Bon, que je comprenne ou non, Joe a entendu la proposition. Il nous fera part de sa décision demain. Le plus dur, c'est de lui donner une bonne raison de vouloir cet argent.

— Il doit pouvoir s'en servir pour s'acheter une protection en prison, suggère Jonas.

— Il a déjà une protection. Il est dans un bloc de cellules rempli de personnes qui ont toutes besoin de protection.

— Eh bien, alors il pourra utiliser l'argent pour s'offrir une meilleure défense. »

Schroder sourit.

« Peut-être. Mais après ce qui est arrivé aux derniers avocats qui ont voulu le défendre, je ne suis pas sûr qu'on se bousculera au portillon. »

Jonas cesse d'astiquer sa chaussure et regarde fixement Schroder.

« Alors, vous suggérez qu'on lui offre quoi ? » demande-t-il, manifestement agacé.

Schroder hausse les épaules. Il n'est pas sûr.

« Soit il acceptera, soit il refusera. Je suppose que, vu les circonstances et tout, il n'a pas vraiment besoin que le corps soit retrouvé tout de suite.

— Bon, espérons qu'il verra l'intérêt qu'il y a à nous parler.

— Ce n'est toujours pas correct, déclare Schroder. De procéder ainsi.

— Il est déjà poursuivi pour tellement de faits, déclare Jones, et nous savons tous qu'il n'a pas tué Calhoun. Il a peut-être tout mis en scène et piégé Melissa, mais ce n'est pas lui qui l'a tué. Quand retournez-vous le voir ?

— Demain, même heure.

— OK. OK, bien. »

Il pose la chaussure et se penche en arrière. « Qu'est-ce que vous allez faire avec votre prime ? »

Schroder n'est pas sûr, et il aurait préféré que Jonas ne lui pose pas la question. La prime s'élève à dix mille dollars. C'est ce qu'il recevra si Joe accepte le marché. Joe touche cinquante mille, et Schroder dix. Ils se font tous les deux de l'argent sur le dos d'un inspecteur mort, et la haine de soi qu'éprouve Schroder continue d'atteindre des sommets.

« Je ne sais pas », répond-il.

Mais il croit savoir. Même si sa famille a bien besoin de cette somme, il a toujours le sentiment que c'est l'argent du sang. Il a déjà quelques organisations caritatives à l'esprit – seulement quand le chèque arrivera, il ne sait pas dans quelle mesure il sera disposé à s'en séparer.

« Vous devez bien avoir quelques idées, poursuit Jonas. Pourquoi n'offrez-vous pas quelque chose à votre famille ? Des vacances, peut-être ? Ou une nouvelle voiture ?

— Peut-être, répond Schroder. Ou peut-être que j'offrirai une injection de cash à mon emprunt immobilier. »

Jonas rit.

« C'est une belle prime, dit-il. Si tout se passe comme prévu, il pourrait y en avoir d'autres à l'avenir. »

Schroder ne lui répond pas. Il déteste penser à son avenir, ces temps-ci.

« Dites-moi, Carl, vous pensez quoi de ce référendum ? demande Jonas, réorientant la conversation.

— Je crois que c'est une bonne chose, répond Schroder, heureux de quitter le sujet de cette prime, qui le met encore un peu plus à la botte de Jonas.

— Vous êtes favorable à la peine de mort ?

— Ce n'est pas ce que je veux dire, réplique-t-il, même s'il votera pour. Je veux dire que c'est une bonne chose que le peuple soit écouté.

— Je suis d'accord. Vous savez ce que j'ai entendu dire ?

— Quoi ?

— J'ai entendu dire que l'accusation la demanderait si Joe est reconnu coupable.

— J'ai entendu la même chose », dit Schroder.

Ce n'est pas exactement un secret.

« Du coup, c'est difficile de persuader un homme que cinquante mille dollars lui seront utiles quand il va être liquidé de toute manière.

— Mais nous n'en savons rien. Même si les gens votent pour, il faudra peut-être des années avant que la peine de mort soit rétablie, et même quelques années de plus avant que Joe soit exécuté. Ça pourrait être dans dix ans. Voire plus. L'argent pourrait sans doute lui être utile pendant ce temps. »

Schroder acquiesce. Il déteste être d'accord avec Jonas, mais il dit vrai.

« Vous croyez qu'on pourra en tirer parti ? demande Jonas.

— Comment ça ?

— Je ne sais pas, pas encore. Mais si Joe est exécuté, peut-être que ce sera bon pour l'émission. Croyez-vous que, si le référendum est accepté et la peine de mort rétablie, et disons si le gouvernement fait un exemple de Joe et l'exécute d'ici un an ou deux, vous croyez qu'on pourra s'en servir ? D'une manière ou d'une autre, pour l'émission ? Je me dis que s'il y a d'autres victimes de

Joe, d'autres cadavres, peut-être qu'on pourrait le faire parler. D'une manière ou d'une autre. Et alors…

— Et alors, quand il sera mort vous entrerez en contact avec lui et il vous dira où se trouvent ces personnes ?

— Quelque chose comme ça, oui. Je ne sais pas. Pas exactement. Je vois les pièces, je sens le potentiel, j'essaie juste de reconstituer le puzzle. Je ne sais pas ce qu'on pourrait offrir à Joe pour qu'il accepte. Mais si on trouve quelque chose, eh bien, ça pourrait vous rapporter une prime bien plus conséquente. Qu'est-ce que vous en dites ? »

Il décide de ne pas dire à Jones ce qu'il pense réellement. À la place, il opte pour un :

« Je suis sûr que vous trouverez une solution.

— Moi aussi, j'en suis sûr », dit Jones, sa bouche s'étirant en un sourire.

Il se remet à astiquer sa chaussure.

« Dites-moi, avez-vous entendu quoi que ce soit sur le meurtre de ce matin ?

— Probablement moins que vous.

— Il paraît que la victime s'est pris deux balles dans le torse, déclare Jonas. Ça pourrait être un meurtre commis par un professionnel.

— Alors j'en sais vraiment moins que vous.

— Pour le moment, oui, mais vous avez la capacité d'en apprendre plus. Peut-être que ça pourrait être bon pour nous ? Ça vous dirait de vous pencher dessus ? De passer un coup de fil à certains de vos amis de la police ? »

Le problème, c'est que les amis que Schroder a dans la police ne sont plus de si bons amis depuis qu'il a commencé à travailler pour la télé.

« Je vais faire mon possible. Je dois être sur le plateau dans une heure.

— Vous voulez déjeuner d'abord ? demande Jonas en remettant ses chaussures. Je crève de faim.

— J'ai déjà mangé », répond Schroder, et il se lève et regagne l'ascenseur.

11

Même vue. Mêmes voix. Chaque jour semblable au précédent, seulement cette semaine, avec tous les visiteurs qui viennent me voir, les choses sont plus excitantes. Quand le procès sera terminé, je rentrerai chez moi et je n'aurai plus jamais à me soucier de la prison – ni des visiteurs, d'ailleurs –, à moins qu'on m'envoie dans un hôpital psychiatrique pour un an ou deux. Alors, je n'aurai qu'à faire gaffe à ne pas me faire bouffer par les autres pensionnaires et à m'habituer aux pièces couleur pastel.

J'attends dans ma cellule seul, ce qui constitue la meilleure compagnie dans ce genre d'endroit et résume parfaitement mon expérience de la prison jusqu'à maintenant, dans la mesure où personne n'a encore essayé de me poignarder ni de me violer. Au bout d'un moment, j'éprouve le besoin de me dégourdir un peu les jambes, alors je me dirige vers la zone commune où, si vous deviez faire un sondage, vous apprendriez que je suis un innocent parmi trente autres. Je suis Joe-la-Victime. Je tue le temps en discutant avec un prisonnier qui a été arrêté et condamné après avoir mis le feu à une animalerie. Elle abritait des chats, des chiens, des oiseaux, et aussi des poissons. Beaucoup de poissons. Je n'arrête pas de chercher un moyen de le tuer. Enfoiré de tueur de poissons. Il n'y a rien de pire.

Les pédophiles et les autres prisonniers à haut risque discutent ensemble, certains jouent aux cartes, la foutue météo est une fois de plus le grand sujet de conversation. D'autres se sont retirés dans leur cellule, et pas toujours seuls – des rires proviennent de certaines, des grognements et des murmures et le bruit d'oreillers en train d'être mordus proviennent d'autres.

La journée n'en finit pas. Chaque jour est ainsi. Je ne plaisantais pas quand j'ai dit que je préférerais être pendu plutôt qu'endurer ça pour le restant de mes jours. Ce n'est pas exactement une vie de rêve.

Au bout d'un moment, nous sommes escortés jusqu'au réfectoire. Les divers blocs de cellules mangent à des heures différentes, et notre créneau, c'est treize heures trente. Le déjeuner est constitué d'une nourriture qui doit englober au moins quarante éléments de la classification périodique. C'est un exercice incolore et sans saveur qui dure quinze minutes, mais qui, curieusement, me laisse toujours une sensation de satiété. Les plateaux sont faits d'un métal fin qui ne peut pas être brisé en utiles morceaux acérés. Les tables sont toutes fixées au sol, de même que les longs bancs que nous partageons. Une demi-douzaine de gardiens se tiennent autour du périmètre, nous observant. Les aliments sont suffisamment humides pour qu'on entende tout le monde mâcher. Un autre détenu, un certain Edward Hunter, me dévisage tout en mangeant, serrant fort son couteau, tandis que je dévisage l'homme qui a foutu le feu au magasin de poissons, serrant fort mon couteau.

Mais tout en le regardant je pense à Melissa et au fait qu'elle me manque. Nous aurions fait un couple génial.

Et c'est ce qui arrivera.

Une fois que le jury m'aura relâché.

Je porte mon plateau jusqu'à la table où se trouve Caleb Cole, et je m'assieds à côté de lui. Il a des cicatrices sur les bras et les mains. Il a le visage d'un homme qui a beaucoup connu la douleur physique. Il a le genre de maigreur et de peau qui laissent entendre qu'il a perdu beaucoup de poids en peu de temps. Et ce n'est pas la nourriture de prison qui va inverser le processus. Il lève les yeux vers moi, puis les baisse de nouveau vers son assiette.

« Moi, c'est Joe », dis-je.

Il ne répond rien.

« Et toi, c'est Caleb, exact ? »

Toujours rien.

« Alors, Caleb, je me disais que toi et moi, on pourrait peut-être être amis.

— Je veux pas me faire d'amis, dit-il, le nez dans son assiette.

— Tout le monde a besoin d'amis ici. Tu y as passé quinze ans, alors tu le sais, non ?

— Dégage, réplique-t-il, ce qui n'est pas une façon géniale de débuter une amitié.

— On a un ami commun. Un type du nom de Carl Schroder. Il t'a arrêté, pas vrai ?

— Je peux pas parler de Schroder, déclare-t-il, regardant toujours sa nourriture.

— Pourquoi ? C'est lui qui t'a arrêté, non ? Juste avant de se faire virer de la police. Je veux juste savoir ce qui s'est passé, ce soir-là. Il s'est passé quelque chose, j'en suis certain.

— Comme j'ai déjà dit, dégage, OK ?

— Tu dis rien parce que tu estimes que tu lui dois quelque chose ?

— Schroder est la raison qui me vaut d'être ici avec toi, et pas parmi la population carcérale générale.

— Ah oui ? Alors pourquoi tu fais comme si t'étais son meilleur ami ? »

Il cesse de manger. Il pose son couteau et sa fourchette et se contorsionne vers moi puisque je n'ai pas dégagé comme il me l'a demandé. Il pose la main sur le bord de mon plateau et le fait glisser vers le bout de la table. Celui-ci tombe par terre dans un grand fracas et la nourriture vole partout. Tout le monde dans la pièce me dévisage en silence.

Si c'était une femme, je saurais quoi faire. Je la poignarderais sur place. Mais ce n'est pas une femme. Et ce n'est pas un homme que j'ai préalablement assommé avec une poêle, ou sur qui j'ai tiré, ou que j'ai poignardé dans le dos. Je sens soudain que je perds complètement pied.

« Je suis content que tu sois venu me voir », dit-il.

Je me sens brusquement nerveux.

« J'ai passé un peu de temps à l'hôpital après avoir été arrêté, on m'a mis sous surveillance pour que je me suicide pas. Ils croyaient que je voulais mourir, et, à l'époque, c'était vrai. Mais plus maintenant. Tu vois, il me reste des choses à faire avant de mourir. Des choses dont je dois m'occuper. C'est pour ça que je peux pas parler de Schroder. Tu vois, j'ai juste besoin qu'on me foute la paix pendant les vingt prochaines années pour que je puisse sortir et reprendre le cours de ma vie.

— J'ai entendu dire que tu l'avais repris il y a quelques mois, dis-je. Mais quand tu reprends le cours de ta vie, c'est de mauvais augure pour les autres. C'est pour ça que tu es de retour ici.

— Tu te crois drôle, hein ? »

Oui.

« Non. »

Les bruits reprennent dans la salle. De nouvelles conversations. Nous cessons d'être le centre d'attention.

« Tu vois, le truc, dit-il, c'est que même si je tiens vingt ans de plus, les gens que je voudrai voir à l'extérieur ne seront peut-être même plus là. Alors j'aurai enduré vingt ans de galère pour rien. C'est une idée déprimante. Elle me poursuit depuis que j'ai été arrêté. Ça me fout le cafard. C'est pour ça qu'on m'a mis sous surveillance. Ce qui m'a fait tenir le coup, c'est que je me suis dit que je devais me concentrer sur d'autres choses. Et dans un endroit comme celui-ci, on n'a pas beaucoup d'options.

— Une option serait de me parler de Schroder », lui dis-je en guise de rappel.

Il secoue la tête.

« Je t'ai déjà dit que je te dirai rien sur Schroder. Jamais. Si je te parle de lui, je retourne parmi la population générale.

— Allez, qu'est-ce qu'il a fait ?

— Je crois que je commence à me concentrer sur toi.

— Quoi ? Pourquoi ?

— Parce que tu me parles en ce moment. Parce que ça fait quelques semaines que je pense à toi. Tout le monde dans cette ville pense à toi. Parle-moi de ton procès. J'ai entendu des choses. Il paraît que tu veux plaider la folie.

— Et alors ?

— Ma fille a été assassinée, dit-il. Il y a quinze ans. T'en as entendu parler ? »

Je secoue la tête. Je ne me soucie pas des autres et de ce qui leur arrive, à moins que ça me concerne d'une manière ou d'une autre.

« Elle a été assassinée par un type qui aurait dû être en prison, mais tu veux savoir pourquoi il y était pas ? »

Je fais non de la tête. Je ne veux pas vraiment savoir, je m'en fous. Mais il prend mon geste pour une incitation à poursuivre.

« Parce qu'après avoir fait du mal à une autre petite fille deux ans plus tôt, il avait échappé à une condamnation en plaidant la folie. »

J'acquiesce doucement. C'est bon. Très bon.

« Alors, ce que tu dis, c'est que ça fonctionne. »

Il me fixe du regard. Puis il repousse son plateau et s'écarte de la table. Il est plus mince que moi, un peu plus grand, mais il y a quelque chose d'effrayant dans son visage. Je crois que si on le plaçait parmi la population générale, il s'en sortirait sans problème.

« Je veux pas que tu plaides la folie », dit-il.

Peut-être qu'il devrait être mon avocat.

« Les gens ont besoin d'être responsables de leurs actes. C'est pas normal que des médecins puissent débarquer et en décider autrement.

— C'est vraiment pas de ma faute si j'ai fait ce qu'ils disent que j'ai fait. Je me souviens de rien.

— Hum, hum. Donc, tu vas l'utiliser, dit-il en pointant le doigt sur moi. Cette défense. Tu vas utiliser cette défense. Celle à cause de laquelle ma fille a été assassinée.

— Quel âge avait ta fille ? »

Il n'est pas prêt pour cette question, mais il connaît la réponse.

« Dix ans.

— Alors y a aucune raison pour qu'on soit pas amis. Aucune raison pour que tu ne me files pas un coup de main en me disant ce que l'inspecteur Schroder a fait pour perdre son boulot.

— Je te suis pas.

— Eh bien, ta fille était trop jeune pour être mon genre. »

Il me dévisage avec colère, et je me demande pourquoi. Je peux simplement mettre ça sur le compte de la jalousie. Je vais sortir de prison d'ici quelques semaines, alors que lui a vingt ans à tirer, et c'est le genre de chose que les gens ici n'aiment pas.

« Trois jours, dit-il.

— Trois jours quoi ?

— Ton procès débute dans trois jours, ce qui me laisse donc trois jours pour décider si je vais te tuer ou non. De toute manière, j'en ai pour vingt ans. Te tuer y changerait rien. Ça me donnerait peut-être même droit à une réduction de peine. Je te le ferai savoir bientôt », dit-il, et il s'éloigne.

Je le regarde partir. Personne d'autre ne le fait. Personne ne me regarde non plus – ils sont tous retournés à leur repas. Le mien jonche le sol, et celui de Caleb est quasiment intact, alors je l'attaque. Je songe à cette histoire de trois jours et me demande s'il est possible qu'il mette sa menace à exécution. Trois jours pour me tuer. Mais moi, je vois ça comme trois jours pour le convaincre. Pour lui montrer un peu du charme de Joe et le faire parler. Je vois ça comme ça parce que j'ai généralement une vision positive de la vie – c'est pour ça que les gens m'aiment tant. Néanmoins, mes mains tremblent un peu tandis que je mange.

Le jeudi après-midi se poursuit, et, comme chaque jeudi et chaque lundi, j'ai une visite. On dirait qu'aujourd'hui les gens ne peuvent pas se passer de moi. À partir de lundi, ce sera tout le pays qui ne pourra pas se passer de moi. Il sera collé à sa télé face aux infos.

Les mêmes deux abrutis de gardiens me mènent au parloir. C'est une pièce bien plus grande que celles dans lesquelles mes deux derniers visiteurs m'ont parlé. Elle fait la taille d'une grande salle de conférences et peut abriter environ douze prisonniers à la fois, plus les personnes qui sont venues les voir, plus les gardiens. Aujourd'hui, la pièce est presque vide. Deux prisonniers qui parlent à leur femme. Avec leurs gamins. Il y a des étreintes, des larmes, et il y a des gardiens qui observent tout avec des yeux de lynx. Un bébé dans une poussette n'arrête pas de me regarder, et je me demande un moment ce que ça ferait d'avoir des enfants. Si j'avais un fils, je pourrais lui apprendre à pêcher, à lancer un ballon, à aller voir les putes sans payer. Puis je songe aux couches à changer et aux nuits sans dormir, je réfléchis quelques secondes à cette vie, et alors je me tourne vers la personne qui est venue me voir.

Ma mère.

Elle est assise dans un coin, serrant un sac à main sur ses cuisses. Un vieil homme est à ses côtés. Elle n'a pas l'air d'avoir vieilli. À vrai dire, elle paraît plus jeune. Elle s'habille assurément mieux. Et elle a l'air heureuse. J'espère que c'est à cause de Walt, et non parce que son fils unique et préféré est en prison.

Elle commence à sourire à l'instant où je m'assieds face à elle. C'est inhabituel. Si ma mère sourit, c'est qu'elle a gagné au loto.

« Bonjour, Joe », dit-elle. Elle se penche en avant comme pour m'étreindre, mais parvient à se retenir et à simplement toucher mon bras. « Tu as bonne mine. »

Il doit y avoir quelque chose qui cloche pour qu'elle sourie et me fasse un compliment en même temps. J'opterais pour une tumeur au cerveau. Ou alors elle a eu une attaque. Je ne lui demande pas comment elle se porte.

« Bonjour, fils », dit Walt, bien que je ne sois pas son fils.

C'est juste une chose que font les vieux, comme oublier de remettre leur dentier, ou faire sécher le caniche dans le micro-ondes. Je ne lui réponds pas et il détourne le regard, visiblement intéressé par la texture du mur de briques au-dessus de mon épaule, songeant peut-être la même chose que ce que je disais auparavant sur le fait qu'ils sont intemporels.

« M'man, tu m'as manqué, dis-je, ce qui n'est pas exactement vrai.

— Je voulais t'apporter des pains de viande, mais on ne m'a pas autorisée.

— Je crois pourtant que c'est autorisé », fais-je remarquer.

Walt ne dit rien. De fait, personne ne dit rien pendant environ dix secondes. Jusqu'à ce que ma mère poursuive, son sourire radieux commençant à vraiment me taper sur les nerfs car il me donne envie de sourire également.

« Nous avons une merveilleuse nouvelle », annonce-t-elle.

Le fait qu'elle utilise le pronom *nous* suggère que la nouvelle n'a rien à voir avec moi, ni avec ma libération, mais qu'elle concerne elle et Walt, et à moins que cette merveilleuse nouvelle ait quelque chose à voir avec le fait de lui donner un coup de pied dans les couilles et de lui foutre le feu, je ne veux pas l'entendre.

« Je déteste être ici, dis-je. Je n'ai rien fait de ce dont ils m'accusent, ou du moins, je ne m'en souviens pas. Je suis malade. Je ne sais même pas comment ils ont pu croire…

— Nous allons nous marier ! s'écrie-t-elle.

— En plus, il y a des gens ici qui veulent me tuer. Ils doivent me tenir à l'écart…

— Tu peux le croire ? Nous marier ! La vie pourrait-elle être plus belle ? demande-t-elle.

— Oui, elle pourrait, s'il n'y avait pas des gens ici qui souhaitent ma mort.

— Nous sommes amoureux, reprend-elle, et nous ne voyons aucune raison d'attendre. Nous allons nous marier la semaine prochaine. C'est tellement soudain, mais si excitant ! Nous voulons que tu sois là.

— J'espérais que tu pourrais être mon témoin, intervient Walt.

— Oh, quelle merveilleuse idée », dit ma mère, et elle lui serre le bras tout en lui lançant un regard qu'elle ne m'a jamais lancé – un regard qui, je suppose, ne peut être décrit que comme tendre.

Walt a l'air heureux qu'elle lui ait serré le bras. J'espère que c'est tout ce qu'elle lui fait.

« Vous allez vous marier, dis-je, absorbant finalement ses paroles. Vous marier.

— Oui, nous marier, Joe. Lundi. Je suis aux anges ! s'écrie ma mère.

— Je ne pourrai peut-être pas venir, dis-je.

— À cause de cette histoire de prison ? demande ma mère. Je suis sûre qu'ils peuvent s'arranger pour te libérer pour le mariage. J'en parlerai à quelqu'un.

— Ce ne sera pas possible. Aucune chance. Mon procès commence le même jour.

— Alors, c'est parfait. Tu seras déjà hors de la prison. Nous n'avons besoin de toi que pour une heure.

— Je ne crois pas que la police sera d'accord.

— Ne sois pas si négatif.

— Pourquoi ne pas attendre que je sois libéré ?

— Pourquoi es-tu toujours si difficile ?

— Je ne cherche pas à être difficile, dis-je.

— Si, tu le cherches, et bravo, Joe, parce que tu y arrives. Toujours à tout gâcher !

— Nous ferions peut-être mieux de laisser le garçon tranquille, ma chérie, suggère Walt. Il viendra quand il le souhaitera. Ça ne doit pas être facile pour lui d'avoir un nouveau père. »

Ma mère semble réfléchir aux paroles de Walt. Encore une nouveauté, car je ne crois pas qu'elle ait jamais réfléchi à la moindre chose que je lui aie dite.

« Non, je suppose que non, fait-elle en me lançant un regard revêche.

— Je ne cherche pas à être difficile, dis-je une fois de plus. C'est juste que, eh bien, les gens à la télé ont l'air de croire que je suis coupable, mais on ne peut jamais leur faire confiance. »

Je sais que les informations ont pour unique but de vendre, vendre de la peur, et qu'elles ne sont pas une représentation exacte de ce que ressent le pays.

« Et les journaux ? Qu'est-ce qu'ils disent ?

— Je ne sais pas, répond ma mère.

— Tu ne sais pas ?

— Nous ne les lisons pas, explique Walt.

— Nous ne nous tenons pas au courant des nouvelles, ajoute ma mère. Ni à la télé, ni dans les journaux.

— Mais les nouvelles, c'est moi. J'imagine que vous vous tenez au courant de ce qui m'arrive.

— Les nouvelles sont déprimantes, dit ma mère.

— Vraiment déprimantes, surenchérit Walt.

— Nous ne les suivons pas du tout. Pourquoi le ferions-nous ? déclare ma mère.

— Parce que les nouvelles, c'est moi, dis-je.

— Ah, et comment suis-je censée le savoir ? demande ma mère d'un ton sec.

— Tu le saurais si tu t'en souciais suffisamment pour regarder autre chose à la télé que ces foutues séries dramatiques anglaises.

— Au fait, nous devons te dire, intervient Walt en se penchant en avant. Hier soir… tu ne croiras jamais qui est en fait le vrai père de Karen.

— C'était excitant », ajoute ma mère.

Je les écoute me raconter le feuilleton, j'emmagasine les informations, et je repense à Cornichon et à Jéhovah, mes poissons rouges dans une autre vie.

J'avais l'habitude de leur raconter ce même feuilleton, et je me demande s'ils pensaient la même chose que ce que je pense en ce moment. J'espère que non. Ils me manquent. Mes petits animaux de compagnie avec leur mémoire de cinq secondes – ils ne doivent même pas se souvenir qu'ils sont morts.

« Peux-tu croire que nous allons vraiment nous marier ? demande ma mère alors qu'un gardien s'approche pour nous informer qu'il ne nous reste plus beaucoup de temps.

— Non, je ne peux pas », dis-je.

Et je ne veux pas le croire.

« Tu n'es pas obligé de m'appeler *papa*, déclare Walt, du moins pas encore.

— Il y viendra, dit ma mère.

— Bien sûr que oui, convient Walt. C'est ton fils. »

Ma mère se lève. Elle porte un sac en plastique rempli de quelque chose. Walt suit le mouvement. Elle s'approche de moi et m'étreint. Elle m'étreint fort, et je sens l'odeur d'un parfum de vieille femme, d'un savon de vieille femme, d'une vieille femme.

« Il est tellement mieux que ton père, murmure-t-elle. Et je suis contente que tu ne sois pas homosexuel, Joe. Les choses que la police nous a dit que tu avais faites… aucun homosexuel ne ferait ça.

— Ça, il n'est pas homosexuel ! » s'écrie Walt, car le murmure de ma mère est assez sonore pour qu'il l'entende.

Ma mère ne sait pas murmurer.

« Et toi non plus », réplique ma mère en s'écartant et en regardant Walt. Elle pousse un petit gloussement.

« Même si après ce que nous avons essayé hier soir, on peut s'interroger. »

Ils rient tous les deux. Le sol semble se dérober sous moi et je m'affale sur la chaise. Ma mère se retourne pour partir, mais elle se rappelle le sac en plastique qu'elle tient à la main et me le tend.

« C'est pour toi.

— Quoi ?

— Ça. C'est pour toi », répète-t-elle plus fort, insistant sur chaque mot comme si elle essayait de briser la barrière du langage.

Je saisis le sac. Il est rempli de livres. C'est une bonne chose car j'ai besoin de nouveaux livres – pas autant que d'un pistolet, mais c'est une bonne chose tout de même.

« C'est ta petite amie qui te les envoie », ajoute-t-elle.

Pendant un instant, la prison disparaît, et je me revois attaché à un arbre avec une paire de pinces flottant à proximité de mes couilles. Puis je me revois allongé dans le lit de Melissa, je me souviens du contact de son corps, de ses courbes fermes, de la façon qu'elle avait de fermer les yeux quand elle se concentrait sur ce qu'elle ressentait sous les draps. Mon cœur s'emballe et je sens un fourmillement sur ma nuque.

« Ma quoi ?

— Elle était vraiment adorable », déclare Walt.

Ma mère lui lance le genre de regard qu'elle me réserve d'ordinaire – celui où elle se mord le bout de la langue et fait une grimace douloureuse.

« Qui vous les a donnés ?

— Nous te l'avons déjà dit », répond ma mère, et ils se mettent à marcher vers la sortie.

Un gardien s'approche de la porte pour la leur ouvrir.

« À lundi, ajoute-t-elle. Ce sera une cérémonie modeste. Dix personnes au plus. Tu devrais demander dès aujourd'hui au directeur de la prison pour qu'il ait tout le temps d'organiser ta sortie.

— Je serai…

— Ton cousin Gregory sera là, dit-elle. Il a une nouvelle voiture.

— … au tribunal.

— Joe…

— Désolé, dis-je en levant la main. Je suis difficile.

— En effet, mais je t'aime quand même. »

Et elle se penche vers moi, m'étreint, et disparaît.

12

Le déjeuner est un gros petit déjeuner. Il consiste en du bacon, des œufs, des saucisses et du café – le tout très, très bon. Un tel petit déjeuner peut changer la façon dont un homme voit la vie – c'est du moins ce qu'affirme le petit laïus sur le menu sous l'intitulé « Attaque cardiaque ». Au milieu du repas, Schroder ne voit aucune raison de remettre en doute ni le laïus ni l'intitulé.

Il est assis seul au comptoir, remplissant le creux qui s'est formé en lui depuis qu'il a raté le petit déjeuner. Il y a du sang sur le sol et le contour d'un corps tracé à la craie à deux mètres sur sa droite. Deux des tables sont retournées et il y a du verre brisé. Ils sont quinze dans le restaurant, mais il est le seul à manger. Des marqueurs d'indices sont éparpillés à travers la pièce, ainsi que des réglets d'échelle pour mesurer les taches de sang, les empreintes de mains et de pieds. Il y a de la poudre pour prélever les empreintes digitales, du ruban de scène de crime près de la porte.

Comme une scène de crime.

Enfin, presque comme une scène de crime.

Un nouveau coup de fil à l'inspecteur Hutton ne lui a guère apporté d'informations sur le meurtre de ce matin, juste assez pour savoir qu'il n'est d'aucune valeur pour Jonas Jones, et pour comprendre ce que Hutton voulait dire quand il a affirmé que c'était moche. La victime est un ancien taulard condamné pour avoir importé clandestinement des armes. L'importation de ces armes était une chose, mais ce à quoi elles devaient servir en était une tout autre. L'homme se fichait de savoir qui étaient ses acheteurs, de la même manière que les acheteurs se foutaient de savoir qui serait mort s'ils avaient réussi à faire sauter les divers explosifs qu'ils comptaient placer dans le bâtiment du Parlement, dans la capitale du pays. Schroder n'est pas certain que la population aurait eu grand-chose à faire de se réveiller un beau matin avec cent politiciens de moins. Le type qui importait les explosifs s'appelait Derek Rivers, et il avait écopé de douze ans entre quatre murs de parpaings. Il a été libéré l'année dernière, et a eu droit ce matin à deux balles dans la poitrine. À en croire Hutton, des détecteurs électroniques ont confirmé que Rivers avait récemment été en contact avec des explosifs.

« Il y avait une trappe dans la garde-robe, lui a expliqué Hutton. Il stockait ses armes et ses explosifs en dessous. On suppose que c'est la personne pour qui il les avait achetés qui l'a descendu. Ce qui signifie que quelqu'un cherche à brouiller les pistes, ce qui signifie…

— Que les explosifs vont servir à faire un carnage », a achevé Schroder avant qu'ils raccrochent.

Schroder se souvient du dossier de Rivers, à l'époque. C'était un vrai salopard. Pas le genre de type que quiconque regrettera. Rien dans cette affaire pour le médium. Du moins pas encore. Mais si quelqu'un parvient à faire sauter un bâtiment et à tuer plein de gens, alors ce sera du pain bénit pour Jonas.

Jonas Jones.

Il a du mal à supporter ce connard suffisant. Par le passé, Jonas a foutu des affaires en l'air, il s'est mis en travers de leur chemin, il a révélé au public des informations qui ont nui au boulot de la police et entraîné de nombreuses victimes. Les vrais médiums n'existent pas, mais curieusement Jones a une base de fans fidèles qui semble croître de jour en jour. Et si Jones retrouve le cadavre de l'inspecteur Calhoun, ces fans seront de plus en plus nombreux, et nul doute que Jones pondra un autre livre à la con. Au minimum, ça fera une super-émission de télé.

Dans un sens, il espère que Joe tiendra sa langue. La seule chose qui va à l'encontre de ce désir est le droit de la famille de Calhoun à récupérer le corps. Et puis, naturellement, il y a la prime. Car malgré tout, il a besoin de cet argent. Sa famille en a besoin. Il tire profit d'un sale procédé, mais hé, les dentistes tirent profit des caries, les couvreurs des tempêtes, les propriétaires de casses automobiles des accidents.

Parfois, Schroder aime croire que, en toute honnêteté, il n'avait d'autre choix que d'accepter ce boulot. Après tout, il était sans emploi. Il a des compétences rares qui ne lui sont d'aucune utilité car il ne peut plus être flic, et même s'il a postulé pour obtenir une licence de détective privé, son dossier a été refusé sans explication moins d'une semaine après qu'il l'avait déposé. Il est certain que c'est lié au département de police. Que quelqu'un quelque part lui a mis des bâtons dans les roues parce qu'il estimait que la dernière chose dont la ville avait besoin, c'était d'un autre détective privé. Il aurait pu faire des hamburgers. Mais il n'aurait pas pu vendre des voitures. Il aurait pu reprendre ses études. Mais il n'aurait pas pu travailler dans la vente. Alors quand la chaîne de télé l'a contacté pour faire office de consultant dans l'émission de Jonas et dans d'autres programmes, il a accepté. Il ne lui a fallu que quelques jours de réflexion. C'était mieux payé qu'être dans les forces de l'ordre. Moins d'heures. Moins d'emmerdes. Même si côtoyer Jonas lui donne envie de se doucher plus souvent. S'il n'avait été question que de Jonas, il aurait préféré se tirer une balle. Mais il ne s'agissait pas que de ça. Il s'agissait de sa famille, des factures à payer, de la maison à conserver, il s'agissait d'aller de l'avant et de se trouver un nouveau plan de carrière.

Et puis, de toute manière, côtoyer Jonas ne constitue qu'une infime partie du boulot. D'ailleurs, en ce moment, il n'est même pas question de lui.

L'un des producteurs du feuilleton *Le Nettoyeur* vient l'informer qu'il doit finir son repas, que le tournage doit commencer dans quinze minutes. Le feuilleton parle de deux nettoyeurs de scènes de crime émotionnellement déstabilisés par le taux de criminalité croissant, et est centré sur un personnage principal au bord de la dépression nerveuse, qui, lui ont dit les scénaristes, n'arrête pas de se demander comment il pourrait commettre son propre crime parfait puisqu'il est capable de faire « disparaître » les scènes de crime. Ils tournent en ce moment le sixième épisode, et le premier doit être diffusé dans deux semaines. Il y a déjà des affiches à travers la ville, des pubs à la télé, des articles dans la presse pour promouvoir le feuilleton. Si les critiques sont bonnes, il y aura une autre saison. Mais Schroder s'en fout. Que ce soit ce feuilleton ou un autre, il est toujours payé autant. Il suppose que *Le Nettoyeur* n'est pas un mauvais concept – il n'y connaît pas grand-chose en matière de feuilletons –, et son boulot consiste à aider à mettre les scènes en place pour les faire paraître authentiques. Le restaurant dans lequel ils tournent aujourd'hui est un vrai restaurant, fermé pour la journée, mais le propriétaire, qui est indemnisé, a proposé de lui préparer un déjeuner rapide. Schroder n'est pas porté sur les effusions, mais il aurait vraiment pu prendre ce type dans ses bras.

Il termine son repas et cache l'assiette derrière le comptoir. L'histoire du jour est que deux hommes sont entrés par effraction durant la nuit et ont torturé le propriétaire pour lui soutirer des informations, enfonçant des morceaux de son corps dans le sol à coups de marteau, projetant du sang et des os dans des endroits qui requièrent de l'huile de coude et des produits chimiques, le tout accompagné de plaisanteries spirituelles, et à coup sûr agrémenté d'une musique d'ambiance quand viendra le moment du montage.

Les acteurs prennent position.

« Tout est en place ? » lui demande l'un des scénaristes.

Celui-ci porte un tee-shirt sur lequel sont écrits les mots *Montez à bord du bus de l'amour d'Oncle Papa*, et Schroder se demande s'il a pondu ça tout seul. Il espère que non, parce que c'est de mauvais augure pour le feuilleton.

Schroder parcourt une dernière fois la scène du regard.

« Pour l'essentiel, c'est bon.

— Pour l'essentiel ?

— La silhouette à la craie, dit-il pour la énième fois.

— Je sais, répond le scénariste.

— Je sais que vous savez, dit-il, mais les flics ne font pas ça.

— Mais les gens du cinéma et de la télé le font, et c'est ce que les spectateurs s'attendent à voir, réplique le scénariste, lui aussi pour la énième fois. Les gens n'aiment pas voir des choses inattendues. Ça les perturbe.

— Vous ne leur accordez pas assez de crédit.

— Vraiment ? Vous avez passé combien de temps dans la police ? Quinze ans ? Vingt ans ? Et vous croyez réellement que les gens méritent qu'on leur accorde du crédit ? »

Schroder sourit. Il s'avoue vaincu.

« Vous pouvez y aller », dit-il.

Schroder s'écarte vers le côté de la pièce et observe la scène. Avec un peu de chance, ça rendra mieux à la télé, parce que pour le moment, on dirait une pièce de théâtre mal jouée. Trente minutes plus tard, son téléphone portable se met à vibrer. Il le sort de sa poche et regarde qui l'appelle. C'est Hutton. Les caméras ne tournent pas, alors il sort sans avoir à se soucier de ne pas faire de bruit.

« Il s'est passé quelque chose, annonce Hutton.

— Ah oui ?

— C'est peut-être lié, ou peut-être pas. Mais Tristan Walker a été retrouvé mort il y a environ un quart d'heure. Deux balles dans le torse, chez lui. »

Tristan Walker. Le mari de Daniela Walker. Daniela Walker, une victime de Joe Middleton. Deux balles dans le torse, exactement comme Derek Rivers.

« Merde, dit Schroder.

— Oui, ça résume la situation.

— Et vous en pensez quoi ? » demande Schroder, tout en échafaudant lui-même déjà sa propre théorie.

Il entend presque Hutton hausser les épaules.

« On n'en sait rien, répond Hutton. Enfin quoi, ce matin on pensait qu'il s'agissait d'un possible attentat à la bombe, mais maintenant on a le mari d'une des victimes du Boucher. Une victime dont nous n'avons jamais été entièrement sûrs que c'était bien Joe qui l'avait tuée. »

Il y a toujours eu des détails dans ce meurtre particulier qui ne collaient pas avec les habitudes de Joe. Joe a été interrogé à ce sujet, mais comme pour tous les autres homicides, il a prétendu ne se souvenir de rien. Cette stratégie ne fonctionnera pas pour lui au tribunal. Impossible. Il songe alors à ce qu'a dit le scénariste sur le fait qu'il accordait trop de crédit aux gens. Rien dans le système judiciaire n'est couru d'avance. Il se met à marcher vers sa voiture.

« On veut que tu viennes, dit Hutton. Si c'est lié au Boucher, tu dois être ici. C'était ton affaire. Tu repéreras peut-être un détail important.

— Je suis déjà en route », répond-il, et il raccroche.

13

L'heure de la promenade est obligatoire, à moins que vous vous soyez pris un coup de surin ou que vous vous soyez fait violer par un ou plusieurs détenus, ce qui, parmi la population générale, est également obligatoire. Nous sommes tous les trente sous la pluie, avec pour seule vue des clôtures en fer barbelé et des miradors qui ressemblent à des petites tours de contrôle aérien. Il n'y a nulle part où aller, si ce n'est faire des allers-retours dans la cour, ce qui, je suppose, doit être le but de l'exercice. C'est quand je suis à proximité de ces gens que je ressens le plus ma propre humanité. Si Schroder arrivait et me voyait maintenant, il la verrait également. Il verrait que je suis juste un innocent.

Je marche autour de la cour, sentant la pluie sur mon visage, la laissant imprégner mes vêtements, parce qu'après l'heure de la promenade vient l'heure de la douche, et nos douches du jeudi sont accompagnées d'un changement de combinaison. J'ai la possibilité de me dégourdir les jambes une heure par jour, et ce n'est jamais assez, et je n'ai jamais la possibilité de me les dégourdir en direction des jolies femmes que cette ville a à offrir. À l'extérieur des murs, des bruits de machines emplissent l'air – des étincelles jaillissent tandis que des meuleuses coupent de nouveaux bouts de métal et que des perforateurs creusent des trous dans la brique. Les travaux ont pour but d'ajouter une nouvelle aile à la prison, plus de place pour une population carcérale croissante. Certains types se mettent à taper dans un ballon de football. Ils n'auraient plus qu'à ôter leur maillot après avoir marqué un but et à se prendre dans les bras pour faire du foot encore plus un sport de pédé. Mon père adorait le football. D'autres types soulèvent des haltères, cherchant à faire gonfler leurs muscles épais sur lesquels leurs tatouages se distendent.

Melissa est allée voir ma mère.

C'est à ça que je n'arrête pas de penser, tandis que Caleb Cole m'observe depuis l'autre côté de la cour avec le genre d'expression qui me dit qu'il a encore un paquet de chemin à faire avant d'approuver ma stratégie de défense. J'essaie de ne pas le regarder, mais à peu près toutes les minutes je veux savoir s'il continue de m'observer, alors je jette un coup d'œil dans sa direction, pour simplement m'apercevoir que oui, il continue.

Je regarde de l'autre côté de la clôture, où il y a d'autres clôtures et des parcelles désertes. Derrière les dernières clôtures, il y a la liberté. Et Joe-la-Victime a besoin de cette liberté. Joe-la-Victime n'était jamais censé être enfermé dans un tel endroit. Joe-la-Victime a besoin de déployer ses ailes et de prendre son envol.

Je me mets à penser à ma mère et à Walt, ce qui est malheureux car je finis par m'imaginer ce qu'ils feront pendant leur lune de miel. Ça me rend malade. Walt, avec ses mains ridées sur ma mère, les rides de ma mère s'affaissant en des endroits que nul homme autre que Walt ne voudrait voir, toutes ces rides s'assemblant comme les pièces d'un puzzle. Je commence à me dire que la seule façon de m'ôter ces idées de la tête serait de traverser la cour et de tendre à Caleb Cole une brosse à dents taillée en pointe. Mais à la place, je me concentre sur les livres que ma mère m'a apportés.

De la part de ma petite amie.

De la part de Melissa.

Les gardiens m'ont pris le sac en plastique, mais j'ai été autorisé à garder les livres. Le sac était considéré comme une arme. Les livres, comme une plaisanterie. Adam a ri en voyant les titres. Je suis sûr qu'il rigole encore. Melissa est allée voir ma mère et lui a donné une poignée de livres de poche à l'eau de rose pour moi, mais pourquoi ?

Je ne vois que deux raisons. La première est qu'elle sait que j'adore les romans sentimentaux. Après avoir passé deux nuits avec moi et m'avoir espionné la semaine d'avant, elle a appris que dans mon cœur je ne suis qu'un parfait romantique. Ses livres sont un cadeau censé m'aider à passer le temps en attendant que nous nous retrouvions.

La seconde doit être vérifiée, et quand la promenade s'achève je regagne ma cellule avant la douche et me mets à chercher. Je soulève le premier livre. Il s'appelle *Corps de désir*, et je me dis tout d'abord que c'est peut-être plus qu'un roman à l'eau de rose, plus qu'une description des nuits que j'ai passées avec Melissa avant que mon monde ne s'effondre. Mais en lisant quelques pages au hasard, je m'aperçois que non. Je feuillette le livre, cherchant des pages cornées, des passages soulignés ou n'importe quelle marque au stylo, mais il n'y a rien.

J'ouvre le deuxième livre. Une enveloppe tombe et atterrit sur mon ventre. Mon cœur fait un bond, mais quand je la retourne, je m'aperçois qu'elle a déjà été ouverte, sans doute par les gardiens quand ils ont vérifié qu'elle ne contenait pas de drogue. Donc, le message que Melissa m'a écrit, ils l'ont vu. J'ouvre l'enveloppe. Elle contient une carte. Seulement, elle n'est pas de Melissa. Elle est de ma mère. C'est une invitation à un mariage. Ornée d'une image. C'est une illustration, pas une photo, qui représente deux mains en train de couper un gâteau de mariage avec un gros couteau. Il me rappelle le couteau que je possédais. Je lis ce qui est écrit tout en secouant la tête. Puis je replace la carte dans l'enveloppe et saisis de nouveau le livre.

Il n'y a pas de message caché à l'intérieur. *Idem* pour les autres livres. Des livres mal écrits avec de mauvais titres et de mauvais personnages, qui me réchauffent le cœur quand je les lis. Pas de marques, pas de messages, rien, et les gardiens ont dû les feuilleter pour les mêmes raisons bien avant que ma mère me les remette. Mais il doit y avoir quelque chose, sinon pourquoi Melissa me les aurait-elle donnés ? Elle devait savoir qu'elle ne pouvait pas écrire dedans, ou souligner des passages, parce qu'elle savait que les livres seraient examinés. Alors quoi ? Qu'est-ce qui m'échappe ?

J'ouvre *Montre ton amour pour être aimé*, qui, j'en suis certain, pourrait être le pire titre de tous les temps. Mais les livres de ce genre ont généralement de mauvais titres. Ça fait partie de leur attrait. Des mauvais titres et des hommes musclés sur la couverture, et des femmes en tenue transparente. Sauf que dans ce cas le titre évoque plutôt un guide de développement personnel. Je parcours quelques chapitres, m'apercevant que la seule façon pour Belinda, le personnage principal, de trouver l'amour est de donner de l'amour à autant d'hommes que possible dans l'espoir que l'un d'eux regardera outre le fait qu'elle se comporte comme une putain.

C'est un livre court et je lis vite, mais je continue de le survoler car, bien que j'aie du temps à ne savoir qu'en faire, j'éprouve un besoin urgent de découvrir le message de Melissa. J'ai décidé de le parcourir maintenant et, si je rate le message, de le lire dans le détail plus tard. Je découvre donc que Belinda finit par épouser un homme riche qui était autrefois un gigolo, mais à qui une vieille femme dont il s'occupait a laissé dix millions de dollars. C'est un classique intemporel.

J'en suis à la moitié quand arrive l'heure de la douche. Le groupe de trente détenus se divise alors en classes sociales. En fonction du crime commis. Certains sont considérés meilleurs que d'autres. Plus sains, je suppose. Curieusement, ils font des gens qui les ont commis des personnes meilleures. Je ne comprends pas. C'est un monde étrange, mais je vis ici des moments étranges, où un type qui a foutu le feu à une maison de retraite avec douze personnes à l'intérieur est traité comme un roi comparé à quelqu'un comme Kenny-le-Père-Noël, qui a violé trois enfants et s'est fait prendre en compagnie du quatrième. Des frontières sont tracées partout dans ce monde, et aucune n'a le moindre sens. Je ne sais pas de quel côté me tenir, quelles frontières franchir. Je suis tout seul dans le groupe des tueurs en série, bien que je ne sois pas le seul tueur en série ici. Edward Hunter aussi est seul. Il a tué plusieurs personnes, et il est considéré comme un héros parce que ses victimes étaient des sales types, mais il n'est pas libre pour autant. Caleb Cole est également seul dans son groupe. On devrait former un club. On pourrait faire imprimer des tee-shirts.

Il n'y a rien d'amusant à se doucher en compagnie d'hommes nus – même si, pour une raison ou pour une autre, la voix de mon père résonne dans ma tête et me dit que les choses ne sont pas forcées d'être ainsi. Je ne sais pas trop où il veut en venir – mais sa voix me résonne régulièrement dans la tête quand je me tiens nu devant tous ces hommes. C'est humiliant.

Les douches sont semblables à des douches de salle de sport, une vaste zone commune avec tout un tas de jets et de robinets, et du carrelage partout. Le sol est en béton et comporte une douzaine d'évacuations. L'air est épais à cause de la vapeur, l'eau est un peu trop chaude, et il n'y a que quelques savonnettes que nous devons partager, ce qui peut être assez horrible quand on vous en tend une avec l'occasionnel poil pubien collé à la surface. Après quelques minutes sous la douche, les hommes immédiatement à ma gauche et à ma droite s'écartent soudain de moi, et je me retrouve seul.

Puis pas si seul que ça, car Caleb Cole s'approche.

« J'ai pris ma décision », dit-il.

L'eau coule sur nous. La vapeur monte. L'air est épais et j'ai la tête qui tourne un peu.

« Et ?

— Et je vais te tuer », dit-il.

Son poing bouge si vite que je ne vois rien arriver, jusqu'à ce qu'il m'atteigne violemment au ventre, me coupant la respiration et me faisant tomber à genoux.

Caleb recule d'un pas, porte une main à sa poitrine, puis la recouvre de l'autre.

« Hé, lance l'un des gardiens, qu'est-ce qui se passe, là-bas ? »

Mais la vapeur est trop épaisse pour qu'il voie bien, et il est trop sec et fainéant pour venir vérifier.

« Il a glissé, lance Cole. Ça glisse, sous la douche. »

Je lève les yeux vers lui mais reste à genoux – pas la hauteur idéale quand vous êtes dans une pièce pleine d'hommes nus, sauf si vous êtes joueur de foot.

« C'est vrai ? demande le gardien.

— Oui, dis-je. J'ai glissé. »

Le gardien ne répond rien.

« Dès que j'aurai trouvé quelque chose que je pourrai transformer en lame, je te plante », dit Caleb. Il se met à se laver tout en me fixant du regard, les cicatrices sur son corps disparaissant sous la couche de savon. « T'en penses quoi ? »

J'en pense que j'ai besoin de trouver moi aussi un objet acéré.

« Je peux te payer, dis-je. Vingt mille dollars. »

Il cesse de se savonner. Il tourne la tête et ses yeux se plissent.

« Qu'est-ce que tu racontes ?

— Pour que tu me laisses tranquille, dis-je. Je te paierai vingt mille dollars et tu pourras payer quelqu'un pour terminer le boulot dehors au lieu d'avoir à attendre vingt ans pour le faire toi-même. »

Il acquiesce lentement, le coin de ses lèvres s'abaissant.

« OK, dit-il.

— OK, tu vas les prendre ? »

Il secoue la tête.

« OK, je vais y réfléchir. Une telle proposition va exiger beaucoup de réflexion. » Il se rince. « Je te dirai demain », ajoute-t-il, puis il disparaît dans la vapeur et je me retrouve seul à genoux, me demandant quelles sont mes chances de survivre jusqu'à mon procès.

14

Le destin lui sourit. Melissa n'y croyait pas, pas quand elle a dû coller deux balles à Sam Winston, ni quand elle a dû faire feu deux fois de plus aujourd'hui, mais il l'a menée jusqu'à la réunion du groupe de soutien, et si le destin ne lui souriait pas, la réunion aurait eu lieu n'importe quel autre jour de la semaine et non aujourd'hui. Statistiquement, elle avait une chance sur sept. Ou alors, l'autre manière de considérer ça est qu'elle avait six chances sur sept que la réunion n'ait pas lieu aujourd'hui. Ce n'est pas de la chance, c'est le destin. Un destin favorable. Sa vie a été remplie de destin défavorable. Sa sœur, elle-même, tous les sales trucs qui lui sont arrivés. Maintenant, c'est un bon truc. Comme découvrir l'immeuble à l'arrière du tribunal, inachevé car l'entreprise qui le construisait a fait faillite comme ont tendance à le faire les entreprises du bâtiment de nos jours. Sept étages de bureaux à demi terminés, dont tout un tas proposent des vues parfaites sur l'arrière du tribunal. Elle décide d'attendre et de voir ce que le destin aura d'autre à offrir ce soir avant de s'en occuper.

Trouver le groupe de soutien n'a pas été difficile. Trois minutes en ligne lui ont suffi. Et ce n'est pas simplement un groupe de soutien pour les victimes de Joe Middleton, mais aussi pour d'autres victimes – ou, pour être plus précis, pour des familles de victimes qui, apparemment, se considèrent elles-mêmes comme des victimes. C'est une salle communale à Belfast, une banlieue au nord de la ville qui, les mauvais jours, sent comme si la décharge n'était qu'à quelques kilomètres, et les autres mauvais jours est simplement Belfast. Vingt voitures sont garées sur le parking à l'avant, vingt et une avec la sienne. Il pleut toujours et il fait toujours froid, mais les prévisions laissent entendre une amélioration pour les prochains jours.

Elle prend son parapluie – en fait, jusqu'à plus tôt aujourd'hui, il appartenait à Walker – et se dirige vers la salle, les yeux rivés au sol pour éviter les flaques qui se sont formées aux endroits où des morceaux de trottoir se sont détachés. Elle marche à côté d'un couple de personnes âgées qui se tiennent par le bras car ils partagent un parapluie. Ils lui adressent un signe de la tête et un sourire bienveillant. Elle se demande s'ils sont ici parce qu'elle a tué leur fils. Elle a une fois de plus changé de perruque – cette fois, elle a opté pour du noir.

Le vieil homme tient la porte pour sa femme et Melissa, elle lui sourit et le remercie et ne voit personne à qui elle a fait du mal qui leur ressemble. Elle pénètre dans une salle suffisamment grande pour accueillir une réception de mariage, et suffisamment laide pour accueillir une fête de vingt et unième anniversaire. Chaque mur est recouvert de lambris en bois. Le sol derrière la porte est jonché d'empreintes de pas humides, et elle les contourne prudemment pour ne pas tomber devant ces gens et avoir à simuler un faux début d'accouchement. Elle voit et entend les radiateurs de la salle souffler de l'air chaud, mais il fait tout de même froid à l'intérieur. Elle referme son nouveau parapluie et le pose contre le mur, où se trouve une douzaine d'autres similaires. Elle ôte sa veste et la porte sur son bras. Il y a ici trente personnes, peut-être trente-cinq. Certaines forment des petits groupes de deux ou trois et discutent avec une certaine familiarité. D'autres sont seules. Des chaises sont disposées en cercle au bout de la pièce, et derrière les chaises se trouve une scène où, suppose-t-elle, des groupes ont par le passé joué de la musique, et des pères prononcé des discours. Pour le moment, il y a plus de chaises que de personnes présentes. Une longue table a été dressée avec du café et des sandwichs. Elle se demande si dans quelques années tous ces gens finiront par nouer des liens, si les réunions en été se tiendront dans des parcs et si chacun apportera son pique-nique. De gentils petits groupes de vieux amis réunis par la mort et le malheur, certains se mariant et se reproduisant peut-être entre eux, tant qu'on y est. Aussi bien Joe qu'elles ont contribué à ça. Ils devraient être fiers.

« Vous en êtes à combien ? »

La voix provient d'une paire de pieds sur sa gauche et la fait presque sursauter. Melissa se tourne vers la femme et sourit. Elle ne sait pas ce qui cloche chez les femmes ni pourquoi elles lui demandent toujours ça quand elles voient son faux ventre. Elles croient que c'est leur putain de problème. Les femmes qui ont connu l'expérience de l'accouchement semblent estimer que ça leur donne le droit de parler à la première inconnue enceinte venue.

« Le bébé doit arriver la semaine prochaine », répond-elle en se massant le ventre.

La femme sourit. Elle ne peut avoir que quatre ou cinq ans de plus que Melissa. Elle porte une alliance, et Melissa se demande si elle a été enceinte ou si elle voudrait l'être, puis elle se demande si l'homme qui voulait la mettre enceinte n'est plus de ce monde.

« Garçon ou fille ? demande-t-elle.

— Surprise », répond Melissa en souriant, parce que ce serait vraiment une surprise.

Elle aussi porte une alliance, et elle se met à la faire tourner autour de son doigt. Elle a également vu les gens mariés faire ça.

« C'est ce qu'on voulait tous les deux.

— Je vous ai vue arriver seule, dit la femme, et son sourire disparaît. Votre mari, il n'est pas… ce qui vous amène ici, n'est-ce pas ?

— Non, non, Dieu merci », répond Melissa.

La femme acquiesce lentement avec une expression triste, puis elle tend la main.

« Mon nom est Fiona Hayward, dit-elle.

— Stella », répond Melissa, car c'est le prénom qu'elle a décidé d'utiliser en venant ici.

Elle saisit la main de la femme.

« Votre mari… est-il la raison de votre présence ?

— Il a été assassiné il y a près d'un mois, explique Fiona d'une voix entrecoupée, les larmes lui montant légèrement aux yeux. Chez nous. Un fou l'a suivi et poignardé.

— Je suis désolée, dit Melissa.

— Tout le monde l'est. Au moins, ils ont arrêté le coupable. Et vous ?

— Ma sœur. Elle a été assassinée.

— Je suis désolée, dit Fiona.

— Tout le monde l'est, répond Melissa, puis elle sourit à la femme, qui lui retourne son sourire et acquiesce. C'était il y a longtemps, ajoute-t-elle, se rappelant sa sœur, l'enterrement, l'effet dévastateur que ç'a eu sur sa famille.

— C'est la première fois que je viens ici, déclare Fiona. Je ne connais personne, et ça me rend un peu nerveuse. De nombreux amis et membres de ma famille ont proposé de m'accompagner, mais, eh bien, je voulais venir seule. Je ne pourrais pas expliquer pourquoi, vraiment. Le fait est que je ne pensais même pas venir, mais, eh bien (elle lâche un petit rire nerveux), me voici.

— La première fois pour moi aussi. »

Elle essaie de trouver un moyen de se libérer de cette conversation. Elle songe à son pistolet dans son ventre factice. Il lui procure du réconfort.

« Ça vous ennuie si… si je m'assieds avec vous ? »

Oui. Elle songe vraiment à sortir ce pistolet.

« Ça me ferait plaisir », répond-elle.

Les gens commencent à s'asseoir. Certains ont une tasse de café. D'autres tirent leur chaise pour les rapprocher les unes des autres. Quand tout le monde est assis, un homme âgé entre cinquante-cinq et soixante ans fait le tour pour récupérer les chaises inoccupées et les placer à l'extérieur du cercle, tandis que d'autres rapprochent leur chaise pour combler les espaces vides. Il a une barbe de quelques jours et des lunettes de styliste onéreuses. Bel homme, avec de bons goûts, les cheveux gris – mais seulement aux tempes, le reste de sa chevelure est d'un brun sombre. Tout le monde continue de discuter jusqu'à ce que Lunettes-de-Styliste s'assoie, et alors tout le monde se tait. Melissa n'arrive pas à détacher ses yeux de lui.

« Encore merci d'être venus », dit-il. Sa voix est profonde et, dans d'autres circonstances, probablement séduisante. Melissa l'aime bien. « Je vois qu'il y a quelques nouveaux visages dans l'assistance, et j'espère que nous pourrons vous apporter soutien et réconfort, et aussi un peu d'espoir. Nous sommes tous ici à cause d'une tragédie. Nous sommes tous ici car nous avons été confrontés à une laideur incroyable. Pour ceux qui ne me connaissent pas, mon nom est Raphael. » Il sourit. « Ma mère était experte en art, ajoute-t-il, d'où ce nom (comme si Melissa en avait quoi que ce soit à faire), et ma fille a été victime d'un meurtre, d'où ma présence ici. »

Il prononce cette phrase avec la décontraction de celui qui l'a déjà prononcée cent fois.

« Ce groupe de soutien, poursuit-il, est né de la perte. Ma fille s'appelait Angela, et elle a été assassinée l'année dernière par Joe Middleton. Il a pris une fille, il a pris une épouse, et il a pris une mère. Certains d'entre vous sont ici à cause de lui, et d'autres à cause d'hommes semblables à Joe Middleton, ou de femmes », ajoute-t-il. Pendant un instant, Melissa croit que tout le monde dans la pièce va se tourner vers elle, mais évidemment ça ne se produit pas. « Je soutiens désormais les autres à plein temps dans leur chagrin, poursuit-il. J'aide les gens depuis près de trente ans, mais quand j'ai perdu ma fille j'ai été incapable de m'aider, jusqu'au jour où je me suis aperçu que j'avais besoin d'être en compagnie de personnes comme moi. Nous sommes donc tous ici pour nous entraider. » Il regarde chaque visage en souriant, s'attardant une seconde sur celui de Melissa car il y a plus de choses en elle à absorber. « Nous ne sommes pas ici pour faire partir la douleur, car rien ne peut y parvenir. Nous sommes ici pour la partager, pour la comprendre. Nous sommes ici parce que nous en avons besoin. »

Melissa doit réprimer un bâillement tandis qu'elle parcourt les visages du regard. Elle n'a pas eu le temps de faire la sieste, et tout ce qu'elle peut espérer, c'est que ça ne durera pas longtemps. Elle est tellement fatiguée qu'elle pourrait dormir vingt-quatre heures d'affilée. Cependant, parmi toutes ces personnes, une l'aidera. Il faut juste qu'elle investisse une heure de son temps. Ou Dieu sait combien de temps durent ces réunions. Parler de sa douleur ne la fait pas partir. Quand sa sœur a été assassinée, elle a dû en parler à un psy chaque semaine pendant un an, et ça ne l'a pas aidée d'un iota. Tout ce que le psy faisait, c'était reluquer ses jambes.

Tout le monde observe Raphael. Tout un tas de corps chauds parmi lesquels choisir, et elle ne doute pas une seconde que l'un d'eux doit être suffisamment en colère après Joe pour l'abattre.

Le truc, c'est de deviner lequel.

15

La première chose que Schroder doit franchir, c'est le barrage formé par les camionnettes des médias qui ont débarqué. Elles bloquent le bout de la rue, de même que les badauds du quartier. Avec tous les meurtres qui se produisent à Christchurch, il est surpris que les gens sortent encore pour assister au spectacle, surtout par ce temps. Il suppose qu'il n'y a vraiment rien de tel qu'un bon homicide. C'est bien réel, et ça passe bien à la télé. Les journalistes brandissent des parapluies, les caméramans sont enveloppés dans des tenues imperméables, et les caméras sont protégées par des revêtements en plastique. Ce dont cette ville a besoin – non, rayez ça –, ce dont l'humanité a besoin en ce moment, c'est d'un éclair, quelque chose de puissant et de biblique qui s'abattra des cieux et tombera au milieu des hommes. Il se demande si Jonas Jones pourrait arranger ça.

Il ne parvient pas à faire passer sa voiture. Il n'y a pas d'espace, et la seule façon d'y parvenir serait de leur rentrer dedans à une vitesse proche de la limite autorisée et de les éparpiller comme des quilles de bowling. Il n'a pas de sirène et doit donc se garer du mauvais côté, avec la foule et la pluie entre lui et la scène.

L'épuisement qu'il ressentait durant ses derniers mois en tant que flic n'a pas disparu depuis qu'il a rendu son arme et sa plaque. À la place, il l'empoisonne comme un rhume de cerveau qui refuserait de partir. Il enfonce la main dans sa poche et en tire un paquet de comprimés énergisants qu'il garde toujours à portée de main, ces temps-ci. Il en avale un, puis décide de le faire passer avec un autre. Dans cinq minutes l'épuisement ne sera pas parti, mais il sera contenu en lui avec tout le reste de la fatigue qu'il a accumulée au fil des années.

Il descend de voiture et se fraie un chemin sous la pluie parmi les badauds. Les agents qui gardent le périmètre doivent le regarder à deux fois tandis qu'il approche – ils savent qu'il n'est plus flic, mais ils se disent qu'il l'est peut-être redevenu. Avant qu'il ait le temps de s'expliquer, Kent vient vers lui, abritée par un parapluie. Elle a un échange rapide avec les agents, puis Schroder soulève le cordon de scène de crime et passe en dessous. La maison est située dans un quartier calme, et ce n'est pas la même que celle dans laquelle les Walker vivaient auparavant. Celle-là a été incendiée la nuit où l'inspecteur Calhoun a disparu. Incendiée, sans aucun doute, par Joe Middleton. Depuis, le terrain a été vendu. Cette maison-ci est moitié plus petite, une structure d'un seul étage qui doit avoir cinq ans au plus, dans les mêmes coloris que celle d'à côté, des tons brun pâle et gris qui semblent avoir été délavés par la pluie.

Kent tient le parapluie un peu plus haut pour qu'il les protège tous les deux, mais ça ne fonctionne pas vraiment. Il doit se déchausser à la porte et enfiler une paire de bottines en nylon. Le cadavre est dans le couloir, juste derrière la porte d'entrée. Hutton les rejoint.

Schroder a l'impression d'avoir retrouvé son boulot. Les odeurs, les images, les sons, tout confirme une authentique scène de crime, et personne ne va dessiner une silhouette à la craie et lui demander s'il pense que le dialogue pourrait être resserré. Il a froid, il est trempé et misérable, ce qui complète cette impression de réalisme. Il distingue l'intérieur du salon au bout du couloir. Moquette marron foncé, canapés moelleux, couleurs chaudes aux murs. Tout est très accueillant, s'il n'y avait Tristan Walker, qui gît sur le flanc avec une main sur la poitrine et l'autre coincée sous lui. La dernière fois qu'il l'a vu, c'était il y a douze mois. Walker logeait chez ses parents, à l'époque. Schroder était allé le voir pour l'informer qu'ils avaient arrêté quelqu'un.

Kent et Hutton ne pourraient être plus différents. Hutton est obèse. Il ne l'était pas quand il a rejoint la police, n'aurait pas pu l'être car il n'aurait jamais été accepté, mais maintenant il consomme tellement de sucre qu'il doit éviter la pluie de crainte de se dissoudre. Il est toujours flic parce qu'il est si énorme que ce serait presque comme renvoyer deux inspecteurs – même si, ironiquement, le département n'a eu aucun mal à virer Schroder. Quand Caleb Cole l'a poussé à tuer quelqu'un.

Kent est jolie. Superbe, même. Le genre de femme qu'on regarde, et on donnerait une semaine de sa vie juste pour la voir sourire. Nul doute que la moitié des types sont amoureux d'elle.

« C'est la troisième victime, déclare Kent.

— Hein ?

— La troisième victime », répète-t-elle.

Il laisse passer quelques secondes, le temps d'assimiler l'information.

« Tu me dis que vous en avez deux autres semblables ? » Kent lui sourit.

« Je suis ravie que tu aies gardé l'esprit vif depuis que tu as quitté la police, Carl. C'était un calcul rapide.

— Tu devrais me voir avec des crayons. Je colorie toujours à l'intérieur des lignes.

— Tu as l'air d'avoir une vie excitante. »

Elle contourne le corps pour qu'ils puissent se parler, formant tous trois un triangle avec un type mort au milieu.

« La première victime, c'était la semaine dernière, explique Kent. Un type du nom de Sam Winston.

— J'ai lu ça dans les journaux. Il a été trouvé dans un immeuble abandonné, en ville. D'après ce que j'ai lu, il semblerait qu'il ait été tué par un dealer.

— C'est ce qu'on pensait aussi. Son nom te dit quelque chose ? »

Schroder fait non de la tête.

« Il devrait ?

— Probablement pas. Il était dans l'armée jusqu'à son renvoi il y a cinq ans. Il avait un problème de drogue assez sérieux, c'est pour ça qu'on a cru que c'était lié à sa mort. Il n'est même pas resté longtemps dans l'armée. Deux ans. Après ça, il a passé son temps sans emploi à vivre de ses allocations.

— Et maintenant, vous pensez qu'il y a un lien.

— Dès qu'on aura ôté les balles du corps de Walker on les enverra à la balistique pour voir si ça correspond.

— Donc, vous avez juste une théorie ? » demande Schroder.

Hutton secoue la tête.

« On a aussi une chronologie, répond-il. Les gens se font tuer de toutes sortes de manières étranges dans cette ville, mais pas souvent à l'arme à feu, et là nous avons trois victimes en moins d'une semaine, toutes tuées par balles de la même manière. »

Schroder acquiesce. Impossible d'ignorer ce fait.

« Aucun lien entre Winston et Rivers ?

— On a un type qui vend des armes et des explosifs, et un autre qui est entraîné à s'en servir, répond Kent. Mais aucun lien entre eux.

— Du moins pas encore, intervient Hutton.

— Et rien entre ces deux-là et Walker ? demande Schroder.

— Juste la façon dont ils sont morts, répond Kent.

— Walker ne se droguait pas ?

— S'il le faisait, il le cachait bien. Rien ici ne suggère qu'il prenait quoi que ce soit.

— Alors, qu'est-ce que vous attendez de moi ?

— On veut que tu nous aides avec Walker, répond Kent. Tu le connaissais. Tu as passé du temps avec lui et sa famille. Qu'est-ce qu'un type comme Walker pouvait avoir en commun avec Rivers et Winston ?

— Je ne le connaissais pas, je l'ai juste interrogé. Plusieurs fois », répond Schroder.

Il l'a fait parce qu'il y avait des indices qui suggéraient que Walker battait sa femme, et d'autres qui laissaient penser que sa femme n'avait peut-être pas été tuée par Joe Middleton. Pendant un temps, Walker avait été soupçonné. Mais au bout du compte, il avait un alibi en béton, et ils n'avaient trouvé aucun autre suspect.

« Allez, Carl, dit Kent, c'est toi qui dirigeais l'enquête sur le Boucher. Tu sais pourquoi on t'a demandé de venir ici. »

Schroder acquiesce. Il sait que c'est pour ça qu'il est là. Comme l'a dit Hutton, c'est simplement une question de chronologie. Trois meurtres en une semaine, tous à l'approche du procès de Joe Middleton. Hutton et Kent pensent que c'est lié au Boucher.

« OK, dit-il. Dites-moi où vous en êtes.

— Nous avons une théorie, déclare Hutton.

— Un ancien taulard, un type qui s'est fait virer de l'armée, et Walker, enchaîne Kent. Ils avaient un plan ensemble, ou peut-être qu'ils travaillaient avec quelqu'un qui a un plan, et celui-ci implique des explosifs. Nous avons des indices, des douilles de balles. Des cheveux. Longs. Les mêmes cheveux blonds sur chaque scène. Pas d'ADN, parce qu'ils sont en synthétique.

— Donc, l'assassin portait une perruque ? demande Schroder.

— On dirait, répond Kent. Et c'était plus que probablement une femme. Les hommes n'ont pas tendance à porter des perruques qui tombent jusqu'aux épaules. Et puis il y a les cheveux que nous avons aussi trouvés dans le salon. Ce qui signifie, s'ils appartiennent à la personne qui l'a abattu, qu'elle ne s'est pas contentée de frapper à la porte et de le descendre quand il a ouvert. Ça signifie qu'elle est entrée. Bien sûr, ça pourrait être deux choses différentes. Ils pourraient appartenir à une personne à qui il a parlé à l'intérieur, et quelqu'un d'autre serait venu à sa porte et l'aurait abattu.

— Des empreintes digitales ?

— Partout, répond Hutton, mais on en a exclu la plupart. Rien jusqu'à présent qui corresponde avec quoi que ce soit.

— Et vous voulez savoir si Melissa est impliquée, dit Schroder. C'est ça la véritable raison de ma présence. Parce que le procès de Joe commence la semaine prochaine.

— Pour le moment, aucune des empreintes retrouvées ne correspondait aux siennes, dit Kent. Mais est-ce que ça te semble possible ? Elle se cache. Il semblerait logique qu'elle utilise des artifices pour modifier son apparence. Évidemment qu'elle porte probablement une perruque.

— S'il s'agit d'elle, le mode opératoire est complètement différent, observe-t-il. Une signature différente. Aucune de ces personnes n'était en uniforme. Aucune n'a été torturée. Si c'est elle, pourquoi cible-t-elle ces gens ?

— À cause de la chronologie, répond Hutton. Nous sommes à moins d'une semaine du procès de Joe.

— On effectue des vérifications sur chacun d'entre eux, explique Kent. On cherche ce qu'ils ont en commun. Où leurs vies se sont croisées. Le problème est qu'elles ne se sont pas croisées. Il est possible qu'ils ne se connaissaient pas, mais qu'ils connaissaient un dénominateur commun.

— OK, fait Schroder. OK. Réfléchissons à ça. Réfléchissons bien. Jouons avec l'idée que c'est Melissa. Quel mobile a-t-elle ? Prenons les victimes une à une. Commençons par Sam Winston. Pourquoi travailler avec lui ? »

Il se demande alors ce que le scénariste du *Nettoyeur* dirait de tout ça. Pas assez de rythme. Trop de temps passé à faire le pied de grue et à réfléchir.

« Nous en sommes encore à rassembler les pièces du puzzle, dit Kent.

— OK, dit Schroder, conscient que le scénariste serait déçu. Concentrons-nous sur le timing. Qu'il s'agisse ou non de Melissa, on a affaire à quelqu'un qui a une revendication. On pourrait être confrontés à un attentat à la bombe au tribunal, ou à un attentat dans un commissariat. On sait que Melissa aime tuer, mais elle préfère le contact personnel. Je ne crois pas que le meurtre de masse soit son truc. Son style, c'est torturer les gens.

— Mais si elle avait torturé ces gens, on aurait immédiatement su que c'était elle, objecte Hutton, elle avait donc une bonne raison de ne pas le faire si elle essayait de cacher le fait que c'était elle. Et si elle essayait de le cacher, c'est qu'elle a un projet bien plus important que ça en tête, et les explosifs ont tendance à être utilisés pour ce genre de projet. »

Schroder acquiesce. Ce n'est pas faux.

« Et Walker, demande-t-il, que dit la légiste ?

— Elle dit qu'il s'est écoulé trois heures entre les deux meurtres, répond Hutton, et que Walker a été le deuxième de la journée. »

Ils restent tous les trois silencieux car ils ne voient pas la logique dans tout ça. Des gens vont et viennent dans la maison – des flics, des personnes en quête d'indices. D'autres sont dehors, en train d'interroger les voisins qui n'ont rien vu. Ils entendent la pluie qui continue de marteler le toit, rendant cette soirée misérable encore plus misérable. Quelque part dehors un chien se met à aboyer et ne veut plus s'arrêter.

« Qui a découvert le corps ? demande-t-il en espérant que la réponse ne sera pas *les enfants*.

— Ses enfants, répond Kent. Normalement, il allait les chercher à l'école. Il était en retard. Un enseignant les a ramenés à la maison car ils n'arrivaient pas à le contacter. Donc, l'enseignant et les gamins ont débarqué. Je suis sûre que tu peux imaginer la suite. »

Schroder aussi en est sûr. Il a déjà parlé à des gosses qui avaient retrouvé leurs parents assassinés, et aussi à des parents qui, en rentrant chez eux, avaient découvert que leur enfant avait disparu ou était mort. Il s'imagine l'un des enfants hurlant, l'autre secouant leur père pour essayer de le réveiller, l'enseignant tentant de les éloigner du corps tout en appelant la police. Il s'imagine ces mêmes enfants en ce moment, chez des membres de leur famille qui n'arrivent pas à les consoler. Il ne peut pas laisser son imagination suivre cette voie. C'est une chose qu'il a toujours dû bloquer. Sinon, ça l'écraserait.

« Donc, pour résumer, dit-il, on ne sait pas si on a affaire à Melissa, ni même si on a affaire à quelqu'un qui est lié au procès ou à l'enquête. Tristan Walker allait témoigner pour l'accusation, ça pourrait être une connexion. Quant à Rivers, eh bien, il a passé douze ans en prison, et Joe y est en ce moment, on doit donc voir s'ils ont eu des compagnons de cellule en commun.

— Je vais me pencher là-dessus, déclare Hutton.

— Si c'est lié à Middleton, il est possible que d'autres parents de victimes soient ciblés », ajoute Schroder, poursuivant le fil de sa pensée.

Kent et Hutton le regardent fixement tandis qu'ils envisagent cette possibilité. L'idée les rend malades. Il jette un coup d'œil à sa montre. La journée lui a filé entre les doigts, principalement sur le plateau de tournage. Il avait promis d'y retourner. Il doit se rappeler que c'est ça son boulot, pas suivre des pistes pour un département de police qui l'a viré et ne le paie plus, et qui ne lui fera pas de cadeau si la vérité sur ce qu'il a fait est révélée un jour.

« Il y a un groupe de soutien pour les victimes, poursuit-il, et il jette un nouveau coup d'œil à sa montre. Il a lieu en ce moment même. Vous trouverez dans une même pièce tout un tas de gens liés à l'affaire, des gens qui ont été affectés par Joe, dont certains témoigneront. Ce serait peut-être une bonne idée d'y aller. Ça vous permettra de parler à la plupart des personnes concernées en une seule fois. »

Kent y réfléchit. Hutton fait de même, mais son attention est probablement distraite par la barre chocolatée qu'il a planquée quelque part dans sa voiture.

« OK, on y va, dit Kent.

— Qui ça, on ? demande Schroder.

— Toi et moi. Je te laisserai même conduire. »

16

« J'ai une question », déclare Melissa.

Ça fait maintenant une heure qu'elle est là, et tout ce qui se passe, c'est qu'elle a de plus en plus froid, qu'elle se sent de plus en plus vieille, et qu'elle s'emmerde de plus en plus. Les nouveaux membres du groupe n'ont pas été obligés de parler, ils n'ont pas été obligés de se présenter et d'expliquer pourquoi ils étaient là. *Mon nom est Jed, ça fait quinze jours que mon dernier frère a été assassiné – Salut, Jed.* Certains l'ont fait, d'autres pas. Ceux qui ont pris la parole étaient dans l'ensemble des membres réguliers, des gens ordinaires, le genre de personnes derrière qui on fait la queue dans un café et à qui on ne repense jamais. Ils se sont lamentés, et Melissa s'est demandé pourquoi ils ne continuaient pas de vivre leur vie, comme elle le faisait. Trouvez-vous un passe-temps, les gars ! Fiona Hayward n'a pas parlé. Elle est restée silencieuse, les mains jointes, probablement comme à l'enterrement de son mari.

Tout le monde se tourne vers Melissa.

« Allez-y », dit Raphael.

Elle s'éclaircit la voix.

« Eh bien, ce référendum… » commence-t-elle, et un murmure parcourt l'assemblée, un son homogène qui lui dit qu'elle a touché un sujet brûlant, et que tout le monde dans cette pièce est du même côté.

Raphael lève les mains et les agite doucement, paumes tournées vers le bas. L'assemblée redevient silencieuse.

« Poursuivez, dit-il.

— Eh bien, avec ce référendum qui approche, nous allons tous pouvoir voter sur la peine de mort, dit-elle. Ma sœur, elle a été assassinée. »

Elle a été assassinée par un policier qui l'a d'abord violée, puis tuée, avant de finir par se donner la mort. Certains appelleraient ça un *hat-trick*. Elle appellerait ça de la malchance, suivie d'une malchance encore plus grande, suivie d'un coup de bol extraordinaire. Mais elle ne le dit pas.

« Et je pense que si quelqu'un mérite la peine de mort, c'est bien Joe Middleton. Son procès débute la semaine prochaine, et les procès peuvent être complexes. Je veux dire, il mérite de mourir, c'est ce que je…

— Il mérite totalement de mourir ! lance quelqu'un, une femme de l'autre côté du cercle dont le visage rouge et en colère n'a pas vu de maquillage depuis longtemps et dont les cheveux sont longs et ébouriffés.

— Je suis d'accord », appuie un autre, cette fois un type assis à quelques chaises d'elle.

Tout le monde est sur le qui-vive, attendant d'autres manifestations de colère. Il n'y en a qu'une seule, un « Tuez cet enfoiré ! », lancé par un type à deux chaises d'elle.

« Continuez, dit Raphael.

— Eh bien, qu'est-ce qui va se passer s'il s'en sort ? Qu'est-ce qui va se passer s'il invoque la folie et est relâché ? Dites-le-moi. Il sera libre ? C'est injuste. C'est injuste pour moi, pour ma sœur, injuste pour nombre de personnes dans cette pièce. Que ferons-nous pour nous assurer qu'il a ce qu'il mérite ?

— C'est une bonne question », répond Raphael.

Melissa le sait. C'est pour ça qu'elle l'a posée.

« Et la réponse est simple, déclare un homme un peu plus loin dans le cercle. On le tue. »

Un autre homme se lève.

« Oui, on le tue ! On le traque et on descend ce salopard ! »

Raphael lève la main.

« Asseyez-vous, dit-il. S'il vous plaît, nous ne sommes pas ici pour cautionner la violence.

— On devrait », réplique la femme qui a parlé la première.

Melissa observe les personnes qui ont pris la parole, les ajoutant à sa liste de partenaires potentiels. À ce rythme, toutes les personnes dans la pièce seraient probablement disposées à l'aider. Elle pourrait avoir une armée.

« Il ne s'agit pas de ça, dit Raphael. Mademoiselle… comment vous appelez-vous ?

— Stella, répond Melissa. Je ne pourrais pas le supporter s'il s'en tirait.

— Eh bien, Stella, il ne s'en tirera pas », réplique Raphael d'une voix plus dure.

À cet instant, Melissa oublie les autres personnes dans la pièce car elle ressent quelque chose de puissant chez Raphael. C'est la même sensation que celle qu'elle a éprouvée l'année dernière quand elle a rencontré Joe Middleton, un talent qu'elle a développé au fil des années depuis que son professeur d'université l'a violée, une intuition qui lui a été martelée dans la tête tandis qu'elle était étendue sous lui, coincée et en sang. Raphael est son homme. Elle le devine. D'autres personnes devinent dans les autres des poètes, ou bien elles perçoivent une paix intérieure ; d'autres encore devinent l'orientation sexuelle. Son truc à elle, c'est percevoir la colère à l'intérieur des gens, et il y a assurément quelque chose de sombre chez Raphael, précisément le genre de noirceur qu'elle espérait trouver ce soir.

« Mais s'il s'en sort ? S'il est déclaré non coupable ? demande-t-elle.

— Alors, on se le fera », lance quelqu'un de l'autre côté du cercle.

Mais Melissa ne regarde pas dans sa direction, elle ne voit pas à qui appartient la voix, parce qu'elle n'a désormais d'yeux que pour Raphael. Raphael dont les yeux bleus derrière ses lunettes de styliste sont rivés sur elle, Raphael aux tempes palpitantes et à la mâchoire serrée. Oui, il y a de vilaines idées derrière ces yeux d'un bleu étincelant. Ça ne fait aucun doute.

« Il sera placé sous protection, ou alors envoyé dans un endroit que personne ne connaîtra. Ça fait mal, dit-elle, ça fait mal de ne plus avoir ma sœur, et si… si Joe Middleton s'en tire, je me suicide, je… me suicide. »

Fiona place un bras autour d'elle, et Melissa résiste à l'envie de l'envoyer balader et de lui tirer une balle. La plupart des personnes présentes sont désormais penchées en avant.

« Stella », dit Raphael.

Melissa porte une main à son visage, et Fiona la serre un peu plus fort.

« J'ai besoin d'aller aux toilettes », dit-elle, et elle se dégage doucement du bras de Fiona, se lève et se masse le ventre avant de se diriger vers le fond de la salle.

Plusieurs personnes essaient de parler en même temps. Elle entend un bruit de pas derrière elle. Elle atteint les toilettes, s'asperge le visage d'eau pour faire couler son maquillage afin d'avoir l'air d'avoir pleuré. Fiona entre alors dans la pièce.

« Ça va, ma chérie ?

— Ça va, répond Melissa en s'essuyant le visage.

— Vous êtes sûre ?

— Absolument.

— Raphael a dit qu'il était temps de conclure la réunion, dit-elle. Tout le monde semble s'en faire pour vous, et j'ai le sentiment que vous n'êtes pas la première personne à se précipiter ici en pleurant. Vous voulez que j'aille vous chercher un café ? Ou plutôt de l'eau ? dit-elle en baissant les yeux vers le ventre de Melissa.

— Merci, c'est bon.

— Les autres parlent d'une manifestation lundi, explique sa nouvelle meilleure amie. Ils vont aller au tribunal pour soutenir la peine de mort. Je voudrais y aller, mais je crois que je ne le ferai pas. Je devrais y aller, mais… mais tout ça me dépasse. Je ne suis même pas sûre que ça ait un sens. Qu'est-ce que vous en pensez ? » Et, sans attendre de réponse, elle enchaîne avec sa question suivante : « Vous voulez que je vous ramène à votre voiture ?

— Je veux d'abord faire un brin de toilette, répond Melissa.

— Ça ne me dérange pas d'attendre.

— Je vais bien. Vraiment, je vous en prie, ne vous en faites pas pour moi. Je crois que je… que j'ai juste besoin d'être un peu seule.

— Bien sûr, dit Fiona. Je sais ce que vous ressentez. »

Elle ouvre la porte, marque une pause dans l'entrebâillement, et se retourne. « Je ne sais vraiment pas si j'ai tiré quoi que ce soit de cette réunion, mais je crois que je reviendrai la semaine prochaine. Est-ce que vous y serez ? »

Melissa acquiesce.

« Vous pourriez peut-être amener votre mari, suggère Fiona.

— C'est ce que je vais faire.

— OK, alors à bientôt », dit-elle tandis qu'elles quittent toutes deux la pièce.

Certains membres de l'assistance se dirigent vers les toilettes, d'autres quittent la salle. Raphael empile des chaises. Certains boivent du café. Toutes les personnes devant qui elle passe s'arrêtent de parler pour lui demander si elle va bien. Elle leur répond que oui, ça va. Les autres sont en train de parler de la manifestation de lundi. Comme elle a laissé sa veste sur sa chaise, elle marche dans cette direction, et en direction de Raphael.

« Ça va ? » demande-t-il.

De près, il dégage une odeur d'après-rasage musqué et lui rappelle un peu son père – mais en beaucoup plus beau. Elle s'aperçoit alors que ses parents lui manquent terriblement.

« Je suis désolée de m'être emportée, dit-elle.

— Je suis désolé pour votre sœur.

— Et je suis désolée pour votre fille. »

Raphael acquiesce. Nul doute que lui aussi est désolé. Il continue d'empiler des chaises, tout en s'arrangeant pour ne pas lui tourner le dos.

« Est-ce qu'il vous arrive de songer à ce que vous ressentiriez si vous faisiez souffrir l'homme qui vous l'a prise ? » demande Melissa.

Raphael repose la chaise qu'il venait de soulever. Il place ses deux mains sur le dossier et lui fait face.

« Laissez-moi vous poser une question, dit-il. Pourquoi êtes-vous venue ?

— Pourquoi les autres viennent-ils ? Pour trouver un peu de compréhension. Pour essayer de tourner la page.

— Il est impossible de tourner la page, réplique-t-il. Et bien souvent il n'y a pas non plus de compréhension. »

Ils se fixent mutuellement du regard. Elle est impressionnée par la capacité qu'il a à dissimuler la noirceur derrière ses yeux. Pourtant, elle est là. Ça ne fait aucun doute.

« Mais ce sont les choses qu'on dit parce qu'on a besoin de les entendre. Ce que je vous demande spécifiquement, c'est pourquoi vous êtes venue. Votre sœur a-t-elle été tuée par Joe Middleton ?

— Oui », répond-elle.

Mais elle sait aussitôt qu'elle a commis une erreur. Il va lui demander son nom.

« Comment s'appelait-elle ?

— Daniela Walker », répond Melissa.

Elle a opté pour Daniela depuis qu'elle a rencontré et tué son mari plus tôt dans la journée, ce qui signifie qu'il y a une personne de moins pour révéler son mensonge.

Il ne marque pas de pause, rien en lui n'indique qu'il sait qu'elle ment.

« Je suis désolé pour Daniela, dit-il.

— Pourquoi avez-vous créé ce groupe ? »

Cette fois, il marque une pause. Elle ne dure qu'une fraction de seconde, mais suffit à faire douter Melissa de la sincérité de ce qu'il va lui dire.

« Pour aider les gens, répond-il. Pour quoi croyiez-vous que je l'avais créé ?

— Pour aider les gens », dit-elle. Elle voudrait pouvoir lui demander de but en blanc de l'aider à tuer Joe. Il est le candidat idéal. Ce serait si simple. « Je suis venue car je voulais que quelqu'un me dise que quoi qu'il arrive, Joe paiera. »

Sa mâchoire se crispe de nouveau et il acquiesce.

« Il paiera.

— Allez-vous voter en faveur de la peine de mort ? demande-t-elle.

— Oui. Nous avons organisé une contre-manifestation le mois dernier. Nous en avons discuté pendant que vous étiez aux toilettes. Vous êtes la bienvenue pour vous joindre à nous.

— Vous manifestez contre ? Je croyais que vous aviez dit…

— Nous manifestons contre les gens qui manifestent contre, l'interrompt-il. Il va y avoir un rassemblement d'opposants à la peine de mort devant le tribunal. Nous serons là pour nous faire également entendre. Ces gens, ces soi-disant humanistes, ils n'ont aucune idée de ce que c'est.

— Oui, je sais, dit-elle. Et si la loi est votée et que Joe Middleton est condamné à mort, ça pourrait prendre dix ans.

— C'est fort possible. Voire probable.

— Vous pouvez accepter ça ? »

Il plisse les yeux et incline légèrement la tête.

« Êtes-vous en train de suggérer une alternative ?

— Je cherche juste à tourner la page, répond-elle, avançant avec précaution.

— Et que pense votre mari ?

— Il m'a quittée. Il dit que je ne suis plus la même depuis la mort de ma sœur. »

Il la scrute de la tête aux pieds, s'attarde sur son ventre de femme enceinte, et nul doute qu'il considère son mari comme un salopard.

« Quand Angela est morte, dit-il, Janice m'a également quitté. Après un tel événement, les mariages résistent rarement.

— Si vous pouviez être celui qui le fera, dit-elle, si vous pouviez être celui qui actionnera le levier ou poussera le bouton ou je ne sais quoi pour achever Joe Middleton, le feriez-vous ?

— Non », répond-il. Il soulève de nouveau la chaise et la place au sommet de la pile. « J'aimerais pouvoir, mais je ne suis pas comme ça. »

Elle se masse une fois de plus le ventre. Ç'a été une énorme perte de temps. Plus que trois jours, et le destin l'a menée au mauvais endroit. C'est de sa faute, elle n'a qu'à pas croire au destin. Et elle se sent idiote d'avoir vu en Raphael quelque chose qui, de toute évidence, n'y est pas.

« Il faut que j'y aille, dit-elle.

— Ç'a été un plaisir de faire votre connaissance. »

Elle attrape sa veste et se dirige vers le fond de la salle. Son parapluie volé a été volé. Elle se demande si c'est une sorte de rétablissement de l'équilibre universel. Des personnes quittent le parking, d'autres se tiennent sous l'avant-toit du bâtiment et discutent, certains fumant. D'autres encore sont toujours à l'intérieur, aux toilettes ou en train de siroter leur café. Il continue de pleuvoir à verse, et le vent qui s'est levé tire sur les parapluies. Elle marche prudemment jusqu'à sa voiture, la déverrouille et monte dedans. La veste a protégé le haut de son corps, mais son pantalon est trempé. Comme elle déteste conduire avec le ventre factice, elle l'ôte, une procédure délicate qui prend environ trente secondes car elle n'a pas ôté sa veste. À cause de la pluie, personne ne peut la voir dans sa voiture plongée dans l'obscurité, et même si on la voyait, personne ne saurait ce qu'elle fait.

Elle ôte le faux ventre et le balance sur la banquette arrière. Elle est sur le point d'ôter sa perruque quand la porte du côté passager s'ouvre soudain, et Raphael monte dans la voiture.

« Alors, Stella, dit-il en regardant son ventre, puis en se tournant vers le ventre factice à l'arrière, à l'intérieur duquel se trouve toujours le pistolet, si vous me disiez pourquoi vous êtes vraiment venue ? »

17

La nouvelle combinaison est un peu raide. Elle a été lavée avec trop d'amidon, pas assez de soin, et certainement pas d'amour. Elle me gratte au niveau de la nuque. Je n'arrête pas d'essayer de l'ajuster. Le moment de la douche est terminé et dans une heure on nous enfermera dans nos cellules, mais j'ai déjà regagné la mienne pour me tenir à distance de Caleb Cole et de ses pensées, et passer un peu de temps seul avec les miennes.

Je soulève l'un des livres que Melissa m'a offerts, pas celui que j'ai commencé à lire plus tôt. Il y en a six, au total. Les personnages sur les couvertures avec leur peau impeccable et leurs muscles bien définis ont tous l'air heureux car aucun d'entre eux ne risque la pendaison. Je parcours le livre à la recherche du message de Melissa. Il n'y a pas de marques au stylo. Pas de pages cornées. Je feuillette le troisième, sans prendre la peine de lire, juste à la recherche de signes, mais il n'y a toujours pas de pages cornées, pas de morceaux de papier qui en tombent, pas de passages soulignés. *Idem* pour le quatrième et le cinquième. Aucun message. *Idem* pour le sixième. Tous les livres ont déjà été lus. Les tranches sont cassées et les pages un peu sales.

Je me dirige vers la zone commune. Le seul privilège que nous avons, c'est une télé. Et même si une télé pour trente personnes ne semble pas un si grand privilège que ça, ça aide certainement à tuer l'ennui. Les boutons ont été enlevés du poste et la télécommande est quelque part hors des murs de nos cellules, ce qui signifie qu'il n'y a pas de disputes entre nous à propos de ce que nous voulons regarder. La télécommande apparaît occasionnellement dans la main d'un gardien s'il y a un programme dont il pense que nous voudrons le voir. Mais en fait, il n'y en a jamais.

Ce soir, c'est l'heure du journal télévisé, mais comme moi et mes camarades de détention sommes l'actualité, nous ne prenons pas la peine de regarder puisque ce n'est rien de plus qu'une fenêtre sur notre vie, ou sur la vie de personnes semblables à nous. La télé est allumée, des images se fondant dans d'autres images de la même manière que l'ennui de la prison se fond dans encore plus d'ennui. Des couleurs et des silhouettes de personnes faisant des trucs, se faisant descendre, allant à la guerre, escroquant la société. Les pubs arrivent – pilules contre le diabète, pilules contre l'hypertension, pilules pour avoir une érection dont j'aurais moi aussi besoin si je devais essayer de toucher les femmes dans ces pubs. Alors que tout ce dont les autres types d'ici ont besoin pour avoir une demi-molle, c'est de coincer un môme qui a la moitié de leur âge.

Une émission politique suit les nouvelles. Il y a une scène avec une moquette grise et des murs bleus, au milieu de laquelle se tient un homme derrière un podium. Il parle à la caméra. Après une minute, il est rejoint par deux autres hommes qui ont leur propre podium, un à droite de la scène, l'autre à gauche. Ils arrivent sur fond de ce qui ne peut être décrit que comme des applaudissements tièdes, comme si les membres du public avaient été amenés là de force.

Le type à droite est le Premier ministre. C'est un chauve à la quarantaine bien sonnée, et le problème avec les chauves, c'est que je ne les aime pas. Je n'ai pas voté pour lui. Je n'ai voté pour personne. Je n'ai aucune idée de qui est l'autre type, mais il doit vouloir être Premier ministre, et si je devais voter je voterais pour lui parce qu'il a des cheveux. Et c'est là que le monde n'a aucun sens. Un chauve dirige le pays, et pourtant c'est moi qui suis en prison ?

Kenny-le-Père-Noël joue aux cartes avec Roger-Petite-Bite. Ils sont à quelques mètres de moi, assis face à face à une table. Ils jouent à un jeu de mémoire, où toutes les cartes sont battues et posées à l'envers, et ils doivent les ramasser par paires. Je suis quasiment sûr que c'est une métaphore de leur avenir. S'ils sortent un jour d'ici, ils ramasseront les gamins par paires. Mais qui suis-je pour juger ce qui se passe dans l'intimité de la cave d'autrui ? Caleb Cole m'observe tandis que j'essaie de me dire que ce n'est pas si grave d'être observé. Les autres lisent des livres, ce qui est absurde puisqu'ils pourraient aussi bien le faire dans leur cellule.

Edward Hunter est parti se faire soigner quelque part, préparant probablement son propre procès qui doit avoir lieu plus tard dans l'année. Des bancs sont disposés le long des côtés de la pièce, sur lesquels des hommes sont assis et fument.

Le volume de la télé est bas, et le sujet des débats est ennuyeux, jusqu'au moment où j'entends le présentateur, un beau gosse aux épais cheveux bruns qui doivent être teints, déclarer : « Les gens en ont assez de ces meurtres, le foutu taux de criminalité est effroyable. » J'ai vu ce type d'innombrables fois à la télé, et il est clair qu'il aime s'entendre jurer, il est évident qu'il estime que le mot *foutu* ajoute de la gravité à ses propos et fait de lui un type qui en a. Parfois, il utilise aussi le mot *salaud*. À ce rythme-là, il dira bientôt *tête de con*.

« Le prochain gouvernement sera-t-il prêt à dépenser plus pour le maintien de l'ordre, pour les prisons, et, surtout, le gouvernement élu cette année sera-t-il disposé à suivre la volonté du peuple si celui-ci veut un rétablissement de la peine capitale ? Pourquoi ne répondez-vous pas en premier, monsieur ? dit-il en regardant le chef de l'opposition.

— Eh bien, pour commencer, je crois que le gouvernement actuel a très peu fait pour résoudre le problème de la criminalité, répond le chef de l'opposition en regardant le présentateur, puis la caméra. En tant que Premier ministre, la première chose que je ferai sera d'allouer plus de fonds aux forces de police actuelles, et nous entamerons une campagne de recrutement pour embaucher des agents supplémentaires, car en ce moment les hommes et les femmes de la police sont débordés, sous-payés, épuisés, et démoralisés.

— Oui, oui, dit le présentateur, mais votre parti a déjà fait ces promesses, et quand il a eu l'opportunité de les mettre en pratique, il n'a jamais été jusqu'au bout. De la même manière que le parti actuellement au gouvernement a fait ces promesses avant la dernière élection.

— Le parti actuellement au gouvernement nous a laissés tomber, répond l'homme, ignorant la première partie de la remarque du présentateur. Et c'est pour ça qu'il nous faut un changement.

— Mais c'est votre parti, intervient le Premier ministre, pointant le doigt vers son adversaire, qui a effectué des coupes dans le budget de la police il y a cinq ans.

— C'est complètement faux ! » s'écrie le rival, comme si on venait de l'accuser d'avoir volé un bonbon à un enfant et d'avoir peloté sa mère.

Le présentateur acquiesce et lève les mains.

« Messieurs, dit-il, s'il vous plaît, chaque chose en son temps. Bon, le jour où les gens éliront un nouveau Premier ministre, ils voteront également pour…

— Vous choisissez plutôt mal vos mots, interrompt le Premier ministre en souriant. Ils ne voteront pas pour un nouveau Premier ministre, mais pour le même. »

Le présentateur opine du chef.

« Oui, oui, excusez-moi, mais nous serons fixés plus tard dans l'année, n'est-ce pas ? La question, c'est que le jour où les gens éliront un *gouvernement*, ils s'exprimeront aussi sur la peine capitale. Si vous êtes Premier ministre, dit-il en regardant de nouveau le chef de l'opposition, permettrez-vous que cette loi passe ? Êtes-vous favorable à la peine capitale ? »

Le visage du chef de l'opposition a retrouvé sa configuration par défaut de sortie d'usine, l'expression d'un homme heureux et déterminé, un homme qui sait comment diriger un pays, et qui sait qu'il gagnera probablement simplement parce qu'il n'est pas chauve.

« Eh bien, Jim, peu importe ce à quoi je suis favorable, ce qui compte, c'est ce que le peuple veut.

— Donc, vous dites que vous suivrez la volonté du peuple. Est-ce exact ? demande Jim.

— S'il y a une majorité écrasante en faveur d'un retour à la peine de mort, alors mon gouvernement explorera certainement cette option.

— Explorer ?

— Oui, exactement. Nous devons être prudents. S'il y avait un référendum et que les gens décidaient qu'ils ne voulaient plus jamais payer d'impôts, prétendez-vous qu'il faudrait suivre leur volonté ? »

Jim, le présentateur, acquiesce.

« Oui, oui, je vois où vous voulez en venir. Et vous, monsieur le Premier ministre ?

— Si c'est ce que veut le peuple, répond-il, la lumière du studio se réfléchissant sur son crâne, alors nous le mettrons en œuvre. Je le promets. Car contrairement au référendum sur les impôts évoqué par mon collègue, la peine de mort est une réalité. Personne ne veut payer d'impôts, mais nous savons tous que nous devons le faire. Personne ne veut d'assassins en liberté dans les rues, et ça, nous pouvons y faire quelque chose. Nous ne perdrons pas notre temps à explorer des options. Il est temps d'avoir une attitude ferme face au crime. Si le pays vote pour le rétablissement de la peine de mort, alors mon gouvernement en fera une priorité et l'aura réintroduite avant la fin de l'année. C'est une promesse. »

Et mon sang se glace tandis que je fixe la télé des yeux. Cet homme veut me tuer. Il ne fait rien pour que je change d'avis sur les chauves.

« N'allez pas supposer que nous pendrons chaque criminel qui passera par les tribunaux. La peine capitale ne sera utilisée que dans les cas extrêmes.

— Des cas comme celui de Joe Middleton ? » demande Jim.

Certains types dans la pièce poussent des hourras à la mention de mon nom, et quelqu'un me tape sur l'épaule en me lançant : « Bien joué, Joe. » Mais si ça continue comme ça, c'est au bout d'une corde que Joe va finir de jouer. Mon sang se glace encore plus.

« Oui, je suppose, répond le Premier ministre.

— Et ceux qui sont déjà emprisonnés ?

— Ils ont déjà été condamnés, répond le Premier ministre, et nous ne pouvons pas modifier rétroactivement leur condamnation. Ce que nous pouvons faire, en revanche, c'est prononcer des sentences plus sévères pour les criminels à venir.

— Donc, reprend Jim, pour ce qui est de Joe Middleton, qui, je crois que vous en conviendrez, est devenu un catalyseur de ce débat sur la peine de mort, son procès débute la semaine prochaine. Il pourrait durer deux mois, et s'achèvera donc aux alentours de l'élection. Sa sentence sera-t-elle suspendue jusqu'à ce que la loi soit votée ? »

Le Premier ministre esquisse un petit sourire.

« Jim, vous vous emballez et vous êtes hors sujet. » Il agite alors le doigt en direction du présentateur, tel un professeur réprimandant un enfant. « C'était bien essayé, mais je ne vais pas me prononcer sur une question qui est du ressort des tribunaux. Je crois que vous serez d'accord pour dire que mon adversaire et moi sommes ici pour débattre des problèmes, pas pour discuter de la façon dont le procès de Joe Middleton doit se dérouler. »

« Vas-y, Joe ! » hurle quelqu'un depuis l'autre bout de la pièce. Je lève les yeux et vois l'un des fumeurs sur le banc qui lève vers moi sa main au pouce dressé. Deux autres se mettent à applaudir. Caleb Cole continue de me fixer du regard comme si le référendum était inutile puisqu'il va me tuer, de toute façon.

La conversation passe de moi à l'économie. Je perds le fil après environ six mots. Que l'économie soit florissante ou non, la vie en prison ne changera pas. Ce n'est pas comme si nous allions tous nous déclarer en faillite et nous faire mettre à la porte si les choses vont mal, ou comme si nous allions avoir du champagne au petit déjeuner si elles vont bien.

Je me lève et retourne dans ma cellule. Il ne reste plus que quinze minutes avant l'heure du confinement, de toute manière. Je m'étends sur mon lit et fixe le plafond en me demandant comment j'ai fait pour me retrouver ici – la malchance, le monde tordu qui m'a fait ça. Je repense à l'époque, il y a à peine un an, où j'étais dans le monde réel et tout allait bien, où La Sally m'apportait des sandwichs au travail et où le soir je pouvais soit rendre visite à ma mère, soit aller voir quelqu'un qui m'avait tapé dans l'œil. Puis je repense à ce dimanche matin où La Sally s'est pointée devant mon appartement, où La Sally m'a sauté dessus quand j'ai voulu me tirer une balle, et alors, comme à chaque fois que je pense à ça, je me demande si elle a ou non bien fait.

Tout le monde me déteste.

Tout le monde sauf Melissa.

Je saisis les livres et essaie de découvrir son message.

18

Le pistolet est toujours dans le ventre factice. Pour le moment, Melissa n'est pas armée. Ses clés sont dans le contact. Elle peut les attraper, s'en servir pour poignarder Raphael à plusieurs reprises. Salissant mais efficace. Mais également bruyant, car il hurlera, et les gens verront tout, et soudain ce n'est plus avec un complice comme elle le souhaitait qu'elle s'imagine partir d'ici, mais à l'arrière d'une voiture de police. Elle le fera et croisera les doigts, si c'est sa seule option. Mais pour le moment, elle va jouer le jeu – histoire de voir où ça la mènera. Elle a un bon instinct, et son instinct lui dit que ça pourrait être une bonne chose.

« Vous pouvez commencer par expliquer le déguisement, dit-il en désignant du pouce la banquette arrière. Vous êtes journaliste ? Vous écrivez un livre ? Qui êtes-vous réellement ?

— Il ne s'agit de rien de tout ça.

— Je connais de nombreuses familles de victimes, poursuit-il. Daniela Walker, nous avons invité son mari à venir, lui et ses gamins. Il a refusé. Mais ses parents sont venus. Ils étaient même ici ce soir. Vous l'auriez su si c'était vraiment votre sœur. »

Melissa avait tout de suite su que donner un nom était une erreur, mais il était malin, bien trop malin pour lui montrer qu'il l'avait démasquée sur le coup. Elle devrait être plus prudente, à l'avenir.

« Alors laissez-moi vous demander une fois de plus, qui êtes-vous réellement ?

— Mon nom est Stella, répond-elle.

— Conneries. »

Elle secoue la tête.

« C'est la vérité, insiste-t-elle, avec suffisamment de conviction pour le convaincre – ou peut-être qu'il refait son petit numéro et fait semblant de la croire.

— Mais Joe Middleton n'a pas tué votre sœur.

— Non. Il ne l'a pas tuée. Mais… (elle s'essuie le visage, étale quelques gouttes de pluie dessus dans l'espoir que ça ressemblera à des larmes) mais il a tué mon bébé.

— Conneries.

— C'est la vérité. Il… il m'a violée. L'année dernière. J'étais enceinte. Enceinte de trois mois et demi, et j'ai perdu… j'ai perdu le bébé. C'est pour ça que je porte… que je porte le faux ventre, dit-elle, parce que je ne désirais rien plus qu'être enceinte de neuf mois, être sur le point de donner la vie, mais je ne suis jamais arrivée jusque-là, parce qu'il a tué mon bébé et mon mari m'a quittée. Il ne voulait plus me toucher après ça parce qu'il me jugeait responsable, et il me détestait parce que je n'étais pas allée voir la police. Je suis donc désolée d'avoir menti, désolée d'avoir porté le faux ventre, mais je le fais parce qu'il me fait me sentir mieux, il me donne l'impression que les choses sont telles qu'elles sont censées être, que ma vie continue de suivre son cours.

Seulement c'est faux, les choses ne sont plus comme elles devraient être, parce que ce salaud m'a fait souffrir, il m'a pris mon bébé et il m'a fait du mal et je veux qu'il meure. Je veux qu'il meure, et je me disais que si je venais ici ce soir ça m'aiderait peut-être à lui pardonner, ou à me pardonner, moi, mais tout ce que je veux plus que jamais, c'est lui coller une balle. Plein de balles. Je veux qu'il meure, et je suppose… je suppose que je voulais trouver quelqu'un qui éprouve la même chose. J'ai un plan, ajoute-t-elle, un plan pour tuer Joe Middleton, et je voulais… je voulais que quelqu'un m'aide à le faire. »

Il ne dit rien. Cinq secondes s'écoulent. Dix. Elle est certaine qu'il la croit. Il réfléchit simplement à ce qu'elle vient de dire. Il y a quelques options, mais pas beaucoup.

« Je… je suis désolé, dit-il finalement.

— Il a tué mon bébé.

— Vous auriez dû nous le dire.

— Vous le dire ? Quoi ? Aller là-bas et dire à tout le monde que je porte un faux ventre parce que je ne peux pas affronter le fait que mon bébé est mort, que parfois je fais semblant d'être enceinte parce que ça me réconforte ? »

Il ne répond rien. Comment pourrait-il ?

Elle laisse le silence s'installer. La pluie continue de marteler le toit. La portière du côté passager est toujours ouverte, et d'occasionnelles rafales de vent projettent de l'eau dans la voiture. Raphael passe en revue divers scénarios dans sa tête. Elle en passe des différents. Lui se demande s'il doit l'aider ou s'en aller. Elle se demande si elle doit d'abord lui planter les clés dans les yeux ou dans la gorge.

« Et si vous aviez trouvé quelqu'un pour vous aider, qu'est-ce qui se serait passé ?

— Je ne veux pas qu'il y ait de procès. Je veux que Joe Middleton meure, et je veux que ce soit à cause de moi. Je ne veux pas que son avocat le fasse relâcher à cause d'un vice de procédure. Je ne veux pas qu'il soit libre et qu'il aille se cacher quelque part. Je veux le tuer.

— Et vous avez un plan, dit-il.

— Un bon plan. »

Il acquiesce lentement pendant qu'elle lui parle, il acquiesce et se frotte le menton. Il réfléchit. Ça cogite sérieusement derrière ces lunettes de styliste.

« Vingt minutes, dit-il. J'ai besoin de vingt minutes pour finir de ranger et tout fermer. Attendez-moi ici. Je crois que nous avons des choses à nous dire. Je crois que nous avons des choses… en commun.

— Vingt minutes ? Pour que vous appeliez la police ?

— Non, répond-il, et elle le croit. Vous voulez bien m'attendre ? »

Elle acquiesce. Elle va l'attendre. Il sort de la voiture, referme la portière et se dirige vers la salle, tête baissée et col relevé tandis que la pluie s'abat sur lui. Alors qu'il atteint les marches, une autre voiture pénètre sur le parking. Il se tourne vers les phares qui l'éclairent et porte la main à son visage pour se protéger les yeux.

La voiture s'immobilise. Le moteur se tait. Carl Schroder en descend sous la pluie.

19

Raphael est fatigué.

Il ne se rappelle pas la dernière fois qu'il a bien dormi.

Ça lui est arrivé depuis que sa fille a été assassinée, mais seulement quand il était tellement épuisé que son système central était en berne, et alors c'était soit dormir, soit mourir. Souvent il a espéré la seconde option, pour finalement se réveiller et découvrir que ç'avait été la première. Souvent il songe à des manières d'y remédier. La vie n'est pas géniale quand vous vous réveillez le matin et songez à ce que vos amis diront de vous à votre enterrement. Ce n'est pas génial de penser à sa mort, de prévoir la meilleure façon de faire pour ne pas gâcher la vie des autres – et il y a de nombreuses façons, à la fois intelligentes et simples. Combien de fois a-t-il planifié son suicide ? Cent ? Mille ? Une fois par jour, parfois cinq fois par jour, parfois plus. Parfois il ne comprend pas pourquoi il n'est pas encore passé à l'acte. C'est juste une question de temps. Il le sait. Chaque fois qu'il entend dire que quelqu'un s'est suicidé, il se dit, *Moi, je trouve que c'est une bonne idée*.

Bien sûr, il veut être fort. Il veut être fort pour sa défunte fille, pour son gendre, et évidemment pour ses petits-enfants. Même s'il ne les voit plus. Car trois mois après la mort d'Angela, son gendre a déménagé. Il a pris les gamins avec lui et est allé à l'autre bout du monde. Il avait de la famille en Angleterre. Dans un petit village quelque part. Un village, disait-il, qui n'abritait pas des cinglés comme Joe Middleton.

Raphael est plus seul qu'il ne l'a été de toute sa vie.

Il se tient à la porte et regarde la voiture s'engager sur le parking. Probablement un pauvre type qui a perdu quelqu'un dans cette ville. La voiture s'immobilise. Une personne en descend. Puis une seconde. Elles relèvent toutes deux leur col pour se protéger de la pluie et marchent rapidement dans sa direction. Schroder et quelqu'un d'autre. Son cœur s'emballe un peu. La police ne vient pas à moins d'avoir une mauvaise nouvelle. Sa femme ? Oh, bon sang, aurait-elle mis son fantasme à exécution ? Aurait-elle gobé un flacon de somnifères ?

« Inspecteur », dit Raphael d'une voix un peu tremblante.

Il tend la main.

« Je ne suis plus inspecteur, répond Schroder en la serrant, appelez-moi simplement Carl. Je vous présente l'inspectrice Rebecca Kent », ajoute-t-il. Puis, à l'intention de Kent : « Et voici Raphael Moore. »

Il regarde Kent. Ses cheveux sont trempés et des mèches sont collées au côté de son visage. Il a l'envie soudaine de tendre la main et de les écarter, et il se dit que s'il a cette envie, c'est parce que l'inspectrice Kent est une femme extrêmement séduisante.

« Quel temps exécrable, dit-il, songeant que s'il parvient à les faire parler de choses sans intérêt, alors il n'aura pas à entendre la réalité.

— Vous venez d'achever une réunion ? » demande Kent.

Ils regardent tous trois par la porte ouverte en direction de la salle, où six traînards boivent du café en discutant. Il se demande si les deux inspecteurs – non, attendez, une inspectrice et un ex-inspecteur – les reconnaissent. À un moment au cours de ces dernières années, ces gens ont tous appris une mauvaise nouvelle. C'est un pays de mauvaises nouvelles, une ville de scénarios catastrophe.

« Il y a environ dix minutes, répond Raphael en se tournant de nouveau vers eux. Est-ce qu'il est arrivé quelque chose ? Est-ce que c'est ma femme ? »

Schroder secoue la tête.

« Non, non, il ne s'agit pas du tout de ça. »

Raphael pousse un soupir de soulagement. Dieu merci. Il regarde de nouveau à l'intérieur. Avec un peu de chance, les autres vont bientôt partir. Avec un peu de chance, il pourra se débarrasser de ces deux-là rapidement. Il veut retourner auprès de Stella. Stella avec son faux bébé et son plan pour tuer Joe Middleton. Et vraiment, un seul jour s'est-il écoulé sans qu'il songe à assassiner Middleton autant qu'il a songé à se suicider ?

« Ça fait un bail qu'on ne vous a pas vu, Carl.

— Je sais. Désolé. J'ai été très pris. »

Raphael doute qu'il s'agisse de ça. Au début, aussi bien lui que Schroder estimaient que ce serait une bonne chose d'avoir une présence policière au sein du groupe, mais il s'est avéré qu'ils avaient tort – il s'est avéré qu'une présence policière donnait au groupe quelqu'un à qui s'en prendre.

« Vous devriez revenir, dit Raphael. C'était utile. Les gens avaient l'impression d'avoir une voix. Alors, pourquoi êtes-vous ici ? Quelque chose à voir avec Middleton ? Il s'agit du procès ?

— Dans un sens », répond Schroder.

Il s'approche de la porte, mais la pluie l'atteint toujours. Raphael ne s'écarte pas. Il veut que cette conversation ait lieu dehors. Il veut qu'elle soit brève.

« Tristan Walker appartenait-il à votre groupe ? demande Kent.

— Tristan Walker. Pour être honnête, je ne suis pas sûr de vouloir vous dire qui vient ici. Tous ces gens ont droit au respect de leur vie privée, dit-il, et à l'instant où ces mots franchissent ses lèvres, il sait que ça n'a aucun sens – trente secondes plus tôt il demandait à Schroder de revenir.

— S'il vous plaît, Raphael, insiste Schroder. Ne nous compliquez pas la tâche. Nous ne serions pas ici si ce n'était pas important. »

Raphael acquiesce.

« Pourquoi ? Il a fait quelque chose ?

— Assistait-il aux réunions ? » demande Kent.

Elle lui fait son sourire, et l'espace d'un bref instant Raphael voudrait lui raconter son fantasme, comment il voudrait s'envelopper dans du plastique et se cacher sous la maison et gober une poignée de comprimés, pour que personne ne le retrouve jamais, que personne ne sache jamais ce qui s'est passé, pour disparaître une bonne fois pour toutes de cette vie et de ce monde. Il imagine que nombre d'hommes capituleraient face à un tel sourire, et en d'autres circonstances, il le ferait aussi. Mais pas ce soir. Pas alors que Stella l'attend, pas alors que l'idée de tuer Joe Middleton lui trotte dans la tête.

« Je l'ai contacté à quelques reprises, mais il a toujours refusé, alors j'ai laissé tomber.

— Pourquoi avez-vous laissé tomber ? » demande Schroder.

Raphael hausse les épaules.

« Eh bien, ça ne lui plaisait pas trop que je le contacte. Et puis j'ai entendu une rumeur, et je me suis aperçu que ce n'était pas vraiment le genre de personne que je voulais dans ce groupe de soutien.

— Quel genre de rumeur ? demande Kent.

— Il paraît qu'il battait sa femme », répond Raphael en se frottant les mains pour les réchauffer.

Il l'a appris d'une autre personne du groupe, qui l'avait appris d'un cousin ou d'un voisin ou quelque chose du genre.

« C'est vrai ?

— Il n'a jamais été condamné, répond Schroder en se frottant également les mains.

— Ça ne veut pas dire que ce n'était pas vrai. Alors, pourquoi êtes-vous ici à me poser des questions sur lui ? Est-ce qu'il a frappé quelqu'un d'autre ?

— Il a été assassiné cet après-midi, dit Kent en enfonçant ses mains dans ses poches.

— Oh, fait Raphael en reculant d'un petit pas. Oh. »

Il ne sait pas quoi ajouter. Il ne peut pas dire *Tant mieux, il le méritait probablement*, parce qu'il ne sait pas avec certitude si ce type battait sa femme, et même si c'était le cas, est-ce que ça mérite la peine de mort ? Le sentiment approprié lui vient finalement :

« Merde.

— Walker devait témoigner au procès de Middleton, explique Schroder. Comme vous. Et d'autres parents de victimes. Il y avait probablement une demi-douzaine de personnes dans votre groupe ce soir qui vont témoigner. »

Raphael acquiesce lentement. La pluie les balaie environ toutes les dix secondes, quand le vent la pousse sur le côté. Il pense à son témoignage à venir. Il y a beaucoup réfléchi. Il s'est demandé jusqu'où il pourrait aller s'il se précipitait de la barre en direction de Joe avant que quelqu'un l'arrête. Il a songé à la difficulté de faire entrer une arme dans le bâtiment. À tailler un couteau dans du bois ou de l'os. Il a songé au nombre d'hommes qu'il faudrait pour le retenir. Mais tout ça n'était qu'un fantasme – il savait que ce qu'il pouvait faire de mieux, c'était créer ce groupe, aider les autres, et manifester à partir de la semaine prochaine.

« Qu'êtes-vous en train de dire ? demande Raphael. Que certains d'entre nous sont également des cibles ?

— On ne peut pas l'exclure, répond Kent.

— Qui voudrait s'en prendre à nous ?

— Aucune idée », répond Schroder.

Mais Raphael ne le croit pas. Il pense qu'il a sans doute une idée.

« Alors, qu'est-ce que je peux faire ?

— En fait, nous espérions arriver ici avant la fin de la réunion, explique Schroder, afin de nous adresser au groupe dans sa totalité.

— Bon, je connais certains membres, dit Raphael. Je peux dresser une liste. Et nous nous revoyons tous lundi.

— Une nouvelle réunion ? demande Kent.

— À vrai dire, non. Nous nous retrouvons devant le tribunal. Nous allons manifester contre ceux qui manifesteront contre le référendum sur la peine de mort. Nous serons environ trente membres du groupe, et nous serons probablement tous accompagnés, et nul doute que d'autres personnes se joindront à nous. Nous pourrions être des centaines. »

Mais ce qu'il espère vraiment, c'est qu'ils seront des milliers, et il ne voit aucune raison pour que ça n'arrive pas. Comme il l'a pensé tout à l'heure, c'est un pays de mauvaises nouvelles. Et toutes ces mauvaises nouvelles ont laissé un sale arrière-goût aux gens – il y a beaucoup de colère, beaucoup de personnes disposées à venir.

« Et vous serez le meneur ? demande Kent.

— Non. Juste un participant. Il n'y a pas de meneur.

— Mais vous aidez à organiser la manifestation, reprend-elle.

— Je remplis juste mon rôle en tant que citoyen inquiet.

— Vous savez qu'une telle manifestation risque fort de déraper, déclare Kent d'une voix plus dure. Des deux côtés. »

Raphael plisse les yeux.

« Nous devons être entendus. Et nous avons le droit de manifester pacifiquement. Nous en avons *légalement* le droit. Joe Middleton est précisément la raison pour laquelle nous avons besoin que cette loi soit votée, ajoute-t-il en conservant une voix plate, même si intérieurement il hurle. Je compte peser de tout mon poids. C'est ce que nous comptons tous faire.

— Et si quelqu'un est blessé ? demande-t-elle. Qu'est-ce qui se passera ?

— Nous sommes tous des victimes, répond Raphael. Nous avons déjà été blessés. Tout ce que nous faisons, c'est manifester pacifiquement contre les opposants à la peine capitale, et contre le système actuel. Je suis certain qu'il y aura assez de policiers sur les lieux pour contenir tout le monde. »

Mais à vrai dire, il n'en est pas vraiment sûr. Le manque d'agents a desservi la ville au cours des dernières années, et peut-être que la manifestation de lundi ne dérogera pas à la règle. Mais ce n'est pas son boulot de garantir la sécurité de la ville. C'est celui de Kent. Et de ses collègues. Et aussi de personnes comme Schroder.

« Tristan Walker faisait-il partie du mouvement ? demande Kent. Devait-il être à la manifestation ? »

Raphael n'a jamais entendu quelqu'un utiliser le mot « mouvement » pour décrire ce qu'il fait. Dans un sens, ça ne lui paraît pas vraiment approprié.

« Nous sommes un groupe de personnes qui essaient de changer le pays, dit-il, et si ça fait de nous un mouvement, alors soit.

— Et Walker ? le relance Kent.

— Je ne sais pas. Je ne lui en ai pas parlé, mais peut-être qu'il comptait venir. C'est ce que j'aurais espéré.

— Y avait-il de nouveaux visages, ce soir, qui que ce soit de suspect ? » demande Schroder.

Raphael porte la main à son menton et tapote lentement ses lèvres avec son index. La seule personne à laquelle il puisse penser, c'est la femme dans la voiture.

« Suspect ? Comment ça ?

— Quelqu'un qui n'avait rien à faire là », explique Schroder.

Il secoue la tête, sans ôter son doigt.

« Non, personne, répond-il. Enfin, il y avait de nouvelles personnes, il y en a souvent, et il y en aura aussi longtemps que des gens se feront assassiner. Mais pour ce qui est de quelqu'un de suspect, non, personne. Personne qui n'avait rien à faire là.

— Vous êtes sûr ? insiste Schroder.

— Ce n'est pas comme si quelqu'un était arrivé ici couvert de sang en agitant un couteau, réplique-t-il. La plupart des gens, quand ils viennent, ils ne disent rien. C'est presque comme une réunion des Alcooliques anonymes. Les gens sont nerveux. Ils ne savent pas à quoi s'attendre. Ils veulent entendre la douleur des autres avant de partager la leur. Il leur faut quelques semaines pour s'ouvrir. Nous faisons du bon travail ici. Nous aidons les gens.

— Et une femme ? demande Kent. Y avait-il une femme ce soir qui se démarquait des autres ?

— Une femme ? »

Il doit faire un effort conscient pour ne pas regarder en direction de la voiture.

« Pourquoi ? C'est une femme qui a tué Tristan Walker ?

— Personne ne dit ça, répond Kent, mais il y a une femme que nous cherchons à interroger. Une femme blonde », ajoute-t-elle.

Une femme blonde. La femme dans la voiture a les cheveux bruns. Et puis, elle veut tuer Joe Middleton. Pourquoi une femme qui veut le tuer voudrait-elle également tuer Tristan Walker ? Il pense aux autres femmes qui sont venues. Il y avait des blondes, il y en a toujours, mais il y a… quoi ? Cinquante mille femmes blondes dans cette ville ?

« Vous avez un nom ? Ou un signe distinctif ?

— Juste blonde, répond Kent, après avoir jeté un coup d'œil à Schroder. Une femme portant une perruque blonde.

— Ça ne fait pas beaucoup, observe Raphael. Il y avait de nouveaux visages, ce soir, il y en a toujours, et nous n'avons pas de feuille de présence. Il y avait des blondes, mais personne qui se démarquait.

— Et si vous nous dressiez cette liste de personnes que vous connaissez et qui étaient présentes ? suggère Kent.

— Ça me prendra environ cinq minutes.

— Nous pouvons attendre. »

Raphael acquiesce une fois, puis retourne à l'intérieur. Les dernières personnes sont en train de partir. Elles se disent au revoir et s'adressent des sourires tristes. Il commence à dresser la liste, mais ne met pas Stella dessus. Il ne veut pas attirer l'attention sur une femme qui n'avait aucune raison de s'en prendre à Walker, et qui pourrait potentiellement lui procurer tant de bonheur.

20

Je recommence à avoir faim, même si nous avons dîné il y a seulement une heure. La façon la plus facile de perdre l'appétit dans un tel endroit est de penser à ce qu'on nous sert. C'est ce que je fais, et la douleur de la faim s'atténue un peu. Puis je fais l'erreur de penser à un steak tendre, à des frites, à de la sauce barbecue. Plus j'essaie de ne pas y penser, plus j'en perçois le goût. C'est le genre de chose qu'on pourrait vouloir pour son dernier repas, et peut-être que c'est ce que je choisirai s'il s'avère que j'ai rendez-vous avec la corde.

Bien entendu, le meilleur moyen de s'assurer que ça n'arrivera pas est de découvrir le message de Melissa. Je feuillette une fois de plus les livres, conscient qu'il n'y a rien à l'intérieur, certain qu'il n'y a rien à l'intérieur, et c'est précisément ce que je trouve partout où je regarde. C'est presque l'heure de l'extinction des feux. Les portes de nos cellules ont toutes été verrouillées, de sorte que je suis seul avec mon lit, mes toilettes, et des livres qui ne me disent pas ce que je veux entendre. J'entends les autres détenus dans les cellules voisines. Ils parlent tout seuls. Ou alors ils s'adressent à un interlocuteur imaginaire.

Six livres.

Un message.

Ou peut-être aucun message.

Par frustration, je les lance dans le coin de la pièce, inventant un jeu qui consiste à essayer de les faire atterrir les uns à côté des autres. L'autre jeu, celui que Melissa joue, est pour moi un mystère.

Je ramasse les livres et les lance une fois de plus. Je ne me suis jamais autant amusé dans ma cellule. Je tue ainsi dix minutes, me demandant s'il sera aussi aisé de tuer les trente prochaines années, ou si c'est moi qui serai tué à la place. Les six livres atterrissent dans le coin. Je les ramasse. J'aligne les tranches. Puis, je les lance de nouveau. Demain, Caleb Cole va venir me voir. Demain pourrait être mon dernier jour sur cette terre.

Je ramasse de nouveau les livres. J'aligne les tranches.

Je regarde les titres.

Crépuscule des anges. Montre ton amour et sois aimé. Corps du désir. Amour en ville. Le Prince des princesses. Crépuscule des anges 2.

C'est peut-être là que se trouve le message. Quelque part dans les titres. Je prends le premier mot de chacun. Crépuscule. Montre. Corps. Amour. Le. Crépuscule. Je les mélange. Crépuscule Corps. Montre le corps. Ça, ça fonctionne. Montre le corps. Mais Crépuscule répété deux fois ne fonctionne pas si bien. Et où va Amour ? Melissa me dit-elle de montrer aux flics où se trouve le corps ? Le seul qu'ils cherchent, ou du moins le seul qu'ils sachent qu'ils doivent chercher, est celui de l'inspecteur Calhoun, l'homme que Melissa a assassiné et que j'ai enterré, celui dont le médium de Schroder veut connaître l'emplacement.

Je ne sais pas. C'est tiré par les cheveux. Mais Melissa sait où Calhoun est enterré. À peu près. Parce que c'est le genre de confidence que j'aimais bien lui faire sur l'oreiller. Le message – si c'est ça – me dit de leur montrer, pas de leur dire.

Je ne sais pas. Et l'amour ?

Alors, plutôt qu'être Joe-le-Pessimiste, un Joe que personne n'aimerait, je continue d'être Joe-l'Optimiste. Joe-le-Positif. Joe-l'Aimable. Je m'imagine dehors. Je m'imagine montrant à Schroder l'endroit où se trouve le corps de Calhoun. Pas lui disant. Pas lui dessinant un plan. Mais le menant le long du sentier de terre jusqu'à la tombe de terre où le corps de Calhoun est enveloppé de terre. J'imagine quatre ou cinq policiers nous accompagnant. Des types en uniforme avec des pistolets à la hanche. Peut-être même les hommes en noir qui m'ont arrêté. Je les imagine marchant – certains devant, certains derrière, tous guettant le moindre problème. L'air froid. Le sol humide. Les oiseaux dans les arbres débarrassés de leurs feuilles. Puis, venus de nulle part, des coups de feu brisent le silence paisible de la journée.

Seulement, il ne fait pas jour. Il fait nuit, c'est le crépuscule, et Melissa est spécifique à ce sujet. Sauf qu'elle ne précise pas quel crépuscule. Elle sait que ma mère m'a rendu visite aujourd'hui. Elle sait que j'ai reçu les livres et compris le message. Elle sait que mener la police sur les lieux prend du temps, donc elle ne pensait pas à aujourd'hui. Le procès débute lundi, alors elle doit penser à demain. Dans deux crépuscules, après aujourd'hui. Ce qui est parfaitement logique.

Demain, je dois montrer à Schroder où Calhoun est enterré.

À moins…

À moins que quoi ? À moins que je voie un message là où il n'y en a pas.

Joe-le-Positif revient sauver la situation. Il me replonge dans mon scénario. Crépuscule. Nous marchons en ligne droite. Des coups de feu. Les oiseaux s'envolent. Les détonations résonnent comme des coups de tonnerre à travers la campagne. Les policiers ne savent pas d'où ils proviennent, et alors c'est fini – des taches rouges s'épanouissent sur leur uniforme. Le sang imprègne la terre tandis que Melissa apparaît. Elle me prend dans ses bras et m'étreint, elle m'embrasse et tout va bien maintenant, tout est parfait, elle m'emmène loin de la terre et du sang, vers une vie sans cellules de prison remplies de pédophiles et sans gardiens, sans Caleb Cole et son processus de prise de décision, sans Glen et Adam et l'enfer qu'ils m'ont fait vivre, sans tout ça, elle m'emmène dans son lit, loin de la noirceur.

Joe-le-Pessimiste commence à changer d'avis. Il pense que Joe-l'Optimiste a peut-être mis le doigt sur quelque chose.

Six titres de livres. Montre le corps au crépuscule. Amour.

Maintenant, je suis convaincu. Maintenant, je me sens idiot de ne pas l'avoir vu plus tôt. C'est malin. Très malin. Et Melissa est sacrément maligne. C'est pour ça qu'elle est toujours en liberté. C'est pour ça que la police n'arrive pas à la trouver.

Et elle va me sauver.

Parce qu'elle m'aime encore. Amour.

Lorsque je m'étends sur mon lit, je ressens une chose que je n'ai pas ressentie depuis quelque temps – de l'espoir.

21

Raphael retourne à l'intérieur tandis que Kent et Schroder restent à la porte. Ils doivent s'écarter à deux reprises pour laisser passer des gens qui s'en vont, un vieil homme leur adressant un geste de la tête et disant « Inspecteurs » en guise de salut. Schroder reconnaît un couple de personnes âgées qui ont l'air d'avoir vieilli de vingt ans depuis qu'il est allé les voir il y a cinq ans pour les informer que leur fils avait été assassiné pour une poignée de menue monnaie et ses baskets. L'assassin avait utilisé l'argent pour s'acheter un hamburger et en avait mangé environ la moitié quand on lui avait passé les menottes.

« Peut-être qu'on aurait dû mentionner Melissa, suggère Schroder.

— Nous avons convenu de ne pas le faire pour une raison, réplique Kent. Je ne devrais pas avoir besoin de te rappeler que nous ne savons pas si elle est impliquée, et si nous commençons à mentionner son nom, nous risquons de nous retrouver avec des gens qui chercheront des faits qui n'existent pas. Nous ne pouvons pas évoquer ce dont nous ne sommes pas certains, car après, ça se retrouve au journal télévisé, et une information erronée de ce genre pourrait la mettre en colère. Ça pourrait la pousser à faire un exemple de quelqu'un. Et si c'est elle, nous ne pouvons pas lui faire savoir que nous le savons.

— Je sais, dit Schroder en serrant les mâchoires. Avant, c'était mon métier. »

Elle sourit, et la tension se dissipe.

« Je sais. Désolée », dit-elle.

Cette conversation lui rappelle celles qu'elle avait avec son partenaire, Theodore Tate, après que celui-ci avait cessé d'être son partenaire pour devenir détective privé suite à la mort de sa fille. Il y a quatre semaines, Tate a entamé les démarches pour redevenir flic. Elles sont toujours en cours, même si elles ont été mises en suspens vu que Tate est dans le coma et lutte pour rester en vie. C'est presque comme si les deux hommes avaient échangé leurs rôles. Tate devient flic, et Schroder devient ce qu'était Tate. Peut-être même pire encore. Tate et sa femme ont eux aussi échangé leurs rôles. L'accident qui a coûté la vie à leur fille avait plongé sa femme dans un état végétatif – elle en est sortie le jour même où Tate est entré dans le sien.

Le jour où Schroder a tué cette femme.

Le monde est sens dessus dessous. Allez comprendre.

« Je continue de penser que ça ne ferait pas de mal, dit-il. On devrait lui dire.

— Tu l'as entendu, réplique Kent. Il n'y avait pas de femme au comportement suspect. Et, vraiment, quelle raison Melissa aurait-elle de venir ici ? C'était une bonne idée tout à l'heure, dit-elle, et ça l'est toujours. Nous partirons de la liste de noms et, bien entendu, nous demanderons la liste des témoins de l'accusation et travaillerons dessus. »

Seulement ce ne sera pas *nous*, ce sera *eux*. Il ne fait plus partie de tout ça. Maintenant, après deux années à avoir eu affaire à Theodore Tate, il comprend enfin ce que celui-ci ressentait, car il vit en ce moment le même enfer. Il est des choses impossibles à lâcher.

« Peut-être qu'on devrait quand même lui montrer la photo de Melissa, suggère-t-il. Sans lui dire qui c'est. »

Kent soupire.

« On dira juste que c'est une personne qui nous intéresse, ajoute-t-il.

— Et peut-être qu'il dira qu'il l'a vue aux informations.

— Et peut-être qu'il dira qu'il l'a vue ici. »

Elle acquiesce lentement.

« OK. Tu en as une ? »

Il retourne en trottinant à la voiture, ses pieds retombant dans des flaques et mouillant le bas de son pantalon. Il se penche à l'arrière du véhicule, ouvre la chemise, mais la photo de Melissa n'est pas à sa place. Il parcourt le reste de son contenu, puis regarde par terre et sur la banquette arrière pendant que la pluie lui trempe les jambes et le bas du dos. La photo représente Melissa quand elle s'appelait encore Natalie Flowers, avant qu'elle adopte le nom de sa sœur morte et se mette à tuer des gens. Il cherche sous les sièges. La photo est tombée quelque part, mais pas dans la voiture. Peut-être qu'elle est chez lui. Ou dans un caniveau, en train de prendre la flotte comme lui-même est en train de la prendre.

Il rejoint Kent au petit trot.

« Je ne la trouve pas, dit-il.
— Je suis sûre que ça n'a pas d'importance.
— Je lui en montrerai une demain.
— Carl…
— Je sais, je sais, ce n'est pas mon affaire, dit-il en levant les mains. J'essaie juste d'aider. »

Son téléphone portable se met à sonner. Il le tire de sa poche et regarde qui l'appelle. C'est le studio de télé. Il devrait être de retour sur le plateau, à l'heure qu'il est. Il coupe la sonnerie et laisse sa messagerie se déclencher. Demain, ils tournent au casino une scène au cours de laquelle les personnages principaux font le ménage après un week-end marqué par le suicide de plusieurs gros parieurs.

« Bon, pendant que tu cherchais la photo, dit Kent, j'ai réfléchi. Tu as entendu ce que Raphael a dit à propos de la manifestation ? Et s'il s'agissait de ça ? Si ça n'avait rien à voir avec Melissa, et tout à voir avec le référendum ? On nous a dit lors d'un briefing ce matin que jusqu'à cinq mille personnes pourraient manifester devant le tribunal contre ce foutu projet, affirmant que ça renverrait le pays au Moyen Âge. Et pour autant qu'on sache, Raphael pourrait rassembler des centaines de personnes ou plus pour soutenir le référendum, affirmant que c'est la voie de l'avenir. Ça fait beaucoup de gens qui vont essayer de se faire entendre. Ce serait le terrain de jeu parfait pour une personne munie d'explosifs. »

Schroder réfléchit.

« Tu crois que Raphael sait quelque chose ? Tu crois que les explosifs sont pour un membre de son groupe ? »

Kent secoue la tête.

« Son groupe est opposé à la violence. Par nature, ils ne veulent faire souffrir personne.

— C'est une façon de voir les choses, mais le contraire est également vrai. La nature même du groupe signifie qu'il est proviolence, parce qu'ils veulent se venger. Les gens croient toujours que la fin justifie les moyens.

— Se venger, oui, mais pas contre des innocents. »

Schroder acquiesce. Il se sent fatigué, et les affirmations confuses comme celle qu'il vient de prononcer en sont la preuve. Quand il en aura fini ici, il rentrera chez lui, et peut-être qu'il aura droit à quelques heures de sommeil ininterrompu avant que le bébé se réveille.

« Tu as raison, dit-il en se frottant les yeux.

— Mais il y a toutes sortes de cinglés, reprend-elle. Quelqu'un dans un camp ou dans l'autre pourrait croire que des explosifs l'aideront à se faire entendre, qu'un massacre contribuera au bien commun. »

Elle l'observe pendant quelques secondes. « Ça va, Carl ? »

Avant qu'il ait le temps de répondre, Raphael réapparaît à la porte. Il a un peu vieilli depuis l'année dernière, mais il demeure bel homme, le genre de type qu'on verrait bien jouer le rôle du Premier ministre à la télé. Si l'un des programmes pour lesquels Schroder est consultant abordait des questions politiques, il devrait proposer le rôle à Raphael.

Celui-ci leur tend une liste qui doit comporter près de vingt noms.

« C'est tout ce dont je me souviens, dit-il.

— Les noms Derek Rivers et Sam Winston vous disent-ils quelque chose ? » demande Kent, révélant des noms qui de toute manière feront bientôt les gros titres.

D'ici la fin de la journée, tout le pays saura que quelqu'un descend ses citoyens – des citoyens pas très recommandables, certes.

Raphael se gratte le côté de la tête, ses doigts disparaissant dans ses cheveux.

« Non. Ils devraient ? Ils sont également morts ?

— Et vous êtes sûr que personne ne se démarquait ? » demande Schroder.

Raphael réfléchit quelques secondes, puis il acquiesce.

« Absolument certain, répond-il.

— Merci pour votre temps », dit Kent.

Ils échangent des poignées de main, puis Schroder et Kent traversent le parking au pas de course et retournent s'abriter dans leur voiture.

22

Schroder n'était pas seul – une femme l'accompagnait. Melissa l'a déjà vue. Elle considère que ça fait partie de son boulot de savoir qui est aux premières lignes de la lutte contre le crime. Elle ne connaît pas le nom de la femme, mais elle sait qu'elle est arrivée récemment. Pas la peine de s'interroger longuement pour comprendre pourquoi Schroder était avec elle. L'affaire du Boucher. Ils ont retrouvé Tristan Walker, et maintenant ils pensent qu'il y a peut-être un lien. Et comme c'est Schroder qui enquêtait sur le Boucher, ils lui demandent de l'aide. Ce qu'elle ne comprend pas, c'est ce qui les a menés ici.

Quand Schroder repart avec la femme, Melissa ôte la sécurité de son pistolet et le cache près de son siège. Elle replace le détonateur du C-4 dans la boîte à gants. Elle était prête à voir Raphael pointer le doigt dans sa direction, puis Schroder approcher, et si ça s'était produit, elle aurait offert un gros *boum* à Schroder et à la femme, et quelques *pan pan* à Raphael.

Personne n'est sorti de la salle depuis quelques minutes. Raphael termine ce qu'il est en train de faire puis il ressort. Il ferme la porte à clé derrière lui, même si Melissa ne voit pas ce qu'on pourrait vouloir voler à l'intérieur – le mobilier ne valait pas mieux que les trucs qu'on voit parfois au bord de la route avec des pancartes en carton qui disent « gratuit ». Peut-être qu'il verrouille la porte pour que les gens ne se servent pas de la salle comme d'un débarras. Peut-être que c'est déjà arrivé et que c'est de là que provient leur mobilier. Raphael resserre sa veste autour de lui et court jusqu'à la voiture de Melissa.

« C'était la police, dit-il.

— Vraiment ? » demande-t-elle, faisant de son mieux pour paraître surprise.

Après son numéro de ce soir, elle se dit qu'elle aurait dû être actrice.

« Quelqu'un a été assassiné aujourd'hui, ajoute-t-il.

— Oh, mon Dieu, c'est horrible. »

Elle porte la main à sa bouche.

« Est-ce que c'était quelqu'un que vous connaissiez ?

— Bon, ce n'était pas si horrible que ça. Le type battait sa femme. »

Plissement de sourcils et mine confuse de rigueur.

« Alors, pourquoi la police est-elle venue ici ?

— Parce que sa femme était une des victimes de Middleton, explique-t-il. Et il allait témoigner au procès.

— Je ne vous suis pas, dit Melissa.

— La police croit que quelqu'un pourrait cibler des personnes liées aux victimes. Des personnes qui s'apprêtent à témoigner.

— C'est… c'est absurde. » Elle est tout à fait ravie d'entendre ça, et s'efforce de ne pas sourire. Si c'est ça leur lien, elle n'a aucun souci à se faire, parce que c'est réellement absurde. « Sommes-nous tous en danger ? »

Il fait de plus en plus froid dans le véhicule. Elle met le contact et allume le chauffage. Il ne reste qu'une autre voiture sur le parking à part la sienne. Elle doit appartenir à Raphael. C'est un utilitaire avec la roue de secours fixée sur le hayon, et cette roue est couverte d'une housse sur laquelle sont inscrits les mots *Mon autre voiture a été volée*. Ça lui rappelle une phrase qu'elle a entendue il y a quelque temps – *Bienvenue à Christchurch, votre voiture vous y attend déjà.*

« J'en doute, répond-il, mais ils voulaient une liste des personnes qui étaient présentes ce soir. »

Elle voudrait lui demander si elle figurait sur cette liste mais n'en prend pas la peine. Le prénom Stella ne les mènera pas loin. Et si elle pose la question, eh bien, ça pourrait éveiller ses soupçons.

« Je veux connaître votre plan, dit-il.

— Pourquoi ? Pour pouvoir aller à la police ?

— Non, répond-il en secouant la tête. Pour vous aider. Si je voulais vous balancer à la police, je l'aurais fait à l'instant. »

Elle le sait, mais elle a demandé car elle fait son cinéma et mériterait un Oscar.

« Mon plan est d'abattre Joe avant même qu'il arrive à son procès, dit-elle.

— C'est tout ? C'est ça, votre plan ?

— Non, ce n'est pas tout.

— J'espère bien. »

Elle reste alors silencieuse. Elle le fixe du regard, et après quelques secondes il se met à acquiescer. Il a compris la prochaine étape.

« Mais vous voulez savoir si vous pouvez me faire confiance, dit-il.

— Je peux ? »

Il cesse d'acquiescer, le rougeoiement du tableau de bord fait virer son visage à l'orange. Le chauffage commence lentement à faire effet.

« Quand Angela a été tuée, je voulais mourir. Je voulais acheter une arme, me coller le canon dans la bouche et dire au revoir au monde. La perdre a été la chose la plus dure que j'ai eu à endurer, dit-il, et pendant un moment Melissa pense à sa sœur. Peu après sa mort, ma femme et moi… eh bien, les mariages ne survivent pas souvent à ce genre de chose. Et le nôtre n'a pas survécu. Il n'y avait plus grand-chose pour me pousser à continuer. Mais j'en suis venu à comprendre que je n'étais pas le seul. Que d'autres souffraient également. Je me suis dit que je pourrais peut-être les aider. Mais pas un jour ne s'écoule sans que je rêve de tuer l'homme qui a tué ma fille. Et il y a d'autres Bouchers en liberté. D'autres hommes qui nous prennent nos petites filles. Ce groupe, c'est une chose, dit-il, mais la vérité, c'est que si je pouvais former un groupe d'autodéfense pour surveiller la ville et la débarrasser des ordures, je le ferais aussi. Je l'imagine sans cesse, comme quelque chose dans un western, vous savez ? Un groupe de bienfaiteurs qui arriverait en ville, vous savez, des as de la gâchette. À la John Wayne. À la Clint Eastwood. Mais je ne peux pas le faire. Impossible. En revanche, je peux vous aider. Je n'ai plus de vie. J'attends juste l'opportunité de changer les choses. Quelque chose qui me donnera envie de continuer. Et ce quelque chose, c'est tuer Joe Middleton. Je me fous de ma vie. Ma vie s'est achevée l'année dernière. Ce groupe de soutien, c'est comme un respirateur artificiel, pour moi – il fait battre mon cœur, il me fait respirer –, mais je ne suis pas vivant, pas vraiment, je ne fais que m'accrocher. Tuer Joe m'apportera la paix, et une fois que j'aurai la paix, je pourrai abandonner tout ce qui m'entoure. Je pourrai… je pourrai mourir heureux. Alors je vous en prie, Stella, dites-moi que vous avez un plan solide. Car si ce n'est pas le cas, tout ce qu'il me reste, ce sont mes rêves. Je ferai ce qu'il faudra. Absolument tout ce qu'il faudra.

— Savez-vous utiliser un fusil ?

— Je suis sûr que je me débrouillerai. C'est ça, le plan ?

— Une fois le moment venu, serez-vous capable d'appuyer sur la détente ? »

Raphael fait un large sourire, puis il tend la main pour compter sur ses doigts.

« J'ai deux problèmes, dit-il. Le premier, c'est que je veux que Joe me voie. Je veux qu'il sache qui je suis. Alors le descendre de loin avec un fusil n'est pas mon truc. Je le ferai, s'il n'y a pas d'autre possibilité, mais je préférerais le faire de près. Je veux voir la vie quitter ses yeux. Je veux que ma fille soit la dernière chose à laquelle il pensera.

— Et le deuxième problème ? » demande-t-elle.

Mais elle sait qu'il va lui parler de souffrance et de torture. Évidemment. De souffrance, de torture, et d'une bonne dose de revanche.

« Le second problème, c'est que je veux qu'il souffre. Une balle dans la poitrine signifie qu'il ne souffrira pas longtemps. Donc, si c'est votre plan et qu'il n'y a pas moyen de le modifier, alors c'est comme ça, et j'en suis, mais si on pouvait… »

Elle tend la main et lui touche l'avant-bras.

« Laissez-moi vous interrompre tout de suite, dit-elle, car mon plan résoudra vos deux problèmes. »

Tout se passe comme sur des roulettes. C'est le destin. Obligé. C'est le destin et sa capacité à voir dans les gens une chose que les autres ne voient pas. Ça vient de son expérience. Ç'a été un rude apprentissage qui a commencé le soir où son prof d'université lui a arraché ses vêtements.

« Le procès débute lundi, dit-il. Ça nous laisse assez de temps ?

— Nous avons trois jours pleins, répond-elle. C'est juste ce qu'il nous faut pour nous assurer que ça se produira. »

23

Je dégouline de sueur et la cagoule de ski me démange le visage. Les cagoules sont une drôle d'invention. Je n'ai jamais vu personne à la télé, que ce soit aux Jeux olympiques ou dans un film, faire du ski affublé d'une cagoule. Les skieurs portent des bonnets, des vestes épaisses et de grosses lunettes de soleil, et ils ne ressemblent pas à des braqueurs de banque. Vraiment, on devrait les appeler des cagoules de braqueur. Ou des cagoules de violeur. Mais j'en porte une en ce moment même, et à chaque minute qui passe elle est de plus en plus trempée de sueur. Le ciel est bleu, c'est une journée ensoleillée, une journée sans cagoule pour la plupart des gens, et comme toutes les journées ensoleillées elle me fait me sentir bien. Les quelques nuages dessinent des formes dans le ciel. Je vois un couteau, je vois une femme, je vois des choses horribles se produire dans ces nuages. Je n'ai pas besoin de crocheter la serrure de la porte de la maison car j'ai une clé, et je m'en sers pour entrer. Je me lie d'amitié avec l'air froid qui jaillit du réfrigérateur, et je me lie encore plus d'amitié avec une bière bien fraîche. Pas du Coca, de la bière, parce qu'il n'y a pas de Coca. Je m'assieds à la table et j'entends des sons en provenance de la chambre, principalement des ronflements, plus le grincement occasionnel des ressorts du matelas lorsqu'un corps bouge. Je m'aperçois alors qu'il ne fait plus jour, que le ciel n'est plus bleu, et qu'il est minuit. Le temps a fait un bond en avant et je ne sais pas comment, c'est juste la manière dont il s'écoule quand on rêve. Je gratte la cagoule et la réajuste, puis j'ouvre ma serviette et touche les lames à l'intérieur.

Je reste dans la cuisine, et au bout d'un moment les ronflements cessent. J'entends des bruits de pas, une lumière s'allume plus loin dans le couloir, puis deux minutes plus tard une chasse d'eau est tirée. Après quoi de nouveaux bruits de pas, et ma mère entre dans la cuisine, où je suis toujours assis.

« *Qui êtes-vous ?* demande-t-elle.

— Je ne suis pas Joe. »

Je réponds ça car la dernière chose dont j'ai besoin, c'est que ma mère croie que je suis une mauvaise personne. À partir de cet instant, je laisse mon couteau parler pour moi. Il lui parle encore et encore jusqu'à ce qu'elle et moi et la cuisine soyons tous sur la même longueur d'onde. C'est salissant. Ça l'est toujours.

« Et ça se passe toujours comme ça ? » demande-t-elle, et la *elle* en question est assise face à moi.

Je suis de retour dans la salle d'interview, de retour dans la réalité. On est vendredi matin, et la journée a commencé avec de grands espoirs quand j'ai regardé les livres de Melissa et lu et relu son message. Puis il y a eu le petit déjeuner et quelques échanges de regards avec Caleb Cole avant que les gardiens viennent me chercher. C'est l'heure de l'entretien avec ma psychiatre. Ma psychiatre se penche en avant et joint le bout de ses doigts. Ça doit être un geste qu'ils font tous. Ça doit être un geste qu'un jour, à l'école de psychiatrie, le prof leur montre sur un vieux film noir et blanc des années quarante, avant de demander à tous les étudiants de s'entraîner à s'asseoir d'une manière qui leur donne l'air intelligent. Plutôt ironique que des personnes dans ce domaine particulier ne se rendent pas compte qu'ils ont l'air idiots. Le bon côté de ma psychiatre, c'est qu'elle n'a pas simplement l'air idiote. Elle est jolie. Et même si c'est une bonne chose, c'en est aussi une mauvaise. Car ça me distrait. Ça éveille en Joe le genre de pensées qui l'ont amené ici. Un petit magnétophone posé devant elle enregistre chaque mot.

« Ça ne se passe pas toujours comme ça. La plupart du temps. Je ne sais pas. Avant, je ne rêvais pas. Mais maintenant je ne sais plus trop, parce que le rêve semble si familier. Comme si je l'avais fait toute ma vie. Parfois je me réveille en plein milieu, certain que c'est ce que j'ai fait, que ma mère est morte et que c'est pour ça que je suis ici. Un jour, j'en étais si convaincu que j'ai voulu l'appeler pour être sûr qu'elle allait bien. » Je dis ça, mais ce dernier détail n'est pas vrai. « Parfois, je l'empoisonne. Une fois, je me suis même glissé dans sa maison déguisé en cambrioleur et lui ai fichu la trouille de sa vie. Les rêves ont toujours l'air réels. » Je n'ajoute rien, même si je peux. Je ne sais pas trop quelle est la bonne réponse. La psychiatre s'appelle Alice, et j'ai déjà oublié son nom de famille. Ou peut-être que ce n'est pas Alice. Ça pourrait être Ellen. Ou Alison. Ou même Ali-Ellen. J'essaie de fixer mon regard sur le visage d'Ali, sur ses fossettes lisses, sur sa mâchoire, sur ses magnifiques grands yeux bleus.

J'essaie d'empêcher mes yeux d'explorer son corps, ses courbes comme une carte au trésor recélant tout un tas d'endroits que j'aimerais découvrir et piller avant d'y graver un X. Elle porte un pantalon noir et un chemisier couleur crème sur lequel il doit être impossible d'enlever les taches de sang. Il n'est pas décolleté, et le pantalon n'est pas serré.

Inutile de lui demander si la réponse que je lui ai donnée était la bonne car elle m'a déjà dit qu'il n'y avait pas de bonnes réponses, ce qui, nous le savons tous, est un gros bobard. Elle m'a dit que ce n'était pas son boulot de dire ce qui était bien ou mal, que son boulot était de m'évaluer puis de faire connaître son avis aux tribunaux. Évidemment, elle a menti quand elle a dit ça. Si je lui avais dit que je me rappelle chaque détail de chaque victime et que la raison pour laquelle je les ai tuées était que j'aimais ça, ç'aurait pu être considéré comme une mauvaise réponse. Il y a tout un tas de bonnes réponses, qui lui feront confirmer que je suis fou – je dois juste trouver lesquelles.

Elle décroise ses doigts.

« Avez-vous toujours eu de mauvaises pensées vis-à-vis de votre mère ? » demande-t-elle.

Elle ne poserait pas cette question si elle connaissait ma mère.

« Ça dépend de ce que vous entendez par *mauvaises pensées*, dis-je. Nous avons tous de mauvaises pensées.

— Mais nous ne rêvons pas tous que nous tuons notre mère.

— Vraiment ? »

Ses yeux s'élargissent un peu. J'ai dû dire quelque chose qui l'a choquée, mais je ne sais pas trop quoi.

« Ce n'est pas commun, Joe, d'avoir de tels rêves. Pas commun du tout.

— Oh », fais-je, sincèrement surpris, et ça marche sur elle.

Je vais devoir paraître sincèrement surpris plus souvent au fil de la conversation.

« Mais on ne peut pas considérer ça comme de mauvaises pensées si on est endormi, n'est-ce pas ? Personne ne peut contrôler ses rêves.

— Certes, répond-elle. Les femmes que vous avez tuées… » commence-t-elle.

Je lève la main – celle qui n'est pas menottée à la chaise – et l'interromps.

« Je ne me souviens de rien.

— Oui. Je sais. Vous l'avez déjà dit. Mais vous n'avez pas tué votre mère, pourtant vous rêvez que vous l'avez fait. Vous ne rêvez pas d'autres personnes ? »

Je secoue la tête.

« Non. Jamais. »

Elle acquiesce. Et je sais ce qu'elle pense. Elle crée un lien entre ma mère et ces gens. Elle essaie de savoir si chaque fois que j'ai tué une de ces femmes, c'était pour moi une façon de tuer ma mère sans la tuer, si ces femmes étaient des victimes de substitution.

« Parlez-moi de votre mère », dit Abby-Ali.

Sa voix est séduisante, sensuelle. Je ne saisis pas pourquoi ils ont envoyé une femme dans un tel endroit pour interroger un type comme moi, et je comprends qu'elle doit avoir un complexe du mauvais garçon. Puis je m'aperçois que ce n'est pas du tout ça – une femme témoignant à ma décharge aura un effet favorable sur les jurés. Ils verront qu'elle a passé du temps avec moi, et que ce faisant le taux de viols et de meurtres entre nous est resté à un zéro absolu. Ma cote de popularité va crever le plafond.

« Elle va se marier, dis-je.

— Quel sentiment cela vous inspire-t-il ? »

Je parie que cette question a été ce qu'elle a appris à maîtriser après avoir appris à joindre le bout de ses doigts et avant d'apprendre à coudre des pièces en cuir sur les coudes des vestes. *Souvenez-vous, si tout le reste échoue, rabattez-vous sur : « Quel sentiment cela vous inspire-t-il ? »* J'ai l'impression que c'est ça la psychiatrie. Une histoire de *si tout le reste échoue*. Des psychiatres pas à l'aise avec leurs propres opinions qui doivent d'abord soutirer des réponses à leurs patients.

« Quels sentiments ? Ça ne m'inspire aucun sentiment.

— Ça ne vous met pas en colère ?

— Pourquoi est-ce que ça me mettrait en colère ? dis-je, me sentant en colère, pas seulement après Ellen, mais aussi après ma mère.

— Vous pourriez vous sentir abandonné, poursuit-elle. Vous pourriez penser que votre mère vous oublie, vous et votre situation, et qu'elle passe à autre chose en acceptant un autre homme dans sa vie, alors que vous avez été le seul homme dans sa vie depuis la mort de votre père. Quand a lieu le mariage ?

— Lundi. »

Elle acquiesce, comme si ça confirmait sa théorie.

« Le jour où débute le procès.

— Je ne ressens rien de tout ce que vous avez décrit », dis-je, plus furieux que jamais envers ma mère. Elle est déjà passée à autre chose, a déjà prouvé que la seule personne dont elle se soucie à part elle-même, c'est Walt. « Je ne comprends simplement pas pourquoi, de tous les moments possibles, elle a choisi maintenant pour se fiancer, et s'ils se fiancent maintenant, pourquoi se marier la semaine prochaine ? Pourquoi ne pas attendre quelques années ?

— Vous voudriez qu'ils mettent leur vie en suspens ? demande-t-elle, d'une telle manière que je me demande si elle me juge ou non.

— En suspens ? Oui, je veux qu'ils y réfléchissent. Enfin quoi, quel mal ça ferait ? Qu'ils attendent au moins que le procès soit fini.

— Ils pensent peut-être que vous ne sortirez jamais d'ici. »

Je secoue la tête. Je ne crois pas que quiconque puisse vraiment penser ça.

« Ils se trompent.

— Parce que vous n'avez tué personne ? »

C'est une question importante, une question qu'elle a sans aucun doute répétée à plusieurs reprises durant son trajet jusqu'ici.

« Je sais que je les ai tuées, dis-je. C'est ce que tout le monde n'arrête pas de me dire. Au début, c'était dur à croire, mais si mille personnes vous disent que le ciel va tomber, c'est qu'il va tomber. » Soudain, j'ai l'air morose. Mon expression Joe-est-triste. Essayée et perfectionnée sur d'autres. « Je suppose que si c'est vrai, alors je ne mérite pas de sortir d'ici. Je suppose que je… » Je marque une infime pause théâtrale, laisse passer un temps, puis un autre. « Je suppose que je mérite de mourir. C'est ce que… (pause, un temps, deux temps) c'est ce qu'ils vont faire. Ils vont me tuer, vous savez. Ils vont voter cette loi dont tout le monde parle à la télé, et je serai le premier sur la liste des pendus. »

Elle ne répond pas. Je ne pense rien de ce que j'ai dit, et je ne suis pas sûr qu'elle me croie. Le silence se prolonge, et je ressens le besoin de le combler avec quelque chose qui me fera paraître attardé, mais pas trop.

« Enfin quoi, les choses qu'ils disent que j'ai faites – ce n'est tout simplement pas moi. Je ne suis pas cette personne. Demandez à n'importe qui. Demandez à ma mère, ou aux flics avec qui je travaillais. »

Une série d'images commence alors à défiler dans ma tête – des femmes du passé, d'anciennes victimes, des œufs enfoncés dans leur bouche et les gémissements des mourantes. Je remue un peu sur ma chaise, heureux que la table l'empêche de voir mon érection croissante. C'est un de ces rares moments où je déteste que quelque chose se trouve entre mon sexe et une femme comme Ali.

« Vous ne vous souvenez de rien ?

— Je sais que ça paraît cliché. Je sais que c'est probablement ce que vous vous attendez à entendre, et le fait que vous l'entendez prouve que j'invente tout. Les mauvaises personnes se rappellent toujours leurs actes. C'est pour ça qu'elles les commettent, pour pouvoir s'en souvenir. Je suppose. Tout ce que je veux, c'est aller mieux, et si j'ai fait ce qu'ils disent que j'ai fait, alors je veux qu'on m'empêche de recommencer. Peut-être que c'est une perte de temps. Peut-être qu'ils devraient me garder ici et geler la clé.

— Jeter la clé.

— Hein ?

— L'expression, c'est jeter la clé.

— Quelle clé ? »

Amanda se remet à croiser les doigts. Elle porte ses deux index à ses lèvres.

« Peu de gens diraient ce que vous venez de dire, sur le fait que vous méritez d'être enfermé. Ça semble très honnête.

— Ça l'est.

— Le problème, Joe, c'est que ça semble aussi très manipulateur, et c'est ainsi que le psychiatre de l'accusation vous décrit. »

Je ne dis rien. Je sais qu'elle est toute proche d'une décision très importante, et je sais que je pourrais aisément surjouer le coup. Mieux vaut ne rien dire. Mieux vaut croire que j'ai déjà réussi à la convaincre.

« C'est l'un ou l'autre, reprend-elle, mais je ne sais pas lequel. »

J'ignore quelle est la bonne réaction, que ce soit en paroles ou en émotions. Je ne sais plus quoi simuler. Devrais-je la remercier, dire quelque chose de pertinent, ou ferais-je mieux de me mettre à gesticuler par terre comme un poisson ?

« Le problème est que vous avez agi comme si vous étiez mentalement déficient, dit-elle.

— Je n'ai pas joué les attardés. C'est juste eux qui m'ont vu ainsi.

— C'était eux, le problème ?

— Je ne sais pas. Peut-être. Ou peut-être que c'était moi. Mais ils me regardaient tous de haut, et je n'ai jamais su pourquoi. Peut-être qu'ils regardent de haut tous les agents d'entretien parce qu'on n'est pas aussi cool qu'eux.

— Pourquoi ne le leur avez-vous pas demandé ?

— Comment j'aurais fait ça ? Excusez-moi, inspecteur, mais pourquoi me prenez-vous pour un débile ? C'était impossible. Ils me faisaient toujours me sentir inférieur. »

Joe-le-Lent est parti, et Joe-le-Rapide est là, Joe-le-Superintelligent, et Joe-le-Superintelligent est en verve.

« Peut-être que c'est pour ça qu'ils me voyaient comme ça.

— C'est encore une interprétation très perspicace de votre part », déclare Ali.

Je ne réponds pas. Le problème avec Joe-le-Superintelligent, c'est que parfois il peut être trop intelligent pour son propre bien.

« Je veux en apprendre plus sur vous, dit-elle. Nous avons tout le week-end. Tout ce que vous me direz est confidentiel. Je travaille pour vous et votre avocat, pas pour l'accusation.

— D'accord.

— Mais si vous dites quelque chose qui me laisse penser que vous mentez, alors la séance s'achève et je ne reviendrai pas, et j'irai raconter exactement ce qui s'est passé au tribunal. Donc, pour résumer, Joe, même si je travaille pour vous, je travaille aussi au nom de la vérité. Vous avez trois jours pour être honnête. »

Trois jours pour ne pas me faire prendre en train de mentir. Je peux y arriver. Mais si les choses se passent comme prévu avec Melissa, je n'en aurai pas besoin.

« D'accord, dis-je, conscient que pour ce qui est de l'honnêteté, nous n'avons pas vraiment pris un bon départ. Alors, on commence où ?

— Je veux que vous me parliez de votre passé.

— Mon passé ? Pourquoi ?

— Dans ce rêve que vous faites, est-ce qu'il vous arrive d'ôter votre cagoule ? Est-ce que votre mère vous reconnaît, parfois ? »

Je réfléchis. Dans le rêve, parfois je bois de la bière, et parfois du Coca, parfois je conduis une voiture bleue, et parfois une rouge. À certains moments, la maison est différente, ça peut être ma maison, celle de ma mère, où l'une des nombreuses maisons dans lesquelles je suis entré. Ma mère peut être en chemise de nuit ou en robe. Parfois, mes poissons rouges sont là et je verse des miettes de pain dans leur eau pour les nourrir. La manière dont je la tue varie. La seule chose qui ne change jamais, c'est moi. Je porte toujours une cagoule. Même quand je mets de la mort-aux-rats dans son café, je porte une cagoule.

« Non, dis-je.

— Vous êtes sûr ?

— Pas vraiment. Enfin, je ne crois pas.

— Et votre mère ? Sait-elle qui vous êtes ? »

Je réfléchis. Puis j'acquiesce à demi, avant de secouer légèrement la tête.

« Peut-être. Elle semble stupéfaite. Elle a son expression de Noël.

— Son expression de Noël ?

— Oui. C'est comme ça que j'appelle ça. Son expression de surprise. C'est une longue histoire.

— Eh bien, puisqu'il faut commencer quelque part, dit Ali, pourquoi ne pas commencer par ça ? »

Et c'est ce que nous faisons.

24

Je me souviens que je croyais au Père Noël. Mes parents en faisaient toujours toute une histoire. Je me réveillais le matin et les biscuits et le lait avaient disparu, il y avait de la suie au pied de la cheminée, et mon père me disait qu'il avait entendu le Père Noël sur le toit et aperçu un renne. J'étais excité qu'il soit venu, mais déçu de l'avoir raté. La veille de Noël, je faisais tout mon possible pour rester éveillé, mais ce n'était que le lendemain, quand je me réveillais à sept heures du matin avec la lueur du soleil qui filtrait à travers les rideaux, que je m'apercevais que j'avais échoué. Le Père Noël a le don d'entrer furtivement dans les maisons sans que personne remarque sa présence. C'est une chose que nous avons en commun.

Le Noël qui m'a le plus marqué a été celui de mes huit ans. À ce stade, je ne croyais plus au Père Noël (même si des années plus tard j'en viens à croire à des gens comme Kenny-le-Père-Noël). À l'époque, ma mère était une personne différente. Et mon père aussi. Je ne sais pas trop ce qu'il était. Encore aujourd'hui, je ne saurais dire en quoi il était différent. Néanmoins, je crois que ma mère le savait aussi. C'était un problème entre eux, et chaque fois qu'il y avait des problèmes, mon père allait traîner avec William – ou oncle Billy, comme on l'appelait. Oncle Billy n'était pas réellement mon oncle, c'était le meilleur ami de mon père, même si quelques années après ce Noël il a cessé de venir car il s'était brouillé avec mes parents. Je pense souvent à l'époque où l'oncle Billy était le problème entre ma mère et mon père.

Ce Noël en question, j'ai offert un chaton à ma mère. Il était noir et blanc, un chaton de sept semaines que j'avais eu auprès d'un camarade d'école dont la chatte avait eu une portée. Je l'avais échangé contre un magazine. Le gamin n'en avait pas parlé à ses parents, et je n'avais rien dit à mon père. Si nous l'avions fait, les choses se seraient passées très différemment. Je n'ai jamais oublié l'expression sur le visage de ma mère quand elle a découvert le petit chat. Son expression de Noël. Celle où elle retrousse les lèvres avec un violent mépris et où ses dents pointent en avant comme des dents de requin. Ses yeux sont si exorbités que plus rien ne semble les retenir. C'est le genre d'expression qu'elle a quand elle vient de passer en revue ses pires cauchemars et s'aperçoit que chacun est en passe de devenir réalité. Ma mère n'a jamais aimé le chaton. Au début, j'ai cru que ça signifiait qu'elle était mauvaise, sans cœur, car tout le monde aime les chatons. Absolument tout le monde.

Il s'est avéré que ce n'était pas tant que ma mère n'aimait pas les chatons, mais plutôt qu'elle n'aimait pas les chatons morts, surtout quand ils avaient passé cinq jours enfermés dans une boîte en carton enveloppée dans du papier cadeau avec du ruban tout autour. Mais à huit ans, je n'étais pas devin. Et après toutes ces années, je ne le suis toujours pas.

Je raconte ça, et Ali prend des notes. La chaise de la prison n'est pas confortable, mais j'y suis menotté. C'est peut-être d'ailleurs la seule raison pour laquelle Ali est ici seule avec moi. Soit elle manque de confiance, soit elle a bien conscience que depuis douze mois je me sens seul et qu'il suffirait de dix minutes pour qu'ils la ramassent en charpie par terre pendant que j'expliquerais aux gardiens que j'ai eu un nouveau trou de mémoire.

« Saviez-vous que le chat allait mourir ?

— Ça ne m'est jamais venu à l'esprit. »

C'est la vérité. Je n'y avais pas pensé. Je m'étais juste dit que ça ferait plaisir à ma mère. Il s'avère que non. Il s'avère que je n'ai jamais rien fait qui ait fait plaisir à ma mère. Hormis me faire arrêter. Depuis, elle et Walt semblent vraiment filer le parfait bonheur.

« Vous n'avez pas vérifié comment il allait ? Ni songé qu'il aurait besoin de manger ?

— Je lui ai donné un nom, dis-je, les mots franchissant mes lèvres avant même que j'aie le temps de réfléchir. Je l'ai appelé John.

— Vous avez appelé le chat John ?

— Il était mort, comme mon grand-père John, qui était mort plus tôt cette même année.

— Donc, vous avez baptisé le chat alors qu'il était déjà mort ? Et vous lui avez donné le nom de votre grand-père ?

— Qui ne baptiserait pas un chat ? »

Elle griffonne un peu plus sur son bloc-notes.

« Qu'avez-vous ressenti quand elle a ouvert le paquet et que vous avez vu qu'il était mort ?

— Je ne sais pas. J'étais triste, je suppose.

— Vous supposez ?

— Qui ne serait pas triste ?

— Triste ou en colère. Mais vous ne faites que supposer, n'est-ce pas, Joe ? Vous ne savez pas ce que vous avez ressenti. »

Je hausse les épaules comme si ça n'avait aucune importance. Peut-être que ça en a. Je ne sais pas. J'ai l'impression qu'elle essaie de me piéger, mais j'ignore de quelle manière. Cette femme cherche-t-elle à m'aider ? La réponse me vient un instant plus tard. Il ne s'agit pas de moi. Il s'agit d'elle. Il s'agit de sa carrière et de ce qu'elle fera une fois que tout ça sera fini. Peut-être que je serai le sujet d'un article médical dans son avenir.

« Joe ? À quoi pensez-vous ?

— Au chat.

— Dites-moi, honnêtement, étiez-vous triste ?

— Bien sûr.

— Parce que le chat était mort ? Ou parce que votre mère était en colère après vous ? »

La vérité, c'est que j'étais triste parce que j'avais échangé un de mes magazines préférés contre un truc qui ne servait plus à rien.

« Les deux, je suppose.

— Vous devez arrêter de supposer, Joe. Et votre père ? Qu'est-ce qui s'est passé ?

— Comment ça ?

— Quand il a vu le chat. Qu'est-ce qu'il a fait ?

— Eh bien, ma mère a laissé tomber la boîte par terre devant elle. Elle s'est renversée sur le côté et le chat en a roulé. Il ne ressemblait plus du tout à ce qu'il était quand je l'avais placé là, en plus, maintenant que la boîte était ouverte, ça sentait mauvais. Mon père s'en est servi pour ramasser le chat, puis il l'a emmené dehors et l'a enterré.

— Mais qu'est-ce qu'il vous a fait à vous, Joe ?

— Rien.

— Il vous a frappé ?

— Oui, il m'a frappé. C'est ce que vous voulez entendre ? Il m'a giflé tellement fort que j'ai eu un bleu. C'est la seule fois qu'il m'a touché. Il est venu dans ma chambre plus tard le même jour et il m'a serré dans ses bras en me disant qu'il était désolé, et il ne m'a plus jamais frappé. Ç'a été si soudain que je ne savais pas ce qui se passait. Pendant une journée, j'ai cru qu'il était en colère parce que je ne lui avais pas offert de chat mort à lui aussi. »

Ali ne répond pas. J'esquisse un petit sourire.

« C'était une plaisanterie, dis-je. La dernière partie. »

Elle aussi esquisse un petit sourire. Elle croit que son JPC – Joe-le-Prince-Charmant – est arrivé. Le seul problème, pour autant qu'elle sache, c'est que je suis en prison pour de multiples viols et meurtres. Elle sait, comme nous tous, que l'amour gagne toujours à la fin. Elle est excitée car JPC a le sens de l'humour – et c'est un plus. Les femmes rabâchent toujours que l'humour est la chose la plus importante. Elles disent que c'est plus important que la beauté. Avec un peu de chance, c'est également plus important que le passé. Les femmes aiment aussi les cicatrices, mais la mienne transforme un côté de mon visage en un masque de Halloween, et parfois je ressens encore une brûlure à l'endroit où la balle a déchiré ma chair. Je commence à sourire, mais ce qui s'est développé entre nous s'évapore soudain quand ma paupière se coince et qu'on dirait que je lui fais un clin d'œil. Elle esquisse une légère moue.

« Elle se coince, dis-je. Depuis l'accident. »

Je lève la main et tire ma paupière vers le bas. Ça pique un peu, mais elle se remet à fonctionner.

« Vous appelez ça un accident ? »

Je hausse les épaules.

« Comment vous appelleriez ça ? Je ne l'ai pas fait exprès.

— Donc, en suivant cette logique, les gens qui ont un cancer pourraient appeler ça un accident ?

— Mais je n'ai pas de cancer.

— OK, Joe, dit-elle. Si vous ne l'avez pas fait exprès, et si vous ne vous rappelez vraiment pas ce que vous avez fait, pourquoi portiez-vous l'arme de l'inspecteur Calhoun, et pourquoi avez-vous essayé de la retourner contre vous ? »

C'est une bonne question. Une question ennuyeuse qu'on m'a déjà posée à quelques reprises. Par chance, elle a une réponse simple.

« Je ne m'en souviens pas non plus, dis-je.

— Joe…

— C'est vrai. »

Je porte ma main libre à mon œil. Le médecin m'a prévenu que la paupière s'accrocherait occasionnellement pour le restant de ma vie. Je ne sais pas pourquoi ni à quoi, et il ne semblait pas vraiment d'humeur à fournir des informations. Il semblait plus intéressé par la personne qu'il traitait, et par la manière dont il raconterait ça à ses copains le soir au bar.

Son expression se relâche un peu.

« Ça fait mal ?

— Seulement quand je suis éveillé.

— Poursuivons, dit-elle. Avez-vous jamais essayé d'offrir un autre animal à votre mère ? »

Cette idée me fait rire.

« Non. Elle n'aurait pas apprécié.

— Je veux dire, un animal vivant, Joe.

— Oh. Eh bien, non, elle n'aurait pas apprécié non plus.

— Avez-vous tué d'autres animaux ?

— Vous sous-entendez que j'ai tué John, dis-je.

— Mais c'est ce que vous avez fait.

— Non, la boîte en carton et le manque d'air ont tué John. Le fait que j'avais huit ans a tué John. C'était un accident.

— Comme votre cicatrice.

— Exactement, dis-je, heureux qu'elle commence à comprendre.

— Vous ne m'avez toujours pas dit, Joe, si vous aviez tué d'autres animaux.

— Pourquoi j'aurais fait ça ? » dis-je.

Mais oui, j'ai tué d'autres animaux – je l'ai fait pour obtenir ce que je voulais de certaines personnes.

« OK. Je crois que nous en avons à peu près fini pour aujourd'hui. »

Elle commence à ranger son bloc-notes dans sa serviette. Elle est d'un modèle similaire à celle dans laquelle je transportais mon déjeuner, mes couteaux et mon pistolet, et pendant un instant – pendant une brève seconde – je me demande si c'est la mienne.

« Pourquoi ?

— Parce que vous n'êtes pas communicatif, voilà pourquoi.

— Comment ça ?

— Les animaux. Je vous ai demandé deux fois, et vous avez deux fois éludé la question. Ça laisse supposer que vous ne voulez pas vraiment de mon aide.

— Attendez. »

J'essaie de me lever, mais les menottes m'en empêchent.

« Je vais voir si je reviendrai demain.

— Qu'est-ce que ça signifie ? Que vous pourriez ne pas revenir ?

— Je dois décider si vous simulez tout ou non. Si vous me dites ce que vous pensez que je veux entendre. Le fait que vous ne vous souveniez pas de ce que vous avez fait à ces femmes, je ne sais pas, je crois que c'est un peu difficile à avaler. J'ai déjà vu ça. Peut-être que je le vois encore. Le problème, si vous plaidez la folie, c'est que vous semblez très conscient de ce que vous dites. »

Je ne réponds rien. Apparemment, ne rien dire fonctionne mieux pour moi.

Elle marche jusqu'à la porte et cogne dessus.

« Attendez, dis-je.

— Pourquoi ?

— S'il vous plaît. S'il vous plaît, c'est de ma vie qu'on parle. J'ai peur. Il y a des gens ici qui veulent me tuer. Je n'ai aucune idée de ce que j'ai foutu ces dernières années, je suis perdu, j'ai peur, et s'il vous plaît, je vous en prie, ne partez pas. Pas encore. Même si vous ne me croyez pas, j'ai simplement besoin de quelqu'un à qui parler. »

Le gardien ouvre la porte. Ali se tient là, m'observant, et le gardien se tient là, l'observant.

« Madame », dit-il.

Elle regarde le gardien.

« Fausse alerte », dit-elle, et elle revient à la table.

Le gardien parvient à combiner un haussement d'épaules et un roulement d'yeux tout en refermant la porte.

« Voulez-vous me revoir ou non, Joe ? »

Idéalement, j'aimerais la voir autant que possible. S'il n'y avait pas les menottes et le gardien à l'extérieur, je ferais tout mon possible pour voir chaque centimètre de son corps.

« Bien entendu.

— Alors, soyez franc avec moi, OK ? »

Elle se rassied. Elle se penche en avant et, à son honneur, ne croise pas les doigts – du moins pas immédiatement, pas avant de m'avoir demandé :

« Allez-vous cesser de jouer des jeux avec moi, Joe ?

— Oui.

— Revenons-en à votre enfance.

— Il n'y a pas grand-chose à dire. Mes parents étaient très normaux.

— Votre père s'est suicidé, objecte-t-elle. Ce n'est pas normal, Joe.

— Je le sais. Ce que je voulais dire, vous savez, c'est que les dynamiques familiales étaient normales. Mon père allait au travail, ma mère restait à la maison, et j'allais à l'école. La seule chose qui changeait, c'était qu'on vieillissait tous.

— Qu'avez-vous ressenti quand il s'est suicidé ? »

Je secoue la tête. Ce n'est pas vraiment un sujet dont j'ai envie de parler.

« Vous êtes sérieuse ? Qu'est-ce que vous croyez que j'ai ressenti ?

— Vous voulez que ce soit moi qui vous donne la réponse, Joe ?

— Non. Bien sûr que non. J'étais en colère. Bouleversé. Confus. Enfin quoi, c'était mon père. Il était censé être toujours là. Il était censé me protéger. Et il… vous savez, il s'est juste dit rien à foutre et il a mis un terme à sa vie. C'était plutôt égoïste.

— Avez-vous consulté, à l'époque ?

— Pourquoi aurais-je consulté ?

— Votre père a-t-il laissé un mot ?

— Non.

— Savez-vous pourquoi il a fait ça ?

— Pas vraiment », dis-je.

Mais ce n'est pas totalement vrai. Je fais de temps en temps ce rêve, dont je me dis parfois que c'est en fait plus un souvenir qu'un rêve. C'est le facteur oncle Billy. Il y a neuf ans, en rentrant à la maison un jour, j'ai découvert mon père et oncle Billy ensemble sous la douche. Je ne sais pas si mon père se serait suicidé si je lui avais laissé le temps de vraiment y réfléchir, mais probablement. C'était toujours mieux qu'affronter la colère de ma mère. Son suicide n'était pas vraiment un suicide, c'était plutôt son fils unique qui le poussait gentiment en direction du paradis. Et je crois que c'est là qu'il voulait aller puisque je l'avais entendu répéter *Oh mon Dieu, oh mon Dieu* encore et encore avant d'ouvrir la porte de la salle de bains. C'était la solution la moins douloureuse pour toutes les personnes impliquées. Bien sûr, ça pourrait n'être qu'un rêve…

« Vous êtes sûr ? Vous avez l'air de vous rappeler quelque chose.

— Je repense juste à mon père. Il me manque.

— Certains professionnels appelleraient le geste de votre père un déclencheur.

— Pardon ?

— Un déclencheur. C'est-à-dire un acte qui vous force à agir différemment. Un événement déclencheur.

— Oh, je comprends. »

Mais je ne suis pas sûr de comprendre. Je ne l'ai pas abattu. Je l'ai ligoté et assis dans sa voiture, puis j'ai placé un tuyau relié au pot d'échappement dans l'interstice de la vitre. Du moins, c'est ce que Joe-le-Rêveur fait parfois.

« Je veux que vous me parliez plus de votre enfance.

— Parce que vous croyez qu'il y a d'autres déclencheurs ?

— Peut-être. Votre histoire de chaton…

— John.

— John. Votre histoire sur John me laisse penser qu'il y aura d'autres déclencheurs. Dites-moi, Joe, aimez-vous les femmes ?

— Joe aime tout le monde », dis-je.

Elle me regarde pendant quelques secondes, sans rien dire, et je suis certain qu'elle est sur le point de me réprimander pour avoir parlé de moi à la troisième personne. C'est une chose que je faisais quand j'étais agent d'entretien, et ça fonctionnait bien. Mais ici, je ne suis pas trop sûr.

« Quel est votre premier souvenir traumatique ? demande-t-elle.

— Je n'en ai pas.

— Quelque chose qui ait à voir avec les femmes. Avec votre mère, peut-être. Ou une tante. Une voisine. Dites-moi quelque chose.

— Pourquoi ? Parce que c'est ce que disent les manuels de psychiatrie ? »

Je dis ça un peu trop rapidement, mais je le fais pour empêcher mon esprit de retourner à l'époque de mon adolescence. « Oui, Joe. Exactement. Je sais ce que j'ai besoin d'entendre, et j'ai la forte impression que vous savez également ce que vous devez dire. Je vais vous laisser soixante secondes pour me raconter quelque chose qui vous est arrivé quand vous étiez jeune. Croyez-moi, je le saurai si c'est une invention. Mais il s'est passé quelque chose, et je veux savoir quoi.

— Il n'y a rien. »

Je me penche en arrière. Je me mets à tambouriner des doigts sur la table.

« Alors nous en avons fini, décrète-t-elle, et elle replace le magnétophone dans son sac.

— Parfait », dis-je.

Elle finit de ranger ses affaires.

« Je ne reviendrai pas, annonce-t-elle.

— Comme ça vous chante. »

Elle regagne la porte. Puis elle se retourne.

« Je sais que c'est dur, Joe, mais si vous voulez que je vous aide, vous devez me dire.

— Il n'y a rien.

— Il y a de toute évidence quelque chose.

— Non. Rien », dis-je.

Elle frappe à la porte. Le gardien l'ouvre. Elle ne regarde pas en arrière. Elle fait un pas, puis un autre, puis je lui lance :

« Attendez ! » Elle se retourne.

« Pour quoi faire ?

— Attendez, simplement. »

Je ferme les yeux, penche la tête en arrière et me passe la main sur le visage pendant une seconde, puis je repose ma main sur mes cuisses et je la regarde. Le gardien a l'air plus furax que la première fois quand Ali regagne sa chaise. Il referme la porte.

« C'est arrivé quand j'avais seize ans », dis-je, et je commence à lui raconter mon histoire.

25

À son réveil, Raphael a l'impression d'être un nouvel homme. Il se sent dix ans plus jeune. Non, vingt. Bon sang, il a l'impression d'*avoir* vingt ans, même si ses muscles le font souffrir comme s'il en avait cinquante-cinq. Ce qui est le cas. Il se masse les épaules en sortant du lit. Il écarte les rideaux. Quand il s'est couché, il pleuvait, et à son réveil, le soleil brille. Il a toujours l'air de faire froid dehors, mais le ciel est bleu, il n'y a pas de vent, ce qui rend ce qu'ils ont à faire ce matin bien plus agréable. Il se douche puis se regarde dans le miroir pendant une minute, se posant la question qu'il se pose constamment ces jours-ci – à savoir, qu'est-il arrivé à son corps, à son visage, aux années qui se sont écoulées ? Il pense à Stella, Stella qui est brisée à l'intérieur, Stella qui va l'aider à se sentir mieux.

Il a le temps de prendre un bon petit déjeuner. Ces temps-ci, il a tendance à ne pas beaucoup manger. C'est assez évident quand il est torse nu. Son manque d'appétit et sa paresse en sont la raison. Et le travail – non qu'il travaille beaucoup ces jours-ci. Mais aujourd'hui, il va faire un effort. Aujourd'hui, c'est la fête. Il se fait des gaufres. Il mélange la pâte et la verse dans le gaufrier, gaufre après gaufre. Ça prend plus de temps qu'il ne l'aurait cru, mais c'est toujours comme ça. Il les mange avec du sirop d'érable et des tranches de bacon. Il boit une tasse de café et un verre de jus d'orange. Bon Dieu ce qu'il se sent bien. Pour la première fois en plus d'un an, il ne se sent pas engourdi intérieurement, il ne se sent pas vide. Pour la première fois en plus d'un an, la colère gronde dans son corps, cherchant un exutoire. Il avait même un nom pour cette colère, auparavant. La « Rage Rouge ». La Rage Rouge qui l'empêchait de dormir le soir tandis qu'il cherchait un moyen de venger sa fille. Mais il n'en a jamais trouvé. Il ne savait pas qui l'avait tuée. Il n'était pas flic. Il n'avait aucun moyen de le découvrir. Puis Joe s'est fait prendre et la Rage Rouge a dû s'accommoder du fait qu'il n'y aurait pas de vengeance, car Joe était en prison. Alors la Rage Rouge s'est mise en hibernation.

Raphael croyait qu'il ne la reverrait jamais.

Il sort du garage en marche arrière. Il ne fait pas tout à fait aussi froid qu'il le croyait quand il regardait par la fenêtre de sa chambre. Le plan qu'il a avec Stella nécessite un temps clément, et les prévisions laissent entendre que c'est ce qui les attend. Les routes sont sèches, mais les pelouses et les jardins, toujours humides. Il fait sept degrés, la température pourrait monter d'un ou deux degrés supplémentaires, mais pas beaucoup plus. La circulation est fluide. Il y a une émission de débat à la radio. Raphael est obsédé par ce programme. Ça fait quelques mois qu'il l'est. Il n'arrête pas de se dire qu'il devrait téléphoner. Les autres le font. Ils expriment leur opinion sur la peine de mort, et ceux qui appellent ont toujours une position extrême.

Lui aussi a une position extrême.

Il roule jusqu'au café où il est allé hier avec Stella. C'est un établissement indépendant nommé Dregs, avec de vieilles affiches de films collées sur chaque centimètre de mur disponible. Même l'une des vitrines est obscurcie par des cartes postales de films. Cette fois, il n'entre pas. À la place, Stella attend dans sa voiture sur le parking à l'arrière qui dessert une douzaine de boutiques, y compris plusieurs salons de coiffure et un sex-shop. Il se gare à côté d'elle et ouvre le coffre. Il l'aide à transférer le matériel de sa voiture à la sienne. Elle ne porte pas le faux ventre.

Après quoi, ils repartent dans la voiture de Raphael. La radio est toujours allumée. Les appels continuent d'affluer.

« Je ne sais sincèrement pas ce que pensent les gens, lui dit Raphael. Comment pourrait-on être contre ? Comment pourrait-on regarder un monstre comme Joe Middleton et dire qu'il a des droits ? Les gens sont à côté de la plaque. Ils considèrent qu'exécuter des criminels est un meurtre, mais ce n'en est pas un. Comment ça pourrait l'être quand les gens qui sont exécutés ne sont pas humains ?

— Je suis d'accord », dit-elle.

Évidemment, qu'elle est d'accord – ils ne feraient pas ce qu'ils sont en train de faire s'ils ne voyaient pas les choses du même œil.

Ils se retrouvent coincés derrière un camion, un long camion avec deux remorques remplies de moutons, ceux sur les côtés regardant entre les lattes de bois le paysage qui défile, inconscients que leur vie passe devant leurs yeux aussi vite que la vue, inconscients que les camions remplis de moutons ont tendance à se rendre dans des endroits où on abat le bétail. Ce serait aussi un meurtre, à en croire les opposants à la peine de mort.

Mais pas pour Stella.

C'était une chance de la trouver. Elle est fervente. En colère. Capable. Et, à vrai dire, un peu effrayante. Et puisqu'il en est à s'avouer des choses – c'est un sacré canon. Hier soir, il se sentait intérieurement vide – le procès approchait, la manifestation débutait lundi. Mais qu'est-ce que ça aurait donné, vraiment ? Lui et les autres plantés devant le tribunal dans le froid, brandissant des pancartes. Rien de tout ça n'aurait ramené sa fille. Il le faisait parce que c'était mieux que rien – c'était un passage obligé, une façon de repousser ce qu'il voulait vraiment se faire quand il traînait chez lui en pyjama pendant des journées entières, des taches se formant sur ses manches aux endroits où il renversait du ketchup ou du whiskey. Hier soir, Stella est entrée dans sa vie. Il a payé le café et elle a exposé son plan. C'est un plan excellent. Le café était bon, mais le plan, excellent.

Le camion de moutons bifurque. La route continue. Bien qu'ils aient discuté longuement hier soir, aujourd'hui, c'est différent. Il est prêt à exploser d'excitation, mais il a trop peur de prononcer les mauvaises paroles, trop peur que Stella s'avère moins capable qu'il ne l'a cru au premier abord. En même temps, il ne veut pas la décevoir.

Il n'arrête pas de se dire que ça va se produire. Que ça va se produire et que Joe va mourir, et que ce sera lui qui appuiera sur la détente. Ça ne ramènera pas Angela, mais c'est sacrément mieux que manifester. Ça lui apportera la paix. Et peut-être aussi une destinée. Il y a d'autres personnes qui ont besoin de son aide. D'autres membres du groupe. Il sent que ça pourrait vraiment être le début de quelque chose.

Bien sûr, il doit faire attention à ne pas s'emballer.

« Nous y sommes presque, dit-il.

— Quand êtes-vous venu ici pour la dernière fois ? » demande-t-elle.

Ici, c'est à trente minutes au nord de la ville.

« Il y a longtemps », répond-il. Même si c'est un mensonge, ça remonte à un an. « Mes parents avaient une maison de vacances à proximité, mais elle a brûlé il y a des années. J'y amenais ma femme et Angela pour pique-niquer en été, mais ça date. C'était il y a près de vingt ans. »

Il s'engage sur une route secondaire, roule parmi des zones agricoles pendant cinq minutes, puis prend une nouvelle bifurcation – cette fois une route de gravier qui, après deux cents mètres, devient une piste de terre compacte tandis que les champs dégagés laissent place à une forêt. La route est cahoteuse, mais le 4 × 4 la négocie sans trop de problèmes. Il roule lentement. Les virages sont rares, mais les roues arrière dérapent occasionnellement sur de grosses racines lorsqu'ils prennent les quelques courbes. C'est presque un paysage vierge typique de la Nouvelle-Zélande. C'est pour ça que les gens viennent ici, tournent des films ici, élèvent des moutons et leurs enfants ici. Des montagnes enneigées pas très loin, des rivières limpides, des arbres colossaux.

Il s'engage dans une clairière. C'est exactement comme il le lui a décrit. Personne à des kilomètres à la ronde.

« C'est très joli, dit Stella.

— Facile d'en tomber amoureux », répond-il.

Ils descendent de voiture. L'air est parfaitement immobile. Tout est silencieux. La seule chose que Raphael entende c'est le cliquètement du moteur, et les mouvements de Stella. Aucun oiseau, aucun signe de vie – ils pourraient être les deux dernières personnes sur terre. Il marche jusqu'à l'arrière du 4 × 4 et en tire l'étui du fusil. Stella se met à farfouiller dans un sac à dos, remettant en ordre ce qu'il contient avant de le balancer sur son épaule. Sa femme faisait la même chose avec son sac à main. Leurs pieds s'enfoncent un peu dans la terre tandis qu'ils s'éloignent de la voiture parmi les arbres en direction d'une autre clairière, celle où se trouvait la maison de vacances jusqu'à ce qu'un jour quelqu'un se dise que ce serait marrant d'y foutre le feu.

« Je n'en reviens pas de ne jamais avoir utilisé une arme à feu », dit-il. Et il n'en revient vraiment pas. Quel genre de type atteint cinquante-cinq ans sans l'avoir jamais fait ? « C'est une chose que j'ai toujours voulu faire. »

Il regrette aussitôt d'avoir dit ça. Tout ce qu'il fait, c'est confirmer qu'il pourrait ne pas être l'homme de la situation. Et rien ne pourrait être plus éloigné de la vérité. Demandez à la Rage Rouge.

Stella ne lui répond pas. Il sait qu'elle a déjà utilisé une arme. C'est une des raisons pour lesquelles elle est venue à lui. Elle lui a expliqué qu'elle était nulle au tir. Et elle a ajouté que si lui aussi était nul, alors c'était la fin de cette mission. Seulement, elle n'a pas appelé ça une mission. Il se demande si la police appellerait ça un « mouvement ».

Elle ouvre le sac à dos et en tire des boîtes de conserve. Elles sont toutes vides. Boîtes de nourriture pour bébé, boîtes de spaghettis, boîtes de soupe. Elle commence à les aligner à quelque distance les unes des autres. Elle en laisse certaines bien visibles, en dissimule légèrement d'autres derrière des racines, en place certaines au milieu des branches à des hauteurs diverses. Après quelques minutes, ils ont un stand de tir, et des décorations bien laides dans les arbres.

Ils s'enfoncent de trente mètres dans la clairière. Ils sont désormais à deux cents mètres de la voiture, avec un taillis d'arbres au milieu, des arbres qui empêcheront les balles perdues d'atteindre le 4 × 4. Cent mètres plus loin se trouvent les fondations du bungalow, mais elles sont recouvertes de hautes herbes, comme si la terre calcinée avait rendu le sol plus fertile.

« C'est une bonne distance », dit-elle.

Raphael tombe à genoux. Aussitôt l'humidité du sol imprègne son pantalon. Il pose l'étui par terre et l'ouvre. C'est la première fois qu'il voit l'arme, et il siffle doucement à sa vue. C'est instinctif – un peu comme quand les hommes sifflent sur le passage d'une jolie femme ou face à une voiture de sport. Il n'y a pas de mode d'emploi.

« Ouah ! » s'exclame-t-il. Puis, de nouveau : « Ouah ! J'espère que vous savez l'assembler ?

— On m'a montré, répond-elle.

— À l'armurerie ? »

Il cherche à obtenir des informations, et il est évident qu'il cherche à obtenir des informations, et il est évident qu'il ne les obtiendra pas.

« Exactement », répond-elle.

Il soulève le canon. Il est noir, solide, a l'air dangereux, mais il est un peu plus léger qu'il ne l'aurait imaginé. Il le replace dans l'étui. Il crève d'envie d'essayer d'assembler les différents éléments, mais il se contente d'attendre. C'est son job à elle – et il ne voudrait pas risquer de casser quelque chose. Ça tuerait vraiment l'ambiance. Il faut à Stella quelques minutes, les pièces s'assemblant avec des claquements fermes. Il s'est levé pour la regarder faire ; être agenouillé au-dessus de l'étui lui a donné un peu mal au dos. Elle tire une boîte de munitions de son sac à dos et les insère dans le chargeur. Il accepte vingt balles, et il y en a vingt-quatre dans l'étui. Il devine à sa façon de faire qu'elle ne plaisantait pas quand elle a dit qu'elle n'était pas douée avec les armes.

« Combien de boîtes ? demande-t-il.

— Trois. Nous pouvons toutes les utiliser pour nous entraîner. Nous devons juste en garder deux, plus notre balle spéciale. »

Elle enfonce de nouveau la main dans le sac. « Tenez », dit-elle en lui tendant un casque antibruit.

Puis elle farfouille de nouveau dans le sac.

« Vous avez perdu quelque chose ? demande-t-il.

— Non, répond-elle. Je sais qu'il est… Oh, attendez, je l'ai sorti dans la voiture.

— Sorti quoi ?

— Mon casque.

— Je vais aller le chercher, propose Raphael.

— C'est bon, je vais y aller. Tenez, disposez ça », dit-elle en lui tendant une couverture qu'elle a sortie du sac avant de s'éloigner en direction de la voiture, emportant le sac à dos avec elle.

Il étale la couverture. Elle est assez grande pour que deux personnes s'étendent dessus sans que leurs pieds ou leurs mains débordent sur l'herbe. Elle est également épaisse, mais ne tardera pas à absorber l'humidité du sol, surtout une fois qu'ils seront allongés dessus. Ça lui rappelle quand il pique-niquait ici. Avec Janice, sa femme, et Angela, sa fille. Janice vit toujours en ville, et Raphael lui parle, mais pas souvent – il y a trop de tristesse, ç'a été une spirale vers le bas que ni l'un ni l'autre n'ont réussi à briser. Mieux vaut se concentrer sur les bons moments. Comme les fois où ils venaient ici avec une couverture et une canne à pêche. Ils s'installaient au bord de la rivière à huit cents mètres d'ici, mais durant toutes ces années ils n'ont jamais attrapé un seul poisson, ce qui était un soulagement, à vrai dire, car il n'aurait pas su quoi en faire. Bien sûr, c'était l'été. Il n'est jamais venu ici en hiver.

Stella revient. Elle tient dans sa main son casque anti-bruit. Celui de Raphael est orange, et celui de Stella est bleu, mais à part ça, ils semblent identiques. Elle le lève et lui adresse un sourire contrit avant de l'enfiler. Il lui retourne son sourire, puis enfile son casque à son tour. Les sons que Stella et lui produisent sont spectaculairement étouffés. Elle s'étend et s'empare de l'arme. Il se tient un peu derrière elle, regardant les courbes de son corps, regardant l'arme, regardant les cibles devant eux. Elle stabilise son coude sur le sol. Elle agite légèrement les épaules, remue la tête d'avant en arrière, et trouve une position confortable. Hier, à la même heure, il regardait les programmes du matin à la télé en mangeant un toast qu'il avait été trop fainéant pour beurrer. Il était en sous-vêtements avec le chauffage à fond pour ne pas avoir à s'habiller. Il se demandait quoi faire de sa journée avant la réunion, et avait fini par rester chez lui affalé devant la télé.

Stella repousse ses cheveux par-dessus ses oreilles pour les écarter du viseur. Elle ajuste sa position une dernière fois, puis pose le doigt sur la détente. Raphael retient son souffle.

L'arme a un mouvement de recul quand la balle jaillit du canon. On dirait un coup de tonnerre. La détonation est si bruyante que pendant un instant il se dit que les casques servent juste à retenir le sang qui va s'écouler de leurs oreilles. Seulement, il n'y a pas de sang. Mais il y en aurait, c'est certain, sans les casques. Il ne sait pas quelle conserve elle visait, car aucune n'a bougé.

« Ouah », fait Raphael, sa voix semblant monter des profondeurs de la terre.

Elle met de nouveau la conserve en joue. Prend son temps. Il la regarde prendre une inspiration. Expirer. Il a hâte d'essayer. Il sent son cœur battre à toute vitesse. Elle appuie sur la détente. La même explosion. Cette fois, il voit une touffe d'herbe se détacher du sol à environ trente centimètres d'une boîte. Elle ne plaisantait pas quand elle disait qu'elle était mauvaise tireuse.

« La troisième fois, c'est la bonne », dit Raphael, même s'il ne sait pas si elle l'entend.

Il s'avère que la troisième fois n'est pas la bonne. Ni la quatrième. Ni la cinquième. Elle pose l'arme sur la couverture et se roule sur le flanc pour ôter son casque. Elle lui adresse un petit haussement d'épaules, comme pour dire *j'ai fait de mon mieux*, et il lui adresse un petit sourire, comme pour dire *ne vous en faites pas*.

« Voyez ce que vous en pensez », dit-elle.

Raphael acquiesce. Il se sent comme un gosse à Noël.

Il s'accroupit. Ses genoux lui font un peu mal, le gauche craque, et il est embarrassé, il se sent vieux. Stella remet son casque. Il s'allonge dans la même position qu'elle. L'arme est comme une extension naturelle de son bras. Elle lui donne un sentiment de puissance. Il aime se sentir ainsi. Il colle son œil au viseur. Tout est incroyablement clair. Si clair qu'il ne sait pas comment quelqu'un pourrait manquer son coup avec une telle arme. Bien sûr, les conditions varient. Vent. Pluie. Éclat du soleil. Présence d'autres personnes. Tout un tas de facteurs. Tirer sur une boîte de conserve est différent de tirer sur quelqu'un. Les conserves sont immobiles. Il n'y a pas de sentiment d'urgence, pas de panique, pas de crainte d'atteindre la mauvaise conserve et de gâcher la vie des autres conserves qui l'aimaient.

Il appuie sur la détente. La boîte s'envole, puis roule par terre avant de s'immobiliser cinq mètres plus loin, où elle repose sur le côté, à moitié cabossée et perforée de part en part. Il vise l'une des conserves à demi dissimulées derrière une épaisse racine. Celle-là aussi s'envole. Deux sur deux. C'est un tireur-né.

Il regarde de nouveau dans le viseur. Il songe à sa fille. Il songe à la façon dont elle est morte. Il sait que Joe est entré chez elle par effraction. Il a tué le chat avant de la traîner hors de sa salle de bains. Il sait exactement ce qu'il lui a fait. Comment il l'a ligotée au lit, comment il lui a enfoncé un œuf dans la bouche, comment il s'est introduit en elle…

La troisième fois, il manque sa cible. Complètement à droite. Il écarte son visage du viseur. Regarde le sol sous son torse. « Qu'est-ce qui ne va pas ? » demande Stella.

Il lève les yeux vers elle.

« Rien. Juste… juste rien. Accordez-moi une seconde. »

Il prend quelques profondes inspirations et il voudrait hurler. Il voudrait rouler jusqu'à la prison maintenant, porter cette arme jusqu'aux cellules et descendre Joe sur place, lui tirer dans les genoux, les écraser sous ses pieds, lui bourrer le visage de coups de poing. Il voudrait lui couper la paupière, l'éviscérer, le noyer, le réanimer, lui foutre le feu. Il n'y a pas une seule horreur qu'il ne souhaiterait lui faire. La Rage Rouge veut maintenir cet enfoiré en vie aussi longtemps que possible, et continuer de le couper, de l'écraser, de le faire souffrir.

Et Stella, la douce, douce Stella, va lui en donner la possibilité.

Il recolle son œil au viseur. Il tire une nouvelle fois et manque sa cible d'à peu près autant que la fois précédente. Merde. Ça ne marche pas. Pas quand il est en colère.

« Raphael ? »

Il s'agenouille.

« Accordez-moi une minute », dit-il.

Il se lève, cette fois c'est son autre genou qui craque, mais il est désormais trop furieux pour être embarrassé. Il regarde en direction des fondations du bungalow. Invisibles parmi les hautes herbes, il y a aussi des parties de murs. S'il rate son prochain coup, il manquera sa cible le moment venu.

Stella lui pose une main sur l'épaule.

« Ça va aller, dit-elle. Vous devez juste vous concentrer.

— C'est ce que je fais », répond-il.

Mais il se concentre sur les mauvaises choses. Il doit arrêter de penser à sa fille, arrêter de se la représenter nue sous Joe, d'imaginer la terreur tourbillonnant dans sa tête, de songer qu'elle savait que Joe serait la dernière chose qu'elle verrait. Il ne peut pas penser au fait que de nombreuses personnes l'aimaient et qu'aucune n'était là pour l'aider. Il doit penser à Joe. Joe avec une balle dans la tête. Joe avec sa tête dans un carton. Joe endurant tout un tas de saloperies.

Même si rien de tout ça ne ramènera Angela.

Il s'étend de nouveau, son genou craquant une fois de plus. Il regarde dans le viseur. Il fixe une conserve accrochée à un arbre. Cette conserve est la tête de Joe. Voilà ce qu'il se dit. Il doit se débarrasser de sa colère. Pas pour toujours, juste maintenant, juste quand il est derrière le canon d'un fusil. Inspirer. Expirer. Rester calme. Se vider la tête. Il fait une bonne action. Se concentrer sur ça. Rester calme, et des choses fantastiques arriveront. Il ne tournera pas la page, ça, il ne pourra jamais le faire, mais il peut avoir sa vengeance. Elle est là qui l'attend. Il n'a qu'à s'en emparer.

Il presse la détente. La boîte ne disparaît pas, mais la balle l'effleure. Il tire une nouvelle fois, et elle s'envole hors de sa vue. Il tire encore. Et encore. Son pouls ralentit. Il pourrait désormais probablement tirer sur mille conserves s'il le voulait.

Il est calme. C'est facile, quand il est calme. Il vide le reste du chargeur. Toutes les conserves se sont envolées. Stella lui montre comment ôter le magasin. Il le recharge tout seul. Il tire de nouveau, visant désormais les boîtes sur lesquelles il a déjà tiré. Il vide une fois de plus le chargeur.

Puis il se roule sur le flanc et lève les yeux vers Stella. Il songe à la Rage Rouge. La Rage Rouge est heureuse.

« On va vraiment le faire, dit-il.

— Oui, on va vraiment le faire », répond-elle, et il recharge une fois de plus le magasin et continue de tirer.

26

Il y a douze mois, je n'arrivais même pas à me rappeler ce qui m'était arrivé. Il y a douze mois, j'avais des choses plus importantes à l'esprit, de magnifiques distractions – le genre de distractions qui poussaient tout un département de police à me traquer. Depuis que je suis enfermé, j'ai eu le temps de réfléchir – de fait, du temps, c'est la seule chose que j'aie eue. Mon passé est un méli-mélo de souvenirs si lointains qu'ils semblent appartenir à quelqu'un d'autre, ou alors ce sont des choses que j'ai vues à la télé et que je me suis d'une manière ou d'une autre appropriées.

J'avais seize ans, et je n'avais jamais rien fait d'illégal hormis entrer par effraction dans quelques maisons, voler à l'étalage, et un jour incendier une grange qui abritait des chèvres, ce que j'ignorais. J'avais l'habitude de quitter ma chambre en douce le soir et de déambuler dans les rues, sans rien chercher de particulier, me contentant de marcher, faisant un avec mon quartier et songeant aux personnes qui y vivaient. J'entendais toujours l'océan quelques rues plus loin. Parfois, je marchais jusqu'à la plage et je regardais l'eau au-dessus de laquelle flottait la lune. Les nuits calmes, quand la lune était pleine, elle se reflétait sur les ondulations humides du sable formées par la marée descendante. Je songeais à aller nager, mais je pensais alors au fait que l'eau serait froide, au fait qu'il y avait là-bas des choses nageant sous la surface. Des choses affamées.

Je remue sur ma chaise et je regarde Ali, sa peau douce, son visage. Elle prend des notes bien que le magnétophone enregistre tout. Je lui raconte tout ça, mon dernier testicule palpitant tandis que les souvenirs éveillent plus que de simples émotions.

J'avais l'habitude de m'introduire chez les gens. Je ne le faisais pas pour l'argent. Je ne pouvais rien acheter sans que mes parents le remarquent. Je ne pouvais pas voler une télé et la ramener à la maison, parce qu'à l'époque les télés étaient presque aussi lourdes que des lave-vaisselle. Je le faisais pour une autre raison. Je repérais à l'école des filles que j'aimais bien, et pendant les vacances d'été, quand je savais que leur famille était en vacances, je me glissais furtivement dans leur chambre. Quand la maison était vide, je pouvais passer toute la journée dans ces chambres, allongé sur le lit, apprenant à vraiment connaître quelqu'un. Je pouvais faire comme si j'étais chez moi. Le réfrigérateur et le garde-manger me fournissaient ma nourriture, le lit, un endroit où me détendre, et les sous-vêtements que je trouvais dans les tiroirs des filles fournissaient une matière à mes fantasmes. À la rentrée scolaire, les filles ne sauraient jamais ce que j'avais touché en leur absence, et ça me donnait un sentiment de supériorité. Elles se promèneraient portant des culottes avec lesquelles j'avais passé du temps. C'est la vérité, et c'est une vérité que je ne peux pas révéler à la femme assise face à moi.

Quand je suis entré par effraction dans la maison de ma tante, c'était uniquement pour l'argent. Je ne le faisais pas pour manger sa nourriture et dorloter ses sous-vêtements. Je me faisais frapper à l'école par deux frères – des jumeaux qui m'avaient dit que pour que les raclées cessent, je devais les payer. Donc, dans un sens, tout a commencé à cause de ces deux-là. Simple, vraiment. Deux petits caïds plus âgés que moi qui ont créé un tueur en série. Je n'avais pas d'argent. Mais je savais que je devais en trouver. Jusqu'à la maison de ma tante, je ne m'étais introduit chez des gens que quand je savais qu'ils étaient en vacances. Mais personne n'allait en vacances pendant l'année scolaire.

« J'avais besoin d'argent », dis-je à ma psychiatre, et je lui explique pourquoi.

Elle ne semble pas attristée par mon anecdote, elle ne fronce pas les sourcils en disant, *Pauvre Joe, vous étiez déjà une victime à l'époque*, mais elle la note peut-être car son stylo ne cesse de bouger. Ou alors elle est en train de griffonner un dessin d'elle et moi nus.

« Le seul endroit auquel je pouvais penser était la maison de ma tante. Ma tante Celeste. C'était la sœur de ma mère.

— C'était ?

— Elle est morte il y a environ cinq ans.

— Comment ? demande-t-elle d'un ton soupçonneux.

— Cancer, je crois. »

Mais ça pouvait être n'importe quoi. Une tumeur. Une maladie cardiaque. Le genre de chose que les gens ont tendance à attraper quand ils ont plus de soixante ans. En tout cas, je n'y étais pour rien.

« Donc, vous vous êtes introduit chez elle ? »

C'était une maison de plain-pied, un peu plus jolie que celle de mes parents, mais pas assez jolie pour que je m'y introduise et m'y attarde un moment. Elle était bâtie à la limite de South Brighton en allant vers New Brighton, non qu'il y ait quoi que ce soit de vraiment neuf dans ces quartiers, et se trouvait à dix minutes à vélo de chez moi. La maison de tante Celeste possédait un toit en tuiles de béton et des lattes de bois sur les murs, des menuiseries en aluminium et des fenêtres que ma tante nettoyait chaque jour pour en ôter le sel. Elle avait un assez bon verrou à l'arrière, plus solide que les gonds de la porte, de sorte que si on donnait un bon coup de pied dedans, les vis s'arrachaient du montant et la porte cédait. Ou alors on pouvait opter pour l'alternative – j'ai utilisé les clés de ma mère. Ma mère et sa sœur avaient échangé leurs clés après que le mari de Celeste était mort d'une crise cardiaque inattendue. Elles se sentaient plus en sécurité en sachant que chacune pouvait entrer chez l'autre en cas d'urgence.

Et il s'agissait bien d'une urgence.

Je me suis glissé hors de ma chambre peu après minuit. C'était assez facile, il suffisait d'ouvrir la fenêtre et d'être assez habile pour sauter en bas. J'ai roulé à vélo jusqu'à un parc à proximité de la maison de ma tante. Mieux valait être prudent la nuit dans les parcs de Christchurch. Je le savais déjà à l'époque, et j'y ai assurément eu de mauvaises expériences depuis. Ne voyant personne alentour, j'ai caché mon vélo dans un massif de buissons. Je n'ai pas mis l'antivol. J'ai parcouru le reste du chemin à pied. La rue était plutôt morte. Les gens étaient au lit pour aller au travail ou à l'école le lendemain. C'était un dimanche soir, et les gens ont tendance à être moins sur le qui-vive le dimanche soir que pendant le restant de la semaine. Il y avait quelques lumières allumées, mais pas beaucoup, et assurément aucune chez ma tante. J'entendais l'océan, la marée qui faisait déferler les vagues. Elles s'abattaient sur le rivage à seulement quelques centaines de mètres, chacune recouvrant les bruits que je faisais.

Il faisait sombre à l'arrière de la maison. Il n'y avait ni portail ni clôture bloquant l'accès entre l'avant et l'arrière, mais il y avait une clôture de chaque côté pour séparer les propriétés, et une autre qui courait à l'arrière. Toutes les clôtures du quartier étaient délabrées, le soleil et l'air iodé ayant suffisamment tordu les planches pour en faire des arcs. Le jardin à l'arrière consistait principalement en plaques de pelouse brûlée. Il y avait un vieux verger rempli de mauvaises herbes et de vieilles pommes de terre – la grande fierté de mon oncle, mais pas celle de ma tante. Elle laissait la nature faire son œuvre, de la même manière qu'elle avait fait son œuvre sur mon oncle.

J'ai atteint la porte de derrière, ai utilisé la clé et suis entré. J'étais nerveux comme pas possible. Tellement nerveux que j'avais même vomi dans le parc où j'avais laissé mon vélo. Je connaissais l'agencement de la maison. Les chambres étaient à l'arrière, et une seule faisait office de chambre, l'autre étant une salle de couture dont ma tante ne se servait jamais vraiment pour coudre, mais dont mon oncle s'était servi pour boire. La porte de derrière donnait sur le salon et la salle à manger. Je n'ai allumé aucune lumière. J'avais une petite lampe torche, et pas de couteau car je n'avais pas besoin d'arme. J'avais seize ans et n'avais jamais vraiment eu le désir de tuer qui que ce soit – pas réellement, excepté les deux qui me martyrisaient à l'école, et peut-être certains voisins. Les fantasmes que j'avais sur les filles à l'école dont je visitais la maison et dorlotais les culottes étaient peut-être assez pervers, mais il n'était jamais question de les poignarder. Pas à l'époque.

Ma tante gardait une liasse de billets dans une boîte de sachets de thé qui se trouvait dans le garde-manger. Elle y allait toujours pour donner de l'argent à ma mère quand celle-ci allait à l'épicerie et que tante Celeste lui demandait de rapporter un paquet de cigarettes ou du sucre ou Dieu sait ce qui lui manquait. J'ai soulevé le couvercle et sorti l'argent, sans toutefois prendre le temps de le compter. C'était inutile. Je voulais me tirer de là. J'étais nerveux, la cuisine empestait comme toujours la fumée de cigarette, et je voulais foutre le camp. J'ai refermé le garde-manger, et j'avais parcouru la moitié de la distance jusqu'à la porte de derrière quand la lumière s'est allumée. Ma tante se tenait dans la salle à manger. Elle portait une robe de chambre rose, avait des bigoudis dans les cheveux, et tenait une arbalète entre ses mains. C'était ma tante – mais je ne l'ai pas reconnue. Elle avait une expression dure.

« Une arbalète ? demande la psychiatre quand j'en arrive à cette partie de mon récit. Votre tante avait une arbalète ?

— Je ne le savais pas. Si je l'avais su, je ne serais pas allé là-bas.

— Mais une arbalète ? Vraiment ? »

Je comprends son étonnement. Les tantes ne sont pas du genre à posséder une arbalète. Sauf celles qui en possèdent une. Et ma tante en faisait partie.

« Je ne mens pas, dis-je.

— Non, je ne pensais pas que vous mentiez. D'après vous, pourquoi en avait-elle une ? Votre oncle était-il chasseur ?

— Pas que je sache. Je ne sais pas pourquoi elle en avait une, et je ne le lui ai jamais demandé. Je me rappelle l'avoir revue il y a cinq ans, quand elle est morte. Nous avons dû faire le tour de la maison et passer ses affaires en revue. Elle était toujours pareille. Je ne sais pas si elle s'en est jamais servie.

— Votre mère était-elle surprise de la voir ?

— Si elle l'était, elle n'en a rien dit.

— Ce soir-là, dans la maison, qu'avez-vous fait ?

— Elle m'a dit de ne pas bouger, et c'est exactement ce que j'ai fait. Je croyais que j'allais encore vomir. J'étais sûr que si je bougeais, si je clignais ne serait-ce qu'un œil, elle me tirerait dessus. J'avais vu suffisamment de films pour savoir exactement ce qui se passerait. Elle appuierait sur la détente et un sifflement retentirait pendant une demi-seconde, après quoi je m'agripperais le ventre avec les doigts autour de l'extrémité d'une flèche. Je retenais même mon souffle de crainte que ça suffise à l'inciter à me tirer dessus.

— Qu'est-ce qui s'est passé ?

— Rien. Du moins, pas tout de suite. Nous n'avons rien dit pendant environ dix secondes, puis elle a prononcé mon nom. Je crois qu'il lui a fallu tout ce temps non pas pour s'apercevoir que c'était moi, mais pour accepter que ça pouvait vraiment être moi. Je pense qu'elle m'a immédiatement reconnu, mais a écarté cette possibilité pour en passer en revue tout un tas d'autres à la recherche d'une qui serait plus appropriée, avant d'en revenir à moi. Mais elle n'a pas pour autant abaissé son arbalète.

« Elle a dit qu'elle allait appeler la police. Je lui ai demandé de ne pas le faire. Elle a dit que ce serait pour mon propre bien. Je l'ai suppliée de ne pas le faire. Elle a dit qu'elle était déçue par moi. Extrêmement déçue. J'avais déjà entendu ça, mais je ne le lui ai pas dit. Elle a dit que ça briserait mes parents. Je lui ai expliqué que j'avais désespérément besoin d'argent. Je lui ai dit pourquoi, ai parlé des petits caïds et de leurs menaces et du fait que ce n'était qu'en les payant que je pourrais déambuler dans l'école sans qu'on me baisse mon pantalon devant tout le monde, sans qu'on me pousse dans les murs, ou sans qu'on m'écrase de la merde de chien dans les cheveux. Elle a acquiescé et semblé comprendre, mais gardait l'arbalète pointée sur moi. Elle a dit que tout ce que je lui avais raconté était affreux, que ça devait être dur, mais que ce n'était pas une raison pour m'introduire chez elle. J'avais toujours son argent dans la main. Il était bien au chaud, roulé en boule et dans ma paume en sueur. Mes deux mains tremblaient un peu, mais les siennes étaient parfaitement fermes. C'était comme si j'étais la quatrième ou la cinquième personne qu'elle surprenait cette nuit-là. »

J'étais nerveux à l'idée de me faire tirer dessus, mais si j'avais le choix, je commençais à me dire que je préférerais ça plutôt que mes parents l'apprennent. Il était impossible que ma tante ne leur dise pas. Je cherchais désespérément une idée, quelque chose qui me permettrait de négocier. Mais la seule chose à laquelle je pensais, c'était m'emparer de cette arbalète. Mes parents seraient au courant de ma tentative de cambriolage dans la matinée. Je ne savais pas ce qui se passerait alors, mais ce ne serait pas agréable. Je serais privé de sortie, mais ça, ce n'était pas bien grave. Ils seraient déçus, mais ça ne signifiait pas grand-chose non plus. Peut-être qu'ils appelleraient la police. C'était de ça que j'avais peur. J'aurais préféré me faire tirer dessus plutôt que de me retrouver aux mains de la police. À seize ans, mon esprit fonctionnait ainsi. Alors, je me demandais comment m'emparer de l'arbalète et laisser derrière moi la maison et ma tante morte sans que personne devine que c'était moi.

« Vous vous sentiez coupable, déclare Ali-Ellen.

— Oui.

— Vous êtes sûr ?

— Évidemment que je suis sûr. Je me sentais mal, vraiment mal.

— Hum, fait-elle, et elle note quelque chose avant de relever les yeux vers moi. Dites-moi, Joe, était-ce le fait que vous voliez votre tante qui vous faisait vous sentir mal, ou le fait que vous vous étiez fait prendre ? »

C'est une bonne question. Je m'introduisais chez les gens depuis près d'un an, et je pensais que je ne me ferais jamais prendre. Surtout pas par une femme de trois fois mon âge. Ce qui signifiait que même si je parvenais à m'emparer de l'arbalète, je me ferais probablement attraper ensuite.

« Les deux, dis-je.

— Hum, hum. OK, qu'est-ce qui s'est passé ensuite ?

— Ma tante m'a demandé ce que diraient mes parents si elle leur racontait. »

Et tandis que je prononce ces mots, je remonte une fois de plus le temps, jusqu'à cet instant qui m'a mené à ce que j'appellerais par la suite le « Big Bang ». Les mots exacts de ma tante avaient été *Que diraient tes parents si je leur racontais ?* Elle n'a pas dit *quand je leur raconterai*, mais *si* je leur racontais.

Ils me détesteront, ai-je répondu. *Et peut-être qu'ils voudront me mettre à la porte*. Je ne pensais pas qu'ils le feraient, mais je voulais que ma tante soit désolée pour moi.

Ils le feraient probablement, a-t-elle dit, et pourtant elle n'abaissait toujours pas l'arbalète. *Es-tu armé, Joe ?* a-t-elle demandé.

Non.

As-tu déjà été avec une femme, Joe ?

Pardon ?

Une femme. As-tu déjà fait l'amour à une femme ?

Je n'ai que seize ans, ai-je répondu.

Ça ne veut rien dire, a-t-elle répliqué. *De nos jours, les adolescents s'envoient en l'air dans toutes les émissions de télé. C'est le principal sujet des feuilletons. Ils sont passés d'histoires d'adultes à des histoires d'enfants dans lesquelles les enfants vivent des vies d'adultes. Il y a quarante ans, ils parlaient des différences entre les gens qui essayaient de tenir des pubs ou de gérer des entreprises ; de nos jours, il n'est question que de sexe. Tu sais depuis combien de temps ton oncle Neville est mort ?*

Tu as oublié ? ai-je demandé.

Non. Non, bien sûr que je n'ai pas oublié. Il est mort depuis six ans.

Alors pourquoi tu me demandes ?

Peu importe, a-t-elle répondu. *Tout ce qui compte, c'est qu'il me manque. Ça me manque d'avoir un homme à la maison. Les choses ont tendance à partir à vau-l'eau.* Elle a abaissé l'arbalète. Je me suis demandé jusqu'où la flèche irait dans le sol si elle appuyait sur la détente. C'était plus relaxant que de me demander jusqu'où elle serait allée à travers moi. *Combien d'argent as-tu dans la main, Joe ?*

Je ne sais pas.

Compte-le.

J'ai compté l'argent. J'ai dû m'y reprendre à deux fois car j'étais nerveux et me suis emmêlé les pinceaux la première. J'avais pris tous les billets mais laissé les pièces. J'avais trois cent dix dollars. C'était une belle somme. Je me suis dit que je pourrais passer l'essentiel de l'année scolaire tranquille, avec ce montant.

Ça signifie que tu me dois pour trois cent dix dollars de travail. Il y a plein de choses ici qui doivent être entretenues. La maison n'a pas vu de peinture fraîche depuis dix ans. Le verger à l'arrière est une jungle. Tu viendras quand je te le demanderai et tu ne diras jamais non. Jamais. Tu me comprends, Joe ? Tu m'aides, et je t'aide en ne disant pas à tes parents que je t'ai surpris ici. Marché conclu ?

Je dois rembourser trois cent dix dollars en travaillant. Ça fait quoi ? Quelques semaines de travail ?

Non, Joe, ce sera fini quand je déciderai que ce sera fini. Je dois déterminer un salaire horaire. Ça pourrait être cinq dollars de l'heure. Ou alors un dollar de l'heure. Je te le dirai quand tu auras fait tout ce que je veux que tu fasses. Bien sûr, ça dépend de toi. On peut opter pour l'alternative et je peux appeler la police sur-le-champ et voir où ça mène. Je ne voyais pas d'autre option. Tondre la pelouse et peindre des murs serait mon avenir immédiat – et ç'a été le cas. De même que le Big Bang – mais ça, je ne le savais pas encore. Au moins, elle ne m'a pas émasculé en ayant un caniche que j'aurais été obligé de promener en ramassant ses crottes.

Je suppose, ai-je répondu.

Tu supposes ? Tu dois être un peu plus enthousiaste que ça.

Marché conclu, ai-je dit en tentant d'y mettre un peu de cœur.

Bien. Ferme la porte à clé derrière toi en repartant, Joe, et je t'appellerai pendant le week-end.

Je n'ai pas bougé. J'avais compris tout ce qu'elle avait dit, mais j'hésitais encore.

Je peux y aller ?

Tu peux y aller.

Heu... merci, ai-je ajouté, sans trop savoir ce que j'aurais pu dire d'autre.

« Et alors, je suis parti », dis-je à ma psychiatre après avoir revécu la scène avec ma tante pour elle.

Ali a l'air déconcertée.

« C'est tout ? demande-t-elle. C'est ça l'expérience traumatique que vous avez vécue à seize ans ? Manquer de vous faire tirer dessus par votre tante ?

— C'était juste le début.

— Qu'est-ce qui s'est passé ensuite ? »

Avant que j'aie le temps de répondre, on frappe à la porte, et un instant plus tard un gardien que je n'ai jamais vu entre.

« Vous avez de la visite, annonce-t-il.

— Je sais, dis-je, secouant la tête face à sa stupidité. Ma visiteuse est assise face à moi.

— Non, pas elle, quelqu'un d'autre. »

Puis il se tourne vers Ali.

« Je suis désolé, madame, mais vous pouvez attendre ici – ça ne devrait prendre que quinze minutes.

— Pas de problème », répond-elle.

Le gardien me détache de la chaise et je me comporte comme n'importe quel citoyen modèle. Il m'escorte dans le couloir. J'ai déjà deviné qui je vais sans doute voir, aussi, lorsqu'on me mène dans une autre pièce et que je m'assieds face à l'ancien inspecteur, je sais déjà ce que je vais dire.

27

Il déteste être ici. À de nombreux égards, Schroder sait qu'il a de la chance, une sacrée chance, de ne pas être lui-même hôte de la prison. La dernière affaire sur laquelle il a travaillé est complètement partie de travers. Lui et son partenaire, Tate, ont été forcés de prendre une décision. Un type commençait à découper une gamine. Il leur a laissé le choix. Soit ils faisaient ce qu'il proposait, soit il continuait de la découper. Il lui avait déjà tranché un doigt, et il ne se serait pas arrêté là. C'est là que la vieille femme que Schroder a tuée est entrée en jeu. C'était ça que le type proposait.

Le meurtre a été couvert. S'il ne l'avait pas été, il serait ici, probablement dans la même foutue cellule que Joe. Et il connaîtrait un paquet de monde. Tous ceux qu'il a arrêtés. Kenny-le-Père-Noël est l'un d'eux. Edward Hunter. Caleb Cole. Et il y en a encore d'autres qui adoreraient le voir ici chaque jour. Il pourrait passer quinze ans parmi eux.

Seules quelques rares personnes savent ce que Schroder a vraiment fait. Theodore Tate. Quelques autres flics. Et Caleb Cole, parce que c'est Cole qui l'a forcé à descendre cette femme. Il y a deux choses sur lesquelles Schroder compte. La première, c'est que personne ne croirait Cole s'il racontait ce qui s'est passé. La deuxième, c'est que Cole a accepté de la fermer pour ne pas se retrouver parmi la population carcérale générale. Il y a déjà passé quinze ans, et ça ne s'est pas bien déroulé pour lui. Il ferait n'importe quoi pour ne pas y retourner. En plus, Cole a des principes moraux à la con, une vraie notion du bien et du mal. Forcer Schroder à tuer cette femme était bien. En parler serait mal. Cole voulait que cette femme paie, et Schroder a rendu ça possible. Donc, Cole a une dette envers lui. Bizarrement.

Schroder attend debout. Il est fatigué. Son bébé s'est réveillé toutes les deux heures, et sa fille est arrivée à quatre pattes dans leur chambre vers trois heures du matin pour avoir des câlins. Avant d'avoir des gosses, il n'aurait jamais cru possible de les aimer. Parfois, comme la nuit dernière, il sait qu'il avait raison de penser ça.

Joe est finalement amené. Il n'a pas l'air en bonne santé. C'est le cas de nombreux prisonniers. Il se rappelle encore l'année dernière, quand l'enquête du Boucher touchait à sa fin. Il traitait aussi une autre affaire qui impliquait Theodore Tate et un paquet de cadavres découverts dans un lac au cimetière, et il était confronté à sa paternité. Quand toutes les pièces du puzzle ont trouvé leur place à la fin de l'affaire du Boucher, il n'en revenait tout simplement pas. Il avait la nausée. Pendant quelques minutes, il a refusé ce que les indices lui disaient. Ils le refusaient tous. Joe Middleton n'était pas un tueur. C'était impossible. Il y avait erreur. Seulement, il n'y avait pas d'erreur. Non seulement Joe Middleton pouvait être leur homme, mais il *était* leur homme.

Joe s'assied sur la chaise et y est menotté. Schroder ne voit pas à quoi serviraient des politesses. Il réservera les amabilités pour les innocents.

« OK, Joe. Quelle est ta réponse ? J'ai autre chose à faire, alors me fais pas perdre mon temps. »

Joe lève la main.

« Du calme, cow-boy. On attend toujours mon avocat. »

Il ne s'attendait pas à entendre ça.

« De quoi ?

— Si nous devons tomber d'accord sur quoi que ce soit, je veux que mon avocat soit là. Je pense que c'est ce que vous voudriez, pour vous assurer que mes droits ne sont pas baffés.

— C'est *bafoués*.

— Pardon ?

— Peu importe. »

Schroder a vu l'avocat de Joe dans la salle d'attente. Un type du nom de Kevin Wellington. Il a juste supposé que Wellington attendait pour parler avec un autre de ses clients – pourquoi il a supposé ça, il n'en sait rien. Juste un mauvais instinct pour un flic, il imagine. Encore un détail qui suggère que son renvoi n'était pas une si mauvaise chose. Bon, au moins ses fringues ne dégoulinent pas d'eau de pluie aujourd'hui.

Après une minute de plus, Wellington entre dans la pièce et s'assied sur la troisième chaise à côté de Schroder. Il porte une eau de Cologne qui, pendant quelques secondes, chatouille les narines de Schroder. Ils ne se serrent pas la main.

« Pourquoi suis-je ici, Joe ? » demande Wellington, et il n'est pas difficile de percevoir le mépris dans sa voix.

Il se demande si c'est ce mépris qui a maintenu Wellington en vie. Les deux premiers avocats de Joe étaient pleins de bravade, ils avaient hâte de se faire un nom, et ça ne s'est pas bien fini pour eux. Le corps du premier n'a toujours pas été retrouvé.

« Parce que Schroder a un marché à nous proposer, pas vrai Schroder ?

— Quel genre de marché ? » demande l'avocat d'un ton à peine intéressé.

Schroder commence à apprécier ce type.

« Tout d'abord, laissez-moi commencer par dire que je ne me rappelle pas avoir tué qui que ce soit », déclare Joe.

Schroder jette un coup d'œil à l'avocat, qui a la même expression que celle que lui-même doit avoir sur le visage. Il parie que Joe déteste inspirer une telle expression. Serait-il possible que Joe, d'une manière ou d'une autre, croie réellement que les gens vont gober son histoire ? Si c'est le cas, alors il est peut-être vraiment fou.

« Allez, Joe, dit Schroder, ne nous fais pas perdre notre temps.

— Quel genre de marché proposez-vous ? demande l'avocat. Non, attendez, êtes-vous même encore de la police ?

— Non, intervient Joe. Il a été viré. Pourquoi vous ne nous racontez pas, Carl ?

— Je ne suis pas ici dans l'intérêt de l'accusation, déclare Schroder. Je suis ici avec une proposition privée de Jonas Jones. »

Pour la première fois, Wellington semble sincèrement intéressé. Il pose les coudes sur la table et déporte son poids vers l'avant.

« Le médium ? Je ne… »

Joe l'interrompt avant qu'il ait pu ajouter *vois pas où vous voulez en venir*.

« Il veut que je l'aide à retrouver l'un des corps.

— Il quoi ?

— Contre cinquante mille dollars », précise Schroder.

L'avocat incline la tête et fronce les sourcils. Puis ses coudes se soulèvent de la table et il se penche en arrière. Les choses sont sur le point de devenir compliquées, Schroder en est certain.

« J'espère que vous n'avez pas donné votre accord, dit l'avocat.

— Pas encore. »

L'avocat se tourne vers Schroder.

« Je saisis, dit-il. Vous voulez que mon client vous donne l'emplacement d'un des corps pour que Jones le retrouve – et vous voulez que ça se fasse discrètement, en échange de quoi mon client sera récompensé –, et c'est Jones qui en tirera les honneurs. C'est ça, n'est-ce pas ? Jones veut prouver au monde qu'il est un vrai médium. »

Schroder est sidéré que l'avocat ait compris si vite. Et perturbé. Si l'avocat est si bon que ça, alors ça pourrait être un problème. Personne ne veut voir Joe recevoir une bonne défense.

« Quelque chose comme ça, dit-il.

— Quelque chose ? Ou exactement ça ?

— Plus proche d'exactement », admet Schroder.

L'avocat se tourne de nouveau vers Joe.

« Si vous savez où est ce corps, Joe, ça pourrait inciter l'accusation à abandonner la peine de mort. Mais vendre cette information pour de l'argent que vous ne pouvez même pas dépenser ici, eh bien, ce serait stupide. Utilisons-la pour négocier avec l'accusation.

— Il ne sera pas question de peine de mort, déclare Joe. Je suis innocent. Je ne me rappelle pas avoir fait du mal à qui que ce soit, et ce n'est pas dans ma nature de faire ça. Je vais être libéré, plus que probablement placé dans un hôpital pour y recevoir des soins, et quand j'en sortirai, j'aurai besoin de cet argent. »

Wellington dévisage Joe, puis il dévisage Schroder, et ce dernier sait à cet instant que s'il devait un jour jouer au poker, il voudrait que ce soit contre cet avocat, parce qu'il voit exactement ce qu'il pense. Schroder ne va certainement pas discuter avec Joe – le psychopathe peut croire ce qu'il veut si ça aide à conclure ce marché. Il est dégoûté à l'idée de lui payer ne serait-ce qu'un cent, dégoûté que Jonas Jones utilise la situation pour son propre bénéfice, dégoûté envers lui-même d'accepter la prime. Il y a beaucoup de dégoût, mais il y a aussi un bon côté : l'inspecteur Calhoun sera retrouvé. Il mérite d'être convenablement enterré.

L'avocat se met à tapoter la table tout en fixant son doigt du regard, plongé dans ses réflexions. Il relève les yeux vers Schroder et dit :

« Pour confirmation, vous n'êtes pas ici au nom de l'accusation ou des forces de police ?

— C'est exact.

— Alors, tout ce qui est dit ici l'est entre un client et son avocat. Et comme en ce moment vous avez le privilège de l'entendre, ça signifie que vous ne pourrez rien révéler de notre conversation. » Schroder acquiesce. Il n'est pas sûr que ce soit vrai. Il n'a jamais vraiment compris les avocats. Personne ne les comprend, hormis les autres avocats, et il a même dans l'idée que la moitié d'entre eux ne sait pas ce que l'autre moitié raconte. Mais il n'a pas d'objections.

« D'accord, dit-il.

— On ne peut pas essayer d'être amis ? » demande Joe.

Schroder voudrait lui filer un coup de pompe.

« Je ne me rappelle pas avoir tué qui que ce soit, mais je me rappelle peut-être où a été enterré l'inspecteur Calhoun.

— Où ? demande Schroder.

— Eh bien, c'est difficile à dire. C'est tellement vague. Essayer de s'en souvenir, c'est comme essayer de se souvenir d'un rêve. Chaque fois que je m'en approche, ça m'échappe.

— Mais l'argent rendra tout ça plus clair, pas vrai ? demande Schroder.

— Comme dirait votre patron, j'ai la vision que ça pourrait, oui. »

Génial. Donc, il n'y aura pas de réponses directes. Joe va jouer avec eux pour avoir son argent parce que c'est la seule chose dans sa vie qu'il contrôle en ce moment, et Schroder va simplement devoir accepter ça s'il veut que le marché aboutisse. Une fois encore, il se demande comment sa vie a pu aussi mal tourner durant le dernier mois. Une fois encore, il doit se concentrer sur le bon côté – retrouver l'inspecteur Calhoun.

« Qui a enterré le corps ? demande-t-il. Toi ou Melissa ?

— Comme j'ai dit, tout est tellement vague, répond Joe. Je sais que je ne l'ai pas tué, et vous le savez également, parce qu'il y a une vidéo. Je ne sais pas qui a filmé la vidéo.

— La vidéo était dans ton appartement, dit Schroder. Elle était couverte de tes empreintes.

— Tellement vague », répète Joe.

Schroder voudrait lui coller un coup de poing.

« Et cinquante mille dollars t'aideront à te souvenir.

— C'est le sentiment que j'ai », répond Joe, et il fait ce sourire idiot qu'il faisait au commissariat quand il déambulait avec son seau et sa serpillière.

À l'époque, c'était touchant, mais aujourd'hui, c'est répugnant.

« Vous savez, Carl, vous n'accordez pas assez de crédit aux gens. Vous devez être plus positif, dans la vie. Ces mauvaises pensées – elles vont vous démoraliser. »

Bizarrement, il est bien obligé d'en convenir, ce qui, en soi, est une idée assez sombre – une idée démoralisante.

« Vous avez déjà rédigé un contrat ? demande Wellington.

— Oui », répond Schroder.

Il glisse une fine chemise à l'avocat, qui ne la ramasse pas, mais la regarde fixement, et Schroder se demande si l'avocat devine un avenir avec lequel il ne veut rien avoir affaire. Si tel est le cas, grand bien lui fasse.

« Je vais avoir besoin de dix minutes avec mon client, déclare finalement Wellington.

— Pas de problème. »

Schroder se lève et frappe à la porte. « Prévenez-moi quand vous serez prêts », dit-il, et l'un des gardiens vient le chercher et le ramène à la salle d'attente.

28

Mon avocat porte la même tenue et a la même expression irritée sur son visage. Nous sommes assis dans la même pièce et avons le même genre de conversation.

« Qu'est-ce qui se passe, Joe ? demande-t-il.

— C'est simple. Je leur dis où je crois que se trouve le corps. Et si j'ai raison, je touche cinquante mille dollars.

— Non, Joe, ce que vous faites, c'est que vous mettez en péril toute votre défense. Pour un type qui ne se souvient de rien, c'est un stratagème idiot. Si vous leur dites où est le corps, ça prouve que vous vous souvenez des choses.

— Ça ne marche pas comme ça. C'est Jonas Jones qui va "trouver" le corps », dis-je en mimant des guillemets avec mes mains autour du mot trouver.

Je m'aperçois alors que je n'ai jamais mimé de guillemets avec mes mains par le passé et que je ne le ferai plus jamais, car ça doit me donner l'air d'un parfait abruti.

« C'est ce que stipule le contrat. Ils ne peuvent pas laisser le public découvrir ce qui s'est réellement passé. Il n'y a aucun risque.

— Vous jouez un jeu dangereux, Joe.

Ce n'est pas un jeu, dis-je, quelque peu irrité. C'est ma vie. Le monde me dit que j'ai fait ces choses absolument terribles quand en fait je ne les ai pas faites. Pas moi, pas la personne devant vous. Un Joe différent, peut-être, mais ce Joe-ci ne se souvient pas de l'autre Joe. Quand les jurés comprendront ça, quand je serai libéré, j'aurai besoin d'argent. C'est aussi simple que ça. »

Je vois qu'il ne croit pas un mot de ce que je lui dis. Je vois qu'il commence à penser que je dois vraiment être fou.

« Bon, c'est votre décision, dit-il. Ça doit se passer très bien avec la psychiatre pour que vous soyez si confiant.

— Ça peut aller. »

Je sais que la question ne sera pas évoquée durant le procès. Je vais montrer à Schroder où se trouve le corps, et Melissa viendra me sauver.

« Cinquante mille dollars ne vous seront d'aucune aide si vous êtes exécuté. Si vous voulez faire un marché, alors nous ferons un marché. Si vous voulez leur montrer où se trouve le corps, alors on s'en servira comme d'un outil de négociation. On peut commencer par les pousser à abandonner l'idée de la peine de mort.

— Elle n'est même pas d'actualité.

— Mais elle le sera, objecte-t-il.

— Le peuple ne votera pas pour. »

Il secoue la tête.

« Vous vous trompez. Il votera pour.

— J'ai besoin de cet argent.

— Vous avez besoin d'écouter votre avocat.

— J'écoute, mais ce n'est pas vous qui risquez de passer votre vie en prison, ce n'est pas vous qui êtes accusé de ces choses horribles. C'est votre boulot de me dire ce que vous pensez, mais c'est encore moi qui prends les décisions, exact ? »

Il acquiesce.

« C'est exact, dit-il.

— Alors faisons-le.

— Laissez-moi lire le contrat », dit-il, et il ouvre la chemise.

Je l'observe tandis qu'il lit. Soit il lit lentement, soit il est lent à comprendre. Ou alors le contrat a été rédigé par un avocat qui ne s'est jamais exprimé avec des mots simples de sa vie. Il fait trois pages, et je pourrais le résumer en deux paragraphes. Quand mon avocat a fini de le lire, il le lit une seconde fois – cette fois en prenant des notes dans un bloc. Je commence à être impatient, mais je ne l'interromps pas. Je me contente de l'observer, et après quelques minutes de plus je laisse mon esprit s'égarer. Je me mets à penser à Melissa, et au fait que nous allons passer notre première nuit ensemble. J'ai une assez bonne idée de ce que nous ferons. Puis je m'égare encore plus avant dans l'avenir – une semaine, un mois, dix ans –, mais mon avocat me ramène à la réalité.

« Êtes-vous sûr de vouloir le faire, Joe ? Il y a tous les risques pour que ça vous revienne en pleine tronche. »

Son visage n'a aucune expression. On dirait un homme en train de regarder un match de football, qui non seulement se foutrait de savoir qui gagne, mais qui en plus ne connaîtrait pas les règles. Ou peut-être est-ce le visage d'un avocat qui n'a rien à foutre de son client.

« Je veux le faire, dis-je.

— OK. »

Il se lève et cogne à la porte. Le gardien l'ouvre et ils s'entretiennent quelques secondes, puis mon avocat se rassied, et quelques minutes plus tard Schroder réapparaît. Il a l'air fatigué. Et irrité. Il n'est pas le seul.

« Marché conclu ? demande Schroder.

— Oui, répond mon avocat.

— Presque », dis-je.

Les deux hommes se tournent vers moi. Mon avocat soupire comme s'il se contrefoutait de ce que je disais. Schroder soupire également, et peut-être qu'ils vont partir d'ici ensemble et se bercer mutuellement à coups de soupir.

« Le problème, c'est que c'est vague, dis-je. Je ne me rappelle pas tout à fait où il est enterré.

— Oui. Tu l'as déjà dit mille fois, réplique Schroder.

— Parce que vous devez comprendre à quel point c'est vague.

— Nous avons compris, dit mon avocat, maintenant, si vous nous disiez ce que vous avez à dire ?

— Eh bien, mon souvenir de l'endroit où se trouve Calhoun est si vague que c'est impossible de donner des indications. Je vais devoir vous montrer. »

Mes deux visiteurs deviennent silencieux. Schroder commence à secouer la tête. Puis mon avocat se met à secouer la tête également. On dirait qu'ils font un concours. Puis ils se regardent. À porter à leur crédit, aucun des deux ne fait un geste pour demander à l'autre quoi faire.

« Tu ne nous montres rien, déclare Schroder. Tu ne sors pas d'ici, ne serait-ce que pour une heure.

— Alors vous ne trouverez jamais Calhoun.

— Si. Les morts ont le don de réapparaître au bout du compte.

— Pas toujours. Et vous le savez. Laissez-moi vous montrer. Peut-être que vous trouverez quelque chose là-bas qui vous aidera à remonter jusqu'à Melissa – c'est ce que vous voulez, non ? Plus que tout ? Vous aurez ça, et votre pote médium aura ce qu'il veut.

— Ce que j'aimerais plus que tout, c'est te voir pendu pour ce que tu as fait à cette ville », réplique Schroder.

Mais je crois que ce qu'il veut vraiment dire, c'est qu'il aimerait me voir pendu pour ce que je lui ai fait à lui. Je l'ai fait passer pour un imbécile. Il commence à se lever. Mon avocat pose la main sur le bras de Schroder, et si ma mère était là, elle serait convaincue qu'une fois hors de ces murs ces deux-là se mettraient à faire le genre de chose qu'elle désapprouverait grandement.

« Attendez », dit mon avocat. Schroder se rassied. Mon avocat me regarde. « Qu'est-ce que vous voulez exactement, Joe ? Qu'essayez-vous d'obtenir en nous montrant où Calhoun est enterré ? Vous croyez qu'en nous le montrant au lieu de simplement nous le dire vous parviendrez à vous échapper ?

— Je n'ai pas besoin de m'échapper. »

J'éclate de rire pour prouver à quel point cette idée est stupide. Même si elle est exacte.

« Aucun jury au monde ne condamnera quelqu'un qui ne contrôlait pas ses actes. Si je ne vous dis pas où est le corps, c'est que je ne peux pas. Si je le pouvais, je le ferais. Honnêtement, Carl, c'est impossible. Je suis censé faire quoi ? Vous dire de tourner à gauche au troisième rocher du chemin de terre ? C'était il y a un an. Allez, même vous devez savoir que c'est impossible. Vous allez devoir me croire, car quoi que vous pensiez, c'est la vérité. » Mais ce n'est pas la vérité. Loin de là. « La vérité absolue.

— Tu ne mérites pas de passer une heure hors d'ici, pas même une minute.

— Peu importe ce que vous pensez, dis-je. Ce qui compte, c'est de savoir si vous voulez que je vous montre où se trouve l'inspecteur Calhoun.

— Ce qui compte encore plus, c'est que tu restes où tu es, réplique Schroder.

— Pourquoi ? Vous croyez que je vais m'échapper ? Je comprends que vous puissiez croire ça – après tout, vous êtes l'homme qui a laissé le Boucher de Christchurch en liberté pendant des années. Il est normal que vous ne pensiez pas pouvoir m'empêcher de m'échapper.

— Bien essayé, Joe, mais tu n'arriveras pas à me faire t'emmener hors d'ici.

— Bon, c'est vous qui voyez, Carl. C'est à prendre ou à laisser. Mais beaucoup de choses en dépendent. Votre nouveau patron se ferait un sacré nom. Et j'ai besoin de cet argent, donc je veux que ça fonctionne. Et laissez-moi vous demander, Carl, combien ce marché vous rapporte-t-il ? Hein ? Vous ne le feriez pas à moins qu'il y ait un petit quelque chose pour vous, dis-je en frottant mon index contre mon pouce façon *On parle d'argent*.

— Va te faire foutre, Joe.

— Et vous voulez récupérer Calhoun, non ?

— Messieurs, intervient mon avocat en tendant les mains. Ne nous égarons pas.

— Je ne suis plus flic, Joe, reprend Schroder. Tu le sais. Je ne peux pas organiser une telle opération.

— Vous trouverez un moyen. »

Schroder secoue la tête.

« Tu ne saisis pas. Doux Jésus, dit-il en penchant la tête en arrière et en levant les yeux vers le plafond, comment un tel abruti a-t-il pu s'en tirer impunément pendant aussi longtemps ? » Il repose les yeux sur moi. « J'ai dû être encore plus stupide que je ne le pensais pour ne pas t'avoir arrêté plus tôt.

— Qu'est-ce que vous racontez ?

— Pour faire ce que tu veux, il faudrait que la police soit impliquée. Si la police est impliquée, alors le marché tombe à l'eau, parce que les flics sauront que tu nous as menés là-bas. Et si la police est impliquée, ça n'aide pas Jonas Jones, n'est-ce pas ? »

Il me faut quelques secondes pour saisir ce qu'il dit.

« Il a raison », dit mon avocat.

Et merde, oui, il a raison. Ils ont tous les deux raison.

Je secoue la tête. Je pourrais renoncer au marché et simplement accepter de montrer aux flics. Mais ça signifierait pas d'argent. Le cas échéant, c'est ce que je ferai, car je dois absolument être dehors demain au crépuscule. C'est la seule chose qui compte.

« Vous deux devez trouver un moyen de faire en sorte que ça se fasse, dis-je, et ça doit se faire avant le début du procès.

— Joe… commence mon avocat.

— Nous en avons fini, dis-je.

— Putain, ce que tu peux être stupide ! » lance Schroder.

Je me lève. La chose que je déteste le plus au monde, c'est qu'on me dise que je suis stupide.

La chose que je déteste encore plus, c'est avoir l'air stupide. Mon poignet est toujours menotté à la chaise, et je retombe presque dessus. Je hurle : « Gardien ! » Je cogne sur la table. « Gardien ! »

Le gardien ouvre la porte. Il me lance un regard parfaitement indifférent. Je lui dis que j'en ai fini ici. Il vient m'ôter les menottes.

« Arrangez-vous pour que ça se fasse », dis-je à Schroder lorsque j'atteins la porte, puis je suis de nouveau escorté jusqu'à ma psychiatre.

29

« Elle m'a appelé le lendemain », dis-je à ma psychiatre. Je suis passé de Joe-le-Roi-de-l'Évasion à Joe-la-Victime, et c'est parfait, parce que Joe-la-Victime a une bien plus jolie vue. « Je pensais qu'elle attendrait le week-end, mais elle m'a appelé après l'école. Elle a d'abord parlé à ma mère, elle lui a dit qu'elle voulait que je l'aide chez elle et qu'elle me paierait en retour. Ma mère a trouvé que c'était une idée géniale car ça signifiait que je passerais moins de temps à la maison. Alors j'y suis allé et j'ai tondu sa pelouse. Après ça, il s'est avéré qu'elle voulait que le garage soit repeint, à l'intérieur comme à l'extérieur, y compris le toit. Donc, c'est devenu le projet des semaines suivantes. Elle a continué de m'appeler jour après jour pour que je vienne jusqu'à… eh bien, jusqu'à ce qu'elle soit lasse de moi.

— Lasse de vous ?

— Lasse de moi.

— Lasse de vous voir accomplir ces corvées ?

— Pas exactement », dis-je.

Je baisse les yeux vers mon poignet menotté, vers l'accoudoir de la chaise, vers mes pieds sur le sol. La vue est peut-être plus jolie pour Joe-la-Victime que quand il regardait son avocat il y a dix minutes, mais regarder le passé est affreux.

« Elle s'est lassée de moi environ deux ans plus tard.

— Joe ? »

Je lève les yeux vers elle.

« Est-ce qu'il faut que je vous fasse un dessin ? » dis-je.

Elle secoue lentement la tête et tente de dissimuler son expression de dégoût, mais sans vraiment y parvenir. Elle marque une pause et prend quelques inspirations avant de poursuivre.

« Êtes-vous en train de me dire que votre tante a gardé votre secret en échange de relations sexuelles ?

— À vrai dire, ce n'est pas ce que j'essaie de vous dire, mais oui, c'est ce qui s'est passé. Comme j'ai dit, elle se sentait seule. Elle n'avait plus d'homme à la maison depuis six ans.

— Elle vous a fait du chantage ?

— Qu'est-ce que je pouvais faire d'autre ? Si je n'avais pas fait ce qu'elle voulait, elle serait allée à la police. Elle aurait tout déballé à mes parents. Elle a dit qu'elle irait raconter aux gens que je l'avais violée si je n'obéissais pas. Alors j'étais forcé d'y retourner. Sinon, la seule chose que j'envisageais, c'était la tuer. Et quoi que vous pensiez de moi, je ne suis pas un assassin. Du moins, je ne veux pas en être un.

— Était-ce la première fois que vous aviez des relations sexuelles ?

— Oui. »

Elle continue de me fixer du regard comme si elle était sur le point de me demander si j'avais aimé ça, et si ça avait été aussi bien que ceci, avant de se déshabiller et de se pencher au-dessus de la table.

« Racontez-moi », dit-elle.

J'ai beau vouloir l'émoustiller, je n'ai pas vraiment envie de lui parler de ma tante.

« Pourquoi ?

— Parce que je vous le demande.

— Les relations sexuelles en elles-mêmes ?

— Parlez-moi de votre tante. De la façon dont vous en êtes arrivé là. »

Je hausse les épaules. Comme si ce n'était pas un drame. Comme si être forcé de coucher avec sa tante était aussi banal que parler de la pluie et du beau temps, quoique légèrement plus distrayant. Mais c'est un drame. Un drame qui est longtemps resté refoulé en moi. Après la mort de ma tante, alors que nous passions sa maison en revue, quand j'ai vu l'arbalète et quand ma mère a tout emballé, je me suis senti mal. Ce soir-là, je suis allé au cimetière où elle avait été enterrée, j'ai retrouvé sa tombe et j'ai chié dessus. C'était pour moi une façon de tourner la page. Une façon de dire au revoir à une femme qui m'avait fait peur, puis qui m'avait rassuré, puis qui m'avait détruit.

« Je venais de finir de peindre le toit, dis-je à ma psychiatre. Il faisait chaud. À l'époque, en été, il faisait toujours chaud et le ciel était toujours bleu – c'est du moins l'impression que j'avais. De nos jours, on a de la chance si on voit le ciel bleu deux fois par semaine. » Et ma pensée initiale était exacte – se faire violer par sa tante est aussi banal qu'observer le temps qu'il fait. « J'ai pris un sale coup de soleil, là-haut, sur ce toit. Je travaillais pour ma tante depuis quatre jours. Le Big

Bang s'est produit le cinquième. C'était notre premier samedi ensemble. J'étais sur le toit et…

— Vous appelez ce qui s'est passé le Big Bang ?

— Comment voulez-vous que j'appelle ça ?

— Poursuivez, dit-elle.

— Donc, ma tante est sortie et m'a appelé. Je suis descendu en m'attendant à ce qu'elle me dise que soudain le jardin avait besoin d'être entretenu, ou qu'une ampoule devait être changée, et quand je suis entré dans la maison elle m'a rappelé pourquoi j'étais là. Je m'en souviens encore, je me souviens de la robe qu'elle portait, et aussi du fait qu'elle était très maquillée. Je sens presque ce coup de soleil et l'odeur de l'aloe vera qu'elle a appliqué sur ma peau, plus tard ce même jour. Elle m'a dit de m'asseoir sur le canapé, j'ai obéi, et elle m'a tendu un verre de limonade qu'elle avait préparée et qui devait avoir un goût de pisse de chat avec des bulles et une tranche de citron. Ensuite, elle s'est assise à côté de moi. Elle a posé sa main sur ma jambe et m'a dit de ne pas reculer quand j'ai reculé. Et après elle m'a dit qu'elle avait un autre travail pour moi, et que si je refusais, j'irais en prison. Elle a posé une main sur ma cuisse et l'autre sur ma nuque, et elle m'a demandé de l'embrasser. Je ne savais pas quoi faire. Elle a approché son visage du mien, et je n'avais jamais embrassé une fille. Ç'avait goût de fumée de cigarette et c'était mouillé comme du café. Je me rappelle encore que j'ai songé à essayer de lui arracher le nez avec les dents, mais je n'ai pas eu le temps de le faire qu'elle était déjà à califourchon sur moi. J'ai essayé de reculer en m'enfonçant dans le canapé, j'ai placé mes mains sur ses épaules et l'ai repoussée. Mais elle a dit que si je la repoussais encore, elle raconterait à mes parents ce que j'avais fait et leur dirait que je l'avais violée. »

Je raconte tout ça à ma psychiatre et sens mon visage s'empourprer, comme si le coup de soleil et la honte du moment m'avaient rattrapé.

« Et dans la chambre, demande la psychiatre, c'est votre tante qui avait le contrôle ?

— Je… je n'ai pas vraiment envie d'en parler.

— Joe…

— S'il vous plaît. On ne peut pas laisser tomber ?

— Qu'est-ce qui s'est passé, ensuite ? Quand vous en avez eu fini dans la chambre ? demande-t-elle.

— Elle m'a renvoyé dehors pour travailler sur le toit.

— Comme ça ? Elle n'a pas d'abord essayé de vous parler ?

— Un peu, je suppose. Principalement de mon oncle. Elle a dit que je lui faisais beaucoup penser à mon oncle. Je ne savais pas de quoi elle parlait, et je ne savais pas si elle voulait dire sexuellement. Ç'avait été… vous savez, assez rapide. Et après, elle m'a dit de retourner dehors.

— Qu'est-ce que vous ressentiez ?

— Eh bien, il faisait chaud, dehors, et mon coup de soleil a empiré.

— Je veux dire, quels sentiments vous inspirait ce que votre tante vous avait fait ?

— Je… je ne suis pas sûr.

— En colère ? Vexé ?

— Je suppose.

— Excité ?

— Non. »

Je dis ça, mais je l'étais peut-être un tout petit peu. Mais pas tant que ça. Mon oncle est mort pour une raison, et voir ma tante chaque jour n'a pas pu être bénéfique pour sa santé. Si ma tante avait été plus sexy – eh bien, ç'aurait pu être un dilemme. De fait, je me sentais étrange, après coup.

« Ça s'est reproduit quelques jours plus tard. Puis ça a continué, et chaque fois que je rentrais chez moi, tout ce que je sentais, c'était son odeur de fumée de cigarette.

— Et ça a duré deux ans ?

— Presque, oui.

— Avez-vous essayé d'y mettre un terme ?

— Je ne savais pas comment faire.

— Mais vous avez essayé quelque chose, n'est-ce pas ? »

J'acquiesce.

« J'ai tué son chat. »

Ma réponse n'a pas l'air de l'inquiéter.

« Vous avez dit plus tôt que vous n'aviez pas tué d'animaux.

— J'avais quasiment oublié. »

C'est la vérité. Dans ce cas, du moins.

« J'avais oublié beaucoup de choses sur cette époque, jusqu'à ce que vous vouliez en parler.

— Et le chat ? »

Je secoue la tête.

« Le chat ne voulait pas en parler. »

Ça ne l'amuse pas.

« Vous avez tué le chat, Joe. Dites-moi pourquoi.

— Je me disais que si je tuais le chat, ça lui donnerait quelque chose à quoi penser et elle cesserait de vouloir coucher avec moi, mais ç'a été le contraire. Elle a eu plus besoin de moi à partir de là.

— Comment l'avez-vous tué ?

— Je l'ai noyé dans la baignoire, puis je l'ai séché avec un sèche-cheveux pour que ma tante ne sache jamais ce qui s'était passé. Elle a juste cru qu'il était mort de mort naturelle.

— À quel stade des abus sexuels cela s'est-il passé ? demande-t-elle.

— De quoi ? Je n'ai pas couché avec son chat ! Je l'ai juste noyé. Je devais faire quelque chose.

— Ce n'est pas ce que je veux dire, Joe. Je parle des abus entre vous et votre tante.

— Je n'abusais pas d'elle. Pourquoi imaginez-vous le pire ? Comment pourrais-je avoir droit à un procès équitable si tout le monde n'arrête pas de… »

Elle lève la main pour m'interrompre.

« Écoutez-moi, Joe. Vous me comprenez mal. Votre tante abusait de vous. Vous étiez un enfant innocent et elle a profité d'une mauvaise décision de votre part. Ce que je veux savoir, c'est depuis combien de temps elle abusait de vous quand le chat est mort, et pendant combien de temps ça a continué après.

— Oh », dis-je, eh oui, c'est plus logique.

Seulement… les *abus*. S'agissait-il vraiment de ça ? « Oh », dis-je une fois de plus, soulagé qu'elle soit de mon côté. Les gens sont de mon côté quand ils apprennent à me connaître un peu. Mais vraiment, quand ils se mettent à parler d'abus, ça me fait passer pour une tapette.

« Ça devait être au milieu, je suppose. Un an après le… début des… abus, puis un an d'abus après la mort du chat.

— Comment ça s'est arrêté ?

— Elle a juste dit qu'elle en avait fini avec moi. Je n'ai pas compris. Comme ça. J'aurais dû le voir venir.

J'y allais de moins en moins souvent, vers la fin. J'ai éprouvé… je ne sais pas. J'ai éprouvé quelque chose.

— Un sentiment de rejet ?

— Non. Du soulagement. »

Mais elle a raison, je me suis senti rejeté, et je m'aperçois alors que c'est le genre de chose qui vaut peut-être le coup d'être partagé, le genre de chose qui me fera paraître plus déglingué que la personne stable que je suis réellement.

« Enfin, évidemment, je me suis senti rejeté. Je ne voulais pas coucher avec ma tante, mais je ne comprenais pas pourquoi ça s'arrêtait. Je n'étais pas assez bien pour elle ?

— Il ne s'agit pas de ça.

— Alors, il s'agit de quoi ?

— Vous étiez la victime, dit-elle. Il s'agissait de pouvoir. Il s'agissait de trouver quelqu'un qu'elle pouvait dominer. Elle a probablement décidé que vous commenciez à devenir trop confiant, trop adulte. Quel genre de relation avez-vous eu après ça ?

— Aucune. Je ne l'ai jamais revue.

— Même pas à Noël, ou lors d'autres réunions de famille ?

— À l'enterrement de mon père, dis-je. Je suppose que ç'a été la seule fois. Nous ne nous sommes pas parlé. Enfin, j'ai essayé, mais elle n'avait pas de temps à m'accorder. Elle était avec Gregory, l'un de mes cousins, qui a cinq ans de moins que moi. C'était bizarre. Dans un sens, elle me manquait.

— Ça peut se comprendre, dit-elle.

— Quoi ?

— Peu importe. »

Elle a raison, à vrai dire. Rien de tout ça n'a d'importance. C'est juste une façon de tuer le temps dans une pièce un peu plus plaisante que ma cellule en attendant que Melissa vienne me secourir. La vie devrait comporter plus de moments comme ça.

« Ce n'était pas votre faute si elle vous a fait ça, Joe.

— Si. Si je ne m'étais pas introduit chez elle…

— Elle a profité de vous. Elle était adulte et vous étiez un enfant.

— Je le sais. Mais si je ne m'étais pas introduit chez elle, rien de tout ça ne serait arrivé. Qui sait où je serais aujourd'hui ?

— Qu'entendez-vous par là ? » demande-t-elle en se penchant en avant.

Un signal d'alarme retentit dans ma tête.

« Je ne sais pas.

— Si, vous le savez.

— Je veux dire que ça a peut-être été le début de tout. »

Elle tapote son bloc avec son stylo.

« De tout ? On dirait que vous vous analysez vous-même, Joe.

— Je ne l'entendais pas comme ça. Je voulais juste dire, vous savez, que peut-être ce chemin a mené à un autre, qui a mené à un autre.

Êtes-vous sûr que vous n'avez jamais envisagé de la tuer ?

— Non. Non, bien sûr que non.

— La plupart des gens dans cette situation y songeraient.

— Oui, eh bien, pas moi. »

Mais la vérité, c'est que j'y ai pensé. Je voulais lui serrer la gorge chaque fois que je voyais son visage quand elle était sous moi. Bon sang, je voulais serrer ma propre gorge. Et pourtant, elle m'a manqué.

« Quand avez-vous tué quelqu'un pour la première fois, Joe ?

— Je ne sais pas.

— Vous ne savez pas ?

— Je ne me rappelle pas avoir tué qui que ce soit, et si je l'ai fait, eh bien, je ne sais pas quand ça a commencé. »

Elle tend la main vers le magnétophone et l'éteint.

« OK, je crois que ça suffit pour aujourd'hui.

— Quel est le problème ?

— Vous avez recommencé à mentir. Je vais vous dire. Réfléchissez à ce que vous voulez, et je reviendrai demain et nous en parlerons, OK ?

— Attendez.

— Nous aurons le temps demain », dit-elle.

Elle se lève et frappe à la porte.

« Je veux juste qu'on m'aide, dis-je.

— Bien. »

Le gardien ouvre la porte et se penche dans la pièce pour m'observer. Je lui fais un sourire, le grand sourire de Joe, tout en dents. Ma paupière s'étire un peu et me fait mal. Puis j'adresse également à Ali le grand sourire. Elle sort. Le gardien referme la porte et je regarde les murs. Ma paupière se coince et je dois l'abaisser manuellement. Je laisse le sourire disparaître de mon visage et pose ma tête sur mes bras. Mon visage n'est qu'à deux centimètres de la table, et mon souffle forme une fine pellicule de condensation sur la surface. Je n'ai pas pensé à ma tante depuis longtemps, et Ali est la première personne à qui j'en parle. J'ai toujours cru que le but de la thérapie était de se décharger de ses fardeaux et de partager sa douleur, mais ça ne fait que rouvrir tout un tas de vieilles plaies. Je ne veux pas que quiconque soit au courant de cette histoire.

Il est soudain plus important que jamais que Melissa me sorte d'ici. Si cette histoire devait être évoquée au tribunal, je ne sais pas comment je pourrais faire face au monde. Même si ma mère ne sera pas là et ne regardera pas les nouvelles, je pense qu'elle apprendra d'une manière ou d'une autre ce que sa sœur m'a fait, et il ne fait aucun doute qu'elle ne me croira pas.

Ali aura intérêt à garder tout ça pour elle une fois que je me serai échappé.

Le fait que ma mère ne viendra pas me rend soudain heureux.

Je fais ce que je fais le plus souvent ces temps-ci – j'attends, et j'essaie d'être optimiste. J'essaie de ne pas penser à ma tante et de me concentrer sur un avenir positif, mais parfois, dans un tel endroit, avoir des pensées positives est tellement, tellement difficile.

30

« C'est n'importe quoi, dit Schroder.

— Je suis d'accord. C'est n'importe quoi, convient Wellington. Ce marché que vous lui proposez n'est pas bon pour mon client.

— Vous ne voulez même pas le défendre, réplique Schroder. Alors pourquoi compliquer les choses ?

— Vous avez raison, je ne veux pas le défendre, mais je vais faire de mon mieux pour lui parce que c'est mon boulot, vous le savez. Si vous tuiez quelqu'un, inspecteur, je ferais de mon mieux pour vous représenter.

— Qu'est-ce que vous entendez par là ? demande Schroder.

— Qu'est-ce que j'entends par quoi ?

— Si je tuais quelqu'un.

— Juste ça. Si vous tuiez quelqu'un et si vous m'engagiez, vous voudriez savoir que je ferais tout ce que je peux. Sinon, qui m'engagerait par la suite ?

— D'accord, dit Schroder.

— Quoi qu'il en soit, je ne complique pas les choses, déclare Wellington. C'est Joe qui le fait. »

Les deux hommes sont toujours dans la salle d'interview de la prison. Schroder déteste cet endroit. La pièce sent mauvais. Il y fait froid. Elle est déprimante. Et Wellington vient de marquer un point.

« Il demande quelque chose que je ne peux pas arranger, reprend Schroder.

— Et si nous l'arrangions, ça irait à l'encontre des intérêts de mon client. Nous ne pouvons pas demander à la police de l'escorter jusqu'au corps, et essayer ensuite de convaincre les jurés que Joe n'avait aucune idée de l'endroit où il se trouvait. »

Schroder est d'accord.

« Et nous ne pouvons pas demander à la police de l'escorter, et ensuite faire comme si Jones utilisait ses dons de médium pour retrouver le corps. »

Ils tournent en rond. Le marché va tomber à l'eau. Jonas ne va pas frimer en faisant mine de découvrir le cadavre. Schroder ne touchera pas sa prime. Joe n'aura pas son argent. Et l'inspecteur Robert Calhoun ne sera pas rendu aux siens. Schroder se moque des trois premiers points, mais le quatrième est important pour lui. Il est important depuis que Calhoun a disparu. Suffisamment important pour qu'il soit encore dans cette pièce à essayer de trouver un moyen de faciliter la vie de Joe.

« Qu'est-ce que ça fait, demande Wellington, de bosser pour un type comme ça ? »

Schroder fait la moue. La façon dont Wellington a posé cette question trahit clairement son sentiment. Ça pousse Schroder à se dire que tout le monde pense la même chose. Pourtant, ça marche très bien pour Jonas. Tout le monde ne doit pas le détester.

« Probablement la même chose que défendre Joe », répond-il.

Wellington acquiesce lentement.

« C'est si dur que ça, hein ?

— Écoutez, dit Schroder, je sais que vous ne voulez pas accepter ce marché, je le vois bien, mais l'inspecteur Robert Calhoun mérite d'être rendu aux siens. C'est sur ça que nous devons nous concentrer. C'était un flic, nom de Dieu, un bon flic, et comme tout flic il a droit à un enterrement décent, il mérite d'être pleuré et de rester dans les mémoires autrement que comme le policier qui a disparu et n'est jamais revenu. »

Wellington écoute sans rien dire, et Schroder songe une fois de plus à l'agilité intellectuelle de ce type, au fait qu'il a toujours une longueur d'avance.

« Il doit y avoir un moyen, ajoute Schroder.

— Non, il n'y en a pas, réplique Wellington. Dès que nous mêlerons la police à ça, le marché tombera à l'eau. »

Schroder se lève et se met à faire les cent pas dans la pièce. Wellington l'observe. Il retourne divers scénarios dans sa tête. S'il était toujours flic, ce serait beaucoup plus facile. Mais s'il était flic, il n'irait pas proposer cinquante mille dollars à un tueur en série. Les flics n'obtiendront pas de Joe l'emplacement du cadavre de Calhoun. Ils ont déjà essayé. L'accusation a essayé.

La seule manière de l'obtenir, c'est en le payant.

Et Joe acceptera uniquement de leur montrer.

Et il acceptera uniquement de leur montrer si la police n'est pas impliquée.

Et c'est absolument impossible.

« Je vais essayer de le convaincre, dit Wellington. Je vais voir s'il peut juste nous indiquer l'emplacement. Enfin quoi, s'il ne vous l'indique pas, il n'aura pas l'argent, et c'est la seule chose qui l'intéresse. Je crois qu'il est réellement persuadé qu'il sera libéré à l'issue du procès. »

Schroder se retourne et s'appuie contre le mur. Il regarde fixement Wellington. Une idée est en train de germer en lui. Il a juste besoin de quelques instants pour l'affiner.

« Et vous, vous en pensez quoi ? » demande-t-il.

Wellington hausse les épaules, mais il lui donne son point de vue.

« Je pense que le fait qu'il soit certain d'être libéré, et le fait qu'il soit convaincu que tout le monde le croit, sont peut-être la preuve qu'il est vraiment complètement fou. »

L'idée est désormais proche. Schroder la voit qui s'étire devant lui. Il a juste besoin de suivre le chemin et éviter les bifurcations. Il s'écarte du mur et retourne s'asseoir face à l'avocat.

« Et si… » commence-t-il sans achever sa phrase.

Il fixe le mur, les parpaings, mais en fait il suit son chemin et vérifie que tout colle.

Wellington ne l'interrompt pas.

« Et si, reprend Schroder, désormais convaincu que ça pourrait fonctionner, et si nous concluions deux marchés ? Nous conservons l'original. Les gens pour qui je travaille paient Joe en échange de l'emplacement de l'inspecteur Calhoun.

— OK. Et quel est le deuxième marché ?

— Nous allons voir l'accusation et nous demandons l'immunité pour Joe pour le meurtre de l'inspecteur Calhoun. Nous savons tous que ce n'est pas lui qui l'a tué. Il l'a enterré, certes, il a probablement tout organisé et il l'aurait sans doute tué de toute manière, mais nous pouvons lui coller tous les autres meurtres sur le dos. L'inculper pour Calhoun ne changera rien. Techniquement, nous n'en avons pas besoin. »

Nous. Il s'entend prononcer ce mot. Flic un jour, flic toujours. Du moins à en croire ceux qui ne sont plus flics. Pour tous les autres, il n'est qu'un emmerdeur.

« Techniquement, répond Wellington en acquiesçant, je crois que ça ne fera pas plaisir à grand monde d'entendre ça.

— Ça ne me fait pas plaisir de le dire.

— Je crois pouvoir affirmer que l'accusation n'acceptera pas. »

Schroder se relève et recommence à faire les cent pas.

« Nous demandons l'immunité, et en échange nous offrons de leur donner l'emplacement du corps de Calhoun. Ils ont encore amplement de quoi inculper Joe, alors ils n'ont aucune raison de refuser. C'est une situation gagnant-gagnant. Deux marchés. Et Joe obtient son heure de liberté pour les amener jusqu'au corps. »

Wellington reste immobile, et Schroder voit qu'il est en train d'assimiler cette information. Il la retourne dans sa tête à quatre cents dollars de l'heure.

« Ça pourrait fonctionner.

— Ça va fonctionner, déclare Schroder.

— Possible. Mais l'autre problème est que les flics ne seront peut-être pas trop disposés à laisser le corps là où il est pour que votre patron débarque et se voie attribuer tout le mérite.

— Pour commencer, ce n'est pas mon patron, déclare Schroder. Et deuxièmement, ils accepteront si ça leur permet de retrouver l'un des leurs. »

Wellington éclate presque de rire.

« Vous plaisantez, n'est-ce pas ?

— Non. »

Wellington secoue la tête.

« Ils n'accepteront jamais. C'est la vraie vie, Carl, pas une de vos émissions de télé. Les flics ne sont pas là pour rendre service à Jonas Jones et à sa chaîne de télé.

— Je le sais.

— Alors, pourquoi suggérer le contraire ?

— Parce que c'est la seule façon de récupérer Calhoun, répond Schroder.

— Non. Et vous savez quoi ? Je ne vais même pas leur faire cette suggestion. Si je me pointe avec cette idée, ils se foutront de moi. Plus personne ne me prendra jamais au sérieux. Il n'y a pas un seul flic qui accepterait d'aider Jonas Jones.

— Ils ne le font pas pour Jones, dit Schroder. Ils le font pour Calhoun, et ça fait une grosse différence. Une très grosse différence. Ils le font pour Calhoun et sa famille. C'est l'argument principal. »

Wellington continue de secouer la tête.

« Et si c'était un piège ?

— Impossible, répond Schroder. Nous ne lui avons proposé ce marché qu'hier. Je parie que si nous vérifions la liste de ses visites, nous verrons que les seules personnes qu'il a vues ou à qui il a parlé sont vous, moi, ses psychiatres et sa mère. Il n'a pas pu organiser quoi que ce soit dans ce laps de temps.

— Et si vous vous trompez ?

— Je ne me trompe pas, réplique Schroder.

— OK, dit Wellington. Je suis d'accord. Vous ne vous trompez pas. Mais ça ne marchera tout de même pas. Même si une petite équipe l'emmenait là-bas, il reste un gros problème que vous oubliez.

— Ah oui ? Lequel ?

— Ces gens vont devoir garder le silence.

— Ce sont des flics, observe Schroder. Garder le silence fait partie du boulot. Nous avons simplement besoin de quatre ou cinq personnes dignes de confiance. »

Wellington secoue toujours la tête, mais Schroder voit qu'il est lentement en train de changer d'avis.

« Nous devons au moins essayer, insiste Schroder.

— OK. Je vais aller voir l'accusation avec cette proposition. Après tout, ça ne peut pas faire de mal.

— Si Joe ne la boucle pas, il foutra tout en l'air », déclare Schroder.

Il a l'impression d'avoir vendu un peu, juste un petit peu, de son âme au diable. Une partie à Jonas Jones, et une autre à Joe Middleton. Bientôt, il sera à court d'âme.

« Il la bouclera, dit Wellington. J'indique les bénéfices à l'accusation, j'indique que ça ne peut pas être un piège, et j'indique que mon client est de bonne foi.

— Indiquez ce qu'il faudra, dit Schroder, mais faisons-le avant que tout ça ne devienne un cirque. »

Wellington tapote du doigt la surface de la table.

« Ma fille est étudiante », dit-il, et Schroder sait qu'il y a deux possibilités. Soit Wellington va dire qu'un homme qui a une fille ne veut pas qu'un type comme Joe soit en liberté. Soit il va dire quelque chose de pire. Que quelque chose d'affreux est arrivé à sa fille. Seulement, il se trompe, car Wellington ne dit ni l'un ni l'autre. À la place, il explique :

« Elle m'a appelé il y a une heure. Elle étudie le droit. Elle est en troisième année. Elle adore ça. Elle veut faire la même chose que moi. Elle veut défendre les innocents.

— Elle va avoir un choc.

— Parce qu'il n'y a pas d'innocents ?

— Ils sont rares, c'est tout.

— Peut-être. Mais peut-être pas aussi rares que vous le pensez. Devinez ce que les étudiants de l'université de Canterbury vont faire lundi. »

Pas la peine de se creuser la tête pour le deviner.

« Manifester, répond Schroder.

— Et d'après vous, pour ou contre la peine de mort ? »

Schroder hausse les épaules.

« Je ne sais pas. Une moitié pour, une moitié contre, je dirais. »

L'avocat sourit.

« Ni l'un ni l'autre, dit-il. Ils prévoient d'y aller juste pour le spectacle. Ma fille prétend que c'est le principal sujet de discussion dans les médias sociaux, en ce moment. Des centaines d'étudiants ou plus vont transformer l'événement en une fête. Il y a même un concours. L'étudiant qui passera le plus longtemps à la télé gagnera une bouteille de vodka. Alors, dans l'espoir de gagner une bouteille de vodka, un paquet de ces gamins va se déguiser et tenter de se placer dans le champ des caméras, mais ce n'est pas pour ça qu'ils vont y aller – ça, c'est juste un bonus. Ils vont y aller parce que c'est une excuse pour boire et faire du bruit et boire encore et vomir dans le caniveau. Ils vont y aller parce qu'ils trouvent ça cool. Même ma fille va y aller.

Ils se foutent de Joe Middleton ou du système judiciaire, parce que tout ce qui les intéresse, c'est picoler. C'est leur génération. La génération de ma fille. Ça pousse à se demander pourquoi on fait tout ça, pourquoi on essaie de rendre le monde plus sûr, quand c'est pour eux qu'on se casse le cul.

— Je ne sais pas trop ce que vous voulez que je dise, répond Schroder.

— Il n'y a rien à dire. C'est ainsi. Mais je tiens juste à vous faire savoir que si vous pensez pouvoir éviter que tout ça se transforme en cirque, vous êtes probablement la seule personne réellement folle que j'aie jamais rencontrée. »

31

Si Raphael avait su qu'il aurait de la visite, il aurait fait un peu de ménage. Il est embarrassé et espère que Stella ne croit pas qu'il vit toujours comme ça. Même si, dernièrement, il vit vraiment à peu près tout le temps comme ça. Au début, ça l'ennuyait de vivre si mal, de manger si mal, et puis, Dieu merci, il a cessé de s'en préoccuper.

« Désolé pour le bazar », dit-il, mais ça ne semble pas la déranger.

Il soupçonne que la maison de Stella est dans un état similaire depuis la perte de son bébé et le départ de son mari. Elle se masse le ventre comme si elle était toujours enceinte. Il se souvient que sa femme faisait tout le temps ce geste quand elle attendait Angela. Il se revoit au lit à côté d'elle le soir avec sa main sur son ventre, sentant le bébé qui donnait des coups de pied, sa femme souriant, amusée, lui quelque peu effrayé par tout ça. À l'époque, il ne voyait pas trop la différence entre un bébé qui donnait des coups de pied et ce qui arrivait à ce pauvre type sur la table du dîner dans *Alien*.

« Je peux vous offrir quelque chose à boire ? demande-t-il.

— Juste de l'eau. »

Il se rend à la cuisine. La vaisselle du petit déjeuner est toujours éparpillée sur le comptoir, parmi des miettes de toasts vieilles d'une semaine et des éclaboussures d'eau autour de l'évier. Il attrape deux verres propres et retourne au salon. Stella est en train de regarder les photos sur les murs.

« C'est Angela ? demande-t-elle.

— Oui.

— Et elles, ce sont vos petites-filles ? demande-t-elle en regardant une photo qui représente deux fillettes.

— Adelaide a six ans, répond-il. Elle a débuté l'école cette année. Elle vit en Angleterre et espère sans cesse que son école soit comme celle dans *Harry Potter*. Poudlord, ou je ne sais quoi. Vivian a quatre ans et elle veut devenir ballerine, et aussi chanteuse de pop.

— Mignonnes, dit-elle.

— Je ne les vois plus », poursuit-il, et il est en colère après son gendre. C'est pour ça qu'il n'y a pas de photos de lui aux murs, même s'il ne peut pas lui en vouloir d'être parti. Il ne peut absolument pas lui en vouloir. « Je leur parle une fois par mois si j'ai de la chance. »

Stella lui tend un sac en plastique rempli de vêtements qui est resté toute la journée dans la voiture.

« Essayez-les », dit-elle.

Il en tire une chemise bleu clair et un pantalon bleu foncé.

« Ils devraient être à votre taille.

— Vous avez trouvé ça où ?

— C'est un uniforme de location. Essayez de ne pas l'abîmer, sinon je ne récupérerai pas mon dépôt de garantie. »

Il se demande si elle plaisante. Il déplie l'uniforme de policier et l'examine.

« On dirait un vrai, dit-il.

— Évidemment. C'est à ça que servent les boutiques de location de costumes. Allez-y, essayez-le.

— Vous croyez vraiment que ce déguisement sera nécessaire ?

— Avec un peu de chance, non, mais j'imagine qu'il le sera. Il va y avoir beaucoup de confusion et beaucoup de gens courant dans tous les sens. Si vous le portez, vous ne vous ferez pas arrêter. »

Il porte l'uniforme jusqu'à sa chambre. Celle-ci, comme le reste de la maison, n'est pas un foutoir complet, mais elle n'est pas exactement bien rangée non plus. Le lit n'est pas fait et il y a des vêtements par terre, mais ce n'est pas comme si la moquette avait des taches de nourriture ou comme si les rebords de fenêtre étaient moisis. Il étale l'uniforme sur le lit et se change rapidement. Il est un peu ample, mais ça va.

« Alors ? Vous en pensez quoi ? » demande-t-il en pénétrant de nouveau dans le salon.

Stella sourit. C'est la première fois qu'il perçoit une émotion positive chez elle. Même ses yeux scintillent. Ça doit être vrai, ce qu'on dit des hommes en uniforme. S'il avait vingt ans de moins, s'il n'avait pas perdu sa fille, s'il n'était pas techniquement marié, et si Stella n'était pas une victime de viol cherchant à venger la perte de son bébé, eh bien, peut-être qu'il se passerait quelque chose entre eux pendant qu'il porte cet uniforme.

« Il me va plutôt bien, dit-il. Vous avez l'œil pour les tailles. Je n'en reviens pas qu'il soit même fourni avec la ceinture. » Il triture le compartiment qui renferme les menottes. « Et il comporte même une radio. Tout ça a l'air authentique.

— La radio ne fonctionne pas, explique-t-elle. Mais à part ça, vous avez raison, il est presque authentique. »

Il marche jusqu'à un miroir dans le salon. Il s'examine. S'il prenait le temps de réfléchir à ce qui se passe, il risquerait de tout arrêter. Il doit continuer de suivre le courant. Il va tuer Joe. Il soupçonne que les jours à venir ne seront qu'une question de mouvement, et s'il ne continue pas d'avancer, rien de tout ça ne fonctionnera. Il est certain que la Rage Rouge l'aidera.

« Vous êtes sûre qu'on va réussir à prendre la fuite ? » demande-t-il en tirant sur son uniforme.

En théorie, cette partie du plan est aussi bonne que le reste, mais il a tout de même un mauvais pressentiment. Il la regarde dans le miroir et croise le regard de Stella.

« Est-ce que ce serait grave si on n'y arrivait pas ? demande-t-elle. Si quelqu'un vous offrait maintenant la possibilité de coller une balle dans la tête de Joe et de passer dix ans en prison en échange, vous la saisiriez ?

— Oui », répond-il.

Il n'a même pas besoin de réfléchir. Et ce ne serait pas dix ans. Aucun juge ne le condamnerait à dix ans pour avoir abattu l'homme qui a violé et tué sa fille. Ou peut-être qu'il se fait des idées. Certains juges ont condamné des gens à bien plus pour avoir fait exactement la même chose.

« Et vous ? demande-t-il.

— Sans hésiter », répond-elle.

On frappe à la porte. Ils se figent tous les deux.

« Vous attendez quelqu'un ? » demande-t-elle.

Il secoue la tête.

Stella s'approche de la fenêtre et jette un coup d'œil derrière le store.

« C'est la même voiture qu'hier soir, celle des flics.

— Merde », dit-il.

Il commence à déboutonner sa chemise.

« Ils ne peuvent pas me voir comme ça.

— Vous avez qu'à ne pas répondre.

— Ça pourrait être important, dit-il en tirant la chemise par-dessus sa tête pour accélérer les choses alors que la moitié des boutons sont toujours attachés. En plus, ma voiture est dans l'allée. Ils savent que je suis chez moi. »

Il ôte ses chaussures, tire sur le pantalon et est en sous-vêtements et en chaussettes quand on frappe de nouveau.

« Attendez une seconde ! » lance-t-il. Il regarde à gauche et à droite à la recherche de quelque chose à mettre, mais il n'y a rien. « Merde. »

Il se rend dans la salle de bains à côté du couloir et attrape une serviette. Il se la passe autour de la taille et marche vers la porte.

32

Schroder est en route pour le casino quand il décide de passer voir Raphael. Les auteurs et le producteur du *Nettoyeur* ont été irrités par son absence d'hier. Il a la sale impression que plus tard dans la journée, ou en début de semaine prochaine, quelqu'un du studio le fera asseoir pour lui donner un carton jaune en lui disant que dans ce monde où tout est remplaçable, la prochaine fois il en aura un rouge et il prendra la porte.

Venir ici pourrait être son carton rouge.

« Inspecteur », dit Raphael.

Il porte une serviette autour de la taille et rien d'autre hormis une paire de chaussettes, et Schroder espère qu'il sera aussi bien foutu que lui quand il aura l'âge de Raphael.

Schroder sourit.

« C'est simplement Carl, ces temps-ci, lui rappelle-t-il. J'arrive au mauvais moment, hein ?

— À moins que vous ayez l'intention de sauter avec moi sous la douche », répond Raphael en riant.

Schroder rit à la plaisanterie, même si elle était prévisible.

« J'ai juste besoin de quelques minutes de votre temps, reprend Schroder. On peut entrer ou vous voulez rester à la porte dans le froid et offrir un spectacle à vos voisins ?

— Heu… eh bien, le problème, Carl, c'est que je suis assez pressé. On peut remettre ça à plus tard ?

— Ça ne prendra pas longtemps », insiste Schroder.

Il repense à hier soir, quand Raphael se tenait à la porte de la salle communale et ne l'invitait pas à entrer. C'est louche. Bien sûr, après avoir été flic pendant tant d'années, tout lui semble louche. Il a envie d'ajouter le bon vieux *à moins que vous ayez quelque chose à cacher*. Il a dit cette phrase une myriade de fois au fil des années à des gens qui avaient quelque chose à cacher. Parfois ça fonctionne, parfois pas.

« Heu, d'accord, je suppose. »

Raphael se retourne et longe le couloir. Schroder le suit. Il est déjà entré dans cette maison. Quand ils sont venus annoncer à Raphael et à sa femme que leur fille avait été assassinée. C'était il y a plus d'un an, mais maintenant qu'il est de retour ici, c'est comme si ça s'était passé la semaine dernière. Raphael et sa femme avaient immédiatement deviné que la nouvelle ne serait pas bonne, dès que Schroder et son équipier de l'époque, l'inspecteur Landry, avaient montré leurs plaques et demandé s'ils pouvaient entrer. La police ne vient jamais annoncer de bonnes nouvelles – elle ne vient pas vous dire que vous avez touché le gros lot à la loterie ou gagné des vacances. La femme avait fondu en larmes avant même qu'ils aient atteint le salon, et Raphael et Schroder avaient dû l'aider à s'asseoir sur le canapé. Raphael avait pris place à côté d'elle, il lui avait tenu la main tout en secouant continuellement la tête comme s'il pouvait repousser la nouvelle, et il n'arrêtait pas de dire *Mais nous l'avons vue ce matin*, comme si ces mots pouvaient chasser le mal qui s'engouffrait dans leur vie. Schroder et Landry avaient passé une heure avec eux. Ç'avait été une heure fatidique pour Raphael et sa femme, mais ç'avait juste été une heure parmi tant d'autres pour Schroder et Landry, qui avaient déjà frappé à d'autres portes pour annoncer des nouvelles similaires. Il a beaucoup pensé à Landry récemment, à sa propre heure fatidique, à son enterrement il y a presque un mois. La maison était mieux rangée, à l'époque. Maintenant, la touche féminine a disparu, de même que la femme.

Ils arrivent dans le salon. Raphael regarde autour de lui comme s'il avait perdu quelque chose.

« Vous avez des visiteurs ? demande Schroder.

— Pardon ? Non, pas de visiteurs.

— Vous avez l'habitude d'avoir deux verres d'eau ? »

Raphael secoue la tête.

« L'un d'eux date d'hier soir, répond-il en parcourant la pièce du regard. Je me le suis servi et je ne l'ai pas fini et, eh bien, vous savez, j'ai été trop fainéant pour le débarrasser. J'ai honte de l'avouer, mais si vous faites le tour de la maison, vous en trouverez plein d'autres. »

Schroder s'assied sur le canapé. Il le croit. On dirait que le ménage n'a pas été fait depuis un moment. Il y a une pile de factures non ouvertes sur la table basse. Le programme télé à côté de la pile date de l'année dernière. Il a fait office de sous-verre.

Il enfonce la main dans sa poche de veste pour en tirer la photo qui aurait dû se trouver dans sa voiture hier soir. Il ne sait pas où il l'a perdue, mais il en avait une copie chez lui. Il y a quelques documents qu'il a en deux exemplaires.

« Avez-vous déjà vu cette femme ? » demande-t-il.

Il tend la photo à Raphael, qui est toujours debout, ce dont il lui est reconnaissant car s'il s'assied, il aura droit à une vue dont il n'a aucune envie.

Raphael la saisit et l'examine pendant quelques secondes. Puis quelques secondes de plus. Rien n'indique qu'il reconnaisse la femme. Il n'incline pas la tête comme hier soir quand il essayait de se rappeler si les noms qu'ils lui disaient lui évoquaient quelque chose. Il n'observe pas la photo sous un angle différent. Il se met à lentement secouer la tête, puis il la rend.

« Je devrais ?

— Oui, répond Schroder. Vous devriez au moins l'avoir vue aux informations.

— Pourquoi ? Qui est-ce ?

— Son vrai nom est Natalie Flowers, répond Schroder.

— Oh, bien sûr, dit Raphael. Melissa. Je ne l'ai pas reconnue. Je ne regarde pas vraiment les infos, ces jours-ci. C'est trop déprimant.

— Donc, vous ne l'avez jamais vue à l'une de vos réunions ? insiste Schroder en lui tendant de nouveau la photo.

— À une réunion ? » Raphael rit, puis secoue la tête. « Qu'est-ce qu'elle viendrait faire à une réunion ? » Il saisit de nouveau la photo et la tient plus près de son visage. Il l'observe sous un angle différent. Il incline la tête. « C'est Melissa ? demande-t-il.

— Oui.

— Elle n'a pas l'air… »

Comme il n'achève pas sa phrase, Schroder cherche le mot pour lui.

« Diabolique ? »

Raphael ne répond pas. Il continue d'observer la photo.

« Vous la reconnaissez, n'est-ce pas ? » demande Schroder.

Raphael secoue la tête.

« Je suppose, vous savez, comme vous l'avez dit, à cause des infos. Mais à part ça, je ne l'ai jamais vue. Certainement pas à une réunion.

— Vous en êtes sûr, Raphael ?

— Eh bien, non, je ne peux pas être catégorique. Elle pourrait se déguiser, n'est-ce pas ? C'est pour ça que vous ne l'avez pas retrouvée. Mais pour autant que je sache, non, elle n'est jamais venue. Je ne vois aucune raison pour qu'elle le fasse.

— Elle pourrait y aller pour savourer la douleur qu'elle provoque », suggère Schroder.

Raphael acquiesce.

« Je n'y avais pas pensé. »

Schroder reprend la photo et la replace dans sa poche. Ça valait le coup d'essayer. Il se lève. Il a un boulot qui l'attend, et ce n'est pas celui-ci.

« Appelez-moi si vous pensez à quoi que ce soit », dit-il. Il est conscient qu'il ne recevra jamais de coup de fil de Raphael, que si celui-ci pense à quelque chose, c’est la police qu’il appellera, pas lui. Mais bon, il a fait ce qu’il était venu faire. Les deux hommes échangent une poignée de main.

« À votre disposition, inspecteur », dit Raphael, et il suit Schroder jusqu’à la porte.

33

« Vous n'étiez pas censée voir ça », déclare Raphael. Melissa se détourne du mur pour lui faire face. Il se tient à la porte, portant la serviette autour de sa taille et ses sous-vêtements en dessous, et rien d'autre.

« C'est quoi, cette pièce ? » demande-t-elle.

Il fait un pas vers elle.

« C'était la chambre de notre fille à l'époque où elle vivait à la maison avec nous. Quand elle a déménagé, nous l'avons transformée en bureau, et toutes ses affaires d'enfance ont été mises au débarras. Quand elle est morte, nous avons réarrangé la pièce pour qu'elle soit telle qu'elle était quand elle était enfant.

— Pas exactement », observe Melissa en regardant le mur auquel sont punaisés des articles de presse.

C'est tout à fait fascinant. Elle s'imagine Raphael assis au bord du lit, fixant ce mur, complotant sa vengeance jusqu'au beau milieu de la nuit. L'obsession mêlée à un peu d'alcool.

« Comme j'ai dit, vous n'étiez pas censée entrer ici », répète-t-il en faisant un nouveau pas vers elle.

Il lui rappelle son propre père quand elle faisait une bêtise. Il l'attrapait par le bras et l'entraînait hors de la pièce. Raphael a l'air de vouloir faire la même chose.

« Il fallait bien que j'aille quelque part, réplique Melissa, sinon ce policier m'aurait vue.

— Ç'aurait été grave qu'il vous voie ?

— Non, je suppose que non », répond Melissa, même si oui, ç'aurait été très grave.

Elle est ravie par ce qu'elle vient de trouver dans la chambre de sa fille morte. Absolument ravie.

« Je suppose que vous voulez une explication, dit-il.

— Je pense qu'avec ce qu'on prévoit de faire tous les deux, oui.

— Allez-vous aller voir la police ?

— Ça dépend de l'explication, répond-elle, même si elle sait que non, bien sûr qu'elle n'ira pas voir la police.

— Accordez-moi une minute, le temps que je me rhabille, dit-il. Et je ne veux pas que vous attendiez ici. C'était la chambre d'Angela. »

Melissa regagne le salon et s'assied. Elle a attendu ici plus tôt, écoutant Raphael et Schroder jusqu'au moment où il a été évident qu'ils allaient entrer. Depuis la chambre d'Angela, elle a pu les entendre clairement, tout en examinant les choses intéressantes punaisées aux murs, des choses qu'aucune adolescente ne trouverait intéressantes.

Raphael revient une minute plus tard. Il porte les mêmes vêtements que quand ils se sont entraînés au tir, les bottes en moins. Il était nettement plus attirant torse nu, et encore plus attirant en uniforme. La beauté décontractée qu'il possède habituellement a disparu, ses traits sont tirés. Il s'assied sur le canapé face à elle, saisit son verre d'eau sur la table basse et en boit la moitié, puis il se relève, va dans la cuisine et revient avec une bouteille de bourbon. Il finit son eau et remplit son verre d'alcool. Il en offre à Melissa, qui fait non de la tête. Ça pourrait nuire à son faux bébé.

« Au moins, maintenant, vous savez que j'irai jusqu'au bout, dit-il avant de lâcher un petit rire proche d'un grognement.

— C'est censé être drôle ?

— Non. Pas vraiment.

— Vous les avez tués ? Tous les deux ? » demande-t-elle.

Il acquiesce.

« Ils allaient le défendre », répond-il.

Elle a déjà compris pourquoi il l'a fait. Elle l'a compris à l'instant où elle a vu sur le mur les articles concernant les deux premiers avocats qui allaient défendre Joe. Sur les photos qui accompagnaient les articles, Raphael a barré leur visage d'un X rouge.

« Moi, même dans le meilleur des cas, je ne comprends pas les avocats.

— Et dans le pire des cas ?

— Dans le pire des cas, ils sont prêts à tout pour défendre des gens comme Joe Middleton. Ces deux salauds se servaient de la tragédie de ma fille pour devenir célèbres, pour se faire un nom dans le milieu des avocats afin de défendre d'autres Joe et de devenir encore plus célèbres et de gagner encore plus d'argent. Les personnes qui sont capables de ça sont capables de tout. »

Melissa ne dit rien. Elle sait de quoi sont capables les gens. Elle sait aussi que Raphael ira jusqu'au bout. Elle sent que ce sera bon pour lui. Comme une catharsis. Il a gardé cette rage en lui. Elle saisit le verre auquel elle n'a pas encore touché et boit une gorgée. L'eau est désormais à température ambiante.

« J'y suis allé, poursuit-il. J'ai pris rendez-vous avec le premier avocat et il m'a reçu. Je l'ai supplié de ne pas défendre Joe. Vraiment supplié. Et vous savez quoi ? Il a dit qu'il me comprenait. Qu'il comprenait ce que je ressentais. Vous le croyez, ça ? Cet enfoiré vient me dire qu'il sait ce que je dois ressentir. Puis il a continué en disant que tout le monde avait droit à une défense, que c'était ce que disait la loi, et que Joe avait droit à ce que disait la loi, comme n'importe qui d'autre. Mais ça n'avait aucun sens pour moi. Enfin quoi, vous avez un type qui méprise la loi, qui méprise l'humanité, et soudain il a des droits ? Rien à foutre de ces conneries. »

C'est la première fois que Melissa l'entend jurer.

« Donc, vous lui avez envoyé des menaces de mort. »

Il secoue la tête.

« Non, j'ai lu ça dans la presse, que les deux avocats avaient reçu des menaces de mort par courrier, mais aucune ne provenait de moi.

— Vous les avez juste tués.

— Oui. Mais pas tout de suite. Le premier, après lui avoir parlé, je lui ai laissé un mois. J'étais sûr que s'il réfléchissait plus, il se rallierait à ma façon de penser. Ça semblait logique, non ? Alors, un mois plus tard, j'ai pensé que ce serait mieux si je le rencontrais dans un endroit moins formel, parce que j'espérais que ça le rendrait moins formel et plus humain. Je suis retourné à son cabinet un soir, j'ai attendu qu'il finisse, puis je l'ai suivi jusqu'à sa voiture. »

Il lève les mains.

« Je sais ce que vous pensez », ajoute-t-il.

Mais il se trompe. Il n'a aucune idée de ce qu'elle pense.

« Je ne l'ai pas suivi pour m'en prendre à lui, je voulais simplement plaider ma cause. Je voulais lui rappeler la souffrance qu'il provoquerait.

— Et il ne vous a pas écouté ?

— Si, il a écouté. C'est le problème, dit Raphael, de plus en plus animé, agitant ses mains dans les airs. Il a écouté tout ce que j'avais à dire, mais il a tout de même refusé de cesser de défendre Joe.

— Et ça vous a rendu furieux.

— Ça rendrait n'importe qui furieux.

— Donc, vous l'avez tué.

— Ça ne s'est pas passé comme ça. C'était un accident.

— Comment ça ? »

Il se passe les doigts sur le front et dans les cheveux, puis secoue lentement la tête.

« Je l'ai frappé », explique-t-il. Il pousse un profond soupir. « Avec un marteau.

— Vous avez souvent un marteau dans votre voiture ?

— Non.

— Donc, vous en avez pris un avec vous.

— Je suppose.

— Et vous lui avez parlé sans qu'il voie le marteau, n'est-ce pas ? Donc vous l'aviez dans votre poche, ou enfoncé dans votre pantalon. Vous l'aviez emporté parce que vous saviez que si les choses tournaient mal et qu'il ne se rangeait pas à votre point de vue, vous le tueriez. Et vous y êtes allé un mois plus tard parce que vous saviez que la police examinerait son agenda mais ne s'intéresserait qu'aux personnes qu'il avait rencontrées récemment.

— Je sais que c'est l'impression que ça donne, dit-il, mais ce n'était vraiment pas ce que j'avais prévu.

— Qu'aviez-vous prévu s'il n'était pas d'accord avec vous ? »

Raphael hausse les épaules.

« Je ne sais pas. Pas ça, en tout cas. »

Melissa acquiesce. C'est une conversation formidable. Elle regrette de ne pas l'avoir avec Joe. Ils pourraient discuter, puis se déshabiller.

« Et après, qu'est-ce que vous avez fait ?

— Je l'ai balancé dans le coffre de sa voiture, puis je suis allé chercher mon propre véhicule. Je me suis garé à côté de lui et l'ai transféré d'un coffre à l'autre, puis j'ai roulé jusqu'à… bref, j'ai enterré le corps.

— Là où nous nous sommes entraînés au tir aujourd'hui, dit Melissa. C'est ça, n'est-ce pas ?

— Oui.

— Vous vous êtes senti mieux, après ?

— Ça n'a pas fait revenir Angela, mais je le savais déjà. Eh oui, je me suis senti un peu mieux. Mais au bout de quelques jours, un autre avocat a demandé à avoir le dossier. Je n'ai pas pris la peine d'aller le voir car je savais que la conversation serait la même. Alors je lui ai également réglé son compte. Mais cette fois, j'ai fait en sorte qu'on le retrouve. Je me suis dit que le message serait plus clair, vous savez, pour les autres avocats. Et ça a fonctionné. Le troisième avocat de Joe a été nommé par le tribunal. Il n'a pas vraiment l'air de vouloir ce boulot. Alors, vous savez, aucune raison de lui faire du mal. Du moins pour le moment. Et quelqu'un d'autre les aurait tués de toute manière, ajoute-t-il. Quelqu'un envoyait à ces types des menaces de mort.

— Vous avez tué deux innocents », déclare-t-elle.

Elle s'en contrefout, mais elle estime qu'elle doit montrer un visage plus bienveillant à Raphael.

« Ils n'étaient pas innocents, rétorque-t-il.

— Je suis sûre qu'ils ne seraient pas d'accord.

— Alors… est-ce que ça change quoi que ce soit ? »

Elle laisse passer quelques secondes avant de répondre. Comme si elle devait vraiment y réfléchir. Comme si elle soupesait une décision très difficile. Seulement, ce n'est pas le cas. C'est une décision simple. Et elle la conforte dans le choix qu'elle a fait d'aller voir Raphael hier soir.

« Je… je ne sais pas. Je n'ai jamais fréquenté de tueur, dit-elle. Je devrais être heureuse car ça confirme que vous abattrez Joe lundi, mais, eh bien, pour être honnête… c'est un peu bizarre. Vous avez tué deux personnes.

— Deux sales types.

— Deux sales types, répète-t-elle. Des avocats qui n'agissaient pas bien.

— Exactement. Donc, la question demeure – est-ce que ça change quoi que ce soit ?

— Non, répond-elle.

— Parfait, dit-il, et il se renfonce dans le canapé.

— Mais nous ne nous en prenons qu'à Joe, ajoute-t-elle. Pas aux flics qui l'escorteront. Plus d'avocats. Il y a déjà eu trop de sang versé. Seulement Joe.

— Évidemment, dit-il. Les flics veulent l'enfermer. Ils sont de notre côté.

— Et celui qui est venu ici ? demande-t-elle. Qu'est-ce qu'il voulait ?

— Schroder ? Eh bien, il n’est plus de la police, explique-t-il d’un ton un peu méfiant. Il voulait juste me demander si d’autres personnes me venaient à l’esprit.

— Comment ça, vous venaient à l’esprit ?

— Des personnes suspectes dans le groupe. Je ne sais pas trop qui il cherche.

— Et que lui avez-vous dit ?

— Je lui ai dit que personne ne me venait à l’esprit. »

Elle a entendu leur conversation depuis la chambre d’Angela. Elle sait que Schroder lui a montré une photo d’elle. Elle sait qu’ils ont parlé d’elle, qu’ils ont même mentionné son vrai nom. C’était probablement une copie de la photo qu’elle a trouvée à l’arrière de la voiture de Schroder, la photo qui a été prise le jour où Cindy s’est fait prendre en sandwich à la plage par deux types qu’elle ne connaissait pas. Sur cette photo, Melissa a les cheveux châtain foncé. C’était sa couleur naturelle – et techniquement, ça l’est toujours –, même si aujourd’hui elle les teint en noir et les garde courts. Et, bien sûr, elle porte des perruques. Des perruques longues, même. Et pour Raphael, elle a les cheveux longs et noirs.

« C’était tout ? demande-t-elle.

— Oui. Rien d’extraordinaire », répond-il.

Elle repense à hier soir, quand Raphael est monté dans sa voiture. Quand ils avaient discuté avant ça, il avait été très fort pour dissimuler la vérité. Il savait déjà qu’elle n’était pas la personne qu’elle prétendait être, et elle est certaine qu’il sait désormais qui elle est.

« Alors, si on répétait ce plan ? C’est pour ça qu’on est ici. »

Elle boit une autre gorgée d’eau et repose son verre.

« OK, dit-elle.

— Ça ne devrait rien changer, ajoute-t-il. Au moins, maintenant, vous savez que je le ferai. Que j'appuierai sur la détente. »

Mais Raphael se trompe. Ça change tout. Pas le fait qu'il ait tué deux avocats, mais le fait qu'il ait menti à propos de sa conversation avec Schroder. Il sait qui elle est, et maintenant elle doit cacher le fait qu'elle le sait. Ça signifie également qu'elle va devoir ajuster le plan, car Raphael va s'ajuster lui aussi. Il s'agit de garder une longueur d'avance – et elle a toujours été douée pour ça. La seule personne qui l'ait battue à ce jeu depuis qu'elle a cessé d'être Natalie pour devenir Melissa, c'est Joe.

Raphael est un tueur, et il va le prouver lundi matin, pas seulement avec Joe, mais également avec elle.

La première balle sera pour Joe.

Et la deuxième, elle en est certaine, portera son nom à elle.

34

Je finis par rater le déjeuner à cause de mon programme chargé avec ma psychiatre, avec Schroder et mon avocat, puis de nouveau avec ma psychiatre. Donc, en début d'après-midi, j'ai le ventre qui se tord. C'est alors que le gardien Adam vient me voir. Il a un sandwich. J'ai déjà raté des repas à cause d'autres rendez-vous, et j'ai été à l'époque confronté au même problème que maintenant – c'est le boulot des gardiens de vous apporter quelque chose à manger, mais on ne sait jamais ce qu'il y a dedans.

« *Bon appétit*[1] », me lance Adam, ce qui, je suppose, signifie *Va te faire foutre* en latin.

Je déballe le sandwich et ouvre le pain. Il y a des poils pubiens entre une tranche de fromage et une tranche de viande, suffisamment pour tricoter un pull à une souris – ce qui est ironique, car la dernière fois qu'Adam m'a apporté un sandwich, il y avait une souris crevée dedans. Je le remballe et veux le rendre à Adam, qui ne le prend pas.

« C'est soit ça, Middleton, soit tu crèves la dalle.

1. En français dans le texte. *(N. d. T.)*

— Alors je crèverai la dalle. »

De la même manière que j'ai crevé la dalle après le sandwich au Mickey.

« C'est ce qu'on verra », dit-il, et il s'éloigne, me laissant seul dans ma cellule.

Je recommence à fixer les murs. Je réfléchis à Melissa, je réfléchis à ma tante, je réfléchis à la psychiatre, je réfléchis à la peine de mort. Toutes ces réflexions accentuent ma faim, et je m'aperçois que j'ai encore plus de doutes quant à mon avenir que je ne le pensais. Les gens se sont fait une idée de moi sans même me connaître. Des jurés vont être tirés au sort parmi une population qui a lu et vu tout un tas de saloperies négatives à mon sujet depuis douze mois. Comment pourrais-je être jugé par un panel de mes pairs ? Y a-t-il douze hommes et femmes dehors qui ont tué quelques personnes, baisé quelques ménagères esseulées, qui se sont fait couper une partie de leurs organes génitaux et qui ont essayé de se tirer une balle ? Non. Je vais être jugé par des dentistes et des vendeurs de chaussures et des musiciens.

La zone commune entre les cellules est ouverte. Les mêmes types y font les mêmes choses – ils jouent aux cartes, ils discutent, ils geignent tous qu'ils voudraient être dehors à faire le genre de choses qui leur ont valu de finir enfermés. Sortis de l'heure d'exercice quotidien dans un petit enclos dehors, la plupart d'entre nous n'ont pas vu l'extérieur depuis longtemps. Le reste du monde pourrait avoir été détruit par des extraterrestres, et ça ne changerait rien pour nous.

Une autre heure s'écoule. Mon estomac gronde de plus en plus fort. Adam revient me voir.

« On t'appelle au téléphone », annonce-t-il.

Il me conduit à travers le bloc de cellules. Nous longeons un couloir et franchissons une porte verrouillée pour atteindre un téléphone rivé au mur, de la même taille et de la même forme qu'un téléphone public. Il est solidement fixé au mur, non pas parce que la prison est remplie de voleurs, mais parce qu'elle est remplie de personnes qui pourraient battre quelqu'un à mort avec un bel objet bien lourd comme ça. Le combiné pend, balançant légèrement. Adam s'appuie contre le mur tout proche et m'observe.

Je soulève le combiné.

« Allô ?

— Joe, c'est Kevin Wellington, dit la voix.

— Qui ? »

Un soupir, puis :

« Votre avocat.

— Vous avez un marché à me proposer ?

— C'est votre jour de chance, Joe », dit-il.

C'est une bonne chose, car j'ai besoin d'enchaîner quelques jours de chance, et aujourd'hui pourrait être le premier d'une longue série.

« J'ai conclu un marché avec l'accusation. Vous obtenez l'immunité pour l'inspecteur Calhoun si vous leur montrez où se trouve le corps. Ça ne pourra pas être utilisé contre vous pendant votre procès. Vous n'aurez qu'à garder le silence pour tout le reste, leur montrer où se trouve le corps, et rien de plus. Vous saisissez ?

— Oui, je saisis.

— Alors, répétez. »

Je lève les yeux vers Adam, qui continue de me fixer du regard. J'abaisse le téléphone.

« C'est mon avocat, dis-je. Ça ne me donne pas droit à un peu d'inimitié ?

— C'est intimité, espèce d'abruti », réplique-t-il.

Mais je ne suis pas sûr qu'il ait raison.

« Si, je suis sûr que ça t'en donne le droit », ajoute-t-il sans faire le moindre effort pour s'éloigner.

Je lui tourne le dos et parle dans le combiné.

« J'ai compris, dis-je à mon avocat.

— Non, Joe, dites-moi ce que vous comprenez.

— Je dois me taire.

— Exact. Vous ne répondez pas à leurs questions, vous ne faites pas la conversation. Et, surtout, vous ne vous comportez pas comme un petit frimeur à la con, parce que c'est précisément cette attitude qui nous rend la vie difficile.

— De quoi vous parlez ?

— De votre attitude, Joe. Vous vous croyez supérieur à tout le monde, mais vous ne l'êtes pas. Votre certitude que…

— Oh, oh, OK, cool », dis-je, l'interrompant parce qu'il a l'air de dire que c'est mal d'être supérieur aux autres.

C'est ce genre d'attitude qui transforme les personnes étroites d'esprit en losers.

« Passons à autre chose. Qu'est-ce qui se passe avec l'argent ? Comment on sait qu'ils paieront ?

— L'argent va sur un compte en séquestre.

— C'est où, en Europe ?

— Vous êtes sérieux, Joe ?

— Qu'est-ce que vous racontez ?

— Ce n'est pas un endroit, Joe. C'est un type de compte. C'est comme un intermédiaire pour l'argent.

Comme un arbitre qui le surveille. Une fois que le corps aura été identifié, vous serez payé.

— Alors, je l'aurai quand, demain ?

— Ça dépend de la facilité à identifier le corps, Joe. Dans quel état vous l'avez laissé ?

— Merde, dis-je. Donc, avec ce monsieur séquestre, quoi qu'il arrive, j'aurai l'argent si l'identité est confirmée, c'est ça ?

— C'est exact.

— Quoi qu'il arrive ? »

Une pause, puis :

« Quoi qu'il arrive, confirme-t-il.

— Disons qu'une bombe nucléaire explose et que la moitié du pays soit tuée, qu'il y ait des flics morts partout et plus personne pour surveiller les prisons et qu'on s'échappe tous. Je suis tout de même payé, exact ?

— Où voulez-vous en venir, Joe ?

— Je veux juste être sûr. Quoi qu'il arrive, je serai payé. Si je devais sortir d'ici après leur avoir montré où est le corps et être recherché par la police, je…

— Vous serez payé, dit mon avocat. La seule condition, c'est que Calhoun soit identifié. Cependant, si vous deviez sortir d'ici et être recherché par la police, vous auriez beaucoup de mal à accéder à votre compte en banque.

— Oh. On ne peut pas avoir l'argent en liquide ?

— Non, Joe, impossible. Et quelle importance ? Avez-vous l'intention de vous évader ?

— Non, non, bien sûr que non. Mais avoir un compte en banque ne me sert à rien. C'est pas comme s'il y avait un distributeur de billets ici. C'est pas comme si je pouvais proposer de faire un chèque à quelqu'un qui voudrait me tuer.

— Et ce n'est pas comme si vous pouviez cacher cinquante mille dollars sous votre matelas, Joe.

— Vous ne pouvez pas ouvrir un compte séparé ? Quelque chose à votre nom auquel j'aurais accès ?

— Non. Écoutez, Joe…

— OK, alors versez-le sur le compte de ma mère, dis-je.

— Pourquoi ?

— Parce qu'elle a besoin d'argent. Parce que je veux m'occuper d'elle. Et parce qu'elle vient me voir toutes les semaines et qu'elle pourra en apporter un peu chaque fois.

— Avez-vous ses coordonnées bancaires ?

— Elle les aura. Vous pouvez la contacter.

— OK, dit-il. Je la contacterai demain.

— À quelle heure je leur montre ?

— Dix heures du matin. »

Je secoue la tête.

« Heu… non. C'est pas bon pour moi. »

Une pause.

« Vous êtes sérieux ?

— Bien sûr. Dix heures, c'est trop tôt.

— Allons, Joe, essayez-vous délibérément de compliquer les choses ? C'est un bon marché pour vous. Un marché génial que nous avons tous travaillé dur pour…

— Je vous dis que c'est trop tôt.

— Pourquoi ?

— J'ai des entretiens avec la psychiatre toute la journée, demain. C'est important. Je ne vais pas courir le risque de tout gâcher. C'est vous-même qui m'avez mis en garde de ne pas le faire.

— Eh bien, je suis sûr qu'elle trouvera une solution. » Je secoue la tête comme s'il me voyait.

« Écoutez-moi. David…

— C'est Kevin.

— Kevin. Le matin, c'est pas bon pour moi.

— Parce que vous avez d'autres rendez-vous ?

— Oui. C'est de ma défense que l'on parle. De mon avenir. C'est de ma vie. Je ne vais pas jouer au con avec ça. »

Je l'imagine assis à son bureau. Il a une main sur le front, il écarte le téléphone de son oreille et le regarde fixement. Peut-être qu'il songe même à raccrocher. Ou alors à s'enrouler le câble autour du cou et à se pendre.

« Joe, on a mis les choses en branle, et vous risquez de tout gâcher. Qu'est-ce qui se passe vraiment ?

— Il ne se passe rien, à part ce que je viens de vous dire. Vous êtes mon avocat. À vous de les convaincre que s'ils veulent qu'on aille jusqu'au bout, ça ne peut pas être le matin.

— Alors quand ?

— Quand j'en aurai fini avec les entretiens. Disons quatre heures.

— Quatre heures, répète Kevin. Pourquoi quatre heures ?

— Pourquoi pas quatre heures ?

— Bon Dieu, Joe, vous rendez vraiment les choses difficiles.

— Débrouillez-vous, dis-je. Et, au fait, c'est branque, pas branle.

— Pardon ?

— On a mis les choses en branque. Pas en branle. »

Il ne répond pas. J'écoute son silence pendant quelques secondes, puis je raccroche comme ils le font tout le temps dans les films, sans dire au revoir, quand les deux parties semblent savoir que la conversation est arrivée à son terme.

Je me tourne vers Adam.

« J'ai besoin de passer un coup de fil.

— Tu viens de passer un coup de fil.

— Non. J'ai reçu un coup de fil. Maintenant, j'ai besoin d'en passer un. »

Il me sourit. Il n'y a aucune chaleur dans son sourire.

« Je me contrefous de ce dont tu as besoin, Joe.

— S'il vous plaît. C'est important.

— Sérieusement, Joe, qu'est-ce que je viens de dire qui n'était pas clair ? Regarde-moi. Est-ce que j'ai l'air de me soucier de ce dont t'as besoin ? »

Je le regarde. Il a en fait l'air de quelqu'un qui se soucie de ce dont j'ai besoin et est bien disposé à faire en sorte que je ne l'obtienne pas. Si je tirais fort sur le combiné et parvenais à l'arracher, je pourrais m'en servir comme d'une matraque et lui démolir la gueule à grands coups d'inimitié. Et alors le téléphone serait hors service. Ce qui serait paradoxal, vu que j'en ai besoin. Ou ironique. Ou les deux.

« S'il vous plaît, dis-je. S'il vous plaît.

— Je vais te dire, Joe, répond-il en s'écartant du mur tout en grattant un de ses énormes biceps. Est-ce que t'as mangé ton sandwich ?

— Quel sandwich ?

— Celui que je t'ai apporté tout à l'heure.

— Non.

— Je vais te dire, Joe. On va la jouer comme ça. Je te laisse passer ton coup de fil, et en échange tu manges ce sandwich. »

Je ne dis rien.

Il ne dit rien.

Je pense au sandwich et à l'effort que ça coûterait de le manger. Je songe à demain et au fait que je vais sortir d'ici pour ne jamais y revenir.

« Alors ? demande-t-il.

— OK, dis-je, d'une voix qui est à peine un murmure.

— Qu'est-ce que t'as dit, Joe ?

— J'ai dit OK.

— Bien. Et puisque je suis de bonne humeur, je vais te faire confiance. Vas-y, passe ton coup de fil. Je te laisse faire. Mais quand on retournera à ta cellule, si tu manges pas ce sandwich, fini les coups de fil pour toi à l'avenir. D'ailleurs, ton avenir sera une question de déplacement. Ton déplacement. T'auras pas le temps de dire ouf que tu te retrouveras parmi la population générale par accident. Tu prendras ta douche avec les costauds. Et le truc avec les accidents, c'est qu'ils se produisent tout le temps. On se comprend bien, Joe ?

— Je mangerai le sandwich. »

Et quand Melissa m'aura libéré, je retrouverai Adam et je lui ferai bouffer tellement de poils pubiens qu'il ressemblera à un pull en mohair.

Je décroche le combiné et compose le numéro de ma mère. Le téléphone sonne à quelques reprises, et elle ne répond pas.

« Le marché est toujours valable même si personne décroche, annonce Adam. C'est quand même un coup de fil.

— C'est pas un coup de fil si personne décroche !

— Si tu passes un coup de fil et personne décroche, réplique-t-il, techniquement, c'est toujours un coup de fil. »

Techniquement, les poils pubiens ne le tueront pas. Mais je lui en ferai bouffer autant qu'il pourra en avaler. Et ce qui le tuera, ce sera une lame tournant lentement dans son ventre.

À cet instant ma mère répond, et, pour la première fois de ma vie, je suis soulagé de lui parler.

« Allô ? »

J'entends Walt en fond sonore qui demande qui c'est.

« Je ne sais pas encore, répond-elle. Allô ?

— Bonjour, m'man.

— Il n'y a personne, dit-elle à Walt car elle a déjà écarté le téléphone de son oreille.

— M'man, c'est moi.

— Allô ?

— Tu devrais peut-être me laisser essayer, intervient Walt.

— Bon sang, m'man, c'est moi. Tu m'entends ?

— Joe, c'est toi ? demande-t-elle.

— Oui.

— Joe ?

— C'est moi. »

Je songe alors à ce à quoi la psy a fait allusion tout à l'heure, aux victimes de substitution, parce que cette conversation réveille en moi l'envie d'arracher le combiné et de battre Adam à mort avec.

« Eh bien, pourquoi tu ne dis rien ? demande ma mère.

— C'est Joe ? demande Walt.

— C'est Joe, lui répond ma mère d'une voix un peu étouffée car elle éloigne le téléphone de son visage.

— Demande-lui comment il va, dit Walt, hurlant presque.

— Bonne idée, mon chéri. »

Elle rapproche de nouveau le combiné de sa bouche.

« Comment vas-tu, Joe ? demande-t-elle en hurlant presque parce que Walt continue de lui parler en fond sonore.

— Ça va super, dis-je.

— Il dit que ça va super, répète-t-elle, parlant fort pour se faire entendre par-dessus la voix de Walt.

— C'est merveilleux, dit Walt. Demande-lui s'il est content de venir à notre mariage.

— Bien sûr que oui, dit-elle.

— M'man…

— Demande-lui quand même, insiste Walt.

— Joe, on voulait savoir, tu es content de venir à notre mariage ?

— Oui. Évidemment.

— C'est fantastique. »

Elle relaie ma réponse à Walt, qui a exactement la même réaction qu'elle.

« Merci d'avoir appelé pour nous le dire, dit-elle.

— Attends, attends, m'man… »

Mais m'man raccroche.

Je sens quelque chose me tirer douloureusement sur la paupière tandis que je roule les yeux trop violemment.

« Fin du coup de fil, déclare Adam.

— C'est pas juste ! J'ai été coupé !

— Techniquement, t'as passé ton coup de fil.

— On doit pouvoir trouver un autre accord », dis-je.

Il réfléchit quelques secondes.

« OK. » Je m'aperçois alors que je viens de dire la chose qu'il espérait vraiment entendre. « On va la jouer comme ça. » C'est ce qu'il a dit tout à l'heure. Il doit adorer cette expression. « Tu vas pouvoir la rappeler, et le prochain sandwich que je t'apporterai, tu le mangeras sans regarder ce qu'il y a dedans. Ça marche ?

— Ça marche.

— Du calme, mon grand. Je suis sérieux. T'essaies de revenir sur ta parole, et je te ferai payer. T'as aucune idée des choses que je peux te faire.

— Marché conclu », dis-je.

Il sourit. Un grand sourire froid qui n'atteint pas ses yeux.

« Quand t'es arrivé ici, Joe, tu te souviens qu'on t'a placé en surveillance antisuicide ? »

Je m'en souviens. Ils ont fait la même chose à Caleb Cole, seulement moi, je n'étais pas suicidaire. J'étais en colère et déçu, mais on ne peut pas rectifier les choses si on est mort.

« Tu m'as demandé à l'époque de te transférer avec la population générale. Tu t'en souviens ?

— Je m'en souviens. »

Mais ce n'est pas une chose à laquelle je pense. J'étais non seulement en colère et déçu, mais également confus.

« Tu pensais que si je te transférais là-bas les choses se termineraient rapidement pour toi. Tu pensais que ce serait comme arracher un pansement – vite fait bien fait –, et je t'ai dit que c'était vrai, sauf que ce serait comme arracher un pansement tout en se faisant violer sous la douche avec une brosse à dents taillée en pointe collée contre la gorge.

— Je vous ai dit que je m'en souvenais.

— Mais tu vois plus les choses comme ça, pas vrai, Joe ? Parce que t'as eu le temps de te calmer, et maintenant que ton procès approche tu t'es foutu dans le crâne que le jury serait constitué de personnes tellement tordues qu'elles te feraient libérer. Tu veux vivre, maintenant, pas vrai, Joe ?

— Si.

— Alors laisse-moi être clair. Si tu bouffes pas le sandwich que je t'apporterai, tous ces trucs que je t'ai dits vont t'arriver. Et ils vont t'arriver souvent. Ils t'arriveront chaque jour dès qu'on t'aura ramené de ton procès. Et si tu trouves le moyen de porter plainte, ça t'arrivera deux fois par jour. Faut qu'on soit bien d'accord, Joe, avant que tu passes ton coup de fil. »

Je réfléchis. Si tout se passe bien, je serai parti d'ici demain, de toute manière. Des jours, voire des semaines, pourraient s'écouler avant qu'Adam m'apporte ce sandwich. Un nombre incalculable de choses pourrait avoir changé d'ici là. Il pourrait mourir. Je pourrais être libre. La bombe nucléaire dont j'ai parlé à mon avocat pourrait avoir explosé. Tout ce que je sais, c'est que je dois passer ce coup de fil maintenant. C'est la seule chose qui compte.

« Je comprends, dis-je. Mais la connexion doit être établie, et si elle est coupée, j'ai le droit de rappeler. Ce dont je parle, c'est d'une véritable conversation téléphonique. Si j'appelle et que personne ne répond, le marché tombe à l'eau. »

Adam acquiesce lentement.

« Je suis un homme raisonnable, dit-il. Je peux accepter ça. »

Je lui tourne le dos. J'appelle ma mère. Elle met une minute à répondre. C'est comme si depuis mon précédent coup de fil elle était allée faire un tour dans le salon et s'était perdue.

« Allô ? dit-elle.

— M'man, c'est moi.

— Joe ?

— Oui. Bien sûr. Écoute, m'man, j'ai besoin que tu…

— C'est Joe ! lance ma mère à l'intention de Walt.

— Joe ? Demande-lui comment il va.

— Joe, comment vas-tu ?

— Je vais très bien. Écoute, m'man, j'ai besoin que tu me rendes un service.

— Évidemment, Joe. Tout ce que tu voudras.

— Il appelle à propos du mariage ? demande Walt.

— C'est ça, Joe ? Tu appelles pour nous dire que tu es content d'y venir ?

— Je viens d'appeler il y a deux minutes pour te le dire.

— Je le sais, Joe, je ne suis pas idiote.

— Alors, il l'est ? demande Walt.

— Idiot ? demande ma mère à Walt.

— Non. Il est content de venir au mariage ?

— Je ne sais pas. Il refuse de répondre.

— Je n'appelle pas à propos du mariage, dis-je en baissant la voix. J'ai besoin que tu appelles ma petite amie.

— Ta petite amie ? Pourquoi je ferais ça ?

— Tu as son numéro ?

— Oui, bien sûr. Sinon, je ne pourrais pas l'appeler. Est-ce que tu vas l'amener au mariage ? Oh, Joe, je suis tellement contente ! Il est temps que tu te trouves une gentille femme. Je me faisais du souci, tu sais. Et ta petite amie me fait penser à moi au même âge. Elle est très jolie, Joe. Évidemment que je l'appellerai pour l'inviter ! Quelle merveilleuse idée !

— OK, génial, m'man, c'est génial, mais j'ai aussi besoin que tu lui dises que j'ai bien eu son message.

— Quel message ?

— Elle saura de quoi je parle.

— Attends, Joe, laisse-moi noter ça », dit-elle.

Un bruit sourd retentit tandis qu'elle pose le combiné sur la table et s'éloigne en traînant des pieds. Rien pendant une minute, et je commence à craindre qu'elle m'ait oublié, ou qu'elle se soit endormie, ou qu'elle ait été distraite par la télé. Je tourne la tête et vois Adam qui me fait un grand sourire. Il tapote sa montre et son doigt décrit un cercle en l'air. *Abrège.*

Bruit confus tandis que ma mère soulève de nouveau le combiné.

« Joe ? C'est toi ? »

Ce n'est pas ma mère. C'est Walt.

« Comment ça va, Walt ?

— Bien. Il paraît qu'il fera beau toute la semaine, mais tu sais que croire aux prévisions météo, c'est comme baiser sa sœur dans un ascenseur.

— Pardon ?

— C'est une erreur à bien des niveaux, dit-il, et il part à rire.

— Je ne saisis pas.

— C'est de l'humour d'ascenseur, dit-il. Ça laisse entendre que coucher avec sa sœur est acceptable à d'autres niveaux. C'est pour ça que c'est drôle. Je réparais des ascenseurs. Tu ne le savais pas, Joe ? C'est ce que j'ai fait pendant trente ans. Bon Dieu, on racontait tout le temps cette blague. Même si ce n'était pas toujours sa sœur. Ça pouvait être son frère, ou son chien, ou sa tante.

— Pourquoi vous dites ça ?

— Juste pour rigoler. Ça ne signifiait rien de particulier.

— Non. Ce que je veux dire, c'est pourquoi vous dites ça de ma tante ?

— Les gens ont toujours besoin d'ascenseurs, les tantes et les oncles aussi. »

Je me demande où ma mère est partie chercher un stylo. Sur la lune ?

« Les bâtiments sont de plus en plus élevés. Les cages d'ascenseur sont de plus en plus longues, il y a plus d'usure. Cela dit, je ne voudrais plus le faire de nos jours. Trop complexe. Trop de technologie. À l'époque, c'était juste une question de câbles et de poulies, aujourd'hui, tout est électronique. Faut être un foutu génie. Je me rappelle la fois, ooh, laisse-moi réfléchir, il y a peut-être vingt ou vingt-cinq ans, quand Jesse, c'était un chouette gamin qui s'était coincé le bras dans le… Oh, attends, une seconde », dit-il. Sa voix est étouffée tandis qu'il pose la main sur le combiné, puis il reprend la communication. « Ta mère est de retour. Ne lui raconte pas la blague, dit-il, puis il disparaît avec sa blague et son anecdote sur le bras de Jesse.

— Joe ? Tu es toujours là ? C'est ta mère.

— Oui, je suis là.

— Alors, c'est quoi le numéro que je dois appeler ?

— Tu as le numéro. Celui de ma petite amie.

— Oui, bien sûr, je le sais. Je veux juste que tu répètes ce message.

— J'ai besoin que tu lui dises que j'ai eu le message.

— J'ai. Eu. Le. Message, dit-elle tout en notant chaque mot. Non, Joe, quel est le message ?

— C'est ça, le message.

— Tu dis que le message est : J'ai eu le message ?

— Ça veut dire que j'ai eu le message.

— Mais c'est quel genre de message ?

— Je ne sais pas, m'man, ça dit ce que ça dit.

— C'est un message idiot, observe-t-elle.

— C'est pas tout. Dis-lui que j'ai eu le message, et que c'est pour demain.

— C'est. Pour. Demain », dit-elle, notant de son écriture brouillonne.

Je sais ce qui va suivre avant même qu'elle me le demande.

« Attends, Joe, es-tu en train de dire que tu as eu le message et que le message est pour demain ? Ou que tu n'auras pas le message avant demain ? »

Adam continue de me faire son grand sourire. Quelque chose dans tout ça l'amuse.

« Exactement ce que je t'ai dit, dis-je à ma mère. Que j'ai eu le message et que c'est pour demain.

— Ça n'a aucun sens, déclare-t-elle.

— Ça en aura pour ma petite amie.

— OK, Joe. Mais tu rends vraiment les choses difficiles », ajoute-t-elle.

J'imagine que mon avocat et elle vont s'entendre à merveille quand il l'appellera.

« Je lui parlerai demain matin à la première heure.

— Non. Appelle-la maintenant, m'man. Et si elle n'est pas là et que tu l'appelles demain, le message change, OK ? D'ailleurs, change le message. Dis-lui samedi. »

Car si elle appelle demain, elle dira *demain*, ce qui signifiera dimanche.

« Tu as compris ? C'est très important. Tu lui dis que j'ai eu le message et que c'est pour samedi. Ce samedi. Demain.

— Je ne suis pas idiote, Joe.

— Je sais, m'man.

— Alors, pourquoi tu me parles parfois comme si je l'étais ?

— C'est de ma faute, dis-je.

— Je sais que c'est de ta faute. Pourquoi je penserais le contraire ?

— Alors, tu vas l'appeler maintenant ?

— Oui, Joe.

— Je t'... »

La communication est soudain coupée.

« Aime », dis-je pour terminer ma phrase.

Je raccroche le combiné. Adam me sourit. Il n'a pas besoin de me dire à quel point il va apprécier ce qui va suivre, parce que c'est écrit sur son visage. Il me raccompagne à ma cellule. Le sandwich est à l'endroit où je l'ai lancé, toujours enveloppé, par terre face à mon lit. J'espérais qu'il aurait par miracle disparu.

« Tu te souviens du marché, pas vrai, Joe ? Tu te souviens qu'y a deux sandwichs ? »

Je m'en souviens.

« Tu vois ? C'est bien. Parce que ces temps-ci, tout ce qu'on entend à ton sujet, c'est que tu te souviens de rien. Ramasse-le », dit-il en désignant le sandwich.

Je le ramasse et le déballe.

« Avant de mordre dedans, dit-il, pourquoi tu revérifies pas ce qu'y a dedans ? »

Je regarde une nouvelle fois. Du fromage. Une espèce de viande qui semble provenir d'une partie d'animal que personne ne pourrait identifier, ou peut-être que c'est l'animal lui-même qui ne pourrait pas être identifié. Et la touffe de poils pubiens, emmêlés et collés à tout le reste.

Je reconstitue le sandwich. Je pense à Melissa, à mon évasion, aux livres, au message. Je songe à de meilleurs moments du passé et aux meilleurs moments qui vont arriver.

« Le marché », dit Adam.

Le marché. Je retiens mon souffle et prends une première bouchée.

35

Le tournage de l'épisode du *Nettoyeur* au casino est tombé à l'eau. La direction n'a pas apprécié le scénario. Elle n'a pas apprécié qu'une série télévisée suggère que des personnes désespérées à des moments désespérés de leur vie puissent aller au casino avec un plan A et un plan B. Le plan A étant de parier tout ce qu'elles avaient sur le rouge ou le noir. Et le plan B dépendant de l'issue du plan A. À vrai dire, il y avait deux plans B. Le premier était d'empocher les gains et de rembourser le prêt de leur maison. C'était le plan B que tout le monde espérait. Cinquante pour cent de chances de doubler son argent et d'avoir une vie meilleure. Un prêt immobilier remboursé, une nouvelle voiture, quelques joujoux cool. Le problème était que ça impliquait également cinquante pour cent de chances de tout perdre et de rendre les choses bien pires. C'était là qu'arrivait le deuxième plan B, qui consistait à aller aux toilettes et à gober un paquet de cachets, ou à se tailler les veines, ou à se coller un flingue dans la bouche.

Le souci, c'était que le deuxième plan B se produisait plus souvent que les gens ne l'imaginaient. Et la direction du casino n'avait pas franchement envie que ça se sache. C'était le genre de chose à laquelle on aurait attribué une cote basse si on avait pu parier dessus. Ils estimaient que ce n'était pas bon pour le business. Et ils avaient probablement raison. Des affiches représentant des types en costume jetant de l'argent en l'air à la table de roulette pendant que de jolies femmes riaient et souriaient n'auraient pas fait bon effet entourées d'affiches représentant des cadavres dans les toilettes avec des slogans comme *Vous aussi, venez tenter votre chance*. Donc, depuis un mois la direction du casino disait oui, et hier soir elle a dit non. Le tournage continue. Il y a des plans à l'extérieur du casino. Aucun problème. Et des plans en intérieur tirés d'un documentaire tourné cinq ans plus tôt, car à l'époque le casino avait signé une autorisation pour que les images soient utilisées. Du coup, elles vont l'être dans *Le Nettoyeur*.

À la place des toilettes du casino, ils utilisent les toilettes situées au deuxième étage du studio. Quelques accessoires ont été ajoutés. Des portes plus jolies. Du mobilier plus joli. Ils insèreront des bruits de machines à sous en fond sonore. Ça fera l'affaire.

« Alors, qu'est-ce que vous en pensez ? » demande le scénariste. C'est le type à qui il a déjà eu affaire hier, un certain Chuck Jones. Il n'a aucun lien de parenté avec Jonas, et parfois Schroder se demande s'il a des liens de parenté avec qui que ce soit. « Le sang a l'air assez authentique. »

Schroder parcourt les toilettes du regard. Du sang au plafond et en haut du mur. Le sang de quelqu'un qui se serait collé une arme sous le menton et aurait appuyé sur la détente. Ça devait être une arme puissante, à en juger par la quantité de faux sang. Elle a dû faire un sacré boucan. Mais il a déjà vu ça, et ça lui semble cohérent, quoiqu'un peu excessif.

« C'est bon, répond Schroder.

— Donc, dans cette scène, le corps et la police sont depuis longtemps partis, explique l'autre. Le suicide remonte à trois jours et on nettoie les lieux.

— Les lieux auraient été nettoyés bien plus vite que ça, dit Schroder. Surtout dans un tel endroit.

— OK, cool, mais dans ce cas ça a pas été fait. Je sais pas, peut-être qu'il y a eu des complications. On trouvera quelque chose. Enfin bref, le sang a séché. Il est bien dur, et les gars ont du mal à le nettoyer. Jake monte sur la cuvette pour essayer de l'atteindre et la cuvette se détache du mur, et c'est à ce moment qu'ils découvrent les jetons cachés, parce qu'ils tombent de la chasse d'eau. Bien sûr, ils décident de les garder.

— Ça a l'air… » commence Schroder, mais il n'achève pas sa phrase.

Ça a l'air quoi ? Charmant ? Stupide ?

« Ça fonctionnera, déclare Chuck. Comme dans tous les bons drames, faut un peu de comédie.

— Le feuilleton parle de types qui nettoient derrière des cadavres, dit Schroder. Ici on a un pauvre type qui est venu au casino en espérant le meilleur et en se préparant au pire, et ce qu'il a eu, c'est le pire. Vous croyez vraiment que ça peut être drôle ?

— Tout peut être drôle si c'est présenté de la bonne manière, répond Chuck. Comme j'ai dit, ça fonctionnera. Donc, les types ont du mal parce que le sang a vraiment bien séché. Il a adhéré à l'enduit entre les carreaux.

— Je crois que vous avez la situation en main, déclare Schroder.

— Bien. Bien. Je voulais juste m'en assurer. »

Schroder en doute. Toutes les choses qu'il a indiquées depuis qu'il travaille sur *Le Nettoyeur* ont été ignorées parce qu'elles ne collaient pas avec l'intrigue. C'est comme ce qu'a dit Chuck le premier jour – *parfois la réalité peut faire obstacle à une bonne histoire*. Schroder est en train d'apprendre que l'autre chose qui fait obstacle à une bonne histoire, c'est une mauvaise écriture.

Des éclairages supplémentaires sont ajoutés dans les toilettes, et la fausse cuvette est finalement fixée à un faux mur carrelé. La scène est encore en phase de préparation quand son téléphone portable se déclenche. C'est Rebecca Kent. Il l'attendait, tout en redoutant cet appel.

« Tu as appris la nouvelle ? » demande-t-elle sans dire bonjour.

Il sait qu'elle est furax après lui.

« Quelle nouvelle ?

— L'accusation vient de conclure un marché avec Joe Middleton. Il va nous mener au corps de l'inspecteur Calhoun.

— C'est une bonne nouvelle, déclare Schroder.

— Ils lui ont offert l'immunité pour Calhoun sous prétexte que nous savons qu'il ne l'a pas tué.

— Vraiment ? fait Schroder.

— Fais pas ton étonné. Il n'y a pas que ça dans cet accord, et tu le sais puisque c'est toi qui l'as arrangé.

— Écoute, Rebecca…

— C'est un marché à la con, Carl », dit-elle, élevant suffisamment la voix pour que Chuck se retourne et le regarde.

Il se rend dans le couloir pour se faire insulter au calme, histoire que ce dialogue ne soit pas intégré dans un futur épisode.

« Et le pire, c'est que personne ne sera au courant. Tu sais combien de personnes vont accompagner Joe ? Quatre. Quatre personnes. Moi incluse, parce qu'ils ne veulent pas que trop de gens sachent ce qui se passe vraiment. C'est un risque, Carl. Si c'est un piège…

— Ce n'est pas un piège.

— C'est ce que tout le monde n'arrête pas de rabâcher. Mais je vais te dire une chose : si c'est un piège, la première balle qu'on tirera sera pour Joe.

— Je comprends.

— Bon sang, Carl, qu'est-ce que tu t'imaginais ? D'abord, tu passes un accord avec Jones, et maintenant avec Joe ? Qu'est-ce qui t'est arrivé ? Il y a quatre semaines, tu étais un des nôtres. Maintenant, tu nous tournes le dos.

— Je voulais que Calhoun soit retrouvé, répond Schroder, blessé par les paroles de Kent. C'était un type bien. Il mérite d'être enterré. Il ne mérite pas de croupir dans des bois ou dans une rivière ou Dieu sait où Joe l'a abandonné.

— Ce n'est pas la bonne façon de procéder. Tu verses à Joe beaucoup d'argent. C'est une erreur, Carl. Tu sais que c'est une erreur. Tu récompenses un criminel. D'après toi, qu'est-ce qui se passera si jamais ça s'apprend ? Non seulement le crime paiera, dit-elle, mais ce sera un investissement qui continuera de payer même après qu'on se sera fait arrêter.

— Bon, quelqu'un doit être d'accord avec moi. Sinon, le marché n'aurait pas été conclu.

— C'est une réponse à la con, Carl. S'il arrive quoi que ce soit demain, ce sera de ta faute.

— Je sais.

— Et quelque chose va arriver, ajoute-t-elle. Nous avions tout organisé pour demain matin. Et soudain l'avocat de la défense appelle le procureur et annonce que ce n'est pas possible à cette heure-là. Il dit que Joe n'est pas disponible avant quatre heures de l'après-midi.

— Merde, dit Schroder.

— Tu vois ? On dirait que Joe a un plan.

— Ce n'est pas un piège. Impossible. Joe n'a pas eu le temps d'en concevoir un.

— Il a passé deux coups de fil, ce soir – les deux fois à sa mère, les deux fois après avoir parlé à son avocat.

— Crois-moi, Joe ne demanderait jamais à sa mère de l'aider. Avec elle, ses plans capoteraient à coup sûr.

— Nous serons quatre et lui sera seul, dit-elle. Ça nous laisse de bonnes chances si quelqu'un cherche à libérer Joe. Et cette même personne pourrait être celle qui a envoyé deux cadavres à la morgue hier, et aussi celle qui est à l'origine de la disparition des explosifs.

— Je suis désolé, dit Schroder.

— Si c'est un piège, reprend-elle, alors au moins nous sommes préparés. Et si nous avons affaire à Melissa, avec un peu de chance nous arriverons à l'attirer au grand jour. Nos équipes sont entraînées pour ça. C'est ce qu'a dit l'accusation. En revanche, nous ne sommes pas entraînés à être pulvérisés. Et pour autant que nous sachions, il nous mène tout droit vers une bombe. »

Schroder ferme les yeux et se pince l'arête du nez. Dans l'obscurité, il se représente une fusillade et des explosions. Il voit du sang. Chuck serait content. Ce serait exactement comme les gens l'imaginent. Très télégénique. « Je peux venir avec vous ? demande-t-il.

— Je ne crois pas que ce soit une bonne idée, Carl.

— S'il te plaît, Rebecca. J'aimerais être là.

— Si les choses tournent mal, tu nous gêneras plus qu'autre chose. Même si, honnêtement, Carl, j'aimerais pouvoir t'emmener, car si c'est un piège que tu as contribué à tendre, nous pourrions peut-être t'utiliser comme bouclier. Tu as merdé en bossant pour Jonas Jones.

— Je bosse pour une chaîne de télé, rétorque-t-il. Pas pour Jones.

— C'est ce que tu te dis ! Le pire, c'est que quand nous aurons retrouvé Calhoun, nous devrons le laisser là-bas pour que ton baratineur de boss puisse faire son cinéma et se faire du fric et donner un espoir bidon à tous ces gens qui croient à ces charlatans bidons. Tu donnes beaucoup de crédibilité à ce faux derche.

— Je suis désolé.

— C'est ce que tu dis tout le temps. Au revoir, Carl.

— Attends », dit-il.

Et il est surpris quelques secondes plus tard de s'apercevoir qu'elle n'a pas raccroché.

« Puisque tu me détestes déjà, il y a autre chose.

— Oh, ça a intérêt à être bon. »

Elle a le même ton que celui qu'il utilisait chaque fois que Tate l'appelait.

« Tu ne vas pas me demander un service, si ?

— Écoute, je suis retourné voir Raphael aujourd'hui. » Il se la représente secouant la tête.

« Bon sang, Carl. Pourquoi ?

— Pour lui montrer une photo de Melissa. » Il s'accroupit et s'adosse au mur.

« Et ?

— Et il cache quelque chose. Je ne sais pas quoi exactement, mais il y a quelque chose de louche chez lui.

— De louche ? »

Schroder acquiesce et hausse les épaules.

« De louche, répète-t-il. Je te le dis, il y a quelque chose qui cloche chez lui.

— Quelque chose qui cloche chez lui.

— Arrête de répéter tout ce que je dis.

— Je ne répète pas, réplique-t-elle, j'absorbe. Tu peux être un peu plus précis, Carl ?

— J'ai le sentiment qu'il a reconnu Melissa.

— Évidemment. Sa photo est parue plein de fois dans la presse.

— Non. Je ne parle pas de ça. Je crois qu'il l'a vue ailleurs.

— Tu crois ? C'est tout ce que tu as ? »

Il s'écarte du mur et se remet debout.

« Il aurait pu la voir à ses réunions. Il pourrait nous mentir.

— Et pourquoi il nous mentirait ?

— Je ne sais pas. »

Il a beau analyser les choses sous tous les angles, il ne trouve pas de raison.

« Mais je crois que ça ne ferait pas de mal de le filer.

— Ah oui ? Tu crois vraiment qu'on a les effectifs pour filer toutes les personnes qui te paraissent louches ?

— Moi, je peux le filer.

— Ne fais pas ça. Tu n'as aucune raison de le faire, à part une mauvaise impression. Combien de personnes par jour te font une mauvaise impression, hein ? Dix ? Vingt ? En ce moment, tu me fais une mauvaise impression. Est-ce que ça signifie que je dois te suivre ? Écoute, faut que j'y aille. Je te contacterai demain quand on aura retrouvé Calhoun. »

Elle raccroche avant qu'il ait le temps d'ajouter quoi que ce soit. Il enfonce le téléphone dans sa poche et va voir Jonas Jones pour l'informer des nouveaux développements.

36

« Comment vous vous êtes fait ça ? » demande ma psychiatre en voyant mon coquard.

Je touche mon œil et fais la moue, me demandant pourquoi je viens de poser mon doigt dessus.

« J'ai glissé et je suis tombé, dis-je.

— Qui vous a fait ça ?

— Nous sommes censés avoir une relation honnête, je veux être sincère avec vous, mais je ne peux pas vous dire qui m'a fait ça parce que ça ne ferait qu'envenimer les choses.

— Non, Joe. Je peux vous aider.

— Vous ne pouvez pas aider Joe ici. Vous ne savez absolument pas comment c'est. »

Nous sommes samedi matin. J'ai passé une sale nuit car le côté de mon visage me faisait un mal de chien. Hier soir, avant que nous soyons tous enfermés dans nos cellules, Caleb Cole est arrivé et m'a vu. Il m'a dit qu'il avait décidé de me tuer plutôt que d'accepter l'argent. Il ne voyait aucune raison d'attendre. Après tout, en prison, on ne fait qu'*attendre*, et le seul moyen de briser la monotonie c'est d'*agir*, donc agir est plus distrayant qu'attendre. Il est venu vers moi et son premier coup de poing m'a atteint à l'estomac, puis le suivant m'a atteint au visage. Le problème, c'est que je suis un doux, pas un violent, et je ne sais pas me défendre. Avant qu'il ait eu le temps de m'en coller un troisième, Adam est arrivé et Caleb s'est arrêté. Quand il a demandé à Cole ce qui se passait, celui-ci a répondu qu'il m'avait vu tomber et qu'il essayait juste de m'aider. Il s'est secoué la main par la suite, car les coups qu'il m'avait portés lui avaient fait aussi mal qu'à moi.

C'est vraiment ce qui s'est passé, Middleton ? m'a demandé Adam.

Les choses étaient un peu floues. J'ai acquiescé, dit oui, c'était exactement ça, et Adam a été satisfait. Il n'allait pas rentrer chez lui et perdre le sommeil à cause d'un quelconque sentiment de culpabilité. Mais j'ai de la chance qu'il ait mis un terme à ma raclée. Sans doute parce qu'il n'aurait pas pu me forcer à manger sa prochaine création de sandwich si j'étais mort.

« Joe, si quelqu'un vous menace, vous devez me le dire, insiste Ali.

— Pourquoi ? Vous croyez que les gardiens en auront quoi que ce soit à faire ?

— Joe…

— S'il vous plaît, on peut juste parler de ce qui est important pour le procès ? Le reste se résoudra de lui-même. »

Elle ne répond pas.

« S'il vous plaît.

— OK, Joe, si c'est ce que vous voulez. »

Ma psychiatre – j'ai décidé d'opter pour Ali car c'est le plus court – est habillée de façon un peu plus décontractée pour le week-end. Elle porte un jean moulant qui me donne de vilaines pensées. Une chemise boutonnée qui me donne également de vilaines pensées. Peut-être que je suis juste le genre de type qui a de mauvaises pensées.

« Quand votre tante a-t-elle cessé d'abuser de vous ?

— On en revient à ça, n'est-ce pas ?

— Répondez simplement à la question, Joe.

— Je vous l'ai déjà dit. Ça a duré près de deux ans.

— Ce que je vous demande, c'est quand. À quelle période de l'année. Vous vous en souvenez ? »

Je ne sais pas pourquoi c'est important. Je ferme les yeux et me représente la scène. J'étais à l'époque un type aux mauvaises pensées différentes. L'école touchait à sa fin, pas simplement l'année scolaire, mais ma scolarité dans son ensemble. Mon avenir était inconnu, une vie de chômage était une grande possibilité. Je n'avais jamais su ce que je voulais faire, et à vrai dire, je ne le sais toujours pas. Peut-être ouvrir une animalerie. C'était une époque effrayante. Durant les six mois précédents, des conseillers d'orientation avaient tenté de nous aider à trouver notre voie, et être un tueur en série de haut vol n'était pas une option. Bon sang, en ce temps-là je ne savais même pas que c'était ce que je voulais être. Enfin, pas vraiment.

« C'était vers la fin de ma dernière année d'école, dis-je. À environ un mois des vacances – donc vers novembre, je suppose.

— Vous aviez dix-huit ans ?

— Dix-sept. Mon anniversaire est en décembre. Le 10. »

J'ai dû passer mon trente-deuxième anniversaire en prison, mais le trente-troisième, je le passerai ailleurs.

« Vous savez ce que c'est, le 10 décembre ? »

Elle fait non de la tête.

« C'est la journée des droits de l'homme, dis-je avec un sourire. Plutôt ironique pour un type que tout le monde veut tuer.

— Il y a des gens qui trouveraient ça ironique pour d'autres raisons, réplique-t-elle.

— Comme quoi ?

— Comme le fait qu'un tueur en série soit né le jour de la journée des droits de l'homme alors qu'il estime être le seul à avoir des droits.

— Ce n'est pas ça. Je n'ai aucun…

— Souvenir, achève-t-elle à ma place. Donc, vous ne vous rappelez pas ce que vous pensiez dans ces moments-là. Oui, je comprends. Cependant, les droits de l'homme sont au cœur de tout ce débat. Les partisans de la peine de mort diraient qu'ils veulent que leurs droits soient respectés, que c'est le droit des victimes de voir leur assassin recevoir la même sentence que celle qu'ils ont reçue. Avez-vous envisagé ce point de vue ? »

Je ne suis pas sûr de l'avoir fait, et, en l'écoutant, je ne suis pas certain de vouloir l'envisager. Qu'est-ce que ça peut me foutre ?

« Non.

— Je crois que vous devriez. Je crois que vous trouveriez ça intéressant.

— OK », dis-je.

C'est ça, je vais m'y mettre tout de suite.

« Racontez-moi votre premier meurtre », dit-elle.

Je crois tout d'abord l'avoir mal entendue. Comme je ne m'attendais pas à cette question, il me faut quelques secondes pour m'apercevoir qu'elle n'a pas dit *Racontez-moi votre premier flirt*, qui, techniquement, aurait été avec ma tante. J'espère que ma pause lui donne l'impression que j'essaie de fouiller dans mes souvenirs. Qui sont parfaitement clairs. Mais ce n'est pas ce que je lui dis.

« Je ne… je ne me souviens pas.

— C'est ce que vous n'arrêtez pas de dire. Et si vous me parliez de la première fois que vous avez soupçonné que vous aviez fait souffrir quelqu'un ?

— Eh bien, ça devait être quand la police est venue m'arrêter. » Elle acquiesce lentement. Baisse les yeux vers ses mains.

Prend une note.

« Donc, vous êtes en train de me dire que vous ne vous êtes jamais réveillé couvert de sang ? Vous voyez, le problème auquel nous sommes confrontés (j'adore sa façon de dire que *nous* sommes confrontés à un problème, et pas simplement moi, ça me donne l'impression de faire partie d'une équipe), c'est que si vous ne vous souveniez de rien, pourquoi aviez-vous un pistolet ? Pourquoi avez-vous essayé de vous suicider quand la police vous a cerné ?

— Eh bien, c'est compliqué, et c'est un point intéressant. »

Je fais comme si je ne l'avais pas déjà entendue me poser cette question.

« Je me souviens de la police venant me chercher, et je sais que j'ai été sérieusement blessé, mais je ne me rappelle pas avoir tenté de me suicider, et je ne me rappelle certainement pas avoir jamais possédé une arme.

— Elle appartenait à l'inspecteur Robert Calhoun.

— C'est ce qu'on m'a dit. Mais je ne me souviens de rien.

— OK, Joe, dit-elle. Vous voulez vous en tenir à cette version ? »

C'est la version à laquelle je me tiens depuis le début, et en changer maintenant me ferait passer pour un crétin.

« Oui. »

Elle acquiesce. Elle accepte ma version. Puis elle se lève.

« Nous en avons fini, Joe. »

Elle frappe à la porte, et je sais que tout ce que j'ai à faire, c'est prononcer les bonnes paroles pour qu'elle reste.

« À une époque, j'ai… »

Mais elle tend la main pour me faire taire.

« Je ne veux pas entendre quelque chose que vous inventez au pied levé, Joe. Mais je reviendrai demain. Et ce sera votre dernière chance. »

37

Je suis de retour dans ma cellule, allongé, fixant la porte, attendant que Caleb Cole se pointe, tentant de décider ce que je ferai quand il arrivera. Le timing est assez fâcheux, mais peut-être que je fonctionne comme ça. Je suis peut-être un type qui a de vilaines pensées, mais je suis aussi un type qui n'a pas de veine – mon environnement en est la preuve. Tout ce que j'ai à faire, c'est survivre à cette soirée. C'est tout. Après, je me tire d'ici. Caleb Cole, les gardiens, Kenny-le-Père-Noël, ils peuvent tous aller se faire foutre.

Je n'ai rien pour me défendre. Je ne sais pas si je serais plus en sécurité dans la zone commune, ou si les gardiens auraient plus de peine à venir me secourir au cas où je me mettrais à hurler. Chaque fois que j'entends des bruits de pas, je me crispe.

« T'as raté la douche », me dit Adam en pénétrant dans ma cellule.

Je me détends en voyant que c'est lui, et non Cole.

« Je n'ai pas besoin de me doucher.

— Si, réplique-t-il. Tu pues. En plus, j'ai entendu dire que t'allais à une espèce d'expédition plus tard dans la journée, et les gens avec qui t'iras voudront pas que t'empestes leur voiture. »

Il me mène hors de ma cellule. Mes voisins sont assis par groupes ou par paires, en train de papoter. Seuls quelques-uns sont seuls. Je ne vois pas Cole et suppose qu'il doit être dans sa cellule, probablement en train de tailler une brosse à dents en pointe. Adam me conduit aux douches. Il ouvre la porte, et il n'y a personne à l'intérieur. La porte se referme derrière nous, et il n'y a plus que lui, moi, et un très sale pressentiment. Je me retourne pour lui faire face.

« Tu connais le proverbe qui dit que la vie est un sandwich à la merde ? » me demande-t-il.

Je ne lui réponds pas.

Il désigne de la tête un banc sur lequel sont posées des serviettes pliées et des savonnettes à moitié utilisées. À côté de la serviette la plus proche, il y a un sac en papier.

« Ramasse ! » ordonne-t-il.

Je m'éloigne du sac. Il tend la main, agrippe mon col et m'attire vers lui, de sorte que mon visage n'est qu'à quelques centimètres du sien. Son haleine sent l'oignon.

« Tu as une dette envers moi, Middleton, dit-il. Tu te souviens ? Pour le coup de téléphone. C'était le marché.

— Je ne joue pas. »

Il me lâche et me pousse légèrement en arrière. Puis il tend sa main gauche et pointe le doigt vers le mur. Je tourne la tête pour voir ce qu'il regarde, et soudain son autre poing m'atteint au ventre. Je me plie en deux, le souffle coupé. Il me pousse alors par terre, où le groupe de prisonniers qui vient de se laver a laissé quelques flaques grosses comme des pieds. Je me retrouve assis sur le cul, l'eau imprégnant ma combinaison et mes sous-vêtements.

« Y a que toi et moi ici, Middleton, dit-il. Mais ce soir, quand tu rentreras, t'auras pas le temps de prendre ta douche avec ton groupe habituel. Alors on va devoir arranger autre chose. Tu pourras te laver avec d'autres détenus. Ce sera exactement comme je t'ai décrit hier. Quelques-uns te trouveront à leur goût. J'ai déjà un type qui m'a offert mille billets pour le laisser entrer ici en douce histoire qu'il t'explose les dents et te baise par la bouche. Le truc, Middleton, c'est qu'y a une télé grand écran que j'ai repérée, et mille billets me seraient bien utiles pour l'acheter. Donc, je suis tenté. Maintenant, ce que tu dois comprendre, c'est que la seule chose entre moi et cette télé, et entre toi et ce détenu, c'est ce sandwich. Tu me suis ? »

Je reprends mon souffle. Je me lève et écarte de ma peau la partie humide de ma combinaison. Les muscles d'Adam sont noueux. Il y a un scintillement dans ses yeux, semblable à celui que d'autres ont vu dans les miens aux derniers instants de leur vie. Il prend son pied.

« Je ne plaisante pas », dit-il. Il me pousse contre le mur, et je ne me défends pas car je ne sais pas comment faire. « Mange ce putain de sandwich !

— Non. »

Je m'entête car je sais que je ne serai pas ici ce soir. Melissa va me libérer. Les plans d'Adam me concernant ne se produiront donc pas. À moins que Melissa ne me libère pas. Mais Joe-l'Optimiste ne pense pas comme ça.

Il me frappe de nouveau au ventre, cette fois beaucoup plus fort. Puis il me pousse par terre, et je me retrouve une fois de plus parmi les flaques en forme de pied. Je lève les yeux vers lui. Les veines de ses bras sont saillantes. Il baisse la main, me hisse sur mes pieds et me pousse contre le mur.

« Je peux continuer de faire ça toute la journée, Joe, dit-il. Et tes copains de douche vont te baiser toute la nuit. Alors bouffe ce putain de sandwich, ordonne-t-il en poussant le sac contre ma poitrine.

— Non. »

La porte de la salle de douches s'ouvre. Un autre gardien entre.

« Qu'est-ce qui se passe ici ? » demande-t-il.

Il s'avère que c'est Glen, Glen qui m'en a toujours tellement fait baver. Mais pour le moment, il est mon salut. Il jette un coup d'œil à Adam, puis à moi, puis de nouveau à Adam, et il referme la porte derrière lui.

Adam ne répond pas.

« Il essaie de… dis-je.

— La ferme, Middleton ! coupe Glen. Adam, qu'est-ce qui se passe ?

— C'est pas ce qu'on dirait, répond Adam.

— Ah oui ? T'en es sûr ? »

Il a l'air fou de rage, à tel point que les veines de ses bras sont encore plus saillantes que celles d'Adam.

« On dirait que t'as commencé sans moi.

— Non, dit Adam. Regarde, il est toujours là. »

Il brandit le sac en papier à hauteur d'yeux.

« Il a pas encore mordu dedans. »

Je ne comprends pas ce qui se passe.

Glen lui prend le sac des mains. Il en déplie la partie supérieure. À l'intérieur se trouve un sac en plastique plus petit et scellé, et à l'intérieur de ce sac en plastique, il y a un sandwich. Il ôte le sac en plastique et l'odeur qui en émane est puissante.

« OK, fait Glen. Je voulais pas m'emporter. C'est juste que je veux pas rater ça.

— J'expliquais juste les règles », dit Adam.

Je fixe le sandwich du regard. Les deux hommes en ont détourné la tête. Je détourne la mienne à mon tour et regarde en direction des douches, où ce soir j'aurai affaire à une bande de trous du cul essayant d'envahir le mien. Ça me rappelle ce proverbe qui dit que neuf personnes sur dix apprécient les viols collectifs.

« Allez, Middleton, mange le sandwich ou on te colle dans une cellule ce soir avec des types qui te casseront les dents et qui te feront manger bien pire, dit Glen, m'assénant le même avertissement que son pote. Tu lui as dit qu'on lui ferait prendre sa douche avec la population générale ? demande-t-il à Adam. Où tout un tas de types essaieront de peupler son…

— Assez, dis-je. OK ? J'ai compris. Ça suffit. »

Même si je voulais le manger, j'en serais absolument incapable. L'odeur à elle seule suffit à me soulever le cœur. Adam me pousse de nouveau contre le mur, et Glen se tient devant moi, avec le sandwich. Il me donne un coup de poing dans le ventre, mais je ne peux pas tomber à cause d'Adam. Glen pousse le sandwich vers ma bouche. Je n'ai pas le choix. Si je ne mange pas, ils me rendront la vie encore plus difficile, et si Melissa ne m'attend pas tout à l'heure, je ne vivrai pas jusqu'à demain. Car qu'est-ce que je peux faire ? Aller voir le directeur ? Remplir un formulaire de plainte ? Même si le directeur me croyait, même si Adam et Glen perdaient leur boulot, qu'est-ce que ça changerait ? Avec tous les autres gardiens qui les connaissent et les apprécient ? Ma vie est déjà comme un lundi sans fin. Si je n'obéis pas, elle sera comme un lundi sans fin rempli de sandwichs à la merde. Les tranches de pain sont presque plates, donc au moins il n'y a pas de gros morceaux à l'intérieur. Des bouts de laitue pendent sur les côtés, et je vois le bord d'un bout de saucisson qui semble avoir dépassé sa date de péremption vers l'époque où la disco est passée de mode. Le sandwich sent exactement comme ce qu'il a décrit quand il m'a demandé si je connaissais le proverbe sur la vie, je sais donc que le composant qui tient l'ensemble ressemble peut-être à du beurre de cacahuète, avec des petits éclats de cacahuètes à l'intérieur, mais qu'il n'aura pas le goût du beurre de cacahuète.

Glen plaque une main sur mon front, si bien que l'arrière de ma tête écrase violemment le mur carrelé. Puis il enfonce ses doigts dans mes joues pour essayer d'ouvrir ma bouche. Il me donne un nouveau coup de poing dans le ventre, ma bouche s'ouvre sous l'impact, et ses doigts enfoncent mes joues entre mes dents de sorte que je ne peux plus la refermer.

Adam approche le sandwich de mon visage. L'odeur est putride, le genre d'odeur à laquelle j'étais confronté à l'époque où j'étais agent d'entretien, quand un ivrogne avait chié partout dans sa cellule au commissariat et que je devais nettoyer. Seulement, c'est cette odeur multipliée par cent. C'est comme s'ils avaient utilisé de la merde pour recouvrir la puanteur d'une bête crevée, de la même manière que dans les hôpitaux on utilise du désinfectant.

Glen me pince le nez. Ça aide, un peu, et à ce stade, toute aide est la bienvenue.

Le sandwich touche mes lèvres. Je sens la laitue qui en pendouille effleurer mon menton. Je sens le pain – il est rassis, dur, semble avoir été légèrement toasté, mais ne l'a pas été. Puis le pain est sur ma langue, il frotte contre mon palais, et jusqu'à présent ça va, parce que tout ce que je sens, c'est le pain. Il commence à être humide. Adam enfonce un peu plus le sandwich, puis Glen lâche mes joues et pousse ma mâchoire vers le haut, et mes dents transpercent le sandwich.

Mes papilles se carapatent tandis que le goût envahit ma bouche, elles courent toutes dans la même direction, entraînant ma langue vers le fond de ma gorge, ce qui me fait avoir un haut-le-cœur. Malgré mon nez pincé, je sens de nouveau l'odeur du sandwich. Quelque chose au fond de ma gorge commence à remuer tandis que le sandwich est poussé encore plus loin. Je ne peux plus respirer. C'est mâche ou suffoque. Ce sont mes deux seuls choix.

Alors je mâche.

Je me représente ma mère et son pain de viande, et j'essaie de m'imaginer que c'est ce que je mange, mais mon imagination ne suffit tout simplement pas. Ce qui envahit ma bouche est absolument immonde et me fait regretter de ne pas avoir été plus rapide il y a un an, quand j'ai essayé de me coller une balle. J'agite la tête d'un côté et de l'autre, mais Glen maintient sa main fermement plaquée dessus, et comme pour bien se faire comprendre il me frappe de nouveau au ventre, mais légèrement, cette fois.

Je suppose que le mieux à faire est de mâcher aussi peu que possible et d'avaler. Alors c'est ce que je fais, mâchant encore moins que le minimum requis, et quand j'essaie d'avaler, un morceau gigantesque de l'horreur que je suis en train de manger se coince dans ma gorge. Je commence à m'étouffer.

« Tu vas pas t'en tirer à si bon compte », dit Glen. Il me fait pivoter sur moi-même, plante ses mains sous ma poitrine, et tire vers le haut. La boule de sandwich remonte et va heurter le mur. Il me fait de nouveau pivoter sur moi-même. « La clé, c'est des morceaux plus petits, Middleton. »

Nous répétons alors les diverses étapes – coup de poing, nez pincé, déferlement de saveurs –, seulement cette fois je mâche plus longuement et j'avale ma deuxième bouchée, puis arrive la troisième. Je maintiens ma langue plaquée vers le bas et tente de mâcher sans sentir le goût, mais ça ne fonctionne pas. Je regarde le sandwich. Trois bouchées de moins.

Mordre. Mâcher. Adam rigole.

Avaler. Répéter. Glen rigole.

L'humiliation est pire que tout ce que j'ai éprouvé. Glen sort un appareil photo et prend une photo. Puis il me filme en train de mordre. Si je peux survivre à une ablation de testicule, je peux survivre à ça. Il me faut dix minutes pour qu'il ne reste rien du sandwich. Je m'attends à ce qu'ils me forcent à manger le morceau que j'ai recraché, mais ils ne le font pas. Je sens mon visage qui me brûle, la cicatrice qui monte jusqu'à mon œil me tire. Mon autre œil pleure, mais celui qui est abîmé ne pleure pas, quelque chose à voir avec un canal lacrymal endommagé.

« Tu vois, c'était pas si terrible que ça, pas vrai ? » dit Adam en me lâchant.

Je tombe à genoux. Je commence à avoir des haut-le-cœur. Je sens le goût de la bile au fond de ma gorge, mais aucun morceau de sandwich ne veut remonter, ce qui est probablement une bonne chose, car ces types me forceraient à le remanger.

Il leur faut quelques minutes pour se calmer. Glen a tellement rigolé qu'il est en sueur. Il me faut tout aussi longtemps pour comprendre que je peux de nouveau marcher sans me vomir dessus. Ils me ramènent à ma cellule. Ils essaient de me faire hâter le pas, mais je conserve une allure lente. Ils n'arrêtent pas de se foutre de moi, et quand ils me laissent dans ma cellule, je les entends rire dans le couloir.

Je lève les yeux vers la porte, attendant que Caleb Cole entre. S'il vient, je ne pourrai rien faire. Conscient de cet état de fait, je n'ai aucune raison de tourner le dos à la porte et d'essayer d'améliorer un peu les choses. Je place ma tête sous le robinet du lavabo, me fais couler de l'eau dans la bouche et la rince une douzaine de fois. Puis je bois gorgée après gorgée, jusqu'à ne plus en pouvoir, et quand mon estomac semble se retourner, je m'accroupis au-dessus des toilettes. Parmi la déferlante d'eau qui s'échappe de mon estomac apparaissent finalement des morceaux de sandwich, mais pas autant que je le voudrais. La journée commence mal, et je sais qu'il reste tout un tas de manières de la rendre bien pire.

38

Raphael aurait dû faire confiance à son sentiment initial hier soir. Il lui disait que Stella n'était pas simplement ce qu'elle prétendait être, mais il a vu ce qu'il voulait voir. Les mensonges sont agréables. Si agréables qu'il s'imagine que tout le monde y succomberait. Et le changement d'apparence. Bon Dieu, elle aurait presque pu tromper tout le monde. Elle l'a trompé, lui. Même quand Schroder lui a montré la photo, il n'a pas tiqué. Pas la première fois. Ce n'est que quand il l'a observée attentivement qu'il a commencé à voir. Elle était si différente. Maquillage différent, coiffure différente – bon sang, une couleur de cheveux complètement différente. En plus, elle a pris du poids. Pas beaucoup, mais un peu au niveau du cou et du visage.

Il a relié les points entre eux.

Stella n'est pas Stella. Elle n'est pas une victime de viol qui a perdu son bébé.

Stella est Melissa.

Cette prise de conscience lui a presque fait l'effet d'un coup de poing dans le ventre. Il a senti son souffle se couper, et il lui a fallu tout son sang-froid pour rester calme, pour ne pas laisser voir qu'il connaissait la femme sur la photo. Il se tenait là, la regardant fixement pendant qu'il cogitait à toute allure. Ce qu'il éprouvait, c'était un sentiment de trahison. Ce qu'il aurait dû éprouver, c'était le besoin de dire à Schroder qu'elle était chez lui – eh oui, il y avait songé, mais il s'était ravisé. Le dire à Schroder aurait été pour lui le premier pas vers la prison, car après tout, il avait tué deux avocats.

Bien sûr, Schroder a senti quelque chose. Comment aurait-il pu en être autrement ? Mais il a retrouvé sa contenance – il a expliqué à l'ex-flic qu'il la reconnaissait parce qu'il l'avait vue aux informations, et Schroder a marché. Aucune raison de ne pas le croire. Melissa marchera-t-elle également ?

Ce qu'il ne saisit pas, c'est pourquoi elle souhaite la mort de Joe. Ça doit avoir quelque chose à voir avec le procès. C'est ce que suggère le timing. Elle souhaite la mort de Joe, et il ne voit rien à y redire. Lui aussi souhaite la mort de Joe. Donc, leurs désirs s'accordent parfaitement.

Ce qui ne s'accorde pas, en revanche, ce sont leurs opinions sur les gens qui tuent des innocents. Melissa l'a beaucoup fait récemment. Des flics. Des agents de sécurité. Des urgentistes. Des gens en uniforme. Les médias l'ont même surnommée un temps la Tueuse d'uniformes, même si le sobriquet ne semble pas avoir vraiment pris. Et si son uniforme de policier a l'air authentique, c'est parce qu'il l'est – il provient de quelqu'un qu'elle a tué.

Raphael perçoit l'ironie. Il est intelligent. Suffisamment intelligent pour savoir qu'il est un tueur travaillant avec une tueuse pour tuer un autre tueur. Ce n'est pas compliqué.

Le Raphael respectueux de la loi sait qu'il devrait aller voir la police. Mais le Raphael en proie à la Rage Rouge estime qu'il devrait juste descendre Joe et Melissa, et advienne que pourra. Le Raphael raisonnable sait qu'il ne peut pas aller à la police parce que Melissa a vu les articles punaisés au mur dans la chambre de son fils. Elle a fait le lien. S'il va voir les flics, il finira en prison avec elle. Et Joe aura son procès. Il aura une chance de plaider la folie, et on ne sait jamais ce qui peut se passer. Il sera reconnu coupable, certes, mais ça ne suffit pas à Raphael. Donc, le Raphael raisonnable est d'accord avec le Raphael en proie à la Rage Rouge. Il a plus qu'assez de balles pour deux. Le plan lui permet cette liberté. De fait, le plan semble même avoir été conçu pour. Et s'il se fait attraper à cause de ce coup de feu supplémentaire ? Et alors ? Et. Alors ?

Il s'est donc couvert auprès de Schroder tandis que ces pensées tournaient dans sa tête, puis il s'est également couvert auprès de Melissa, et ces mêmes pensées étaient toujours là. Si elle le soupçonnait de savoir qui elle était, elle le tuerait. Mais il ne savait pas comment. Il n'avait pas l'arrogance de croire que sous prétexte qu'il était plus grand et peut-être plus fort qu'elle, il aurait l'avantage. Si elle avait tué tous ces gens, c'est qu'il y avait une raison. Il aurait été idiot de la sous-estimer.

Mais elle ne soupçonnait rien. Elle n'avait aucune raison de le faire, pas après qu'il lui avait parlé de sa colère envers Joe, de ce que Joe avait fait à lui et à sa fille. Il avait parlé de l'excitation qu'il éprouvait à l'idée d'être celui qui ôterait la vie à Middleton. Et ils avaient parlé du plan. Ils l'avaient passé en revue encore et encore. Ce n'était pas un plan simple. Pas vraiment.

Mais il a un très bon moyen de le rendre encore plus efficace.

Melissa l'a appelé ce matin. L'étape suivante du plan doit se produire aujourd'hui. Elle a dit qu'elle passerait le chercher dans l'après-midi, aux alentours de quinze heures trente.

« Nous ne devons surtout pas être en retard », a-t-elle insisté.

Et maintenant il est quinze heures trente, il attend près de la porte, et il n'a qu'une minute à attendre avant que la voiture de Melissa approche. Il sort et grimpe dedans. Elle a toujours les cheveux noirs, mais il se demande si c'est une perruque ou si elle les a teints. Il balance le sac qui contient l'uniforme de policier sur la banquette arrière.

« Donc, on va le faire, dit-il. On va vraiment descendre Joe.

— L'arme est à l'arrière », répond-elle, et elle redémarre et se met à rouler.

39

Je finis par m'allonger en espérant que mon estomac va se calmer, ce qu'il n'a pas l'air de vouloir faire. Le sandwich a déclenché des mouvements que je ne parviens pas à arrêter. Il y a des crampes et des douleurs perçantes et les moments occasionnels où les deux se combinent, et aussi d'autres rares instants où la douleur disparaît. Je cesse de lever les yeux vers la porte chaque fois que j'entends quelqu'un dans le couloir. Si Caleb Cole venait avec son couteau de fortune, il me rendrait service.

Finalement, j'entends des bruits de pas qui ralentissent à proximité de ma cellule. Quelqu'un entre. Je suis trop occupé à m'apitoyer sur mon sort pour lever les yeux. Il y a plus qu'une seule paire de pieds. Huit pieds, quatre gardiens, et une sensation de colère sous-jacente. Aucun des gardiens n'est Adam ou Greg. On me menotte les mains devant moi. On me passe des bracelets aux chevilles avec une chaîne d'environ un mètre de long entre les deux. Une autre chaîne part de cette dernière et est reliée aux menottes. C'est le genre d'accoutrement que Harry Houdini aurait porté à une soirée fétichiste.

Je fais mon possible pour marcher à la même allure que les gardiens, et quand je ralentis trop, on me pousse dans le dos. À l'entrée de la prison attend un flic que je n'ai jamais vu. Une femme. Elle signe des formulaires et parle au directeur. Elle doit avoir deux ou trois ans de plus que moi. Beaux cheveux. Beaux traits. Superbes courbes enveloppées dans un emballage plutôt stylé. Elle lève les yeux vers moi et m'accorde à peine une seconde d'attention avant de poursuivre sa conversation avec le directeur. Celui-ci a dans les cinquante-cinq ans et porte le genre de costume qui dit au monde qu'il est inutile de lui faire les poches.

Le directeur et la femme s'approchent de moi. J'ai les muscles du ventre serrés, et le cul également, car mes organes effectuent une sorte de ballet, ils dansent en rond à une telle vitesse qu'ils se liquéfient.

« Si vous faites un pas de travers, m'avertit le directeur, ces gens vous abattront.

— C'est qui, celle-là ? » dis-je.

Il ne répond pas.

« Je suis l'inspectrice Kent », annonce l'Inspectrice-Si-Sexy-Que-Je-Préférerais-T'enlever-Plutôt-Que-Te-Tuer. Nom de Dieu, qu'est-ce qu'on pourrait s'amuser tous les deux ! « Et ce que le directeur vient de dire est parfaitement exact. »

Je pourrais me perdre à écouter le son de sa voix, à regarder dans ses yeux, à la découper. Même le directeur semble en train d'échanger mentalement sa femme contre elle.

« Joe se tiendra bien, dis-je.

— Tant mieux, répond-elle. Parce que le consensus général est que Joe nous réserve une surprise.

— Joe n'a pas de plan.

— Tant mieux. Parce que s'il se passe quoi que ce soit, Joe se retrouvera avec une balle à l'arrière du crâne.

— Joe veut juste bien faire. »

Tout le monde me regarde comme si j'étais un mauvais comédien.

« Où est l'inspecteur Carl ?

— L'inspecteur Schroder ne se joindra pas à nous, répond-elle.

— Carl me manque, dis-je.

— Je suis sûre que vous lui manquez aussi. Maintenant, mettons-nous en route. »

On m'escorte jusqu'à la porte. Dehors se trouvent trois agents lourdement armés. Il fait frisquet. Le ciel est principalement gris, avec quelques touches de bleu au loin. Pas de soleil. C'est une journée fraîche, mais ma peau est brûlante et mon ventre semble rempli de gros vers en liberté. On me mène jusqu'à l'arrière d'une camionnette blanche. Elle n'a aucun signe distinctif. Les portes à l'arrière sont ouvertes et on m'ordonne de monter à l'intérieur. Un œillet métallique a été soudé au sol. Lorsque je monte, mes jambes se défilent sous moi et un agent doit me rattraper.

« Arrête de jouer au con ! » me lance quelqu'un.

Je prends une profonde inspiration et retiens mon souffle. Je sens que le monde oscille un peu.

« Il va gerber, s'écrie quelqu'un. Reculez ! »

Tout le monde recule. Je tombe à genoux, assez brutalement pour savoir que j'aurai un bleu sur chacun demain à la même heure. J'ouvre la bouche, mais il ne se passe rien. La sueur dégouline sur mon visage. J'ouvre grand les yeux et la bouche et exhale lourdement. Mon estomac s'efforce de tenir le coup. Le sandwich menace de voler dans toutes les directions.

« Vous êtes en état de continuer ? » demande Kent. J'acquiesce.

J'apprécie sa sollicitude. Quand je viendrai chez elle, une fois que tout ça sera fini, je ferai en sorte que ce soit rapide.

« OK. Voici les règles, poursuit-elle en se tenant au-dessus de moi. Vous faites ce qu'on vous dit. Vous répondez à nos questions. Vous remplissez votre partie du marché. Si vous manquez à un seul de ces points, on vous ramène directement. Si vous essayez de vous échapper, on vous colle une balle dans la colonne vertébrale. Si vous avez planifié quoi que ce soit, on vous colle une balle dans la colonne vertébrale. Merde, si ça se trouve on vous collera quand même une balle dans la colonne vertébrale. Vous comprenez ce que je dis ?

— Je croyais que vous alliez me tirer une balle à l'arrière de la tête. Maintenant, c'est la colonne vertébrale ?

— Ce sera les deux, répond-elle. Et probablement aussi dans les couilles. Même s'il va falloir viser juste, vu qu'il ne vous en reste qu'une.

— Très drôle, dis-je, tentant de me relever.

— C'était quoi, ce petit numéro ? »

Je secoue la tête.

« J'ai mangé quelque chose qui ne passe pas, c'est tout.

— Vous allez pouvoir reprendre des forces et tenir jusqu'au bout ? » demande-t-elle.

Elle parle comme ma mère quand j'étais malade le matin avant d'aller à l'école. À l'époque, elle me demandait si j'étais une fille ou un garçon ou un homme.

Je retrouve mon équilibre et monte à l'arrière de la camionnette, ce qui répond à sa question. Mes menottes sont reliées à l'œillet par une chaîne, et je suis forcé de me pencher, mais ce n'est pas un problème, car mon ventre me forcerait à le faire de toute manière. Il n'y a pas de vitres à l'arrière, juste un grillage entre moi et la cabine qui me permet de voir dehors. Je pourrais planter des aiguilles à tricoter dans le chauffeur si j'en avais, mais rien de plus. Il est armé et son visage m'est familier, mais je n'arrive pas à le replacer. Kent grimpe à côté de lui. Les deux autres agents lourdement armés montent à l'arrière avec moi. Une pelle est posée en travers du sol. Quatre personnes dont Melissa va devoir s'occuper, et elles ont même apporté le matériel pour dissimuler les corps.

La camionnette se met à rouler. Je n'ai jamais été aussi éloigné de ma cellule depuis que j'ai plaidé non coupable et me suis retrouvé en détention dans l'attente de mon procès. Voilà ce que ma mère et mon avocat voient chaque fois après m'avoir rendu visite.

« Quelle direction ? demande Kent.

— À droite. Vous pouvez baisser une vitre ?

— Non. »

Nous attendons une brèche dans la circulation, puis nous traversons les voies et prenons la direction de la ville.

« S'il vous plaît ? Il fait chaud à l'arrière.

— Non, il ne fait pas chaud, réplique Kent.

— Il n'a pas l'air bien », observe Agent Nez.

C'est le nom que je donne au type assis face à moi, celui dont le nez semble avoir été cassé plusieurs fois.

Le type à côté de lui porte des lunettes, et le nom que je lui ai trouvé, c'est Agent Connard.

« On va jusqu'où ? demande Kent en baissant à demi la vitre.

— Je ne sais pas. Je vois à peine à travers le grillage.

— Et si vous me donniez juste une adresse ?

— Il n'y a pas d'adresse. C'est pour ça que nous sommes dans cette situation. Nous cherchons un champ. Je ne peux pas vous dire où il est, mais je peux retrouver le chemin.

— Génial, fait le chauffeur.

— Oui, n'est-ce pas ? » dis-je.

Nous approchons de la ville. Nous passons le grand panneau « Christchurch », sur lequel quelqu'un a dessiné un graffiti, mais je ne vois pas ce qu'il représente. Nous continuons de rouler. Des trucs barbants sur la gauche. Les mêmes trucs barbants sur la droite. Je ne sais pas comment les gens font. Je ne sais pas pourquoi ils ne sont pas plus nombreux à se tirer une balle.

« Prenez à gauche vers l'arrière de l'aéroport. »

Nous ralentissons et tournons. Je vois un avion au-dessus de nous qui s'apprête à atterrir. Je n'ai jamais pris l'avion. Je n'ai jamais quitté ce pays, je ne suis jamais allé dans l'île du Nord, je n'ai jamais vraiment quitté Christchurch. Je me demande où Melissa a prévu de m'emmener. Australie ? Europe ? Mexique ? J'ai hâte. Ça doit être si cool de regarder le monde d'en haut, de voir les gens détaler comme des fourmis. Car c'est bien comme ça que je les vois, du moins la plupart du temps. Je me demande comment je les verrais à quelques milliers de mètres d'altitude. Puis je me demande pourquoi un cockpit s'appelle un cockpit, qui a pondu ce mot, et ce que faisait la personne à ce moment-là.

« Continuez tout droit pendant un moment », dis-je.

Et c'est précisément ce que nous faisons. Nous passons devant des champs dégagés, pas très loin des avions atterrissent sur des pistes bordées de lumières derrière lesquelles s'étirent d'autres champs. À mesure que nous roulons, tout me revient. La nuit avec Calhoun. C'est lui qui avait tué Daniela Walker. Et c'est moi qui l'avais compris. J'aurais fait un super flic. Il avait arrangé la scène pour qu'on me colle le meurtre sur le dos – moi, le Boucher de Christchurch –, et ça ne m'a pas plu. Au même moment, Melissa me faisait chanter. Alors, j'ai ligoté Calhoun, Melissa a fini par le poignarder, et j'ai tout filmé à son insu. Tout s'est passé comme sur des roulettes. Ça nous a placés sur la même longueur d'onde, Melissa et moi. C'est à n'y rien comprendre – elle a réduit mon testicule en bouillie avec une paire de pinces, et pourtant je l'aime. Sa sœur a été assassinée par un flic, elle-même a été violée par un sale type, et pourtant elle m'aime. L'alchimie est indéniable.

Le ciel commence à s'assombrir. Je ne sais pas trop quelle est la différence entre le crépuscule et la tombée de la nuit. Est-ce qu'il y en a une ? En tout cas, les deux approchent. Je suppose que l'un survient en premier, puis l'autre après. Le crépuscule, ça doit être quand il reste encore un peu de lumière dans le ciel, et la tombée de la nuit, quand il n'y en a plus. Dans une heure, ça n'aura plus d'importance, car les deux seront passés. Peut-être que ça fait partie du plan de Melissa. Dès qu'il fera nuit, elle se mettra à faire feu. Mon estomac se sent un peu mieux, mais pas beaucoup.

« Prenez la prochaine à gauche », dis-je au chauffeur, après quoi je lui demande de prendre la première à droite.

Nous prenons une série de tournants. Et juste au moment où nous semblons sur le point de revenir à notre point de départ, juste au moment où ils commencent à m'accuser de me foutre de leur gueule, nous atteignons le chemin de terre que j'ai découvert l'année dernière.

« C'est… » dis-je, mais une crampe foudroyante me saisit alors l'estomac. Je me plie en deux et serre les dents en attendant qu'elle passe. « … Ici. »

Le chauffeur immobilise la camionnette. Nous restons tous assis. Kent est au téléphone. Probablement en train de donner l'adresse à quelqu'un, au cas où ils disparaîtraient tous. Je n'ai plus chaud et ne suis plus en sueur. À vrai dire, c'est l'inverse.

« Prenez le chemin, dis-je.

— Pas sans un 4 × 4, répond le chauffeur. Le sol est trop trempé. C'est loin ?

— Pas tellement. »

Il se tourne vers Kent.

« C'est une propriété privée, dit-il. Qu'est-ce que vous voulez faire ? »

Elle baisse son téléphone pour pouvoir lui répondre.

« Je ne vois aucun signe de vie, dit-elle. Allons-y à pied. »

Kent et le chauffeur descendent de la camionnette. Ils font le tour jusqu'à l'arrière et ouvrent les portes. Agent Connard descend tandis que les autres braquent leur arme sur moi, puis Agent Nez détache la chaîne de l'œillet. Il m'aide à sortir de la camionnette et j'essaie de redresser mon dos, qui est douloureux à cause des vingt minutes de trajet. Ça aiderait si je pouvais appuyer dessus avec mes mains et m'étirer. Kent a terminé son coup de fil.

Autour de nous, il n'y a que des rochers, des arbres, de la terre. Des montagnes au loin. Un ruisseau à proximité. D'autres arbres et des champs dégagés. J'imagine que ce serait un chouette endroit pour un pique-nique, si les pique-niques sont votre truc. Ce serait aussi un chouette endroit pour pendre le directeur de la prison ou Carl Schroder, si pendre les connards est votre truc. Aucun signe de Melissa. Mais elle est ici. Je le sens. J'ai la couille qui me picote. Elle aussi le sent.

Kent porte un gilet pare-balles qu'elle n'avait pas à la prison. Elle ne m'en propose pas un. C'est vexant. Je lui fais mon grand sourire de Joe-le-Lent et elle semble furieuse après moi, furieuse parce que le chemin risque d'être boueux et elle ne veut pas salir ses chaussures de rando. Les autres aussi portent des gilets pare-balles.

« Qu'est-ce que vous avez au visage ? demande-t-elle.

— J'ai marché dans une porte.

— Bien fait. Vous devriez continuer de marcher dans des portes. Ça vous va bien. Ça va avec votre cicatrice. »

J'essaie de toucher ma cicatrice, mais mes mains ne vont pas assez loin à cause de la chaîne qui les relie à mes bracelets de chevilles.

« À quelle distance se trouve le corps ? demande-t-elle.

— Je lui ai déjà dit, dis-je en désignant de la tête le chauffeur.

— Eh bien, considérez que c'est l'occasion de me le dire également.

— À quelques minutes de marche. Et prenez la pelle. »

Le chauffeur passe le bras dans la camionnette et la saisit. Je le reconnais enfin. C'est Jack, l'homme en noir qui m'a écrasé la paupière avec le talon de sa botte et qui l'a broyée par terre. Il voit que je le regarde fixement, et il devine que je viens de comprendre qui il est. Il me sourit.

« Comment va l'œil ? demande-t-il.

— Suffisamment bien pour me voir en train de baiser ta femme quand tout ça sera fini », dis-je.

Il fait un bond vers moi, mais ses deux collègues sont plus rapides et le retiennent.

« Ça suffit ! » crie Kent. Mais ça ne suffit pas, car Jack continue de se débattre. « Bon Dieu, les gars, j'ai dit ça suffit ! »

Le message passe. Jack cesse de se débattre et les autres le lâchent. Après quoi, nous nous tenons tous en cercle, et je suis l'intrus.

« Maintenant, Joe, arrêtez de nous faire perdre notre temps et menez-nous à l'inspecteur Calhoun », dit Kent.

Je me dirige vers le portail. Il est fermé par une chaîne et un cadenas que j'ai mis quelques secondes à crocheter l'année dernière. Le portail arrive juste en dessous de la poitrine. Une clôture de barbelé s'étire de chaque côté, bordant la propriété.

« On scie le cadenas ? demande Jack. Ou on escalade ?

— Personne ne doit savoir qu'on est venus ici », répond Kent. Du coup, nous escaladons la clôture, ce qui n'est pas très pratique pour un type enchaîné. Deux flics la franchissent, puis ils me hissent pendant que les deux autres me poussent. Quand nous sommes tous de l'autre côté, nous nous mettons à marcher. Le chemin est en plus mauvais état que la dernière fois que je suis venu, les mois d'hiver le traitant de la même manière que la mort traite les nouveaux venus – certaines parties sont noires, d'autres grumeleuses, d'autres en train de se dissoudre. Mes chaussures de prison ne sont pas adaptées, et après quelques pas ma chaussure droite est aspirée par la boue. Les racines des arbres et les rochers sont couverts de mousse. Toutes ces armes braquées sur moi. Ces gens tout autour de moi. Je suis le centre d'attention. Je m'accroupis pour récupérer ma chaussure, puis je la secoue pour ôter autant de boue que possible avant de la remettre. Nous continuons de marcher. Encore des arbres, et pas de coups de feu. Je me tiens constamment prêt à plonger pour esquiver les balles. Quand quelqu'un marche sur une branche et la fait craquer bruyamment, je me jette au sol.

« Arrête de jouer au con ! » me lance Jack, et il tire sur ma chaîne pour me hisser sur mes pieds, les menottes s'enfonçant douloureusement dans mes poignets.

Une brûlure commence à se réveiller dans les profondeurs de mon flanc. Nous continuons de marcher. Cent mètres. Deux cents. Je me rappelle clairement avoir roulé ici l'année dernière. Le temps était semblable, même si nous venions de sortir d'un très long été. La brûlure dans mon ventre se transforme lentement en douleur perçante, une douleur à vous faire exploser l'appendice. J'enfonce mon pouce dans la zone en question, et ça me soulage un peu.

Encore cent mètres.

Je ralentis. Je commence à observer les arbres. La clairière dégagée devant nous est couverte de terre, comme l'année dernière. Tout me revient, certes, mais tout semble aussi un peu différent. Les feuilles sont depuis longtemps tombées des arbres et ont formé une pâte brune en se mêlant à la terre. Il y a de la mousse sur les cailloux et les rochers. L'année dernière, ces mêmes arbres se raccrochaient un peu mieux à la vie.

« Il est ici », dis-je, sans m'adresser à personne en particulier. Je désigne une zone terreuse qui ressemble à toutes les autres, tout en continuant de m'enfoncer l'autre pouce dans le flanc.

« Enfin, je crois. Et s'il n'est pas ici, alors il est tout près.

— Ce n'est pas très précis, remarque Kent.

— Beaucoup plus que ce que vous aviez avant, vous ne trouvez pas ? »

Le corps va être dans un sale état. Ces gens me détestent déjà, et ce que j'ai fait à Calhoun ne va pas me valoir que des admirateurs. À moins que les gens admirent les personnes qui coupent le bout des doigts et arrachent les dents. C'est peut-être possible. S'ils peuvent admirer les films porno avec des nains, ils peuvent admirer n'importe quoi. J'ai placé les morceaux de Calhoun dans un sac en plastique avec ses papiers d'identité pour m'en débarrasser plus tard. Mais j'ai beau essayer, impossible de me souvenir de ce que j'ai fait de ce sac. J'ai dû le balancer quelque part. Si je racontais ça à Ali, elle ne me croirait pas. Mais j'étais distrait cette nuit-là. Distrait par le chantage, la violence, l'amour. Vu les circonstances, n'importe qui serait pardonné d'avoir égaré un sac rempli de bouts de doigts.

Jack commence à creuser. Calhoun n'est pas enterré profondément, peut-être à une soixantaine de centimètres, et Jack ne met pas longtemps à trouver quelque chose. La pelle heurte un os, il cesse de creuser.

« On a quelque chose », annonce-t-il. Avec la pointe de la pelle, il ôte précautionneusement la terre qui recouvre Calhoun, créant un entonnoir dans lequel la terre retombe.

« Des restes, ajoute-t-il.

— OK, dit Kent. Recouvrez-le. On en a fini ici.

— Vous plaisantez, objecte Jack.

— Vous connaissiez le marché en venant. Vous savez qu'on le laisse ici. »

Elle les regarde alors tous.

« Vous connaissez tous le marché. Il n'est pas censé vous plaire, mais c'est votre boulot de garder ça sous silence.

— C'est nul, déclare Agent Connard.

— Non, c'est le boulot, réplique Kent. C'est comme ça. Remettez la terre en place et tassez-la. »

Elle tire son téléphone portable et commence à jouer avec son GPS, marquant l'emplacement de la tombe.

Jack ne recouvre pas le corps. Il est appuyé à deux mains sur le manche de la pelle, plongé dans une intense réflexion. Puis cette réflexion se transforme en mots.

« Rien ne nous empêche de le tuer », déclare-t-il, et si je me rappelle bien, il a déjà évoqué ce sujet durant le trajet de mon appartement à l'hôpital le jour de mon arrestation. Il est temps de nous remettre en route. « On le descend et on dit qu'il a voulu s'enfuir. Et alors y a plus de marché qui tienne, pas vrai ? On le descend et on ramène Calhoun. »

Kent abaisse son téléphone. J'essaie de lever les bras, mais ils ne montent pas très haut car la chaîne bloque mon mouvement en produisant un son métallique.

« Ce n'est pas ce qui est convenu, dis-je.

— Mais c'est une bonne idée, rétorque Jack. Je dis qu'on devrait voter. »

Personne ne répond rien. Ils ont tous l'air d'y réfléchir. De vraiment, vraiment y réfléchir. L'air est si immobile que le moindre son pourrait parcourir un kilomètre, mais pour le moment personne ne produit le moindre son à un kilomètre à la ronde. Je regarde un à un chaque visage, certains sont impassibles, d'autres trahissent une réflexion intense.

« On ne peut pas simplement y aller ? » dis-je.

Personne ne répond. D'ailleurs, seul Jack me regarde. Les autres regardent derrière moi, ou à travers moi. Ils continuent de passer en revue divers scénarios dans leur tête. Ils passent en revue toutes les possibilités. Sauf Jack, qui les a déjà toutes examinées. C'est l'un de ces moments dans la vie qui peuvent changer la direction que prend un homme. Un tournant. Encore un Big Bang.

« Vous devez tous prendre une profonde inspiration, dis-je.

— Le genre d'inspiration que prenaient ces femmes quand elles te trouvaient chez elles ? » demande Agent Nez.

Exactement ! Mais je ne le dis pas. Je regarde Kent. J'ai le sentiment que si elle est d'accord avec cette idée, alors dans quelques secondes j'aurai plus de plomb que de chair dans le corps. Melissa prend vraiment son temps pour ouvrir le feu.

« Je mérite un procès », dis-je.

Mais je n'ajoute pas que je suis innocent. Je crois que ce serait la goutte d'eau qui ferait déborder le vase.

« On devrait voter, répète Jack.

— Il faut que ce soit à l'unanimité, dit Agent Connard.

— Je suis d'accord », convient Agent Nez.

Soudain, nous regardons tous Kent. Elle est désormais le centre d'attention, comme moi tout à l'heure. Ma vie est entre ses mains. Mon cœur bat à tout rompre, j'ai les jambes en coton et je suis près de vomir. Il y a un an, j'ai essayé de me tirer une balle quand la police m'a retrouvé, mais c'était un geste impulsif et idiot. Je ne veux pas mourir. Pas ici, pas maintenant. Jamais. Pas aux mains de ces abrutis.

Même si au moins ça mettra un terme à mon mal de ventre.

Alors, lentement, Kent secoue la tête.

« C'est ridicule », dit-elle sans la moindre émotion, comme si elle lisait *la vache fait meuh* sur un prompteur. Puis elle injecte un peu plus de conviction dans son propos. Mais seulement un peu.

« Je ne vais pas mettre ma carrière en péril pour lui.

— Y a aucun risque, rétorque Jack.

— Bien sûr que si, dit-elle. Vous croyez qu'on peut dire qu'on l'a abattu parce qu'il a tenté de s'enfuir ? Qu'on ne pouvait pas le rattraper ?

— Pourquoi pas ? Vous croyez que les gens en auront quelque chose à foutre ? »

On dirait soudain que si Kent n'est pas d'accord, je ne serai pas le seul à me retrouver avec de nouveaux trous dans le corps. Ils pourront dire que je me suis emparé d'une arme et l'ai abattue avant qu'ils me descendent.

Et alors ils auront une excuse pour m'avoir criblé de balles. Mais Kent ne s'en rend pas compte. Sinon, elle cesserait de discuter.

« Si, les gens en auront quelque chose à foutre, réplique-t-elle.

— Qui ? demande Jack. Allons, Rebecca, c'est un cadeau. C'est pour ça qu'on est flics, pas vrai ? Pour redresser les torts. Pour rendre justice. Si on le fait, au moins on saura pourquoi on est venus ici. On n'a pas besoin de s'emmerder avec ces conneries de médium. »

Elle ne répond pas immédiatement. Un pendule balance – ou un bélier –, et elle n'a toujours pas décidé quoi faire.

« Les membres des familles des victimes en auront quelque chose à foutre, dit-elle.

— Non. Ils seront ravis, réplique Agent Connard.

— Ils méritent de lui faire face au tribunal, insiste-t-elle. Ils méritent d'être confrontés à lui. »

Tout le monde devient silencieux. Nouvelles réflexions, et toujours pas de Melissa, juste la tension qui s'ajoute à la tension, et une tension croissante dans mon ventre. J'enfonce mon pouce un peu plus profond. Quelque chose remue là-dedans. Il y a quelque chose là-dedans qui ne veut pas y rester.

« On peut le faire, Rebecca, dit Jack. On peut le faire et dire ce qu'on veut. Vous le savez, pas vrai ? »

Elle acquiesce. Un geste de tête lent, songeur.

« Je… je ne sais pas, dit-elle. Mais…

— Vous ne pouvez pas faire ça, dis-je.

— La ferme ! réplique Jack. Rebecca…

— Est-ce qu'on pourra vivre avec ça ? demande-t-elle.

— Non… dis-je.

— Ferme ta gueule ! lance Jack.

— Moi, je peux vivre avec », déclare Agent Connard.

Mon estomac se retourne une dernière fois, puis mes jambes se transforment en gelée et mes sphincters se relâchent, et avant que quiconque ait pu ajouter quoi que ce soit, un bruit semblable à un coup de tonnerre s'échappe de mon pantalon. Il résonne parmi les arbres et les champs. Et le désastre qui s'ensuit est semblable à une coulée de boue.

« Oh, merde ! » s'exclame Jack, et Agent Nez dit quelque chose de semblable, de même que Connard et Kent, si bien que c'est un chorus de *merdes*.

Ils s'éloignent tous brusquement de moi. Je tombe à genoux dans la boue. De nouveaux coups de tonnerre retentissent, suivis par un son semblable à un seau d'eau qu'on viderait sur un matelas. Je tombe sur le flanc. Connard semble sur le point de vomir, et Jack éclate alors de rire. Il rejette sa tête en arrière et doit s'accrocher à la pelle pour conserver son équilibre. Il rit frénétiquement, comme Adam et Glen tout à l'heure – peut-être même plus. Il rit comme s'il était sur le point de se déchirer les cordes vocales. Kent se met à rire à son tour, d'abord un simple sourire qui s'élargit peu à peu et la rend encore plus belle. Le rire de Jack est contagieux. Plus il rit, plus les autres se joignent à lui. Les agents Connard et Nez sont au bord de la crise d'hystérie. Mon estomac se vide une fois de plus – pas un coup de tonnerre, cette fois, plus comme si quelqu'un plantait un couteau dans un pneu de voiture. Je sens le liquide couler le long de mes cuisses. J'essaie de me remettre à genoux mais n'en ai pas la force.

« Maintenant, on devrait vraiment le descendre », déclare Jack en riant. Il a toujours un ton sérieux, mais la tension a en partie été rompue. « Qu'il empeste la camionnette du légiste plutôt que la nôtre. »

Kent sourit et secoue la tête. Elle se pince le nez et parle dans sa main.

« On va simplement le ramener, dit-elle, et laisser les gens de la prison le laver. »

Personne n'objecte. Personne ne suggère une fois de plus qu'ils devraient m'abattre. Ça tient peut-être en partie aux détails techniques – je suis couvert de merde, et descendre un homme non armé et couvert de merde sera plus dur à faire passer.

« Ça va sentir », déclare Connard.

Ils continuent tous de rire, mais un peu moins frénétiquement. Ça commence à retomber.

« Allons-y, dit Kent.

— Attendez », dis-je.

Je suis toujours allongé sur le flanc, avec le visage dans la boue froide.

« Attendre quoi ? » demande-t-elle.

Que Melissa vous descende. Tous autant que vous êtes. Qu'elle vienne à mon secours. Il commence à faire sombre, mais le soleil n'est pas complètement couché. N'est-ce pas le crépuscule ? Ma mère n'a-t-elle pas transmis mon message ?

« Je veux lui rendre un dernier hommage, dis-je.

— Allons-y », dit Jack, et il se baisse et me remet sur mes pieds.

Agent Connard remet la terre en place et la compacte.

Durant le trajet du retour, tout est inversé. Désormais, les montagnes au loin sont sur ma droite. Mêmes arbres, même terre, mêmes rochers couverts de mousse. Même vue, sauf qu'il fait plus sombre. Cent mètres. Deux cents. L'arrière de ma combinaison est froid. Elle colle à mes jambes et à mon cul, et sent exactement comme le sandwich. Nous marchons lentement à cause des chaînes autour de mes chevilles. Mon mal de ventre a diminué, mais je le sens déjà qui revient. Melissa est quelque part parmi les arbres, mais elle prend son temps, elle attend juste de bien les avoir dans sa ligne de mire. Le fait que je sois couvert de ma propre merde va un peu la refroidir, mais je vais bien me nettoyer. Je perds ma chaussure au même endroit que tout à l'heure, mais je n'ai pas la force de me baisser pour la récupérer. Il fait de plus en plus sombre. Ma chaussette est trempée de boue, mon pied est glacé, et ça me fait mal chaque fois que je marche sur une racine ou un caillou ou quoi que ce soit qui n'est pas plat. Nous atteignons la clôture. Nous l'escaladons comme tout à l'heure, deux devant moi pour me hisser, mais les deux derrière ne veulent pas pousser. Ils ne veulent pas me toucher. Du coup, les deux de devant doivent se taper tout le boulot, car je n'ai pas la force de les aider. Lorsque je suis de l'autre côté, j'amortis ma chute avec mon bras, et on ne m'accorde que quelques secondes avant de me remettre debout. Nous approchons de la camionnette. Mes pieds sont pleins de boue. Mon compte en banque est sur le point d'être plein d'argent. De l'argent que je ne pourrai pas utiliser à moins que Melissa se mette à tirer. Mais elle ne le fait pas. Personne ne le fait.

Nous nous tenons tous derrière la camionnette en nous demandant comment faire pour ne pas tout saloper, mais rien ne nous vient à l'esprit, il n'y a rien pour couvrir la banquette, alors je grimpe à l'intérieur, et tout continue à aller de travers. Bon sang, même Calhoun a été retrouvé, puis de nouveau abandonné. La seule chose qui n'est pas allée de travers, c'est le fait que je me suis chié dessus – ça, c'était pour de bon. La chaîne entre l'œillet et mes menottes est attachée. Je suis tout voûté. Les deux flics à l'arrière s'assoient aussi loin de moi que possible. Jack baisse sa vitre. Kent achève de baisser la sienne. Pendant un moment, la camionnette refuse de démarrer, deux bonnes secondes durant lesquelles le moteur tourne dans le vide, et je me mets à songer que Melissa l'a trafiqué. Mais soudain, ça prend, Jack enfonce l'accélérateur à plusieurs reprises, puis il desserre le frein à main et fait demi-tour. Nouveaux virages à gauche et à droite, mais inversés. Jack allume les phares. Un lapin tout illuminé sur la route vingt mètres devant nous semble heureux à l'idée d'être percuté par la camionnette, mais ce bonheur s'évanouit probablement quand il passe sous les roues. Des papillons de nuit s'écrasent contre les phares et éclaboussent le pare-brise. C'est comme si la nature essayait de se suicider tout autour de moi, comme si nous étions dans la camionnette de la mort, roulant vers la ville. La circulation est faible. Mes pieds sont humides et glacés. Melissa n'est pas venue.

Elle n'est pas venue.

40

La structure extérieure de l'immeuble est terminée. À l'intérieur se trouvent des bureaux en divers états d'achèvement. Mais les dernières touches ne seront pas apportées au chantier tant que la crise économique ne se sera pas transformée en boom économique. Et personne ne sait quand ça arrivera. Face à l'immeuble se trouve la cour criminelle de Christchurch, qui, jusqu'à récemment, était également en construction. Crise ou non, peu importe où va l'économie quand il s'agit de traîner les criminels en justice. L'ancien tribunal est à quelques pâtés de maisons, mais Christchurch est une ville en expansion confrontée à des problèmes croissants, et elle avait besoin d'un plus grand tribunal pour refléter ces changements et envoyer plus rapidement les voyous en prison.

Les bureaux du troisième étage de l'immeuble, où Melissa et Raphael se tiennent, vont du à peu près achevé au à peine commencé. Celui qu'ils ont choisi est pour l'essentiel achevé. Toutes les cloisons sont en place, et les installations électriques sont fonctionnelles. Il y a quelques pots de peinture posés contre un mur, un peu de matériel de nettoyage, quelques outils, deux tréteaux et une planche de bois qui font office d'échafaudage. La poussière est abondante. Des choses ont été poncées, mais personne n'a nettoyé. Tout semble immuable, comme si la pièce était dans cet état depuis un moment et qu'il n'y avait aucune raison de croire que ça allait changer.

Il y a six mois, elle a tué un agent de sécurité qui travaillait dans un immeuble à deux rues de là, celui qui donnait sur l'avant du tribunal et qu'elle comptait originellement utiliser. Par un coup du sort malheureux – du moins pour l'agent de sécurité –, elle l'a tué malgré elle. Elle cherchait juste à lui voler ses clés, mais il l'a prise sur le fait. Elle n'avait pas le choix. Elle pensait à l'époque que le bâtiment en question ferait partie du plan. Elle se disait qu'ils tireraient depuis le toit. Mais cet immeuble-ci est plus pratique, et elle n'a eu à tuer personne. Jeudi, quand elle a opté pour cet endroit, il ne lui a fallu qu'une minute pour crocheter la serrure de la porte de derrière. Un enfant avec un cure-dents y serait parvenu. Une fois la porte ouverte, elle a utilisé un tournevis pour démonter le verrou à l'intérieur, de sorte que la porte ne se referme pas complètement. Elle était bien obligée, sinon elle aurait dû la crocheter de nouveau, mais cette fois devant Raphael, et elle estimait qu'il posait déjà trop de questions. C'est un miracle que tous ces bureaux n'aient pas été transformés en chambres d'hôtel deux étoiles pour les sans-abri. Elle est surprise que rien à l'intérieur n'ait été volé puis revendu.

Raphael ouvre l'étui. Il commence à assembler le fusil. Elle devine qu'il a adoré tirer. Il a adoré être l'homme. Lorsqu'elle a fait feu, tout ce qu'elle est parvenue à atteindre, c'est le sol. C'est du moins ce qu'elle lui a montré. Ça a cimenté la dynamique de leur relation. C'est lui le tireur. Pas elle. Elle, c'est la récupératrice. C'est une relation tireur-récupératrice, donc c'est un plan pour deux personnes. Rien de mal à ça.

Raphael ne fixe pas la lunette sur le fusil. À la place, il se poste devant la fenêtre, tenant la lunette à deux mains. Il porte une paire de gants en latex. Melissa aussi. Inutile de laisser des empreintes partout. L'uniforme de policier est toujours dans le sac.

« Je vois tout, dit-il.

— Et le tribunal ? Qu'est-ce que vous voyez ? » demande-t-elle. Mais elle sait ce qu'il voit. Elle est déjà venue ici. Le bureau donne directement sur l'entrée de derrière du tribunal. Une jolie vue bien dégagée sur le parking et les portes, et sur les dix mètres de béton qui séparent le parking de ces portes. Il peut se passer beaucoup de choses sur dix mètres de béton. Il y aura des milliers de gens dans la rue, mais sur le parking il n'y aura que deux ou trois flics et Joe. Ça ne devrait poser aucun problème. La foule ne les gênera pas. Tout ce que Raphael devra faire, c'est rester calme. Il y a six mois, la vue depuis le bâtiment qu'elle avait initialement choisi était très différente. Il y a six mois, c'était le bazar de tous les côtés. Grues. Bulldozers. Ouvriers.

« Tout est si clair, dit-il.

— Je peux ? »

Il lui tend la lunette, dont les optiques sont de meilleure qualité que celles des jumelles. Elle observe le tribunal, puis scrute les deux côtés de la rue, où il y aura beaucoup de circulation. Le tribunal est un bâtiment d'un étage. Comme ils sont au troisième étage de l'immeuble de bureaux, elle voit par-dessus le toit du tribunal la ville qui s'étire au loin. Celui-ci occupe tout un bloc, et la porte de derrière est pile au milieu du bâtiment. Elle voit les routes arriver de toutes les directions, deux avenues parallèles qui traversent la ville – l'une longeant le tribunal sur la gauche, l'autre sur la droite. Il y aura tellement de manifestants lundi que certaines de ces routes seront fermées. Ce sera parfait. Pour le moment, celles-ci sont presque désertes. Samedi soir, en plein hiver, dans un quartier qui comporte des immeubles de bureaux et un tribunal et nulle part où boire une bière – pourquoi y aurait-il du monde ?

« Tenez », dit-elle en lui rendant la lunette.

Il s'allonge par terre. Belle élévation. Aucun problème pour voir le parking sans que rien vienne obstruer la vue. Pas haut au point de devoir se soucier du vent tourbillonnant entre les bâtiments. Pas haut au point de ne pas pouvoir prendre rapidement la fuite.

Leur plus grande préoccupation sera le temps qu'il fera. Ils n'ont pas besoin d'un grand ciel bleu, mais s'il fait mauvais, ça ne marchera pas. Il peut pleuvoir à verse à Christchurch. Il peut y avoir des bourrasques. Le problème avec la météo ici, c'est que les prévisions sont à peu près aussi fiables que les cotes des chevaux de course. Il y a un favori, mais tout le monde a sa chance.

« Je ne pourrai pas m'allonger, dit-il. Ça voudrait dire tirer à travers la vitre. La fenêtre ne s'ouvre qu'à hauteur de taille. »

Elle jette un coup d'œil à sa montre. Il est six heures moins dix. Le convoi arrivera à la porte de derrière du tribunal à six heures pile. Elle le sait car ça figurait dans l'itinéraire qu'elle a volé à Schroder. Elle a aussi la solution au problème de Raphael. Elle y a pensé quand elle est venue jeudi.

« Aidez-moi », dit-elle.

Elle marche jusqu'aux pots de peinture, à côté desquels une grande bâche de protection a été soigneusement pliée en un carré de trente centimètres sur trente. Ils la déplient et la portent jusqu'à la fenêtre.

« Qu'est-ce que vous voulez en faire ?

— On l'accroche », répond-elle en attrapant du ruban adhésif dans son sac.

Raphael semble comprendre où elle veut en venir, et ils se mettent à déchirer ensemble des morceaux de ruban adhésif. Quelques minutes plus tard, ils ont un rideau qui les abrite de la rue. La pièce, qui était déjà sombre, est désormais plongée dans le noir, et elle se sert de la fonction lampe torche de son téléphone portable pour faire un peu de lumière. Elle saisit un couteau et découpe un carré dans la toile devant l'une des fenêtres, laissant un trou à peine plus grand que sa tête.

« Je tire par là ? demande Raphael.

— Et en plus, vous serez allongé, répond-elle. Depuis la rue, personne ne verra rien.

— Allongé sur quoi ? »

Elle se tourne alors vers les tréteaux et la planche, et il comprend aussitôt.

Ils montent la plateforme de fortune. Il s'étend dessus et se met en position de sorte à voir à travers la bâche de protection.

« Essayez », dit-elle.

Elle fixe la lunette au fusil et le lui tend.

Il s'avance un peu plus sur les planches. Il colle la lunette à son œil, cale le fusil contre son épaule.

« C'est bon, dit-il.

— Donc, vous serez en mesure de tirer ? »

Il lui sourit.

« Avec la fenêtre ouverte, oui.

— Mais ne l'ouvrez pas quand vous serez en uniforme, recommande-t-elle. Ouvrez-la avant.

— Je sais. »

Elle consulte sa montre.

« C'est presque l'heure », dit-elle.

Raphael reste en position. Melissa s'approche de la vitre et éteint la lampe de son téléphone avant de soulever le bord de leur rideau de fortune. Réverbères, éclairages d'immeubles, du tungstène et du néon brûlant de tous côtés, plus qu'assez pour y voir clairement. Ils ne parlent pas. Ils attendent en silence. Quelque part dans un bureau voisin, ou peut-être au-dessus ou en dessous, une climatisation se met en route, son bourdonnement sourd créant un bruit de fond. Du coup, le complexe de bureaux ressemble moins à un immeuble dans une ville fantôme. Mais pas beaucoup.

Pile à l'heure, des phares apparaissent au sud. Trois voitures de police précédant une camionnette, et trois voitures de police la suivant. Les véhicules roulent lentement. Aucun gyrophare n'est allumé. Ils disparaissent derrière l'angle du tribunal, mais Melissa sait qu'ils se dirigent vers l'avant du bâtiment.

Lundi, leur progression sera ralentie par la circulation et la foule.

Ils constituent le leurre.

Au même moment, une camionnette apparaît dans la rue parallèle. Elle disparaît lorsque le tribunal bloque la vue, puis réapparaît à l'arrière du bâtiment. Elle s'engage dans la rue entre l'immeuble de bureaux et l'entrée de derrière. Une clôture grillagée borde le parking du tribunal. Quelqu'un à l'intérieur de l'enceinte appuie sur un bouton, et une partie de la clôture s'ouvre en coulissant. La camionnette pénètre sur le parking. La clôture se referme.

La camionnette se gare près de l'entrée. L'arrière du véhicule fait face à la fenêtre du bureau où se trouvent Melissa et Raphael. Les portières s'ouvrent.

« Je vois tout, dit Raphael.

— Concentrez-vous, recommande-t-elle. Ne ratez pas votre coup. »

Elle aussi voit tout, mais pas en détail. Deux hommes vêtus de noir descendent de l'arrière de la camionnette. Puis un homme vêtu d'orange apparaît en traînant les pieds. Elle ne voit pas les chaînes, mais elle devine à sa façon d'avancer qu'il doit en porter autour de ses chevilles et de ses poignets. Il descend de la camionnette. Les autres braquent leur arme sur lui. Pendant deux secondes, personne ne bouge.

Beaucoup de choses peuvent arriver en deux secondes. Le prisonnier entame sa marche de dix mètres.

« Vous l'avez dans le viseur ?

— Je l'ai, répond Raphael.

— La vue est dégagée ?

— Suffisamment. »

Les dix mètres sont avalés. Le groupe se tient devant la porte.

« Je peux ? » demande-t-elle.

Elle se tourne vers Raphael mais ne le voit pas. Elle tend la main et fait un pas vers lui. La seule lumière dans le bureau est la faible lueur qui pénètre par le trou dans le rideau. Elle ne sent tout d'abord rien, puis ses doigts touchent le côté du fusil que Raphael lui tend. Elle l'attrape et reprend sa position. Elle regarde les quatre flics et l'homme en orange. Presque comme une cible peinte. L'homme en orange est un agent de police. Elle l'a déjà vu. À la télé ou en vrai, elle ne se souvient plus, et ça n'a vraiment aucune importance. Ce soir, il joue le rôle de Joe. Cette petite excursion est une répétition générale avant le grand jour.

Et c'est aussi une répétition générale pour Raphael et elle.

Les flics discutent avec un agent de sécurité à l'entrée. L'un d'eux rejette la tête en arrière et rit tandis que les autres lui sourient.

« Impossible de rater mon coup, déclare Raphael.

— Il y aura beaucoup de monde, en bas, dit-elle. Des gens se douteront que la police utilisera peut-être l'entrée de derrière. La police pourrait paniquer et organiser une escorte de deux ou trois voitures. Mais qu'importe combien il y en aura, il n'y aura toujours qu'une seule camionnette. Un seul Joe. Et il parcourra le même trajet que celui que sa doublure vient de parcourir. »

Raphael se relève. Il ramasse l'étui du fusil et le pose sur la planche sur laquelle il était étendu un instant auparavant. Au moyen de ruban adhésif, Melissa remet en place le morceau de rideau qu'elle a découpé. Puis elle rallume la lumière de son téléphone. Raphael commence à démonter l'arme et à la ranger. Le chargeur est vide. Il y a un paquet de balles presque vide dans l'étui – c'est tout ce qui leur reste. Deux balles. Plus celle que Melissa a dû commander spécialement. Elle la tend à Raphael.

« Celle-ci va en haut du chargeur », explique-t-elle.

Raphael la soupèse dans sa main, comme si le poids de la balle pouvait changer quoi que ce soit.

« C'est la balle perforante ? demande-t-il.

— Ne ratez pas votre coup avec. C'est la seule que nous ayons.

— Ne vous en faites pas. »

Il place la balle dans l'étui, la plantant dans la mousse pour la séparer du reste.

« Essayez de ne pas utiliser les deux autres balles, dit-elle. Plus vous resterez ici longtemps, plus vous risquerez de vous faire prendre. Une balle doit suffire. De plus, avec plusieurs balles, vous feriez courir un risque à un plus grand nombre de gens.

« Une seule suffira. »

Melissa grimpe sur la plateforme et se met debout.

« Qu'est-ce que vous faites ? » demande Raphael.

Elle lève les bras et pousse un panneau du faux plafond.

« C'est plus sûr pour nous si le fusil reste ici, explique-t-elle.

— Pourquoi ?

— Parce que je ne crois pas que ça fera bonne impression lundi matin si vous arrivez avec un étui de fusil à la main. On le cache ici, vous l'utilisez, et vous le replacez ici. La police devinera la provenance des coups de feu, mais elle n'aura aucune raison de penser que l'arme est toujours ici. Et même si elle a un coup de pot, le fusil sera propre.

— Pas bête, dit-il. Attendez, laissez-moi faire. »

Ils échangent leurs positions et il place l'étui dans le faux plafond. Elle lui tend le sac contenant l'uniforme de policier.

« On le laisse également ici », dit-elle.

Il remet le panneau en place et redescend.

« Donc, vous ne reviendrez pas ici », dit-il. Elle secoue la tête.

« Aucune raison de revenir », répond-elle.

Elle sera en bas, au cœur de l'action, au beau milieu des tensions, des chants et des insultes hurlées à l'adresse de Joe. Raphael est le tireur. Elle est la récupératrice. Inutile de prétendre qu'il en va autrement.

« Nous n'allons plus nous entraîner ? »

Elle fait un signe de tête négatif. Elle écarte le rideau et regarde par la fenêtre tandis que la camionnette redémarre. La seule différence entre aujourd'hui et lundi est qu'une ambulance sera également présente sur le parking. Et il y en aura quelques autres éparpillées dans les rues adjacentes.

C'est obligatoire, car la manifestation sera une poudrière prête à exploser.

C'est pour ça qu'elle a mis la main sur un uniforme de secouriste il y a plusieurs mois de ça. Après tout, c'est elle qui joue le rôle de la récupératrice.

41

La prison apparaît sur la gauche. Nous tournons. Les vitres baissées de la camionnette ont rendu le trajet légèrement moins pénible. Tout le monde était disposé à avoir froid, mais l'air humide qui s'engouffrait à l'intérieur semblait absorber l'odeur et la faire adhérer à chaque surface comme une fine pellicule de condensation. Nous passons le portail et roulons jusqu'à l'entrée par laquelle on m'a fait sortir tout à l'heure. Le directeur est là pour m'accueillir. Il me regarde avec dégoût. Les autres également. Le fait que je sois habitué à ce qu'on me regarde ainsi ne signifie pas que ça me plaise. Dans un monde juste, je ne serais pas enchaîné, et ces gens joueraient tous de malchance.

« Faites-le nettoyer », dit le directeur à l'intention de personne en particulier, et personne ne semble en tenir compte car je me retrouve planté là au milieu de gens qui fuient mon regard.

Je me tiens légèrement incliné à cause de ma chaussure manquante. Le directeur semble le plus irrité de tous, et s'il avait participé à notre expédition et pris part au vote, je suis certain que je serais toujours là-bas, entouré de projecteurs et d'un cordon de scène de crime.

Il y a encore de la paperasse. Je regarde tandis qu'on la remplit et qu'on la signe. Puis les quatre gardiens qui m'ont escorté vers la sortie tout à l'heure m'escortent de nouveau à l'intérieur. Leur mission n'a pas l'air de les ravir. Ils ne veulent pas me toucher. Ils me jettent la clé des menottes et m'ordonnent de les détacher moi-même puis de me débarrasser de la chaîne. Ils m'ordonnent aussi d'ôter ma chaussure restante car elle est pleine de boue, ainsi que la chaussette à mon autre pied. Le sol en béton est froid. La pression est remontée dans mon ventre. Ils me mènent directement aux douches et me donnent soixante secondes pour me nettoyer. J'utilise chacune d'entre elles. Je ne crois pas qu'une douche ait jamais été aussi agréable. Quand l'eau est coupée, ils me jettent une serviette, une combinaison et des chaussettes propres, et m'accordent une minute de plus pour m'habiller. Puis ils me ramènent à mon bloc de cellules. Les autres jouent aux cartes et regardent la télé et discutent pour tuer le temps, le genre de discussion qui aide à faire passer cinq, dix ou quinze ans, mais qui est répétitive dès le premier jour. Je n'y prends pas part. À la place, je pénètre dans ma cellule et m'assieds sur les toilettes. Je passe dix minutes à m'apitoyer autant qu'il est possible sur mon sort, les toilettes s'apitoyant sans doute encore plus sur le leur.

J'attends constamment de me sentir mieux. Ça ne vient pas.

J'essaie de deviner ce qui est arrivé à Melissa. Je n'y arrive pas.

Je devrais être libre à l'heure qu'il est. Je ne le suis pas.

Joe-l'Optimiste peine à être à la hauteur de son nom.

J'ai quitté les toilettes depuis à peine une minute quand les gardiens viennent nous chercher pour nous mener au réfectoire. Je n'ai toujours pas de chaussures. Il n'y a personne de nouveau dans notre groupe. Personne n'est parti. On nous sert la même viande impossible à identifier. Caleb Cole est assis quelques tables plus loin. Il est seul. Quand je le vois, mon visage commence à me faire mal. Je regarde la nourriture et suis incapable d'y toucher.

« Hâte d'être à lundi ? » me demande Kenny-le-Père-Noël.

Il s'assied à ma gauche et attaque la viande qui pouvait très bien être ce matin l'animal de compagnie de quelqu'un. Ou alors simplement quelqu'un.

Je réfléchis à sa question. Je ne suis pas sûr. D'un côté, non, parce que ça pourrait être une parodie de justice et on pourrait me déclarer coupable. Mais d'un autre, oui, parce que ça me changera de toute cette merde. Et j'aurai l'opportunité de laver mon nom.

Je résume tout ça d'un haussement d'épaules.

« Oui, je comprends », dit-il, ce qui prouve clairement que je devrais plus souvent résumer les choses d'un haussement d'épaules.

Je m'en souviendrai, quand je serai à la barre. *Monsieur Middleton, avez-vous tué ces femmes ? Vous haussez les épaules ? Je vois… eh bien, je crois que nous comprenons désormais tous.*

« C'est dur, les procès, poursuit Kenny-le-Père-Noël. Les gens voient pas qui t'es vraiment. Ils jugent ton potentiel à faire le mal en fonction des mauvaises actions qu'ils croient que t'as commises, et ce potentiel croît à chaque émission criminelle et chaque film avec des tueurs en série qu'ils voient. À leurs yeux, on est tous Hannibal Lecter, mais sans la classe. »

Je ne prends pas la peine de lui faire remarquer qu'à leurs yeux il n'est qu'un violeur d'enfants affublé d'un costume de Père Noël, et qu'aucun film policier ni aucun film de Noël n'y changera rien.

« C'est complètement injuste », ajoute-t-il.

Je repousse mon plateau. À ce stade, la moindre nourriture pénétrant dans mon corps déclencherait une violente réaction. Kenny-le-Père-Noël se remplit la bouche de purée qui, comme la viande, était probablement quelque chose de complètement différent ce matin. Il mâche rapidement et avale en déglutissant bruyamment, puis il reprend la conversation. Quoi que les gens disent, la prison peut être remplie de personnes très amicales.

« J'ai réfléchi à ce que je devrai faire de ma vie si le groupe veut pas se reformer », explique-t-il.

Pour la première fois, je lui réponds.

« J'ai l'impression que t'es plutôt doué pour être détenu. Et en plus, t'as de l'expérience.

— J'ai toujours voulu être écrivain. »

Je ne parviens pas à contenir mon étonnement.

« Vraiment ?

— Oui. Auteur de romans policiers, dit-il. Tu lis des romans d'amour, pas vrai ? Eh bien, les gens préfèrent les romans policiers aux romans d'amour. »

J'ai l'envie soudaine de lui dire d'aller se faire foutre.

« Je crois que j'essaierai de combiner les deux, poursuit Kenny-le-Père-Noël.

— Ah oui ? Comment tu vas t'y prendre ?

— Je sais pas, c'est le problème. J'ai juste besoin d'une idée vraiment bonne.

— T'as probablement besoin de beaucoup de très bonnes idées », dis-je sans le regarder, les yeux rivés sur Caleb Cole quelques tables plus loin.

Cole aussi me regarde. Il a l'air en colère. Si j'étais du genre à parier, je parierais qu'après le dîner, et avant qu'on nous enferme dans nos cellules, il va venir me voir. Mon cœur s'emballe à cette idée et mon ventre se met à gronder, mais ce n'est pas un grondement lié à la faim, plutôt le grondement de choses prêtes à s'en échapper.

« Surtout si tu veux écrire plus qu'un seul roman. »

Il acquiesce.

« Oui, c'est vrai. Complètement vrai, dit-il, presque comme s'il n'y avait pas pensé. Entre nous, j'ai déjà essayé, tu sais. » Mais comme il ne baisse pas la voix, c'est entre nous et le type sur ma gauche et les quelques autres assis face à nous. « Avant de me faire arrêter, je m'asseyais à la table de la cuisine avec un ordinateur et j'essayais de pondre quelque chose, mais rien ne venait. Je pensais que ce serait comme écrire des paroles de chanson, tu sais ? Mais ça l'est pas.

— Tu dois écrire sur ce que tu connais, dis-je, puisque c'est ce que les auteurs ont tout le temps l'air de rabâcher.

— Oui, j'ai lu ça. Et c'est logique. J'ai besoin d'écrire sur ce que je connais, dit-il, sa voix se perdant dans le silence.

— Le problème, c'est que je crois pas que les gens veuillent lire des livres leur expliquant comment molester les enfants. »

Il me regarde en plissant les yeux, tentant de voir si je plaisante ou si j'essaie de l'aider. Il arrive à la bonne conclusion.

« Tu peux vraiment être un connard, Joe », dit-il, et il soulève son plateau et s'en va.

Une fois le dîner achevé, je demande à l'un des gardiens, qui n'est ni Adam ni Glen, si je peux utiliser le téléphone. C'est un type costaud, autant constitué de muscles que de bouffe de fastfood, le genre de type qui pourrait sans doute vous arracher la tête d'un seul coup, mais qui se plierait en deux ensuite à cause de l'effort.

« C'est pas un camp de vacances », répond le type.

C'est l'un des gardiens de nuit. Il prend son service à dix-huit heures, nous escorte jusqu'au dîner ou aux douches, puis il passe sept heures à regarder la télé dans une petite pièce pendant que nous sommes coincés dans nos cellules. Je crois que son nom ressemble à Satan – quelque chose comme Stan, ou Simon.

« J'ai le droit d'utiliser le téléphone, dis-je. C'est important, et mon procès débute dans deux jours.

— T'as aucun droit ici, réplique-t-il, mais au moins, il ne rit pas.

— Cent dollars. »

Ses yeux se plissent tandis qu'il me regarde du haut de ses quelques centimètres de plus que moi.

« Quoi ?

— Je vous donnerai cent dollars, dis-je, puisque je suppose que j'ai désormais les moyens.

— Vas-y, donne.

— Je ne les ai pas, mais mon avocat peut me les apporter demain.

— Deux cents.

— D'accord.

— Si t'as pas l'argent demain, ta journée risque de devenir un peu plus difficile, menace-t-il. Joue pas au con avec moi. »

Je songe à la sale journée que je viens de passer, et le plus triste, c'est qu'il a raison – elle aurait pu être pire. C'est comme ce qu'a dit Kenny-le-Père-Noël – tout n'est question que de potentiel. Le gardien me mène au téléphone. Il se penche contre le même pan de mur qu'Adam avant lui, mais il ne profère pas les mêmes menaces.

« Deux coups de fil, dis-je.

— Magne-toi. »

Le premier appel est à l'intention de mon avocat. Il commence à être tard, on est samedi, mais j'ai son numéro de portable. Il décroche après quelques sonneries. J'entends une conversation et de la musique en fond sonore.

« C'est Joe, dis-je.

— Je sais », répond-il.

Je suppose qu'il a enregistré le numéro de téléphone de la prison dans son carnet d'adresses, et je suppose que j'ai du bol qu'il ait répondu. Il se pourrait que la chance commence à me sourire – après tout, je ne me suis pas fait descendre cet après-midi. À partir de maintenant, je vais mener la belle vie.

« Est-ce que le marché tient toujours ?

— Vous avez fait ce qu'on attendait de vous, dit-il. Bien sûr qu'il tient toujours. Une fois le corps identifié, l'argent sera viré sur le compte de votre mère. J'ai ses coordonnées bancaires. Votre mère, c'est… eh bien, c'est vraiment quelque chose. »

D'un côté, c'est parfaitement exact, mais d'un autre, ça ne la résume pas le moins du monde.

« Combien de temps avant qu'ils identifient le corps ?

— Vous avez de la veine, dit-il. Il y a cinq ans, Calhoun pourchassait un violeur en voiture. »

Je me demande alors si c'est ainsi que la plupart des violeurs se font pincer.

« Il y a eu un accident. Du coup, Calhoun a une broche dans la jambe. La broche porte un numéro de série. Donc, si le corps auquel vous les avez menés a cette même broche, l'argent sera débloqué. Jones aura sa vision dans la matinée. Il est trop tard et il fait trop sombre ce soir, et il veut faire monter la mayonnaise. L'autopsie aura lieu demain après-midi. Votre mère aura l'argent mardi matin.

— À quelle heure vous venez demain ?

— Demain, c'est mon jour de repos, répond-il. C'est dimanche.

— Mais nous devons parler du procès. C'est notre dernier jour », dis-je au comble du désespoir, car Melissa ne m'a pas libéré.

Peut-être que la chance ne me sourit pas tant que ça, après tout.

« Bon, on verra. Si je peux venir, je viendrai.

— Et j'ai besoin que vous m'avanciez deux cents dollars.

— Bonne nuit, Joe », dit-il, et il raccroche.

Le gardien est toujours appuyé contre le mur. Il joue à un jeu sur son téléphone portable. Je passe mon second coup de fil tout en écoutant la musique et les bruits d'explosion qui proviennent de son téléphone. Ma mère répond après la première sonnerie, comme si elle attendait mon appel.

« Salut, m'man. C'est moi.

— Joe ? demande-t-elle, comme si tout un tas de gens pouvaient lui téléphoner et l'appeler maman.

— Oui, c'est moi.

— Pourquoi tu appelles ? C'est samedi soir. Notre soir de sortie. Nous sommes sur le point d'aller dîner.

— Je voulais…

— Tu ne peux pas venir avec nous, Joe. C'est une sortie entre amoureux. Pourquoi voudrais-tu gâcher ça ? »

Elle semble irritée, et je l'imagine à l'autre bout du fil, regardant le mur en fronçant les sourcils.

« C'est notre dernière sortie avant le mariage.

— Je n'appelle pas à propos de votre sortie, dis-je.

— Pourquoi ? Tu as honte d'être vu avec ta mère un samedi soir ?

— Ce n'est pas ça.

— Alors quoi ? »

Aucun doute qu'une expression confuse se combine désormais à son froncement de sourcils, sans toutefois le remplacer.

« J'appelle à propos d'autre chose.

— À propos du mariage ?

— Non. Tu te souviens que je t'ai appelée hier soir ?

— Oui. Bien sûr. Tu as appelé à propos de ta petite amie, répond-elle. Je suis tellement heureuse que tu aies une femme bien dans ta vie, Joe. Tout homme mérite une femme bien. »

Elle a l'air de nouveau de bonne humeur.

« Tu crois que tu vas te marier ? C'est pour ça que tu appelles ? Oh, Seigneur, je suis tellement heureuse pour toi ! Peut-être que nous pourrions nous marier le même jour ! Imagine ça. Ce serait fantastique, non ? Oh, oh, et si Walt était ton témoin ? Fichtre, c'est une magnifique idée !

— Je ne suis pas sûr que ça va être possible, m'man.

— Parce que tu as honte d'être vu avec moi ? Tu sais, Joe, je ne t'ai pas élevé pour que tu deviennes comme ça. »

Nous nous éloignons du sujet – mais, naturellement, ma mère est hors sujet depuis au moins trente ans.

« M'man, tu l'as appelée ?

— Pardon ?

— Est-ce que tu as appelé ma petite amie ? Est-ce que tu lui as dit que j'avais eu son message ?

— Quel message ?

— Est-ce que tu l'as appelée ?

— Oui, bien sûr que je l'ai appelée. C'est ce que tu m'as demandé de faire. Elle ne savait pas de quoi je parlais.

— Le message, dis-je, le message dans les livres.

— Quels livres ?

— Les livres que tu m'as apportés. Les livres qu'elle t'a confiés pour que tu me les apportes.

— Oh, oh, ces livres-là », dit-elle, et j'espère que la puissance des souvenirs qui lui reviennent soudain la terrassera.

Comme ça, elle se cassera une hanche et le mariage devra être repoussé.

« Ils t'ont plu ? demande-t-elle. Je les ai trouvés pas mal. Pas aussi bien qu'à la télé, mais c'est toujours comme ça. Je ne saurais dire combien de fois j'ai été tellement déçue de lire un livre après avoir vu le film à la télé. Si seulement les auteurs savaient y faire. Tu ne crois pas, Joe ? »

Je ne réponds pas. Je n'en ai pas l'énergie, car j'utilise toute ma force pour avoir une expérience extracorporelle. J'essaie de trouver le moyen de faire passer ma main à travers le câble du téléphone et de lui serrer la gorge.

« Joe ? Tu es toujours là ? » demande-t-elle. Elle tapote le combiné contre sa main – je l'entends taper une, deux fois, puis une troisième, puis elle porte de nouveau l'appareil à ses lèvres tandis que je continue d'essayer de l'étrangler. « Joe ?

— Tu les as lus ? dis-je.

— Bien sûr que je les ai lus.

— Mais tu lis lentement.

— Et alors ? »

Je me tourne face au mur de béton. Je me demande jusqu'où je pourrais y enfoncer mon front.

« Alors, quand exactement ma petite amie te les a-t-elle confiés ?

— Quand ? »

Elle devient silencieuse tandis qu'elle fait le calcul. Je l'imagine debout dans la cuisine, avec de la vaisselle derrière elle et un pain de viande froid sur la paillasse, comptant les jours sur ses doigts.

« Eh bien, ce n'était pas le mois dernier, dit-elle.

— Donc, c'était ce mois-ci.

— Oh, Seigneur, non. Non, c'était, voyons voir… c'était avant Noël, non, non, attends – c'était après. Oui, je crois que c'était après. Ça doit faire quatre mois, je suppose. »

J'agrippe plus fort le combiné. Mon autre main se resserre, mais je n'entends pas ma mère suffoquer.

« Quatre mois ?

— Peut-être cinq. »

Je ferme les yeux et appuie mon front contre le mur. Il est en parpaings recouverts de peinture, si bien qu'il est froid, lisse, et qu'il est facile d'en nettoyer le sang.

« Cinq mois, dis-je, d'une voix étrangement plate.

— Pas plus de six.

— Pas plus… M'man. Écoute-moi. Très attentivement. Pourquoi tu n'as pas apporté ces livres tout de suite, bordel ?

— Joe ! Comment oses-tu me parler ainsi ? Après tout ce que j'ai fait pour toi ! Après que je t'ai élevé, que je me suis occupée de toi, que je t'ai expulsé de mon vagin ! » hurle-t-elle.

Et seize ans plus tard, j'étais aspiré dans celui de ma tante. J'estime qu'à elles deux elles me doivent un peu de foutue considération.

« Six mois ! » Je hurle sans même avoir décidé de le faire, ça vient tout seul, et je me mets à cogner le combiné contre le mur.

« Six mois ! » Je continue de hurler dans le combiné, mais ce n'est plus qu'un morceau de plastique fracassé rempli de câbles et de composants. Je le cogne de nouveau contre le mur. Je n'entends plus qu'une tonalité, et j'ai un mal de tête croissant. Soudain, le gardien me plaque au sol et me tire les bras dans le dos. Il me crie de rester calme. Je hurle une fois de plus *six mois*, et il me colle alors son genou dans le dos et me donne un violent coup de poing dans les reins, si violent que je vomis presque.

Il me roule sur le dos. Un deuxième gardien l'a rejoint.

« Allons-y », dit-il.

Ils me hissent sur mes pieds. C'est samedi soir. Soir de sortie entre amoureux. Ils ne me ramènent pas à ma cellule. À la place, ils m'entraînent dans une autre direction. Nous franchissons deux séries de portes qui sont déverrouillées depuis une cabine de contrôle quelque part. Des caméras au plafond nous observent. Je ne suis jamais venu ici, mais j'ai une bonne idée de l'endroit où nous allons : aux cellules d'isolement. Ma première pensée est que ce sera forcément mieux que là où j'ai été jusqu'à présent, puis ma seconde est que ça a plutôt bien fonctionné. Je ne parle pas du fait que ma mère a merdé, mais du fait que je serai à l'abri ici. Caleb Cole ne viendra pas m'y chercher.

Les cellules sont plus espacées les unes des autres. Toutes les portes sont fermées, et tout est silencieux. Il n'y a pas de zone commune. Tout est plus sombre. Même les murs de parpaings semblent être d'une teinte de gris différente. Les deux gardiens m'escortent jusqu'au bout du couloir, puis attendent que la porte d'une cellule soit déverrouillée. Aucun de nous ne parle en chemin. Une partie de moi est toujours au téléphone, tentant de trouver le moyen d'étrangler ma mère à distance. Le deuxième gardien disparaît.

« Dors, ça te calmera », me dit le premier gardien. Il me pousse dans la cellule et ôte mes menottes. « N'oublie pas que tu me dois deux cents billets », ajoute-t-il.

La porte claque derrière moi. Il n'y a pas de lumière. Je dois marcher lentement pour trouver le bord du lit. Je m'allonge sur le flanc. Mon ventre recommence à gronder. L'obscurité va rendre les choses très compliquées si les grondements persistent.

Pour la première fois depuis que je suis en prison, je me mets à pleurer. J'enfonce mon visage dans l'oreiller et me demande si ça ne vaudrait pas mieux pour moi de m'endormir comme ça, en espérant que la fée Suffocation viendra me chercher.

Je me demande si Melissa va bien, avec qui elle est, et – tandis que la pression monte dans mon ventre – je me demande si elle pense encore à moi.

42

Il fait froid mais sec, et Melissa est rassurée de voir que la météo semble être de leur côté. C'est dimanche matin. Les gens font la grasse matinée. Certains vont à l'église. D'autres ont la gueule de bois à cause de la nuit dernière. Des gamins grimpent dans le lit de leurs parents, des gamins sont assis devant la télé, des gamins jouent dans les jardins. Melissa se souvient de cette vie. Le dimanche matin, sa sœur et elle allaient se blottir contre leurs parents dans leur lit. Sa sœur s'appelait Melissa. C'est pour ça qu'elle a choisi ce nom. Le sien, c'était Natalie. *Était.* Melissa et Natalie regardant des dessins animés et mangeant des céréales et, de temps à autre, essayant de préparer le petit déjeuner pour leurs parents. Un jour, elles ont mis le feu au grille-pain. C'était plus la faute de sa sœur, vraiment – c'était Melissa qui était censée griller le pain, tandis que Natalie devait préparer les céréales et le jus d'orange. Mais sa sœur avait mis de la confiture sur le pain avant de le faire griller, et quelque chose avait pris feu. Après ça, leurs parents leur avaient fait promettre de ne plus essayer de préparer le petit déjeuner, du moins pas pendant quelques années, et elles avaient tenu promesse.

Sa sœur lui manque. Ils avaient l'habitude de l'appeler Melly, mais Natalie l'appelait « Smelly Melly » chaque fois qu'elle voulait l'agacer. À savoir assez souvent. Melly était plus jeune. Cheveux blonds et queue-de-cheval. Grands yeux bleus. Un sourire doux qui est devenu plus doux encore quand elle a entamé ce voyage à travers l'adolescence qu'elle n'a jamais achevé. Tout le monde l'aimait. Un jour, un inconnu l'a aimée. Il l'a aimée et il l'a tuée, puis il s'est collé un pistolet dans la bouche et s'est suicidé. C'était un flic. Ils ne l'avaient jamais vu. Ils ne savaient pas que sa vie et celle de Melly partageaient la même orbite. Mais c'est ce qui s'est passé. L'espace d'un bref après-midi douloureux, ils se sont croisés. C'était – faute de meilleure expression – une de ces choses qui arrivent.

Elle s'est battue contre le chagrin. Finalement, ce même chagrin a tué son père. La vie a continué. Et la vie était étrange. C'était un policier qui avait tué sa sœur, et pourtant elle a commencé à être fascinée par la police. Pas obsédée – ça, ça viendrait plus tard. Au début, c'était juste une fascination. Son psychiatre à l'époque attribuait ça au fait qu'elle était trop jeune pour comprendre, qu'elle ne se rendait pas compte qu'elle aimait précisément ce qui l'avait tant fait souffrir. Donc, le psychiatre, un certain Dr Stanton, affirmait que si elle était fascinée par la police, ce n'était pas parce qu'un flic avait assassiné sa sœur, mais parce que la police représentait la justice. Et elle a compris ce qu'il voulait dire. Après tout, c'était la police qu'elle aimait, pas les individus qui violaient et assassinaient des jeunes filles.

Une poignée d'années plus tard, ç'a été son tour de partager son orbite avec un vrai salaud. C'était comme si la famille était maudite. Cette fois, le salaud était un prof d'université. Elle étudiait la psychologie. Elle voulait savoir ce qui motivait les gens. Elle voulait devenir criminologue. Puis sont arrivées la mauvaise orbite et la malédiction, et elle a partagé la première moitié du sort de Melly. Elle en aurait partagé la deuxième, elle en était certaine, si Melly n'était pas venue à son aide. Elle a entendu sa voix l'enjoindre depuis l'au-delà de se battre. Et c'est ce qu'elle a fait. Elle a fait tout ce que Melly avait été incapable de faire. Elle s'est battue, et elle continue de se battre depuis. À tel point qu'elle en est venue à aimer ça. À vraiment aimer ça. Ce qui n'avait aucun sens. Elle n'avait pas suffisamment étudié la psychologie pour comprendre sa réaction, et elle ne pensait pas que le Dr Stanton aurait été en mesure de la lui expliquer. Néanmoins, il avait raison sur un point – elle n'était pas fascinée par la police parce que c'était un flic qui avait tué sa sœur, sinon les profs l'auraient également fascinée. De fait, après sa propre agression, sa fascination pour la police est devenue une obsession totale. Elle traînait devant le commissariat. Elle suivait certains agents jusque chez eux. Elle s'introduisait en douce dans leur maison. Elle savait que c'était dingue. Elle savait que ça la rendait dingue. Mais c'était ainsi. Elle était fascinée par les policiers et par les hommes qu'ils recherchaient.

Elle a commencé à se faire appeler Melissa quand elle a entendu la voix de sa sœur. Mais elle ne l'entend plus, parce que Melly n'approuverait pas tout ce qu'elle a fait. Elle le sait, car Melly le lui a dit. C'est la dernière chose qu'elle lui a dite depuis l'au-delà. C'était dans un rêve. Elle lui a expliqué qu'elle désapprouvait, et Melissa a répliqué que les hommes étaient tous des salauds. Tous sans exception. Elle a ajouté que certains le cachaient mieux que d'autres, mais que tous méritaient d'être traités comme les porcs qu'ils étaient. Melly n'a rien trouvé à répondre à ça. À moins que disparaître à jamais soit une réponse, ce que soupçonne Melissa.

Mais sa sœur lui manque toujours.

À force de suivre des agents de police, elle a commencé à distinguer les bons des mauvais. Et des mauvais, il y en avait quelques-uns. Puis elle a rencontré Joe. Elle ne l'a pas suivi parce qu'il était flic. D'ailleurs, elle ne l'a pas suivi du tout. Il était agent d'entretien. Ça crevait les yeux. Ils se sont rencontrés il y a un an dans un bar et se sont mis à discuter, et le reste appartient à l'histoire.

Il lui manque.

Son obsession pour la police a pris fin ce soir-là, et son obsession pour Joe a commencé. Joe, un homme qu'elle devrait haïr – un homme semblable à celui qui lui a pris sa sœur, à celui qui l'a violée –, et elle est obsédée par lui. Elle est amoureuse de lui. Il y a quelque chose qui cloche chez elle, quelque chose qui cloche terriblement. Elle le sait. Elle le sent chaque jour depuis que la police est venue chez elle et a parlé à ses parents, le jour où elle s'est cachée au bout du couloir et a perçu des bribes de conversation qui incluaient les mots *mort, nue, policier, suicide*. Si elle avait demandé au Dr Stanton d'exprimer ça en termes simples, il lui aurait dit qu'elle était détraquée. Mais savoir qu'on est détraqué ne résout rien, pas quand on aime les sensations que ça nous procure, et Melissa aime ces sensations. De fait, elle en est venue à les aimer beaucoup. Elles lui donnent l'impression d'être vivante. Si toutes ces merdes ne s'étaient pas produites, si Melly était toujours là, les choses auraient-elles été pareilles ? Aurait-elle trouvé un autre moyen d'être cette même personne ?

Elle s'est posé mille fois la question, et elle n'est pas plus proche d'y répondre aujourd'hui qu'il y a un an, quand elle a rencontré Joe.

Il y a quelques voitures garées devant le magasin de bricolage, mais l'endroit semble à peu près désert. Elle n'est pas venue ici depuis son enfance, quand son père y venait de temps en temps comme le font les pères lorsqu'ils ont l'intention de réparer quelque chose à la maison ou de construire une terrasse en bois. Ça fait un bout de temps, et si les marteaux et les tournevis n'ont pas changé, les outils électriques semblent avoir des couleurs plus vives que la dernière fois qu'elle est venue, certains allant même jusqu'à avoir l'air d'avoir été fabriqués dans le futur. Elle porte la perruque rousse, mais pas le ventre factice. Elle ne sait pas trop où chercher, mais un type chauve avec les bras et le cou parsemés de grains de beauté lui donne un coup de main, et quelques centaines de dollars plus tard, elle a ce qu'elle veut.

Le prochain arrêt est en ville. Elle se gare devant l'immeuble de bureaux sur la même place de parking qu'hier soir. Elle entre et prend l'ascenseur jusqu'au troisième étage, se sentant trop fainéante pour emprunter l'escalier. L'environnement ne la remerciera peut-être pas, mais ses mollets, si. Le bureau est tel qu'elle l'a laissé. Pourquoi ne le serait-il pas ? La bâche fait toujours office de rideau, mais il y a assez de lumière pour y voir clair. Le fusil est exactement à la même place. Elle l'attrape et le pose sur la plateforme qu'ils ont construite, puis elle se rend à la fenêtre. Elle sort l'outil qu'elle a acheté dans le magasin de bricolage et parcourt rapidement la notice. L'appareil utilise un laser pour mesurer les distances. Elle le pointe par-dessus la route vers l'endroit où Joe se tiendra, mais elle ne distingue pas la tache rouge du laser et ne sait pas si elle le pointe au bon endroit. Elle attend une minute et est sur le point d'abandonner de frustration quand elle repère la tache rouge dans l'ombre de la porte arrière du tribunal. Elle la fait glisser jusqu'à l'endroit où Joe se tiendra demain et bloque le télémètre sur la bonne distance. Avec l'élévation, ça fait presque quarante mètres.

Elle prend l'outil et le fusil et redescend en ascenseur. Elle place l'arme dans le coffre de sa voiture. La circulation n'augmente pas dans l'heure qui suit. Elle ne le fait jamais, pas le dimanche matin. La température n'augmente pas beaucoup non plus. Peut-être d'un degré, et encore. Elle roule avec le radiateur et l'autoradio allumés. Elle écoute Bruce Springsteen. Il chante l'histoire d'un type qui a descendu tout un tas de gens avec sa copine dans les années cinquante. Les choses étaient plus simples, à l'époque.

Conduire est plus facile quand on n'est pas enceinte de huit ou neuf mois, mais elle remet son faux ventre. Elle se gare sur le parking de l'armurerie et entre dans la boutique. Le type qui l'aide a une quarantaine d'années, d'épaisses lunettes, et les sourcils qui se rejoignent pour se serrer la main au-dessus de son nez. Son nom est Arthur, et Arthur semble un peu soucieux. Il a l'air de croire qu'elle va donner naissance à un bébé roux ici, dans sa boutique. Il a l'air d'un type bien que le monde n'a pas encore amoché. Elle lui dit ce qu'elle veut. Une boîte de munitions. Plus un extracteur de balles pour démonter les balles et une matrice de recalibrage pour les réassembler. Elle explique que c'est pour son mari. Il acquiesce d'un air pensif, songeant probablement que le mari préfère se tirer une balle plutôt que de faire face à cette chose qui hésite entre rester dans l'utérus de la femme ou tomber par terre. Il va lui chercher les articles et elle paie en espèces.

« Dites-lui, précise Arthur, de venir me voir s'il a des questions. Les gens qui bidouillent ces machins, s'ils utilisent des tenailles et des pinces-étau au lieu des outils appropriés, ils risquent de s'arracher les doigts. »

Elle le remercie et se remet en route.

Lorsqu'elle atteint la forêt, elle prend la même route que la fois précédente et se gare au même endroit. Elle emporte une serviette et le fusil, mais s'abstient de prendre des boîtes de conserve puisque celles de la dernière fois sont toujours là – non qu'elle en ait besoin, d'ailleurs. Le sol est un peu plus sec aujourd'hui. L'air est immobile. Les conditions météo sont censées être les mêmes demain matin, mais il doit pleuvoir plus tard dans la journée. Elle utilise son outil pour mesurer la même distance à partir d'un arbre, puis elle étale une couverture quand elle est au bon endroit. Elle sort le fusil, charge le magasin. Elle assemble l'arme et la pointe sur l'arbre.

Elle choisit un point précis. Un gros nœud sur le tronc. Elle le met en joue, ralentit sa respiration, et fait feu. La détonation est étouffée par son casque antibruit. Le nœud de l'arbre se fend quand la balle l'atteint. Elle vise de nouveau. Tire une fois de plus. La deuxième balle atteint l'arbre à moins de deux centimètres de la première. Pas mal. Bien plus précis que ce qu'elle a montré à Raphael. Avec quelques centaines de balles de plus, elle pourrait sans doute abattre l'arbre.

Tandis qu'elle tire, elle songe aux changements par rapport au plan initial. De sacrés changements. Au lieu d'être la récupératrice, Melissa sera la victime numéro deux. Et au lieu d'être récupéré, Joe sera la victime numéro un. Elle en est certaine. Le plan n'a jamais été de tirer une balle dans la tête de Joe, mais simplement de le blesser. Et Melissa, dans sa tenue de secouriste, devait le récupérer. Alors, grâce au C-4, elle aurait échappé à la police. Raphael croyait au départ qu'ils récupéreraient Joe pour le torturer et le tuer. Mais ça n'a jamais été le vrai plan. La première partie, oui, mais pas la seconde.

Elle dérègle légèrement le viseur, tire une nouvelle fois. Elle regarde à travers la lunette l'impact de la balle. Il est à dix, peut-être douze centimètres sous le nœud. Elle ajuste un peu plus le viseur. Met en joue. Fait feu. Cette fois, la balle atteint l'arbre encore plus bas. Elle pose l'arme, marche jusqu'à l'arbre et sort un mètre-ruban. Elle mesure la distance qui sépare le nœud de la dernière balle. Vingt-huit centimètres. Presque parfait. Elle retourne à l'arme. Rajuste le viseur, cette fois légèrement sur le côté. Elle vise le nœud. Immobilise l'arme. Fait feu.

Cette fois, la balle atteint l'arbre vingt-huit centimètres sous le nœud et légèrement sur la gauche. Elle continue ainsi, utilisant la plupart des balles.

C'est parfait. Risqué, certes, mais néanmoins parfait.

Et la vérité, c'est que ce n'est pas sa vie qui est en jeu, mais celle de Joe. Et ça, c'est un risque acceptable.

43

Schroder déteste travailler le dimanche. Il a l'impression d'être encore plus débordé maintenant que quand il était flic. C'est assurément ce que pense sa femme. Elle lui faisait la gueule ce matin, au petit déjeuner. L'excuse que *C'est son boulot qui veut ça* n'est pas mieux passée aujourd'hui qu'au cours des vingt dernières années. En plus, les gamins ont été chiants. La nuit dernière, le bébé a été une vraie plaie. Il dormait une demi-heure, puis il se mettait à gémir et à pleurnicher, et il finissait par se réveiller. Du coup, Schroder se réveillait aussi. De même que sa femme. Ils l'ont nourri à tour de rôle. À un moment, le bébé s'est tellement chié dessus que Schroder a cru qu'ils allaient devoir appeler un exorciste pour nettoyer ce bordel. Ç'a été une nuit de sommeil discontinu, après une semaine de sommeil discontinu, après ce qui lui semble désormais une éternité de sommeil discontinu. Il adore ses gosses plus que tout, mais chaque nuit, quand quatre heures deviennent cinq heures, il se dit que la différence entre être un bon père et un mauvais père, c'est qu'un bon père ne place pas un oreiller sur le bébé pour le faire taire. Il sait par son boulot qu'il y a eu plein de mauvais pères au fil des années. Et aussi des mauvaises mères.

Mais il a des raisons de se réjouir ce matin. Des raisons d'être calme. Joe a mené la police au corps, hier soir. Ce n'était pas un piège. Melissa ne s'est pas montrée. Il n'y a pas eu d'explosions, pas de sang versé. Schroder s'attendait à de mauvaises nouvelles. Quand le coup de fil est arrivé, il avait presque trop peur pour décrocher. Mais ce n'était pas Joe qui l'appelait depuis le téléphone portable d'un inspecteur mort, c'était Kent qui venait au rapport.

Le marché tenait toujours. Le cadavre, pour autant que le reste du monde était concerné, n'avait toujours pas été retrouvé. Donc Jones deviendrait un héros. Ou alors Schroder risquait de se taper la honte de sa vie si le corps appartenait à quelqu'un d'autre. Même si, connaissant Jones, il trouvera le moyen de tourner ça à son avantage. Il dirait probablement que Calhoun, même depuis le monde des esprits, était toujours avant tout un flic.

Et puis, a dit Kent, *tu es au courant pour les étudiants ?*

Oui, je suis au courant.

Je ne comprends pas les jeunes.

Personne ne les comprend. Même eux ne se comprennent pas.

Des gens ont été tués, des gens souffrent, mais pour ces gamins, c'est juste un prétexte à faire la fête. J'espère qu'aucun d'eux ne s'habillera comme une des victimes. Tu crois qu'ils feraient ça ?

Schroder n'en savait rien, mais il espérait que non, et c'est ce qu'il lui a dit.

Il s'est arrêté pour boire un café en route vers la station de télé. Il a gobé deux comprimés de caféine qu'il a fait passer avec la première gorgée de café, le coup de fouet supplémentaire l'aidant à rester éveillé. Mais le problème avec ces coups de fouet, c'est qu'ils ne durent plus aussi longtemps qu'avant.

Il n'y a pas grand monde dans le studio. Dimanche n'est pas le meilleur jour pour bosser. Même Dieu le pensait. Il y a une petite équipe. Deux opérateurs de prise de vue, un homme et une femme dont Schroder est certain qu'il y a quelque chose entre eux. Un ingénieur du son à l'accent allemand dont le boulot consiste à tenir un micro au bout d'une perche et à rester hors-champ. Un stagiaire chargé des éclairages. Et la réalisatrice, une femme d'allure très masculine qui semble capable de dépecer un lapin et de le transformer en ragoût. Ils sont tous sur le plateau où ils tournent d'ordinaire. Schroder déteste cette partie du boulot. Il est la présence policière censée conférer plus d'authenticité au programme.

Schroder a l'habitude de parler à la caméra. Il l'a fait dans le cadre de son boulot, par le passé. Ce n'est pas difficile. Pas quand vous parlez d'une affaire. Mais ça l'est quand vous parlez à partir d'un script. Il est assis face à Jonas Jones, le médium. Ils sont à une table recouverte d'un tissu noir. Il y a des fleurs au centre, d'autres fleurs en arrière-plan, et aussi quelques bougies. Il y a deux bouteilles d'eau de source McClintoch sur la table, dont les étiquettes font face à la caméra, McClintoch sponsorisant l'émission.

Tout le monde est gagnant.

Schroder a la nausée.

Il regarde la caméra.

« Aujourd'hui, nous enquêtons sur la disparition de l'inspecteur Robert Calhoun », commence-t-il.

Puis il se fige. Soudain, il a soif. Les mots se coincent dans sa gorge.

« Buvez un peu, dit la réalisatrice, et réessayez.

— D'accord », répond-il.

Il attrape une bouteille d'eau et boit quelques gorgées, puis il la repose, prenant soin de tourner l'étiquette vers l'avant.

« Prêts ? demande-t-il.

— Oui. On n'attend que vous », répond la réalisatrice.

Il tousse dans sa main, même s'il n'en a pas besoin, puis il reprend.

« Ce soir, nous enquêtons sur la disparition de l'inspecteur Robert Calhoun, qui a été assassiné il y a douze mois par une femme nommée Natalie Flowers, désormais plus connue sous le nom de Melissa X. Les tentatives de retrouver le corps de l'inspecteur Calhoun ont toutes été vaines. Aujourd'hui, Jonas Jones va y remédier. Aujourd'hui, Jonas Jones va offrir son aide indispensable à la police et à l'épouse de l'inspecteur Calhoun, et il nous mènera au corps.

— Coupez ! lance la réalisatrice.

— Qu'est-ce qui n'allait pas ? demande Schroder.

— C'était bon. Mais ne dites pas Aujourd'hui, Jonas Jones va y remédier. Dites Aujourd'hui, Jonas Jones va tenter d'y remédier.

— OK », dit Schroder, et il reprend depuis le début.

Une caméra est braquée sur Schroder et une autre sur Jonas. Le montage sera effectué plus tard dans la journée. Jones acquiesce lentement. Schroder sent une démangeaison poindre à la base de son nez, mais il ne veut pas se gratter. Nul doute que lorsqu'il évoquera l'*aide indispensable* de Jonas, la caméra passera sur ce dernier au moment du montage. Tandis qu'il parle, son visage se froisse un peu, comme s'il s'était mordu la langue.

« Oui, oui, dit Jonas. C'était un meurtre absolument horrible. » Il se penche en arrière, croise les jambes. Les extrémités de ses index et de ses majeurs se touchent, tandis que ses autres doigts sont entrelacés. Il pose les mains sur ses cuisses. « L'inspecteur Robert Calhoun ne repose pas en paix. C'est un homme qui demande justice, un homme qui implore qu'on le ramène chez lui. Il est venu me demander de l'aide, et il a beaucoup de choses à dire. » Jonas marque une pause, il acquiesce lentement et baisse la voix, comme s'il révélait au monde un grand secret. Au même moment, il porte ses mains à son visage, de sorte que ses majeurs et ses index, qui forment un pistolet, touchent ses lèvres. « On m'a prêté l'un de ses uniformes », poursuit-il, posant la main sur un uniforme qui se trouve sur la table. Il ferme les yeux et tirebouchonne une partie du tissu dans sa main, comme s'il avait une attaque cardiaque, puis il le lâche et le lisse. « Je ressens très fortement la présence de l'inspecteur Calhoun, reprend-il. C'était – ou plutôt, c'est toujours – un homme à la volonté de fer. »

Schroder sent son estomac se retourner. La dernière fois qu'il s'est senti aussi malade, c'est quand son frère l'a invité à un barbecue et n'a pas assez cuit le poulet. Il ferait mieux de démissionner. Tout ça ne vaut pas le coup. Dans quarante ans, quand il aura un cancer et une maladie du poumon et Dieu sait quel autre cocktail d'affections que la vie lui enverra, il repensera à cette semaine, et il se détestera d'avoir fait ça. À moins qu'il ait Alzheimer – dans ce cas, Alzheimer serait comme ses comprimés à la caféine : un don du ciel.

Jonas continue. Schroder boit une nouvelle gorgée d'eau, conscient qu'il sera coupé au montage. Jonas raconte aux téléspectateurs la souffrance de Calhoun. Il brode. Les flammes des bougies vacillent. Jonas se concentre profondément tandis qu'il entre en relation avec le policier mort. Ses jambes ne sont plus croisées. En bon professionnel, Jonas n'a besoin que d'une seule prise. Inutile d'en faire une seconde.

« Il est enterré », déclare-t-il. C'est un gentil début banal, mais Schroder sait que les choses vont se préciser. « Hors de la ville, mais pas loin. À une demi-heure, peut-être. Je sens… je sens de l'eau. » Il secoue lentement la tête. « Non, pas de l'eau. De l'obscurité. Une obscurité humide. Le terrain est dégagé. Il est humide à cause de la pluie. Je vois… je vois une tombe de fortune. » Il incline la tête, comme Lassie écoutant des enfants coincés au fond d'un puits. La seule différence, c'est que Lassie avait une éthique. « Au nord, poursuit-il. Au nord et… un peu à l'ouest. »

Jonas Jones rouvre les yeux. Il regarde directement la caméra, avec juste la bonne dose de bonheur dans les yeux car il a réussi à aider les flics, et juste la bonne dose de tristesse, comme l'exige l'occasion, le tout teinté d'une pointe d'épuisement, car entrer en relation avec le monde des esprits laisse des traces. Il ne cille pas.

« Je sens très fortement ce qui est arrivé à l'inspecteur Calhoun, reprend-il. Je pense pouvoir… oui, oui, je pense pouvoir nous mener à lui. Je… » Il serre fort les yeux et incline la tête de l'autre côté, grimaçant légèrement comme s'il souffrait, prouvant une fois de plus que c'est un vrai fardeau d'avoir un don de médium. « Je crois savoir où il est.

— Où ? demande Schroder, fronçant légèrement les sourcils, arborant une mine sérieuse, jouant son rôle.

— C'est difficile à expliquer, répond Jonas. Il m'appelle. Il veut être retrouvé. Il veut que ce soit moi qui le retrouve. »

Il met l'accent sur le mot *moi*, puisque, après tout, c'est lui qui a la vision, pas un de ces médiums à quatre dollars la minute qu'on trouve au bout du fil à deux heures du matin quand on a besoin d'un coup de pouce dans sa vie sentimentale.

« Excellent », dit la réalisatrice.

Schroder se dit qu'ils vont couper la dernière phrase de Jonas, sinon ça laissera entendre que s'il n'arrive pas à localiser d'autres victimes de meurtre, ce sera parce qu'elles ne voudront pas être retrouvées.

« Je n'en ai pas trop fait ? demande Jonas.

— C'était parfait, répond la réalisatrice. On remballe et on se met en route. »

Ils partent quelques minutes plus tard et se retrouvent sur le parking. Depuis une heure et demie qu'ils sont à l'intérieur, le temps ne s'est pas réchauffé. Il y a du soleil, Dieu merci, mais c'est le genre de froid qui pousse à se demander à partir de quelle température arrivent les engelures. Il ferme la marche, les autres discutant joyeusement devant lui, comme le font les membres d'un groupe soudé qui ont souvent travaillé ensemble. Jonas grimpe derrière le volant d'une berline bleu foncé, qui a deux ans tout au plus. L'un des opérateurs de prise de vue s'assied côté passager, et l'ingénieur du son prend place à l'arrière. La réalisatrice et le stagiaire chargé des éclairages s'installent dans une autre voiture, le second opérateur de prise de vue s'asseyant à la place du passager pour pouvoir filmer la voiture de Jonas roulant à travers la ville. Schroder monte seul dans son propre véhicule. Midi approche lentement, et il est déjà fatigué. Il doit faire quelque chose – il ne peut pas continuer comme ça. Il ne peut pas servir de bouc émissaire à un type qui s'apprête à tourner une émission dont Schroder sait qu'elle sera aussi intéressante que les programmes de téléshopping du milieu de la nuit. Il ne comprend pas, n'a jamais compris, et il déteste le fait qu'il contribue à rendre tout ça plus crédible.

Ils prennent la direction du nord. La ville change à mesure qu'ils traversent des quartiers différents, de vieilles maisons jouxtant des maisons récentes, des maisons récentes jouxtant des boutiques – l'identité de Christchurch est évidente à chaque tournant. C'est sa ville, une ville avec laquelle nombre de ses habitants ont une relation d'amour-haine. Il se rappelle avoir lu que la plupart des gens meurent à quelques kilomètres de l'endroit où ils sont nés. Il se demande si c'est vrai. Il y a beaucoup songé depuis qu'il a failli mourir en décembre dernier. En fait, d'un point de vue technique, il a bel et bien été mort durant quelques minutes par une chaude journée ensoleillée de décembre. Il n'arrive pas à s'ôter ce souvenir de la tête. Il est profondément ancré en lui, comme une écharde plantée sous un ongle impossible à ôter avec une pince à épiler. Ses mains étaient menottées dans son dos, et on lui a maintenu la tête dans une baignoire pleine d'eau. Quand il est mort, il n'a pas vu de lumière au bout d'un tunnel, il n'a ressenti aucune paix intérieure. Et puis on l'a réanimé. Depuis, il voit le monde d'une façon légèrement différente. Il ne l'aime pas. Il n'aime pas que ses gamins y grandissent. Il n'aime pas le souvenir de ses poumons s'emplissant d'eau.

Il allume la radio et passe diverses stations en revue, en cherchant une où les gens ne parlent pas de Joe ou de la peine de mort. Puis il essaie d'en trouver une qui passe de la musique et non de la pub, et il finit par laisser tomber. Le foutu lecteur CD ne fonctionne plus depuis que sa fille l'a aspergé d'eau dans l'espoir, comme elle l'a exprimé, de rendre la musique plus claire. Il suppose qu'il a de la veine que l'autoradio, lui, fonctionne. Ça pourrait être le compromis que lui propose la ville – elle le noie et lui fait perdre son boulot et lui prend son lecteur CD, mais il peut avoir toute l'AM et la FM qu'il veut.

Kent leur a envoyé la localisation GPS du corps. Ses indications étaient suffisamment précises pour que Jones et lui se rendent sur place plus tôt dans la matinée. Ils y sont allés dans la même voiture un peu avant neuf heures. C'est Schroder qui conduisait. Il n'aimait pas l'idée que Jonas ait le contrôle de la voiture au cas où il serait soudain terrassé par une vision d'Elvis. Le problème, c'est que Jones a décidé de prendre le contrôle de la conversation à la place. Il faut du cran pour dire les conneries que le médium a dites, et, durant le trajet, Schroder a commencé à se demander où était la frontière entre se faire interner parce qu'on parle aux morts et proposer son aide à la télé en échange d'argent. Ce qui est de la folie pour certains est de la mise en scène pour d'autres, suppose-t-il.

Donc, Jonas Jones a divagué pendant les vingt minutes qu'ils ont passées ensemble en voiture. Ils portaient tous deux une veste épaisse et des chaussures de randonnée, et la conversation s'est tarie quand ils ont marché de la voiture à la tombe. Ils n'ont eu aucune peine à trouver l'endroit où Calhoun était enterré. La terre retournée était un gros indice, et les empreintes de pas qui y menaient depuis la route en étaient un autre. Jonas et lui ont alors passé une demi-heure à effacer les traces indiquant que des gens étaient passés par ici au cours des dernières vingt-quatre heures. Il régnait une atmosphère étrange, et ils sont restés pour l'essentiel silencieux. Jonas était heureux. Schroder était triste. Il était sur la tombe d'un ancien flic, un homme qui avait livré la même guerre que lui ; ils avaient été frères d'armes, et maintenant Calhoun servait d'accessoire à un tour de passe-passe bidon, et c'était Schroder qui avait rendu ça possible. La lumière du soleil filtrait à travers les arbres, dont aucun n'avait de feuilles, et frappait le sol, dissipant en partie l'humidité, si bien qu'on aurait dit que de la vapeur s'élevait de la terre. C'était un bon endroit pour tourner. Les caméras adoreraient. Il savait que c'était ce que se disait Jonas Jones le médium. Alors que Schroder songeait aux lois de la physique. Aux coups de pelle, à l'effort, à l'effet qu'un événement peut avoir sur un autre. Il se demandait s'il serait difficile d'exhumer Calhoun pour le remplacer par Jones. Il se disait que ça le rendrait heureux, et que ça rendrait Jonas triste. Il se disait qu'il pourrait amener Calhoun à la morgue, où il serait convenablement traité. Cet homme mort méritait plus d'égards de leur part.

Bien sûr, il n'a rien fait de tout ça. À la place, ils ont fini d'effacer les traces, utilisant des branches pour brouiller les empreintes de leurs pas en repartant. Une fois dans la voiture, ils ont jeté leurs vestes sur la banquette arrière et nettoyé leurs chaussures avec de l'eau savonneuse froide et des chiffons car elles devaient être propres pour le tournage. Puis ils se sont remis en route. Ils n'ont pas parlé durant le trajet du retour. Jonas était occupé à prendre des notes dans son journal. Il réfléchissait à toute allure. Il composait son scénario.

Maintenant, ils retournent là-bas. Ils doivent s'arrêter à plusieurs reprises en chemin pour que Jonas, se prenant la tête à deux mains, explique à la caméra qu'il est entraîné vers Calhoun. C'est comme s'il composait le numéro du policier mort sur un téléphone.

C'est comme si j'étais attiré vers lui, c'est une sensation physique. Il a vu Jonas noter cette phrase, et nul doute qu'il va maintenant la ressortir.

Lorsqu'ils atteignent le champ, ils se garent au bord de la route, sortent, prennent position, puis c'est lumière, caméra, action. Le caméraman les filme en train d'enfiler leurs chaussures de randonnée, Jonas levant les yeux vers l'objectif et disant : « Je crois que l'inspecteur Calhoun est quelque part par ici. »

Pour l'essentiel, Jones a l'air grave, et Schroder sait que c'est à la fois une affectation bien maîtrisée, mais aussi la conséquence du fait que venir ici lui a coûté un paquet de fric. Ce qui impressionne le plus Schroder, c'est le talent de Jonas pour dissimuler son excitation.

Le caméraman les filme en train d'enfiler leurs vestes chaudes, avant d'enfiler la sienne à son tour, puis il soulève de nouveau sa caméra et continue de tourner. Jonas incline la tête – encore une imitation de Lassie – et se met à opiner du chef, comme en réaction à un message que lui adresserait l'inspecteur Calhoun.

« C'est par là », dit-il.

Le premier obstacle est la clôture, que Jonas escalade avec aise. Puis il les mène sur un sentier plein de boue, de cailloux et de racines, la caméra continuant de tout enregistrer. Jonas a le bon goût de ne pas ramasser une branche en fourche pour s'en servir comme d'une baguette de sourcier. Le médium avance. Il tourne à gauche, marque une pause, tourne à droite, continue d'avancer. Ils marchent cent mètres. Deux cents. Puis ils y sont, la tombe est devant eux, la réalisatrice et l'équipe de tournage ne se doutant pas que Schroder et Jones étaient ici ce matin, ne soupçonnant pas que Jonas a payé pour obtenir cette information. À leurs yeux, c'est du sérieux. Il reste quelques empreintes de pas de leur précédent passage, ainsi que de celui de Joe hier, mais soit les autres ne les remarquent pas, soit ils choisissent de ne pas les mentionner. Il est clair que Jones et Schroder ont mieux effacé les traces autour de la tombe que sur le chemin.

« Ici, dit Jonas. Je crois que l'inspecteur Calhoun est enterré ici, dans un rayon de dix mètres. Peut-être… (il incline un peu plus la tête) oui, oui, c'est très puissant maintenant. Je l'entends. Il veut être retrouvé. Peut-être juste ici, dit-il en se tenant à côté de la tombe. Une âme égarée qui implore d'être retrouvée. Il est très triste, mais soulagé. Il nous faut une pelle. Vite. » Puis, d'un ton pressant, à l'intention de la caméra et de toutes les personnes qui l'entourent : « Nous devons l'aider !

— On devrait peut-être appeler la police, suggère Schroder sans le moindre enthousiasme.

— La police, raille Jonas. Si on l'appelle, elle ne viendra pas. Elle a besoin d'une raison. Elle a besoin d'un corps. »

C'est Schroder qui porte la pelle. Il la pointe vers le sol.

« Ici ? demande-t-il.

— Un peu plus sur la gauche », répond Jonas.

Quand le film aura été monté, quand une musique obsédante aura été ajoutée, ce sera un moment chargé d'émotion. Les poils se dresseront sur les nuques à travers tout le pays.

« Pas trop profond », recommande Jonas.

Schroder enfonce doucement la lame de la pelle dans la terre. Il déblaie lentement la zone et forme une petite montagne de terre humide derrière lui. Une minute plus tard, il recule.

« On a quelque chose », dit-il. Toute l'équipe s'approche. « On dirait des restes humains. OK, regardez. » Il se tourne vers Jonas et l'équipe de tournage et, adoptant le ton du policier qu'il était il y a encore peu, déclare : « Je sais ce que vous venez de dire, mais nous devons nous arrêter là. Nous avons de quoi appeler la police. Ceci est désormais officiellement une scène de crime. » Il lève la main pour recouvrir l'objectif comme ils en avaient convenu. « Ne vous éloignez pas, ajoute-t-il, ne touchez à rien. Et arrêtez de filmer. »

Ils arrêtent de filmer.

« C'est vraiment hallucinant, déclare la réalisatrice. Je dois avouer que j'avais des doutes, mais vous êtes vraiment doué, mon vieux », dit-elle en regardant Jonas.

Celui-ci lui sourit, mais Schroder devine qu'il est un peu vexé que la réalisatrice ait pu soupçonner qu'il n'était pas réglo.

« Je suis juste heureux de pouvoir rendre service », répond le médium.

Schroder sort son téléphone portable et appelle Kent.

44

Je me réveille avec la nausée et je ne sais pas trop où je suis. Pendant ma première semaine en prison, ç'a été comme ça tous les matins. Un peu malade, un peu incertain quant à l'endroit où je me trouvais, seulement la nausée durait à peu près toute la matinée tandis que l'incertitude ne durait que deux ou trois secondes avant que la réalité s'impose brutalement. La deuxième semaine, c'était plus facile, et depuis, ça ne s'est produit qu'une poignée de fois – et ça n'a certainement jamais été aussi dur que le premier jour. Ce matin, j'ai le ventre noué, et la pièce n'est qu'une pièce sombre, pas une cellule d'isolement, jusqu'à ce que les souvenirs commencent à combler les vides laissés par les secondes qui s'écoulent. Je me lève de mon lit et me tiens chancelant au-dessus des toilettes pendant quelques minutes. J'ai l'impression que je vais vomir, mais ça ne vient pas, puis ça me reprend, mais ça ne vient toujours pas. La seule humidité qui s'échappe de mon corps est sous forme de sueur. Il s'avère que la pièce n'est pas aussi sombre que je l'ai tout d'abord cru. Je n'ai aucune idée de l'heure qu'il est. Je sais qu'on va bientôt me sortir d'ici – c'est forcé. Pourtant, il y a ce doute qui me tenaille, cette petite voix qui me dit que ça y est, que ces quatre murs et cette pénombre de caverne constitueront mon avenir. Pas de procès, pas d'avocat, plus de gardiens – juste ceci.

Je m'éloigne des toilettes et m'étends de nouveau sur le lit. Mes genoux sont douloureux et commencent à bleuir à cause de ma chute d'hier dans la camionnette. De fait, je suis tombé plusieurs fois à genoux ces derniers jours – quand on m'a forcé à manger un sandwich, ou quand Caleb Cole m'a frappé. Il me semble qu'une heure s'écoule avant qu'un bourdonnement retentisse et que la porte se déverrouille et s'ouvre soudain. Un maton que je n'ai jamais vu se tient de l'autre côté.

« Allons-y, Middleton », dit-il.

Alors nous y allons. Le gardien, qui a la taille d'un joueur de basket et la corpulence d'un camionneur, me mène vers la salle du petit déjeuner sans jamais ôter sa grosse main de mon épaule. Tous les types que j'en suis venu à connaître et à aimer et à vouloir voir morts sont déjà en train de manger. On me donne mon plateau, je bois un peu d'eau tout en regardant ma nourriture à laquelle je suis incapable de toucher. Je suis mal à l'aise, faisant tout mon possible pour garder en moi ce qui est en moi, me concentrant sur cette petite bataille à gagner – ce que je parviens à faire. Après quoi, on nous conduit dehors. Je regarde les détenus faire de l'exercice mais ne me joins pas à eux. J'ai l'impression que mon estomac est un hachoir à viande, ce qui est toujours plus agréable qu'hier. On dirait que ça va être une belle journée, quoique froide, une belle journée pour suivre les femmes chez elles, même si à vrai dire je suis un peu comme le facteur à cet égard – je passe chez vous en toute saison. Une heure plus tard, on nous ramène à l'intérieur. Personne ne mentionne le téléphone cassé, mais je sais que ça ne va pas tarder. Peut-être que le message me sera transmis sous forme d'un nouveau sandwich à la merde.

De retour dans ma cellule, je partage mon temps entre fixer les livres du regard et fixer les toilettes du regard, mais mes pensées sont partagées entre le fait que Melissa n'est pas venue me secourir et le fait que Calhoun a été retrouvé. J'attends que midi arrive, car nous avons alors le droit d'aller dans la zone commune. Mon estomac est toujours perturbé, mais ça va assurément mieux. Les choses s'arrangent à ce niveau. Je trouve une bonne place pour regarder la télé. Les infos ont déjà commencé. Il y a un flash spécial. Une nouvelle excitante. Un corps a été retrouvé dans une ferme de la région de Canterbury. *Oui !* La journaliste est en direct sur les lieux. Elle est jolie. *Oui !* Les femmes journalistes âgées d'une vingtaine d'années le sont généralement. Je voudrais qu'elle fasse son reportage en direct de ma cellule. *Info de dernière minute !*

Par-dessus son épaule, on distingue des voitures de police, des arbres, et un champ qui connaît son quart d'heure de gloire. Il appartient à un certain Mark Hampton. Hampton est agriculteur. Il cultive du blé, peint des granges, sodomise ses bêtes, et aide la police dans son enquête. L'identité du corps doit encore être confirmée. Cependant, les circonstances de sa découverte suggèrent fortement qu'il s'agit de l'inspecteur Robert Calhoun, qui a disparu il y a un an.

« Nous ne pouvons pas exactement expliquer comment il a fait, déclare la journaliste aux lèvres pulpeuses et aux beaux yeux, mais Jonas Jones a mené une équipe de tournage ici pour filmer le prochain épisode d'*À la recherche des morts*, qui traitera de la disparition du policier. Nous savons que celui-ci a été assassiné l'année dernière par Melissa X, qui a jusqu'à présent réussi à échapper à la police. D'après les producteurs de l'émission, Jonas Jones a établi un contact psychique avec l'inspecteur décédé. »

Le reportage se poursuit. Je m'attends à ce que la journaliste mentionne le fait qu'*À la recherche des morts* est diffusé sur le même réseau que leur journal, mais elle ne le fait pas. À un moment, la caméra se fixe sur Carl Schroder. Il a l'air fatigué. La journaliste explique que Schroder travaille pour la chaîne de télé qui produit l'émission de Jonas Jones. Ce qui confirme que Schroder était présent quand le corps a été retrouvé. Puis la caméra se fixe sur Jonas Jones, qui s'entretient avec la femme qui m'a escorté hier jusqu'à la ferme.

En observant la scène, je me sens revigoré. Pas uniquement parce que je suis désormais sûr que je vais toucher de l'argent, mais parce qu'il y a des gens qui croient aux médiums, et il y a des gens qui regardent leurs émissions, ce qui signifie qu'il y a des gens qui croiront n'importe quoi.

Ce qui signifie qu'il y a des gens qui croiront en mon innocence.

45

La journée commence à se réchauffer un peu. En revanche, la circulation est toujours aussi fluide, ce dont Melissa est reconnaissante. Elle déteste être coincée dans les embouteillages. Elle craint toujours de se faire emboutir par quelqu'un, de se retrouver prise dans une altercation, qu'une série de coïncidences à la con aboutisse à son arrestation. C'est déjà arrivé par le passé – pas à elle, mais à d'autres personnes qui avaient tué des gens et qui se sont fait coffrer à cause d'amendes de stationnement, ou pour excès de vitesse, ou après s'être fait flasher à un feu rouge. Plus vite elle sera arrivée, mieux ce sera. En plus, elle veut en finir et rentrer chez elle car, après tout, elle a encore une vie personnelle, qu'elle a récemment négligée. Elle doit préparer le retour de Joe.

Elle regagne l'immeuble de bureaux. Une fois encore, elle se gare sur la même place de parking. La porte est fermée, mais comme elle n'a pas été réparée elle s'ouvre sans la moindre résistance. Elle monte le fusil jusqu'au bureau. Elle jette un coup d'œil derrière le rideau et observe l'arrière du tribunal. Elle visualise l'arbre sur lequel elle vient de tirer, puis s'imagine Joe se tenant là-bas, de l'autre côté de la rue, et elle est de moins en moins sûre que ça va fonctionner. Elle est certaine que Raphael fera feu – mais est-il assez bon tireur ? Une main tremblant d'une fraction de centimètre ici pourrait résulter en un écart de plusieurs dizaines de centimètres en bas. Mais il n'y a pas d'alternative. Elle a passé des mois à essayer de trouver un autre moyen de sortir Joe de prison – et c'est le seul. Non pas que ç'ait été la meilleure de plusieurs mauvaises idées – le fait est que ç'a toujours été la seule idée.

Il lui reste deux balles, plus celle perforante. Elle laisse cette dernière telle quelle, mais s'apprête à modifier les deux autres. L'extracteur de balles qu'elle a acheté à l'armurerie a une forme de marteau. Il utilise l'énergie cinétique pour séparer la balle de sa douille, et ne peut traiter qu'une seule munition à la fois. Arthur lui a vendu les composants à la bonne taille, et la balle se loge parfaitement dans l'extrémité de l'outil. Elle s'accroupit et le frappe sur le sol, comme on donnerait un coup de marteau. Au troisième coup, la balle se détache. La deuxième balle met quatre coups à se détacher. Elle est douée avec les outils. Joe pourrait en attester. Elle s'imagine des gens faisant la même chose avec des tenailles ou une pince-étau et s'arrachant les doigts. C'est pourtant un outil simple à utiliser. Une fois la balle séparée de l'étui, elle ôte la poudre. Puis elle utilise le deuxième outil qu'elle a acheté à Arthur – une matrice de recalibrage, pour réassembler le tout. La balle semble inaltérée – la différence de poids sans la poudre est négligeable.

Elle range le fusil là où il était, prêt pour que Raphael l'utilise demain matin. Elle a encore beaucoup à faire aujourd'hui, mais elle prend un moment pour jeter un nouveau coup d'œil en direction de l'arrière du tribunal. Demain, soit ça se passera très bien pour Joe, soit ça se passera très mal. Mais dans un cas comme dans l'autre, à la fin de la journée, il ne sera plus prisonnier.

46

Quand Ali arrive, on m'escorte jusqu'à elle, mais je me sens nerveux. Il est soudain très important pour moi de la convaincre de mon innocence. Je viens peut-être de gagner cinquante mille dollars, mais je me séparerais avec joie de chacun d'entre eux pour qu'elle me croie.

« Parlez-moi de votre mère, demande-t-elle lorsque nous sommes assis et qu'on m'a menotté à ma chaise.

— Ma mère ? Pourquoi ?

— Parce que je vous le demande. »

Je hausse les épaules, mes menottes cliquetant contre la chaise.

« Eh bien, ma mère, c'est ma mère. Il n'y a pas grand-chose à ajouter. »

C'est à peu près tout ce que j'ai envie de dire.

« Vous vous entendez bien avec elle ?

— Bien sûr. Pourquoi je ne m'entendrais pas avec elle ?

— La plupart des tueurs en série ont des relations très tendues avec leur mère, explique-t-elle.

— Pourriez-vous ne pas utiliser cette expression ?

— Tueur en série ?

— Oui. Ça fait tellement… je ne sais pas. Je n'aime pas cette étiquette.

— Vous n'aimez pas cette étiquette.

— C'est exact. »

Elle me dévisage comme si elle n'en revenait pas que j'aie dit ça. Comme si la présomption d'innocence n'existait pas pour moi.

« Que vous vous en souveniez ou non, dit-elle, vous avez tout de même tué ces personnes. L'étiquette tueur en série est appropriée.

— C'est l'étiquette que va utiliser mon avocat ? »

Elle acquiesce.

« Je vois où vous voulez en venir, dit-elle, mais revenons-en à ce que je disais, à savoir, que la plupart des gens dans votre… situation… n'ont pas de très bonnes relations avec leur mère.

— Joe n'est pas la plupart des gens ! »

Jamais paroles plus vraies n'ont été prononcées.

« Combien de temps avez-vous vécu avec elle ?

— J'ai quitté la maison à la mort de mon père.

— Pourquoi ?

— Ma mère est devenue insupportable. Quand mon père était vivant, elle avait quelqu'un à qui parler toute la journée, mais quand il est mort, il n'y a plus eu que moi.

— Lui est-il arrivé d'abuser de vous ?

— Pardon ? »

La chaîne de mes menottes se tend tandis que j'essaie de lever la main.

« Non ! Jamais ! Pourquoi me posez-vous une telle question ?

— Vous êtes sûr ?

— Putain, évidemment que je suis sûr ! Ma mère est une sainte !

— OK, Joe. Essayez de rester calme.

— Je suis calme !

— Vous n'en avez pas l'air. »

Je prends une profonde inspiration.

« Je suis désolé », dis-je. Je crois que je ne me suis jamais entendu adresser ces mots à quiconque hormis ma mère. « C'est juste que je n'aime pas quand les gens pensent du mal de ma mère. » Mais je ne suis pas certain que quiconque ait déjà pensé du bien d'elle non plus. « Et puis, mes poissons rouges me manquent.

— Pardon ?

— Mes poissons rouges. J'en avais deux. Cornichon et Jéhovah. Ils ont été assassinés.

— Nous parlions de votre mère.

— Je croyais qu'on était passés à autre chose. »

Elle prend des notes dans son carnet. Puis son stylo fait un aller-retour tandis qu'elle souligne quelque chose. Je donnerais ma couille droite – la seule qui me reste – pour voir quoi.

« Vous avez tué vos poissons rouges ? » demande-t-elle.

J'essaie de rester calme, mais je sens la colère monter en moi. Le fait qu'elle me demande ça signifie qu'elle ne me comprend pas. Ça semble être un problème récurrent. Qu'est-ce qui cloche chez les gens ? D'abord, elle croit que ma mère a abusé de moi, et maintenant elle croit que j'ai tué mes poissons. Où va le monde ? Je donnerais désormais presque assurément ma couille droite, la dernière qui me reste, pour m'emparer de ce stylo et le lui planter dans le cou.

« Non. Non, ce n'est pas moi qui les ai tués, dis-je énergiquement. C'est le chat.

— Vous semblez en colère, Joe.

— Je ne suis pas en colère. C'est juste que je déteste que les gens aient toujours la pire opinion de moi.

— Vous avez tué beaucoup de gens, remarque-t-elle.

— Je ne m'en souviens pas, dis-je, et je n'ai certainement pas fait de mal à mes poissons. »

Elle note autre chose. Elle le souligne, puis l'entoure deux fois. Je suis à peu près sûr qu'elle fait ça délibérément. Je crois qu'elle essaie de me prendre au dépourvu, et c'est pour ça que ses questions vont dans tous les sens. Mais ça ne marchera pas. Je pense du bien de ma mère et de mes poissons, et je pense du bien de Melissa. Je songe à faire du bien à Ali une fois que je serai sorti d'ici. Je suis peut-être le genre de type qui a de mauvaises pensées, mais j'aime faire du bien. Je suis Joe-l'Optimiste. C'est comme ça que je fonctionne.

« Dites-moi, reprend-elle, le nom Ronald Springer vous évoque-t-il quelque chose? » Ronald Springer. Alors là, elle me prend vraiment au dépourvu.

« Non, dis-je. Il devrait? »

La police m'a questionné sur Ronald il y a quelques mois. C'est Schroder qui s'en est chargé. Il m'a demandé si je le connaissais. Si j'avais la moindre idée de ce qui lui était arrivé. J'ai répondu que je ne le connaissais pas, et il a semblé déçu, mais il n'avait aucune raison de ne pas me croire. Aucune raison, certes, mais il a tout de même passé quelques heures à me cuisiner à son sujet.

« Ce nom ne vous dit rien?

— Si, il me dit quelque chose », dis-je, conscient que j'ai eu une réaction en l'entendant.

De plus, je sais qu'elle est au courant de mes précédents interrogatoires.

« L'inspecteur Schroder est venu me voir il y a quelque temps pour me demander si je le connaissais. Ronald allait à la même école que moi.

— Vous le connaissiez ?

— Non. J'ai entendu parler de lui, mais seulement après son assassinat. Je sais que Schroder ne s'attendait pas à ce qu'il y ait un lien entre nous, il espérait juste clore une vieille affaire. Mais je n'avais rien à voir avec.

— Vous êtes catégorique ?

— Bien sûr, que je suis catégorique.

— Comment pouvez-vous être catégorique quand vous ne vous rappelez pas avoir tué tous ces gens ? demande-t-elle.

— Parce que tuer n'est pas dans ma nature.

— C'est une réponse hâtive. »

Je hausse les épaules. Je ne sais pas comment je suis censé réagir.

« Tuer est dans votre nature, poursuit-elle. Vous ne savez simplement pas comment vous le faites. Ce qui signifie qu'il est possible que vous ayez tué Ronald sans vous en souvenir. Il a disparu le mois où votre tante a cessé de vous violer.

— Violer ?

— C'est ce qu'elle faisait, Joe. »

Je secoue la tête.

« Ce n'est pas le bon mot, dis-je.

— Alors quel est le bon mot ? Elle vous punissait ?

— Non. Elle me pardonnait. Elle me pardonnait de m'être introduit chez elle.

— Vous voyez vraiment les choses comme ça, Joe ?

— Évidemment. Pourquoi pas ?

— Vous dites que vous n'avez entendu parler de lui qu'après son assassinat.

— C'est exact.

— La police n'a jamais dit qu'il avait été assassiné. Ronald a simplement disparu. Comment savez-vous qu'il a été tué ?

— C'est juste une supposition. »

Je hais quand elle essaie de me berner.

« La police le pensait. Tout le monde le pensait. C'est normalement le cas quand les gens disparaissent, non ?

— Parfois, dit-elle.

— Et s'il n'a pas été assassiné, qu'est-ce qui lui est arrivé ?

— Parlez-moi de Ronald.

— Il n'y a rien à dire. C'était un gamin que personne ne connaissait jusqu'à ce qu'il soit assass… jusqu'à ce qu'il disparaisse. C'est après que les gens ont commencé à penser à lui, et soudain il est devenu le meilleur ami de tout le monde. On racontait des histoires sur lui à l'école. Il y avait des rumeurs, d'accord ? On disait qu'il avait fugué, qu'il avait été enlevé, que ses parents l'avaient tué. L'année scolaire touchait à sa fin, mais vu la façon dont les gens parlaient de lui, on aurait cru que Ronald avait été le chouchou de l'école depuis le début de l'année. C'était bizarre. Le fait d'avoir connu Ronald vous rendait populaire. Je ne comprenais pas. Il aurait détesté tous ces types. Absolument tous.

— Donc, vous le connaissiez ?

— Non. Enfin, je lui avais parlé à quelques reprises parce qu'on avait des cours en commun. Mais les autres élèves lui en faisaient baver. Et à moi aussi. On partageait ça, je suppose.

— On dirait que vous le connaissiez un peu.

— On ne se fréquentait pas. On a peut-être déjeuné quelques fois ensemble, parce que ni lui ni moi n'avions d'amis.

— Pourquoi les autres élèves s'en prenaient-ils à lui ?

— Vous le savez déjà. Si vous vous êtes renseignée sur lui.

— Parce qu'il était homosexuel. » Je hausse les épaules.

« Ça n'avait pas d'importance qu'il soit homosexuel ou non, pas vraiment, mais quand les gens commencent à vous coller des étiquettes comme *homo* ou *tueur en série*, elles restent. Les gens devraient faire plus attention à ce genre de choses – mais à cet âge, personne ne le fait.

— Depuis combien de temps le connaissiez-vous ?

— Je l'ai toujours connu. On a commencé l'école ensemble à l'âge de cinq ans, donc j'ai toujours su qui il était.

— L'avez-vous tué, Joe ? »

Je secoue la tête.

« Non.

— Ou alors vous l'avez fait, mais vous ne vous en souvenez pas.

— Je suppose que c'est possible. Pourquoi vous vous intéressez tant à Ronald, de toute manière ?

— Parce que votre avocat m'a demandé de vous questionner à son sujet. Il semblerait que l'accusation se soit penchée sur cette affaire. Nous ne savons pas ce qu'elle cherche, mais elle pourrait l'évoquer durant le procès.

— J'aimais bien Ronald. Je ne lui aurais pas fait de mal.

— Pendant combien de temps avez-vous été amis ?

— Nous n'étions pas amis. Je savais juste qui il était. Je l'aimais bien parce que c'était le souffre-douleur de l'école, et il faut des élèves comme ça pour que les autres soient en sécurité.

— Pendant combien de temps avez-vous déjeuné avec lui ? »

Je hausse les épaules. Je réfléchis.

« Un an. Peut-être deux. Pas longtemps. Et ce n'était pas tous les jours.

— Est-ce que vous le voyiez en dehors de l'école ?

— Jamais.

— Pensiez-vous qu'il était attiré par vous ? »

Je ris presque en entendant ça.

« De quoi ? Je ne suis pas homo.

— Ce n'est pas ce que je vous demande. Je vous demande si vous pensiez qu'il vous aimait bien.

— Probablement. J'étais le seul à lui parler sans lui en faire baver.

— Ce que je veux dire, Joe, c'est est-ce qu'il était sexuellement attiré par vous ? »

Je secoue la tête.

« Je ne vois pas où vous voulez en venir avec tout ça. Je ne l'ai pas tué. Je ne sais pas ce qui s'est passé. Et l'accusation peut creuser autant qu'elle veut, je n'ai rien à voir avec cette histoire. On peut passer à autre chose ?

— Non. Pas encore. Parlez-moi encore de Ronald. Parlez-moi de la dernière fois que vous l'avez vu.

— Bon sang, pourquoi tout le monde est-il tellement obsédé par Ronald ? Je vous le répète, je ne sais pas ce qui lui est arrivé ! »

Elle me fixe du regard sans rien dire, et je m'aperçois que je viens de crier. Je secoue la tête et songe à Ronald. Je me souviens de la dernière fois que je l'ai vu. L'école n'était pas une partie de plaisir pour nous, et j'imagine qu'il en va de même pour la plupart des gens. Nous n'étions pas proches, mais nous nous entendions bien. Parfois, il venait me voir après l'école. On allait à la plage, ou alors on faisait du VTT dans les dunes, ou bien on grimpait aux arbres dans le parc. On parlait de ce dont parlent les garçons de seize ans, sauf des femmes. Ça, on n'en parlait pas. Je savais qu'il était homosexuel. Mais quand on avait quinze ans, il le refoulait complètement. Je savais qu'il m'aimait bien. Mais ça ne me gênait pas – être aimé par un homo ne faisait pas de vous un homo, c'était juste flatteur. Et puis les choses ont changé. Le Big Bang est arrivé, suivi par deux années de bangs plus petits, et mon amitié avec Ronald a été mise de côté. Je le voyais à l'école, mais je lui parlais à peine. Je voyais qu'il en bavait, mais ça signifiait juste que les choses étaient plus simples pour moi. Et maintenant que je payais les types qui me rackettaient, ça allait plutôt bien pour moi. Si on exceptait les viols de mon affectueuse tante, comme dirait Ali.

Quand ma liaison avec ma tante Celeste a cessé, j'ai recommencé à fréquenter Ronald. Seulement, les choses étaient différentes – je crois que le plus gros problème entre nous était qu'il ne voulait plus me voir, mais je continuais de le suivre. Je savais qu'il changerait d'avis. Après tout, il en avait pincé pour moi l'année précédente, et ce genre de béguin ne disparaît pas du jour au lendemain. Il aurait été logique qu'il veuille de nouveau être mon ami. Mais la vérité, c'est que son indifférence m'ennuyait autant que l'indifférence de ma tante. Je me sentais abandonné par tout le monde.

Je voulais punir ma tante. Pas à cause de ce qu'elle m'avait fait, mais parce qu'elle m'avait fait finalement y prendre goût avant de me couper les vivres. Alors, quand Ronald a lui aussi commencé à me rejeter – eh bien, non seulement je me suis senti abandonné, mais j'ai également été en colère. C'était la même colère que celle que j'éprouvais envers ma tante, mais dans le cas de Ronald, je pouvais y remédier.

« Je ne me rappelle pas la dernière fois que je l'ai vu, dis-je. Un jour il était là, et le lendemain il avait disparu, et c'est ainsi que la plupart des gens se souviendront toujours de lui.

— Mais pas vous, dit-elle. Vous gardez un souvenir différent de lui. »

En effet, je garde un souvenir différent de lui. Je me souviens de lui avec un trou dans le côté du crâne, un trou dans lequel un marteau se serait logé parfaitement.

« Je ne l'ai pas tué », dis-je.

Seulement, je l'ai bel et bien tué. Il m'a rejeté et je l'ai frappé avec un marteau. Les gens disent qu'on se souvient toujours de la première fois – ils se trompent souvent, mais ce coup-ci ils sont en plein dans le mille. Ronald a été ma première fois – je me souviens de lui, mais je ne pense plus à lui.

« Vous en êtes certain ? demande-t-elle.

— Affirmatif.

— Il ne vous a pas fait d'avances, et vous ne l'avez pas tué en le repoussant ?

— Il ne s'est rien passé de tel.

— C'est dommage. »

Il me faut une fois de plus quelques secondes pour comprendre ses paroles.

Elle poursuit alors : « Si vous l'aviez fait, nous aurions pu relier ça à ce qui s'est passé avec votre tante. Nous aurions pu démontrer que tout a commencé à cette époque, et que ce qui vous est arrivé depuis en résulte. Personne ne croira que vous avez laissé passer douze ans entre votre liaison avec votre tante et votre premier meurtre. »

J'ai l'impression que c'est un test, comme si elle m'appâtait pour que j'avoue soudain que je me rappelle l'avoir tué.

« Joe ?

— Oui.

— Je crois que j'ai tout ce qu'il me faut.

— Déjà ?

— Oui, dit-elle en se levant.

— Et ?

— Et quoi ?

— Qu'allez-vous dire au tribunal ?

— Je vais passer le restant de la journée à relire mes notes, puis je parlerai à votre avocat.

— Donc, vous me croyez ? »

Elle frappe à la porte et se tourne vers moi.

« Je vous le répète, Joe, je parlerai à votre avocat », dit-elle, puis elle sort.

47

C'est un dimanche d'oisiveté. C'est ainsi qu'il passait la plupart de ses dimanches avec sa femme. Avant qu'ils aient Angela, pendant qu'ils élevaient Angela, et ils ont maintenu la tradition quand Angela a quitté la maison. Leur boulot en tant que parents avait toujours été de la préparer au monde, de la mettre sur les bons rails, mais depuis un an il songe que ç'a été leur erreur. S'ils l'avaient gardée plus près d'eux, elle serait toujours en vie. S'ils l'avaient encouragée à rester à la maison. S'ils avaient mis un verrou à sa porte et l'avaient protégée.

Au bout du compte, Raphael sait que quelle que soit la manière dont on considère les choses, il l'a laissée tomber. Il a laissé tomber sa famille. On peut aborder la question sous n'importe quel angle, il a déjà tout entendu – mais, comme disait sa mère, les faits parlent d'eux-mêmes. Angela est morte. Il lui a fait défaut. Fin de l'histoire.

Les deux derniers jours lui ont fait du bien. Comme une thérapie. Il pense que tuer Joe Middleton sera le début d'un processus de guérison. Il ne s'attend pas à tourner la page – comment pourrait-il après ce que ce cinglé a fait à sa fille ? – mais il peut s'attendre, peut-être, à refaire surface. À revivre. Et peut-être qu'il pourra essayer de se rabibocher avec sa femme.

La plupart de ses journées, depuis qu'il a perdu Angela, ont ressemblé à ces dimanches d'oisiveté, et même s'il avait fait quelques progrès depuis jeudi soir, il a de nouveau sombré dans ce qui est devenu sa routine. Il a passé quelques heures ce matin dans la chambre d'Angela à observer les articles de presse punaisés au mur. Puis il a passé quelques heures à feuilleter des albums photos.

Le dimanche avance gentiment. Il est assis dans le salon, le soleil s'est couché, et il regarde une vidéo du vingt et unième anniversaire d'Angela. Elle avait quitté la maison l'année précédente et louait un appartement en ville avec deux amies. La fête a eu lieu chez Raphael. Il a l'impression que c'était il y a cent ans. Il était heureux, à l'époque. Il ne sait pas trop où est la Rage Rouge aujourd'hui – enterrée quelque part, suppose-t-il, sous l'alcool et la dépression, attendant demain que le spectacle commence.

Il sait pourquoi il regarde cette vidéo. Il connaît la raison de sa tristesse. C'est son dernier dimanche à ne rien faire. Il ne feuillettera plus d'albums photos et ne regardera plus de films de famille. Il sait que la Rage Rouge lui permettra d'aller jusqu'au bout, demain. Il a une balle pour Joe, et une pour Melissa. Et il en a une en rab au cas où il raterait son coup – mais il ne le ratera pas. Il est en mission – en mouvement –, et il ne peut pas échouer.

Ce sera une fois qu'il aura tiré que les choses se compliqueront. Même s'il parvient à fuir les lieux, il sait que les flics viendront le chercher. Évidemment.

Ils ne sont pas idiots. Assez idiots, peut-être, pour avoir laissé Joe Middleton tuer pendant tout ce temps, mais pas idiots au point de ne pas comprendre ce qui va se passer demain.

Demain aura peut-être des vertus thérapeutiques, mais il se fait des illusions s'il croit que ce sera le début d'un processus de guérison. Il se fait des illusions s'il croit qu'il pourra retourner avec sa femme. Il est à peu près sûr qu'il sera en cellule demain soir, mais ça ne le dérange pas. Il aura vengé sa fille, et pour ça il serait heureux de passer mille ans en prison.

48

Melissa est fatiguée, excitée, nerveuse. Pas un bon mélange. La journée a été longue, mais fructueuse, et elle est parvenue à faire un somme il y a quelques heures. Elle essaie de se détendre depuis qu'elle est rentrée après avoir replacé le fusil dans le faux plafond du bureau. Sa maison n'est pas située au milieu de nulle part, mais ses voisins les plus proches sont à deux minutes à pied, et elle ne les voit jamais. C'est une maison agréable et privée, elle a payé son loyer à l'avance de la même manière qu'elle a payé son jardinier à l'avance. Quand elle a cessé d'être Natalie pour devenir Melissa, elle a vidé ses comptes en banque. Et elle a aussi vidé les comptes d'autres personnes depuis. C'est ainsi qu'elle survit.

La journée est derrière elle, de même que la chaleur, et tout ce qui reste, c'est le genre de soirée froide d'hiver qu'aucune personne saine d'esprit ne pourrait apprécier. Son épaule lui fait mal à force d'avoir tant tiré au fusil ce matin. Elle a songé à prendre des antalgiques et des anti-inflammatoires, mais s'est ravisée.

Elle a laissé la camionnette de location dans l'allée plutôt que de la mettre à l'abri dans le garage adjacent.

Elle l'a payée en espèces en utilisant une fausse pièce d'identité, et elle a pris une assurance, non pas parce qu'elle en a besoin, mais parce que c'est ce que font la plupart des gens. Et elle veut être considérée comme la plupart des gens.

La camionnette est importante.

Elle ferme à clé la porte de la maison et marche jusqu'au véhicule, resserrant sa veste autour d'elle. Le moteur met deux minutes à chauffer, et à ce stade elle l'a tellement resserrée qu'elle l'étrangle presque. Le pare-brise est couvert de givre. Tout est couvert de givre. C'est une soirée paisible. Pas de vent. Pas de nuages. Il fait froid, mais les conditions sont parfaites pour se servir d'une arme.

Elle met les essuie-glaces en marche et tente d'utiliser les jets pour asperger le pare-brise d'eau, mais les jets sont bloqués. Les essuie-glaces ne sont d'aucune aide, ils balaient juste de droite à gauche par-dessus la fine pellicule de glace. Le chauffage réchauffe le pare-brise, et les essuie-glaces commencent à arracher la glace. Après quelques minutes, elle y voit clair.

Il y a quelques voitures alentour. Pas beaucoup. Elle allume la radio pour rompre la monotonie du moteur de la camionnette. Comme elle s'y attendait, un animateur parle des événements de la journée et de ceux qui surviendront demain, et peut-être plus tard dans l'année. Un corps – plus que probablement celui de l'inspecteur Robert Calhoun – a été retrouvé. Retrouvé par un médium, par-dessus le marché. Elle trouve ça difficile à croire. Impossible à croire. Elle se demande ce qui s'est réellement passé et soupçonne Joe d'avoir joué un rôle dans sa localisation. Mais pourquoi aurait-il fait ça ? Quelque chose à voir avec le procès, sans doute.

« Et bien entendu demain est le grand jour, mesdames et messieurs, lance l'animateur à l'intention de ses auditeurs. Demain débute le procès de Joe Middleton. Le Boucher de Christchurch. L'homme pour qui on vote sur la peine de mort. »

Elle s'attend à ce qu'il ouvre les lignes téléphoniques aux auditeurs de tout le pays pour qu'ils donnent leur point de vue sur la peine de mort, mais il ne le fait pas. Non que ça ait la moindre importance car, comme tout le monde, elle a déjà entendu toutes les opinions. Tout le monde pense que c'est un sujet polémique, qu'on est soit fermement pour, soit fermement contre. Mais elle n'est ni l'un ni l'autre.

Il lui faut quelques minutes pour atteindre la maison où elle se rend. La camionnette s'est rapidement réchauffée, mais elle se frotte les mains avant de saisir son pistolet. Le quartier est acceptable. Pas génial. Pas miteux. Juste acceptable. Le genre d'endroit où ont tendance à affluer les gens qui vivent seuls. Des habitations de deux chambres, des petits jardins, pas vieux, pas moderne, mais acceptable – le paradis pour les personnes qui aiment les choses insipides. Des télés scintillent dans les fenêtres, les lumières sont allumées dans les salons et les chambres, mais à part ça il n'y a aucun signe de vie, hormis un couple de chats assis chacun à une extrémité d'une clôture. La dernière fois qu'elle est venue ici, c'était il y a trois mois. Il faisait plus chaud. Beaucoup plus chaud. Elle a mis le bazar. Un sacré bazar. Il y a eu du sang, de la chair déchirée, des larmes. Beaucoup de larmes. Mais elle a su pendant tout ce temps qu'elle reviendrait ce soir.

Elle gare la camionnette dans la rue et verrouille la portière. Elle sait que son plan tombera à l'eau si quelqu'un lui pique son véhicule. Elle remonte l'allée. Le jardin est bien entretenu. Elle aperçoit les jambes d'un nain de jardin, mais pas son corps, juste un bord déchiqueté à l'endroit où le torse était attaché. D'autres nains de jardin du quartier ont subi le même sort. Les lumières sont allumées à l'intérieur de la maison. Elle voit les couleurs d'un écran de télé osciller derrière le rideau. Elle gravit la marche et appuie sur la sonnette pendant une demi-seconde. Elle n'a pas longtemps à attendre avant que des bruits de pas retentissent.

Melissa tient le pistolet contre son flanc, légèrement dissimulé.

La porte s'ouvre en grand.

La femme qui l'ouvre porte un pyjama d'hiver et un peignoir un peu trop grands pour elle. Cependant, elle est moins obèse qu'elle ne l'était dans les journaux il y a douze mois, après avoir sauté sur Joe lors de son arrestation, ou même qu'il y a trois mois quand Melissa est venue la voir. Son visage est un peu rouge. On dirait qu'elle est en retard à un rendez-vous. Elle a une croix suspendue à son cou. Un petit Jésus sur la croix. Un petit Jésus qui n'a pas l'air heureux de pendre là où il pend.

« Je pensais que nous avions un accord, dit la femme. Vous aviez promis de me laisser tranquille.

— Et c'est ce que j'ai fait jusqu'à maintenant, Sally, répond Melissa. Mais je suis ici pour vous proposer un nouveau marché. Cependant, vous devez d'abord me laisser entrer. » Elle lève son arme et la pointe contre la poitrine de Sally, pile là où Jésus fait tout son possible pour ne pas regarder. « Ou si vous préférez, je peux vous tirer une balle dans le ventre et vous laisser pourrir ici. »

49

À son réveil, Raphael s'attend à ce que le destin s'en mêle. Il se dit qu'il aura mal à la gorge, ou l'estomac dérangé suite à une indigestion, ou peut-être des palpitations à cause de sa mauvaise alimentation, ou au minimum la gueule de bois – bien qu'il n'ait pas vraiment bu tant que ça, hier. Mais le destin n'a jamais été un adepte de l'école du *On devrait tous être copains*. Tant d'histoires tristes dans cette ville le prouvent. Donc, pour que Raphael et le destin soient sur la même longueur d'onde à propos de Joe, il faudrait un petit miracle.

Il tient ses mains devant son visage à la lueur de six heures du matin et les distingue à peine, juste assez pour s'apercevoir qu'il n'y a aucun signe de tremblement. Pour un type qui a à peine dormi de la nuit, il s'en sort remarquablement bien. Ç'a été une nuit passée à regarder le réveil, une nuit au cours de laquelle à chaque heure qui s'écoulait il calculait mentalement la quantité de sommeil qu'il n'aurait pas. Son esprit bouillonnait. Au début, il bouillonnait de pensées positives. Puis, vers une heure du matin, la première pensée négative est arrivée. En moins de trente minutes, l'équilibre avait basculé. Les pensées négatives chassaient les positives, et à trois heures du matin il n'y en avait plus une seule, il ne restait plus qu'une boule de nerfs à vif qu'il s'efforçait de contrôler. Quand il s'est finalement endormi vers quatre heures, il s'est enfoncé dans le monde des rêves, et dans ce monde toutes ses sales pensées ont disparu, et il s'est réveillé en forme.

Il repousse les couvertures. Même s'il est seul ces temps-ci, il dort toujours du côté du lit où il dort depuis son mariage. L'autre côté a à peine un pli. Il enfile son peignoir et ses chaussons et se rend à la cuisine. Il fait chaud dans la maison grâce à deux pompes à chaleur qui ont tourné toute la nuit. Il n'a pas d'appétit, mais se force tout de même à manger. Un bol de céréales et un jus d'orange, et ses mains continuent de ne pas trembler. *Ce sont*, pense-t-il, *des mains de tueur*. Il fait des toasts et les brûle, alors il les balance à la poubelle. Il insère quatre nouvelles tranches de pain et réussit cette fois son coup, mais il ne les mange pas, se contentant de les laisser dans le grille-pain. C'était pareil quand il a tué le premier avocat. Et pareil quand il a tué le second. Pas d'appétit. Aucune raison pour qu'il en aille autrement ce matin.

Dehors, il fait froid. Curieusement, il est soudain transporté à l'époque de son enfance, quand il devait aller à l'école à vélo dans un froid rigoureux comme des milliers d'autres gamins de la ville, les routes givrées et l'air glacial, son souffle formant des nuages devant son visage. Seulement, il fait un peu plus sombre que quand il devait partir pour l'école. Il n'est encore que sept heures et demie. Les gens vont au travail avec leurs phares allumés et du café dans leur compartiment à gobelet, roulant vers un boulot fait de nombres ou de matériaux ou de mots ou d'efforts physiques – aucun d'entre eux, imagine-t-il, ne songeant à tuer qui que ce soit. Il est trop tôt pour que les manifestants arrivent. Il allume la radio. Mais pas trop tôt pour que les manifestants passent déjà des coups de fil à la station.

Il se gare dans la rue entre l'immeuble de bureaux et le tribunal, se ravise et tourne à l'angle pour immobiliser sa voiture tout près de l'immeuble d'où il tirera. Bientôt, tout le quartier se remplira, et après les coups de feu il ne veut pas être pris dans un embouteillage à dix mètres du tribunal.

Il doit marcher trente secondes pour atteindre l'immeuble de bureaux. Il monte l'escalier jusqu'au troisième étage et ouvre la porte du bureau. Le ruban adhésif a maintenu la bâche en place, si bien que la pièce est plongée dans l'obscurité. Il fait les cent pas pendant trente secondes, puis s'assied dos au mur. Il a apporté un Thermos rempli de café. Il se verse une tasse et sirote lentement tout en observant le bureau qui s'éclaircit peu à peu. Il tire une photo d'Angela de sa poche et la pose sur sa cuisse.

Qu'est-ce que tu fais ? lui demande-t-elle.

« C'est le grand jour », répond-il.

Tu vas le tuer ?

« Oui. »

Évidemment, elle n'est pas là, il le sait, mais mince, ne serait-ce pas génial si, d'une manière ou d'une autre, elle l'entendait vraiment ?

« Je sais que ça ne te fera pas revenir, poursuit-il, mais j'espère que ça t'aidera à te sentir mieux. »

Tu crois que le tuer m'honore ? Tu crois qu'ôter la vie à quelqu'un au nom de ta fille est une chose que maman voudrait ? Ou que je voudrais ?

« Oui », répond-il.

Elle ne dit rien.

« Je me trompe ? »

Non, dit-elle.

« Je n'étais pas là pour te protéger. Ça ne réparera rien, mais c'est tout ce que je peux faire. »

Moi aussi je suis désolée que tu n'aies pas été là pour me protéger. Tu étais censé être là. C'était ta mission.

« Je sais », dit-il. Il pleure, désormais. « Je suis désolé. »

Merci de le tuer pour moi, dit-elle, *je suis heureuse que tu le fasses en mon nom. Fais-le souffrir, papa. Fais-le souffrir, et après ça, qu'il pourrisse en enfer. Si seulement tu pouvais le tuer dix fois. Cent fois.*

« Tu me manques, ma chérie », dit-il, et il replace la photo dans sa poche et va chercher le fusil dans le faux plafond.

50

Je me réveille à sept heures. Nous nous réveillons tous en même temps. Une puissante sonnerie retentit. Elle déchire nos rêves et met un terme à tous les chouettes trucs qui s'y passent. Même si dans le cas présent, le chouette truc, c'est que je me rappelais l'absence d'expression sur le visage de Ronald quand le marteau lui a défoncé le crâne. Il est juste resté planté là, à me fixer pendant quelques secondes. Je crois qu'il savait qu'il était mort, mais son corps n'avait pas encore assimilé l'information. Je pensais qu'il tomberait comme une masse, mais il lui a fallu deux ou trois secondes pour s'écrouler. Je n'avais jamais rien vu d'aussi étrange, ça défiait les lois de la physique. Les assassins se plaisent à dire qu'ils ne se souviennent pas de ce qui s'est passé – qu'ils ont juste pété un câble, que c'était un rêve. Mais c'est en fait le contraire qui est vrai. Tuer quelqu'un a le don de vous faire vous sentir vivant – et qui voudrait oublier ça ?

J'utilise les toilettes et attends patiemment dans ma cellule pendant trente minutes. Puis on nous mène au petit déjeuner, qui ressemble à quelque chose qu'un patient atteint du virus Ebola aurait craché. Mon estomac se sent bien. Le contenu de ce sandwich a fait tout ce qu'il pouvait, il a essayé de m'achever, mais c'est moi qui en sors gagnant. Adam vient me voir. Il me scrute de la tête aux pieds. Il n'a pas l'air heureux.

« Ça a l'air d'aller mieux, Middleton.

— Allez vous faire foutre. »

Il rit.

« On a montré ces photos de toi en train de bouffer ce sandwich à tout un tas de potes. On a bien rigolé.

— J'ai juste besoin d'une liste, dis-je.

— De quoi ?

— Une liste. Parce que quand je serai sorti d'ici, je vais buter chacun d'entre eux, et je commencerai par vous. »

Il se fout encore de moi, riant encore plus fort.

« Bon Dieu, Joe, tu me fais vraiment marrer. Cette prison a besoin de types comme toi, et heureusement pour nous tu vas encore y rester très longtemps – à moins qu'ils finissent par te pendre, ce qui serait dommage, je suppose, jusqu'à ce que débarque un autre rigolo et qu'on t'oublie. »

Il me mène aux douches. Je me lave et Adam me balance des vêtements. C'est un costume. Un costume que d'autres prisonniers faisant la même taille que moi ont déjà porté. Le costume que j'ai porté quand j'ai été mis en accusation quelques jours après mon arrestation. Un costume gris avec une chemise bleu foncé et des chaussures noires. J'ai l'air d'un directeur de banque. Mais un directeur de banque sans lacets ni ceinture. Adam m'a promis qu'on m'en fournirait avant que je parte. La chemise a des auréoles au niveau des aisselles et sent le chou. Je la secoue, espérant que les poux qui dorment là-dedans finiront par terre.

On me ramène à ma cellule. Je dois attendre une heure, dont je passe la plus grande partie assis au bord de mon lit à m'interroger sur le procès. Pour la première fois, il me semble bien réel. J'ai toujours su que ce jour arriverait, mais une partie de moi pensait que ça ne se produirait pas – une partie de moi était certaine que je serais sorti d'ici à l'heure qu'il est, que la police aurait trouvé une raison de me libérer. La date du procès ne cessait d'approcher, et maintenant j'y suis, et soudain j'ai les nerfs en pelote et je vomis presque. Puis je vomis pour de bon. Quand j'ai fini, je regagne mon lit et vois Caleb Cole qui se tient dans l'entrebâillement de ma porte.

« Un cadeau d'adieu », dit-il, et il se rue vers moi en brandissant un objet acéré.

Je n'ai même pas le temps de me lever avant qu'il me frappe, mais je parviens à saisir mon oreiller, si bien que l'objet avec lequel il essaie de me poignarder – qui s'avère être une brosse à dents taillée en pointe – se plante dans l'oreiller sans le traverser, s'arrêtant tout près de ma main. Je me sers de mon autre main pour lui donner un coup de poing dans les parties. Il recule en chancelant, mais pas aussi loin que je l'espérais, et je lui lance alors l'oreiller dessus dans un geste que n'importe qui d'autre trouverait probablement très comique.

Il revient à la charge, seulement cette fois j'arrive à me lever. Je ne sais pas ce que je fais, me contentant de réagir. Mon instinct de survie s'est réveillé. La pièce, si l'on excepte le bruit de nos pas et nos grognements étouffés, est silencieuse. C'est à ça que ressemble une vraie bagarre. Je place mes mains autour de sa main qui tient la brosse à dents, et il utilise sa main libre pour me frapper dans les couilles. Ou la couille. Je tombe rapidement à genoux mais ne lâche pas sa main, conscient que c'est la seule chose qui puisse me sauver la vie. Je l'attire vers l'avant. Sa respiration devient plus sonore. La mienne aussi. Je bascule en arrière – dos sur le lit, tibias par terre, pieds coincés sous mon corps. Il tombe sur moi, et pendant un moment ni l'un ni l'autre ne donnons de coups de poing. À la place, nous nous concentrons sur la brosse à dents. Je suppose que neuf dentistes sur dix ne recommanderaient pas de se faire perforer le ventre par un tel objet. Et le dixième serait soit un connard, soit celui qui effectuerait la perforation.

« Crève, enfoiré », dit Cole.

Je ne réponds rien. Je continue simplement de me concentrer sur la brosse à dents qui est pointée sur ma poitrine et se rapproche tandis qu'il fait porter le poids de son corps dessus.

« Crève », répète Cole dans un déluge de postillons et de haine.

J'essaie de le repousser, mais c'est une bataille perdue d'avance.

Alors je fais la dernière chose qui me reste à faire. Je hurle comme une gamine.

Cole s'écarte un peu, comme si l'onde sonore était trop puissante pour lui. Mon hurlement me rappelle il y a un an, quand Melissa m'a attrapé avec des pinces un endroit qu'aucune pince ne devrait jamais attraper. J'essaie de hurler encore plus fort, mais ça ne suffit pas, et quelques secondes plus tard, tandis que mon cri s'estompe, la brosse à dents revient vers moi.

La dernière chose qui me passe par la tête alors que la brosse à dents menace d'y passer également, c'est ma mère, ma mère et son putain de mariage à la con, elle dans une affreuse robe, et Walt disant *oui*, puis les deux s'embrassant devant un prêtre et Dieu sait qui aura la malchance d'être là. Puis, soudain, Caleb Cole est écarté sur le côté, et Kenny-le-Père-Noël se tient au-dessus de moi. Il balance Cole contre le mur, puis baisse les yeux vers moi.

« Ça va ? » demande-t-il.

Avant que j'aie le temps de répondre, la brosse à dents qui m'était destinée est désormais destinée à Kenny, et Caleb la lui plante dedans et la tourne. J'entends le bruit ignoble de la chair qui se déchire, et il y a aussi une odeur étrange. La brosse se casse alors, une moitié restant à l'intérieur de Kenny, l'autre moitié dans la main de Cole. Kenny-le-Père-Noël recule en titubant et baisse les yeux vers son flanc, où du sang se répand sur sa combinaison de prisonnier. Il a une expression incrédule, comme s'il n'en revenait pas que son voyage de musique et de maltraitance soit sur le point de s'achever ici.

Caleb se jette de nouveau sur moi et me frappe au ventre avec la moitié de brosse à dents restante, mais elle ne pénètre pas car elle n'a plus d'extrémité en pointe – elle glisse simplement dans sa main, qui est trempée de sang. L'impact suffit néanmoins à réveiller la tempête dans mon estomac. Elle la réveille violemment, et tout se retourne là-dedans, ça se retourne encore et encore et je ne vais pas pouvoir me retenir beaucoup plus longtemps – une averse et un ouragan approchent.

Des gardiens arrivent et entraînent Caleb, qui n'a quasiment plus la force de lutter, loin de moi. J'arrache mon pantalon et m'accroupis sur les toilettes. Le soulagement est soudain et douloureux, mais c'est tout de même un soulagement. Kenny-le-Père-Noël me regarde fixement tandis que la vie le quitte, et je lui retourne son regard, mon estomac en feu tandis que le monde devient un peu flou.

« Reine, dit Kenny-le-Père-Noël. Coups de poing. Dans la chatte. De la reine. »

Je suppose que niveau dernières paroles, d'autres ont fait mieux.

Je pose mes coudes sur mes genoux et fais mon possible pour ne pas m'évanouir. Nous nous fixons du regard – moi en train de chier, Kenny en train de crever –, et il ne dit pas un mot de plus tandis que la tempête fait rage.

51

Schroder n'a pas envie de quitter son lit. Plus jamais. Il a à moitié mal à la tête. Ou, plus exactement, à moitié la gueule de bois. À cause des trop nombreux verres qu'il a bus, et parce qu'hier a été une sorte de désastre. Alors que Jonas Jones en a savouré chaque instant. Il était dans tous les journaux télévisés. Il était l'homme à qui l'inspecteur mort s'était adressé pour qu'on le retrouve, et la caméra l'adorait. Elle absorbait chaque seconde, en même temps que les téléspectateurs. Aider les vivants à contacter les morts était la vocation de Jonas. Un don. Prouvé à maintes reprises. Les gens ne devraient pas douter de lui, ils étaient moins nombreux à le faire après les événements d'hier, et si vous vouliez en savoir plus sur Jonas et ses capacités, ses livres étaient disponibles dans toutes les bonnes librairies.

Bien sûr, les médias ne savaient pas si le corps était celui de Calhoun – personne ne le saurait, pas avec certitude, jusqu'à plus tard dans la soirée, quand Kent l'appellerait et lui parlerait de la broche qui avait été placée dans la jambe de l'inspecteur cinq ans plus tôt quand il avait perdu le contrôle de sa voiture. Mais toutes les broches du monde n'auraient pas pu aider le violeur qu'il pourchassait à l'époque, car le type était coincé entre le pare-chocs de Calhoun et le mur en brique d'une épicerie. Maintenant, cet accident porte un numéro de série, et ce numéro confirme que le corps qu'ils ont exhumé est bien celui de l'inspecteur mort. Cette découverte a déclenché des transferts de fonds, puisqu'il y a des gens qui se font de l'argent sur le dos d'un mort. Un mort qui a été torturé. Dix mille dollars sont donc apparus sur le compte de Schroder pendant la nuit. C'est l'argent le plus facile qu'il ait jamais gagné, et il ne s'est jamais autant dégoûté.

« Ce sera rendu public demain, lui a dit Kent, et si tu révèles l'info avant, je te jure, Carl, que plus jamais je ne…

— Je ne dirai rien, a-t-il coupé. Où vous en êtes avec vos trois cadavres ?

— Ça avance », a-t-elle répondu, et elle a raccroché.

Alors, hier soir, il a bu pour apaiser la douleur provoquée par ce qu'il avait fait, par ses compromissions. Il a bu parce que ça l'aidait, même si boire n'aidait pas son mariage. Mais ce n'est pas comme s'il buvait tous les soirs. Bon sang, la dernière fois qu'il avait bu une goutte, c'était lors de la veillée de l'inspecteur Landry, quatre semaines plus tôt – il n'a plus retouché à l'alcool depuis parce que c'est le verre qu'il a bu ce jour-là qui lui a fait perdre son boulot. Tout lui glisse entre les mains. Il y a quelques mois, Kent était la benjamine du département, et maintenant elle le prend de haut, comme s'il ne valait pas un clou. Il y a quelques mois, c'était lui qui lui disait quoi faire. Bordel. Comment les choses en sont-elles arrivées là ?

Bien sûr, il sait exactement comment elles en sont arrivées là.

Sa fille l'a réveillé en sautant à plusieurs reprises au bout de son lit, chaque rebond lui donnant l'impression que quelqu'un écrasait son cerveau entre ses mains. Il regarde quelques dessins animés avec elle pendant cinq minutes, puis il file sous la douche.

L'eau chaude l'aide à se réveiller, elle permet de dissiper un peu sa gueule de bois. Quand il a fini, il enfile le même costume que celui qu'il portait hier à la télé, à savoir le même costume que celui qu'il portait quand il était dans la police, à savoir son unique costume. Sa femme prépare le petit déjeuner pour le bébé et sa fille. Il lui sourit, et elle le regarde en fronçant les sourcils – la journée ne s'annonce pas géniale. Il est presque huit heures et demie, et il se sent de nouveau fatigué. Il sort deux comprimés à la caféine du paquet qu'il a dans sa poche et les gobe quand sa femme ne le regarde pas, car il n'a pas besoin qu'elle lui rabâche une fois de plus qu'il en prend trop.

Ils ne se disent pas grand-chose durant le petit-déjeuner, ce qui est fréquent ces jours-ci, et leur absence de communication est en train de devenir à la fois une habitude et un problème. Il se demande s'il est en train de perdre son mariage et espère de tout cœur que non. Le bébé le regarde en riant, il sourit et l'enfant rit de plus belle.

Quand tout ça sera fini, toutes ces histoires avec le Boucher, il dira à Jonas de… de quoi ? De se coller son boulot là où il pense ? Et après, quoi ? Ne plus avoir d'argent ? Il pourrait passer plus de temps avec sa famille, autant de temps qu'il voudrait, et ils pourraient tous crever de faim dans le froid, recroquevillés sous des couvertures, et être ensemble pour toujours.

Il termine son petit déjeuner et sa femme lui souhaite bonne chance pour le procès. Puis elle l'embrasse et il l'étreint, et peut-être qu'il interprète trop les choses, peut-être que sa femme est aussi fatiguée que lui la plupart du temps et que rien ne cloche dans leur mariage, car l'étreinte est agréable, chaleureuse, et il se dit qu'il aimerait n'aller nulle part, hormis au lit avec elle. Il embrasse son bébé, et le nourrisson sourit et glousse avant qu'une bulle de hoquet n'apparaisse entre ses lèvres pour être crevée un instant plus tard par un jet bref mais épais de lait non digéré. Il étreint sa fille et se dirige vers la porte.

Le procès débute à dix heures. Joe arrivera au tribunal à neuf heures quarante. C'est dans trente minutes. Il commence à traverser la ville en voiture. À la radio, tout un tas de gens expriment leur opinion. Il y a déjà des journalistes au tribunal, qui expliquent qu'une vaste foule est présente, mais que d'autres personnes continuent d'affluer, nombre d'entre elles brandissant des pancartes et déclamant des slogans. Un autre groupe commence aussi à se former, constitué d'étudiants déguisés – l'un des journalistes dénombre un Spiderman, deux Xena la princesse guerrière, quatre Batman, et au moins une demi-douzaine de Charlie de la série *Où est Charlie ?* parmi des douzaines d'autres déguisements qui vont de personnages de mangas à des personnages de films célèbres. Le reporter ajoute que ça va être une dure journée pour tout le monde, ce qui restaure immédiatement la foi de Schroder dans les journalistes – quand ils veulent, ils ne disent pas que des conneries.

Il éteint la radio. En ce moment, des chiens renifleurs d'explosifs doivent arpenter le bâtiment du tribunal. S'ils avaient trouvé des bombes, il l'aurait entendu. Donc, le procès aura bien lieu.

Au feu rouge suivant, il cherche sur son téléphone portable le numéro d'un fleuriste et trouve plusieurs propositions. Au feu rouge suivant, il appelle l'un des numéros, et il est en train de passer une commande de fleurs pour sa femme lorsque le feu repasse au vert. Il franchit le croisement, se gare, se concentre sur sa commande, et compose un message pour la carte. Il sourit en s'imaginant sa femme quand elle les recevra. Ça ne résoudra aucun problème – mais c'est un pas dans la bonne direction.

« Bon choix, lui dit la femme, et il est heureux qu'au moins une personne estime qu'il a pris une bonne décision. Elle les aura en fin de matinée. »

Schroder repère sa première vampire à quelques rues du tribunal – elle s'engueule avec une autre fille, également déguisée en vampire. Un type planté entre les deux ne parvient pas vraiment à les calmer, mais parvient assurément à avoir l'air mal à l'aise. Schroder se demande si c'est l'histoire classique du type qui croit porter un vêtement unique pour découvrir qu'un autre le porte aussi. Aucune des deux vampires ne semble incommodée par le soleil.

La circulation devient plus dense, et les conducteurs doivent ralentir tandis que des piétons commencent à envahir la rue. À quelques pâtés de maisons du tribunal, le trafic se paralyse. Des centaines de personnes sont déjà devant le bâtiment. On a laissé entendre que les manifestants pourraient être plusieurs milliers.

Il rallume la radio. Les partisans de la peine de mort appellent la station pour que plus de personnes viennent soutenir leur cause. Les opposants à la peine de mort font de même. Tout le monde veut quelqu'un. Les étudiants veulent juste s'abrutir à coups d'alcool.

Il se dirige vers l'arrière du tribunal. Il voit Jonas Jones dans sa tenue de médium suffisant, et une fois de plus il soupçonne que quelqu'un lui fournit des informations. La seule chose qui intéresse Jones ici, c'est de montrer sa tête à la caméra.

Il y a quinze places de parking derrière le tribunal, dont quatre ont été attribuées à la police. L'une d'elles est destinée à Schroder, puisqu'il était l'investigateur principal sur cette enquête et qu'il sera ici chaque jour. Les autres places sont réservées aux juges, certaines aux avocats. Il y en a même une pour l'ambulance qui doit arriver bientôt et qui restera là pendant toute la durée du procès – conséquence des nombreuses menaces de mort dont Joe a fait l'objet. Comme l'émotion sera à son comble, l'ambulance servira également aux parents des victimes de Joe – on peut aisément imaginer des personnes bouleversées s'évanouissant ou ayant une attaque cardiaque.

Il descend de voiture. Magnum, la Schtroumpfette et deux hommes déguisés en nonnes passent près de lui, Magnum croisant son regard pendant une fraction de seconde avant de caresser sa moustache et de dire quelque chose aux nonnes. Ils éclatent alors tous de rire, et Schroder a la sale impression qu'ils se paient sa tête. Il se dirige vers l'entrée et montre sa carte d'identité à l'agent de sécurité, qui la regarde, puis regarde Schroder, avant de se tourner vers la rue où un type en costume et haut-de-forme, portant des poulets en caoutchouc sous son bras, hurle à quelqu'un de l'attendre. L'agent examine de nouveau la pièce d'identité, puis il écrit quelque chose sur un bloc-notes. Il hausse les épaules d'un air de dire *Le monde part en couilles* avant de tendre à Schroder un passe à épingler à sa veste. De nouvelles personnes arrivent dans la rue, et il se demande si certaines d'entre elles ont compris que c'était cette entrée qui serait utilisée. Il espère que non, car Joe pourrait ne pas arriver vivant à l'intérieur.

Quelques secondes plus tard, il se ravise – il décide que ce ne serait pas une si mauvaise chose si la foule mettait la main sur Joe, vraiment pas une mauvaise chose.

52

Melissa a bien dormi. Pas de rêves. Pas de nervosité. Elle a confiance en ses capacités. Moins en celles de Raphael, mais assurément en les siennes. C'est un matin froid. Elle se réchauffe sous la douche de Sally. Elle revêt les habits de Sally. Elle avale un petit déjeuner copieux dans la cuisine de Sally, composé de la nourriture de Sally. Elle finit le lait de Sally et jette le carton dans la poubelle de Sally, celle qui porte la mention *recyclage*. Elle se soucie de l'environnement. Cette nuit, elle a dormi dans le lit de Sally. Il était trop mou. Il lui a fait penser à un conte de fées.

Sally ne fait pas grand-chose tandis que Melissa se prépare. Elle ne peut pas faire grand-chose, à vrai dire. La dernière fois que Melissa était ici, les choses étaient très différentes. Elle avait besoin d'une infirmière. Sally était infirmière. Melissa avait besoin d'aide et Sally la lui a fournie, et en guise de récompense, Melissa lui a laissé la vie sauve. Elle a juste dû convaincre Sally de ne pas aller à la police, et elle avait de nombreux arguments pour la convaincre. Et puis elle a laissé Sally vivre car elle savait que trois mois plus tard – c'est-à-dire, aujourd'hui – elle reviendrait. Mais ça, bien sûr, Sally l'ignorait.

Alors maintenant, elle est de retour, et de toute évidence, Sally n'est pas ravie, mais elle ne peut pas y faire grand-chose. Melissa termine son petit déjeuner. Il n'est pas aussi équilibré qu'elle l'aurait aimé, mais c'était un bon repas. Le genre de repas qu'on veut prendre le matin du jour dont son petit ami risque de ne pas voir la fin.

Raphael doit désormais être dans l'immeuble de bureaux. Il aura assemblé le fusil et revêtu l'uniforme de policier. Elle l'imagine assis, tentant de contenir ses nerfs. Peut-être qu'il a apporté une photo de sa fille pour lui tenir compagnie. Melissa s'inquiète de son degré de nervosité et craint que ses nerfs ne lui fassent manquer sa cible.

Il y a toujours eu des failles dans son plan. Mais maintenant, elles deviennent évidentes.

Elle commence à s'en faire.

La nervosité qui l'a quittée pendant la nuit est désormais revenue, à tel point que soudain elle ne voit pas comment son plan pourrait fonctionner. Elle devrait arrêter les dégâts, libérer Sally, et passer à autre chose.

Mais au lieu de le faire, elle abandonne Sally ligotée sur le sol de la chambre et roule vers le centre-ville. La circulation est dense, mais elle l'avait prévu. Il y a des travaux et des rénovations autour du parking de l'hôpital. Elle a repéré les lieux il y a quelques jours, et ce qu'elle soupçonnait s'est confirmé – il n'y a pas de caméras de surveillance sur le parking. C'est comme ça, à Christchurch – il n'y a jamais de caméras là où il devrait y en avoir. Ou peut-être que c'est comme ça dans les hôpitaux – ils se disent qu'une bonne vieille raclée n'est pas grand-chose quand la victime n'a qu'à se traîner sur trente mètres pour trouver de l'aide. Ou peut-être qu'ils estiment que c'est bon pour le business. Elle s'y rend maintenant, passant devant des ouvriers qui déroulent une nouvelle portion de chaussée et s'interrompent tous pour la reluquer. Elle ne porte pas le ventre factice. Elle leur sourit, puis se gare à l'arrière du parking et descend de la camionnette. Elle insère quelques pièces dans le parcmètre, prend le ticket qui en sort et le pose sur le tableau de bord avant d'attraper son sac à dos et de verrouiller les portières. Elle marche vers l'hôpital. Les bruits de marteau-piqueur et de moteur ainsi que les voix des hommes parlant fort se répercutent sur toutes les surfaces autour d'elle. Elle porte la blouse d'infirmière bleu foncé de Sally. Elle ne lui va pas vraiment, mais à part dans les films porno et les messages chantés pour souhaiter une bonne guérison aux malades, les blouses ne vont jamais à personne. Ce n'est pas tout ce qu'elle a pris à Sally. Elle se sert de son badge pour ouvrir une porte réservée au personnel. Elle s'engage dans un couloir qui est climatisé, alors que ce n'est vraiment pas nécessaire. Il mesure environ vingt mètres de long, n'a pas de lumière naturelle mais est éclairé par des douzaines de tubes fluorescents fixés dans le plafond. Elle le longe puis utilise le badge pour accéder au service des urgences. Elle continue de marcher. Elle emprunte un autre couloir et suit les indications que Sally a été disposée à lui donner. Bon, peut-être que *disposée* n'est pas tout à fait le terme que Sally utiliserait. Après tout, Melissa l'avait menacée, après avoir soulevé le haut de son pyjama et pincé sa bedaine, de couper l'excès de chair.

Ç'a été pire pour Sally, il y a trois mois. À l'époque, Melissa l'a forcée à se déshabiller. Elle a pris des photos d'elle dans des positions compromettantes. Sally venait de recevoir cinquante mille dollars de récompense pour avoir contribué à la capture de Joe, et Melissa voulait ce qui restait de cette somme. Du coup, elle a photographié Sally, et ç'a constitué une partie du chantage. L'autre partie est une chose dont elle devra discuter avec Joe le moment venu. Il y a trois mois, alors que Sally était nue et ligotée au lit, Melissa a envisagé de payer quelqu'un pour venir la violer, histoire de prendre des photos et de rendre la situation de Sally encore pire. Mais elle n'était pas certaine d'avoir assez d'argent pour couvrir les frais, car la personne qui aurait accepté le boulot aurait demandé une grosse somme. Au bout du compte, ce n'était pas allé si loin. Une voix intérieure – peut-être celle de Smelly Melly, ou alors celle de son ancienne incarnation, avant qu'elle ne devienne ce qu'elle était désormais – lui a dit qu'avec tous les délits qu'elle avait déjà commis, ce serait celui de trop. Elle en a convenu et s'est sentie honteuse d'avoir même eu cette idée, et Melissa n'avait pas eu honte depuis longtemps.

Elle se dirige vers le garage des ambulances. Il est situé près d'une salle du personnel, où des infirmières et des médecins tuent le temps en buvant du café et en lisant des magazines, pendant que les autres infirmières et les autres médecins jouent au docteur dans des placards à balais et des toilettes. Elle attend près des ambulances et consulte son téléphone portable, car c'est ce que font les gens de nos jours quand ils veulent paraître occupés et ne pas avoir l'air d'espionner ce qui se passe autour d'eux ou d'être seuls. Elle sait ce qu'elle cherche – une équipe de secouristes, qui ne sont manifestement pas pressés.

Ils mettent cinq minutes à sortir de la salle du personnel. Un homme et une femme, tous deux vêtus de tenues qui ne leur vont guère mieux que la sienne. Ils papotent et rigolent vu qu'ils ne se rendent pas sur le site d'un accident de voiture ou d'une fusillade ou d'une attaque cardiaque. Ils se séparent et chacun passe d'un côté de l'ambulance. C'est la femme qui conduit. Elle met le moteur en route. Melissa tape sur la vitre du côté passager, et le type la baisse. Un beau gosse approchant la trentaine qui a toutes les chances de survivre à aujourd'hui s'il fait ce qu'il a à faire.

« Salut, lance-t-il.

— Salut », dit Melissa.

Elle lui décoche son plus beau sourire.

« Vous êtes l'équipe qui va au tribunal ?

— Oui », répond la femme au volant.

Elle doit avoir dans les quarante-cinq ans, a les cheveux blancs sillonnés de quelques mèches grises – ils sont fermement tirés en arrière et forment une de ces queues-de-cheval hâtives que les femmes adoptent quand elles sont fatiguées ou fainéantes, ou quand elles n'en ont plus rien à foutre de leur apparence.

« On y sera toute la journée.

— Parfait. Je me demandais si vous auriez pu me déposer, demande Melissa.

— J'adorerais, répond le type en la lorgnant de la tête aux pieds.

— Pas si vous y allez pour manifester, déclare la femme. Pas vêtue de votre blouse. »

Melissa secoue la tête.

« Non. Ça n'a absolument rien à voir avec le procès du Boucher », dit-elle en regardant l'homme qui n'arrive pas à détacher ses yeux d'elle.

Elle élargit un peu plus son sourire. La femme a l'air sceptique. L'homme acquiesce.

« Montez à l'arrière », dit-il.

Elle fait le tour jusqu'à l'arrière de l'ambulance et monte. Ils se mettent en route. Environ quarante mètres plus loin se trouve l'intersection où la route de l'hôpital rejoint le reste de la circulation. Melissa marche vers l'avant et se poste juste derrière les secouristes.

« Avant de partir, dit-elle, est-ce qu'on pourrait s'arrêter une seconde avant d'atteindre le croisement ?

— Désolée, on est pressés, répond la conductrice sans se retourner.

— Ceci pourrait-il vous aider à changer d'avis ? demande Melissa en pointant un pistolet sur elle, puis sur le type, puis de nouveau sur la femme. Pour le moment, j'ai besoin d'une raison de vous laisser la vie sauve. Mais si vous ne pouvez pas me la fournir, alors je trouverai un autre secouriste qui le fera. »

53

Il y a du sang par terre, et aussi quelques taches sur le mur. Les taches sur le mur sont des empreintes de main, des traînées partant de chaque paume pour atteindre le sol. Les empreintes sont celles d'une main gauche, mais je ne me rappelle pas avoir vu Cole ou Kenny toucher le mur. Je suis assis sur les toilettes. Ce n'est pas là que j'ai envie d'être, mais je n'ai pas le choix. Il flotte une odeur de sang et de merde, Kenny s'est également chié dessus, et je suppose que c'est une de ces choses pour lesquelles on se souviendra de lui. Kenny-le-Père-Noël, chanteur, amoureux des enfants, et sauveur du Boucher de Christchurch. Je me demande ce qu'ils diront à son enterrement. Je me demande qui était le vrai Kenny, et je suppose que personne ne le saura jamais.

Glen et Adam arrivent. Glen saisit Kenny par les pieds, et Adam par les bras. Ils ne me regardent même pas. Ils se contentent de le soulever. Il s'affaisse un peu au milieu, et pendant un bref instant j'ai l'impression qu'ils vont le plier en deux comme un drap, mais ils ne le font pas et le portent hors de la cellule. Quand des policiers viendront enquêter sur ce qui s'est passé, ils affirmeront qu'ils se sont empressés de l'emmener à l'infirmerie. Seulement, il n'y a pas d'empressement. Ils l'ont laissé se vider de son sang parce qu'un type comme Kenny ne valait pas la peine d'être sauvé. Ils feront juste mine d'avoir tenté quelque chose.

Kenny m'a sauvé la vie. Je voudrais pouvoir le remercier. Le mieux que je puisse faire, c'est me dire que j'aurais acheté un de ses livres s'il en avait écrit un. Je devrais au moins acheter un de ses CD.

Je termine mon affaire et tire la chasse d'eau, puis je remets un peu d'ordre dans ma tenue. Je regarde le sang par terre, conscient que ça aurait aisément pu être le mien. Il y en a sur ma chemise. Je l'essuie, puis je m'étends sur mon lit. Je vois toujours l'expression de Kenny, son incrédulité quand il s'est aperçu qu'il s'était fait poignarder, la prise de conscience qu'il était dans le pétrin, et l'espoir qu'il n'allait pas mourir. J'ai déjà vu cet espoir sur d'autres visages, et j'ai toujours aimé voir cet espoir s'évanouir. Mais pas cette fois. Cette fois, c'était différent, et je ne veux plus y penser, je veux passer à autre chose – après tout, j'ai une longue journée qui m'attend. C'est ce que Kenny voudrait que je fasse. Il détesterait se dire qu'il est mort pour que je me morfonde dans ma cellule et m'apitoie sur mon sort.

Je soulève l'invitation de mariage que ma mère m'a envoyée. Je ne recevrai aucun soutien de sa part durant le procès, et je ne sais pas pourquoi ça m'étonne. Ce soir, elle sera mariée. Je plie le carton en deux et l'enfonce dans ma poche. Ma mère ne sera pas avec moi aujourd'hui, mais le fait d'avoir cette invitation sur moi me fera me sentir un peu moins abandonné. Peut-être même qu'elle me portera chance. Je commence à me demander si je vais tout de même devoir aller au tribunal aujourd'hui, ou si les événements des dernières minutes me forceront à rester ici.

J'ai ma réponse moins d'une minute plus tard, quand quatre gardiens reviennent dans ma cellule. L'un d'eux me lance une chemise propre – du moins, propre comparée à celle que je porte. Aucun d'eux n'évoque ce qui vient de se passer tandis que je me change. C'est presque comme s'il ne s'était rien produit – le seul indice étant le sang sur les murs et le sol, qui, j'imagine, aura disparu quand je reviendrai. La cellule de Kenny-le-Père-Noël abritera un autre détenu, un Kenny d'un nouveau genre, mais tout aussi mauvais.

Ils me mènent vers la sortie. Les autres prisonniers sont silencieux et m'observent à travers la fente de leur porte. Je n'arrive pas à marcher droit à cause du choc lié à ce qui vient de se passer – et je n'arrive pas à marcher droit à cause des crampes dans mon ventre. C'est à ça que doit ressembler un accouchement – mais en pire.

On m'escorte jusque devant la prison. C'est exactement comme samedi. Le directeur est là, Kent est là, Jack est là, tout un tas d'autres connards sont là, et je me sens vraiment mal. Le directeur porte le même costume et la même cravate, et il a la même expression dédaigneuse. On me tend des lacets et une ceinture, et tout le monde m'observe tandis que je les passe. Le directeur a l'air agacé. Puis on m'enchaîne.

C'est une journée ensoleillée et froide, mais il n'y a pas de givre. Six voitures de police sont stationnées devant la prison, avec un fourgon au milieu. Dans chaque voiture se trouvent deux agents armés. Il y en a également quelques-uns dans le fourgon. Ils semblent prêts à livrer une guerre. Je fais un pas vers le fourgon, mais quelqu'un pose la main sur mon épaule et m'ordonne de m'arrêter. Alors je m'arrête. Les derniers agents montent dans le fourgon et les voitures, et une demi-minute plus tard ils partent tous sans moi, sans Jack et Kent, et sans les deux agents qui étaient avec nous samedi.

« Qu'est-ce qui se passe ? dis-je. Le procès est déjà terminé ? »

Kent me regarde en plissant les yeux.

« Je comprends pourquoi les gens ont gobé votre petit numéro, Joe.

— Qu'est-ce que ça veut dire ?

— Rien. Fermez-la, OK ? »

Le flot de voitures s'éloigne, et au même moment un nouveau fourgon arrive. Il est semblable au premier, sauf que l'autre était blanc alors que celui-ci est rouge. Il est sale, cabossé par endroits, et les mots *Travaux de peinture Whett* sont imprimés dessus, accompagnés du nom Lenard Whett, de son numéro de téléphone portable, et d'une étoile dans laquelle est inscrite la mention *Remboursement garanti*. Le remboursement garanti sur le flanc d'une camionnette d'artisan révèle clairement qu'elle est bidon. Elle s'immobilise près de nous.

« Allez, Joe, vous connaissez la musique. »

Je grimpe dans le fourgon. Je m'accroupis pour qu'ils puissent me menotter à l'œillet. Comme si j'allais m'échapper. Puis c'est la même chose que samedi, sauf que nous ne bifurquons pas pour dépasser l'aéroport et faire une petite balade près d'une ferme à la recherche d'un corps, avant d'organiser un vote pour savoir s'il faut ou non ouvrir le feu sur moi. À la place, nous allons droit vers la ville. Ça fait un an que je ne l'ai pas vue, et je ne m'étais jusqu'alors pas rendu compte qu'elle me manquait.

« Ah, bordel ! s'écrie l'agent face à moi lorsque je vomis sur ses chaussures.

— Je suis… » dis-je, mais je ne peux pas ajouter désolé car je suis encore en train de vomir.

Mon ventre se soulève. Je n'ai rien senti venir. Je ne sais pas ce qu'il y a là-dedans – un pancréas, un foie, d'autres bouts de viande qui ont été affaiblis par le sandwich de samedi puis violemment compressés par le poing de Caleb Cole.

Jack ralentit.

« Non, dit Kent. Continuez de rouler.

— Ça pue, à l'arrière, râle l'agent aux chaussures dégueulasses.

— C'est quoi, son problème ? demande Kent.

— Il n'a pas bonne mine, répond l'autre agent. La trouille préprocès, je suppose. »

La trouille préprocès mêlée à une tentative de meurtre préprocès mêlée à une pointe de sandwich à la merde.

« Joe ? Hé, Joe, ça va ? » demande Kent.

Pour la première fois depuis longtemps, quelqu'un a l'air de se faire du souci pour moi. C'est touchant. Tellement touchant que j'ai un haut-le-cœur et que quelque chose me brûle la gorge en remontant vers la sortie, salopant ma deuxième chemise de la journée.

« Joe ? »

Je lève les yeux vers elle. J'acquiesce. Je vais bien. La putain de forme olympique. J'essuie mon visage entre mes mains et mes mains se couvrent de liquide et de vomi. Je les essuie sur ma chemise vu qu'elle est foutue, de toute façon. Il y a des taches sombres dans certains coins de la camionnette, et des taches claires dans d'autres. J'ai l'impression que Jack roule à toute allure en décrivant des cercles extrêmement serrés, mais quand je regarde à travers le grillage, je m'aperçois que non, nous roulons toujours en ligne droite. Un flot régulier de personnes afflue vers le tribunal. Quelque chose cloche sérieusement chez moi, car je vois Jésus et un lapin de Pâques et le Lone Ranger. Je vois des hommes vêtus en écolières, des filles déguisées en personnages de contes de fées, des personnages de contes de fées en train de boire de la bière.

Je vois la Grande Faucheuse marchant à côté d'une autre Grande Faucheuse.

Je me demande si elles sont là pour moi. S'il en faudra deux pour me régler mon compte.

Je vois un homme portant un tee-shirt du groupe Tampon of Lamb avec la mention *The Queen and Cuntry Tour* écrite en travers, et toute une série de dates qui remontent à des années. Je ferme les yeux et revois Kenny-le-Père-Noël levant vers moi ses yeux mourants avec une expression triste. Je le revois tentant de s'accrocher à une vie qui lui glissait entre les doigts.

Soudain, tout s'assombrit. J'ai l'impression que je vais m'évanouir. Je retiens mon souffle et fais tout mon possible pour tenir le coup tandis que nous approchons du tribunal.

54

Raphael ouvre par terre l'étui du fusil. Il en tire la boîte qui contient les deux balles et les place dans le chargeur.

Il sort la balle perforante et l'embrasse. Pour qu'elle lui porte bonheur, suppose-t-il, même s'il n'y a pas réfléchi et ne pourrait l'affirmer avec certitude – c'est un geste mécanique. Elle est froide. Il la loge au-dessus des autres. Il assemble le fusil, chose qu'il fait de mieux en mieux. La prochaine fois qu'il abattra un tueur en série, il pourra probablement assembler le fusil dans le noir. Il insère le chargeur. Il conserve ses vêtements pour le moment.

Il s'assied près de la fenêtre. Un coin de la bâche est écarté et il observe le tribunal. Il songe aux trois balles. Une pour Joe. Une pour Melissa. Et une au cas où. Avec un peu de chance, il n'aura pas besoin de cette dernière. La circulation commence à être plus dense à mesure que huit heures approchent, et elle s'intensifie encore plus vers neuf heures. Une voiture de police arrive alors, des cônes rouges sont installés pour bloquer la route. Une bonne chose qu'il soit arrivé tôt. Des groupes de gens approchent depuis la gare routière – il les voit depuis son poste d'observation qui commencent à emplir les rues. Ils portent des pancartes. Bientôt, ils commencent à affluer de toutes les directions. S'il allait dans le bureau de l'autre côté du couloir et regardait vers le nord, il verrait tout autant de gens portant le même genre de pancartes approchant dans sa direction. Les manifestants sont enveloppés dans d'épaisses vestes noires et portent des écharpes pour maintenir leurs cordes vocales au chaud en prévision des cris qu'ils s'apprêtent à pousser. Il reconnaît certains membres du groupe de soutien. Ils sont venus accompagnés d'amis et de parents. Des camionnettes des médias commencent à arriver. Elles tournent en rond en quête de places de stationnement mais n'en trouvent pas. Les chauffeurs finissent par se garer en double file, et les reporters et les caméramans en descendent d'un bond. Il voit les frères et sœurs de personnes que Joe a tuées. Il voit des gens portant des pancartes qui disent *Les exécutions sont des meurtres* et *Seul Dieu décide qui vit ou meurt*. Il sent l'agitation qui couve. Il considère que ces deux pancartes se trompent, et il les interprète comme un mauvais signe. Il voit Jonas Jones, le médium qui était aux infos toute la journée hier, atteindre le portail à l'arrière du tribunal et s'arrêter. D'autres personnes le voient également, et un petit escadron de badauds se rassemble autour de lui. Mais la plupart des gens se rendent de l'autre côté du bâtiment, où Raphael ne peut pas les voir.

Vers neuf heures et quart les chants commencent. « On en a assez ! Éradiquons-les ! » Ils retentissent encore et encore à l'avant du tribunal, les mots se propageant aisément à travers l'air froid et immobile. La foule continue de croître. Bientôt, des gens atteignent le bout du pâté de maisons et ne peuvent pas aller plus loin, la rue devant le tribunal étant bondée. Ils se déversent dans les rues adjacentes et des engorgements se forment aux croisements. Elvis apparaît alors. Il marche avec Dracula, et ils portent un pack de six bières. Ils sont suivis par quatre Télétubbies qui boivent de la bière et deux filles minces déguisées en soubrettes. Pendant un moment, un moment comique, il se demande s'il a des hallucinations. Mais non, ce qu'il voit est réel. Il ne comprend pas ce qui se passe. Les personnes déguisées disparaissent dans la foule.

À neuf heures vingt une voiture attend que le portail s'ouvre, puis pénètre sur le parking à l'arrière du tribunal. L'inspecteur Carl Schroder – ou juste Carl, ces jours-ci – en descend. Le portail se referme derrière lui.

Magnum et deux nonnes passent devant le portail. Magnum dit quelque chose pour faire rire les deux filles. Ils sont accompagnés d'une Schtroumpfette. Raphael observe Schroder, qui regarde passer le groupe puis secoue doucement la tête avant de disparaître à l'intérieur du bâtiment. Raphael écarte un peu plus la bâche et passe le bras dessous pour ouvrir la fenêtre. L'air est glacial. Le murmure de la rue monte de quelques crans. Il entend des gens crier et rire, des gens qui se disputent. Il remet la bâche en place.

Il se change et enfile l'uniforme de policier. Il enfonce ses vêtements dans le sac qui contient le Thermos, puis le jette aussi loin que possible dans le faux plafond. Il sait qu'il sera probablement en prison à la fin de la journée, mais ce n'est pas une raison pour faciliter la tâche de la police.

À neuf heures trente, Raphael s'étend sur la plate-forme de fortune. Il a l'envie soudaine de décharger son arme puis de la recharger, juste pour s'assurer que tout est en place. Il a également envie de démonter le fusil et de le remonter. Mais c'est inutile. Ça ne changerait rien – il sait que l'arme est parfaitement fonctionnelle. Il regarde ses mains à la recherche de signes de tremblements et n'en voit pas. Il épaule le fusil et attend que Joe et Melissa arrivent.

55

« Lequel d'entre vous a des enfants ? demande Melissa.

— Pardon ? demande la femme.

— Elle, oui, répond le type. Mais pas moi.

— Alors ça simplifie les choses », dit-elle.

Elle lui tend une seringue.

« Qu'est-ce que c'est ? demande-t-il sans la saisir.

— C'est votre chance de rester vivant, répond Melissa. Injectez-vous ça, et vous dormirez pendant l'heure à venir. Sinon, je vous tire une balle en pleine face sur-le-champ, ajoute-t-elle en agitant légèrement son arme. À vous de choisir.

— C'est pas dangereux ? demande-t-il.

— Pas plus dangereux que ceci, répond-elle en agitant de nouveau son arme.

— Non, dit-il.

— Si je voulais vous tuer, je vous abattrais. Le fait est que j'ai besoin de vous vivant, mais pour le moment j'ai besoin que vous soyez en dehors de mes pattes. Bon, je sais que vous êtes confus et effrayé, alors je vais vous accorder cinq secondes de plus pour décider si vous préférez être inconscient ou mort.

— Et qu'est-ce que vous allez faire d'elle ? demande-t-il.

— Elle aura le choix entre les mêmes options quand j'en aurai fini avec elle.

— Je ne sais pas.

— Comment vous appelez-vous ?

— James, mais vous pouvez m'appeler Jimmy.

— Ça, c'est un silencieux, explique Melissa en tapotant le bout de son arme. Je peux vous descendre tous les deux d'une balle dans la tête, et personne n'entendra rien. Je peux conduire l'ambulance toute seule. »

Ses paroles produisent leur effet. Vous-Pouvez-M'Appeler-Jimmy saisit la seringue. Il retrousse sa manche et ôte le capuchon avec ses dents, puis il tient l'aiguille droite et tapote le tube pour faire disparaître les bulles d'air. On dirait qu'il voudrait la planter dans Melissa. Mais à la place il insère la pointe de l'aiguille dans son bras et l'enfonce jusqu'à ce qu'elle ait disparu, puis il appuie sur le piston.

« Je ne me sens pas très bien, déclare-t-il.

— Allez à l'arrière, ordonne Melissa.

— Je… je crois que je peux pas.

— Si, vous pouvez. Allez. »

Il commence à aller à l'arrière. À mi-chemin, il lève les yeux vers elle.

« Je me sens pas très bien », répète-t-il.

Puis il le prouve en s'écroulant.

« Qu'est-ce que vous lui avez fait ? demande la femme.

— Il dort juste », répond Melissa. Elle le traîne jusqu'à l'arrière.

« Qu'est-ce que vous allez nous faire ?

— Donnez-moi votre permis de conduire.

— Pourquoi ?

— Parce que je vous l'ai demandé poliment. »

La conductrice abaisse le pare-soleil, au dos duquel est coincé son permis. Elle le lui tend. Melissa regarde la photo. Elle remonte à il y a cinq ans. Elle regarde le nom et l'adresse. Trish Walker. Habite à Redwood.

« Cette adresse est toujours la bonne ?

— Oui.

— OK, Trish, dit-elle. Plutôt que me forcer à tout expliquer, écoutez-moi tout en conduisant, et vous comprendrez.

— Conduire où ?

— Vous êtes censée aller quelque part, vous vous souvenez ? Alors allez-y. »

Melissa sort son téléphone portable. Trish commence à rouler. Melissa compose un numéro qui n'existe pas et parle à un interlocuteur imaginaire.

« C'est moi, dit-elle. Voici l'adresse. » Elle lit l'adresse qui figure sur le permis de conduire. « C'est noté ? Alors, répète-la-moi. » Elle écoute le silence tandis que personne ne lui répète l'adresse. « Non, j'ai dit 16, pas 14. Répète de nouveau, dit-elle, consciente que ce petit détail rend sa conversation crédible. C'est bon. »

Elle raccroche.

Trish est désormais pâle. Très pâle.

« OK, Trish, vous avez maintenant compris que vous êtes dans un trou très profond, et que vos enfants y sont avec vous. Considérez les choses de la sorte. Imaginez-vous ce trou s'affaissant lentement, il y a de la terre tout autour de vous, et ni vous ni vos enfants n'avez aucune chance d'en sortir. On se comprend ?

— Qu'est-ce que vous allez leur faire ?

— Si vous m'aidez ? Rien. Absolument rien. Mais si vous ne faites pas ce que je vous dis… eh bien, ça deviendra intéressant. »

Trish acquiesce. Melissa jette un coup d'œil derrière elle en direction de Jimmy. Il n'y a pas beaucoup d'endroits où dissimuler une personne inconsciente, mais elle s'arrangera. Elle doit tout d'abord lui ôter son uniforme. Elle va en avoir besoin.

« Je veux que vous me disiez qu'on se comprend, insiste Melissa.

— On se comprend, répond Trish.

— Parfait, parce qu'on va devoir discuter de deux ou trois choses en chemin. Et vous pouvez commencer par me donner votre téléphone portable – mieux vaut que vous ne le gardiez pas, car un tel objet entre de mauvaises mains ne ferait que rendre le trou dans lequel vous êtes encore plus profond. »

56

Le fourgon vide escorté par la police est invisible. Il traverse la ville comme un fantôme. Sauf que ce n'en est pas un.

C'est un leurre. Une foule de gens doit être massée devant le tribunal. La police doit s'attendre à des problèmes, car on me conduit discrètement vers une autre entrée. Nous atteignons la périphérie de la ville. Puis nous approchons du centre. Nous entendons des gens. Beaucoup de gens. Nous empruntons les routes à sens unique qui mènent au tribunal.

« Oh, mon Dieu », dit Kent.

Je regarde par la vitre. J'ai réussi à ne pas tourner de l'œil, ce qui, je crois, mérite réellement une médaille. Des manifestants bordent la rue à proximité du tribunal. Ils hurlent en direction de l'escorte policière, que je distingue désormais au loin devant nous. L'escorte est submergée par un océan de personnes. Nombre d'entre elles brandissent des pancartes, mais je ne parviens pas à lire ce qui est écrit dessus. Dans un sens, c'est un soulagement de savoir que tous ces gens sont venus me soutenir. Personne ne veut me voir puni. Je suis trop gentil. Je ne contrôlais pas mes actes. Je suis innocent, poussé par des pulsions dont je n'ai même pas conscience à faire des choses dont je ne me souviens même pas. Je suis Joe-la-Victime. Le système judiciaire va me sauver. Un singe d'un mètre quatre-vingts agite les bras pour faire signe aux gens de passer. Il tient une canette de bière avec une paille et arbore un grand sourire de singe. Alors, peut-être que je suis tombé dans les pommes ou que je suis passé de l'autre côté, car je pige que dalle à ce qui se passe. Mais ce que je ne pige pas, le panda géant que je vois ensuite le comprend, et je suppose qu'il est pote avec le singe car il arrive en courant derrière lui, l'enlace dans ses bras et fait mine de le sodomiser, après quoi le singe se retourne et ils trinquent avec leurs canettes de bière et boivent ensemble.

« Ça va être pire que ce que je pensais, déclare Kent.

— Vous croyez que ça va cesser aujourd'hui ? » demande Jack.

Elle secoue la tête. Voyons-nous tous la même chose ?

« Soit aujourd'hui, soit cette semaine, répond-elle. Les étudiants de ce genre ne savent pas faire grand-chose à part boire, fumer de l'herbe et baiser. Je crois que se déguiser en bête sauvage ou en personnage de film pendant plus d'une semaine serait trop fatigant pour eux. »

Je comprends enfin ce qui se passe – ce sont des étudiants déguisés, et ils sont venus me soutenir. Les jeunes m'adorent, je suppose.

Le fourgon tourne à droite. Des morceaux de vomi roulent à travers le sol. Nous atteignons le bout du pâté de maisons et tournons à gauche. Nous roulons désormais sur une route parallèle à celle sur laquelle nous étions. Il y a des gens, mais pas autant. Ils brandissent des pancartes. On dirait que toute la ville est venue pour faire connaître mon innocence au monde, pour que le monde sache que le vrai criminel, c'est notre système judiciaire.

« Continuez de rouler », dit Kent, bien que Jack n'ait montré aucun signe qu'il va s'arrêter – encore une de ces phrases stupides que disent les gens.

La foule ignore le fourgon. Je m'entraîne à faire mon sourire de gentil débile du quartier. J'ai besoin de me chauffer pour être prêt quand nous atteindrons le tribunal.

Kent se retourne et me dévisage.

« Qu'est-ce qui vous fait sourire ? demande-t-elle.

— Rien.

— Vous êtes vraiment un connard suffisant, dit-elle. Vous croyez que la chance est de votre côté. Vous croyez que l'argent que vous avez gagné en nous montrant où était Calhoun va vous aider, mais c'est faux. D'une manière ou d'une autre, ça vous reviendra à la figure, et les gens le sauront.

— L'inspecteur Calhoun était un assassin, dis-je.

— Qu'est-ce que vous racontez ?

— C'est lui qui a tué Daniela Walker. Il est allé lui parler et a fini par la tuer. Son mari la battait, et au lieu de l'aider, Calhoun a fait pareil. Et après, il a déguisé la scène pour que vous croyiez que c'était moi.

— Tu racontes des conneries, intervient Jack.

— C'est vrai. La moitié des gens au commissariat pensait que c'était quelqu'un d'autre. Eh bien, c'était lui.

— Ta gueule ! me lance Jack.

— Hé, je me fous que vous me croyiez ou non. J'ai mon argent, alors qu'est-ce que ça peut me faire ? Mais vous vénérez un type sous prétexte qu'il a été tué dans l'exercice de ses fonctions, alors qu'en fait vous vénérez un violeur et un assassin. Vous connaissez la différence entre lui et moi ? »

Je m'apprête à entendre leurs réponses, leur *Tu t'es fait pincer et pas lui*, leur *T'es un détraqué et lui n'en était pas un*, mais aucun d'entre eux ne dit rien. Je m'aperçois alors qu'ils écoutent chacun de mes mots, qu'ils prient pour que je dise quelque chose qu'ils pourront utiliser contre moi, quelque chose qu'ils pourront répéter à la barre devant une salle d'audience bondée.

« La différence, c'est qu'il était flic. Alors que je ne suis que moi. Je n'ai jamais prétendu être autre chose. Calhoun prétendait être du bon côté, il était censé représenter la loi, mais c'est lui que tout le monde devrait détester, pas moi.

— Tu racontes des conneries, répète Jack.

— Vous l'avez déjà dit. » Je regarde Kent. « Je sais que vous ne me croyez pas, mais prenez votre temps. Plus la journée s'écoulera, plus vous y penserez, et demain à cette heure vous essaierez de découvrir ce qu'il en est vraiment. Vous pourrez me faire part de vos conclusions. »

Jack doit faire un écart pour éviter un piéton devant lui. Le vomi par terre remue dans tous les sens, et mon estomac aussi. Nous tournons alors à gauche, approchant de l'arrière du tribunal. J'ai un jour volé une voiture dans cette rue. J'ai un jour donné un coup de pied dans les couilles à un sans-abri et menacé de lui foutre le feu dans cette rue – même si, évidemment, je plaisantais. Je ne suis pas sûr qu'il ait saisi la plaisanterie – c'est le problème avec les gens, ils ne comprennent pas l'ironie.

« Ça vous amuse ? demande Kent.

— Je fais juste ce que je peux. »

Il y a des gens derrière le tribunal, quelques douzaines au plus. Jack immobilise le fourgon devant le portail et attend quelques secondes qu'il s'ouvre. Il y a des immeubles de bureaux face à nous et de nombreuses voitures stationnées. Des gens vont au travail ou en reviennent. Il y a des cônes de signalisation au carrefour. Je vois désormais ce que disent certaines pancartes. Elles n'ont aucun sens. *Œil pour œil. Joe-le-Lent doit partir. Tuez cet enfoiré.*

Qu'est-ce qui se passe ? Kent perçoit ma confusion, mon sourire disparaît, et maintenant c'est elle qui en arbore un.

« Vous croyiez que ces gens étaient là pour vous soutenir ? Oh, Joe, dit-elle, vous êtes encore plus crétin qu'on le pensait. »

Le portail s'ouvre et nous le franchissons. Il se referme derrière nous. Mon estomac se serre soudain et je me penche un peu en avant. Jack immobilise le fourgon. Je suis toujours troublé par les pancartes. *Œil pour œil* pour qui ? *Tuer* qui ? *Joe-le-Lent doit partir* – bon, celle-là a du sens, elle signifie que Joe-le-Lent doit être libéré de prison. Il y a d'autres voitures, une ambulance, un agent de sécurité. Je devine que je ne suis pas le seul à avoir la nausée ici, car la puanteur du vomi retourne l'estomac de tout le monde. Jack et Kent descendent du fourgon, contournent le véhicule jusqu'à l'arrière et ouvrent les portières. Je fixe l'ambulance du regard.

Je voudrais grimper dedans, je voudrais que quelqu'un s'occupe de moi. Je sens une douleur vive de chaque côté de mon ventre, mais surtout à droite, là où Cole m'a frappé. J'ai un haut-le-cœur, mais seules quelques petites particules de vomi sortent.

Au bout d'une minute, je finis par me lever et descendre du fourgon.

57

Melissa se crispe en voyant Joe. Son rythme cardiaque s'accélère. La dernière fois qu'elle l'a vu en vrai, c'était le dimanche matin où il est sorti de son appartement. Ils étaient restés ensemble au lit du vendredi soir au dimanche matin. Ils avaient commandé des pizzas et regardé des comédies romantiques à la télé. Elle déteste les comédies romantiques, mais avec Joe, elles étaient drôles. Lui les aimait. Il riait. Elle riait. Joe était un romantique. Il était censé revenir dans l'après-midi. Il allait seulement chez lui pour nourrir son chat. Il lui avait même laissé sa mallette avec des couteaux à l'intérieur. Mais il était parti et n'était pas revenu, et elle lui en avait voulu. Elle s'était sentie utilisée. Furieuse. Assez furieuse pour envisager de se lancer à sa recherche, peut-être armée d'un des couteaux. Mais elle ne l'avait pas fait. Si Joe ne voulait pas d'elle, alors qu'il aille se faire foutre. Tant pis pour lui. Seulement, ce n'était pas ce qui s'était passé. Elle avait vu Joe à la télé ce soir-là. Il s'était fait arrêter.

Pour le moment, Joe est debout. Il n'a pas bonne mine. Il est pâle. Qu'est-ce qu'ils lui ont fait en prison ? Elle saura d'une seconde à l'autre si son plan fonctionnera ou non. Tout dépend de la capacité de Raphael à tirer sous pression.

Joe s'effondre.

Il tombe en boule par terre. Pourtant, il n'y a pas eu de coup de feu, si ?

Les personnes qui étaient avec lui dans le fourgon se tiennent autour de lui, puis l'aident à se relever. Elles ne paniquent pas, donc non, il n'y a pas eu de coup de feu. Elles guident Joe vers le tribunal, le portant à moitié, le traînant à moitié, et elle sait que depuis l'endroit où il se trouve, Raphael ne l'a pas clairement dans son viseur.

Joe est rapidement emmené à l'intérieur du tribunal. Pas de cris ni de sang.

« Qu'est-ce qu'on fait ici ? demande la secouriste. Pourquoi avez-vous voulu venir avec nous ?

— Fermez-la, rétorque Melissa. J'essaie de réfléchir.

— Vous le connaissez ? Le Boucher ? Écoutez, je comprends si vous êtes venue pour le tuer, vraiment, et Jimmy, il comprendra aussi. Mais je vous en prie, ne faites pas de mal à mes enfants. Je ferai tout ce que vous voudrez. »

Melissa la dévisage. Elle n'a encore jamais tué de femme, mais elle commence à se dire que ça vaudrait le coup, ne serait-ce que pour l'expérience. Ça lui forgerait le caractère.

« J'ai dit, fermez-la.

— S'il vous plaît, s'il vous plaît, vous devez nous laisser partir. »

Melissa se retourne et pointe son arme sur la femme.

« Écoutez, si vous ne fermez pas votre gueule, je vous en colle une, OK ? »

La femme acquiesce.

Melissa sort son téléphone portable. Elle appelle Raphael. Il répond à la première sonnerie.

« Je ne l'avais pas clairement dans mon viseur, explique-t-il d'une voix paniquée. Je ne pouvais pas tirer.

— Je sais, dit-elle. Écoutez-moi attentivement. Vous devez rester calme. Il nous reste du temps. De fait, nous avons toute la journée. Ils vont le faire ressortir. Je ne sais pas exactement quand, mais ce sera en fin d'après-midi. C'est obligé. Restez calme et ne bougez pas.

— Vous voulez que j'attende tout ce temps ? demande-t-il d'un ton incrédule. Ici, dans mon uniforme de policier ?

— Oui.

— Quoi ? Ici, dans le bureau ?

— Où voudriez-vous attendre ?

— Et si quelqu'un vient ?

— Personne ne viendra. Écoutez-moi, vous devez rester calme. Ça va marcher, je vous le promets.

— Vous promettez ? Comment vous…

— Je vais rester ici, interrompt-elle. Ne réfléchissez pas trop. Restez juste calme, et faites ce qu'il y a à faire. »

Elle l'entend soupirer. Elle se l'imagine là-haut dans son uniforme, se passant la main dans les cheveux, couvrant peut-être son visage de ses mains.

« Raphael, dit-elle.

— J'ai soudain l'impression que c'est une mauvaise idée, déclare-t-il.

— Ce n'est pas une mauvaise idée. C'était juste un petit coup de malchance. Ou de mauvais timing, vraiment. Il est mal en point. Il est malade. Si ça se trouve, ils vont le faire ressortir tout de suite. Vous pourriez avoir une nouvelle opportunité dans cinq minutes. »

Il ne répond pas. Elle l'entend respirer dans le téléphone. Elle l'entend qui se demande si c'est vraiment possible. Trish la regarde. Durant la minute qui vient de s'écouler, la foule à l'arrière du tribunal a gonflé vu que les gens ont compris que Joe était arrivé par là. Les pancartes vont droit au but – *Crève enfoiré crève*, est une bonne illustration de ce qu'éprouvent les manifestants. Et qu'est-ce que c'est que ces costumes débiles que portent certains d'entre eux ?

« Vous êtes toujours là ? demande-t-elle.

— Oui.

— On peut le faire. Et si on ne le fait pas maintenant, on le fera en fin de journée, quand Joe ressortira. Ce sera tout aussi bien. Peut-être même mieux », ajoute-t-elle.

Mais elle ne le croit pas vraiment. Le *mieux* aurait été que Raphael réussisse son coup tout à l'heure. « OK, dit-il, je vais attendre et le descendre quand il ressortira. Je vous le promets. »

Il raccroche, et Melissa fixe la porte arrière du tribunal en se demandant combien de temps un type comme Raphael est capable d'attendre, et en espérant qu'il parviendra à maîtriser ses nerfs suffisamment longtemps pour rester à sa place.

58

On me traîne vers les cellules de détention jusqu'à ce que quelqu'un décide que c'est de toilettes dont j'ai besoin, et alors on m'entraîne dans une autre direction. Quand j'essaie d'utiliser mes jambes, je m'aperçois qu'elles se défilent sous moi. Les organes qui ont été comprimés tout à l'heure ne retrouvent pas leur forme originale. À la place, ils sont de plus en plus crispés. On me place devant des chiottes, et la vue d'un bout de merde desséché au-dessus de l'eau est encore plus efficace pour déclencher le processus de purge que m'enfoncer les doigts dans la gorge.

Je ne me suis jamais senti aussi malade de ma vie. La sueur dégouline sur mon corps. Je vomis de nouveau, puis bascule en avant, et quelqu'un me rattrape avant que je me fracasse les incisives contre la porcelaine. On me relève, et je ne vois plus grand-chose du trajet hormis des murs flous et parfois mes propres pieds. On me mène à une infirmerie et on m'étend sur un lit, mais aucune de mes chaînes n'est ôtée. La pièce sent l'ammoniaque et la pommade et le vomi récemment nettoyé. Elle sent exactement comme l'infirmerie de mon école, et l'espace d'un instant, un bref instant, j'y suis de nouveau – j'ai huit ans, je suis malade, et l'infirmière me caresse les cheveux en arrière en me disant que ça va aller. Mais cette fois-ci, rien de tel.

« Joe », dit quelqu'un. Je lève les yeux. C'est une infirmière. Elle est jolie et je tente de lui sourire, mais n'y parviens pas. Elle baisse les yeux vers moi. « Dites-moi comment vous vous sentez.

— Je me sens malade.

— Pouvez-vous être plus spécifique ?

— Vraiment malade », dis-je, pour être vraiment spécifique.

Elle me tend un verre d'eau et je parviens à avaler quelques gorgées, puis je me roule sur le flanc et suis agité par des haut-le-cœur.

La sexy inspectrice Kent, Jack et deux autres agents sont dans la pièce avec nous. L'infirmière discute avec eux, mais je n'arrive pas à me concentrer sur ce qu'elle dit. Puis la sexy inspectrice Kent passe un coup de téléphone. L'infirmière s'approche de nouveau, la sexy infirmière, et je dois être salement malade car j'ai beau essayer d'imaginer la sexy infirmière en train de rouler des pelles à la sexy inspectrice, je n'y arrive pas. Mon esprit dérive vers d'autres sujets. Je songe au mariage de ma mère. Je songe à Kenny-le-Père-Noël. Je songe à mes nuits passées avec Melissa.

« Joe, qu'avez-vous mangé ces derniers jours ?

— De la nourriture de merde.

— Pourriez-vous être plus spécifique ?

— De la véritable nourriture de merde, dis-je, pour être une fois de plus vraiment spécifique, me demandant s'il faut toujours tout expliquer à cette femme.

— Est-ce que ça fait mal ? » demande-t-elle.

Elle enfonce alors le bout de ses doigts dans le côté de mon ventre. J'entends des fluides bouger, là-dedans. Nous les entendons tous. Ça ne fait pas mal, mais je ne le lui dis pas pour qu'elle ne me demande pas d'être plus spécifique. Elle pousse un peu plus fort, et je dois serrer les fesses pour éviter de tout saloper.

« Oui », dis-je. Je voudrais lui planter quelque chose de pointu dans le ventre et lui poser la même question. « La douleur est vive.

— Où, exactement ?

— Partout. »

Kent s'approche. Elle secoue la tête.

« Personne d'autre à la prison n'est malade, dit-elle.

— Il simule », déclare Jack, mais même lui n'a pas l'air d'y croire.

L'infirmière secoue la tête.

« Je ne crois pas, dit-elle. Je crois que nous devons l'emmener à l'hôpital.

— Il y a une ambulance sur le parking, dit Kent, puis elle se tourne vers l'agent de sécurité. Allez chercher les secouristes, et espérons que nous pourrons régler ça pour ne pas avoir à reporter le procès. »

59

« Quelque chose est allé de travers, déclare Trish. N'est-ce pas ? S'il vous plaît, restez-en là et laissez-nous partir.

— Pas encore », répond Melissa en enfonçant le téléphone dans sa poche.

Elle se représente Raphael là-haut dans l'immeuble de bureaux, observant l'ambulance dans sa lunette. Peut-être songe-t-il qu'il pourrait utiliser la balle perforante tout de suite.

« À combien en êtes-vous ? demande Trish.

— Pardon ?

— Vous êtes enceinte. »

Melissa baisse les yeux pour vérifier, même si elle sait qu'elle ne porte pas le ventre factice.

« Je le vois bien, poursuit Trish. Vous essayez de le dissimuler, mais je le vois. Vous en êtes à combien ?

— Je ne suis pas enceinte, répond Melissa.

— Je le vois à votre manière de vous tenir, et vous n'arrêtez pas de vous masser le ventre. J'ai eu affaire à de nombreuses femmes enceintes. Inutile de me mentir. »

Melissa ne dit rien. Elle ne s'était pas aperçue qu'elle continuait de se masser le ventre. Elle sent sa gaine sous sa blouse.

« Je ne suis pas enceinte, répète-t-elle.

— Alors vous l'avez été. Récemment. Mais ça ne se voit pas. Vous avez eu un bébé, n'est-ce pas ? »

Melissa pense à Sally, au sang sur le lit de l'infirmière quand elle est allée chez elle et l'a forcée sous la menace de son arme à donner naissance au bébé de Joe. Ç'a été une longue nuit. Une dure nuit. L'une des plus dures de sa vie.

« Il y a trois mois », dit-elle.

À l'époque, elle ne savait pas où aller. Elle ne pouvait pas aller à l'hôpital. Elle pouvait modifier son apparence, mais elle ne pouvait pas s'inventer un dossier médical. Alors elle est allée chez Sally. Sally l'a aidée. Une fois le bébé né, Melissa était épuisée, mais pas au point de ne pas faire ce qu'elle devait faire – à savoir, forcer Sally à s'allonger sur le lit sous la menace de son arme, puis l'y attacher avec des menottes. C'est alors qu'elle a pris les photos de Sally nue. Et après, elle a forcé Sally à aller à la banque et à retirer l'argent de sa récompense. Melissa le voulait en espèces. Et Sally a obéi. Elle l'a fait parce qu'elle voulait éviter l'embarras de photos d'elle nue postées en ligne. Et elle l'a fait pour le bébé. Car Melissa lui avait dit que si elle ne le faisait pas, si elle allait à la police, elle tuerait le bébé. C'était simple. Tout ce que Sally devait faire, c'était mettre son sens de la justice d'un côté de la balance et sa moralité de l'autre, et en aucun cas Sally ne voulait être responsable de la mort d'un enfant. Alors elle a obéi, elle est revenue avec l'argent, et Melissa lui a laissé la vie sauve. Naturellement, elle n'aurait jamais fait de mal au bébé. Elle l'adorait. Elle l'adorait avant même qu'il soit né. Une petite fille nommée Abigail. Et elle a laissé Sally vivre parce qu'elle savait qu'elle aurait besoin d'elle aujourd'hui. Il lui faudrait une blouse, son badge à l'hôpital, et si elle lui avait volé tout ça il y a trois mois et avait tué Sally dans la foulée, le badge aurait été désactivé. Mais en fait, elle a vraiment laissé Sally vivre parce que Sally avait sauvé la vie de Joe. Elle avait une dette envers elle.

« Est-ce que vous vous sanglez ? » demande l'infirmière.

Melissa se rend compte qu'elle était ailleurs.

« Pardon ?

— Pour dissimuler l'excès de poids ?

— Oui, répond Melissa.

— C'est vraiment idiot de faire ça.

— Et me parler pendant que j'essaie de réfléchir l'est également, réplique Melissa.

— Le bébé, c'est le sien, n'est-ce pas ? » demande Trish en agitant la tête en direction du tribunal.

Melissa sait qu'elle ne fait pas référence à l'agent de sécurité qui se tient devant le bâtiment.

« Oui.

— Il vous a violée, n'est-ce pas ? Tout ce que vous avez dit tout à l'heure, ce coup de fil que vous avez passé à quelqu'un pour qu'il fasse du mal à ma famille, ce n'était pas vrai, n'est-ce pas ? Vous n'êtes pas une tueuse, mais vous êtes ici pour le tuer, n'est-ce pas ? »

Une opportunité se présenterait-elle à elle ? Cette femme, cette *Trish*, serait-elle disposée à l'aider ? Lentement, elle se met à acquiescer.

« Vous vous fourvoyez, poursuit la femme. Ce n'est pas à nous d'ôter la vie. Tout ce débat sur la peine de mort, c'est une erreur. Il pousse les gens à avoir des idées stupides. Il crée des fractures dans la société. Et c'est mal, vraiment mal. Je comprends que vous soyez en colère, mais toute vie est sacrée. Tout le monde mérite d'avoir la chance d'être pardonné, de s'agenouiller devant Dieu et… »

Melissa la frappe avec son pistolet. Elle l'atteint violemment à la tempe. Une fois. Deux fois. Puis une troisième. Trish ne parle plus, et c'est une bonne chose car elle commençait vraiment à l'emmerder. La femme s'avachit en avant et Melissa la rattrape avant qu'elle tombe sur le klaxon. Tout son plan est en train de se barrer en couilles.

Elle attrape la femme morte ou inconsciente et l'entraîne vers l'arrière. Elle est lourde, ses membres et ses habits s'accrochent au siège, mais elle y parvient.

La situation est en train de lui échapper.

L'autre secouriste est déjà sous le brancard. Elle ne pouvait pas risquer qu'un flic l'aide à faire monter Joe dans l'ambulance et le découvre. Alors, maintenant, elle fait de son mieux pour dissimuler Trish au même endroit. Les couvertures qu'elle avait placées sur le type, elle les place désormais sur les deux, et ça ressemble à deux corps poussés sous un brancard et cachés sous une couverture. Elle doit trouver mieux que ça. Mais elle ne peut pas. C'est comme ça, elle s'est trop investie dans tout ça pour en rester là et foutre le camp.

Elle passe à l'avant et est en train de prendre place derrière le volant lorsqu'elle s'aperçoit que quelqu'un se tient à côté de l'ambulance. C'est un agent de sécurité, mais pas celui qui se tenait près de la porte de derrière. Il a l'air pressé. Elle baisse sa vitre et tient son arme hors de vue, consciente que maintenant que tout part de travers, régler son sort à ce type pourrait constituer une sorte de réconfort.

« Il y a un problème avec le Boucher de Christchurch, déclare-t-il d'une voix basse et rapide, le genre de voix qui, s'imagine-t-elle, serait parfaite pour vendre du *torture porn*. Nous allons avoir besoin de votre aide. »

60

« Voici la secouriste », annonce quelqu'un, mais je ne peux pas ouvrir les yeux. Je ne peux pas faire grand-chose hormis rester allongé sur le dos et prier pour que les choses s'arrangent. J'ai une trouille pas possible que ce soit la fin pour moi, que les dégâts qui ont été provoqués dans les profondeurs de mon corps soient permanents, que je ne puisse plus jamais échapper aux crampes et à la douleur.

« J'ai besoin d'aller aux toilettes, dis-je. Tout de suite. »

Il y a des toilettes dans l'infirmerie. On m'y mène et on me laisse seul avec mon ventre qui explose, les bruits résonnant à travers de nombreuses pièces alentour. Je devrais m'en soucier, je devrais être embarrassé, mais je ne le suis pas. Je suis recroquevillé sur moi-même, mes poignets et mes chevilles toujours reliés par une chaîne, et j'ai l'impression d'être de nouveau dans le fourgon.

Le soulagement est immédiat, et, pour la première fois depuis que j'ai été agressé par Cole, mon ventre semble apaisé. La fin de la tempête est passée. Je m'essuie et sors des toilettes. Personne ne rit. Ils ont tous l'air inquiet. Je me rassieds sur le lit.

C'est alors que je vois la secouriste. Son visage me dit quelque chose. Elle est violable.

« Quel est le problème ? » demande-t-elle, et maintenant ce n'est pas juste son visage qui me dit quelque chose, sa voix aussi.

Mon dernier testicule se ratatine, et l'espace d'un instant je sens de l'herbe sur mon dos, je vois des étoiles dans le ciel, et je suis de nouveau cette nuit il y a un an où mon testicule préféré a dit bonjour et au revoir à la pince de Melissa.

Je me concentre sur elle. Je regarde ses yeux, mais elle ne me regarde pas. Elle regarde l'infirmière.

« On dirait une intoxication alimentaire, explique cette dernière, mais personne d'autre à la prison n'est malade. Il vomit et a une vilaine diarrhée.

— Vous avez pris sa tension et sa température ? » demande la secouriste.

Et alors, elle me regarde. Melissa ? Non. C'est impossible. Mais ces yeux… ce sont ceux de Melissa. J'en suis certain.

« Pas encore, répond l'infirmière.

— Alors, faites-le », ordonne Melissa.

Je sens mon pouls qui s'accélère.

« Est-ce que vous lui avez administré du liquide ?

— On a essayé de lui faire boire de l'eau, mais il n'arrivait pas à la retenir en lui, répond l'infirmière, qui commence alors à prendre ma tension.

— Ôtez-lui ses chaînes, dit Melissa.

— Ce n'est pas une bonne idée, intervient Jack.

— Vous êtes quatre personnes armées, plus un agent de sécurité, et nous avons affaire à un homme très malade. Je crois que nous pouvons prendre le risque de lui ôter ses chaînes.

— Non, répond Jack.

— On va les enlever pour le procès, de toute manière, observe Kent, alors autant le faire maintenant. »

Jack a l'air furax, et je ne sais pas ce qui l'énerve le plus, le fait d'avoir à ôter mes chaînes ou le fait de s'être fait remettre à sa place devant tout le monde. Il commence à détacher mes menottes.

« La tension est élevée, déclare l'infirmière, mais la température est bonne. »

Melissa se baisse au-dessus de moi. Elle commence à m'appuyer sur les côtés du ventre tout en me regardant fixement. Elle me transmet un message, que je reçois cinq sur cinq. Elle touche mon ventre. Je me plie de douleur alors qu'en fait je ne ressens rien. Mon ventre continue d'aller bien.

« Ne me touchez pas, dis-je.

— Il faut l'emmener à l'hôpital », déclare Melissa.

Je la repousse.

« Ça fait mal !

— Il faut l'emmener à l'ambulance. Si ça se trouve, il a une crise d'appendicite, et dans ce cas, il pourrait mourir.

— C'est une ruse », dit Jack.

Je me roule sur le flanc et ai des haut-le-cœur. J'essaie de vomir, mais rien ne se passe. Cependant, le bruit que je produis suffit à faire faire la grimace à Kent.

« Il dit qu'il a mangé quelque chose de mauvais, explique l'infirmière.

— Peut-être que c'est la cause, et peut-être que ça ne l'est pas, mais je ne suis pas devenue secouriste pour voir les gens souffrir quand ils pourraient être aidés. » Melissa place ses mains sur ses hanches et la toise du regard. « Si c'est une intoxication alimentaire, eh bien, les intoxications alimentaires tuent environ deux cents personnes par an dans ce pays. » Je suis certain qu'elle invente ce chiffre, mais elle le prononce d'un ton extrêmement confiant. « Écoutez, je sais à qui vous avez affaire. À un tueur en série sur le point d'être jugé, mais si vous ne l'emmenez pas à l'hôpital, vous risquez de vous retrouver avec un tueur en série mort sur le point d'être jugé.

— Vous dites ça comme si ce serait une mauvaise chose », observe Jack.

J'ai envie de lui dire que je comprends ce qu'il veut dire, que tout le monde le comprend, qu'il devrait se le faire imprimer sur un tee-shirt pour enfin fermer sa gueule.

« C'est mon boulot de sauver les personnes, dit-elle. Et c'est également le vôtre.

— Joe n'est pas une personne », réplique Jack.

Je sens qu'un nouveau vote arrive.

« Prévenez-les, dit Kent.

— Quoi ? demande Jack.

— Prévenez-les. Regardez-le, son procès doit débuter dans moins de cinq minutes. Prévenez-les. Dites aux autres que nous l'emmenons à l'hôpital et que nous voulons une escorte. Plus vite nous le remettrons sur pied, plus vite nous pourrons l'amener devant un juge. »

Jack s'exécute. Il n'a pas l'air heureux.

« Emmenons-le à l'ambulance », dit Melissa – ou, du moins, la personne dont j'espère que c'est bien Melissa.

Les agents qui m'ont aidé plus tôt m'aident de nouveau. Je titube un peu, même si je me sens beaucoup mieux. Les agents m'emmènent dans le couloir, Kent et Jack derrière moi, l'agent de sécurité et Melissa ouvrant la voie vers la sortie, et vers la foule hurlante à l'extérieur avec ses pancartes et l'occasionnel type déguisé en Jésus.

61

Il se passe quelque chose.

Il y a cinq minutes, Raphael a vu l'agent de sécurité marcher jusqu'à l'ambulance, toquer à la vitre, puis Melissa l'a suivi à l'intérieur. La deuxième femme qui était dans l'ambulance n'est pas sortie. Ça n'a aucun sens. Et soudain, il comprend. Melissa lui a fait quelque chose. Mais elle ne l'a sans doute pas tuée. Comme Melissa n'est pas réellement secouriste, elle va avoir besoin de garder la femme en vie. Car elle veut Joe vivant, il en est certain. Ça explique donc la question de la secouriste, mais ça ne dit pas ce que l'agent de sécurité voulait. Joe serait-il malade ? Il n'avait assurément pas l'air en forme.

Raphael pose le doigt sur le pontet du fusil. Ses mains sont toujours fermes. Il n'est pas nerveux. C'est le signe qu'il fait ce qu'il faut faire. Comme si chaque fibre de son être était impliquée dans sa décision, comme si toutes ses cellules étaient en harmonie – elles s'entendent à merveille et vont faire en sorte qu'il aille jusqu'au bout. Il ne va pas tirer une balle dans l'épaule de Joe comme ils en avaient convenu. Il va lui tirer une balle dans la tête. Il s'agissait de le blesser, pas de le tuer. Raphael devait l'estropier, et Melissa devait emmener Joe dans l'ambulance.

Raphael était le tireur.

Melissa était la récupératrice.

Et ensemble ils devaient faire souffrir Joe.

Mais maintenant, Raphael est le tireur, et il va tirer pour tuer. Bien sûr, il regrette de ne pas pouvoir torturer Joe. Mais ça lui procurera au moins un peu de satisfaction.

Il observe l'arrière du tribunal. Il maintient son viseur braqué sur la porte. La porte s'ouvre alors. Melissa et l'agent de sécurité sortent, suivis de Joe soutenu par les deux agents qui l'ont aidé tout à l'heure. Les cris de la foule redoublent, puis apparaissent Kent et le type qui conduisait le fourgon. Joe n'a toujours pas l'air dans son assiette. Sa peau est pâle. Il semble beaucoup souffrir. Tant mieux.

Melissa lève les yeux vers Raphael. Il voit son visage dans la lunette. Elle secoue lentement la tête et il esquisse un lent sourire, c'est plus fort que lui. Elle ne veut pas qu'il fasse feu. C'est inutile. Quelque chose s'est passé, et elle a réussi à faire sortir Joe du tribunal. Mais pas de la manière qu'elle avait prévue. Quelque chose à voir avec le fait que Joe est malade. Forcément. Il est malade, et tout le monde en bas prend Melissa pour une authentique secouriste.

Il pointe la lunette sur Joe.

Joe, l'homme qui lui a pris sa fille.

Joe, l'homme qui lui a pris sa vie.

Il songe à Vivian qui veut devenir ballerine et chanteuse de pop. Il songe à Adelaide qui veut aller dans une école semblable à celle de Harry Potter et apprendre la magie. Il songe au fait qu'il ne les voit jamais, que sa fille lui manque, que Vivian et Adelaide grandiront sans leur mère.

Salut, Rage Rouge. Content de te retrouver.

Il retient son souffle.

Il pointe la mire sur le visage de Joe.

Il appuie sur la détente.

Le résultat est instantané. Bien sûr qu'il l'est – pourtant, curieusement, il s'attendait à ce que ça prenne une seconde, peut-être une seconde et demie pour que les lois de la physique s'appliquent. La détonation est étouffée par son casque, mais elle est plus forte que dans la forêt, suffisamment forte pour que ses oreilles se mettent à siffler. Elle résonne dans le bureau et dans la rue, et soudain tout le monde lève les yeux vers lui.

Tout le monde sauf Joe.

Car Joe est en train de perdre l'équilibre. Le problème – évidemment qu'il allait y avoir des problèmes, il a été idiot de penser le contraire –, c'est que la balle a atteint Joe à la poitrine, peut-être à l'épaule, et certainement pas à la tête comme il le voulait. Peut-être qu'il a été trahi par une balle défectueuse, ou par ses nerfs – il ne sait pas. Mais ce qu'il sait, c'est que la Rage Rouge lui hurle de tirer de nouveau, et c'est évidemment ce qu'il va faire. Il a encore le temps.

Les deux agents qui soutenaient Joe semblent ne rien avoir à foutre de lui. Ils le lâchent et courent se planquer. Joe, sans l'aide de ses béquilles humaines, s'écroule comme quand il est sorti de la camionnette tout à l'heure. L'inspectrice Kent se cache derrière la voiture de Schroder. Tout le monde se planque – tout le monde sauf Joe et Melissa.

Melissa. Et pourquoi se cacherait-elle ? La balle a atteint Joe à l'épaule, exactement comme elle le souhaitait. Elle commence à le traîner vers l'ambulance. Elle doit encore espérer récupérer Joe comme le prévoyait son plan. Il pointe la mire sur le torse de Melissa. La balle ne la tuera peut-être pas, mais au moins la police comprendra qui elle est. La Rage Rouge est ravie à cette idée.

Il fait feu.

Cette fois, le fusil se cabre entre ses mains et la détonation est beaucoup plus faible, incomparable à la première, c'est du moins l'impression qu'il a car ses oreilles sifflent toujours. Ou peut-être qu'elle est plus faible car c'est un type de balle différent. Le canon se redresse dans la bâche et la soulève. Tandis que la foule s'affole en contrebas, il prend une seconde pour essayer de comprendre ce qui est allé de travers. Il décide rapidement que rien n'est allé de travers, qu'il a simplement perdu l'équilibre à cause de la plateforme sur laquelle il est étendu.

Il épaule de nouveau son fusil et voit que Melissa n'a pas été touchée. Il lui reste une balle. Elle ou Joe. Bon, Joe a déjà été touché, et si la chance est du côté de Raphael, cet enfoiré va se vider de son sang sur le parking. Alors il choisit Melissa. Il appuie sur la détente exactement comme il l'a fait dans la forêt où il a enterré les avocats et démoli de pauvres boîtes de conserve sans défense, et cette fois le fusil se cabre si brusquement qu'il lui échappe des mains. Raphael roule de la plateforme et tombe par terre, son épaule encaissant l'impact.

Il ne comprend pas…

Et il n'a plus de temps. Ni de balles.

Il se relève. Il est déjà resté ici plus longtemps qu'il n'aurait dû. Un coup d'œil par le trou dans la bâche lui laisse voir un flic en train d'aider Melissa et Joe à gagner l'ambulance, et Schroder faisant irruption sur le parking. Il ne sait pas combien de temps s'est écoulé. Quinze secondes, peut-être. Trop longtemps, assurément.

Il ne prend pas la peine de replacer le fusil dans le faux plafond. Il tire sur ses gants en latex et se fait un mal de chien au doigt. Il les enfonce dans sa poche. Il ôte le casque et le jette par terre, puis il se rend compte que c'est idiot, que ses empreintes digitales seront dessus. Merde. Il a ôté ses gants trop tôt. A-t-il touché quoi que ce soit d'autre sans gants ? Peut-être. Quand il a assemblé le fusil. Quand il a tiré l'autre jour. Quand il est venu ici samedi soir. Portait-il des gants, alors ? Il croit, mais n'en est soudain plus si sûr.

Il n'a pas le temps d'essuyer le fusil. Il parcourt la pièce du regard. Regarde les pots de peinture. Le fusil. Ça va aller. Il remet ses gants, et vingt secondes plus tard il dévale les escaliers.

62

C'est la panique.

Joe Middleton est à terre. Il y a du sang sur le devant de sa chemise. Son sang. Il se tord de douleur. Kent s'est mise à l'abri derrière la voiture de Schroder. Deux agents armés se sont également réfugiés derrière d'autres voitures. Ils sont accroupis, tentant de définir la provenance des coups de feu et le nombre de tireurs. L'un d'eux parle à toute allure dans sa radio. Une secouriste fait son possible pour entraîner Joe hors de la ligne de feu en direction de l'ambulance. L'agent de sécurité est recroquevillé sur lui-même et se dirige vers le tribunal. Les gens dans la rue hurlent et se baissent, se couvrant la tête avec leurs bras et leurs pancartes. Les slogans se sont tus.

Schroder prend deux secondes pour analyser la situation. La façon dont tout le monde est caché lui indique d'où proviennent les coups de feu. Il y a un immeuble de bureaux de l'autre côté de la rue. Il lève les yeux et voit une fenêtre ouverte avec un rideau tiré. Il se baisse, se dirige vers sa voiture et s'accroupit à côté de Kent.

« Qu'est-ce que… commence-t-il.

— Un coup de feu, dit-elle en tenant un pistolet entre ses mains. Immeuble de bureaux de l'autre côté de la rue. J'ai vu le feu jaillir du canon. Middleton est touché.

— Pourquoi était-il ressor…

— Aucune importance pour le moment, coupe-t-elle. Tout ce qui compte, c'est qu'un enfoiré nous tire dessus.

— Sur nous ? Ou sur lui ? demande-t-il.

— Pourquoi tu ne te relèves pas histoire de le découvrir par toi-même ?

— S'il n'y a eu qu'un seul coup de feu, ça suggère que ce n'est pas sur nous qu'on tire », dit-il.

Mais au lieu de se relever, il se baisse et regarde sous la voiture. La secouriste continue de tirer Joe vers l'ambulance. Elle est la seule exposée. Il voit ses pieds, ses jambes et ses bras, ainsi que le haut de sa tête tandis qu'elle se baisse pour traîner Joe. Il ne comprend pas pourquoi elle risque sa peau de la sorte, puis décide qu'elle ne doit pas savoir qui elle est en train d'essayer de sauver. Ou peut-être qu'elle agit par instinct. C'est dans sa nature de sauver des vies. Quoi qu'il en soit, elle commet une grosse erreur.

« Elle va se faire tuer, dit Schroder.

— Qui ? demande Kent. La secouriste ?

— Oui. »

Kent lève la tête et regarde à travers la vitre de la voiture.

« Qu'est-ce qu'elle fout ?

— Je vais aller la chercher, dit Schroder.

— Certainement pas. » Elle l'attrape par sa cravate et l'attire vers le sol. « Tu vas te faire dégommer si tu y vas. Laisse-moi faire. Au moins, j'ai un gilet pare-balles. »

Elle commence à se lever. Au même instant, Jack traverse le parking en courant. Il ceinture la secouriste pour l'entraîner à l'abri, mais elle ne lâche pas Joe, et Jack finit par les tirer tous deux vers l'ambulance.

« Il faut qu'on pénètre dans cet immeuble, dit Schroder.

— Non, réplique Kent. Tu restes ici. Les renforts sont… » L'ambulance démarre. Les sirènes se mettent en route. « Cette secouriste n'a peur de rien », déclare Kent sans lever les yeux.

L'ambulance fonce vers le portail, qui est toujours fermé, mais elle ne ralentit pas.

Schroder lève furtivement la tête. Il voit la secouriste à travers la vitre latérale. Il voit son visage. Il voit l'ambulance qui se dirige vers la clôture. Il voit que les gens dans la rue comprennent ce qui est sur le point de se passer et plongent pour s'écarter de son chemin.

« Oh, merde ! s'écrie-t-il.

— Qu'est-ce qu'il y a ? »

Il se lève, mais personne ne lui tire dessus, car les coups de feu ont cessé.

« C'était Melissa, dit-il. La conductrice, c'était Melissa. Viens, dit-il en grimpant dans sa voiture. Allons-y. »

63

L'ambulance défonce la clôture et l'impact secoue tout mon corps. Je viens de passer quelques jours en enfer, à vomir, à chier, à me bousiller les genoux, et maintenant on m'a tiré dessus et je suis dans une ambulance qui va probablement se renverser ou percuter un camion.

Je roule vers la paroi de gauche tandis que Melissa tourne à droite. La douleur est insoutenable. J'ai l'impression que quelqu'un a enfoncé son poing dans mon torse et arraché ce qu'il a trouvé, puis qu'il a foutu le feu au reste. L'ambulance zigzague sur la route. Des objets tombent des étagères. Je suis allongé par terre, en sang, entouré par tout le matériel qui pourrait m'aider, mais je ne sais pas m'en servir. Il y a une femme morte à mes pieds. Elle est à demi couverte par un drap, et la partie exposée de son corps montre qu'elle porte le même uniforme que Melissa. La femme morte recouvre ce qui semble être un autre cadavre – un homme, cette fois, un homme presque nu. Un bras et une jambe de la femme battent contre le sol.

L'ambulance redresse sa trajectoire et trois bruits sourds retentissent tandis qu'elle percute des gens. Des hurlements se font entendre, et j'ai l'impression d'être au beau milieu d'un film d'action. Melissa parle toute seule, incitant les gens à s'écarter, mais comme ils ne l'entendent pas, elle doit constamment faire des écarts et appuyer sur la pédale de frein. Les sirènes sont allumées, mais nous ne roulons pas si vite que ça.

J'essaie de m'asseoir mais n'y parviens pas. Je sais qu'on m'a tiré dessus, mais c'est un concept difficile à saisir. Tiré dessus ? On ne m'a jamais tiré dessus jusqu'alors – même si, évidemment, ce n'est pas tout à fait vrai. Je me suis tiré une balle il y a un an, mais ce n'est pas exactement la même chose – c'était comme me faire labourer le visage par une balle. Tiré dessus ? Ce n'était rien comparé à ce que je vis en ce moment.

J'essaie une fois de plus de m'asseoir, et cette tentative est plus fructueuse que la précédente. Je vois désormais à travers la vitre de devant. Je place mes mains sur ma blessure, puis j'observe le sang sur la paume de ma main et essaie de le repousser dans mon épaule. Je voudrais dire quelque chose à Melissa, mais je ne sais pas quoi. En plus, elle se concentre sur sa conduite. Elle se concentre intensément. Des gens ont laissé tomber des pancartes et elle roule sur certaines d'entre elles, les pancartes craquant sous les roues comme des os de chien. Un lutin rebondit contre le flanc de l'ambulance, de même que deux zombies et une Marylin Monroe. Ils retombent loin derrière nous, hébétés et confus – autant de cibles potentielles pour nos poursuivants. Je ne sais pas pourquoi les gens sont déguisés ainsi. Je regarde sur la droite tandis que nous franchissons le croisement et vois l'avant du tribunal et les véhicules qui ont servi de leurre ce matin. Ils sont bloqués par la foule, une foule en colère qui secoue les voitures et cogne du poing sur les vitres parce qu'elle a compris que je n'étais pas dedans. Ces personnes sont habillées normalement, elles portent des jeans, des tee-shirts, des robes, des vestes – aucune ne porte de masque ou de déguisement de Hollywood, mais nombre d'entre elles brandissent des pancartes. Les agents en armes ne peuvent pas bouger. Ils ne peuvent pas ouvrir le feu. Nul doute qu'ils aimeraient grimper sur le toit de leurs voitures et tirer en l'air – ou peut-être même qu'ils sont suffisamment en colère pour arroser la foule de balles afin qu'elle s'ouvre comme la mer Rouge et qu'ils puissent se lancer à notre poursuite. Auquel cas ils devraient faire appel au type déguisé en Moïse avec ses deux grands iPad factices en carton. Sur chaque tablette sont inscrits les commandements, seulement ils ont été modifiés, et je n'ai que le temps de lire *Tu iras en enfer la bite à l'air* avant qu'un type portant une tenue de cow-boy et un masque de gorille surgisse de la nuée, lui saute dessus, et qu'ils disparaissent tous deux dans la foule.

Je retombe par terre. J'attrape des compresses et les applique sur ma blessure. Dieu merci, mon ventre ne me fait plus souffrir, même si je crains qu'il ne soit pas guéri et que mon corps ait d'autres problèmes auxquels faire face pour le moment, mais qu'il me foute seulement temporairement la paix de ce côté-là.

« Mon sac ! crie Melissa en me lançant un coup d'œil par-dessus son épaule.

— Quoi ?

— Mon sac. Passe-moi mon sac.

— Quel sac ? »

Elle jette un nouveau coup d'œil par-dessus son épaule, et cette fois ses yeux balaient le sol.

« Là, dit-elle, à côté des pieds de la femme. Le sac noir. »

Il y a un petit sac noir juste à l'endroit qu'elle a indiqué.

« Passe-le-moi.

— Qu'est-ce qu'il y a dedans ?

— Dépêche-toi, Joe. Schroder va bientôt nous rattraper. »

Je tends la main et saisis le sac. Je le lui tends. Elle l'ouvre d'une main tout en continuant de tenir le volant. Elle en tire une petite boîte dotée d'un couvercle en plastique, qu'elle soulève pour révéler un interrupteur. C'est une télécommande. Elle la cale entre ses jambes pour qu'elle ne tombe pas par terre, puis replace ses deux mains sur le volant. Elle n'arrête pas de regarder dans ses rétros.

« Tout n'est qu'une question de timing, déclare-t-elle.

— Tu m'as manqué.

— Tout ce chaos, c'est exactement ce que j'avais imaginé. Ça va être un jeu d'enfant, pour nous, Joe, et un sacré bordel pour tous les autres. »

Elle continue de regarder dans ses rétros, puis place une main au-dessus de la télécommande.

64

Raphael pensait se faire prendre. Il pensait se faire coincer dans la cage d'escalier par des flics armés, peut-être pas de pistolets, mais au moins de matraques, de poings et de gaz lacrymogène. Il était prêt à donner une description de l'homme qu'il faisait mine de pourchasser, quelque chose comme *Combinaison blanche couverte de peinture, casquette à l'envers*.

Mais rien de tout ça ne se produit. Dans la rue, les gens courent dans tous les sens. Ils butent contre Raphael, et il se fond parmi eux. Ils courent pour sauver leur vie. Aucun n'est blessé, mais nombre d'entre eux se comportent comme s'ils s'étaient fait tirer dessus. Il n'est soudain plus certain de parvenir à s'enfuir en voiture. Il voit l'ambulance deux pâtés de maisons plus loin. Ses sirènes sont allumées, mais les personnes autour du véhicule s'écartent plus lentement que ce que Melissa doit souhaiter. Il atteint sa voiture à l'instant où celle de l'inspecteur Schroder s'engouffre dans la rue et prend la même direction que l'ambulance. Tout ça se déroule sous ses yeux. Il entend d'autres sirènes au loin.

Il commence à les suivre. Melissa a-t-elle saboté le fusil ? Dans ce cas, pourquoi lui avoir fourni un uniforme ? Pourquoi l'avoir aidé à ne pas se faire arrêter ? Il n'en sait rien. C'est une chose à laquelle il devra réfléchir quand il aura foutu le camp d'ici. Il doit y avoir une explication simple, mais il ne peut pas la chercher pour le moment.

Melissa roule vers le sud. Schroder la suit, et il est cerné par la même foule, même si celle-ci commence à se disperser. Raphael ralentit. Il tourne à gauche. Il commence à mettre de la distance entre lui et le tribunal. L'opération a été un véritable désastre.

Il espère de tout cœur que Joe et Melissa tomberont sous une pluie de balles. Il espère que Joe est déjà mort. Il va même jusqu'à espérer qu'il ne sera pas arrêté, mais ça, seul le temps le dira. Il met son clignotant et attend que la foule ait dégagé la voie pour tourner au croisement.

65

Schroder agrippe si fort le volant que les jointures de ses doigts sont blanches. Ils sont à trente mètres derrière l'ambulance. Il y a du monde partout – entre eux et Melissa, mais surtout sur le trottoir.

« Elle ne peut pas s'échapper », déclare Kent en regardant autour d'elle.

Mais Schroder entend ce qu'elle ne dit pas : *Elle ne peut pas s'échapper, alors pas la peine d'essayer de la rattraper, laissons-nous semer, comme ça on ne tuera personne.*

« Elle a peut-être un plan, dit Schroder, ou peut-être qu'elle sait qu'elle n'a nulle part où aller et qu'elle s'en fout. Ça aussi ça pourrait faire partie de son plan. Mais on ne se laisse pas semer. Je ne prends pas le risque de la perdre.

— Je veux bien qu'elle ait eu un plan, mais ça n'a aucun sens – comment savait-elle qu'on lui demanderait d'entrer dans le tribunal ?

— Comment ça ?

— Middleton était malade, alors on a fait appel à une secouriste. C'est ce qu'elle attendait.

— Et vous l'avez cru ?

— Il ne simulait pas, et même s'il simulait, elle n'avait aucun moyen de savoir qu'on lui demanderait de venir.

— Alors, je ne sais pas », dit-il, troublé par cette nouvelle information.

S'il avait toujours été flic, il aurait été impliqué, et il ne se serait jamais laissé berner par ce numéro à la con. Il doit freiner légèrement lorsqu'un type en fauteuil roulant descend du trottoir juste devant lui, et il se demande si le type ne peut vraiment pas marcher ou si c'est un déguisement. Il perd quelques mètres sur l'ambulance dans son effort pour ne pas l'écraser et rendre son déguisement permanent.

« Il devait y avoir quelque chose, reprend-elle, et ça aurait fonctionné s'il ne s'était pas fait tirer dessus. Sacré mauvais timing pour Melissa, hein ? Elle libère son petit copain, mais quelqu'un d'autre tente de le buter. Je suppose que son plan était simplement de s'en aller sans être pourchassée. »

Schroder reprend les quelques mètres qu'il a perdus, puis il en gagne quelques-uns supplémentaires.

« J'ai vu Melissa. Il y a quelques jours.

— Quoi ?

— À la prison. Quand je suis allé voir Joe. Je suis tombé sur elle sur le parking.

— Pourquoi tu n'as…

— Rien dit ? Parce que je ne l'ai pas reconnue sur le coup, répond-il. Mais c'était bien elle. Merde. Mes clés. En quittant la prison, je ne trouvais pas mes clés. Et puis je les ai retrouvées par terre.

— Elle t'a pris tes clés ?

— Elle faisait semblant d'être enceinte. Elle avait un gros ventre et tout. Je l'ai aidée à sortir de sa voiture.

Oh, bon Dieu, elle est douée. Je ne me suis douté de rien. »

Il secoue lentement la tête.

« Elle a dû me dérober mes clés à ce moment-là. Elle a dû entrer dans ma voiture… Oh merde, c'est pour ça que je ne retrouvais pas sa photo.

— Quoi ?

— Quand on a parlé à Raphael. Tu te souviens que je suis allé chercher une photo d'elle ?

— Pourquoi aurait-elle pris le risque de s'introduire dans ta voiture juste pour voler une photo ? »

Un jeune homme déguisé en théière avec deux becs verseurs fait un doigt d'honneur à Schroder, probablement irrité d'avoir failli se faire écraser par une voiture roulant à vive allure et sans sirène. Ce serait beaucoup plus simple s'il avait une sirène. Et beaucoup plus simple si les gens regardaient où ils allaient.

« Je ne sais pas, dit-il. Ça n'a aucun… Attends, qu'est-ce que tu disais tout à l'heure ?

— À propos de la photo ?

— Non. À propos de son plan de fuite.

— Je ne sais pas. J'ai dit que ce n'était pas de pot pour elle que Joe se fasse tirer dessus.

— Tu as dit que son plan était de s'enfuir sans être pourchassée.

— Oui. Probablement. »

Il secoue la tête.

« Non. Il doit y avoir autre chose. Elle allait forcément être pourchassée, peut-être pas exactement pourchassée, mais elle aurait été escortée si Joe était malade dans une ambulance.

— Logique, dit-elle.

— Alors, comment comptait-elle échapper à son escorte ?

— Oh, bon sang », dit-elle.

Il devine qu'elle en arrive à la même conclusion que lui.

« Tu penses aux explosifs ?

— Ça doit… » commence-t-il, mais il n'a pas le temps d'achever sa phrase, car c'est alors que la voiture explose.

66

L'explosion est presque assourdissante. Il n'y a pas de feu, juste de la fumée, du verre et des bouts de métal tordus. La voiture est soulevée comme un jouet, et retombe aussi négligemment qu'un jouet – elle est projetée à un mètre de haut, légèrement sur la gauche, avant de retomber sur ses roues. L'onde de choc fait exploser toutes les vitres. Des morceaux de chair percutent l'habitacle comme des boules de peinture explosant sur un mur. Les gens se mettent à hurler. Certains s'éloignent de la déflagration en courant, d'autres sont pris dans l'onde de choc et projetés à l'écart de l'épicentre. Il y a des visages coupés et des habits lacérés. Certaines personnes ne courent pas, elles gisent au sol entourées et lardées d'éclats. Les rétroviseurs s'envolent, des morceaux de pneus, des écrous et des boulons, des sections de moteur sont propulsés dans toutes les directions, de même que des bouts d'os et des morceaux de corps flasques.

Les épaules de Schroder se soulèvent au niveau de sa mâchoire dans l'attente de l'impact. Kent se tord sur son siège et regarde derrière elle. Schroder continue de rouler, regardant dans le rétro l'explosion derrière lui. Elle provient d'une voiture qui n'était qu'à vingt ou trente mètres d'eux. Mais l'explosion n'est qu'un leurre. Juste un moyen de bloquer la circulation et d'emplir les rues de personnes paniquées.

« Oh, mon Dieu ! s'écrie Kent. Quelqu'un conduisait cette voiture.

— Oh, putain, dit Schroder.

— Je sais, je sais.

— Elle est entrée dans ma voiture.

— Quoi ?

— Elle est entrée dans ma putain de bagnole ! crie-t-il, et il enfonce violemment la pédale de frein. Sors, sors ! hurle-t-il en détachant sa ceinture.

— Qu'est-ce…

— Tire-toi de cette bagnole ! »

Il ouvre sa portière, de même que Kent. Des gens courent vers eux. D'autres s'éloignent d'eux. La foule détale dans tous les sens. Schroder claque la portière derrière lui, espérant qu'elle aidera à contenir l'onde de choc de l'explosion que Melissa s'apprête à provoquer pour faciliter sa fuite.

« Reculez ! hurle-t-il. Reculez tous !

— Carl… »

Il la regarde par-dessus la voiture.

« Tire en l'air ! Fais… »

Sa voiture explose juste devant lui. Il voit Kent être projetée dix mètres plus loin par l'onde de choc et passer à travers le pare-brise d'une voiture en stationnement. Seulement, on dirait qu'elle a été projetée à vingt mètres, car lui-même s'envole sous l'effet de la déflagration dans la direction opposée. Beaucoup de gens subissent le même sort. Métal tordu. Fumée. Chair et sang.

Puis l'obscurité.

67

Deux explosions, et Melissa jette la deuxième télécommande par terre. La compresse sur ma blessure est trempée de sang, alors je la remplace par une nouvelle, qui sera sans aucun doute trempée tout aussi rapidement. Je m'aperçois qu'il y a deux orifices, un devant et un derrière : le côté droit de mon torse a été transpercé. Je ne peux plus bouger mon bras. Je ne sais pas ce qui a été touché. Je ne sais même pas ce qu'il y a là-dedans. Des os, des muscles et des tendons, je suppose, ce qui signifie que je vais avoir besoin de chirurgie reconstructrice et de rééducation si je ne veux pas passer le restant de ma vie avec un membre en vrac. La blessure semble trop haute et trop sur la droite pour que mon poumon soit atteint, mais je ne sais pas – je ne suis pas médecin, et Melissa non plus –, alors je m'inquiète tout de même.

Je m'agenouille, j'agrippe la paroi et l'arrière du siège conducteur, et je regarde par le pare-brise tandis que Melissa franchit un croisement, puis un autre, avant de tourner à droite au suivant. Nous retournons désormais vers le tribunal et n'en sommes plus qu'à une ou deux rues lorsqu'elle s'arrête.

« Personne ne nous suit, dit-elle.

— Pourquoi on s'arrête ici ?

— Attends une minute.

— Pourquoi ?

— Tu verras.

— Melissa…

— Fais-moi confiance, dit-elle. Je t'ai amené jusqu'ici, fais-moi confiance pour t'emmener jusqu'au bout.

— Qui m'a tiré dessus ?

— C'est compliqué, mais la blessure est propre.

— Qu'est-ce que t'en sais ?

— C'était une balle perforante. Elle ne s'est pas désintégrée à l'impact. Elle t'a traversé proprement. Une autre balle t'aurait fait un petit trou en entrant, et un autre bien plus grand en ressortant.

— Pourquoi on attend ici ?

— La police va nous chercher, alors on ne peut pas être la seule ambulance à quitter les lieux pour le moment. On doit se fondre parmi les autres.

— Quoi ?

— Fais-moi confiance, chéri, sois patient. On va bientôt repartir.

— Si tu sais que c'était une balle perforante, c'est que tu sais qui m'a tiré dessus.

— C'était un plan. C'était la seule manière de te faire sortir de là en ambulance.

— Mais tu m'as emmené parce que j'étais malade. Tu étais au courant pour les sandwichs ?

— Quels sandwichs ?

— Aucune importance.

— J'attendais qu'on te tire dessus, mais cet agent de sécurité est venu me demander mon aide parce que tu étais malade. »

Je réfléchis à ce qu'elle dit, mais ça n'a toujours aucun sens.

« Donc, tu étais de mèche avec quelqu'un, et c'est ce quelqu'un qui m'a tiré dessus. Mais puisque tu allais m'emmener en ambulance, pourquoi est-ce qu'il a tout de même tiré ?

— Comme j'ai dit, chéri, c'est compliqué, mais je t'expliquerai tout plus tard.

— Mais tu savais ce que tu faisais, dis-je. Tu as donné tous ces détails médicaux.

— J'ai dit ce que disent tout le temps les toubibs à la télé. C'était juste du pipeau.

— Tu aurais pu te faire arrêter. »

Deux ambulances franchissent à toute allure le croisement devant nous, arrivant de la gauche et se dirigeant vers la droite.

« Il est temps d'y aller », dit-elle.

Elle redémarre, nous tournons une fois de plus à droite, et elle s'arrête de nouveau à l'endroit où se trouvent les autres ambulances. Nous avons fait un tour complet. Il y a une voiture qui a explosé devant nous, et une autre derrière nous. Elle descend de l'ambulance, se dirige vers l'arrière, et remonte dedans. Elle traîne la femme morte sur le sol, puis se baisse vers l'homme. Elle le secoue.

« Allez, dit-elle, à quoi vous me servez si vous dormez ? »

Il ne réagit pas. Elle prend son pouls. Puis elle secoue la tête.

« Non », dit-elle. Je comprends alors que le type a une bonne excuse pour ne pas réagir. La meilleure qui soit, vraiment.

« Il était censé soigner ta blessure, ajoute-t-elle.

— Tu les as tués tous les deux ?

— Je ne l'ai pas fait exprès. Je suppose que je me suis trompée dans le dosage.

— Qui va m'aider, maintenant ? » J'écarte les compresses de ma poitrine. Elles doivent de nouveau être remplacées. « Je vais mourir ici », dis-je, ma voix grimpant dans les aigus.

L'une des Grandes Faucheuses que j'ai vues plus tôt, ou peut-être une autre, gît sur la chaussée. Elle ne bouge plus. Sa capuche a été arrachée sur le côté et la moitié de son visage semble avoir disparu. Ou alors ça pourrait faire partie du déguisement, difficile à dire.

« Faut qu'on y aille, dis-je.

— Pas encore », répond-elle.

D'autres ambulances s'arrêtent avec style, toutes sirènes hurlantes, leurs portières s'ouvrant avant même qu'elles soient immobilisées. Des gens en bondissent et se précipitent aussitôt au secours des blessés. Bientôt, ils chargeront les victimes à l'arrière et repartiront.

« Attends, laisse-moi jeter un coup d'œil », dit Melissa.

Elle s'accroupit devant moi, pose une main sur mon épaule valide et se sert de son autre main pour déboutonner ma chemise. Malgré la situation, je suis soudain excité. Je place une main derrière sa nuque et l'attire vers moi pour l'embrasser, mais elle résiste.

« Pas maintenant, Joe.

— Tu m'as manqué.

— Je sais. Tu l'as déjà dit. »

Elle referme la portière de l'ambulance et retourne à l'avant. Elle met le contact et allume les sirènes. La foule commence à se disperser, les grands groupes se divisant en petits groupes, les petits groupes se divisant en paires.

Nous prenons le même chemin que tout à l'heure. Nous roulons vers le sud. Puis nous tournons à droite. Je m'attends constamment à voir cent voitures de police et une nuée d'hommes armés nous barrer le chemin – comme ce dimanche matin d'il y a un an, sauf que cette fois je n'ai ni pistolet dans ma main ni Grosse Sally pour me sauver. Mais ça ne se produit pas. Nous suivons une autre ambulance. Nous roulons droit vers l'hôpital. Seulement, nous ne pouvons pas aller à l'hôpital, car ça n'aurait aucun sens. Pourtant, c'est exactement ce que nous faisons. Au lieu de prendre l'entrée des ambulances, Melissa prend l'entrée des visiteurs. Elle coupe les sirènes. Nous contournons le bâtiment jusqu'au parking de derrière. Il est plein. Elle se gare en double file près d'une camionnette blanche. Elle coupe le moteur. Elle fait le tour de l'ambulance, ouvre la portière arrière et m'aide à sortir. Nous sommes assaillis par la lumière du soleil. Des voitures et des arbres, un parcmètre, un banc de pique-nique à côté d'un seau rempli de mégots de cigarettes, quelques gobelets à café vides sur le banc, mais personne nulle part. Grâce à Melissa, la pause-café est terminée pour le personnel de l'hôpital.

Elle remplit son sac à dos de matériel médical. Nous nous mettons à marcher. Notre cible est la camionnette blanche. Je laisse une traînée de sang derrière moi. Elle tire les clés de sa poche et ouvre en grand les portières à l'arrière de la camionnette. Elle m'aide à grimper dedans.

« Je suis désolée, dit-elle. Tu étais censé recevoir des soins.

— Je ne veux pas mourir.

— Tu ne vas pas mourir. Reste calme. »

Elle s'installe sur le siège à l'avant. Elle me regarde par-dessus son épaule.

« Toi aussi, tu m'as manqué, dit-elle.

— Je savais que tu viendrais me chercher.

— Je suis tombée enceinte, poursuit-elle. Après notre week-end tous les deux. J'ai eu un bébé. C'est une fille. Ta fille. Elle s'appelle Abigail. Elle est magnifique. »

Ça fait trop d'informations à assimiler. Moi, père ?

« Ramène-moi en prison », dis-je, avant de finalement tomber dans les pommes.

68

Schroder voit le ciel. Il est bleu dans toutes les directions. Il y a quelques nuages, dont l'un ressemble à un palmier. Un autre ressemble à un visage. Un nuage gris foncé se forme tout près. C'est de la fumée. Elle provient de la voiture. Il essaie de bouger la tête mais n'y parvient pas. Il peut en revanche bouger les yeux. C'est un début, mais c'est effrayant.

Il se rappelle le moindre détail. C'est étrange. Ce genre d'incident a toutes les chances d'effacer quelques secondes, quelques minutes, voire quelques jours de souvenirs. Mais pas pour lui. Curieusement, il se demande si c'est parce qu'il a été mort pendant quelques minutes l'année dernière avant de ressusciter, comme si cette expérience avait légèrement modifié les connexions dans son cerveau, l'immunisant contre l'oubli, puis il considère cette idée pour ce qu'elle est : une idée débile.

Il a trop peur pour essayer de bouger les bras et les jambes. Il doit s'assurer que ses membres fonctionnent, mais si ce n'était pas le cas ? S'il ne devait jamais remarcher ? En s'abstenant d'essayer de les bouger, il peut remettre ce triste sort à plus tard. Ses oreilles sifflent. Il sent la chaussée froide sous lui. Il sent l'un de ses bras coincé sous son dos. Le droit. Ça le réjouit. Si son dos était brisé, il ne sentirait pas ça, n'est-ce pas ? Son bras gauche, il ne le sent pas. Il a un goût de sang dans la bouche. Il sent aussi du sang sur son visage. Par-dessus le sifflement dans ses oreilles, il entend des hurlements.

Il ferme les yeux et prie. C'est la première fois qu'il prie depuis son enfance, quand il a compris que prier ne servait à rien dans ce monde, que la prière et le malheur allaient de pair, comme le beurre de cacahuète et la gelée. Mais maintenant, il prie pour que ses jambes bougent, et c'est ce qu'elles font. Elles bougent un peu, sans lui faire mal, mais il sait que ce n'est pas sa prière qui a été exaucée, simplement qu'il a eu de la chance. Il a eu de la chance quand d'autres n'en ont probablement pas eu. Kent, par exemple. Il parvient à se pencher légèrement sur le côté, le ciel bleu disparaissant, remplacé par des toits, puis par des fenêtres de bureaux et des façades, puis par la rue. Sa voiture a été soulevée et a pivoté d'un quart de cercle avant de retomber. Elle est complètement tordue et il y a du verre partout. D'autres personnes gisent au sol, certaines se penchant sur le côté et voyant le monde comme lui le voit, d'autres parfaitement immobiles.

Il y a des morts. Il prie pour qu'ils ne soient pas nombreux.

Il prie pour que Dieu l'écoute.

Il s'étend de nouveau sur le dos. Ce n'est pas ce qu'il veut faire, mais il n'a pas le choix. Il ferme les yeux. Sa poitrine est comprimée. Quelqu'un pose une main sur son épaule, il ouvre les yeux et voit l'inspecteur Wilson

Hutton accroupi au-dessus de lui. Les gens ont cessé de hurler et se sont mis à sangloter à la place.

« Ne bouge pas, dit Hutton.

— Kent…

— C'est… c'est sérieux. »

Il entend des sirènes. Il voit des ambulances. Il ne les a pas vues arriver.

« Je suis resté évanoui combien de temps ?

— Trois, peut-être quatre minutes.

— Et Joe ? »

Hutton hausse les épaules, faisant trembler la chair de son menton, puis de son cou, comme une réaction en chaîne.

« Volatilisé », répond-il.

Schroder ferme les yeux, et pendant quelques instants le chaos disparaît, même les sanglots et les sirènes. Il les rouvre.

« Et Kent ? »

Hutton secoue la tête.

« Elle ne va pas s'en sortir, répond-il.

— Non », dit Schroder.

Son cou le fait trop souffrir pour qu'il secoue la tête, mais ses yeux pas assez pour ne pas s'emplir de larmes. Il essaie de se relever. S'il parvient simplement à se relever, elle s'en tirera. Il en est certain. Bizarrement.

« Aide-moi à me relever.

— C'est pas une bonne idée, objecte Hutton.

— Bordel, aide-moi.

— Écoute-moi, Carl. C'est pas une bonne idée. Tu es dans un sale état. D'accord ? »

Son souffle se coince dans sa gorge.

« C'est-à-dire ?

— Coupures multiples. Bras gauche cassé. Tu pourrais avoir une jambe cassée. Voire le cou brisé.

— Mon cou va bien », déclare Schroder.

Il bouge la tête. Oui. Il va bien. Il peut bouger les deux pieds, donc ses jambes sont indemnes. Hutton a cependant raison pour ce qui est du bras. Mais il s'en fout. Il veut voir Kent. S'il s'était arrêté quelques secondes plus tôt, s'il lui avait hurlé plus fort de sortir de voiture, est-ce qu'elle s'en serait tirée ?

Mais ce n'est pas la question. C'est à la prison qu'il a merdé. Quand il ne s'est pas rendu compte qu'il parlait à Melissa. Ou, tant qu'on y est, pourquoi ne pas remonter à un an plus tôt, quand Melissa est venue au commissariat ? Ou même encore plus loin, quand Joe a commencé à travailler pour eux. C'est à ce moment-là qu'ils auraient pu faire quelque chose.

« Aide-moi à me relever », répète-t-il, tentant de se hisser sur ses pieds en s'appuyant sur son bras valide.

Hutton secoue la tête, puis soupire, puis l'aide. Une fois debout, il passe un bras autour des épaules de Hutton pour se soutenir. Son bras cassé pendouille contre son flanc, la douleur s'écoulant dans son membre en même temps que son sang. Ça fait mal, mais il sait qu'il va bientôt souffrir encore plus, car la douleur n'en est qu'à ses débuts. Ses jambes vont bien. Il peut porter son propre poids. Il est un peu étourdi, mais ça va. Il porte la main à son front, et quand il la retire, ses doigts sont tachés de sang. Il les observe, puis ils deviennent flous tandis qu'il se concentre sur ce qu'il voit derrière.

« Oh, mon Dieu », dit-il.

Il y a des gens étendus dans la rue. Quelques-uns près de lui, mais la plupart plus loin, à proximité de l'autre voiture disloquée. Quelques brûlés. Beaucoup de sang s'écoulant de personnes que des amis et des inconnus tentent de réconforter. Il y a cinq, six, non, peut-être dix ambulances. Le métal, le plastique et le verre ont été déchiquetés et projetés à la ronde comme des confettis, jusqu'à perte de vue, le soleil scintillant sur un millier de morceaux d'épave.

« Où est Kent ? demande-t-il.

— Là-bas », répond Hutton.

Schroder passe devant sa voiture encore fumante. Il a vu plein de voitures détruites suite à des accidents – des voitures avec le toit manquant coincées sous des camions, des voitures coupées en deux par des bus –, mais il n'a jamais vu une voiture plastiquée. C'est un amas de métal tordu et calciné, moins une voiture qu'une étrange œuvre d'art moderne. Il soutient son bras cassé dans sa main valide.

Kent gît sur le trottoir, de l'autre côté de l'œuvre d'art. Non loin, Spiderman est étendu face contre terre dans le caniveau, un rétroviseur près de sa tête, tous deux tachés de sang. Il ne sait pas si Kent a rebondi et a été éjectée de la voiture dans laquelle elle a été projetée, ou si ce sont les secouristes qui l'en ont sortie.

Kent lève les yeux vers lui. Elle sourit.

« Hé, dit-elle.

— Hé.

— J'aurais dû être plus rapide.

— Oui, tu aurais dû », dit-il, tentant de sourire.

Elle aussi essaie de sourire, et ça fend le cœur de Schroder. Ce qui fend le cœur de Kent, c'est un morceau de métal planté dans sa poitrine. Ses membres sont tordus. Ses mains sont brûlées. Un côté de son visage est en sang, et il distingue sous le sang la peau décollée, comme si quelqu'un avait soulevé un morceau de papier peint et l'avait reposé un peu de travers.

« Tu vas t'en tirer », dit-il.

Les secouristes la hissent sur un brancard et commencent à la pousser vers l'ambulance.

« Joe, dit-elle.

— On va l'avoir. »

Elle tend le bras et saisit la main de Schroder. Le secouriste lui dit de la lâcher, mais elle s'accroche.

« Joe a dit que Calhoun était une ordure, poursuit-elle. Tu as toujours… » Elle crache un peu de sang. « Tu as toujours dit…

— Repose-toi.

— Que quelqu'un d'autre avait tué Daniela Walker. Joe affirme que c'était Calhoun.

— Joe est un menteur et un cinglé.

— Moi, je le crois », dit-elle.

Ses yeux frémissent et elle les laisse se fermer. Le brancard se remet à avancer et il le suit en clopinant. Elle rouvre les yeux et sourit. Un sourire doux, ensanglanté. Il songe que ce sera peut-être son dernier.

« J'aurais dû être plus rapide », répète-t-elle.

Il ne dit rien.

« Fais-moi plaisir, Carl », reprend-elle. Elle baisse la main et détache le fermoir de son holster. Puis son bras retombe. « Promets-moi une chose… » ajoute-t-elle, peinant à respirer.

Elle désigne son arme d'un geste de la tête. Schroder sait déjà ce qu'elle veut dire. Il lève les yeux. Hutton est tourné en direction de l'épave derrière eux. Il ne le regarde pas.

« Je vais l'avoir », dit-il. Il prend le pistolet de Kent, ce qui ne semble déranger aucun des secouristes. « Je les aurai tous les deux. Je te le promets. »

69

Les routes sont moins encombrées une fois l'hôpital passé. Melissa est calme. Aucune raison de ne pas l'être. Joe s'est évanoui, à l'arrière. Elle espère que c'est à cause de la perte de sang et de la douleur, pas parce qu'il a appris qu'il était père. Il continue de saigner. Elle est certaine qu'il est blessé à l'épaule. Certaine que la balle n'a pas atteint son poumon. Si elle commence à flipper, il va mourir. Elle doit l'aider, mais elle doit d'abord mettre plus de distance entre eux et l'hôpital et le tribunal.

Le plan est peut-être allé de travers, mais elle l'a sauvé. L'explosion était parfaite. Quand elle a laissé son casque antibruit dans la voiture de Raphael samedi, ce n'était pas un accident. Lorsqu'elle y est retournée, elle a placé du C-4 dans le véhicule, au même endroit que dans celui de Schroder. Raphael a dû être déchiqueté en une douzaine de parties. Probablement plus. Il a dû retomber en petits morceaux sur un rayon de plus de cinq pâtés de maisons. Elle sait que Schroder est sorti de sa voiture. Mais il était moins une. Elle l'a vu s'envoler. Quant aux piétons, eh bien, elle ne voulait pas leur faire de mal, mais elle ne peut pas faire grand-chose hormis espérer qu'ils s'en tireront. Les gens doivent accepter la responsabilité de leurs actes – et dans ce cas, toutes ces personnes ont été blessées parce qu'elles sont allées au tribunal au lieu d'être au travail, ou à la maison, ou à la fac, et parce qu'elles ne se sont pas éloignées à temps.

Elle continue de rouler pendant deux minutes, puis s'arrête. Elle se rend à l'arrière de la camionnette. Elle ouvre son sac et déverse le matériel par terre. Elle étend Joe à plat. Le but de la camionnette était de lui fournir un bloc médical mobile. Il était censé y avoir deux secouristes avec elle – ou au moins un. Elle déboutonne la chemise de Joe, puis se sert d'une paire de ciseaux pour découper les parties de chemise et de veste gênantes. Comme elle l'espérait, la blessure est propre. Mais elle ne sait pas quoi faire. Elle songe à se servir de l'allume-cigare pour cautériser la plaie, mais elle ne sait pas si ça marche vraiment. Elle enroule un peu de gaze et l'enfonce dans l'orifice. Elle roule Joe sur le flanc et en enfonce un peu plus dans le trou de derrière. Elle pose des compresses de chaque côté et se sert d'une bande pour appliquer un peu de pression. C'est le mieux qu'elle puisse faire. Pour le moment. Jusqu'à ce qu'elle obtienne de l'aide. Et elle sait où en trouver.

Elle retourne derrière le volant. Elle allume la radio, écoute les reportages qui annoncent des douzaines de morts et des centaines de blessés non confirmés. Mais elle sait qu'il ne peut pas y en avoir autant. Les chiffres demeurent non confirmés, mais les estimations diminuent peu à peu. La seule chose sur laquelle les reporters ne se trompent pas, c'est le nombre d'explosions. Et la débandade – les gens qui fuient la zone. Des coups de feu sont évoqués, mais il n'est pas fait mention de Joe.

Quinze minutes plus tard, elle s'engage dans la rue où elle était ce matin et se gare dans l'allée de la même maison. Elle sort et utilise les clés de Sally pour ouvrir la porte. Sally est toujours saucissonnée et bâillonnée, toujours vêtue de son pyjama et de son peignoir. La petite grosse a l'air triste. On dirait aussi qu'elle s'est pissé dessus.

« Crie et je te descends. Tu comprends ? » demande Melissa.

Sally acquiesce. Melissa lui ôte son bâillon.

« Tu nous aides, et tu as la vie sauve. Tu comprends ?

— Qui ça, nous ? demande Sally.

— J'ai un patient dans ma camionnette. J'ai besoin que tu m'aides à l'amener à l'intérieur. C'est Joe.

— Joe ? Je… je ne comprends pas.

— Il a été blessé, espèce d'éléphante bigote, explique Melissa, perdant rapidement patience. Je veux que tu l'aides. Si tu ne le fais pas, je te promets que je te tire une balle dans tes grosses loches et que je te laisse pour morte.

— Je… »

Melissa la gifle.

« Voici ce qui va se passer, dit-elle. Tu vas aider Joe. S'il meurt, tu meurs, et s'il vit, tu vis. C'est vraiment simple. Tu saisis, n'est-ce pas ? Tu comprends ?

— Je n'ai pas de matériel.

— J'en ai un sac plein », dit Melissa.

Elle sort un couteau et coupe les liens en plastique autour des bras et des pieds de Sally. Celle-ci s'assied et se masse les poignets. Melissa lui montre son arme.

« Un faux mouvement, dit-elle, et c'est fini. »

Elles sortent. Sally n'essaie pas de s'enfuir, et Melissa n'a donc aucune raison de lui tirer dans le dos. Elles portent Joe et l'emmènent à l'intérieur. Comme la table de la cuisine est trop petite, elles longent le couloir jusqu'à la minuscule chambre où Melissa a dormi cette nuit. Le sol est jonché d'animaux en peluche que Melissa a balancés par terre hier soir quand elle s'est allongée sur le lit. Elles les piétinent et étendent Joe, puis Melissa vide le sac de matériel médical à ses pieds au bout du lit.

« Il faut découper ses vêtements, dit Sally.

— Alors découpe. »

Sally fait courir la lame des ciseaux de la taille de Joe jusqu'à son cou, puis elle coupe le col de sa veste, coupant par la même occasion le pansement que Melissa lui a fait. Elle écarte les vêtements et les compresses et extrait la gaze, révélant la blessure, un trou tout juste assez gros pour y enfoncer le doigt. Pendant tout ce temps, Melissa se tient quelques mètres en retrait, son pistolet baissé.

Sally secoue la tête en examinant la blessure.

« Il doit aller à l'hôpital.

— Considère cette maison comme un hôpital, réplique Melissa. Considère-toi comme un médecin, et moi comme ton assistante. Considère que c'est le test que tu as toujours voulu. Tu maintiens le patient en vie, tu le remets sur pied, et tu as une médaille. Tu passes du statut de victime à celui de survivante. »

Sally secoue la tête. Elle fait sa tête de mule. Et Melissa n'aime pas les têtes de mule.

« Il doit aller à l'hôpital, répète-t-elle.

— Et toi, tu dois commencer à faire ton boulot, rétorque Melissa.

— Vous ne me comprenez pas. Il a déjà perdu beaucoup de…

— Sally ? demande Joe en ouvrant les yeux et en la regardant. Chère, chère Sally. »

Melissa ressent aussitôt une pointe de jalousie, jusqu'à ce qu'il ajoute :

« La grosse Sally qui pisse au lit. »

Puis il fait un grand sourire, rit pendant deux secondes, et referme les yeux.

Melissa sourit. Ce bon vieux Joe.

« Soigne-le.

— Même si je pouvais, nous ne sommes pas dans un environnement stérile. Il risque une infection, et nous n'avons pas…

— Sally, dit Melissa d'un ton abrupt qui fait se retourner l'infirmière. Fais du mieux que tu peux. Je suis sûre que tu t'en tireras très bien.

— Et si je ne m'en tire pas bien ?

— Alors, je te tirerai une balle dans ta putain de tête. »

70

Schroder refuse de partir en ambulance. Il n'en voit pas l'utilité. Un bras cassé – et après ? Il accepte cependant le bandage qu'on pose sur le haut de son crâne et celui qu'on pose sur sa jambe. Les coupures ne sont pas profondes. Il aura besoin de points de suture, mais il s'en fout. Au moins, les saignements ont cessé. Bon Dieu, pendant quelques minutes l'année dernière il a été mort – alors les os cassés et la chair déchirée que la vie lui envoie ne pèsent pas lourd.

« Je peux avoir quelque chose pour mon bras ? » demande-t-il.

Le secouriste est un type d'une soixantaine d'années qui a l'air d'avoir été lutteur professionnel dans sa jeunesse. Balèze avec un nez tordu et une voix profonde et rocailleuse – le genre de voix qui semble dire *Me faites pas chier*.

« Vous pouvez faire réduire la fracture et vous faire poser un plâtre.

— C'est ce que je vais faire, répond Schroder. Mais plus tard dans la journée. Pour le moment, j'ai besoin de quelque chose contre la douleur.

— La douleur ne fera qu'empirer, explique le secouriste. Je peux vous poser une attelle et vous donner des antalgiques, le genre de choses qu'on trouve en pharmacie, mais rien de plus fort, et ils ne feront pas grand-chose. Il vous faut quelque chose de plus puissant, alors grimpez dans l'ambulance et laissez-moi vous emmener à l'hôpital.

— Je prendrai ce que vous pourrez me donner. »

Les manifestants des deux camps ainsi que les étudiants se sont dispersés, si bien que Schroder ne percute personne tandis qu'il retourne vers le tribunal. Son bras est sur attelle, et il est déjà nettement moins douloureux que quand il pendouillait contre son flanc. Hutton écoute sa radio. On rapporte que des témoins ont vu l'ambulance quitter les lieux, mais il y avait et il y a encore beaucoup d'ambulances, et les intercepter pourrait mettre des vies en danger. Pour le moment, personne ne sait exactement laquelle chercher. Joe est peut-être à l'arrière de l'une d'elles, mais il en doute. Il se demande si le tueur en série est mort, et il espère que oui.

« Pour le moment, il y a deux morts confirmés, déclare Hutton. Jack Mitchell. C'était un type bien.

— C'était… ah, merde. Il essayait d'aider la secouriste. Il ne savait pas que c'était Melissa.

— Elle l'a abattu.

— Bon sang, je ne l'ai même pas vu là-bas. Qui est le deuxième ?

— Le deuxième est le chauffeur de la première voiture qui a explosé. Nous avons pu effectuer une recherche à partir de la plaque d'immatriculation. La voiture appartenait à Raphael Moore. »

Hutton est un peu essoufflé, il peine à tenir l'allure. Schroder marche comme un homme en mission qui vient de se faire à moitié pulvériser par une bombe, ce qu'il est précisément. Les antalgiques ne font pas encore effet, et il n'est pas sûr qu'ils serviront à quoi que ce soit. Il s'arrête et se tourne vers l'inspecteur. Le tribunal est à quinze mètres devant eux.

« Raphael Moore ?

— Oui. Je sais que tu le connaissais.

— Je lui ai parlé il y a peu de temps », répond Schroder.

Il repense à samedi et à la conversation qu'ils ont eue, et aussi à celle de jeudi soir. Il se rappelle la mauvaise impression que lui a faite Raphael. Maintenant, il sait pourquoi. Bientôt, il se repenchera sur cette impression et se demandera ce qu'il aurait pu faire différemment. Il aurait dû faire plus d'efforts pour convaincre Kent que quelque chose ne tournait pas rond. Ou peut-être qu'il aurait simplement dû le prendre en filature.

Il enfonce sa main valide dans sa poche à la recherche de ses comprimés à la caféine, mais ils ne sont pas là – ils ont dû en tomber quand il a été projeté dans les airs par l'explosion.

« Melissa devait le connaître, dit-il en fouillant dans sa poche.

— Ça pourrait juste être une coïncidence, observe Hutton. Elle a simplement placé une bombe dans une voiture qui se trouvait là. Peut-être que… » commence-t-il, mais son téléphone se met à sonner.

Hutton prend l'appel. Schroder se demande ce qu'il s'apprêtait à dire, ajoutant tout un tas de ses propres *peut-être* à celui de Hutton. Les deux hommes se remettent à marcher. Hutton marmonne principalement des *hum hum* et quelques *OK*. Schroder est heureux de savoir que ce ne sera pas à lui d'aller voir la femme qui était sur le point de devenir l'ex-épouse de Raphael, et qui est désormais techniquement sa veuve. Il songe aux petits-enfants de Raphael et se demande comment ils prendront son décès. Il se demande si la perte de leur mère a été un tel choc que perdre un grand-père ne leur fera pas grand-chose. Puis il pense à Jack Mitchell et au jour où ils ont arrêté Joe Middleton, à la furieuse envie qu'avait Jack de descendre le tueur en série. Ça aussi c'est un *peut-être*. *Peut-être* qu'il aurait dû le faire. Et alors aujourd'hui serait une journée totalement différente. Il s'imagine ce qui serait arrivé s'ils avaient pris cette voie. Pas de Joe, pas de procès, pas de manifestations, pas de coups de feu, pas de bombes. Ce soir, quand l'adrénaline sera retombée, une bonne dose de culpabilité l'attendra.

Ils passent devant la voiture de Raphael. La foule a commencé à évacuer les lieux et la présence policière est plus importante. Les quelques badauds restants ont été repoussés une rue plus loin, mais ils sont toujours rassemblés là-bas tandis que les agents tentent de boucler la scène. Ils ne s'en sortent pas aussi bien qu'ils le voudraient car il y a toujours quelques individus à l'intérieur du cordon. Ceux qui ne sont ni flics, ni victimes, ni secouristes sont principalement journalistes. Les voitures qui ont servi de leurre ne sont plus cernées par la foule. Ils traversent l'intersection et tournent à gauche au bout du pâté de maisons, se dirigeant vers l'arrière du tribunal où sont stationnées quatre voitures de police avec leurs sirènes éteintes mais leurs gyrophares allumés.

« C'était un appel intéressant, dit Hutton. Des témoins affirment que l'homme qui est monté dans la voiture de Raphael était un policier. »

Schroder s'arrête de nouveau, tourne le dos au tribunal et regarde Hutton, qui est encadré par l'image de la voiture fumante de Raphael.

« Quoi ?

— Ce n'est pas tout », poursuit Hutton.

Deux journalistes commencent à s'engueuler à quelques mètres d'eux avec deux agents qui tentent de les repousser. Schroder et Hutton se remettent à marcher.

« On nous a rapporté que c'était la même personne dans la voiture que celle qui est sortie d'ici, dit-il en désignant l'immeuble de bureaux dans lequel s'engouffre un flot régulier de techniciens de la police scientifique.

— On ne peut pas se fier aux déclarations de témoins, objecte Schroder.

— Je le sais, mais le type qui l'a vu monter dans la voiture est un des nôtres.

— Alors… alors qu'est-ce que tu es en train de dire ? »

Hutton hausse les épaules. Schroder se demande combien de temps a passé depuis l'explosion. Il a l'impression que seulement cinq minutes se sont écoulées, mais il sait que ç'a été plus long car il a été inconscient et est resté avec Rebecca pendant que les secouristes essayaient de la sauver. Il jette un coup d'œil à sa montre, mais elle n'a pas survécu à la déflagration. Pour qu'il y ait autant de flics ici et pour que la zone ait déjà été bouclée, quinze minutes au moins ont dû s'écouler. Peut-être même une demi-heure. Il doit appeler sa femme. Il doit lui dire qu'il va bien.

« Quelle heure est-il ? demande-t-il à Hutton.

— Dix heures quarante. »

Donc, ça fait juste un peu plus de quarante minutes que le premier coup de feu a retenti. Ils atteignent l'arrière du tribunal. Jack Mitchell est étendu sur le dos. Schroder regarde l'homme mort, songeant à un autre *peut-être – peut-être* que les choses auraient été différentes si Melissa avait décidé de faire sauter la voiture de Raphael en second. Il y a une heure, rien de tout ça n'était envisageable, et maintenant, ça semble tout simplement irréel.

« Donc, résume Schroder, on a un agent de police qui monte dans la voiture de Raphael Moore à proximité de la scène d'une fusillade, et peu après...

— Non, l'interrompt Hutton en secouant la tête.

— Mais tu viens de dire...

— Que nous avons quelqu'un habillé en policier montant dans la voiture de Raphael. Ça ne signifie pas que c'était un flic. »

Schroder réfléchit quelques secondes. C'est un bon point. Il aurait dû y penser. Au lieu de disparaître, la douleur dans son bras s'intensifie. Le secouriste ne lui a donné que quatre cachets, deux à prendre tout de suite, et deux autres dans quelques heures. Il prend les deux derniers maintenant, faisant monter la salive à sa bouche et les avalant un à la fois.

« OK, alors reprenons. Si c'est Raphael qui était habillé en flic et qui est sorti de l'immeuble à partir duquel on a tiré sur Joe, alors il serait logique que Raphael soit le tireur. D'accord ?

— C'est notre théorie, répond Hutton. Nous pensons qu'il s'est déguisé en flic, conscient que des agents seraient en route et qu'il aurait pu se fondre parmi eux au cas où ils auraient atteint l'immeuble avant qu'il en soit sorti. Puis il est monté dans sa voiture, et boum. »

Schroder regarde l'immeuble de bureaux, ses yeux se fixant sur la fenêtre ouverte avec le rideau tiré. Pendant un moment, il se rappelle une affaire en décembre dernier au cours de laquelle un type équipé de ventouses aux mains et aux genoux a été retrouvé au pied d'un immeuble similaire, son corps exactement tel qu'on s'y attendrait après avoir chuté de dix étages et heurté le trottoir. Il s'aperçoit alors que son esprit s'égare. Il doit se concentrer sur l'affaire en cours. Celle-ci et nulle autre. Mais c'est difficile.

« Allons jeter un coup d'œil, dit-il.

— Écoute, Carl, je sais qu'avec tout ce qui se passe tu as oublié que tu n'étais plus flic. C'est une chose de te laisser venir jusqu'ici, mais tu ne peux pas monter. »

Schroder veut discuter, mais il sait que Hutton a raison. Il discute néanmoins.

« Allez, Wilson, je connais le dossier du Boucher mieux que personne. Tu as besoin de mon point de vue. »

Hutton acquiesce.

« Bon, ne le prends pas personnellement, OK ? Parce qu'on est tous en tort, mais tu as été sur cette affaire pendant deux ans alors que Joe était en liberté, et ça fait douze mois qu'on est sur l'affaire Melissa X, donc, on n'a pas vraiment besoin de ton point de vue. »

Cette réflexion lui fait l'effet d'un coup de poing, et il passe un moment à essayer de trouver quoi répondre, mais il ne voit rien d'autre que *Va te faire foutre, Hutton.* La triste vérité, c'est que Hutton a raison. Bien sûr qu'il a raison. Sinon, il n'y aurait pas eu autant de sang versé aujourd'hui.

« Écoute, comme j'ai dit, on est tous en tort, reprend Hutton. On a tous loupé ce qu'on aurait dû voir. Ça fait un mois que tu es parti, on n'arrive toujours pas à mettre la main sur Melissa, mais je sais que c'est grâce à toi qu'on a appris son véritable nom. » Schroder sait que ce n'est pas totalement vrai – c'est Theodore Tate qui l'a découvert. « Ce que je dis, c'est qu'on est tous responsables.

— Ce que tu dis, c'est que tu ne penses pas que je puisse vous aider, rétorque Schroder.

— Je ne dis pas ça », objecte Hutton.

Seulement, c'est précisément ce qu'il dit, et les deux hommes le savent.

« Je dis juste que c'est plus ton boulot. »

Hutton le fixe, attendant une réponse, et Schroder met un peu plus de cinq secondes à la trouver.

« J'en ai besoin, dit-il.

— Carl…

— J'en ai besoin, Wilson. C'est moi qui ai eu l'idée d'un leurre pour le trajet jusqu'au tribunal. C'est à moi que Melissa l'a volée.

— Elle… »

Schroder lève la main.

« Elle s'est introduite dans ma voiture pendant que je rendais visite à Joe en prison. J'avais passé quelques minutes à discuter avec elle avant, sans savoir que c'était elle.

— Bon sang, Carl, qu'est-ce que tu fous ?

— C'est dans ma voiture qu'elle a placé une bombe. Et ce qui est arrivé à Kent, c'est aussi de ma faute. Si Joe tue qui que ce soit, si Melissa tue quelqu'un d'autre, ce sera de ma faute. Tu comprends, non ? » Il regarde Jack étendu mort par terre. « Ça aussi, c'est ma faute », ajoute-t-il. Hutton suit son regard. « Ne fais pas ça, ne m'écarte pas, s'il te plaît, Wilson. Je t'implore en ami, ne fais pas ça. »

Maintenant, c'est au tour de Hutton de rester cinq secondes silencieux. Il regarde autour de lui pour voir qui est à proximité, et il doit songer *pourquoi pas ?*, car il hausse les épaules puis secoue la tête d'un air de dire *je n'en reviens pas d'être sur le point de faire ça*. Et alors, il acquiesce.

« OK, mais ne touche à rien.

— Promis.

— Merde, dit Hutton. Si les rôles étaient inversés, est-ce que tu me laisserais entrer ? »

Non, pense Schroder, tout en faisant oui de la tête. Les rôles ont été inversés par le passé, pas entre lui et Hutton, mais entre lui et Tate, et à chaque fois Tate a interprété les *non* en *oui*.

« Bien sûr que oui, dit-il.

— Ouais, c'est ça. Si on te demande, tu es ici en tant que témoin, c'est tout, et si je finis par me faire virer à cause de toi, tu te réveilleras dans une baignoire pleine de glace et je serai forcé de vendre tes organes parce que j'aurai besoin d'argent. Et puis je te casserai l'autre bras. Allez, allons-y avant que je change d'avis. »

71

Ma fille s'appelle Abby. Elle a vingt ans et possède la beauté de sa mère, le genre de beauté que j'aurais aimé voir sur toutes les filles de vingt ans avec qui je me suis retrouvé dans une allée déserte. Abby n'est pas le diminutif d'Abigail, mais celui d'*Accidental Baby*, et Melissa et moi comptons lui raconter son histoire quand elle fêtera son vingt et unième anniversaire, à savoir, demain. Abby a un grand sens de l'humour, et elle comprendra la plaisanterie. Je l'adore. Abby a changé ma vie, de la même manière que Melissa. C'est notre unique enfant. Elle avait quatre mois quand j'ai eu une vasectomie, préférant me faire opérer par un professionnel plutôt que d'opter pour la solution de facilité et de laisser Melissa s'en charger. Un enfant suffisait.

Ma mère sera présente à la fête demain. De même que son nouveau mari, Henry. Walt est mort il y a quelques années. Il a été renversé par une voiture. J'ai toujours soupçonné que c'était un choix plus qu'un accident. Ma mère a désormais plus de quatre-vingts ans.

L'une des choses les plus agréables quand on a une fille de vingt et un ans, ce sont ses amies de vingt et un ans. Chaque week-end, certaines viennent à la maison, et chaque week-end, je retiens mes mains et mes couteaux de peur de retourner en prison.

Bien sûr, la prison, c'est du passé. Melissa m'a sauvé. Nous raconterons également cette histoire à Abby pour son anniversaire. Peut-être qu'on lui montrera quelques photos d'elle bébé, la première fois qu'elle s'est tournée sur le ventre, la première fois qu'elle a marché, la première fois qu'elle a tué un animal. Après que je me suis fait tirer dessus et que j'ai été secouru et soigné, le système judiciaire s'est aperçu que j'avais été suffisamment puni, et les juges en sont venus à voir les choses du même œil que moi. Les charges ont été abandonnées. Mais en échange, j'ai dû consulter un psy. Alors je suis allé voir Benson Barlow deux fois par semaine pendant dix ans, et nous sommes devenus assez bons amis. Pas au point de nous fréquenter en dehors de son cabinet, mais suffisamment pour discuter de la pluie et du beau temps si je le croisais dans la rue.

On dit que votre vie défile devant vos yeux quand vous êtes sur le point de mourir. Je ne sais pas vraiment pourquoi la mienne défile devant mes yeux en ce moment. D'ailleurs, ce sont principalement les événements de ces derniers jours qui repassent dans ma tête – la virée dans les bois avec Kent et son équipe, l'argent que j'ai gagné, le…

Ces derniers jours ?

Non. Ça ne colle pas. Ces quelques jours remontent à une vingtaine d'années.

C'est une belle matinée, le soleil chauffe mon visage et je suis étendu sur un lit. J'entends la voix de Melissa quelque part. Je sens une odeur d'œufs au bacon. Je me sens heureux. Je suis comblé. Je suis l'homme que je n'avais jamais cru devenir. Il y a une palissade blanche dehors, et plus tard dans la journée je tondrai la pelouse, j'irai causer de tout et de rien avec le voisin, et je l'aiderai à transporter son vieux réfrigérateur de sa cuisine à son garage. J'entends aussi la voix de Sally, et c'est une chose que je n'ai pas entendue depuis des années.

Des mois.

Mais elle est là maintenant, elle discute avec Melissa, car elle aussi viendra demain. De même que Carl Schroder. Au bout du compte, Schroder s'est avéré être un brave type, probablement parce qu'il a passé dix ans en taule et a perdu tout ce qu'il y avait du flic en lui.

Je me sens fatigué et les voix s'estompent un peu. Des rêves dans des rêves. Mon passé qui défile devant mes yeux. Je les ouvre et découvre un monde plein de Sally. Elle est penchée au-dessus de moi. Est-ce qu'on couche ensemble ? J'essaie de retourner à la palissade blanche et au bacon en train de frire dans la cuisine, mais quelque chose me retient ici, quelque chose de si puissant que je sens même de nouveau mon ancienne douleur à l'épaule. Je perçois une odeur d'antiseptique. L'air est fétide. Le lit ne semble pas être le mien. Je suis étendu sur le lit d'un inconnu, et des choses déplaisantes sont en train de se produire, mais je ferme les yeux et laisse faire, comme je l'ai fait avec ma tante il y a si longtemps. Je rouvre les yeux. Melissa se tient près du mur. Sally flotte au-dessus de moi. La Sally. Je ferme les yeux. Il est temps de se réveiller. Il est temps de retrouver ma famille.

Mais je ne me réveille pas.

Les choses vont et viennent. À un moment, Sally est au-dessus de moi, puis il n'y a plus personne, puis elle revient. Elle s'occupe de ma blessure par balle. Ça me rappelle une autre époque, il y a vingt ans.

Non.

Un passé lointain, des souvenirs qui devraient être morts et enterrés.

« Où est Abby ?

— À l'abri, répond Melissa. Tu la verras bientôt. Tu lui manques. »

Je suppose que c'est le genre de choses que disent les mères, même si la mienne ne les a jamais dites. Ça signifie aussi que la Melissa que je connaissais il y a un an n'est plus la même que celle qui se tient devant moi.

Il y a un an ?

La Sally semble jalouse – et je m'aperçois qu'elle en pince toujours pour moi, que son amour la consume toujours, et que Melissa ferait bien de ne pas lui tourner le dos car il n'y a rien de plus cinglé qu'une grosse vache amoureuse.

« C'est son anniversaire, dis-je.

— Qu'est-ce qui lui arrive ? demande Melissa.

— Elle a vingt et un ans.

— Ce sont les médicaments, explique La Sally. Ça altère sa conscience, c'est tout. Inutile de s'inquiéter.

— Tu te souviens de notre mariage ? » dis-je à Melissa.

Elle me sourit. C'est une question idiote – évidemment qu'elle s'en souvient. Pourquoi ne s'en souviendrait-elle pas ? C'était une journée merveilleuse, rendue plus merveilleuse encore par le fait que ma mère s'est emmêlée dans les dates et l'a raté.

« Je t'aime, dis-je.

— Ça va aller, Joe », répond-elle.

Je suis torse nu. Mes vêtements forment un tas sanguinolent au pied du lit. Ce n'est pas une grande perte – juste un costume bon marché que le directeur de la prison remplacera par un des siens, ou grâce à trente dollars prélevés dans la caisse. Je commence à m'inquiéter car mon rêve semble de plus en plus réel. J'essaie de me concentrer sur Abby, mais ça ne fonctionne pas vraiment, car chaque fois que j'essaie de m'imaginer ses traits, je n'y parviens pas. De quelle couleur sont ses yeux ? Quelle est la forme de son nez ? Ses joues ? Ses cheveux ? J'essaie alors de me souvenir du nouveau mari de ma mère. De mes séances avec Benson Barlow. De l'enterrement de Walt, mais peut-être que je n'y suis pas allé. Le voisin au réfrigérateur, comment s'appelle-t-il ? Et qu'a fait Schroder pour se retrouver derrière les barreaux ?

C'est un mauvais rêve. C'est tout. Comme celui que j'ai fait après avoir perdu mon testicule.

Alors je laisse faire. J'attends de voir où le rêve me mènera. La chose qui m'inquiète le plus, si j'en cherche une – ce que je ne fais pas –, c'est que de toutes les personnes que je connais, pourquoi j'irais rêver de La Sally ?

Impossible.

Je ne rêverais jamais de quelqu'un comme Sally.

La Sally.

Jamais.

Et c'est ça, plus que tout, qui me dit que ce que je vois est la réalité.

« Tu dois aller à l'hôpital, Joe », dit La Sally.

Je parcours la pièce du regard. La chambre de Sally. Ça doit être un rêve devenu réalité pour elle. Il y a un poster au mur qui représente des fleurs dans un vase, mais il n'y a nulle part de fleurs dans un vase. Pourquoi ne pas mettre un poster représentant une fenêtre et garder les rideaux tirés ? Il y a un miroir au-dessus d'une commode avec des images qui doivent être des photos de famille coincées sous le cadre. Elles prennent beaucoup de place, et je suppose que c'est pour qu'il y ait moins de surface réfléchissante et moins de risques pour Sally de se voir.

« J'ai mal, dis-je, et c'est probablement la chose la plus sincère que je lui aie jamais dite.

— La balle a traversé de part en part, explique La Sally. Tu as des muscles et des ligaments abîmés. J'ai fait cesser le saignement, et tu vas bien pour le moment. J'ai nettoyé la plaie, mais elle va s'infecter, et tu ne pourras probablement plus jamais utiliser ton épaule correctement. »

Je secoue la tête en imaginant mon épaule se bloquant et se contractant pile au moment où je serai en train de découper quelqu'un.

« Arrange ça, dis-je.

— Il faut t'opérer. Elle ne va pas guérir toute seule.

— Alors opère.

— Je ne peux pas.

— Trouve quelqu'un qui peut. »

Melissa s'écarte de la fenêtre. Elle baisse les yeux vers moi et semble soucieuse.

« Je crois que ce que Sally est en train de dire, c'est qu'elle a fait tout ce qu'elle pouvait. N'est-ce pas ? » demande-t-elle en se tournant vers La Sally.

La Sally acquiesce.

« Vous devriez l'emmener à l'hôpital. Si vous ne voulez pas que ça s'infecte et si vous voulez qu'il retrouve son épaule à cent pour cent, alors vous devez l'emmener. »

Melissa acquiesce.

« C'est drôle, parce que tu me parles, et tout ce que j'entends, c'est que tu ne nous sers plus à rien. »

Elle lève sa main, dans laquelle se trouve un pistolet. Elle le pointe sur La Sally, et je m'aperçois à cet instant que Melissa n'a pas changé du tout, qu'elle est toujours la femme dont je suis tombé amoureux, et que j'ai de la chance de l'avoir trouvée.

72

Le bureau ne comporte pas de cloison. Juste quatre murs et une porte, plus une fenêtre qui est pour le moment couverte par une bâche de protection maintenue par du ruban adhésif. Schroder n'a pas besoin de l'écarter pour savoir sur quoi elle donne, mais il le fait tout de même – lui à gauche, Hutton à droite – et voit l'arrière du tribunal en contrebas. Près du cordon, des agents de police contiennent les quelques étudiants qui essaient de pénétrer sur la scène pour se faire prendre en photo en train de boire, afin probablement de poster les clichés sur Internet. Mais la plupart des étudiants sont en retrait. Ils s'étreignent les uns les autres – il y a beaucoup de larmes, beaucoup de personnes assises avec les genoux remontés contre la poitrine. La majorité des badauds s'éloignent désormais de la scène, chacun souhaitant simplement rentrer chez soi. Certains ont le visage en sang.

« Un bon angle », observe Hutton.

Pendant un instant, Schroder croit que Hutton parle des étudiants et de leurs appareils photo. Mais bien sûr que non – il parle du tireur. Schroder regarde en direction du tribunal, il regarde l'endroit où sa voiture était stationnée, et il sait que le tireur a dû rester ici un moment, et également que pour trouver une place de parking à proximité, il était là avant que les cordons de police de ce matin ne soient installés. Ce qui signifie que quand Schroder est arrivé, son visage s'est retrouvé dans le viseur du tireur. Il frissonne à cette idée, puis convient avec Hutton que oui, c'était un bon angle. Il y a trois douilles sur le sol. Elles seront examinées pour y chercher des empreintes – peut-être qu'ils auront un coup de chance.

Le fusil dans le viseur duquel Schroder a dû se retrouver quand il est descendu de voiture gît par terre, derrière eux. Il n'y aura pas d'empreintes dessus car il est recouvert d'une peinture blanche provenant de l'un des pots qui reposent sur le flanc à même le sol en béton, lui aussi entouré de peinture. Un autre pot n'a plus de couvercle, et il y a un casque antibruit à l'intérieur, dont l'une des coquilles ressort. Schroder sait que la règle sur les chantiers est de travailler de haut en bas. Plafond, murs, puis moquette. Ce bureau n'est pas achevé. Un type est penché au-dessus du fusil, un technicien dont Schroder a toujours trouvé le nom imprononçable en temps normal, mais aujourd'hui, après l'explosion, il ne s'en souvient même plus. Le fusil va aller à la balistique, et ils sauront s'il a déjà servi. Mais il a probablement été volé à Derek Rivers, qui n'a pas franchement été d'humeur causante depuis que Melissa ou Dieu sait qui lui a collé deux balles dans la poitrine.

Le technicien prend les trois douilles en photo.

« Vous avez dit qu'il n'y avait eu qu'un coup de feu, dit Schroder.

— C'est le cas.

— Mais il y a trois douilles. Et si Joe a été touché, et Jack aussi, alors ça ne fait que deux coups de feu.

— Je peux l'expliquer », répond le technicien.

Il se lève pour faire face à Schroder et à Hutton. C'est un type qui approche de la trentaine, avec une chevelure que Schroder voudrait avoir, et même s'il ne se souvient pas de son nom, il se souvient soudain que ce type est un as des *pub-quiz* qui passe deux ou trois soirées par semaine à gagner des boissons gratuites.

« OK, donc nous avons trois douilles parce que nous avons eu trois coups de feu, mais vous n'en avez entendu qu'un, n'est-ce pas ?

— Exact, répond Hutton. Tout le monde n'a entendu qu'un seul coup de feu.

— OK, fait le technicien en acquiesçant. Le canon est obstrué.

— Obstrué ? demande Schroder.

— Par une balle. Et si vous n'avez entendu qu'un coup de feu, alors il est probablement obstrué par deux balles. La première balle est partie, la deuxième s'est coincée, et la troisième s'est logée juste derrière.

— Ça fait toujours trois coups de feu, observe Hutton. On ne les aurait pas entendus ?

— À mon avis, les balles ont été modifiées. Je suppose que la poudre a été ôtée. Les balles sont constituées de quatre parties, d'accord ? La balle elle-même, la douille, la poudre et l'amorce. L'amorce enflamme la poudre et…

— Nous savons comment fonctionne une balle, interrompt Schroder.

— OK, OK. Bon, si la poudre a été ôtée, vous avez toujours l'amorce qui va s'enflammer, d'accord ? Mais ça va faire bang, et pas boum. Vous l'entendrez ici, dans le bureau, mais vous ne l'entendrez pas dans la rue. Donc, l'homme tire la première balle, puis la deuxième et la troisième ne produisent pas le même bruit et ne réagissent pas de la même manière. Ces balles vont s'engager dans le canon, mais elles n'en ressortiront pas. J'ai besoin d'emmener l'arme au labo pour effectuer quelques tests, mais pour le moment, c'est ma théorie. En plus, le chargeur est vide, donc la personne qui était ici n'avait prévu de tirer que trois fois.

— Et Jack ? demande Schroder. Il a été tué par balle.

— Mais probablement pas par cette arme. Peut-être par celle qui a tué Derek Rivers et Tristan Walker. J'en saurai plus plus tard. »

Il commence à emballer le fusil, et Hutton et Schroder commencent à réfléchir à ce que tout ça signifie.

« Si Raphael et Melissa travaillaient ensemble, dit Hutton, alors elle s'est bien foutue de sa gueule. Mais si elle comptait le faire sauter, pourquoi saboter deux des trois balles ?

— Il y avait deux verres d'eau, déclare Schroder.

— Pardon ?

— Rien », répond Schroder.

Il aurait dû se fier à la mauvaise impression que lui a faite Raphael quand il est allé chez lui pour lui montrer les photos. Melissa était-elle également là ? Était-ce ce qui s'était passé ? Raphael la prenait-il pour quelqu'un d'autre ? Quelqu'un qui désirait autant que lui la mort de Joe ? Oui – oui, c'est possible. Et alors elle a pu entendre sa conversation avec Raphael, et soupçonner qu'il l'avait reconnue sur la photo.

« Ils ont retrouvé un bras, annonce Hutton. Un bras avec deux doigts et pas grand-chose de plus. Et ces doigts étaient salement brûlés. Des agents se rendent chez lui pour prélever des empreintes. Si c'était Raphael, on le saura bientôt. »

Schroder est certain que les empreintes vont correspondre. Il regarde la ville à travers la fenêtre. Sa ville. Il se demande si c'est lui qui a déclenché tout ça le jour où il a arrêté Joe. Il suppose que oui. Toute cette destruction en bas, et pourtant dans d'autres quartiers la vie continue normalement, les gens vaquent à leurs occupations quotidiennes, portant des mallettes et des sacs à main, déjeunant sur le pouce, les coursiers à vélo zigzaguant parmi la circulation.

« Merde ! » s'écrie Schroder.

Hutton reste silencieux.

« Allons-y.

— Où ? Chez Raphael ?

— À l'hôpital.

— Bonne idée. »

Ils redescendent. Étrangement, Schroder a envie de pleurer. Il ne sait pas pourquoi – il a déjà vu des saloperies, il a déjà perdu des collègues, mais ce coup-ci, c'en est juste… juste trop. Rebecca Kent…

« On va les retrouver, déclare Hutton.

— Comme on a retrouvé Melissa », raille Schroder.

Hutton ne répond pas.

L'attelle soulage toujours Schroder, mais son bras commence à vraiment le faire souffrir. Ils marchent vers la voiture de Hutton. Des journalistes leur lancent des questions. Des badauds se tiennent là avec des mines hébétées. Les secouristes continuent de s'occuper des victimes, même s'il ne semble pas y avoir de blessés graves gisant sur la chaussée – ils ont déjà été transférés d'urgence à l'hôpital. Il ne voit pas de cadavres non plus. Y a-t-il eu des morts ? Ont-ils déjà été évacués ?

« Ça semble si irréel, observe Hutton.

— Je sais.

— Franchement, Carl, quand tu vois ça, tu ne te dis pas que tu as bien fait de quitter ce boulot ? » demande Hutton.

Mais Schroder n'a pas quitté son boulot, on le lui a pris. Il comprend cependant ce que Hutton veut dire.

« Je… je ne sais pas, répond-il. Je ne sais vraiment pas. »

Ils montent dans la voiture. Schroder s'examine dans le rétro. Il est dans un sale état. Le bandage autour de son front soulève ses cheveux. Il y a du sang dessus, et aussi des taches de sang séché sur son visage et sur son cou. Ils ne mettent que dix minutes à atteindre l'hôpital, Hutton allumant les sirènes aux croisements. Il n'y a pas de places de parking libres à l'avant. Il y a même des voitures garées en double file.

« Dépose-moi ici, dit Schroder en désignant le trottoir de l'autre côté de la rue. Je vais me débrouiller. Tu devrais essayer de faire quelque chose d'utile.

— Je t'accompagne, réplique Hutton. Rebecca est là.

— Et ce qu'elle voudrait, c'est que tu te lances à la recherche de Joe et de Melissa. »

Hutton acquiesce.

« Écoute, Carl, je sais ce que tu lui as promis.

— Et ?

— Et je pense que ça signifie que je ferais bien de rester avec toi quelque temps. Vas-y, fais-toi examiner le bras, je vais me garer derrière et je te rejoins. »

Schroder sort de la voiture. Il traverse au milieu de la circulation. Hutton ne doit pas trop se soucier de la promesse qu'il a faite à Kent, sinon il ne l'aurait pas laissé partir si facilement. Il atteint l'autre côté de la rue, franchit l'entrée principale, et se retrouve au milieu d'une foule de personnes en état de choc, nombre d'entre elles avec des coupures et des os brisés, la douleur se lisant sur leurs traits. D'après ce qu'il a entendu en venant ici, la plupart des blessures ont été provoquées par la débandade, les victimes tombant et se faisant piétiner. Il y a une file de gens derrière une vitre qui attendent de parler à l'infirmière chargée des admissions. Il ressort, contourne le bâtiment jusqu'à l'accès des ambulances, où une ambulance est justement en train de s'arrêter. Il s'écarte tandis que les urgentistes prennent position. Les portes à l'arrière du véhicule s'ouvrent, un brancard en est tiré, sur lequel gît un homme déguisé en Grande Faucheuse avec une partie du visage arrachée. Il est conscient et serre fort les poings. Schroder les suit à l'intérieur, jusqu'à ce qu'un médecin l'intercepte en plaçant une main devant lui.

« Mauvaise entrée », lui dit l'homme.

Une vilaine mèche tente vainement de cacher sa calvitie. Il a les yeux injectés de sang et sent le café. Un badge sur sa poitrine indique Dr Ben Hearse, et Schroder suppose que c'est un mauvais présage pour ses patients, même si c'est toujours mieux que Dr Vous-Allez-Mourir.

« Je suis de la police, dit-il. Inspecteur Carl Schroder. Écoutez, je dois entrer. Mon équipière est à l'intérieur. Elle a été amenée il y a quelques minutes. »

Le Dr Hearse acquiesce.

« On s'occupe d'elle.

— Est-ce qu'elle va s'en tirer ?

— On s'occupe d'elle, répète l'homme, d'un ton un peu plus compatissant. Laissez-moi jeter un coup d'œil à votre bras. »

Schroder fait la moue dès qu'il le touche.

« OK, suivez-moi.

— Vous ne pouvez pas simplement me faire une piqûre ou quelque chose ?

— Une piqûre ?

— Contre la douleur. Ça fait un mal de chien.

— Non, je ne peux pas simplement vous faire une piqûre, mais ce que je peux faire, c'est réduire la fracture et vous plâtrer.

— J'ai juste besoin d'une piqûre. On pourra faire le plâtre plus tard.

— Faisons le plâtre tout de suite », insiste Hearse.

Schroder pénètre à sa suite dans le service des urgences. Les médecins qui ne s'occupent pas de blessés courent à droite et à gauche, prêts à s'occuper de ceux qui vont encore arriver. Schroder et Hearse continuent de marcher, dépassant les blocs opératoires pour finalement atteindre une salle de soins.

« Attendez ici, dit Hearse. On va vous faire une radio et voir ce que vous avez.

— Je veux savoir comment va l'inspectrice Kent », dit Schroder.

Il bout d'impatience. Il sait qu'il doit faire quelque chose pour retrouver Joe, mais il ne sait pas quoi.

Le médecin lui adresse un bref hochement de tête.

« Attendez ici, répète-t-il, je vais voir ce que je peux faire. »

Schroder n'est seul que depuis une minute quand son téléphone se met à sonner. Il enfonce la main dans sa poche. L'écran s'est brisé lors de l'explosion, il ne sait donc pas qui l'appelle. Il s'aperçoit qu'il n'a toujours pas téléphoné à sa femme. Elle a dû apprendre la nouvelle et doit s'inquiéter pour lui.

« Inspecteur Schroder », dit-il, le mot *inspecteur* sortant de sa bouche trop rapidement pour qu'il puisse le retenir.

Mais en ce moment, il a de nouveau l'impression d'être flic.

« Carl, c'est Hutton. » Il laisse passer la gaffe de Schroder, ou alors elle lui a échappé. « Écoute, j'ai quelque chose ici.

— Où ?

— Retrouve-moi sur le parking de derrière, et fais vite. »

73

La Sally pousse un léger halètement en voyant le pistolet.

« Joe, dit Melissa, je la laissais en vie pour que ce soit toi qui la tues, un peu comme un cadeau.

— Un cadeau de pendaison de crémaillère ? » dis-je, et je ne sais pas vraiment pourquoi je dis ça, parce que même si c'est un magnifique cadeau, ce n'est pas comme si Melissa et moi allions emménager ici.

À moins que si.

« Est-ce qu'on va emménager ici ?

— Non », répond Melissa.

La Sally a reculé contre le mur. Ses paumes sont tournées vers l'extérieur, dans l'alignement de ses épaules. Sa montre a glissé et est désormais à l'envers, si bien que le cadran est sous son poignet et que je peux lire l'heure. Je vois aussi un réveil sur la table de chevet. Il a deux minutes d'avance sur la montre, et soudain je sais pourquoi tout me semble si tordu – je suis deux minutes dans le futur, et ça fout mon équilibre en l'air. Ce qui signifie que quel que soit le sort de Sally, il s'est déjà produit, et je regarde désormais pour voir ce qui s'est passé.

« Alors, comment tu veux le faire ? me demande Melissa, sa question franchissant la barrière temporelle.

— Je ne sais pas.

— S'il vous plaît, non, implore La Sally. Je vous en prie, ne me faites pas de mal. »

Et vu tout ce qu'elle a fait, je n'en vois vraiment pas le besoin. Mais bien sûr, ce n'est pas parce que je n'en vois pas le besoin que je vais décider de la laisser en vie.

« Tu n'as qu'à la descendre », dis-je.

Je dis ça parce que je veux qu'elle dégage de cet endroit avec ses fractures temporelles, et aussi parce que si on me collait un flingue sur la tête, je serais bien obligé d'admettre que je n'ai pas vraiment envie de le faire moi-même.

« S'il te plaît, Joe, implore Sally. Je ne veux pas mourir. J'ai toujours été gentille avec toi. Je sais que je ne suis jamais venue te voir en prison, mais comment aurais-je pu, après ce que tu as fait ?

— Je suis désolé, Sally. »

Et c'est la vérité, je suis vraiment désolé.

« Je t'ai apporté des livres, poursuit-elle.

— De quoi ? »

Je tourne ma paume vers Melissa pour la retenir au cas où elle s'apprêterait à appuyer sur la détente.

« Je ne te les ai pas apportés en personne, mais je les ai confiés à ta mère pour qu'elle te les donne. Des romans d'amour. Je me suis souvenue que tu adorais ça. Alors je les lui ai donnés. J'ai été gentille avec toi, Joe, même après toutes les vilaines choses que tu as faites. Je t'en prie, ne me fais pas de mal. »

Melissa attend que je lui dise quoi faire, et je m'aperçois que tout ça se déroule juste là devant mes yeux – il n'y a pas de rêve, pas d'écart temporel. C'est La Sally qui a donné ces livres à ma mère, pas Melissa.

« C'était *ton* message ? C'est toi qui essayais de m'aider à m'évader ? »

Melissa semble confuse, et La Sally aussi.

« T'évader ? » demande Melissa. Elle se tourne alors vers La Sally. « Tu essayais de l'aider à s'évader ? »

La Sally ne répond pas, alors je le fais à sa place.

« Il y avait un message dans les livres, dis-je. Elle voulait que je montre aux flics où était enterré l'inspecteur Calhoun, et elle allait m'aider à m'évader, mais ma mère ne m'a pas donné les livres à temps et… et… et j'ai cru qu'ils venaient de toi. Pourquoi tu me regardes comme ça ? dis-je à Melissa.

— On t'a fait prendre des médicaments, répond-elle. Tu n'as pas toute ta tête.

— Si ! » dis-je, plus fort que je ne le voudrais.

Je serre les dents et inspire profondément, et je m'aperçois que je n'ai plus mal à l'épaule. Les médicaments qu'elles m'ont administrés semblent faire effet.

« C'étaient des romans sentimentaux. Elle a choisi des titres spécifiques, mais ma mère a merdé.

— Ta mère ? demande Melissa.

— Je vous en prie, dit Sally à Melissa, je n'ai jamais rien fait qu'aider Joe. Je l'ai aidé l'année dernière quand vous lui avez broyé le testicule, je lui ai sauvé la vie quand il a été arrêté, et maintenant… »

Et maintenant, je n'écoute plus. Je pense à ma virée dans les bois. C'était La Sally qui avait planifié mon évasion. Moi et La Sally courant à travers la forêt et laissant derrière nous un amas de flics morts, moi et La Sally assis dans un arbre, *T-U-A-N-T*, courant vers notre avenir… Seulement un avenir avec La Sally est à peu près aussi tentant que… eh bien, que se faire broyer un testicule, que se faire enfermer en prison, qu'être condamné à la peine de mort, qu'être père.

« Joe ! » crie Melissa. Je m'aperçois alors qu'elle a déjà prononcé mon nom à plusieurs reprises. « Tu continues de penser à ces livres, je le vois bien. Mais elle n'essayait pas de t'aider à t'évader.

— Je… je ne comprends pas.

— Est-ce que tu lui as donné les livres dont il parle ? » demande Melissa.

Sally acquiesce.

« Il aime les romans d'amour, répond-elle, me regardant tout en s'adressant à Melissa, comme si je n'étais pas dans la pièce.

— Il y avait un message », dis-je.

Mais mes paroles ne me convainquent même pas.

« Ah oui ? Alors demande-lui quel était le message, dit Melissa.

— Je t'en supplie », implore Sally en secouant la tête.

Elle me regarde et s'adresse à moi, et je me rappelle les conversations que nous avions au travail, je me souviens qu'elle me faisait un sandwich chaque jour. Cette bonne vieille Sally fidèle, Sally au grand cœur, Sally la simplette. La Sally. Des sandwichs qui ne me rendaient pas malade, Sally.

« Elle ne nous est plus d'aucune utilité, reprend Melissa.

— Non, je suppose que non, dis-je.

— Joe, supplie Sally.

— Chut. »

Je porte un doigt à mes lèvres.

« Ça va aller.

— Joe, répète-t-elle, d'une voix qui grimpe dans les aigus. Joe…

— Je l'ai laissée en vie pour toi, Joe, déclare Melissa. Pour que ce soit toi qui la tues. »

Sally. Pauvre Sally. Obèse Sally. Toujours à essayer d'aider les autres. Sally, toujours à arpenter d'un pas lourd le commissariat sans que personne fasse attention à elle, de la même manière que j'arpentais le commissariat d'un pas lourd sans que personne fasse attention à moi, seulement moi, je le faisais avec vingt kilos de moins qu'elle. Je secoue la tête. Il est temps de prouver que je suis un être humain, et quel meilleur moment y a-t-il qu'ici et maintenant ?

« Je ne vais pas la tuer », dis-je à Melissa.

La Sally semble heureuse. Melissa a l'air triste.

« C'est toi qui vas le faire, ajouté-je. Mais fais-le vite. »

Je ne veux pas que La Sally souffre. La voilà, mon humanité.

74

Cette partie de l'hôpital est un dédale. Schroder y est déjà venu pour rendre visite à des blessés. Il a attendu devant des blocs opératoires pendant que des victimes mouraient à l'intérieur. Il est venu ici pendant que des amis se battaient pour rester en vie – certains y parvenant, d'autres pas.

Le Dr Hearse le voit et s'approche. Il a la même expression désapprobatrice que son dentiste quand il voit que Schroder n'a pas utilisé régulièrement du fil dentaire.

« Je sais que vous êtes impatient, mais ils sont encore en train de s'occuper d'elle.

— Je cherche le moyen le plus rapide d'atteindre le parking de derrière.

— Certainement pas. Vous avez besoin de soins.

— Donnez-moi juste quelque chose contre la douleur.

— C'est quoi, le problème des flics ? Vous voulez qu'on fasse des miracles quand votre vie est en danger, mais quand il s'agit de simples blessures, on dirait que vous vous en foutez.

— La vie est pleine d'ironie, dit-il. C'est important. S'il vous plaît, est-ce que vous pouvez me donner quelque chose ou non ?

— Non. Vous devez revenir et…

— Plus tard, coupe Schroder. Écoutez, indiquez-moi au moins le chemin du parking. »

Le chemin en question est un vrai labyrinthe, en compagnie d'un médecin furax qui roule les yeux chaque fois que Schroder le regarde. Puis ils atteignent un couloir d'environ vingt mètres de long avec une porte à chaque extrémité et pas de fenêtre. Hearse doit marcher avec lui pour ouvrir la porte avec son badge. Ils retrouvent la lumière du soleil. Des sirènes hurlent non loin.

« Je ne comprends pas », dit Hearse.

Il regarde le parking et voit la même chose que Schroder : une ambulance entourée de berlines, de 4 × 4 et de quelques motos. La crasse et la poussière du chantier voisin flottent au-dessus de tout comme une couverture. Le temps n'a pas changé – le soleil est monté un peu plus haut dans le ciel et a raccourci les ombres. Hutton s'est garé à dix mètres de l'ambulance. Il se tient derrière sa voiture.

« L'ambulance ne devrait pas être là, déclare le Dr Hearse. Qu'est-ce qui… ? commence-t-il, puis il s'interrompt en voyant que Hutton tient un pistolet.

— Restez ici », dit Schroder.

Il contourne les voitures et, baissant la tête, s'approche de Hutton.

« Qu'est-ce qui se passe ?

— Je ne suis pas sûr. Mais ça doit être celle-ci, non ? Je l'ai signalée. L'unité d'élite sera là dans dix minutes. »

Schroder ne croit pas qu'ils aient besoin d'attendre. Quand elle arrivera, l'unité d'élite trouvera une ambulance vide. Ils doivent néanmoins être prudents.

« On ne peut pas attendre aussi longtemps.

— Je sais, répond Hutton. C'est pour ça que je t'ai appelé. Je vais jeter un coup d'œil à l'intérieur. »

Schroder acquiesce.

« Et si quelqu'un en sort ? Qu'est-ce que tu veux que je fasse ? Que je le descende avec mes doigts ?

— Pourquoi tu ne te sers pas de l'arme de Kent ? Je t'ai vu la prendre. »

Schroder acquiesce. Bien joué.

Ils s'approchent de l'ambulance. Il est clair qu'il n'y a personne à l'avant. Hutton se tient derrière et donne le signal à Schroder, qui pose l'arme de Kent dans son attelle et se sert de sa main valide pour ouvrir la portière. Il fait un bond en arrière et saisit de nouveau son arme. Hutton braque son pistolet sur l'intérieur du véhicule, puis il l'abaisse après quelques instants. Schroder renfonce son arme dans sa poche et appelle le Dr Hearse, qui arrive en courant. Il regarde à l'intérieur de l'ambulance.

« Bon sang, dit-il. C'est Trish. Et où… Oh, merde, Jimmy », ajoute-t-il en voyant le deuxième corps.

Il grimpe dans le véhicule. L'arrière de l'ambulance est un vrai foutoir. Il y a du matériel par terre. Du sang. Une tenue d'infirmière. L'homme a été déshabillé et ne porte plus que ses sous-vêtements. Hearse prend le pouls de Trish, puis il se tourne vivement vers Schroder.

« Elle est vivante, dit-il. Allez chercher de l'aide. » Il dégrafe son badge et le tend à Hutton. « Vite ! »

Hutton part en courant en direction de l'hôpital.

Schroder regarde les vêtements. Melissa est arrivée en tenue d'infirmière, puis elle s'est changée et a enfilé les vêtements que la victime nue portait. Hearse prend le pouls de la seconde victime, il colle le côté de son visage sur le torse de l'homme, puis il reprend son pouls.

« Le cœur bat faiblement, dit-il. Qu'est-ce qui s'est passé ici ?

— Ils s'en sont servis pour leur fuite », explique Schroder.

Habillée en infirmière, Melissa n'a dû avoir aucun mal à se faire emmener. Et alors, elle les a probablement menacés de son arme. Elle a pu commander la tenue sur n'importe quel site de vente d'uniformes professionnels. Ou alors elle l'a prise à une infirmière. Et si elle l'a prise à une infirmière, elle a également pu lui prendre un badge pour ouvrir les portes de l'hôpital.

« Aidez-moi avec le brancard », demande Hearse.

À eux deux, ils parviennent à le poser par terre, Schroder se servant uniquement de son bras valide. Ils chargent la femme dessus. Il y a du sang autour de son visage et ses cheveux sont collés. Choc violent à la tête. Schroder a assez souvent vu ça pour faire un diagnostic, et il sait que si elle survit les séquelles peuvent être sérieuses. Le second secouriste ne montre aucun signe de coups. Il semble simplement endormi. Hearse commence à pousser la femme vers la porte par laquelle ils sont sortis. Il l'a presque atteinte lorsqu'elle s'ouvre soudain, et quatre médecins déboulent en courant sur le parking. Deux d'entre eux s'emparent du brancard de Trish, et les deux autres se précipitent vers l'ambulance avec Hearse et un autre brancard. La seconde victime est chargée dessus, puis, pendant un moment, Hearse et Schroder se retrouvent seuls.

« Vous cherchez la personne qui a fait ça, n'est-ce pas ? demande le médecin.

— Oui. »

Hearse acquiesce.

« Je n'ai pas le droit de faire ça, mais vous voyez ce tiroir en plastique, là-haut ? demande-t-il en désignant de la tête une série de petits tiroirs le long de la paroi de l'ambulance. Celui avec la poignée verte ?

— Je le vois.

— Vous trouverez quelque chose pour votre bras dedans. Ça vous soulagera quelques heures. Vous ne sentirez pas grand-chose, mais au moins vous ne sentirez plus la douleur. »

Il part à la suite de ses collègues. Schroder grimpe dans l'ambulance et ouvre le tiroir doté d'une poignée verte. Il y a une demi-douzaine de seringues à l'intérieur – toutes identiques, toutes remplies d'un liquide transparent. Il en saisit une, ôte le capuchon protecteur avec ses dents, puis insère l'aiguille dans son bras. Il ne sait pas ce qu'il y a là-dedans, mais lorsqu'il replace le capuchon sur l'aiguille et balance la seringue par terre, la douleur commence à s'atténuer. Il prend une seconde seringue et l'enfonce dans sa poche. *Et merde*, songe-t-il, et il en prend une troisième. Il sort de l'ambulance à l'instant où Hutton revient.

« J'ai annulé l'appel à l'unité d'élite, annonce celui-ci, mais les équipes scientifiques sont en route.

— Regarde ça, dit Schroder en désignant une tache de sang sur un mur proche.

— Ce n'est pas celui de la secouriste. Ça ne colle pas avec les autres taches.

— C'est celui de Joe. Il s'est assis ici et s'est adossé au mur. Il y a tout un tas de gouttes de sang qui partent de l'ambulance, et il y en a aussi ici, dit-il en pointant le doigt vers le sol. Melissa a changé de véhicule.

— Plutôt que d'en voler un, elle devait en avoir un de prêt, remarque Hutton.

— Exactement. Plus rapide et plus simple. »

Schroder parcourt le parking du regard.

« Pas de caméras. »

Hutton secoue la tête.

« C'est là que tu te trompes, dit-il. Ça fait partie des travaux. Des caméras sont installées à toutes les entrées, et il y en aura bientôt dans le parking.

— Bientôt, ça ne nous sert à rien.

— Non, en effet, mais la caméra à l'entrée pourrait nous aider. »

Il désigne l'entrée du public. « Elle est conçue pour surveiller les allées et venues des gens, mais elle est pointée vers le parking. Peut-être qu'avec un peu de chance… »

De la *chance*. Il se demande ce que signifie ce mot. Joe a eu de la chance parce qu'il s'est enfui. Schroder a eu de la chance parce qu'il est sorti de sa voiture avant qu'elle explose. Ça signifie donc qu'il doit y avoir un équilibre. Chaque fois que la malchance frappe, la chance doit frapper également. C'est comme ça, à Christchurch. De la chance pour Melissa et Joe, de la malchance pour Rebecca et Jack, et aussi pour Raphael.

« Allons voir.

— Écoute, Carl… commence Hutton.

— Hé, regarde, ceci est un hôpital, et ça, c'est un bras cassé. Ce qui signifie que je dois y retourner de toute manière. Et tu y vas aussi – alors il n'y a aucune raison pour qu'on n'y aille pas ensemble.

— Carl…

— Tu m'as laissé venir jusqu'ici, Wilson. Aucune raison d'arrêter maintenant. Tout ce que je demande, c'est de voir les vidéos de surveillance. C'est tout. Et si ça se trouve, ça ne donnera rien. Après, je me ferai soigner le bras et puis j'irai au commissariat, où je pourrai peut-être être utile. »

Une voiture de patrouille s'engage dans le parking. Elle s'immobilise à côté d'eux. Hutton s'en approche et demande aux agents de sécuriser l'ambulance, puis ils reprennent tous deux la direction de l'hôpital. Hutton montre sa plaque à la femme au guichet, et il lui explique qu'ils ont besoin de parler à quelqu'un à propos des caméras de surveillance. La femme a l'air excitée. Elle fait le rapprochement et suppose que toute l'agitation de l'autre côté de l'hôpital est liée à ce que cherchent ces deux flics. Elle acquiesce, leur demande d'attendre une minute, et elle passe un coup de fil. Ils l'observent en silence, comme si leur concentration pouvait accélérer les choses. Ça fonctionne, car ils n'attendent que la moitié du temps prévu. Elle leur annonce que quelqu'un arrive.

Ce quelqu'un est Bevan Middleton. Aucun lien de parenté avec Joe Middleton, leur dit-il en serrant la main de Hutton, puis en observant le bras cassé de Schroder. Tandis qu'il les mène au poste de sécurité, il leur explique qu'il voulait passer l'examen de la police, mais qu'il n'y a pas été autorisé parce qu'il est daltonien.

« Je croyais qu'il était question d'uniformes bleus, leur dit-il. Je croyais que le travail de policier consistait à fouiller dans toutes les nuances de gris, mais c'est le rouge et le vert qui m'ont mis dedans. »

Le poste de sécurité se trouve au rez-de-chaussée, pas loin des toilettes, si bien qu'il flotte dans la pièce une odeur de bloc désodorisant et de désinfectant. Il y a une rangée d'écrans sur un mur, qui montrent différentes parties de l'hôpital, ainsi qu'un écran plat qui est presque aussi grand que la télé de Schroder. La moitié du matériel est flambant neuf, le reste a dix ans, excepté le décor, qui est dépassé depuis vingt ans. Schroder n'a plus mal. La piqûre a gentiment engourdi son bras, merci beaucoup. Elle lui a aussi gentiment engourdi l'esprit.

« Tout le matériel est mis à jour, explique Bevan. Donc, c'est le parking de derrière qui vous intéresse, hein ?

— Exactement », répond Hutton.

Le gardien commence à pianoter sur un clavier d'ordinateur. Quelques instants plus tard, l'entrée de derrière apparaît sur le grand écran devant eux. La caméra est braquée sur les cinq mètres qui mènent à la porte. Tout le monde se penche un peu, cherchant à distinguer ce qui est un peu flou au deuxième plan.

« C'est l'ambulance, dit Schroder.

— On la voit à peine, observe Hutton.

— Mais c'est suffisant.

— Est-ce qu'on peut rendre l'image plus nette ? » demande Hutton.

Le gardien secoue la tête.

« Pas vraiment. »

Schroder savait qu'il allait dire ça. Pour *Le Nettoyeur*, ils nettoieraient l'image et la rendraient plus nette, et ce serait parfait. Ils retravailleraient le reflet sur un pare-brise proche pour obtenir un angle différent, pour isoler un numéro de téléphone portable griffonné sur un revers de main. Il se demande ce que Sherlock Holmes aurait fait avec la technologie vidéo.

« Pas même un peu ? insiste Hutton.

— Rien à faire », répond le gardien.

Il agrandit l'image et la qualité diminue. Ils distinguent l'ambulance et les deux agents qui la surveillent, mais aucun détail.

« OK. Rembobinez, dit Schroder. Revenons au moment où elle est arrivée. »

Le gardien commence à revenir en arrière. Des voitures vont et viennent. Les ombres s'allongent peu à peu. On dirait qu'il fait de plus en plus froid. Les gens marchent à reculons. Vingt-cinq minutes plus tôt, une voiture arrive en marche arrière et se gare près de l'ambulance. Deux personnes en sortent et marchent à reculons, puis elles montent dans l'ambulance et l'ambulance s'en va. Le gardien passe alors la bande dans le bon sens, à la vitesse normale, sans que personne ait à le lui demander. L'ambulance arrive. Une Melissa floue aide un Joe indistinct à en descendre par l'arrière. Leur vue – même malgré l'absence de détails – donne la chair de poule à Schroder. Ils montent dans une camionnette bleu foncé. Ils repartent. Puis plus rien, juste une ambulance stationnée, d'autres voitures, et la vie qui suit son cours normal. Ils n'arrivent pas à lire l'immatriculation de la camionnette.

« Ça ne nous aide pas, déclare Hutton, mais on va lancer un signalement. Une camionnette bleu foncé

– difficile de dire quelle marque. Bon, ça pourrait ne rien donner, ils ont pu changer une nouvelle fois de voiture, mais on va quand même essayer. On aura peut-être de la chance. »

De la *chance*. Encore ce mot.

« Rembobinez, demande Schroder au gardien. Je veux voir le moment où cette camionnette est arrivée. »

L'homme acquiesce avec enthousiasme, comme si c'était la meilleure idée du monde. Il recommence à passer la vidéo à l'envers, faisant des bonds de cinq minutes dans le temps. Une heure avant l'arrivée de l'ambulance, la camionnette apparaît soudain. Le gardien avance de cinq minutes, puis il rembobine seconde par seconde jusqu'à ce qu'ils voient Melissa marcher à l'envers et monter dans le véhicule. Il appuie sur la touche « Lecture ».

« Où elle va ? demande Schroder.

— Difficile à dire. Elle pourrait s'apprêter à faire le tour du bâtiment, il y a d'autres places de parking à l'arrière pour le personnel, ou alors elle pourrait se diriger vers l'entrée de service.

— Vous avez une caméra au-dessus de l'entrée de service ? demande Hutton.

— Bien sûr, elle est là depuis environ deux ans.

— Synchronisez-la avec cette vidéo », demande Schroder en tapotant l'écran du doigt.

Le gardien pianote sur son clavier et synchronise la vidéo avec l'autre caméra. C'est la même entrée que celle par où Schroder et le médecin sont sortis tout à l'heure. Ils voient Melissa s'engager dans le couloir. C'est une caméra différente, Melissa est beaucoup plus proche, et la qualité est bien meilleure. Le gardien n'arrête pas de passer d'une caméra à l'autre, et ils suivent Melissa à travers le service des urgences et dans le garage des ambulances. Schroder n'en revient pas de la confiance et de la décontraction qu'elle affiche, comme si elle était parfaitement à sa place. Elle s'arrête quelques minutes et fait quelque chose sur son téléphone, mais Schroder pense qu'elle profite de cette pause pour gagner du temps et observer son environnement. Après quoi, elle discute avec les deux secouristes qu'ils ont retrouvés inconscients tout à l'heure, et elle monte à l'arrière de leur ambulance.

Schroder sent une veine palpiter dans son front. Il sent l'adrénaline qui commence à monter. Il a l'impression que s'il le devait, il pourrait soulever une voiture à mains nues et la retourner, même avec son bras cassé.

« À qui est le badge dont elle se sert ? » demande-t-il en désignant l'écran.

Mais alors même qu'il pose cette question, il sait – il sait avec certitude quelle sera la réponse. Il aurait dû le deviner quand il était sur le parking.

« Très bonne question », répond le gardien, car il ne connaît pas La Sally, il ne sait pas qu'elle travaillait avec Joe, qu'elle était l'un des éléments qui ont mené à son arrestation, qu'elle a repris ses études d'infirmière l'année dernière et qu'elle est désormais en formation à l'hôpital.

Les doigts du gardien survolent le clavier pendant quelques secondes, puis une photo et un nom apparaissent à l'écran. Schroder regarde la photo de Sally, Hutton regarde la photo de Sally, puis Schroder et Hutton se regardent.

« Merde, fait Hutton.

— Je sais, dit Schroder.

— Allons-y. »

Et les deux hommes sortent en courant et regagnent le parking.

75

Joe reste silencieux tandis que Melissa l'aide à enfiler une chemise propre. Elle avait oublié l'odeur de sa peau. Oublié comment c'était de le toucher. L'année passée sans lui a été dure. Pas les premiers mois. À l'époque, elle lui en voulait de s'être fait arrêter, mais la vie continuait. C'est quand elle a appris qu'elle était enceinte que tout un tas d'hormones ont envahi son corps. Elle a commencé à pleurer pour un rien, principalement quand elle lisait des articles sur des animaux ou des enfants dans les journaux. Des histoires tristes. Et il y avait toujours des histoires tristes. Elle s'est mise à manger des choses étranges, comme des pommes de terre crues, dont elle ne se lassait pas. Et du chocolat. À un moment, elle était certaine qu'elle faisait tourner à elle seule l'industrie chocolatière de Nouvelle-Zélande. Puis ces envies ont disparu et de nouvelles sont apparues – soudain, elle a commencé à se gaver de fruits ou de poulet et de nourriture thaïe, et pendant tout ce temps son amour pour Joe s'est renforcé. Au bout de trois mois de grossesse, elle s'est mise à songer au moyen de lui rendre la liberté. Elle voulait son bébé, elle en avait toujours voulu un, et elle voulait qu'il ait un père.

« Où on va ? » demande-t-il finalement.

Melissa se change également. Elle a apporté des vêtements hier soir en prévision. Et une autre perruque. Elle a opté pour une coupe mi-longue châtain clair.

« À la maison, répond-elle. On se fait discrets pendant quelque temps. La police va chercher deux personnes en cavale, mais on va se cacher et…

— Est-ce qu'on a vraiment une fille, ou est-ce que c'est moi qui ai imaginé ça ? »

Ils sont toujours chez Sally. Elle déteste cette maison. Elle ne peut pas s'imaginer qu'elle soit tellement mieux que l'endroit où Joe a passé les douze derniers mois, et pourtant elle a de l'imagination. Les pièces sont humides. La lumière du soleil pénètre à peine. Et elle en veut à Sally de ne pas avoir un réfrigérateur bien rempli. Elle crève de faim et il n'y a rien à bouffer ici.

« Oui, répond-elle. Elle est magnifique. Elle a tes yeux. »

Elle savait que ça lui ferait un choc. Elle savait qu'il aurait besoin de temps pour encaisser la nouvelle. Bon sang, elle a eu neuf mois pour se faire à l'idée, mais ça ne lui a semblé réel que quand elle s'est retrouvée allongée sur le lit de Sally avec un bébé qui transformait son vagin en quelque chose qui ressemblait à un lapin éviscéré. Alors elle sait qu'il va lui falloir du temps – elle espérait juste que ça lui ferait un peu plus plaisir.

« Elle s'appelle…

— Abigail, finit Joe en ajustant légèrement le chapeau qu'elle lui a donné pour que personne ne le reconnaisse trop facilement quand ils sortiront.

— Est-ce que tu le pensais vraiment quand tu as dit que tu préférais retourner en prison ?

— Non. Bien sûr que non. Où on va se cacher ?

— Chez moi, répond-elle.

— Tu vis toujours au même endroit ?

— Non. J'ai déménagé.

— Avant de commencer à tuer des gens ?

— Quelque chose comme ça. Tu es sûr que tu ne le pensais pas vraiment quand tu as dit que tu préférais retourner en prison ?

— Évidemment que j'en suis sûr. Est-ce que tu as couché avec ces hommes que tu as tués ?

— Bien sûr que non », répond-elle.

Et c'est la vérité. Mais ça ne la dérange pas qu'il lui pose la question.

« Tu es sûre ?

— Bien sûr que je suis sûre. Tu t'es tapé quelqu'un, en prison ?

— Non, bien sûr que non.

— Est-ce que quelqu'un t'a violé ?

— Ce n'était pas comme ça. Je n'étais pas parmi la population générale, sinon c'est ce qui me serait arrivé. Il n'y a eu personne depuis toi », dit-il.

Elle le croit. Un type comme Joe… elle s'imagine qu'il préférerait mourir plutôt que d'être l'objet sexuel de quelqu'un.

« Comment va l'épaule ?

— J'ai mal. Très mal. Mais ça va aller. »

Elle l'aide à se lever. Ils sortent de la chambre.

« On doit aller voir ma mère », dit Joe.

Elle le regarde d'un air de dire *Pourquoi on ferait ça ?*, puis elle demande :

« Pourquoi on ferait ça ? »

Alors il lui explique. Elle l'aide à se tenir debout près de la porte et elle l'écoute. Au début, elle croit qu'il délire encore à cause des médicaments. C'est une histoire à coucher dehors. Cinquante mille dollars. L'inspecteur Calhoun. Jonas Jones le médium à la con qu'elle a vu à la télé. Une virée dans les bois. Mais la foi de Joe dans ce qu'il raconte devient contagieuse. Elle se rappelle les dossiers qu'elle a vus dans la voiture de Schroder. Son histoire est crédible. Et cinquante mille dollars, c'est beaucoup d'argent. Les quarante mille qu'elle a pris à Sally il y a trois mois lui ont été bien utiles, et cinquante mille de plus les aideraient certainement à se lancer dans leur nouvelle vie.

Mais ils feraient bien de rentrer à la maison. De libérer la baby-sitter. Et de rester cachés pendant les quelques mois à venir. Laisser pousser les cheveux de Joe. Les teindre. Lui faire prendre un peu de poids. Transformer autant que possible son apparence avec les moyens du bord. Le faire s'attacher à Abigail. Puis obtenir de nouvelles identités et quitter le pays. Difficile, oui, mais pas impossible. Il suffit d'attendre que la chasse à l'homme retombe.

« Donc, l'argent a été viré sur le compte de ta mère, dit Melissa.

— Oui.

— Ce qui signifie qu'elle va devoir aller à la banque pour le retirer. Nous ne pouvons pas courir le risque qu'elle fasse une gaffe. Trop problématique. »

Joe secoue la tête.

« Tu ne connais pas ma mère. Elle ne fait pas confiance aux banques. Elle a un compte uniquement parce qu'on ne peut rien faire sans, mais elle les déteste, elle les déteste tellement qu'elle y va tous les lundis matin, elle retire l'argent de sa retraite en espèces, et elle le rapporte à la maison et le planque sous son matelas. Ça fait des années qu'elle fait ça.

— Tu crois qu'elle y est allée ce matin et qu'elle a retiré les cinquante mille dollars ? »

Elle essaie de s'imaginer la scène, et se représente bizarrement une vieille femme portant sur son dos un sac orné d'un gros « $ ». Mais évidemment, ce n'est pas la réalité. Cinquante mille dollars en billets de cent, ça fait cinq cents billets. Ça rentrerait dans un sac à main.

« Sans aucun doute, répond Joe. L'argent est chez elle, sous son matelas, il attend juste qu'on vienne le chercher.

— Tu en es sûr ?

— Oui. »

Cinquante mille dollars – est-ce que ça vaut le risque ?

Elle décide que oui.

76

Schroder et Hutton ont une longueur d'avance sur les autres flics. Il le sait car quand Hutton appelle ses collègues pour les mettre au courant des nouveaux développements, on l'informe que les renforts arriveront dans dix minutes. Pendant que Hutton est au téléphone, Schroder fouille une fois de plus ses poches à la recherche de ses comprimés à la caféine. Non. Définitivement perdus. Il sent un mal de tête poindre.

« Une équipe vient d'arriver chez Raphael, annonce Hutton.

— Et ?

— Et les résultats sont intéressants. Rien là-bas ne suggère qu'il était de mèche avec Melissa. Mais beaucoup de choses laissent penser que Raphael n'était pas exactement un bon Samaritain.

— Ah oui ? Qu'est-ce qu'il a fait ?

— Les avocats de Joe. On dirait que c'est lui qui les a tués.

— Merde.

— On a aussi envoyé des gens chez la mère de Joe, dans l'espoir qu'il s'y montrera, ou dans l'espoir qu'elle aura des infos pour nous, mais il n'y a aucun signe d'elle. »

Ils se replongent chacun dans leurs réflexions. Schroder repense à la dernière fois qu'il a vu Sally. Quand était-ce ? L'année dernière, peu après l'arrestation de Joe. Quelques jours après avoir reçu l'argent de la récompense, elle a démissionné de son boulot puis repris ses études. Elle n'est restée en contact avec aucune personne du travail. Et pourquoi l'aurait-elle fait ? La nuit où ils ont compris qui était Joe, ils l'ont traitée comme de la merde. Ils l'ont arrêtée et jetée dans une salle d'interrogatoire sous prétexte qu'ils avaient trouvé ses empreintes sur un indice. C'est finalement grâce à elle qu'ils ont attrapé Joe. Ce n'était pas grâce au travail de la police, pas grâce à leurs talents d'enquêteurs, mais sur un pur coup de pot, car Sally avait compris quelque chose qu'elle n'aurait pas dû comprendre.

« Tu devrais me donner le pistolet de Kent, dit Hutton.

— Tu as probablement raison.

— Je sais que j'ai raison. Allez, Carl. On y est presque. Si tu descends quelqu'un, on finira probablement tous les deux en taule.

— Ils sont armés, objecte Schroder. Il est juste que je le sois également.

— Tu crois qu'elle est toujours vivante ? demande Hutton. Sally ?

— Non.

— Il n'y a rien que je puisse dire pour t'inciter à me donner cette arme ?

— Rien.

— Alors ne fais pas le con. Promets-le-moi, OK ?

— Tu as ma parole.

— Et ne dis à personne que je savais que tu l'avais. »

La ville défile à toute vitesse derrière les vitres. Les quartiers se succèdent. Mais Schroder ne voit rien. Six minutes plus tard, ils s'engagent dans la rue où vit Sally. Ils regardent les numéros sur les boîtes à lettres, mais cessent quand ils voient la camionnette bleue garée dans une allée six maisons plus loin, exactement au bon numéro. Les maisons sont toutes assez petites et ont l'air d'avoir été bousillées par le mauvais temps et le manque d'amour. Hutton fait demi-tour et retourne au début du pâté de maisons. Il sort son téléphone portable et signale leur position. Les renforts sont encore à quatre minutes. Il en informe Schroder après avoir raccroché.

« Il peut se passer beaucoup de choses en quatre minutes, déclare ce dernier.

— Et il peut se passer des choses pires encore si on entre là-dedans.

— On a bien ouvert l'ambulance, non ? C'est exactement la même chose.

— C'est totalement différent, réplique Hutton, et Schroder sait qu'il a raison. On savait que l'ambulance serait vide. Alors que cette fois on sait qu'ils sont à l'intérieur. Si seulement on avait Jonas avec nous, il pourrait nous dire ce qui se passe dans la maison.

— Très drôle. Écoute, ils ne seraient pas venus ici si Sally était morte, dit Schroder. Ils sont venus ici pour qu'elle les aide. Plus que probablement pour ses compétences médicales. Je dis qu'on y va. On est obligés de le faire. On le doit à Sally.

— On doit à Sally de lui laisser autant de chances que possible, et sa meilleure chance, c'est qu'on attende les renforts. Eux, ils n'auront pas de bras cassé. Trois minutes, c'est tout. »

Schroder sait que Hutton a raison. Dans sa position, il prendrait la même décision. Alors pourquoi cette bonne décision semble-t-elle si, si inappropriée ?

Il ouvre la portière et sort.

« Bon Dieu, Carl », râle Hutton. Il sort à son tour. Schroder se met à marcher. « T'as oublié que t'étais plus flic ?

— On doit faire quelque chose, Wilson.

— Ne me force pas à t'arrêter.

— Et quoi ? Tu vas faire un scandale ?

— Tu vas me faire virer.

— Tu penses à ton boulot avant de penser à sauver Sally.

— C'est vraiment nul de dire ça, Carl, réplique Hutton.

— Je sais. Tu as raison, et je suis désolé. Mais on ne peut pas rester plantés là à attendre.

— Deux minutes, dit Hutton. Plus que deux minutes.

— Alors, ça nous laisse moins de temps pour merder. »

Schroder continue de marcher vers la maison. Il peut le faire. Il peut sauver Sally, et Hutton peut arrêter Joe et Melissa. C'est à ça qu'ils sont entraînés. Seulement, c'est faux. Ils sont entraînés à enquêter. Et ils sont entraînés à rester en retrait et à envoyer les unités d'élite dans ces situations. Melissa est armée. Elle a déjà tué un policier aujourd'hui. Inutile de l'aider à en tuer un second. Il cesse de marcher.

« OK », dit-il.

Alors, ils attendent vingt secondes de plus, puis Schroder décide que vingt secondes, c'est assez long. Le truc, c'est que beaucoup de choses peuvent se produire en deux minutes. Des gens peuvent mourir. Joe et Melissa peuvent entendre la police arriver, jouer le tout pour le tout et tuer les personnes qui sont à l'intérieur avec eux. Alors il fait quelques pas vers la maison. Quelque chose cogne dans sa tête, un boum-boum-boum, et il s'aperçoit que c'est le bruit de ses pas sur le trottoir tandis qu'il court vers la maison.

« Bordel ! » s'écrie Hutton.

Mais il est trop gros, il n'a pas vu une salle de sport depuis des années, et toute la bouffe dont il s'est empiffré l'empêche de courir. Même avec un bras cassé, Schroder le distance.

Il atteint la maison. La camionnette a été engagée dans l'allée en marche arrière, il est donc aisé de voir que l'avant est vide. Le pistolet de Kent est de nouveau dans sa main. Les portes arrière de la camionnette sont ouvertes. Il contourne le véhicule et jette un coup d'œil à l'intérieur. La camionnette est vide, il y a juste un peu de sang sur les parois. Hutton n'est plus qu'à une maison derrière lui, mais il a cessé de courir. Pas à cause de l'effort que ça lui demande, mais parce que rattraper Schroder maintenant déclencherait une confrontation. Il n'entend toujours pas de sirènes au loin. Soit les renforts sont en retard, coincés dans la circulation, soit ils roulent en silence.

La maison est une construction de plain-pied, avec des murs couverts de lattes de bois et des tuiles en béton sur le toit. Le jardin est bien entretenu, mais insipide. Il y a un nain de jardin sans tête près de la marche qui mène à la porte d'entrée. La porte est fermée. Schroder jette un coup d'œil par la fenêtre et voit l'intérieur du salon. Il n'y a personne. Il se baisse et tend l'oreille, mais il n'y a aucun bruit. Il avance jusqu'au côté de la maison et regarde par une autre fenêtre. Il voit la même pièce, mais sous un autre angle. La fenêtre suivante donne sur la cuisine. Petite, mais bien rangée. Il essaie la porte de derrière. Elle vibre dans son montant, mais est fermée à clé. Il plaque son oreille contre le bois et écoute. Rien. Aucun mouvement à l'intérieur. Aucune sirène dans la rue. Aucun signe de Hutton. Il poursuit son tour de la maison et regarde désormais par la fenêtre de la chambre. Il y a un corps par terre. C'est Sally. Elle a le visage contre le sol. Il ne sait pas si elle est morte ou vivante, mais il sait sur quoi il parierait sa chemise. Le lit est taché de sang. Du matériel médical est éparpillé à travers la pièce. Quelques vêtements ensanglantés. Un uniforme de secouriste. Joe et Melissa sont partis, probablement dans la voiture de Sally.

Il regagne la porte de devant, essaie de l'ouvrir. Elle est déverrouillée. Il la pousse et se rend dans la chambre, pointant son arme devant lui. Il s'accroupit à côté de Sally et doit poser le pistolet par terre pour placer deux doigts sur sa gorge. Il cherche son pouls et le trouve, régulier et puissant. Il la roule sur le dos. Il y a un gros bleu sur le côté de sa tête, et un peu de sang.

« Sally », dit-il en la secouant un peu avec son bras valide. Il est surpris qu'ils l'aient laissé vivre et se demande en fonction de quoi Joe et Melissa décident qu'une vie humaine a de la valeur. « Sally ? »

Elle ne bouge pas. Alors il la gifle doucement, puis un peu plus fort.

« Allez, Sally, c'est important. »

Mais Sally ne semble pas être d'accord. Il va dans la cuisine, trouve un seau sous l'évier. Il le remplit d'eau froide. Il songe au pistolet et sait ce qui va se passer dans les minutes à venir. Alors il sort l'arme et l'enveloppe dans un torchon qu'il pose sur la paillasse près de l'évier. Il porte le seau dans la chambre. Son bras recommence à le faire souffrir.

« Je suis désolé », dit-il, et il lui verse de l'eau sur la tête.

Elle se réveille alors qu'il a vidé un quart du seau, se met à crachoter. Quand le seau est vide, elle se roule sur le flanc et tousse.

« Sally. »

Il s'accroupit à côté d'elle.

« Inspecteur Schroder, dit-elle.

— Vous êtes en sécurité, maintenant.

— Où sont-ils ? Vous les avez arrêtés ?

— Non. S'il vous plaît, Sally, dites-moi ce qui s'est passé. Est-ce qu'ils ont dit où ils allaient ? Avez-vous toujours votre voiture ? Est-ce qu'ils l'ont prise ?

— La femme, Melissa, elle est venue hier soir, dit-elle. Elle a menacé de me tuer. Elle m'a ligotée et m'a pris mon uniforme et mon badge. Puis elle est partie ce matin et est revenue avec Joe. Il avait été blessé par balle. Ils m'ont forcée à l'aider. Je croyais… je croyais qu'ils allaient me tuer.

— Vous êtes en sécurité, maintenant, répète-t-il. Qu'est-ce qu'ils ont dit ? Savez-vous où ils sont allés ? »

Elle secoue la tête, puis elle porte vivement une main à sa tempe et ferme les yeux, son geste la menant au bord de l'évanouissement. Il l'aide à se relever pour qu'elle puisse s'asseoir sur le lit. OK, son bras recommence à vraiment lui faire mal. Il sort la deuxième des trois seringues.

« Qu'est-ce que vous faites ? demande Sally.

— Ne vous en faites pas, ce n'est pas pour vous, répond-il, et il insère l'aiguille dans son bras.

— Vous ne devriez pas faire ça.

— Dites-moi ce qui s'est passé, ici. »

Il replace le capuchon sur la seringue et la laisse tomber par terre. Son bras commence à s'engourdir de nouveau.

« Ils ont un bébé, déclare Sally.

— Quoi ?

— Pas avec eux. Mais… mais Melissa m'a forcée à l'aider.

— Attendez. Elle a eu un bébé hier soir ? »

Sally secoue la tête.

« Il y a trois mois. Elle est venue ici et…

— Et vous ne nous en avez rien dit ?

— Je ne pouvais pas, répond Sally en baissant les yeux.

— Pourquoi pas ? »

Elle fond en larmes et lui explique pourquoi. Il devrait montrer plus de compassion, mais tout ce qu'il éprouve, c'est de la colère et de la frustration. Des gens sont morts. Des flics sont morts. Elle aurait dû venir les voir. Ils auraient pu utiliser cette information. Ils auraient pu attraper Melissa, et le bébé aurait été en sécurité.

« Parlez-moi d'aujourd'hui, dit-il. La blessure de Joe était-elle sérieuse ?

— Il a été blessé à l'épaule. La balle l'a traversée.

— Et vous êtes sûre qu'aucun des deux n'a dit la moindre chose qui pourrait nous aider ?

— Rien. »

Avant qu'il ait le temps d'ajouter quoi que ce soit, une demi-douzaine d'hommes font brusquement irruption dans la pièce. Ils sont tous vêtus de noir, et l'un d'eux leur crie *À terre, à terre !* Quelqu'un lui enfonce un genou dans le milieu du dos et lui plaque le visage au sol, puis il hurle dans la moquette tandis que son bras cassé est arraché de l'attelle et tiré derrière lui, la douleur se réveillant à l'instant où on lui passe les menottes.

77

Ça fait plus d'un an que je ne suis pas allé chez ma mère, mais les sensations que j'avais à l'époque me reviennent maintenant. L'appréhension. Les tremblements. Le seul aspect positif de la prison, c'était que je n'étais pas obligé d'y aller chaque semaine pour manger du pain de viande.

Nous sommes à cinq minutes de la maison quand Melissa ralentit et s'arrête au bord de la route. La douleur dans mon épaule est sourde, c'est comme si on avait inséré un roulement à billes chaud à l'intérieur. Melissa s'arrête car la tension croissante devient insupportable. Si nous n'ôtons pas nos vêtements dans les secondes à venir, nous allons exploser. Mais il y a un problème – si nous nous déshabillons dans la voiture, des gens risquent de nous voir. Certains pourraient même aller jusqu'à appeler la police.

« Les flics vont aller voir ta mère, dit Melissa en se tournant vers moi.

— Hein ?

— Ils vont nous attendre là-bas. »

Je ne suis pas le fil de sa pensée. J'espère que notre relation ne va pas se limiter à elle disant des absurdités et moi tentant de comprendre ce qu'elle veut dire.

« Pourquoi ? Ils savent que je me suis fait tirer dessus. Ils se diront que chez ma mère sera le dernier endroit où j'irai.

— Je n'en suis pas si sûre. Je crois que ce sera l'un des premiers endroits où ils iront, pas parce qu'ils s'attendront à t'y trouver, mais parce qu'il faut bien qu'ils fassent quelque chose. Ils ont plus d'effectifs que d'idées, ils peuvent donc se permettre d'envoyer des hommes au petit bonheur la chance. Ils vont en envoyer là-bas juste histoire de faire quelque chose. »

Je secoue la tête.

« En temps normal, je serais d'accord, mais aujourd'hui, c'est différent. Ma mère n'est pas à la maison. C'est pour ça que ce sera si simple pour nous d'entrer chez elle et de prendre l'argent.

— Elle est où ?

— Elle se marie.

— Les flics le savent ?

— Non. Merde, évidemment qu'ils ne le savent pas. Du coup, ils n'ont aucune raison de ne pas aller chez elle. Peut-être qu'ils y sont déjà passés et se sont rendu compte qu'elle n'était pas là. »

Melissa secoue la tête.

« Ou peut-être qu'ils y sont passés et qu'ils ont laissé des hommes sur place. On ne peut pas y aller, Joe. On ne peut pas courir ce risque. »

Elle a raison. Je sais qu'elle a raison. Mais cinquante mille dollars, c'est une trop grosse somme pour laisser tomber. Il doit y avoir un autre moyen.

« En plus, on n'est même pas certains qu'elle ait retiré l'argent, ajoute-t-elle.

— Si, j'en suis sûr », dis-je.

Au fil des années, j'ai piqué dans les économies de ma mère planquées sous son lit. Si j'avais fait ça quand j'étais adolescent au lieu d'aller chez ma tante, je me demande à quel point ma vie aurait été différente. Seulement, je ne savais pas à l'époque que c'était là qu'elle cachait son fric.

« On devrait juste rentrer à la maison.

— La maison… »

Je songe à ce qu'est ma maison désormais. Ce n'est pas la prison. Ce n'est pas chez ma mère. Ce n'est pas mon appartement. C'est chez Melissa. La maison, c'est avec elle et un bébé.

« À moins que tu aies un meilleur endroit où aller, dit-elle d'un ton accusateur qui me fait penser à ma mère.

— Bien sûr que non. » Puis, comme je pense qu'elle a besoin de l'entendre, j'ajoute : « Je t'aime. »

Elle sourit.

« J'espère bien. Après tout ce que j'ai enduré pour t'emmener jusqu'ici. »

Elle fait demi-tour. Nous commençons à rebrousser chemin. J'alterne entre regarder par la vitre et regarder Melissa. Elle semble avoir changé depuis ce week-end que nous avons passé ensemble. En partie à cause de la perruque. Mais elle semble aussi plus bouffie au niveau du visage et du cou, et ses yeux sont également d'une autre couleur, ce qui signifie que soit elle porte des lentilles, soit elle en portait quand je l'ai rencontrée l'année dernière.

« Qu'est-ce qu'il y a ? demande-t-elle en me regardant.

— Je me rappelais juste à quel point tu es belle. »

Elle sourit.

« Tu sais à quoi je pense ? »

J'acquiesce. Je le sais. Mais comme je l'ai déjà dit, des gens pourraient appeler la police.

« Je pense à cet argent, poursuit-elle. Il doit y avoir un moyen de mettre la main dessus.

— Mais c'est toi qui as raison. On ne peut pas prendre le risque d'aller chez ma mère. Du moins, pas encore.

— Tu es sûr que les flics ne sont pas au courant pour le mariage de ta mère ? »

Je réfléchis. Ma mère voulait que j'assiste au mariage. Elle voulait que je m'arrange pour que le directeur me laisse sortir pour la journée. A-t-elle pu aller jusqu'au bout ? A-t-elle pu aller voir les flics pour essayer de les convaincre de me libérer juste pour ça ?

« Quand il y a un mariage, reprend-elle, il y a en général une lune de miel. Si les flics savent qu'elle est partie, ils cesseront de surveiller la maison, ce qui signifie… Joe, hé, tu vas bien ? »

Non, je ne vais pas bien. Je songe à la lune de miel. J'avais oublié ça. Je ne sais pas où ils vont aller. Dans un endroit horrible. Et je songe aux cinquante mille dollars que ma mère a retirés en espèces.

« Joe ? »

Je songe que cet argent pourrait ne plus être dans la maison, mais dans le sac à main de ma mère, que leur lune de miel va débuter juste après le mariage, et que Walt et elle pourraient emporter tout ce cash avec eux. Comme elle croit que je ne sortirai jamais de prison, elle ne verra aucune raison de ne pas le dépenser.

« Joe ? Qu'est-ce qui ne va pas ?

— Nous devons aller au mariage. Nous devons trouver ma mère tout de suite.

— Pourquoi ? »

Parce que je connais ma mère. Je le dis à Melissa et elle continue de rouler, ses mains se crispant sur le volant.

« On devrait juste laisser tomber, dit-elle.

— Ce n'est pas dans ma nature de laisser tomber les choses.

— Ce n'est pas dans la mienne non plus. Est-ce que tu sais où a lieu le mariage ?

— Je ne me… Oh, attends ! »

Je me penche sur le côté, enfonce la main dans ma poche et trouve l'invitation que j'ai pliée en deux ce matin, l'invitation dont j'espérais qu'elle me porterait bonheur. On dirait que c'est le cas. Je la tends à Melissa. Elle y jette un coup d'œil, puis regarde de nouveau la route.

« On devrait laisser tomber, répète-t-elle. On pourra la voir dans quelques mois, et s'il reste quelque chose…

— J'en ai bavé pour avoir cet argent, dis-je.

— Et moi, j'en ai bavé pour nous mener jusqu'ici.

— Les flics n'ont aucune raison d'aller là-bas. »

Elle semble être d'accord avec moi, car nous cessons d'en parler et commençons à rouler en direction du grand jour de ma mère.

78

Schroder est assis à la table de la cuisine. Il n'y a personne d'autre dans la pièce. Ses mains sont toujours menottées dans son dos, et il fait de son mieux pour rester aussi immobile que possible car au moindre mouvement il manque de tomber dans les pommes. Son cerveau est toujours en effervescence. L'attelle pend toujours à son cou. La troisième seringue qu'il a prise dans l'ambulance est posée sur la table devant lui, et la deuxième injection qu'il s'est faite ne le soulage pas dans cette position. Il y a une minute, Hutton est venu pour voir comment il allait, et aussi pour l'engueuler – il y avait de grandes chances pour qu'il perde son boulot d'ici la fin de la journée. Ou tout du moins pour qu'il soit suspendu. Peut-être même rétrogradé. C'était un monde de possibilités.

« Où est l'arme ? a demandé Hutton à voix basse.

— Je l'ai perdue.

— Ils t'ont fouillé. Où tu l'as cachée ?

— Je ne me souviens pas. »

Il sait que Hutton ne peut en parler à personne. Non seulement il est dans un sale pétrin car il a laissé Schroder venir ici, mais si on découvre que ce dernier est venu armé, alors sa suspension ou son renvoi seraient le moindre des problèmes de Hutton.

« Bon sang, Carl, tu m'as promis.

— Personne ne sait que je l'ai, et tout ce que j'ai promis, c'est de ne jamais dire que tu savais que je l'avais.

— Tu parles d'une promesse, observe Hutton.

— Je compte bien tenir celle que j'ai faite à Kent. »

Hutton sort. Le commissaire divisionnaire Dominic Stevens entre. Stevens est l'homme qui a couvert le crime de Schroder il y a quatre semaines. C'est l'homme qui l'a renvoyé.

« C'est quoi, votre problème ? demande-t-il. Vous ne voyez pas ce que vous êtes devenu ? Ce que vous êtes en train de devenir ? Je pourrais vous faire arrêter, pour ça. Vous auriez pu faire perdre la vie à des gens.

— Kent…

— Je me contrefous de vos excuses, réplique Stevens, ou de vos mobiles. Vous ne nous valez que des emmerdements. Vous étiez un excellent flic, et maintenant… maintenant, je ne sais pas. » Il soupire, puis s'adosse à la paillasse. Il laisse passer quelques secondes pour se calmer. « Écoutez, Carl, je sais à quel point vous souffrez, ces temps-ci, et je sais que vous vous en voulez probablement pour certaines choses qui se sont produites, mais vous n'avez rien à faire ici. Absolument rien. Et l'homme que je connaissais avant l'aurait su. »

Schroder ne trouve rien à dire.

« Est-ce que j'ai besoin de continuer ?

— Non, répond Schroder.

— Je suis bien tenté de vous laisser menotté pendant les vingt-quatre heures à venir. Qu'est-ce qu'il a, votre bras ? Il est cassé ?

— À cause de l'explosion.

— Vous avez de la chance d'être en vie, dit-il.

— Et Kent ? demande Schroder.

— Ils s'occupent toujours d'elle, mais on nous a dit qu'elle s'en tirera. »

Schroder sent le soulagement envahir son corps. C'est une sensation chaude.

« Dieu merci.

— Alors voici ce qui va se passer. Il y a une ambulance dehors, dans laquelle on soigne Sally. Elle va rester ici pour nous aider, mais vous, vous allez monter dedans et on va vous emmener à l'hôpital.

— Je peux encore être utile, déclare Schroder.

— Rentrez chez vous, Carl.

— Je connais Joe mieux que quiconque.

— Si vous le connaissiez si bien, il serait toujours en détention.

— Laissez-moi vous aider. Je n'ai pas besoin d'être avec l'équipe qui le traque, mais laissez-moi deviner où il va aller. Sally affirme qu'ils ont un bébé. Nous pouvons commencer…

— Écoutez, Carl, là, je suis calme, OK ? Là, j'accepte que ç'a été une dure journée pour vous. Mais je jure que si le prochain mot à franchir vos lèvres n'est pas au revoir et que si vous n'allez pas à l'hôpital, je vous fais arrêter.

— Mais… »

Stevens grimace comme si on venait de lui faire mal.

« Ce n'était pas un au revoir, dit-il.

— S'il vous plaît…

— Ne me testez pas, Carl. Comme j'ai dit, là, je suis calme. Dans environ cinq secondes, je ne le serai plus.

— Joe va…

— Putain de merde, vous ne saisissez pas, hein? OK, on va le faire à votre manière. »

Il appelle deux hommes dans le couloir.

« Emmenez-le au poste. Installez-le dans une salle d'interrogatoire et laissez-le là jusqu'à…

— Au revoir », dit Schroder.

Stevens cesse de parler. Il regarde Schroder avec un visage dénué d'expression. Il se demande quoi faire, et Schroder reste immobile et silencieux tandis que le commissaire divisionnaire prend sa décision. Il baisse les yeux quelques secondes. Puis il les relève. Stevens acquiesce.

« Oubliez ça », dit-il aux deux hommes. Puis il les renvoie dans le couloir. « Pas un mot de plus », ajoute-t-il avant de s'accroupir derrière Schroder et de lui défaire ses menottes.

Maintenant, c'est au tour de Schroder de faire la grimace tandis qu'il ramène son bras cassé devant son torse. Il ne dit rien. Il adresse un signe de tête à Stevens, qui le lui retourne.

Schroder sait qu'il doit courir le risque. Il ne peut pas s'imaginer Stevens l'arrêtant pour sa requête à venir. Mais on ne sait jamais.

« Est-ce que je peux ravoir la seringue?

— Non.

— Est-ce que je peux au moins avoir un verre d'eau?

— Faites vite. »

Il se rend à l'évier, remplit un verre d'eau et le vide d'un trait. Il tourne le dos à Stevens pendant tout ce temps. Il saisit le torchon qui dissimule le pistolet, se sèche ostensiblement les mains tout en continuant de tourner le dos à Stevens. Il glisse le pistolet dans son attelle et la coince entre son bras et son torse. Si Stevens le voit faire, il sait qu'il va aller direct en cellule de détention. Mais Stevens ne le voit pas. Après quoi, il longe le couloir et sort. Sally est en train d'être examinée par deux secouristes. Hutton s'entretient avec un autre inspecteur. Il lance à Schroder un regard plein de colère. Schroder lui retourne un regard contrit, qui ne produit aucun effet.

Une fois l'examen de Sally terminé, elle est de nouveau escortée dans la maison.

« Jetons un coup d'œil à ce bras », dit l'un des secouristes. Schroder le laisse faire. « OK, grimpez dans l'ambulance et on va vous arranger ça. »

Schroder grimpe dans l'ambulance. Les portières sont refermées. Il regarde par la vitre en direction de la maison de Sally. Mais il ne voit pas la maison. À la place, il voit Joe et Melissa, et il songe à ce que Sally a dit sur l'argent de la récompense, ce qui le fait penser aux cinquante mille dollars que Joe a gagnés grâce à Jonas Jones.

L'ambulance ne démarre pas. Le secouriste est à l'extérieur en train de discuter avec quelqu'un.

Schroder enfonce la main dans sa poche, il trouve la carte de visite de Kevin Wellington. Il sort son téléphone portable et compose le numéro.

Wellington répond.

« Carl Schroder à l'appareil, dit-il. J'ai besoin de votre aide.

— J'ai vu les infos, répond Wellington. Tout ce que vous aurez à demander sera couvert par le principe de confidentialité.

— Bon sang…

— Écoutez-moi jusqu'au bout. Middleton est en cavale et je ne suis pas devenu avocat pour aider les ordures, je le suis devenu pour empêcher que des horreurs se produisent. Alors je répondrai à toutes vos questions, et en échange vous ne direz à personne où vous avez obtenu vos informations. Je crois que c'est un excellent marché étant donné les circonstances. Nous sommes d'accord ?

— Complètement, répond Schroder. Est-ce que vous savez où il pourrait aller ? Ou quoi que ce soit de ce genre ?

— Non.

— Les cinquante mille dollars ont-ils été virés ?

— Hier soir.

— Quelle est la banque de Joe ?

— L'argent n'a pas été viré à lui. Il est allé sur le compte de sa mère.

— Sa mère ?

— Oui. Et c'est un drôle d'oiseau, laissez-moi vous le dire. »

Schroder l'a rencontrée, et il est d'accord. On n'en fait pas beaucoup de plus étranges. Donc, c'est la mère de Joe qui a l'argent. Ce qui signifie que Joe va aller la voir pour le récupérer. Hutton a dit plus tôt que la police était allée chez elle et qu'elle n'était pas là. Joe a déjà pu la contacter. Elle pourrait être à la banque.

« Quelle est sa banque ? Quelle agence ? » demande-t-il.

La portière avant de l'ambulance s'ouvre et se referme, le sol s'abaisse légèrement sous le poids du conducteur, puis le moteur démarre.

« Elle l'a déjà retiré, répond Wellington. Elle m'a dit au téléphone que l'argent était un cadeau de mariage, et qu'elle irait le chercher en espèces dès l'ouverture ce matin.

— Elle vient de se marier ? » demande Schroder.

L'ambulance roule, désormais. La maison de Sally disparaît, les voitures des flics apparaissent, puis ils passent devant quelques camionnettes des médias et un attroupement de badauds. La voiture de Hutton apparaît à son tour. Elle est garée là où ils l'ont laissée, avec ses portières toujours ouvertes. Ça doit être la journée des miracles, car elle n'a pas été volée.

« Elle se marie, corrige Wellington. De fait, la cérémonie a lieu aujourd'hui.

— Aujourd'hui ?

— Oui. En début d'après-midi.

— Vous savez où ?

— Ah, fait l'avocat, et il lâche un petit éclat de rire. À vrai dire, oui. Elle m'a rappelé et m'a laissé un message. Pour m'inviter. Attendez une seconde, je vais vous trouver ça. »

Schroder attend. Il regarde par la lunette arrière la voiture de Hutton devenir de plus en plus petite, puis il décide que la journée des miracles vient de s'achever pour cette voiture, et il demande au chauffeur de l'ambulance de s'arrêter.

79

Je ne suis pas fan des églises. Elles ont leur utilité, je suppose, mais on pourrait tout aussi bien les incendier pour tenir chaud aux sans-abri, et elles me paraîtraient aussi utiles. Mes parents se sont mariés à l'église avant ma naissance. Les obsèques de mon père ont eu lieu dans une église avant sa crémation. C'est la seule fois où j'ai mis les pieds dans une église.

Des nuages de pluie se forment à l'horizon vers la mer, mais je n'arrive pas à voir dans quelle direction ils se déplacent. Nous descendons de voiture. La température a chuté de quelques degrés, le vent s'est un peu levé, et je n'aime pas ce qui s'annonce. Christchurch a le don de commencer la journée avec du soleil et de la finir très différemment. Il y a cinq voitures sur le parking, six avec la nôtre.

L'église est faite de blocs de pierre et doit avoir environ cent ans. C'est le genre de bâtiment qui semble froid à l'intérieur. Le cimetière derrière s'étire au loin, les tombes récentes se mêlant aux tombes anciennes.

Melissa a son pistolet dans sa poche. Elle a ôté le silencieux pour qu'il y entre. Nous gravissons les marches qui mènent aux portes de l'église et poussons celle de droite. À première vue, on pourrait croire le bâtiment vide, mais il ne l'est pas, il y a juste un tout petit groupe de personnes rassemblées sur les deux premiers bancs. Ma mère et Walt sont debout à l'avant. Walt porte un costume marron avec une large cravate marron, le genre de tenue dans laquelle un vendeur d'assurances aurait été enterré il y a quarante ans. Ma mère porte une robe qui est soit en satin soit en soie et qui lui moule tout le corps. Walt a serré ce corps dernièrement, mais cette robe fait simplement paraître ma mère obèse. Ils se font face. Debout derrière eux, il y a un prêtre, qui ne nous remarque pas tandis que Melissa et moi pénétrons dans l'église. Il ne s'arrête pas et poursuit la cérémonie devant son assistance de – je les compte – huit personnes.

Nous nous asseyons à l'arrière. Nous sommes obligés, car si nous nous approchons trop, ma mère et Walt nous verront, ils me parleront, et le prêtre comprendra qui nous sommes. Et alors Melissa sera forcée de le descendre pour l'empêcher d'appeler la police, et même si nous n'en avons pas parlé, j'ai le sentiment que Melissa est sur la même longueur d'onde que moi quand il s'agit de buter des prêtres – c'est le genre de truc qui peut porter la poisse. Même si, il y a un an, le prêtre qui officiait dans cette église s'est fait défoncer le crâne à coups de marteau. C'est le genre de truc qui porte la poisse – surtout pour lui.

Le prêtre poursuit. Nous n'avions pas le sentiment de courir un risque en venant ici, mais soudain, si. Être immobile semble dangereux. Être en mouvement est rassurant. Je suppose que Melissa ressent la même chose, car elle n'arrête pas d'agiter ses jambes.

« Combien de temps ça va prendre ? » me murmure-t-elle.

Nous sommes suffisamment loin pour que personne ne nous entende.

« Aucune idée. Je ne suis jamais allé à un mariage.

— Ça ne me plaît pas, poursuit-elle. Je crois que venir ici était une erreur.

— Attendons cinq minutes de plus.

— Trois », dit-elle.

Je ne négocie pas.

Ma mère semble heureuse. Walt semble heureux. Je me sens tendu. Le prêtre demande si quelqu'un a une raison de s'opposer au mariage de ces deux-là. J'en ai un paquet. Ma mère et Walt scrutent l'assistance, mais leurs yeux s'arrêtent aux deux premiers rangs. Puis le prêtre pose à ma mère tout un tas de questions sur le fait de prendre Walt pour époux. Les trois minutes s'écoulent. Nous convenons de rester trois de plus. Puis c'est au tour de Walt de subir le même genre d'interrogatoire.

Et ensuite, ils s'embrassent.

Mon estomac se retourne et la tempête de ce matin revient. Le prêtre et Walt se serrent la main. Puis tout le monde se lève et s'étreint, et ma mère et Walt marchent jusqu'à une table et signent un document. L'un des membres de l'assistance s'approche et se met à prendre des photos. Puis les heureux mariés longent l'allée centrale en direction des portes, et passent devant nous sans même nous remarquer. Le prêtre leur ouvre les portes, les personnes qui sont venues assister au mariage les suivent dehors, et soudain nous nous retrouvons seuls avec le prêtre.

Je me lève. Melissa fait de même.

« Vous êtes son fils, n'est-ce pas ? demande le prêtre.

— Non, dis-je.

— Je ne sais pas ce que vous croyez, mais vous ne trouverez pas refuge dans une église. La police vous arrêtera ici comme ailleurs.

— Je ne cherche pas un refuge.

— Alors pourquoi êtes-vous ici ? »

Je ne lui réponds pas. Je passe devant lui, Melissa pointe son arme sur lui et il ne dit rien. Puis elle lui sourit et le frappe sur la tête, à peu près au même endroit que celui où elle a frappé La Sally. Il s'effondre à peu près de la même manière, forme le même genre de tas sur le sol, seulement ce tas-là prend moins de place que celui de Sally.

Ma mère revient alors dans l'église avant que nous ayons le temps de la suivre. La porte se referme derrière elle. Elle voit le prêtre par terre et dit : « Oh, mince ! » Puis elle nous voit, Melissa et moi. « Joe ! » s'écrie-t-elle. Elle enjambe le prêtre et m'étreint. « Je suis tellement contente que tu sois venu ! Mais tu es en retard. » Elle s'écarte de moi et me gifle, pas trop fort, mais suffisamment pour montrer sa déception.

« Et qui est cette femme ? demande-t-elle.

— Ma petite amie.

— Non, non, ce n'est pas ta petite amie. J'ai rencontré ta petite amie. Qu'est-ce qui se passe, Joe ?

— Joe est ici pour récupérer l'argent qu'il a reçu hier soir », déclare Melissa d'un ton froid et menaçant.

Mais ma mère ne semble rien remarquer. Elle lâche un bref éclat de rire, puis fait un petit hochement de tête.

« C'était merveilleux, dit-elle, je n'en reviens pas que tu aies fait ça pour nous.

— Fait quoi ? »

Mais je crains de déjà le savoir.

« L'argent. C'était un merveilleux cadeau de mariage. Je n'aurais jamais, jamais pensé voyager en première classe. Je n'en aurais jamais eu les moyens. Et je n'aurais jamais cru aller un jour à Paris ! Paris ! » Elle secoue la tête. « Et tout ça grâce à toi. Ça va être un voyage magnifique. »

Mais je ne vois pas comment il pourrait l'être, pas avec elle dans une housse mortuaire et Walt dans une autre, parce que c'est comme ça qu'ils vont faire leur prochain voyage.

« Tu as tout dépensé ? dis-je.

— Non, non, bien sûr que non. Ne sois pas si stupide. C'est quoi, son problème ? demande-t-elle en baissant les yeux vers le prêtre.

— Il est fatigué, répond Melissa.

— Il en a l'air, observe ma mère. Non, non, il nous reste quelques milliers de dollars d'argent de poche.

— Donc, tu en as dépensé l'essentiel, dis-je.

— L'essentiel, oui. C'était si généreux de ta part. Est-ce que tu vas nous accompagner à l'aéroport ? Ou est-ce que tu dois retourner tout de suite en prison ?

— Donc, tu en as dépensé l'essentiel. »

Je m'aperçois que je l'ai déjà dit, mais je le répète une fois de plus.

« Donc, tu en as dépensé l'essentiel.

— C'est quoi, ton problème, Joe ? On dirait un disque rayé. Je t'ai déjà dit qu'il nous en restait un peu.

— Faut qu'on y aille, dit Melissa.

— Vous pouvez me rappeler qui vous êtes ? demande ma mère. On s'est déjà rencontrées ?

— Viens, Joe, reprend Melissa en me tirant par la manche. On n'aurait jamais dû venir. »

Nous contournons le prêtre inconscient, et ma mère nous fixe avec une expression furieuse, comme si ça l'avait vraiment ennuyée de dépenser tout mon argent.

« Au revoir, m'man », dis-je, conscient que c'est la dernière fois que je la vois.

Je devrais être soulagé à cette idée, mais, étrangement, je ne le suis pas. Quoi qu'il se soit passé, elle va me manquer.

Nous sortons. Walt est là en train de discuter avec un couple de personnes de son âge, puis il me repère et commence à marcher dans ma direction. Mais quoi qu'il ait à dire, je n'ai pas vraiment envie de l'entendre. Nous avons descendu la moitié des marches quand l'inspecteur Schroder déboule sur le parking.

80

Conduire est un enfer, mais heureusement la voiture est une automatique, ce qui rend la chose possible. Hutton ne répond pas au téléphone. Quand Schroder l'appelle, la tonalité retentit à quelques reprises, puis il bascule sur la messagerie. Il ne sait pas avec certitude si l'inspecteur est occupé ou s'il l'évite délibérément, mais il en a une assez bonne idée.

Il connaît le numéro de Hutton par cœur, mais il ne connaît aucun des autres, et comme l'écran de son téléphone est cassé, il ne peut contacter personne. Il pourrait appeler le numéro d'urgence de la police et demander à être mis en relation avec Stevens, mais il sait que Stevens lui hurlerait dessus et raccrocherait sans écouter ce qu'il a à dire. Il roule en direction de l'église. Il ne s'attend pas à y trouver Joe, mais il est prêt à appeler le numéro d'urgence s'il y est. Et si ça ne donne rien, il ira à l'hôpital.

Il ne s'attend pas à voir Joe debout sur les marches de l'église lorsqu'il pénètre sur le parking. De fait, il doit y regarder à deux fois, et même alors il n'est pas sûr car Joe porte un chapeau. Mais la femme derrière lui est assurément celle de la prison, celle qui a abattu Jack, celle qui a fait sauter Raphael et qui a également essayé de le faire sauter lui.

Il est donc inutile de tourner autour du pot. Il immobilise la voiture, laisse tourner le moteur et saisit le pistolet dans l'attelle, puis il est obligé de reposer le pistolet pour ouvrir la portière. Une fois la portière ouverte, il saisit de nouveau son arme et ne prend pas la peine de hurler, il se contente de viser Joe, mais il n'appuie pas sur la détente car un vieux bonhomme marche vers Joe et bouche la vue.

Une seconde plus tard, Melissa apparaît derrière Joe, sur la droite du même vieux bonhomme, et elle fait feu en direction de Schroder. Il s'allonge par terre tandis que les balles transpercent la portière. Quelque chose tire sur son bras cassé. Il baisse les yeux et voit une tache de sang grosse comme une pièce de dix cents qui se répand rapidement sur l'avant de l'attelle.

Melissa cesse de tirer. Les gens courent dans tous les sens.

Il regarde derrière la portière en direction de l'église, juste à temps pour voir Joe et Melissa disparaître à l'intérieur. Le vieux bonhomme qui essayait de parler à Joe se tient toujours sur les marches. Il n'a pas l'air de savoir quoi faire. Schroder sait ce qu'il ressent.

Il cale son pistolet sous son bras et attrape son téléphone. Il compose le 111.

« Ici Carl Schroder, dit-il. J'essuie en ce moment le feu de deux suspects – Joe Middleton et Melissa X. Envoyez des renforts. »

Puis il donne le nom de l'église et raccroche.

Il renfonce le téléphone dans sa poche. Il n'a toujours pas appelé sa femme. Pourquoi repousse-t-il constamment de le faire ? Si c'était un épisode du *Nettoyeur*, alors il serait sur le point de se faire descendre. Ça marche comme ça à la télé – on commence à parler d'un flic qui a une famille, et deux minutes plus tard le type gît bras et jambes écartés dans une mare de sang. Il pointe le pistolet devant lui et sort de derrière la voiture. Il a une promesse à tenir.

81

Elle savait que c'était une erreur. Ils n'auraient jamais dû venir ici. Bon sang, tant qu'elle y est, elle n'aurait jamais dû aider Joe à s'évader. Elle aurait pu partir n'importe où, juste elle et Abigail. Maintenant, elle est acculée dans une église, et nul doute que la police est en route. Il lui reste environ douze balles, et c'est tout.

« Retournons devant, dit-elle.

— Il va nous descendre, réplique Joe.

— Non. Il va juste essayer de nous descendre.

— Qu'est-ce qui se passe ? » demande la mère de Joe.

Melissa songe qu'elle pourrait lui réserver une balle. Si on en arrivait là, elle pourrait probablement lui en réserver deux ou trois – une dans la tête, et deux autres dans la tête juste pour le plaisir.

« Il va faire plus qu'essayer, objecte Joe.

— D'autres flics vont arriver. On doit agir vite. On doit ressortir et le descendre et partir. On peut rouler un peu, nous débarrasser de la bagnole et en voler une autre. Ou prendre une de celles qui sont déjà là. Bon sang, on pourrait être à la maison à l'heure qu'il est. C'était une perte de temps parce que ta putain de connasse de mère a dépensé…

— Comment osez-vous ? » s'indigne la mère de Joe.

Melissa pointe son arme sur elle.

« Ne fais pas ça, dit Joe.

— Pourquoi ? » demande Melissa.

Il ouvre la bouche pour répondre, mais rien n'en sort.

« On pourrait l'utiliser comme bouclier humain », suggère-t-il.

Melissa attire Joe à lui et l'embrasse fort, mais brièvement, sur les lèvres, puis elle le repousse.

« Tu vas faire un père génial », dit-elle.

Elle agrippe la mère de Joe, qui résiste pendant quelques secondes, puis Joe l'agrippe à son tour. Ils la poussent devant eux en direction des portes de l'église. Melissa a son arme collée à la tête de la femme, Joe ouvre la porte et ils ressortent.

Schroder a atteint le bas des marches. Il porte une attelle parce qu'il a le bras cassé ou il s'est pris une balle ou quelque chose. Il lève son arme vers eux, mais il ne les a pas dans sa ligne de mire. Il voit la mère de Joe, puis Melissa, puis Joe – les trois en file indienne.

« Lâchez-la, dit Schroder.

— Posez votre arme ou… » commence Melissa, mais la mère de Joe trébuche alors, et soudain elle dégringole l'escalier vers Schroder.

Joe se déporte sur le côté pour essayer de la rattraper, mais trop tard.

Pendant un moment, Melissa et Joe sont exposés.

Puis deux choses se produisent simultanément. Walt s'interpose entre eux pour essayer d'atteindre la mère de Joe. Et Schroder et Melissa ouvrent le feu.

82

« Qu'est-ce… ? »

C'est tout ce que Walt a le temps de prononcer, car un instant plus tard la balle de Melissa ricoche dans son crâne de réparateur d'ascenseurs. Il reste debout, comme si se prendre une balle dans la tête était une distraction temporaire, un désagrément, puis il dégringole les marches, prenant le même chemin que ma mère.

La balle de Schroder est passée bien au-dessus de nous, mais il pointe son arme sur moi et s'apprête à tirer une deuxième fois. Avant qu'il ait le temps de le faire, j'attire Melissa devant moi, ce qui fout en l'air le coup qu'elle s'apprêtait à tirer, et fout également en l'air celui de Schroder, car au lieu de me descendre, il la descend elle. Je sens l'impact de la balle.

Je recule vers l'église tandis que Schroder fait feu une troisième fois. Un autre impact dans Melissa, et je franchis les portes, l'entraînant avec moi. La porte se referme. J'étends Melissa par terre à côté du prêtre.

« Espèce d'enfoiré, dit-elle.

— Je suis désolé », dis-je.

Et c'est la vérité.

« C'est… c'est juste arrivé comme ça. »

Deux taches de sang jumelles se forment sur sa poitrine. Elle lève son pistolet vers moi, mais je le lui prends des mains avant qu'elle puisse faire feu.

« Je peux abréger tes souffrances », dis-je.

Elle secoue la tête. Puis elle éclate de rire.

« J'en reviens pas que tu m'aies fait ça.

— Je ne l'ai pas fait exprès. »

Et ça aussi, c'est la vérité.

« Abigail, dit-elle.

— Je vais m'occuper d'elle. Je ferai tout ce qu'il faut pour elle. Où est-elle ?

— À l'abri.

— Ne la laisse pas grandir sans aucun de ses parents », dis-je.

Mais je dis ça parce que j'ai vraiment besoin de savoir où Abigail est cachée. J'ai vraiment besoin de cette planque.

« Conneries. Tu veux juste un endroit où te cacher.

— Je te jure que non. »

Elle rit une fois de plus.

« Je vais te le dire, parce que je n'ai pas le choix. »

Elle me tend une clé. Je ne sais pas ce qu'elle entend par là, mais elle me donne l'adresse.

« Laisse-moi le pistolet, dit-elle.

— Non.

— Je vais m'occuper de Schroder. Sors par-derrière. Passe par le cimetière. Va dans une autre rue et vole une voiture, mais fais-le tout de suite. Pars ! »

Je suis sur le point de me pencher et de l'embrasser, quand elle crache une petite quantité de sang.

« Je t'aime, dis-je.

— Tu as une drôle de façon de le montrer. »

Je lui laisse le pistolet. Je ne sais pas pourquoi je lui fais confiance, mais c'est ainsi. Je cours vers l'arrière de l'église puis me retourne, mais elle ne me regarde pas. À la place, elle regarde les portes, pointant son arme dans leur direction. Elle parle à quelqu'un, mais je ne sais pas à qui. Elle rit, et les seuls mots que j'entends sont *Smelly Melly*. Je n'ai jamais de ma vie éprouvé une telle culpabilité pour qui que ce soit. Je n'ai d'ailleurs jamais éprouvé la moindre culpabilité.

Je passe la porte et pénètre dans un couloir. J'atteins la porte de service et entends deux coups de feu qui produisent chacun un bruit différent, puis plus rien. Je sors. Une voiture est garée là. Elle appartient probablement au prêtre. Je grimpe dedans. Je n'ai pas la clé, mais ne pas avoir la clé n'a jamais été un problème pour moi. Je démarre et roule jusqu'à l'avant de l'église, où il n'y a pas de voitures de police, juste les personnes qui ont assisté au mariage de ma mère et qui se cachent désormais derrière des véhicules. Je m'engage dans la rue.

Je continue de rouler.

Après quelques pâtés de maisons, j'entends des sirènes qui approchent.

Je tourne pour éviter que nous nous croisions.

Pendant les premières minutes, mon cœur cogne si fort que j'ai l'impression qu'il va me sortir de la poitrine. Puis il commence à se calmer. Après dix minutes, je me sens plutôt bien. Suffisamment bien pour repenser aux dernières heures et songer que tout s'est vraiment bien passé.

Melissa me manque déjà.

Il me faut vingt minutes de plus pour arriver à l'adresse qu'elle m'a donnée. C'est une maison isolée, où le voisin le plus proche n'est pas à portée de regard. Il y a une longue allée de gravier, et un grand terrain. Ce n'est pas une maison moderne, mais elle n'est pas vieille non plus. Elle semble confortable. Cet endroit va être mon chez-moi pendant les mois à venir, le temps que je décide où j'irai ensuite.

Je me gare à l'arrière. Je déverrouille la porte de derrière. J'entends un bébé qui pleure. Mon bébé. Mon cœur s'emballe de nouveau. Je me dirige vers l'endroit d'où proviennent les pleurs. J'arrive à une chambre. J'ouvre la porte. À l'intérieur se trouve une femme. Elle doit avoir une vingtaine d'années. Ses cheveux sont décoiffés. Elle ne porte pas de maquillage. Elle porte des vêtements qui semblent ne pas avoir été lavés depuis des semaines. Une chaîne de métal relie sa cheville au tuyau métallique d'un radiateur. Elle essaie de calmer le bébé, de le nourrir. C'était à ça que Melissa faisait allusion quand elle a dit qu'elle n'avait pas d'autre choix que de me dire où se trouvait le bébé. La femme lève les yeux vers moi.

« Oh, mon Dieu, oh, Dieu merci ! » s'écrie-t-elle.

Elle laisse tomber le biberon que le bébé refuse. Abigail a un visage sans expression tandis qu'elle essaie d'attraper une chose qui n'est pas là. Elle regarde dans ma direction et ne sourit pas ni ne détourne les yeux, si bien que je me demande si elle me voit ou non. Elle est mignonne. Pour un bébé. Très mignonne.

« Qu'est-ce qui se passe, ici ? dis-je. Qui êtes-vous ?

— Cette folle nous a kidnappées, répond-elle.

— Nous ? Vous et le bébé ?

— Non, moi et ma sœur. Le bébé est à la folle. Elle a dit que s'il lui arrivait quoi que ce soit, elle nous tuerait toutes les deux, alors j'ai dû faire tout ce qu'elle disait. S'il vous plaît, s'il vous plaît, vous devez nous aider.

— Votre sœur est-elle plus jeune ou plus âgée que vous ?

— Un peu plus âgée. Pourquoi ? Quelle importance ?

— Juste pour que je sache à quoi m'attendre.

— Comment ça ? demande-t-elle.

— Vous voyez, ce n'est vraiment pas votre jour de chance. »

Je referme la porte derrière moi et lui raconte ma journée, puis je lui explique qu'elle et sa sœur sont ma récompense pour y avoir survécu.

ÉPILOGUE

Je gare la voiture dans l'allée. Je me cale profondément dans mon siège. Essaie de me détendre.

L'autoradio est allumé. Depuis trois mois que je me suis échappé, j'ai beaucoup écouté les infos. C'est toujours agréable de savoir ce qui se passe dans le monde. Au début, les nouvelles me concernaient toutes. Certaines étaient bonnes – comme le fait que Walt a été tué à l'église. Et d'autres étaient déchirantes – comme le fait que Melissa a été tuée à l'église. Elle me manque beaucoup.

Je tourne la clé dans le contact, attrape ma serviette, et descends de voiture. Je peine un peu à ouvrir la porte de la maison, puis j'entre.

J'entends la douche couler depuis le couloir. Je me rends dans la cuisine, j'ouvre le réfrigérateur et me sers ma première bière depuis plus de quinze mois. Je l'emporte avec moi jusqu'à la chambre et m'assieds sur le lit, à quelques mètres de la porte de la salle de bains, sous laquelle s'échappe un flot continu de vapeur. J'ouvre la serviette et la pose sur le lit, puis je sors le journal. Carl Schroder fait la une. Il s'est pris une balle dans la tête il y a trois mois, mais il a survécu. Il a été plongé dans le coma. Le journal fait toute une histoire sous prétexte qu'il a partagé une chambre d'hôpital avec un type avec qui il travaillait auparavant et qui était lui aussi dans le coma. Ils étaient surnommés les Flics Comateux. L'autre type, Tate quelque chose, s'est réveillé il y a quinze jours. Et hier, c'est Carl qui s'est réveillé.

Aujourd'hui, c'est la première fois que je quitte la maison depuis mon évasion. Ma fille me manque déjà. Pour le moment, c'est ma colocataire qui s'occupe d'elle. Ma colocataire s'appelle Elizabeth, et sa sœur, Kate. Mais Kate n'est pas à la maison. Elle n'y a jamais été. Elle existe, mais il est clair que Melissa a uniquement dit à Elizabeth qu'elle était là afin de la manipuler. J'ai utilisé la même tactique, et ça fonctionne.

Du courrier arrive à la maison. Principalement des factures d'électricité. Il est précisé sur chacune que le paiement est directement prélevé sur une carte de crédit, mais je ne sais ni à qui elle appartient, ni comment Melissa a arrangé ça. J'ai trouvé un carnet. À l'intérieur était noté un budget. Melissa a payé à l'avance le loyer pour un an. Elle a également payé à l'avance pour qu'un type vienne tondre la pelouse de temps à autre.

Elle a aussi laissé des placards pleins de nourriture pour bébé, de vêtements pour bébé et d'articles pour bébé, ainsi qu'un sac rempli d'argent en espèces. Je m'en sers pour faire les courses. La carte de crédit qui sert à payer les factures sert également à commander des courses en ligne sur le site d'un supermarché proche. Donc, une ou deux fois par semaine, je passe une commande sur l'ordinateur, et les provisions sont déposées à ma porte. Il y a beaucoup d'argent. Presque trente mille dollars. Il sera bien utile quand nous partirons. La maison est agréable, mais elle est un peu comme une prison puisque je ne peux jamais aller nulle part. Elle est aussi comme une prison pour Elizabeth, je suppose.

Je me laisse pousser les cheveux. C'est très moche, mais je m'y habitue. Je les ai également teints. En blond. C'est la couleur que Melissa avait choisie pour moi. Elle m'avait laissé quelques boîtes de teinture.

Abigail grandit. Je ne connais pas sa date d'anniversaire, mais je suppose que je peux choisir n'importe quel jour. Elle me sourit désormais beaucoup. Et parfois, elle rit de façon incontrôlable. J'ai découvert que le son le plus agréable au monde était un bébé en train de rire. Et que les sons les pires au monde étaient à peu près tous les autres qu'un bébé peut produire. Elle sourit également beaucoup à Elizabeth, et toutes deux semblent s'apprécier. Elizabeth commence également à m'apprécier. Peut-être que ça aboutira à quelque chose. Ça arrive. Ou alors peut-être qu'elle veut juste que je la laisse partir.

Mais, comme j'ai dit, la maison est un peu comme une prison, et c'est agréable d'en être enfin sorti. J'ai des besoins qu'Elizabeth ne peut assouvir. Des pulsions qui me tiennent éveillé la nuit autant qu'Abigail. J'ai été un bon garçon. Je n'ai pas posé la main sur la baby-sitter. J'aime l'idée d'une approche directe, mais je n'ai pas envie de tuer accidentellement la seule personne qui parvienne à faire s'endormir Abigail.

De bonnes choses vont arriver.

La douche est coupée. J'entends des bruits de pas, une serviette qu'on arrache à un séchoir, puis des bruits typiques de salle de bains comme des tiroirs qui s'ouvrent et se referment. Une ventilation est mise en route. Je replie le journal et le replace dans ma serviette.

Je sors le plus gros couteau que je possède et le pose sur le lit. Puis je sors le pistolet que j'ai trouvé dans ma nouvelle maison.

Je sors alors le sandwich que j'ai apporté.

Adam, le gardien de prison, sort de la salle de bains et pénètre dans la chambre.

« Putain, vous êtes qui ? » demande-t-il.

Il ne me reconnaît pas à cause de mes cheveux – en plus, j'ai pris un peu de poids.

Je lève mon pistolet et le sandwich.

« Je suis Joe-l'Optimiste. »

REMERCIEMENTS

Joe Victim (*Un prisonnier modèle*) est le résultat d'un processus qui a pris plus de dix ans, débutant par une vague idée à l'époque où un millénaire en chassait un autre. J'écrivais alors *The Cleaner* (*Un employé modèle*). Au cours de l'année 2000, au moment de la rédaction, mais avant les cinq ou six ans de réécriture qui ont suivi, je me suis dit – *une suite serait cool.*

Pendant de nombreuses années, la suite en question en est restée au stade du *j'aimerais écrire une suite, et pour le moment je vais l'appeler The Cleaner II*. En 2008, deux ans après la parution de *The Cleaner*, j'ai écrit les vingt mille premiers mots de *The Cleaner II*, et j'en suis resté là. Bien sûr, ça ne me quittait jamais vraiment l'esprit. Je tenais les gens au courant de l'actualité de Joe dans d'autres livres – il était en prison. Il apparaissait, il était mentionné – Joe n'allait pas se laisser oublier. Puis la fin 2011 est arrivée, et soudain, du jour au lendemain, j'ai su que le moment était venu. J'ai passé l'été entre quatre murs à écrire, me gavant de cochonneries et ignorant ma Xbox. Le livre a pris forme. Il avait une direction. Il avait même un titre. *Joe Victim*.

Comme mes six livres précédents, *Joe Victim* a bénéficié de nombreuses aides. Mon éditrice à Atria Books à New

York, la magnifique Sarah Branham, qui m'ouvre toujours de nouveaux horizons. Elle m'aide à donner forme aux romans, fait de moi un meilleur auteur, et elle me donne *envie* d'être un meilleur auteur. Sarah assure ! De même que les autres membres des équipes d'Atria et Simon & Schuster : Judith Curr, Lisa Klein, Mellony Torres, Anne Spieth, Isolde Sauer, Janice Fryer, Gillian Cowin et Emily Bestler, parmi tous ceux qui font de grandes, grandes choses.

Hormis le fait que j'ai la chance d'avoir l'une des meilleures éditrices, j'ai également le meilleur agent du monde. Si vous connaissez Jane Gregory de Gregory & Company, vous savez que je dis vrai. *Idem* pour Claire Morris, Linden Morris, et évidemment Stephanie Glencross, l'éditrice interne de Jane – la personne à qui je m'adresse pour tout ce qui concerne l'écriture et tout ce qui concerne la vie.

Laisse-moi terminer en te remerciant, lecteur. Merci encore pour ton soutien, tes e-mails et tes messages Facebook. Merci de passer dire bonjour lors des dédicaces et des festivals. C'est pour toi que j'écris, à cause de toi que j'invente des horreurs…

À la prochaine !

Paul Cleave

Mars 2013 – Christchurch

Du même auteur
chez Sonatine Éditions :

UN EMPLOYÉ MODÈLE
traduit de l'anglais (Nouvelle-Zélande) par Benjamin Legrand, 2010.

UN PÈRE IDÉAL
traduit de l'anglais (Nouvelle-Zélande) par Fabrice Pointeau, 2011.

NÉCROLOGIE
traduit de l'anglais (Nouvelle-Zélande) par Fabrice Pointeau, 2013.

LA COLLECTION
traduit de l'anglais (Nouvelle-Zélande) par Fabrice Pointeau, 2014.

Le Livre de Poche s'engage pour l'environnement en réduisant l'empreinte carbone de ses livres. Celle de cet exemplaire est de :
500 g éq. CO_2
Rendez-vous sur
www.livredepoche-durable.fr

Composition réalisée par Belle Page

Imprimé en France par CPI
en janvier 2017
N° d'impression : 3020504
Dépôt légal 1re publication : février 2017
LIBRAIRIE GÉNÉRALE FRANÇAISE
21, rue du Montparnasse - 75298 Paris Cedex 06

53/7491/2